Eileen Goudge lebt in New York City. In den USA erscheinen ihre Bücher regelmäßig auf der Bestsellerliste der New York Times. Ihr erfolgreicher Familienroman IM GARTEN DER LÜGEN wurde in über zwanzig Ländern veröffentlicht und hat weltweit ein Millionenpublikum gefunden. Heute sind mehr als drei Millionen Exemplare ihrer Bücher in Umlauf. Sie ist mit dem Rundfunkmoderator Sandy Kenyon verheiratet, den sie während eines Radio-Interviews kennenlernte. Besuchen Sie Eileen Goudges Website unter www.eileengoudge.com.

Weitere Titel der Autorin:

15 312 Bittersüßer Honig
15 519 Gezeiten des Glücks
15 749 Wechselspiel der Träume
15 841 Wolkentänzer

Eileen Goudge

DIE RUBINROTE FRAU

Roman

Aus dem amerikanischen Englisch von
Gabi Reichart-Schmitz

BASTEI LÜBBE

BASTEI LÜBBE TASCHENBUCH
Band 15 970

1. Auflage: März 2009

Vollständige Taschenbuchausgabe

Bastei Lübbe Taschenbücher in der Verlagsgruppe Lübbe

Deutsche Erstausgabe

Titel der amerikanischen Originalausgabe: »Woman in Red«
Published by Arrangement with Eileen Goudge
Originalverlag: Vanguard Press, New York
Dieses Werk wurde vermittelt durch die Literarische Agentur
Thomas Schlück GmbH, 30827 Garbsen

Textredaktion: Susanne Kregeloh
Titelillustration: Corbis GmbH
Umschlaggestaltung: Kirstin Osenau
Satz: Urban SatzKonzept, Düsseldorf
Gesetzt aus der Garamond
Druck und Verarbeitung: GGP Media GmbH, Pößneck
Printed in Germany
ISBN 978-3-404-15970-3

Für Sandy.
Ich werde dich immer lieben.

Alle sind Teile eines gewalt'gen Ganzen nur,
In dem Gott die Seele ist, Körper die Natur.

Aus *An Essay on Man* (Versuch vom Menschen) von
ALEXANDER POPE.

Danksagung

Zuallererst möchte ich meinem Verleger Roger Cooper von Vanguard Press danken, weil er den Weitblick hatte, Neuland zu beschreiten und mich aufzufordern, ihn dabei zu begleiten. Ich schulde dir ewigen Dank, Roger, weil du mir dabei geholfen hast, meinen Traum zu verwirklichen, und mich den ganzen Weg dorthin mit unermüdlicher Energie und Begeisterung ermutigt hast.

Wie immer möchte ich auch meiner Freundin und Agentin Susan Ginsburg danken, ohne die kein Buch möglich gewesen wäre. Susan, du bist die, die alles zusammenhält.

Ohne die Leute, die mir bei der Recherche geholfen haben, wäre dieses Buch nicht so authentisch geworden. Ich danke Robin Schwarz für ihre unschätzbare Hilfe in rechtlichen Fragen. Und ich danke Char Bawden von der Austernfarm Judd Cove Oysters, der mich nicht nur in alle Einzelheiten der Austernzucht eingeweiht hat, sondern sich auch die Zeit genommen hat, mir drei Dutzend der saftigsten Austern zu bringen, die ich je gegessen habe. Mein Dank gilt ebenfalls Holly King von der Leihbücherei auf der Insel Orcas, die mich unermüdlich unterstützt und mir damit uneingeschränkt Zeit für meine Schreibarbeit verschafft hat. Und zu guter Letzt gilt mein besonderer Dank Bill und Valerie Anders, weil sie es mir möglich gemacht haben, meinen Traum wahr werden zu lassen.

Prolog

VOR NEUN JAHREN

Erheben Sie sich!«
Bewegung um sie herum, das Scharren von Stühlen und Füßen. Alice reagierte langsamer, ihre Sinne waren durch die zwei Tage andauernden Zeugenaussagen abgestumpft: trockene, logisch aufgebaute Ausführungen über Bremsspuren, Blutalkoholspiegel und den Grad von Fahrzeugschäden in Verbindung mit Körperverletzungen, die mit ihrem Sohn David so viel zu tun zu haben schienen wie die Kreideumrisse auf dem Pflaster mit dem lebendigen, atmenden Menschen, dessen Leben so grausam beendet worden war.

Sie drückte die Handflächen flach auf den Tisch, an dem sie saß, und stand mühsam auf. Ihr Anwalt, Warren Brockman, warf ihr aus seinen grauen Augen einen freundlichen und besorgten Blick zu, und sie nickte fast unmerklich, um ihn wissen zu lassen, dass sie in Ordnung war. In Wahrheit war sie das keineswegs. Das Blut strömte ihr aus dem Kopf, und sie fühlte sich zittrig, in ihren Ohren erklang ein schwaches ununterbrochenes Summen, und ihre Beine zitterten, als wäre sie eine Meile weit gerannt.

Alles Lügen!, hatte sie stumm geschrien, als der Mörder ihres Sohnes im Zeugenstand saß, sichtlich reuevoll, wie nur ein unschuldiger Mann aussehen würde – oder einer, der sich besondere Mühe gab, unschuldig zu wirken –, und seine verdrehte Version der Ereignisse lieferte. Sie hatte zugehört, und sie hatte innerlich geschrien, wobei sie sich auf die Zunge gebissen hatte, bis es blutete, um zu verhindern, dass ihr Mund sich öffnete und sie ihre Empörung in den Gerichtssaal spuckte.

Jetzt waren die Geschworenen mit dem Urteilsspruch zurückgekehrt.

Sie warf einen Blick nach rechts. Owen Whites Anwältin, eine untersetzte, reizlose Frau in einem unvorteilhaften hellgrünen Kleid, stand neben ihrem Mandanten und hatte ihm leicht die Hand auf den Rücken gelegt. Ihre Strategie war gewesen, *ihn* als das Opfer hinzustellen, als einen unschuldigen Mann, der von einer von Schmerz verstörten Mutter unbarmherzig verfolgt wurde. Er sah sogar so aus, sanft und harmlos, mit seinem blassen Allerweltsgesicht und seinen unschuldigen blauen Augen, seinem schütter werdenden Haar, das dieselbe fahle Farbe wie seine Haut hatte, und dem Anzug von der Stange, der seinen Wohlstand Lügen strafte. Er hätte einer jener namenlosen, gesichtslosen Männer mittleren Alters sein können, denen man ständig begegnete, in Banken und Versicherungsvertretungen und Leasingfirmen, einer jener Männer, die einen anlächelten und zwanglos plauderten, während sie einem ein Formular über ihren Schreibtisch schoben, das man unterschreiben sollte.

Im Zeugenstand hatte er die Fragen ihres Anwalt in einem ruhigen und respektvollen Ton beantwortet. Sie hatte keinen Schweiß auf seiner Stirn entdecken können, und seine Augen hinter der metallgefassten Brille waren so klar wie das Gewissen eines Babys gewesen; nur wenn sie von Zeit zu Zeit auf Alice ruhten, sahen sie bekümmert aus, als hätte er Verständnis für ihren schlimmen Zustand.

Aber sie kannte die wahre Geschichte. Deshalb hatte sie die

vergangenen achtzehn Monate und fast ihre und Randys gesamten Ersparnisse für den Versuch aufgewendet, den Mann zur Rechenschaft zu ziehen, der für den Tod ihres Sohnes verantwortlich war.

Wenn Randy jetzt bloß hier wäre! Ihr Mann war in dem dunklen Tunnel der Tage nach Davids Tod kaum von ihrer Seite gewichen. Aber nachdem die polizeilichen Ermittlungen abgeschlossen waren, war er zunehmend ungeduldiger mit ihr geworden, als die Monate ins Land gingen und ihr Streben nach Gerechtigkeit nicht erlahmte. Als sie darauf bestand, einen zivilen Schadensersatzprozess wegen schuldhafter Tötung anzustrengen, hatte er lediglich zugestimmt, um sie zu beschwichtigen, und war zu den darauf folgenden Gerichtsverhandlungen nur sporadisch erschienen, wobei er vorschob, es sich nicht leisten zu können, weitere Arbeitstage zu versäumen.

In gewisser Hinsicht konnte sie ihm keinen Vorwurf machen. Er hatte nichts weiter gewollt, als in Frieden um ihren Sohn zu trauern. Randy war nicht einmal davon überzeugt, dass sie überhaupt einen Fall hatten. *Ist es nicht möglich, dass du dich getäuscht hast?*, hatte er sie herausgefordert. Zu der Uhrzeit hatte es bereits begonnen, dämmrig zu werden, und David hatte sich am anderen Ende der Häuserzeile befunden, mindestens hundert Meter entfernt. Er war ein kleiner Junge gewesen, der, wie sie beide wussten, dazu geneigt hatte, Risiken einzugehen; er hätte durchaus mit seinem Fahrrad auf die Straße geflitzt sein können, genau so, wie Owen es berichtet hatte.

Aber sie wusste, dass sie sich nicht getäuscht hatte. Und jetzt stellte sie auf einmal fest, dass sie Randy fast so sehr verabscheute wie den Mann, der für dies alles verantwortlich war. Warum war er nicht ebenso aufgebracht wie sie? Was war das für ein Vater, der zuließ, dass der Mörder seines Sohnes frei herumlief? Randys demonstrative Abwesenheit hatte vielleicht sogar einige der Geschworenen zugunsten Owens beeinflusst. Wie musste es für sie wirken? Eine verrückte Frau, die nicht einmal ihren eigenen Ehemann überzeugen konnte.

Wirke ich verrückt?, fragte sich Alice. *Nein*, dachte sie, nachdem sie in Gedanken eine Bestandsaufnahme von sich gemacht hatte. Sie hatte ihr dunkelgraues Kostüm mit der marineblauen Paspelierung und ein Paar marineblaue Pumps mit niedrigen Absätzen für ihr heutiges Erscheinen im Gerichtssaal ausgewählt. Ihr braunes Haar war zurückgekämmt und wurde im Nacken von einer Schildpattspange gehalten, und der einzige Schmuck, den sie trug, waren eine einfache Perlenkette und die winzigen Diamantstecker in den Ohren.

Während der Gerichtsverhandlungen war sie ein Muster an Zurückhaltung gewesen, jemand, auf den ihre Eltern stolz sein konnten. Sie hatte sich keine Gefühlsausbrüche erlaubt, und außer dem einen Mal, als sie leise in ihre Hände geweint hatte, während der Gerichtsmediziner Davids Verletzungen beschrieben hatte, war sie nicht in Tränen ausgebrochen. Es war, als hätte sie ihr ganzes Leben hierfür trainiert; das war es, was sie getan hatte, worin sie gut gewesen war. Selbst bei der Beerdigung hatte sie es als ihre Aufgabe betrachtet, den anderen Trost zu spenden. Trauern war etwas, was man nicht in der Öffentlichkeit tat. Man tat es zu Hause und machte möglichst wenig Aufhebens darum.

Sie sah über die Schulter zu ihren Eltern. Ihre Mutter blickte gespannt und erwartungsvoll zur Richterbank, als wäre sie zuversichtlich, dass der Richter, ein großer Mann mit fleischigem Gesicht, der sich jetzt auf seinem Stuhl niederließ, dafür sorgen würde, dass die Geschworenen das Richtige taten. Lucy Gordon glaubte, dass man mit der richtigen Einstellung alles bewältigen konnte. Wie damals, als Alice klein gewesen war und ihr beim Autofahren immer schlecht geworden war. Ihre Mutter war davon überzeugt gewesen, dass man mit Willenskraft dagegen angehen konnte, und hatte Alice gedrängt, auf langen Fahrten mit ihr zusammen zu singen und Spiele wie *Ich sehe was, was du nicht siehst* zu spielen, um sie abzulenken, bis die Übelkeit verging. (Obgleich es weniger mit positivem Denken zu tun gehabt hatte, wenn es Alice gelungen war, sich nicht zu übergeben, als mit der tiefsitzenden Furcht davor, eine Schweinerei zu veranstalten.) Jetzt stand Lucy da mit ihrem ewigen Schulmädchengesicht, umrahmt von krausem, ergrauendem, kastanienbraunem Haar, mit einem festen entschlossenen Lächeln, und weigerte sich wieder einmal, den Pessimismus die Oberhand gewinnen zu lassen.

Im Gegensatz dazu stand Alices Vater steif an Lucys Seite, und sein ernstes Gesicht war zu einer Art Grimasse erstarrt. Ist er böse auf mich, weil ich die Familie so viel Leid ausgesetzt habe?, fragte sich Alice. Man konnte es bei ihrem Dad schwer sagen. Das einzige Mal, dass sie ihn je hatte weinen sehen, war gewesen, als der Sarg seines Enkelsohnes in die Erde gesenkt worden war. Und selbst dann wäre es ihr nicht aufgefallen, hätte sie nicht die Tränen unter seiner dunklen Brille hervorquellen sehen.

Denise, die im sechsten Monat schwanger mit ihrem zweiten Kind war, stand neben ihnen und hatte die Hand auf den dunklen Schopf von Alices jüngerem Sohn Jeremy gelegt. Es mochte Leute geben, die vielleicht Alices Urteilsvermögen infrage stellten, weil sie ihren siebenjährigen Sohn zur Urteilsverkündung mitgebracht hatte, das war ihr bewusst. Aber Alice hielt es für wichtig, dass Jeremy an diesem Moment teilhatte, der so oder so den Rest ihres Lebens bestimmen würde.

Sie drehte sich um und richtete den Blick jetzt auf den verzierten Rahmen des Gemäldes rechts hinter der Richterbank, um ihren Magen davon abzuhalten, sich in den freien Fall zu begeben, als der Richter mit einem Hammerschlag die Sitzung wieder eröffnete. Ironischerweise war es ein Porträt von Owens Vater, Lowell White, der den Grund gestiftet hatte, auf dem das Gerichtsgebäude stand – ein geschichtliches Detail, von dem sie hoffte, dass es die Geschworenen bei ihrer Entscheidungsfindung nicht beeinflusst hatte. Er war ein attraktiver, blühend aussehender Mann mit dicken schwarzen Augenbrauen und dunklem welligem Haar gewesen, das an den Schläfen ergraut war, und hatte wenig Ähnlichkeit mit seinem Sohn. Er schien ihr in die Augen zu sehen, und sein Blick wirkte amüsiert, als wüsste er etwas, was Alice nicht wusste; sie erinnerte sich an das ungelöste Geheimnis um sein Verschwinden, als Owen ein kleiner Junge gewesen war, ein Geheimnis, das von einer Generation zur nächsten weitergegeben wurde und Teil der Geschichte der Insel Grays Island geworden war.

»Ist die Jury zu einem Urteil gekommen?«, fragte der Richter.

Der Sprecher der Geschworenen, ein schwerer Mann mit militärischem Haarschnitt und einer ehemals muskulösen Statur, die allmählich aus dem Leim ging, erhob sich. »Ja, Euer Ehren.« Wie die Gesichter der meisten Geschworenen war auch seines Alice vertraut. Er war leitender Angestellter bei der Bank, bei der Randy und sie ein Konto hatten, jemand, den sie vor dieser Verhandlung im Vorbeigehen freundlich gegrüßt und ihm dann keinen weiteren Gedanken geschenkt hätte.

Der Richter wies den Gerichtsdiener an, ihm das Urteil zu bringen. Der Sprecher der Geschworenen reichte dem kleinen untersetzten Mann in Uniform das gefaltete Blatt Papier, auf dem das Urteil stand, und dieser brachte es dem Richter. Der

Richter warf einen kurzen Blick darauf, und sein Gesichtsausdruck veränderte sich nicht, bevor er es laut vorlas: »Wir, die Geschworenen, befinden den Angeklagten für nicht schuldig.«

Die Worte trafen Alice wie ein Schlag in einen weichen ungeschützten Teil ihres Körpers. Sie spürte, wie sie keine Luft mehr bekam. Schwarze Flecke wimmelten am Rande ihres Blickfeldes, und einen beängstigenden Augenblick lang dachte sie, sie würde in Ohnmacht fallen. Trotzdem zeigte sie keine Gefühlsregung; ihr Gesicht war so glatt wie eine Glasscheibe. Ihre Seele war ebenfalls wie aus Glas, an dem die volle Bedeutung dieser Worte abperlte wie Regentropfen an einer Fensterscheibe. Sie dachte: *Wenn ich ganz, ganz ruhig bleibe, wird es sein, als wäre nichts von all dem je passiert.*

Warren legte ihr den Arm um die Schultern und sagte leise: »Es tut mir so leid, Alice. Wir haben unser Bestes getan.« Aber sie war nicht in der Lage zu antworten. Es war wie bei der Geburt ihrer Kinder, ein riesiger Druck unter der Gefühllosigkeit der Epiduralanästhesie.

Dann war ihre Schwester Denise bei ihr, eine dickliche Gestalt, die in ihrem gesmokten Umstandskleid plump und unförmig aussah. Ihre braunen Augen schwammen in Tränen und schienen ihr ganzes Gesicht auszufüllen, ein Gesicht, das wie das eines Kindes unfähig war, Gefühle zu verstecken. Denise schüttelte nur den Kopf, weise genug, um zu verstehen, dass es nichts zu sagen oder zu tun gab, was die Situation verbessern könnte.

Es war ihre Mutter, die herbeieilte, um Alice zu umarmen, während ihr Vater sich im Hintergrund hielt. Er trug immer noch diesen strengen Gesichtsausdruck, aber Alice konnte jetzt erkennen, dass sein Groll sich nicht gegen sie richtete – er starrte hart auf Owens Rücken, als würde er gern einen Dolch hineinrammen. »Oh, Liebling.« Lucys Stimme klang erstickt. »Nimm es nicht zu schwer. Sieh die gute Seite. Jetzt könnt ihr euer Leben weiterleben, Randy und du.«

Als ob so etwas möglich wäre.

Erst als Alices Blick auf Jeremy fiel, der neben seinem Großvater stand und mit einem erschöpften, besorgten Gesichtsausdruck zu ihr aufsah, stand sie auf.

»Mir geht es gut«, sagte sie mit einer ruhigen Stimme, die ihr vorkam, als würde sie nicht ihr, sondern einem Arzt gehören, der ihnen versicherte, dass der Patient sich gut erholte. »Ich will jetzt nach Hause.«

»Lass mich dich fahren«, sagte Denise.

»Nein, wirklich, mir geht's gut«, versicherte sie ihr. In Denises derzeitigem aufgelösten Zustand war das Risiko, dass sie in einen Unfall verwickelt wurde, offensichtlich höher als bei Alice.

Einen Augenblick lang sah es so aus, als würde Denise darauf beharren, aber dann gab sie nach. Sie war vier Jahre jünger als Alice, und Alice war immer diejenige gewesen, die seit ihrer Kindheit auf sie aufgepasst hatte. Als die anderen Kinder in der Schule sich über Denise und ihre pummelige Figur lustig gemacht hatten, hatte Alice dafür gesorgt, dass die Rüpel wussten, mit wem sie es zu tun hatten. Und als ihre Schwester ihr erstes Kind bekommen hatte, war es Alice gewesen, nicht Denises Mann, der zu der Zeit mit einem Bandscheibenvorfall im Bett lag, die ihr bei der schwierigen Geburt beigestanden hatte. Nun, da die Rollen vertauscht waren, wussten beide nicht, wie sie damit umgehen sollten.

Alice brachte ein kleines bitteres, resigniertes Lächeln zustande, als wollte sie sagen, ja, es war ein Schlag, aber er kam nicht völlig unerwartet. Und in gewisser Hinsicht war sie auch nicht überrascht. Owen White war ein angesehenes Gemeindemitglied, Erbe eines der größten Vermögen auf der Insel, und sie ... nun, sie galt jetzt als die Verrückte im Ort. Selbst jene Nachbarn, die sich besondere Mühe gegeben hatten, ihr in den Tagen nach Davids Tod ihre Unterstützung zu zeigen, sahen sie jetzt schief von der Seite an. Ja, es ist tragisch, schienen ihre Augen zu sagen, aber sie war zu weit gegangen. War es fair, einen Mann zu bestrafen, dessen einziges Verbrechen darin bestand, zur falschen Zeit am falschen Ort gewesen zu sein?

Als sie zu ihrem Auto ging und Jeremys Hand fest in ihrer hielt, dachte sie, dass, wenn es wirklich eine Hölle gab, sie jetzt darin war. Die Ereignisse jenes schrecklichen Tages liefen wie ein Film immer wieder in ihrem Kopf ab, ein Film, von dem sie immer hoffte, dass er ein anderes Ende haben würde, aber es war nie so.

Es war früher Abend gewesen, und Randy hatte angerufen und gesagt, dass er lange arbeiten würde und sie nicht auf ihn warten sollten. Als sie hinausgegangen war, um David zum Abendessen hereinzurufen, hatte er nicht in der Einfahrt mit dem Basketball Körbe geworfen, wie er es das letzte Mal getan hatte, als sie nach ihm gesehen hatte, und er war nirgends zu sehen gewesen. Die Dämmerung hatte bereits eingesetzt, und der Gehsteig vor ihrem Haus wurde von den Schatten der Ginkgobäume verschluckt, die ihre Straße säumten. Trotzdem hatte sie sich keine Sorgen gemacht, noch nicht. Sie erinnerte sich, dass sie verärgert gewesen war. Mit achteinhalb Jahren war David viel selbstständiger, als gut für ihn war. Während es Jeremy genügte, stundenlang zufrieden in seinem Zimmer zu spielen, konnte David nicht stillsitzen, seit er laufen gelernt hatte; sie hatte das Gefühl, genauso viel Zeit damit zu verbringen, nach ihm zu suchen, wie sie brauchte, auf ihn aufzupassen.

Sie war auf den Gehsteig gegangen und hatte seinen Namen gerufen. Sie war bis zur Hälfte der Häuserzeile gekommen, als sie ihn entdeckte, einen kleinen blonden Jungen in einem weißen T-Shirt und Jeans, der heftig in die Pedale seines Fahrrades trat und auf sie zukam. Er hatte eine Hand gehoben, um ihr zuzuwinken, und fast im selben Moment war ein Auto in ihre Straße eingebogen, ein silberner Mercedes, der viel schneller als erlaubt fuhr. Alice hatte den Mund geöffnet, um dem Fahrer zuzurufen, langsamer zu fahren, doch die Worte blieben ihr in der Kehle stecken, wurden von dem Kreischen der Bremsen und dem darauf folgenden scheußlichen dumpfen Aufprall verschluckt. Das Geräusch ging ihr durch und durch, als hätte sie den Aufprall am eigenen Körper verspürt.

David, hatte sie gedacht und war losgerannt.

Sie hatte ihn reglos mit dem Gesicht nach unten auf der Straße liegend gefunden. Sein Fahrrad, ein altes Raleigh, das Randy gehört hatte und das David über alles liebte, war in die Mitte der Straße geschleudert worden, verbogen zu etwas, das wie kaputte Kleiderbügel aussah. Später würde Owen behaupten, dass der Junge mitten auf die Straße geflitzt war und er es nicht geschafft hatte, rechtzeitig zu bremsen. Aber das war nicht das, was Alice beobachtet hatte. David hatte sich auf dem Fahrradweg befunden, für dessen Einrichtung sie sich zusammen mit den anderen Nachbarn mit kleinen Kindern eingesetzt hatte; von ihrem Standort aus hatte sie ihn deutlich sehen können.

Aber ihr Wort stand gegen das von Owen; bis die Nachbarn herausgekommen waren, um zu sehen, was der Tumult zu bedeuten hatte, war alles vorbei. Als Alice berichtet hatte, dass der Fahrer betrunken gewesen sei, hatte ihr das auch niemand geglaubt. Owen White hatte den Ruf, ein rechtschaffener Kirchgänger zu sein, nicht wie sein extravaganter Vater, der dafür bekannt gewesen war, sich gern einen hinter die Binde zu gießen. Trotzdem hatte Alice den Alkohol an ihm gerochen, selbst von dort aus, wo sie gekniet und den schlaffen Körper ihres Sohnes an ihre Brust gedrückt hatte. Sie hatte Owen angeschrien, er solle Hilfe holen, aber er hatte nur mit betäubtem Gesichtsausdruck dort gestanden, als würde er nicht ganz begreifen, was das alles mit ihm zu tun hatte, bevor er schließlich zu seinem Auto gestolpert und davongefahren war.

Es dauerte mehrere Stunden, bis die Polizei ihn schließlich aufgriff, und bis dahin war Owen wieder nüchtern und hatte sich seine Geschichte zurechtgelegt. Wenn er sich zu dem Zeitpunkt seltsam benommen habe, hatte er erklärt, dann hätte das nur daran gelegen, dass er unter Schock gestanden habe. Er hätte den Unfallort nur verlassen, um ein Telefon zu suchen. Nach einer flüchtigen Untersuchung, die mehr eine Formsache als sonst etwas war, wurde als offizielle Todesursache ein Unfall festgestellt. Ein weiterer tragischer Fall eines kleinen Jungen, der dort Rad gefahren war, wo er es nicht hätte tun sollen.

»Mommy, warum fahren wir nicht los?«

Alice wurde aus ihren Gedanken gerissen und stellte fest, dass sie hinter dem Steuer ihres Wagens saß; Jeremy saß angeschnallt neben ihr. Ein kleiner Junge mit einem ernsten Gesicht, der ihre dunklen Haare und ihre helle Haut hatte, in dem Anzug, dem sie ihm für die Beerdigung seines Bruders gekauft hatte und aus dem er bereits herauswuchs. Er beäugte sie zweifelnd und sah so tief besorgt aus, wie sie es in der letzten Zeit zu oft an ihm gesehen hatte. Jeremy war immer der nachdenklichere und sensiblere ihrer beiden Jungen gewesen, aber seit Davids Tod war er so verschlossen, dass es manchmal fast so war, als hätte sie beide Söhne verloren.

Sie zwang sich zu einem Lächeln. »Wir fahren jetzt los, mein Schatz. Ich habe bloß noch eine Minute gebraucht, das ist alles.«

»Fahren wir nach Hause?«, fragte er, als sie den Motor anließ.

»Ja, mein Schatz. Direkt nach Hause.« Wohin sollte sie sonst fahren? Zum Lebensmittelgeschäft, um einen Liter Milch zu kaufen? Zum Postamt, um ihre Post abzuholen? Banale Aufgaben, von denen sie sich nicht vorstellen konnte, sie jemals wieder zu verrichten, ganz zu schweigen davon, sie jetzt in Angriff zu nehmen.

»Wird Daddy da sein?« In seiner Stimme war ein weinerlicher Ton, der beinahe panisch klang.

Alice begriff jetzt, dass es ein Fehler gewesen war, ihn heute mitzunehmen. Aber sie hatte so sehr glauben wollen, dass die Geschworenen die Dinge mit ihren Augen sehen würden, dass sie nicht mehr klar hatte denken können. Jetzt war sie zu allem anderen auch noch eine schlechte Mutter. Der Gedanke durchbohrte sie wie ein Schuss ins Herz.

Sie gab sich größte Mühe, in normalem Ton zu sprechen, als sie erwiderte: »Daddy ist arbeiten, das weißt du doch. Aber wir rufen ihn an, sobald wir nach Hause kommen.« Während sie sprach, stieg die Wut wieder in ihr hoch. Wo war Randy, als sie ihn am meisten gebraucht hätte? Wo war er *jetzt?*

Alice fuhr rückwärts aus der Parklücke und dann in Richtung Ausfahrt, als sie Owen am anderen Ende des Parkplatzes erblickte. Sie fuhr sofort langsamer und hielt an. Er ging neben seiner Frau, die ihn jeden Tag zum Gericht begleitet hatte. Elizabeth White, eine groß gewachsene, spindeldürre Frau, erinnerte Alice mit ihrem schmalen Gesicht und dem langen gebogenen Hals und den weit auseinanderstehenden, hervorquellenden Augen an einen Windhund. Sie sahen beide entspannt aus und lächelten über ihren Sieg, als sie Arm in Arm dahinschlenderten. Sie würden nach Hause gehen und ihren Sieg mit einem Abendessen feiern und eine geruhsame Nacht verbringen, während Alice sich selbst überlassen blieb, um die Scherben aufzusammeln. Sie sah, wie Mrs. White auf die Fahrerseite ging, als sie ihren Wagen erreichten, denselben silbernen Mercedes, der David umgemäht hatte, während Owen stehen blieb, um die Schlüssel aus der Tasche zu kramen.

Später würde Alice fast keine Erinnerung mehr an das haben, was als Nächstes geschah. In diesem Moment jedoch war jede Einzelheit überdeutlich: eine Ölpfütze auf dem Pflaster neben Owen; das Spiegelbild von Bäumen, das über die Windschutzscheibe eines Chevy Malibu schwamm, der hinter ihm ausparkte; die unschuldigen Geräusche von Kindern, die in dem kleinen Park neben dem Gerichtsgebäude spielten. Das waren die letzten Wegweiser der bekannten Welt, bevor diese sich um ihre eigene Achse drehte und Alice ins Leere stürzen ließ.

Es wurde Alice nicht bewusst, dass ihr Fuß das Gaspedal durchtrat; es war, als würde das Auto von einer unkontrollierbaren Kraft angetrieben. Dann gab es nur noch das entsetzte Gesicht des Mörders ihres Sohnes, als sie auf ihn zuschoss, und Jeremys schrillen Aufschrei.

1. Kapitel

HEUTE

Der Hund wartete an der Anlegestelle, als die Fähre ankam. Er war schwarz, hatte weiße Pfoten und einen weißen Brustlatz. Colin dachte unwillkürlich an einen englischen Butler im Stresemann, der bereitstand, um die Gäste zu begrüßen, die zur Moorhuhnjagd im Herrenhaus des Lords eintrafen. Er sah aus wie ein Border-Collie, eine Rasse, die man häufiger auf Schaffarmen als in der Wildnis des pazifischen Nordwestens antraf. Dennoch schien er sich vollkommen heimisch zu fühlen, wie er dort im späten Nachmittagslicht saß, das schräg auf den sonnengebleichten Asphalt fiel.

»Der Hund des alten McGinty«, sagte der Mann neben Colin ungefragt.

Colin drehte sich zu ihm um. Der Mann war selbst nicht mehr jung und hatte wässrige Augen und dünnes weißes Haar, das in der steifen Brise wehte. »Der Künstler McGinty?«, erkundigte er sich.

Der Mann nickte traurig. »Traurig, dass er gestorben ist. Es kam überall in den Nachrichten. Hier in der Gegend kannten wir ihn einfach als den alten McGinty. Ihn und seinen Hund, man sah nie einen ohne den anderen.« Er schüttelte den Kopf und betrachtete den Collie. »Armer Kerl. Jeden Tag, egal ob es regnet oder die Sonne scheint, kommt er hierher, um die Vierviertzig aus Anacortes abzupassen.« Colin musste verwirrt ausgesehen haben, denn er erklärte: »Der alte Mann fuhr etwa einmal im Monat zum Festland rüber, und er ist immer mit der gleichen Fähre zurückgekommen. Nur dieses letzte Mal nicht. Als er nicht auftauchte, wussten wir, dass ihm etwas zugestoßen sein musste. Denn nichts hätte ihn von diesem Hund fern halten können, nicht, so lange er noch atmen konnte.«

Armer Dickie, murmelte Colin beinahe laut, bevor ihm klar wurde, dass es nicht derselbe Hund sein konnte, an den er sich aus seiner Kindheit erinnerte. Außerdem hätte es das Interesse seines Mitpassagiers geweckt, und Colin erkannte ein Klatschmaul, wenn er eines sah. Er war noch nicht so weit, dass die ganze Insel wissen sollte, was er hier wollte. Wenn die Leute sich überhaupt an ihn erinnerten, dann als den Jungen, der jeden Sommer seinen Großvater besucht hatte. Sie würden in dem hochgewachsenen Mann mit dem ernsten Gesicht, dessen dunkles Haar vorzeitig mit Grau gesprenkelt war, nicht den lebhaften, leichtfüßigen Jungen erkennen, außer vielleicht an der schwachen Ähnlichkeit mit seinem Großvater – hauptsächlich um die Augen und den Mund herum. Dort zeigte sich dieselbe Traurigkeit wie bei dem Mann, den sie als den alten McGinty gekannt hatten. »Wer kümmert sich denn jetzt um ihn?«

»Der Nachbar die Straße hoch hat ihn aufgenommen.« Der alte Mann sah stolz aus, als wollte er sagen: *Hier in der Gegend kümmern wir uns umeinander.* »Aber ein Tier zu füttern und es zu umsorgen, ist nicht dasselbe. Der da braucht einen Menschen, zu dem er gehört.« Er zeigte mit einem Finger, der wie ein krummer Zweig aussah, auf den Border-Collie, der jetzt aufstand und in Erwartung der Ankunft seines Herrchens die Ohren spitzte und die Nase hob.

Der Mann verabschiedete sich und schloss sich dem Strom der Passagiere an, die zur Ausstiegsrampe gingen, aber Colin nickte nur gedankenverloren als Antwort. Er blieb auf dem Oberdeck, denn er hatte keine besondere Eile auszusteigen, während der Menschenstrom sich zu einem Tröpfeln von Nachzüglern verringerte. Die Kühle des Herbstes lag in der Luft, aber es waren die Erinnerungen an die Sommer, die seinen Geist beschäftigten, als er sich an die Reling lehnte und zur Küste schaute, während der scharfe Wind zum Sund hin wehte und an dem hochgeschlagenen Kragen seiner Jacke zerrte.

Seit seinem letzten Besuch waren mehr als zehn Jahre vergangen, aber es hatte sich anscheinend nicht viel verändert. Bell Harbor sah noch genauso wie in seiner Erinnerung aus, mit seinem Ansichtskarten-Hafen und den malerischen, jahrhundertealten Gebäuden, die das Ufer säumten – Geschäfte und Restaurants, wie der »Rostige Anker« mit seinem Namensvetter vor der Tür, wohin sein Großvater ihn immer sonntags zu Fish and Chips mitgenommen hatte; und der Souvenirladen voller Gegenstände, die einen Jungen faszinierten. Weiter oben, auf dem Hügel, machten die Gewerbebauten Häusern und Farmen Platz, dann folgten unbesiedelte Gebiete mit immergrünem Bewuchs, während die Insel zu ihrem höchsten Punkt anstieg, dem Mount Independence. Schon jetzt, Mitte Oktober, war seine Spitze mit Puderzucker aus Schnee bedeckt. Das erinnerte ihn an eine Gelegenheit, als sein Großvater ihn mit seinem alten Jeep zum Gipfel gefahren hatte, in dem Jahr, als Colin ihn zur Weihnachtszeit besucht hatte. Der Stadtjunge hatte die unberührten weißen Flächen wunderbar gefunden, da er sonst an Schneepflüge und schmutzigen Schneematsch in Klumpen am Straßenrand gewöhnt war.

»Ich bin oft mit deinem Dad hier oben gewesen«, hatte William bemerkt. »Hat er dir mal davon erzählt?«

»Er spricht nicht viel über die Zeit.« Colin hatte das Unangenehme dieses Augenblicks deutlich gefühlt. Zu der Zeit war er vierzehn gewesen, und seine Stimme klang aufgrund der Veränderungen in seinem Körper leicht schrill. Er war scheinbar über Nacht dreißig Zentimeter in die Höhe geschossen.

»Das habe ich mir schon gedacht.« William hatte mit einem traurigen resignierten Ausdruck auf dem Gesicht in die Ferne geschaut. Nur das Knirschen des Schnees unter ihren Stiefeln und das Schwingen von Flügeln waren zu hören, als ein Kardinalvogel von den Ästen einer Hemlocktanne in der Nähe davonflog.

Sein Großvater neigte dazu, lange vor sich hin zu schweigen; diese Schweigephasen gehörten zu ihm wie sein weißer Haarschopf und die alte Beinverletzung, infolge der er gehinkt hatte. Trotzdem fühlten sie sich dabei nur selten unbehaglich, selbst wenn Colin unterschwelliges Leid spürte; es war wie das Geräusch des Windes in dem Bäumen auf dem kalten Berggipfel, gleichzeitig einsam und friedvoll.

Während die Jahre verrannen, blieben Colins Erinnerungen an jene Sommer seiner Kindheit und Jugend schärfer als die an jüngere Ereignisse. Er stellte sich seinen Großvater über seine Staffelei gebeugt vor, Dickie schlafend zu seinen Füßen zusammengerollt, und er sah den Jungen, der er selbst gewesen war, mit seinem Fernglas zur Bucht hinunterrennen, wenn ein Wal gesichtet worden war. Ein anderer Junge hätte vielleicht Heimweh gehabt oder wäre einsam gewesen und hätte sich die Gesellschaft anderer Kinder seines Alters gewünscht, aber für Colin waren jene Sommer eine willkommene Abwechslung gewesen. Er hatte eine Art von Freiheit erlebt, der er vorher oder nachher nie wieder begegnet war. Wenn sein Großvater sich für viele Stunden in seinem Studio verkroch und Colin sich selbst überlassen blieb, dann war dies genau das, was ein Junge gebraucht hatte, der der Enge eines Reihenhauses in Queens entkommen war, wo die freie Natur aus einer verkümmerten Grasfläche hinter dem Haus bestand. Grays Island mit all seinen Ecken und Winkeln, die es zu erkunden galt, hatte wie ein Zauberteppich vor seinen Füßen gelegen, und an jenen endlosen Sommertagen war er nur selten im Haus gewesen.

Aber das war vorher gewesen. Bevor die Welt, in diesem Fall in ziemlich wörtlichem Sinne, um ihn herum zusammengebrochen war.

Colins Geist schloss sich wie eine Faust um den Gedanken, und die Kühle der Luft drang in seine Knochen vor. Die Hoffnung, dass er der jüngeren Vergangenheit entfliehen konnte, indem er herkam, schien ihm mit einem Mal albern zu sein. Nirgendwo wäre es weit genug weg von der nächsten Flasche, in der er seinen Kummer ertränken konnte.

Ein letzter Aufruf über den Lautsprecher riss ihn aus seinen Gedanken, und er kehrte ins Innere der Fähre zurück und ging die Treppen hinunter. Er war unter den letzten Fahrgästen, die ausstiegen, und als er den Steg betrat, der parallel zur Laderampe verlief, wurde sein Blick von der Frau direkt vor ihm angezogen. Schlank, dunkelhaarig, etwa in seinem Alter – Ende dreißig – und so tief in Gedanken versunken, während sie ihren Trolley hinter sich herzog, dass sie ihre Umgebung anscheinend kaum wahrnahm. Sie kam ihm bekannt vor, aber er konnte sie nicht einordnen. Jemand, den er auf der Insel kennengelernt hatte? Oder vielleicht erinnerte sie ihn auch nur an jemanden, den er kannte. Zurzeit rief jede Frau, die auch nur eine vage Ähnlichkeit mit Nadine hatte, ein schmerzhaftes Wiedererkennen und Sehnsucht in ihm hervor.

Der Gedanke, der zuvor schon gedroht hatte hochzukommen – der Teil seiner Vergangenheit, den er am liebsten sofort vergessen hätte –, bahnte sich so unvermittelt einen Weg in sein Bewusstsein, dass Colin stehen bleiben musste, um durchzuatmen, weil er nicht nur aufgrund der schwankenden Bewegung des Stegs ins Taumeln geriet. Ein tiefer Schrecken ergriff Besitz von ihm. Was, wenn er entdecken müsste, dass er den langen Weg nur gereist war, um festzustellen, dass er seinen Dämonen nicht entkommen konnte?

Als er die Frau schließlich einholte, schien auch sie sich gegen eine unsichtbare Macht zu wappnen. Sie stand an der Anlegestelle und suchte mit ihrem Blick den Wartebereich für die Passagiere ab; sie trug den besorgten, äußerst aufmerksamen Gesichtsausdruck von jemandem, der sich nicht ganz sicher ist, wie er sich verhalten soll. Ihr bodenlanger Wollmantel, der möglicherweise aus einem Secondhand-Laden stammte, und der billige Koffer aus Kunstleder passten nicht zu ihrem kultivierten, wenn auch etwas mitgenommenen Erscheinungsbild. Für das Auge eines Anwalts, der geschult war, derartige aufschlussreiche Details zu konstatieren, erweckte sie den Eindruck, aus einer privilegierten Schicht zu stammen, jedoch harte Zeiten erlebt zu haben.

Er blieb neben ihr stehen und erkundigte sich freundlich: »Ihr erster Besuch auf der Insel?« Normalerweise hatte Colin nicht die Angewohnheit, Fremde anzusprechen, aber etwas an ihr zog ihn an. Obwohl sie ihr hellbraunes Haar zu einem Pferdeschwanz zurückgebunden hatte und außer einem Hauch Lippenstift nicht geschminkt war, konnte er erkennen, dass sie einmal sehr hübsch gewesen war. Sie war es immer noch auf eine nüchterne Art und Weise, als wäre sie nur schwierigen Umständen ausgesetzt gewesen, wie ein Berggipfel den Elementen. Ihre weit auseinanderstehenden Augen, deren unbestimmte Farbe von Grün zu Grau changierte, waren von einer tiefen Traurigkeit überschattet, und ihre zarten Gesichtszüge passten nicht zu dem entschlossenen Gesichtsausdruck – nicht den großen Ehrgeizes, sondern der Ausdruck einer Frau, die in sich gehen muss, um Mut zu fassen, den nächsten Schritt zu tun.

Sie warf ihm einen erstaunten, beinahe erschrockenen Blick zu, dann glätteten sich ihre Gesichtszüge. »Nein. Es ist nur eine Weile her. Ich komme nicht darüber hinweg, wie wenig sich alles verändert hat«, erwiderte sie mit einer Handbewegung. Ihr Ton klang wie der eines Menschen, dessen eigenes Leben sich so drastisch verändert hat, dass es kaum möglich zu sein schien, dass die Zeit hier auf der Insel mehr oder weniger stillgestanden hatte.

Das war etwas, das er nur zu gut verstand. Ihr Gesicht hätte eines jener Gesichter sein können, in die er in zahllosen Treffen der Anonymen Alkoholiker geblickt hatte, für die Verzweiflung zu einer Lebensform geworden war und für die die Anstrengung, alltägliche Verrichtungen durchzuführen, fast mehr war, als sie bewältigen konnten. Trotzdem machten sie irgendwie weiter, genau wie er, einen Tag nach dem anderen, einen Schritt nach dem anderen.

»Ich bin als Kind immer hergekommen«, bemerkte er. »Für mich ist es auch eine Weile her.«

Sie warf einen Blick zum Himmel, wo eine dicke graue Wolkendecke herangezogen war, die Regen zu bringen drohte. »Nicht gerade Touristensaison.«

Wie aufs Stichwort ließ ein plötzlicher kalter Windstoß eine locker befestigte Plane in der Nähe flattern. Die Frau schlug ihren Kragen hoch und hielt ihn am Hals zusammen, während sie sich zitternd in ihren Mantel kuschelte. »Genau genommen bin ich geschäftlich hier. Familiengeschäfte.«

»Dann sind wir schon zu zweit.« Ihre Lippen verzogen sich zu einem Lächeln, das ihre Augen aber nicht erreichte. Offensichtlich hatte sie in letzter Zeit nicht viel Übung darin gehabt.

»Colin McGinty.« Er streckte die Hand aus.

Sie zögerte, bevor sie sie ergriff. »Alice«, sagte sie und nannte ihren Nachnamen nicht. Ihre Hand, schmal und langfingrig, hätte elegant wirken können, wie die einer Pianistin oder einer Ballerina, wäre sie nicht auf eine Art und Weise rau gewesen, die von harter körperlicher Arbeit zeugte.

»Werden Sie abgeholt?« Wenn sie Verwandte auf der Insel hat, dann ist das mehr als wahrscheinlich, dachte er.

»Nein«, sagte sie einfach, ohne eine Erklärung zu liefern.

»Ich würde Ihnen ja eine Mitfahrgelegenheit anbieten, aber mein Abholer scheint noch nicht hier zu sein«, meinte Colin und suchte unter den Autos am Straßenrand nach dem weißen Chevy Suburban, nach dem er gemäß Clark Findlay, dem Anwalt seines Großvaters, Ausschau halten sollte.

»Danke jedenfalls, aber ich habe es nicht weit.« Nach einem Moment, in dem sie seine Anwesenheit anscheinend vergessen hatte, straffte sie die Schultern und kippte ihren Koffer auf die Räder. »Nun, ich muss jetzt weiter. Schön, Sie kennengelernt zu haben! Ich wünsche Ihnen einen angenehmen Aufenthalt.«

Als er ihr nachsah, machte er sich weiter Gedanken über sie. War sie irgendwo im Leben den falschen Weg gegangen? Hatte sie sich mit dem falschen Mann eingelassen? Oder war ihr etwas zugestoßen, so wie ihm? Bevor Colin weiter darüber nachgrübeln konnte, bog sie um die Ecke und war nicht mehr zu sehen.

Er setzte seinen Rucksack auf. In dem Moment bemerkte er den Border-Collie, den er zuvor gesehen hatte. Er stand ein paar Meter entfernt und hielt den Blick seiner intelligenten braunen Augen mit einer Mischung aus Neugier und Skepsis auf ihn gerichtet. Colin hockte sich hin und streckte eine Hand aus. »Hier, Junge. Es ist okay. Ich beiße nicht.«

Der Collie – ein Rüde, wie er sah – schob sich näher. Obwohl er aussah, als würde man sich gut um ihn kümmern, war er auf eine Art und Weise scheu, wie man sie bei Haustieren antraf, die sich selbst überlassen waren. Es dauerte eine gute Minute, bis er nahe genug gekrochen war, um vorsichtig an der Hand zu schnüffeln. »Guter Hund«, murmelte Colin aufmunternd. »Siehst du? Es gibt nichts, wovor du Angst haben musst.« Er tätschelte Dickie den Kopf – er konnte nicht aufhören, Dickie in ihm zu sehen –, der schwarz war bis auf die weichen geknickten Spitzen seiner Ohren und die weißen Stellen um die Augen und zu beiden Seiten der Schnauze. Der Hund ließ es zu, aber es war klar, dass er es nur aus Höflichkeit tolerierte. Entweder das, oder er glaubte, Colin könnte vielleicht etwas über den Verbleib seines Herrchens wissen. Als klar wurde, dass Colin in dieser Hinsicht keine große Hilfe sein würde, zog er sich zurück und hockte sich hin, um Colin beinahe vorwurfsvoll zu betrachten.

Colin stand auf. »Ich würde dich ja mitnehmen, aber vermutlich kennst du den Weg.« Der Hund legte den Kopf schief und fixierte Colin, als würde er ihn verstehen. Wie lange würde er wohl noch auf sein totes Herrchen warten? Der Gedanke beschäftigte Colin. Aber war es besser zu wissen, dass es keine Hoffnung mehr gab? Wenn er von Nadine träumte, Nadine mit ihrem Lächeln, das so breit war wie die Welt, in der sie gelebt hatte – eine Welt, in der jeder eine gute Seite hatte und jede schlechte Sache auch Grauschattierungen besaß –, wachte er unweigerlich mit einem bohrenden Verlustgefühl auf, weil er wusste, dass dies alles war, was er von nun an von ihr haben würde: Erinnerungen.

Als mehrere Minuten vergangen waren, ohne dass Findlays Geländewagen zu sehen war, fischte Colin den Zettel mit der Nummer des Anwalts aus der Tasche. Aber sein Handy fand kein Netz, und als er ein Münztelefon suchte, war keines zu finden. Der Mangel an modernen Errungenschaften auf Grays Island schien eine Art Verschwörung zu sein, eine sanfte Ermahnung, es langsamer angehen zu lassen, es nicht so eilig zu haben. Hier bewegten sich die Leute in ihrem eigenen Tempo, nicht nach Zeitplan, und wenn man jemanden telefonisch nicht erreichen konnte, würde man ihm oder ihr irgendwann später begegnen.

Der Anwalt seines Großvaters bildete da keine Ausnahme. Augenblicke später hielt ein mit Matsch bedeckter Suburban, der einmal weiß gewesen sein mochte, am Straßenrand. Der Fahrer, ein Mann mit einer Fischermütze, der einem Anwalt sehr unähnlich sah, steckte den Kopf zum Fenster heraus. »Sie müssen Colin sein«, sagte er grinsend. »Steigen Sie ein.«

Colin kletterte auf den Beifahrersitz. »Danke, dass Sie mich abholen.« Er streckte die Hand aus, die mit einem festen, trockenen Griff geschüttelt wurde. Clark Findlay sah aus, als wäre er Ende vierzig, Anfang fünfzig, hoch aufgeschossen wie eine Spätsommerpflanze, und sein Gesicht war mit Sommersprossen übersät.

»Kein Problem. Tut mir leid, dass ich so spät komme.« Der Anwalt sagte das so beiläufig, als wäre es die Regel. »Ich bin im Büro aufgehalten worden. Mrs. Brunelli. Ihr Mann Frank ist vor ein paar Monaten gestorben. Sie ist einsam und unterhält sich gern. Ich habe es nicht übers Herz gebracht, sie zu unterbrechen. Wie war die Reise?«

»Lang«, antwortete Colin mit einem müden Lächeln. Der Flug von JFK in New York hatte Verspätung gehabt, sodass er in Seattle hatte übernachten müssen, und dann war die vierstündige Fahrt mit der Fähre gefolgt.

»Ist das Ihr ganzes Gepäck?« Findlay deutete mit dem Daumen auf Colins Rucksack.

»Ich reise mit wenig Gepäck«, sagte er.

»Kluger Mann. Sie werden ohnehin nicht viel brauchen. Ein paar Sachen zum Wechseln, eine warme Jacke, Stiefel, das war's schon.« Als müsste man Colin an die Kleidervorschriften auf der Insel erinnern, oder an die Tatsache, dass es keine gab. »Natürlich hängt es davon ab, wie lange Sie zu bleiben beabsichtigen.« Findlay warf ihm einen neugierigen Blick zu, als er sich wieder in den fließenden Verkehr einfädelte.

Colin gab keine Antwort. Er wusste genauso wenig wie Findlay, wie seine Pläne aussahen.

Sie verließen den Ort Bell Harbor und begannen, Crestview zu erklimmen. Auf der Kuppe stand das Herrenhaus im Queen-Anne-Stil, das einst das Heim des Schifffahrtunternehmers Henry White gewesen und inzwischen in eine Frühstückspension umgewandelt worden war. So oft es auch im Laufe der Jahre den Eigentümer gewechselt hatte, für die Einheimischen würde es immer das White-Haus bleiben, ein Gebäude, dessen Platz am örtlichen Firmament so fest verankert war wie die Legenden, die sich um seine ursprünglichen Besitzer rankten, insbesondere um Henrys Sohn Lowell. Als Colin jetzt die erleuchteten Fenster und die mit Lichterketten geschmückte Lebkuchenhausfassade des Gebäudes sah, die einen einladenden Lichtschein in die heraufziehende Dämmerung warfen, fragte er sich kurz, ob er nicht besser daran getan hätte, sich dort ein Zimmer zu nehmen, statt in dem kalten, verlassenen Cottage zu wohnen, in dem die Gegenwart seines Großvater so deutlich zu spüren sein würde.

Findlay bog oben auf dem Hügel links ab und fuhr in die Richtung von Ship's Bay. »Ich habe Edna hingeschickt, damit sie das Häuschen gründlich sauber macht. Es ist alles in allem in einem ziemlich guten Zustand. Der letzte Sturm hat ein paar Schäden angerichtet – am Dach und an einigen Bäumen –, aber Orin hat sich darum gekümmert.« Orin Rayburn und seine Frau Edna hatten, wie Colin sich erinnerte, für seinen Großvater gearbeitet. »Dabei fällt mir ein, er möchte wissen, ob Sie planen, ihn weiterhin zu beschäftigen, wenn alles geregelt ist.« Findlay bezog sich auf die Tatsache, dass der Zeitraum für die Testamentsvollstreckung beinahe abgelaufen war. »Sie haben nicht gesagt, ob Sie das Haus verkaufen wollen oder nicht.«

»Ich habe mich noch nicht entschieden«, erwiderte Colin.

»Was immer es auch wert sein mag, die Grundstückspreise sind in den letzten Jahren stark gestiegen. Fünfzehn Morgen erstklassiges Land direkt an der Küste könnten einem Mann für den Rest seines Lebens sein Auskommen bieten«, fuhr der Anwalt fort.

Oder sein Leben retten, dachte Colin schweigend.

Dieser Gedanke war ihm durch den Kopf gegangen, seit er von seiner Erbschaft erfahren hatte. Der Großteil des Vermögens war an seinen Vater gefallen, auch wenn Daniel nicht einmal die Beerdigung besucht hatte. (Colin übrigens auch nicht, aber das war eine ganz andere Geschichte.) Das Haus und das Land, auf dem es stand, waren Colin hinterlassen worden, und sein Bruder Patrick hatte ebenfalls einen kleinen Erbteil bekommen. Colin konnte damit tun und lassen, was er wollte, wenn er auch vermutete, dass der Grund, warum ihm der alte Mann Haus und Land hinterlassen hatte, war, dass er von allen Familienmitgliedern am meisten davon profitieren würde – auf eine Art und Weise, die wenig mit finanziellem Gewinn zu tun hatte.

Auch wenn Colin sich in den letzten Jahren sehr zurückgezogen hatte, nicht nur von William, sondern von der ganzen Welt, weil er sich in den Korridoren seiner Verzweiflung so sehr verloren hatte, dass er sogar sich selbst fremd geworden war, so schien sein Großvater doch gewusst zu haben, was Colin brauchte. So, wie William vor vielen Jahren Verständnis gezeigt hatte, als Colin aufgehört hatte, ihn regelmäßig zu besuchen, weil sein Leben sich zu der Zeit nur um das College und Mädchen und die ichbezogenen Belange junger Männer gedreht hatte. Nicht einmal hatte William seinem Enkel das Gefühl gegeben, deswegen ein schlechtes Gewissen haben zu müssen. Stattdessen hatte er Colin ermuntert, in die Welt hinauszuziehen und sich selbst zu finden. Als Colin seinen Abschluss in Haverfort gemacht hatte, war Williams Geschenk für ihn eine Reise nach Griechenland gewesen. In seinem Brief hatte er geschrieben: *Du bist nur einmal jung. Genieße es, so lange du kannst.* Fast so, als hätte sein Großvater über den sechsten Sinn verfügt und geahnt, was kommen würde.

»Ich habe nicht an das Geld gedacht«, antwortete Colin jetzt. Obwohl er es, ehrlich gesagt, brauchen könnte. Er hatte seit mehr als fünf Jahren keine feste Stelle mehr gehabt. Der einst aufgehende Stern im Büro der Staatsanwaltschaft in Manhattan, der Spitzenkandidat auf den höchsten Posten, wenn sein Chef in den Ruhestand gehen würde, besaß im Moment noch genau dreihundert Dollar. *Zweihundertfünfzig*, korrigierte er sich, indem er den Betrag abzog, den er von seinem Girokonto abgehoben hatte, um die Überfahrt mit der Fähre und die Hotelübernachtung zu bezahlen.

Jedenfalls machte es keinen Sinn, seine Zukunft zu diskutieren, wenn er zurzeit zu kaum mehr in der Lage war, als einen Fuß vor den anderen zu setzen. Er starrte auf die dämmrige

Landschaft, die vorbeizog. Häuser und Scheunen und Weideland hatten dem tiefen, unergründlichen Grün der Hemlocktannenwälder Platz gemacht, in denen die blassen Stämme von Erlen geisterähnlich aufleuchteten und gelegentlich der Spiegel eines Rehs aufblitzte. Sie bogen um eine Kurve und sahen sich plötzlich dem Kiesstrand gegenüber, der sich um die Bucht zog. Die letzten feurigen Strahlen der untergehenden Sonne brachen durch die Wolken und warfen eine schimmernde Lichtbahn auf das Wasser. Wäre das hier ein Kinofilm, dachte Colin, würde ich das als billigen Effekt abtun. Doch jetzt trieb ihm dieses Bild die Tränen in die Augen. Er hatte vergessen, wie schön es war.

Nach wenigen Minuten bogen sie in den Feldweg ein, der den steilen bewaldeten Hang hinaufführte, bevor dieser sich zu der Lichtung senkte, in deren Mitte das Haus seines Großvaters stand und auf die Bucht hinunterblickte. Nachdem der Wagen gehalten hatte, stieg Colin aus und verharrte einen langen Moment, um alles in sich aufzunehmen. Das schindelgedeckte rustikale Cottage mit der Veranda, deren kantige Pfosten von Glyzinien umrankt waren, die schöne Eichenholztür mit der aufwendigen Verglasung, das alles sah genau so aus, wie er es in Erinnerung hatte, wenn auch ein bisschen verwitterter. Ein Stück zurück lagen das Atelier, in dem sein Großvater so viele Stunden an seiner Staffelei verbracht hatte, und die Hochbeete. Sie waren eingezäunt, um die Rehe fernzuhalten und lagen dort, wo einst der Küchengarten gegrünt und geblüht hatte. Sein Großvater hatte es genossen, im Garten zu arbeiten, wenn er nicht gemalt hatte, wie Colin sich erinnerte. Er lächelte, als er daran dachte, was William ihm einmal gesagt hatte: Der einfachste Weg, Resultate zu erzielen, sei es, Samen auszusäen. Das konnte man auch als Hinweis verstehen, dass das Beste im Leben oft die einfachen Dinge waren.

Hinter den Beeten wand sich ein Pfad durch vom Wind flach gedrücktes Gras und Gestrüpp den Hügel hinunter zur Bucht. Sie war von allen Seiten von großen Felsen umgeben und nur von hier aus oder mit dem Boot zugänglich. Die einzigen Lebewesen, die den mit Treibholz übersäten Strand bevölkerten, waren die Seevögel, die um diese Zeit das Futter für ihre Abendmahlzeit suchten.

Colin zeigte auf die glitzernde Fläche, wo die Flut sich zurückgezogen hatte. »Als ich Kind war, hat ein Mann dort Austern gezüchtet«, meinte er. Sein Großvater hatte das Land gegen einen kleinen Anteil von jedem Fang verpachtet.

Diese Erinnerung rief ein anderes Bild so klar in ihm wach, dass er fast glaubte, Mr. Deets dort am Strand hocken zu sehen, wie er eine noch vom Meerwasser tropfende Auster öffnete, damit Colin sie probieren konnte. Er hatte sie mehr aus Angeberei gegessen, weil er geglaubt hatte, er könnte damit Patrick gegenüber prahlen, wenn er nach Hause zurückkehrte. Doch als er ihren Geschmack auf seiner Zunge gespürt hatte, war er angenehm überrascht gewesen. Er ähnelte nichts anderem, was er je probiert hatte; die Auster schmeckte wie das Wesen des Meeres selbst.

»Das wird Frank Deets gewesen sein«, entgegnete Findlay. »Er ist vor ein paar Jahren gestorben. An Lungenkrebs.« Er tippte sich auf die Brust. »Ich habe mich für seine Nichte um den Nachlass gekümmert.«

»Das tut mir leid«, sagte Colin. Bei den wenigen Malen, die sie in den letzten Jahren miteinander telefoniert hatten, hatte sein Großvater es nicht erwähnt, und jetzt empfand Colin ein echtes Verlustgefühl. Mr. Deets war ein exzentrischer alter Bursche gewesen, aber Colin hatte ihn gemocht.

Er betrachtete nachdenklich die Aussicht, während alles in

der Dunkelheit versank, bis Findlay schließlich anregte: »Möchten Sie sich das Haus ansehen?« Als würde Colin sich hier nicht auskennen.

Was er wollte, war, allein gelassen zu werden, doch er wollte nicht unhöflich erscheinen. Also zuckte er die Schultern und ging mit Findlay den Weg zum Haus hinauf.

Das Innere des Hauses war sauber und ordentlich, aber die Atmosphäre strahlte deutlich ein Gefühl des Unbewohnten aus. Während Colin von Zimmer zu Zimmer ging, stellte er betroffen fest, wie still es war; jedes Knarren einer Diele schien überdurchschnittlich laut zu sein. Der Kamin, in dem an kühlen Sommerabenden immer ein Feuer gebrannt hatte, war sorgsam gekehrt; vom Alter vergilbte Zeitungen waren am Kamin aufgestapelt, daneben stand ein Korb mit Anmachholz. Die Küche war ebenfalls kahl, abgesehen von der Hand voll Lebensmitteln, die in Erwartung seiner Ankunft gekauft worden waren.

An einigen Stellen im Haus stachen dort helle Rechtecke an den Wänden hervor, an denen Gemälde gehangen hatten. Das einzige Werk seines Großvaters, das nicht verkauft worden war, war das Porträt über dem Kamin. *Die rubinrote Frau* war vielleicht das bekannteste Bild seines Großvaters und auch das begehrteste. William hatte es zwar gelegentlich an Museen ausliehen, hatte jedoch alle Kaufangebote abgelehnt, die man ihm im Laufe der Jahre unterbreitet hatte.

Colin konnte verstehen, warum es seinem Großvater so schwer gefallen war, sich davon zu trennen. Die namenlose Frau auf dem Porträt trug ein rotes Kattunkleid. Sie saß auf einem Sofa und hatte die nackten Füße untergeschlagen. Die Frau war auf eine Art und Weise schön, die seine Fantasie als Junge beschäftigt hatte und ihn auch jetzt noch berührte. Ihre nackten Füße verkörperten sowohl Unschuld als auch Sinnlichkeit, das Kleid bedeckte sittsam die Knie; das glänzende kastanienbraune Haar war am Hinterkopf zu losen Locken hochgesteckt worden, einzelne Strähnen fielen ihr in den Nacken. Das Licht, das durch das Fenster hinter ihr hereinfiel, ließ ihre Haut erglühen und machte ihre Augen – tiefgrün und mit goldenen Flecken wie sich verfärbende Blätter – auf eine Art und Weise durchscheinend, die beinahe überirdisch wirkte. Selbst ihr Gesichtsausdruck, nachdenklich, doch mit der Andeutung eines Lächelns auf den Lippen, ließ auf verborgene Tiefen schließen.

Vor langer Zeit einmal hatte Colin seinen Großvater nach der Frau gefragt. Der Blick des alten Mannes hatte sich nach innen gekehrt, und nach einer langen Pause hatte er rätselhaft geantwortet: »Das ist eine lange Geschichte für einen anderen Tag, mein Kind. Warum heben wir sie uns nicht auf, bis du alt genug bist und ich sie dir bei einer Flasche von diesem guten Kognak erzählen kann, den deine Familie mir jedes Jahr zu Weihnachten schickt?«

Leider war dieser Tag nie gekommen.

Er hätte seinen Vater danach gefragt, aber Daniels Stimmung sank immer auf einen Tiefpunkt, wenn die Rede auf seinen alten Herrn kam. Colin hatte früh gelernt, dass er dieses Thema am besten gar nicht anschnitt. Er hatte nie verstanden, warum sein Vater einen derartigen Groll gegen William hegte, er wusste lediglich, dass es etwas mit der Scheidung seiner Großeltern zu tun hatte. Colin war neun gewesen, als er endlich den Großvater kennenlernte, den er bis dahin nur von den Geburtstags- und Weihnachtskarten kannte, die er ihm und Patrick schickte, immer mit einem Zwanzigdollarschein darin. Seine Mom, die der Meinung war, dass Familie Familie war, gleichgültig, was passiert sein mochte, hatte Daniel schließlich überredet, Colin und Patrick für einen einwöchigen Besuch hinfliegen zu lassen. Sein Bruder, der zu der Zeit dreizehn und der Star seines Footballteams gewesen war, hatte sich geweigert. Von da an war es zur Regel geworden, dass Colin jeden Sommer zu immer längeren Besuchen herkam, während Patrick zu Hause blieb und seinen Lieblingsbeschäftigungen nachging: Sport, Mädchen und später Autos.

Als Colin jetzt das Porträt betrachtete, dachte er wieder daran, dass William nie dazu gekommen war, ihm die Geschichte zu erzählen ... Und er dachte daran, dass auch er nie dazu gekommen war, seinem Großvater *seine* Geschichte zu erzählen: Die Geschichte darüber, wie er alles verloren und sein Leben sich in Nichts aufgelöst hatte.

Sein Blick wanderte weiter zu dem Spiegel an der Wand rechts neben dem Kamin, von wo ein düsteres Gesicht ihn anblickte – ein Gesicht, das sich auf den ersten Blick nicht sehr von dem gerahmten Foto seines Collegeabschlusses unterschied, das auf dem Sims stand. Dieselben dunkelblauen Augen und die Römernase, die er von seinem Großvater mütterlicherseits geerbt hatte. Bei näherem Hinsehen erkannte er jedoch die Falten, die vorher nicht da gewesen waren. Sein Lächeln, das einst voller Erwartung gewesen war, wirkte jetzt betrübt. Er wusste, was er zu erwarten hatte: kein Leben voller Verheißungen, sondern eines, in dem das Einzige, was zwischen ihm und dem sprichwörtlichen Abgrund stand, ein Klappstuhl im Aufenthaltsraum einer Kirche oder in einem Veteranenheim war, wo sich andere Leute mit ähnlichen Schwierigkeiten versammelten.

Er drehte sich um und stellte fest, dass Findlay ihn neugierig musterte. In dieser kleinen Gemeinde mussten einige Mutmaßungen über die Rückkehr des Enkels des alten McGinty kursieren. Nicht, dass es Colin interessierte. Es war eine willkommene Abwechslung von dem weniger harmlosen Gerede über ihn, das während seiner Alkoholexzesse im Büro der Staatsanwaltschaft über ihn im Umlauf gewesen war.

»Ich habe mir schon immer Gedanken über sie gemacht«, sagte er und betrachtete wieder das Porträt. »War sie von hier, wissen Sie das?«

Findlay nickte. »Sie hieß Eleanor Styles.«

Colin warf ihm einen kurzen Blick zu. »Sie kannten sie?«

»Ich würde nicht so weit gehen, das zu behaupten. Ich habe sie gesehen, sicher, aber sie ist nicht oft ausgegangen, ihr Mann war sehr krank. Und dann ist sie selbst krank geworden.« Er schüttelte bedauernd den Kopf und hatte denselben Gesichtsausdruck wie schon zuvor, als er über Deets' Tod gesprochen hatte. »Mein Dad kann sich noch erinnern, wie unvergesslich sie für jeden war – man sagt, sie war das schönste Mädchen der Insel.«

»Sie war in der Tat wunderschön«, stimmte Colin zu.

»Mein Dad hat erzählt, die Hälfte der Männer im County San Juan sei in sie verliebt gewesen«, fuhr Findlay fort. »Niemand konnte es fassen, als sie Joe Styles geheiratet hat. Nicht, dass er kein netter Kerl gewesen wäre, aber er hatte einfach nicht ihre Klasse, wenn Sie verstehen, was ich meine. Dann brach der Krieg aus ...« Seine Stimme wurde leiser. »Joe ist zwar wieder nach Hause gekommen, aber er war nicht mehr derselbe. Irgendeine Kopfverletzung. Sicherlich ist es auch für Eleanor nicht leicht gewesen, aber sie blieb bei ihm, bis zum Ende.«

»Wie haben sie und mein Großvater sich kennengelernt?«

»Sie hat Hunde gezüchtet, um etwas dazuzuverdienen. Border-Collies. Ihr Opa hat einen Welpen gekauft. Ich vermute, dass sie sich danach angefreundet haben.« Das blasse sommersprossige Gesicht des Anwalts wurde rot. »Nicht, dass ich damit andeuten will, dass etwas zwischen ihnen war«, beeilte er sich hinzuzufügen. »Es war nur ... Sie wissen schon ... der Krieg. Und die Leute haben in jenen Tagen sehr darauf geachtet, was der Nachbar tut.«

Wegen der Art und Weise, wie Findlay erzählte, als hätten sich diese Geschehnisse erst gestern ereignet und nicht vor langer Zeit, erwartete Colin fast, jeden Moment den jungen und lebenssprühenden William ins Zimmer schlendern zu sehen, Dickie auf den Fersen. Aber natürlich wäre es damals nicht Dickie gewesen. Im Laufe der Jahre hatte es eine ganze Reihe von Hunden gegeben, alle Border-Collies. Jeder von ihnen hatte ein reifes Alter erreicht und war hinter dem Holzschuppen begraben worden.

Colin wandte sich wieder an Findlay. »Ich würde Ihnen ja gern etwas zu trinken anbieten, aber ich weiß nicht, was da ist.« Er betrachtete den Vitrinenschrank aus Kirschbaumholz, in dem William, der selbst kaum Alkohol getrunken hatte, einen kleinen Vorrat an hochprozentigen Getränken für Besucher aufbewahrt hatte.

Wie er gehofft hatte, griff der Anwalt das Angebot als Stichwort zum Aufbruch auf. »Danke, aber ich muss los. Meine Frau wird bald das Abendessen auf dem Tisch haben, und wenn ich es kalt werden lasse, gerate ich in Erklärungsnot. Sie wissen ja, wie sie sind.« Findlay zwinkerte ihm zu, Ehemänner unter sich, bevor er sich erinnerte, dass Colin Witwer war und sein kumpelhafter Gesichtsausdruck Verlegenheit Platz machte.

Colin fühlte sich schutzlos, als seine ganze traurige Geschichte offengelegt wurde. Natürlich wussten alle Bescheid. In den Tagen voller Entsetzen nach dem 11. September hatten die Leute über nichts anderes gesprochen als darüber, wer aus ihrem Freundes- und Bekanntenkreis von der Tragödie betroffen war – der Freund eines Freundes, der Cousin eines ehemaligen Mitbewohners aus dem College, der Onkel eines früheren Mitarbeiters. Auf Grays Island hatten die Leute sich sicher darauf gestürzt und die Geschichte brandheiß weitererzählt. *Du kennst doch den alten McGinty? Schrecklich, das mit seinem Enkel, nicht wahr? Er hat seine Frau verloren. Es heißt, sie war in dem ersten Turm, als er getroffen wurde. Sie hatte nicht mal Zeit zu beten.*

Der alte Schmerz erwachte wieder zum Leben, doch Colin setzte ein Lächeln auf und sagte, als er Findlay zur Tür begleitete: »Nochmals vielen Dank, dass Sie mich abgeholt haben. Ich weiß Ihre Hilfe wirklich sehr zu schätzen.«

»Gern geschehen.« An der Tür übergab Findlay ihm die Schlüssel für den alten Volvo seines Großvaters. »Ihr Großvater hat ihn in den letzten Jahren meistens in der Garage stehen lassen, weil seine Augen ziemlich nachgelassen hatten. Aber der Wagen ist noch gut beieinander, und ich habe Orin gebeten, ihn zu tanken. Wenn Sie sonst etwas brauchen, melden Sie sich einfach. Ich habe diese Papiere für Sie zum Unterschreiben vorbereitet, wenn Sie im Laufe der Woche bei mir vorbeikommen wollen.«

Nachdem er gegangen war, seufzte Colin erleichtert auf. Natürlich war er Findlay dankbar, aber das Bedürfnis, allein zu sein, war so hartnäckig wie ein Hund, der an der Tür jaulte, um rausgelassen zu werden. Was ihn an etwas erinnerte ... Ob der Border-Collie von der Anlegestelle wohl den Weg nach Hause geschafft hatte? Es war ein langer Marsch, und bei hereinbrechender Dunkelheit musste er unbeleuchtete Straßen entlanglaufen, wo die Gefahr groß war, von einem vorbeifahrenden Auto erwischt zu werden. Aber Colin hatte im Moment dringlichere Probleme als die Sorge um einen Hund, der anscheinend besser als er gerüstet war, für sich selbst zu sorgen. Was sollte er beispielsweise mit sich anfangen, nachdem er nun tatsächlich hier war? Bis zu diesem Augenblick hatte Colin es nicht gewagt, so weit vorauszudenken.

Nun, es gab eine Sache, die er tun konnte. Es würde nicht alles klären, aber es wäre ein Anfang. Er zog das Telefonbuch aus der Schublade des alten Schrankes, in dem die Stereoanlage untergebracht war und auf dem das Telefon stand. Es war eine Weile her, seit er zuletzt ein derart dünnes Telefonbuch gesehen hatte – es würden nicht einmal alle »A's« aus dem Verzeichnis von Manhattan hineinpassen –, und das erinnerte ihn daran, wie klein die Insel eigentlich war. In den Gelben Seiten, unter der Auflistung der Gesundheitsdienste, fand er, was er suchte, und wählte die Nummer der Anonymen Alkoholiker.

Es gab pro Woche zwei Treffen, jeden Dienstag- und Donnerstagabend um sieben, teilte man ihm mit. Wenn er jetzt losfuhr, konnte er in der Stadt schnell eine Kleinigkeit essen und es trotzdem noch zum heutigen Treffen in der Lutherischen Kirche schaffen. Als er auflegte, ertappte er sich beim Gedanken an die Frau, die er bei seiner Ankunft kennengelernt hatte. Alice. Und plötzlich fiel ihm wieder ein, woher er sie kannte. Es hatte in allen Zeitungen gestanden, und er rechnete im Kopf nach. Ja, die Zeit musste ungefähr stimmen.

Möge Gott ihr beistehen, dachte er und griff nach seiner Jacke. Sie würde eine schwere Zeit vor sich haben. Denn er wäre nicht der Einzige, dessen jede noch so kleinste Bewegung genau beobachtet werden würde.

2. *Kapitel*

Alice beugte sich über das Waschbecken der Damentoilette bei Svenigan's und starrte auf den Wasserhahn. Es gab keinen Handhebel. Wie stellte man das Wasser an? In einer der Kabinen lief die Toilettenspülung, eine ältere Frau kam heraus und trat ans Waschbecken. Alice gab vor, ihren Lippenstift aufzufrischen, während sie aus dem Augenwinkel beobachtete, wie die Frau eine Hand unter dem Wasserhahn hin- und herschwenkte und das Wasser daraufhin zu fließen begann. Alice erinnerte sich an die Bewegungssensoren: Sie waren in öffentlichen Toiletten gerade in Mode gekommen, damals, vor ihrer Inhaftierung.

In diesen Tagen fühlte sie sich wie eine Fremde in ihrem eigenen Land, in dem alles schneller lief, als sie es begreifen konnte: Reklamewände warben für unbekannte Markennamen; an Verkaufsständen, an denen vormals freundlich lächelnde Kassierer und Kartenabreißer ihre Arbeit gemacht hatten, standen jetzt Automaten; wenn sie eine Firma anrief, wurde sie von einer Vielzahl elektronischer Ansagen und Anweisungen begrüßt. Die kleinste Sache konnte Alice durcheinanderbringen, selbst etwas derart Simples wie ein Wasserhahn.

Die Frau schien ihr einen neugierigen Blick zuzuwerfen, als versuchte sie, sie einzuordnen. Alice fragte sich, ob sie paranoid war; sie hielt das Gesicht abgewandt, als sie sich die Hände wusch und trocknete. Sie war einen Tag früher gekommen in der Hoffnung, mit Jeremy reden zu können, bevor der

Rest der Familie sich auf sie stürzen würde. Ohne dass die anderen dabei waren, würde es weniger kompliziert werden. Insbesondere für Jeremy. Es war schwierig genug, ein Teenager zu sein, und sie wollte am Leben ihres Sohnes teilhaben und keine weitere Komplikation darstellen.

Sechzehn. Er ist sechzehn. Sie bemühte sich, diese unglaubliche Tatsache zu begreifen. Mithilfe der Fotos, die Randy und ihre Schwester geschickt hatten, hatte Alice jeden seiner Geburtstage miterlebt und sein Heranwachsen verfolgt – jeden neuen Wachstumsschub, jedes neue Zeichen des Erwachsenwerdens. Beides war eine Quelle der Verwunderung und des Schmerzes – und hatte etwas Unwirkliches an sich gehabt. Sie konnte nicht aufhören, ihn sich als den kleinen Jungen vorzustellen, der er gewesen war, als wäre die Zeit stehen geblieben wie auf dem Foto, das sie in dem Medaillon um den Hals trug. Sie hatte ihn seitdem nicht mehr gesehen. Randy hatte aufgehört, sie mit ihm zusammen im Gefängnis zu besuchen. Er hatte ihr in einem Brief mitgeteilt, dass es so am besten wäre; Jeremy hätte sich so sehr zurückgezogen, dass er kaum noch sprach, und die Besuche hätten alles nur noch schlimmer gemacht. Sowohl er als auch Dr. Turner, der Psychologe, bei dem Jeremy zu der Zeit in Behandlung war, machten sich Sorgen wegen Jeremys Gemütszustand.

Es hatte Alice beinahe umgebracht, ohne Kontakt zu ihrem Sohn zu sein, aber am Ende hatte sie zugestimmt. Welche Wahl hätte sie gehabt? Jetzt wünschte sie, sie hätte härter gekämpft. Ihr Urteilsvermögen war durch ihre Schuldgefühle getrübt gewesen, und sie hatte nicht erkannt, dass sie es dadurch nur einfacher für Randy gemacht hatte. Randy hatte seine Gründe gehabt, sie nicht sehen zu wollen, Gründe, die bald klar wurden, als ihr die Scheidungspapiere zugestellt wurden. Infolgedessen war sie jetzt gewissermaßen eine Fremde für ihren Sohn. Schlimmer noch, Jeremy hatte anscheinend kein Interesse daran, sie zu treffen. Ihre Briefe waren zum größten Teil nicht beantwortet worden. Wenn er einmal schrieb, waren es nur ein paar oberflächliche Zeilen. *Wie geht es dir? Mir geht es gut.* Er unterschrieb diese Briefe immer mit: *Dein Sohn Jeremy.* Als würde sie ihr eigenes Kind nicht kennen. Bei dem Gedanken krampfte sich ihr Magen zusammen, und sie atmete tief ein, um ihre Aufregung vor dem Wiedersehen in den Griff zu bekommen.

Es macht keinen Sinn, etwas ungeschehen machen zu wollen. Genauso gut kann man versuchen, ein Ei in ein Huhn zurückzustopfen, nachdem es bereits gelegt ist, sagte eine schleppende Stimme in ihrem Kopf, die von Calpernia King. Die große schwarze Calpernia, so hart wie der Radschlüssel, mit dem sie ihren Freund, der sie missbraucht hatte, fast zu Tode geprügelt hatte. Sie war so ungefähr der letzte Mensch, den Alice in ihrem alten Leben als ihre Freundin bezeichnet hätte. Doch in den neun Jahren, die sie in Pine River gewesen war, hatte sie Calpernia kennen und schätzen gelernt. Calpernia, die trotz ihrer rauen Worte Alice immer den Rücken gestärkt hatte. Sie wünschte, Calpernia wäre jetzt hier. Sie konnte jede Unterstützung brauchen, die sie bekommen konnte.

Alice ging zum Eingang des Cafés zurück, um den Koffer zu holen, den sie hinter dem Garderobenständer zurückgelassen hatte. Glücklicherweise war Svenigan's um diese Uhrzeit fast menschenleer. Die Dinnergäste würden erst auftauchen, wenn die Geschäfte in der Innenstadt schlossen und die Gedanken sich Ina Svenigans Fleisch-Lasagne, gefolgt von einem Stück ihrer selbst gemachten Brombeertorte, zuwandten. Die füllige Frau mittleren Alters an der Kasse hielt inne und sah Alice vielleicht einen Herzschlag zu lang an, und Alice konnte nur hoffen, dass die Jahre das Ihre getan hatten, damit man sie nicht sofort wiedererkannte.

Als sie die Harbor Street entlangging und ihren Trolley hinter sich herzog, kehrten ihre Gedanken zu Jeremy zurück. Er müsste inzwischen aus der Schule zurück sein; sie würde ihn anrufen, sobald sie in der Frühstückspension eingecheckt hatte. Der Gedanke daran ließ ihre Schritte schneller werden, als sie den Hügel hinaufging, und ihr Herz schlug in ihrer Brust Purzelbäume wie ein aufgeregtes Kind. Dann fiel ihr sein Job nach der Schule ein – Denise hatte ihr davon geschrieben –, und ihre Aufregung legte sich ein wenig. Der Anruf würde warten müssen.

Der Wind frischte auf und brachte Regen, der gegen ihre rauen Wangen peitschte. Sie hatte ein Zimmer im Harbor Inn gebucht, das im Ort White House genannt wurde – ein kleiner Trotzakt ihrerseits, obwohl es sich seit Jahrzehnten nicht mehr im Besitz der Familie White befand. Es stand oben auf dem Hügel wie eine erleuchtete Signalstation, und sein runder Turm und die Giebel ließen es wie ein Haus aus einem Märchen wirken. *Ein Märchen, in dem eine Prinzessin weggezaubert wird und dann in ihr Königreich zurückkehrt, um dort glücklich bis an ihr Lebensende zu leben*, dachte Alice und lächelte grimmig.

Es war der Ort, an dem Randy und sie ihre Hochzeitsnacht verbracht hatten – ein Märchen, das am Ende schiefgegangen war. Seit damals hatte sich nicht viel verändert, bemerkte sie, sobald sie das Haus betrat. Ein geräumiger eichengetäfelter Eingangsbereich, der von antiken Messingwandleuchtern erhellt wurde, ging in den Empfangsbereich über, wo sich einst das Wohnzimmer befunden hatte, ein großer gemütlicher Raum mit Gemälden, auf denen Segelschiffe zu sehen waren. Im Kamin brannte ein Holzfeuer, und ein Tablett mit Käse und Crackern stand neben einer Karaffe Rotwein bereit.

An der Rezeption war niemand zu sehen, deshalb läutete Alice mit der Messingglocke. Augenblicke später eilte geschäftig eine lächelnde weißhaarige Frau in einer dunkelgrünen, mit Kürbisgesichtern bestickten Wolljacke durch den Seiteneingang herein. Ihr Lächeln verblasste, sobald Alice ihren Namen nannte.

»Alice Kessler?« Sie sah prüfend in ihr Reservierungsbuch. »Ich fürchte, da ist etwas schiefgelaufen. Wir haben keine Reservierung unter diesem Namen. Sind Sie sicher, dass es nicht ein anderer Gasthof war?« Sogar wenn sie aufblickte, schien ihr Blick Alice auszuweichen.

»Ganz sicher.« Alice machte ein ratloses Gesicht, obwohl sie eine ziemlich gute Vorstellung davon hatte, was hier vor sich ging. Es ist nur die erste von vielen derartigen Zurückweisungen, dachte sie mit sinkendem Mut. »Der Herr, mit dem ich telefoniert habe, sagte, es gäbe jede Menge freie Zimmer«, fuhr sie mit fröhlicher und freundlicher Stimme fort. »Gibt es ein Problem?«

»Ich fürchte ja. Wir sind momentan ausgebucht«, teilte man ihr mit.

»Ich verstehe.« Alice sprach leise, aber auf eine Art und Weise, die ihren Unmut zeigte. Sie hätte darauf vorbereitet sein müssen. Es war eine kleine Gemeinde, und die Leute hatten ein gutes Gedächtnis, und viele von ihnen hatten Verbindungen zur Familie White.

Hitze stieg ihr in die Wangen, als sie mit übertrieben höflicher Stimme sagte: »Wenn dem so ist, dürfte ich dann Ihr Telefon benutzen? Wenn das nicht zu viel verlangt ist.«

Ziemlich ungnädig schob die Frau ihr das Telefon hin. Alice wählte Denises Nummer, die sie auswendig kannte, und betete, dass ihre Schwester zu Hause war. Sonst hätte sie Pech gehabt, denn sie hatte kein Geld für ein Taxi – das wenige Geld, das sie dabei hatte, war in Form von Reiseschecks –, und die nächste Unterkunft war ein gutes Stück entfernt. Ihre Mutter konnte sie auch nicht anrufen; Lucy traf sich donnerstags immer mit ihrer Lesegruppe. Außerdem rechnete Lucy erst morgen mit ihr, und wie sie sie kannte, hatte sie sicher alles Erdenkliche für ihre Heimkehr vorbereitet, was durch Alices verfrühte Ankunft nur verdorben werden würde.

Zum Glück antwortete Denise nach dem dritten Klingeln. »Mein Gott! Warum hast du mir nicht gesagt, dass du früher kommst?«, rügte ihre Schwester sie, klang aber nichtsdestotrotz entzückt, von ihr zu hören.

»Ich habe gehofft, ich würde eine Gelegenheit haben, mit Jeremy zu reden, weißt du, bevor ich allen anderen gegenübertreten muss«, erklärte Alice.

»Nun, dein Timing ist miserabel.« Denise lachte gutmütig, aber frustriert. »Ich habe momentan das ganze Haus voll Neunjähriger – Taylors Pfadfindergruppe, falls du dich über den ganzen Lärm wunderst«, fügte sie hinzu und hob die Stimme, damit man sie über den schrillen Chor im Hintergrund verstehen konnte. »Gary arbeitet noch, und Ryan hat Football-Training, deshalb habe ich niemanden, der auf sie aufpassen könnte. Ich hasse es, dich warten zu lassen, aber ...«

Alice versicherte ihr schnell: »Das ist in Ordnung. Komm her, sobald du kannst.« Sie hatte neun Jahre gewartet, also konnte sie auch noch eine weitere halbe Stunde warten.

Es war völlig dunkel und regnete heftig, als Denise in ihrem alten Honda Prelude vor dem Gasthof hielt. Mit einer gelben

Regenjacke über dem Kopf eilte sie auf Alice zu und schloss sie in die Arme. Die Umarmung war feucht und roch schwach nach Schokoladenplätzchen, was Alice an all das Warme und Gute erinnerte, das sie vermisst hatte.

»Du bist ja eiskalt!«, rief Denise. »Warum hast du nicht drinnen gewartet?«

»Sagen wir mal, die Temperatur drinnen war auch nicht viel höher.« Alice zitterte in ihrem Mantel, als sie einen Blick über die Schulter auf die hell erleuchteten Fenster des Gasthauses warf.

Ihre Schwester fragte nicht nach, aber Alice hatte das unbehagliche Flackern in ihren Augen nicht übersehen – es war keine normale Heimkehr, das wussten sie beide. »Na ja, obwohl du blau gefroren bist, siehst du trotzdem gut aus!«, bemerkte Denise und fuhr sich verlegen mit der Hand durch ihr ungekämmtes Haar.

»Du meinst, für jemanden, der gerade aus dem Gefängnis kommt«, sagte Alice.

»Sei jetzt still!«, schalt Denise in dem gleichen Ton, den ihre Mutter benutzt hätte. Resolut nahm sie Alices Koffer, zog ihn zum Honda und hob ihn in den Kofferraum, der mit Aufklebern gepflastert war wie: *Brave Frauen schreiben selten Geschichte*, und *Ein Volk, ein Planet, eine Zukunft.*

Die Beständigkeit ihrer Schwester war beruhigend in dieser neuen misstönenden Welt, die Alice betreten hatte. Denise war immer noch dasselbe Mädchen, das über jeden zermalmten pelzigen Haufen am Straßenrand geweint hatte und das bei jeder Demonstration mitmarschiert war, nur dass sie jetzt älter und Mutter von zwei Kindern war. Als Denise sie das letzte Mal besucht hatte, hatte es Alice schockiert, dass ihr kleines Schwesterchen vorzeitig grau wurde.

»Erinnerst du dich an den alten VW-Käfer, den du früher hattest?«, fragte Alice, als sie losgefahren waren.

»Mein Gott, ja. Dad hat gedroht, Opa in seine alte Uniform aus dem Zweiten Weltkrieg zu stecken, um mich so zu blamieren, dass ich den Käfer loswerde.« Denise lachte, aber es klang irgendwie gezwungen. Sie beugte sich über das Lenkrad, als würde sie sich den Weg durch einen schweren Schneesturm statt durch den Regen suchen, der in diesem Teil der Welt ein Bestandteil des täglichen Lebens war. »Ich habe mich früher immer gefragt, ob das etwas damit zu tun hatte, dass er und Mom sich ineinander verliebt haben, weil sie beide Väter hatten, die im Krieg verwundet wurden. Sie hatten weiß Gott sonst nicht viel gemeinsam, wenn man die Tatsache außer Acht lässt, dass sie wahrscheinlich die beiden einzigen Menschen auf diesem Planeten waren, die Kohlrüben mochten.«

»Sie hatten auch uns«, erinnerte Alice sie. Sie dachte daran, wie seltsam es sein würde, ihr Elternhaus zu betreten, das Haus, in dem ihre Schwester und sie aufgewachsen waren, und ihren Vater nicht vorzufinden. Es war einer der schlimmsten Momente im Gefängnis gewesen, als sie von seinem Tod erfahren hatte. Jetzt rief sie sich die Worte in Erinnerung, die er ihr ins Ohr geflüstert hatte, bevor sie sie in Handschellen abgeführt hatten. *Mach dir keine Sorgen um Jeremy. Wir werden uns um ihn kümmern.*

Er hatte sich zurückgelehnt, um sie anzusehen, und die strengen Linien in seinem Gesicht hatten einer grenzenlosen Traurigkeit Platz gemacht. *Du wird immer mein Mädchen sein. Vergiss das nie.*

Und sie hatte es nie vergessen. Aber jetzt war er tot, und sie würde keine Gelegenheit mehr haben, es wiedergutzumachen. Als sie so im Wagen saß, in die Dunkelheit hinausstarrte und dem Zischen des Wassers unter den Rädern lauschte, empfand sie ein erneutes Gefühl des Verlustes.

Nach einer Weile fragte sie. »Wie geht es Mom?«

»Besser. Du kennst sie ja, sie ist nie lange niedergeschlagen. Außerdem ist sie so aktiv, dass sie kaum einen Moment für sich allein hat. Sie ist Mitglied in so vielen Clubs, dass ich sie nicht mehr auseinanderhalten kann. Hat sie dir erzählt, dass sie sich zu einem Kochkurs angemeldet hat? Oh, das erinnert mich an etwas. Sie plant ein Essen für die ganze Familie. Du hast doch am Sonntag noch nichts vor, oder?«

»Meine Güte, ich weiß nicht. Ich muss erst in meinem Kalender nachsehen«, antwortete Alice trocken.

Denise reagierte nicht, und eine bedrückende Stille breitete sich aus, schwer von all den Dingen, die unausgesprochen blieben. Ihre Schwester musste an die Veränderungen denken, die kommen würden, nicht nur die guten, sondern auch die Tatsache, dass der Status quo, der neun Jahre lang geherrscht hatte, zu Ende sein würde. Zum einen war Denises Mann Gary stellvertretender Polizeichef; so sehr er Alice auch mochte, ihre Anwesenheit würde ihn in eine unangenehme Lage bringen. Zum anderen hatten die Kinder, die Denise in der Schule unterrichtete, alle Eltern, die es missbilligen könnten, wenn sie einen entlassenen Sträfling beherbergte.

»Danke übrigens. Dass du mich abgeholt hast«, meinte Alice schließlich in einem Ton, der Dankbarkeit für mehr als nur das Abholen ausdrückte. *Danke, dass du mich nicht im Stich gelassen hast. Dass du mich in all den Jahren immer wieder besucht hast. Dass du mir einen Grund gegeben hast zu leben.* »Es macht Gary doch nichts aus, wenn ich bei euch übernachte?«

»Bitte! Du bist meine Schwester.« Denise tat ihre Sorge mit

einer Handbewegung ab, aber Alice hatte bemerkt, dass sie keine direkte Antwort gegeben hatte. Jetzt plauderte sie weiter: »Warte, bis du siehst, wie groß die Kinder geworden sind. Ryan ist so groß wie Gary. Er hat es gerade in die Schulmannschaft geschafft, habe ich dir das schon erzählt? Wir sind alle völlig begeistert. Natürlich haben wir ihm gesagt, dass er über dem Football seine Hausaufgaben nicht vernachlässigen darf, wenn er ein anständiges College besuchen will.« Alice wusste, dass er ein Stipendium brauchte oder auf ein staatliches College gehen musste, weil Denise und Gary mit ihrer beider Einkommen gerade so über die Runden kamen.

»Da wir gerade von Schule reden, will Taylor immer noch die vierte Klasse boykottieren?«, wollte sie wissen. Ihre Schwester hatte ihr erzählt, dass Taylor oft gehänselt wurde und häufig weinend aus der Schule nach Hause kam.

»Oh. Na ja. Du weißt ja, wie Kinder sind. Sie wird es verwinden«, sagte Denise mit einer Leichtigkeit, die ihre Besorgnis Lügen strafte. »Ryan hat mich auch als Lehrerin, und es hat sein gesellschaftliches Leben nicht beeinträchtigt. Wenn die Mädchen nicht aufhören anzurufen, brauchen wir eine zusätzliche Telefonleitung.«

In der Grundschule war Denise selbst Zielscheibe jedes Witzes über das Dicksein gewesen. Sie war das Mädchen gewesen, das bei Tanzveranstaltungen immer am Rand gesessen hatte und als Letzte genommen worden war, wenn im Sportunterricht Teams gebildet worden waren. Alice glaubte, dass es das war, was ihre Schwester zu einer derart guten Lehrerin machte: Sie konnte es nachempfinden, wenn Kinder Schwierigkeiten hatten, weil sie nicht akzeptiert wurden.

Alice fragte sich, wie es wohl für Jeremy gewesen war. Sie hatte praktisch seine ganze Kindheit versäumt. Oh, was hätte sie dafür gegeben, hätte sie in für ihn schwierigen Zeiten hier sein können! Während der Tränen und der Schimpftiraden und der heiklen Jahre der beginnenden Pubertät. Stattdessen hatte sie nur seine sporadischen Briefe gehabt, aus denen sie wie aus Kaffeesatz etwa zu deuten versucht hatte, sich bemüht hatte, irgendeine Botschaft aus ihnen herauszulesen. Jetzt fragte sie vorsichtig: »Hast du mit Jeremy gesprochen? Über mich, meine ich.«

Denise warf ihr einen zurückhaltenden Blick zu. »Wir sehen ihn nicht mehr so oft wie früher. Durch den Job nach der Schule ist er ziemlich eingespannt.«

»Wie wirkt er auf dich?« Den ganzen Tag hatte die Frage wie die Flügel eines Falters gegen das Fenster in ihrem Herzen geklopft, in dem Alice diese vielen Jahre hindurch ein Licht am Brennen gehalten hatte.

»Okay. Wirklich, Alice, er ist *okay.* Er ist ein prima Junge. Und so klug! Ich glaube tatsächlich, er hat eine Chance, an eine der Elite-Universitäten zu kommen.«

»Ich weiß, dass er klug ist«, erwiderte Alice scharf. »Ich bin seine Mutter, du erinnerst dich?«

»Ich wollte nicht ...«, begann ihre Schwester, aber es war zu spät: Der alte Schmerz brach durch, durchschlug die Mauer, die Alice sorgfältig um ihre Gefühle herum aufgebaut hatte. Plötzlich war alles zu viel. Sie fühlte sich benommen und orientierungslos, so, als wäre sie gerade aus einem tiefen Schlaf erwacht und ihr Kopf wäre noch voll von den Fragmenten eines Traumes. Nur, dass dies kein Traum war.

»Ich weiß, dass du damit nichts andeuten wolltest«, sagte sie, als sie begriff, dass es unfair war, es an Denise auszulassen.

Ihre Schwester warf ihr einen traurigen Blick zu. »Es tut mir leid. Ich verstehe, dass es hart für dich ist. Und ich mache es dir auch nicht leichter, stimmt's? Ich weiß einfach nicht, wie viel ich erzählen soll.«

Alices Antwort kam prompt und unmissverständlich. »Ich will alles über meinen Sohn wissen.«

Denise seufzte. »Nun, so weit ich es sagen kann, kommt er ziemlich gut zurecht. Aber es ist auch für ihn nicht einfach gewesen. Er hört Dinge in der Schule. Du weißt ja, wie es ist. Kinder können so gemein sein. Mein Rat ist, es langsam angehen zu lassen. Er wird Zeit brauchen, um sich daran zu gewöhnen, dass du wieder in sein Leben zurückgekehrt bist.«

Denise bog in die Fox Valley Road ein, deren Straßendecke, den Schlaglöchern nach zu urteilen, nicht erneuert worden war, seit Alice zuletzt hier gewesen war. Sie fuhren durch jedes einzelne hindurch, und jeder neue, die Knochen durchrüttelnde Ruck schien Alices Gedanken widerzuspiegeln. Das Einzige, was sie in den Jahren im Gefängnis aufrecht gehalten hatte, war das Wissen, dass sie eines Tages zu Jeremy nach Hause kommen würde. Jetzt wurde sie offensichtlich als Eindringling betrachtet. Wie sollte sie damit umgehen? Wie ließ man etwas langsam angehen, wenn man verlorene Zeit einholen wollte? »Ich bin nicht hier, um ihm das Leben noch schwerer zu machen«, sagte sie leise und klammerte sich an den Türgriff, als sie durch ein weiteres Schlagloch hüpften und Matsch bis auf die Windschutzscheibe hochgeschleudert wurde.

»Ich weiß, Herzchen. Und ich bin sicher, es wird alles gut werden. Es wird nur nicht über Nacht passieren.« Denise streckte die Hand aus und tätschelte ihr das Knie.

Es war seltsam, Denise in der Rolle der großen Schwester zu erleben. Als sie heranwuchsen, war sie diejenige gewesen, die ihr Leben nie richtig in den Griff bekommen hatte. Ewig hatte sie Diät gehalten und gehofft, in kleinere Kleidergrößen zu passen, und sie hatte sich in einem immerwährenden Zustand der Unordnung befunden, angefangen bei ihrem schwer zu bändigenden Haar bis hin zu dem Chaos in ihrer Seite des Schrankes, den sie sich geteilt hatten. Als Alice jetzt den Müll auf dem Boden zu ihren Füßen betrachtete – zerrissene Quittungen und zerknüllte Verpackungen von Trinkhalmen, ein leerer Kaffeebecher und etwas, das wie eine Barbiepuppe aussah, die unter einem T-Shirt hervorschaute –, erkannte sie, dass sich nicht viel geändert hatte. Trotzdem war Denise die Gefestigte von ihnen beiden geworden. Diejenige, die auf alles eine Antwort wusste. Während sie, Alice, keine fand.

Der Regen hatte nachgelassen, als sie vor Denises weitläufigem Farmhaus anhielten. Es lag eine gut halbstündige Fahrt von der Stadt entfernt, aber, wie Denise gern sagte, wo sonst hätten sie eine derartige Weite finden können? Zehn Morgen Land mit einem eigenen Teich und einer Scheune, die ein Pferd, Hühner und ein Hausschwein namens Mirabelle beherbergte. Das Schwein war Teil eines Jugendbildungs- und Entwicklungsprogrammes gewesen, an dem Taylor teilgenommen hatte. Nach Abschluss des Projektes hatte sie sich nicht mehr von dem Tier trennen können.

Als Alice ausstieg, sah sie Garys Streifenwagen, der neben einem dieser spritfressenden Autos aus den Siebzigern parkte, der mit Beulen übersät war und vermutlich Ryan gehörte. Ihre Unruhe wuchs. Gary und sie hatten sich in der Vergangenheit immer gut verstanden, aber sie hatte ihn nicht mehr gesehen, seit sie zuletzt in diesem Haus gewesen war, und sie wusste nicht recht, was sie erwarten sollte. Würde er sich reserviert verhalten oder sie mit offenen Armen willkommen heißen? Es gab noch eine weitere Besorgnis: Er war nicht nur ihr Schwager; er stand für das Gesetz. Und im Gefängnis regierte das

Gesetz. Einige der Aufseher hatten diese Macht missbraucht und anscheinend ihren Spaß daran gefunden, die Häftlinge zu schikanieren: Sie schrieben erfundene Verfehlungen in ihre Protokolle, erteilten Arbeitsaufträge, wenn sie wussten, dass jemand Unterricht hatte oder einen Besucher erwartete; sie ließen einen stundenlang, manchmal tagelang, auf seine Medikamente warten. Selbst jetzt noch brach Alice beim Anblick einer Uniform der Schweiß aus.

Sie stieg die Stufen zur Veranda hinauf, als die Haustür aufging und jemand herauskam: ein großer Mann in Jeans und Flanellhemd, kräftig und solide wie ein Schutzwall, der immer Bestand haben würde. »Alice. Schön, dass du wieder da bist.« Gary trat vor und umarmte sie linkisch. Er roch nach Aftershave, und seine kurz geschnittenen, sandfarbenen Locken waren noch feucht vom Duschen. Die Geheimratsecken waren das einzige Zugeständnis an die Jahre. Das und die paar zusätzlichen Zentimeter um die Körpermitte.

Der skeptische Ausdruck in den Augen des Polizisten passte nicht zu seinem Willkommensgruß. Offensichtlich hegte er gemischte Gefühle wegen ihres Wiederauftauchens in seinem Leben; Alice verstand das, und sie machte ihm keinen Vorwurf. Es war eine unangenehme Situation, wenn man seinen Beruf bedachte und wem er letztendlich unterstand. »Ja, es ist schön, wieder hier zu sein«, erwiderte sie mit erzwungener Fröhlichkeit. »Wie geht es dir, Gary?«

»Oh, du kennst mich ja. Immer was zu tun. Deine Schwester sorgt dafür, dass mir die Arbeit nicht ausgeht, wenn ich nicht im Dienst bin. Wenn es nach ihr ging, hätte ich keinen Augenblick für mich allein«, scherzte er, legte einen Arm um Denises Schultern und grinste, als würden sie für ein Familienfoto posieren.

»Hör ihn dir an«, meinte Denise und versetzte ihm einen liebevollen Stoß mit dem Ellbogen. An Alice gewandt erklärte sie: »Ich versuche ihn zu überreden, für den Posten des County Commissioners zu kandidieren. Wir brauchen ihn auf unserer Seite, wenn das Spring-Hill-Projekt zur Abstimmung kommt.«

Alice wusste nicht viel über das Projekt, außer, dass Denise und die anderen Umweltaktivisten seit Wochen eine Kampagne dagegen führten. Es ging um ein großes Bauvorhaben am Spring Hill, das sie zu verhindern versuchten. Sie kannte jedoch die Region; es war ein unberührtes Landschaftsgebiet, das an den früheren Besitz ihrer Großmutter angrenzte. Als sie klein waren, hatte Nana dort mit Denise und ihr Wanderungen unternommen und ihnen dabei die vielen Vogelarten, Blumen und Insekten gezeigt. Jetzt war Denise anscheinend entschlossen, dafür zu sorgen, dass das Areal auch für künftige Generationen als Erholungsgebiet erhalten blieb.

»Ich sage ihr immer wieder, sie soll selbst für das Amt kandidieren, wenn sie sich da so sehr hineinsteigert«, sagte Gary.

»Meine Stimme hätte sie«, erwiderte Alice lachend, bevor ihr einfiel, dass sie wegen ihrer Vorstrafe kein Wahlrecht mehr besaß. Ihr Lächeln verschwand, und sie konnte an Garys Gesichtsausdruck, einer seltsamen Mischung aus Mitleid und Verachtung, erkennen, dass er dasselbe gedacht hatte.

Als Alice ihnen ins Haus folgte, rief sie sich ins Gedächtnis, was für eine Ruine es anfangs gewesen war, als Denise und Gary es gekauft hatten. Jede freie Stunde hatten sie damit verbracht, Farbe abzukratzen und abzuschleifen, Wände neu zu streichen und abgenutzte Böden und das Gebälk zu renovieren, bis alles in frischem Glanz erstrahlt war. Sie hatten ein richtiges Vorzeigeobjekt daraus gemacht, das allerdings im Moment aussah, als wäre es von einem Tornado getroffen worden: Der

Boden im Wohnzimmer war übersät mit Schnipseln von Bastelpapier und diversen verstreut liegenden Socken, Schuhen und Kleidungsstücken; schmutzige Teller und Gläser standen auf dem Couchtisch, außerdem ein leerer Milchkrug und eine halb leere Platte mit Schokoladenplätzchen.

»Kinder! Seht mal, wer hier ist!«, rief Denise den beiden Kindern zu, die inmitten des Chaos saßen. »Tut mir leid, dass es so chaotisch aussieht«, entschuldigte sie sich, »aber du hast uns nicht viel Zeit gegeben.« Ein Teenager mit den sandfarbenen Locken seines Vater und einem sportlichen Körperbau blickte von dem Computerbildschirm auf, der seine Aufmerksamkeit fesselte. Auf dem Sofa saß ein zierliches dunkelhaariges Mädchen in einer zerknitterten Pfadfinderuniform, das vom Fernseher wegsah, um Alice anzustarren.

Alice erkannte ihre Nichte und ihren Neffen kaum wieder. Ryan war so alt wie Jeremy gewesen, als sie ihn zuletzt gesehen hatte – Alice und Denise hatten Ryan und Jeremy immer scherzhaft als die Zwillinge bezeichnet –, und Taylor war ein Kleinkind in Denises Armen gewesen. Es war ein Schock, als Ryan aufstand, um sie zu begrüßen. Er war sicher mindestens so groß wie sein Vater und hatte einen kleinen Diamantstecker im Ohr. Sie erinnerte sich an ihn als goldigen kleinen Jungen und war erleichtert, dass er seine herzliche Art nicht verloren hatte, als er auf sie zukam und sie umarmte: ein flüchtiger Eindruck von Körperwärme, ein moschusartiger Jungengeruch, Gliedmaßen, die gegen ihre stießen. Sein Gesicht war rot, als er zurücktrat.

»Das muss dir seltsam vorkommen«, meinte Alice, um es ihm leichter zu machen.

»Irgendwie schon.« Er trat von einem Fuß auf den anderen und lächelte schüchtern.

»Na ja, für mich ist es auch ziemlich seltsam«, gestand sie. »Wahrscheinlich erinnerst du dich gar nicht mehr an mich.«

»Ich erinnere mich daran, wie ich bei euch im Haus gespielt habe, als ich klein war«, meinte er.

»Jeremy und du, ihr habt immer Burgen gebaut.« Alice lächelte bei der Erinnerung. Die Burgen, die sie meistens aus Kartons und altem Plunder aus der Garage gebaut hatten, waren gewöhnlich beim ersten Regen oder Windstoß in sich zusammengefallen.

»Das mache ich immer noch«, sagte er mit einem Grinsen. »Nur nennt es sich jetzt Shop.«

»Nun«, erwiderte sie. »Ich sehe, dass ich Einiges nachzuholen habe.«

»Es ist cool, dass du hier bist. Du kannst mein Zimmer haben, wenn du willst«, bot er an, was dafür sorgte, dass Alice sich sofort wieder in ihn verliebte. Ryan war der Junge, der einen zum Lächeln brachte, selbst wenn er etwas Dummes angestellt hatte.

»Danke, ich weiß dein Angebot zu schätzen, aber das Sofa reicht mir völlig«, antwortete sie. Sie wandte sich ihrer Nichte zu, die jetzt hinter ihrem Bruder hervorlugte. »Du musst Taylor sein. Du warst noch ein Baby, als ich dich zuletzt gesehen habe. Und sieh dich jetzt mal an!« Sie hatte Denises klare blaue Augen und ihre Porzellanhaut und erblühte zu einer richtigen Schönheit.

Taylor starrte sie so gespannt an, dass es fast an Unhöflichkeit grenzte. Alice konnte nur mutmaßen, was sie dachte. Die Tante, von der sie so viel gehört hatte, musste ihr wie eine Gestalt aus einer Legende vorkommen, die zum Leben erwacht war: die Verkörperung vieler düsterer Diskussionen zwischen Erwachsenen, wenn diese annahmen, dass keine kleinen Ohren lauschten.

»Du siehst genau wie deine Mom aus«, fuhr Alice fort, als sie keine Antwort bekam. Außer dass ihre Nichte gertenschlank war. Taylor senkte den Blick und sah verlegen aus. »Aber das hörst du wahrscheinlich ständig. Du hast es wahrscheinlich gründlich satt.«

Taylors schmale Schultern hoben und senkten sich in einem beiläufigen Achselzucken.

Alice probierte es anders. »Weißt du, dass ich dieselbe Schule wie du besucht habe?«

»Nö.« Das Mädchen warf ihr einen langen nachdenklichen Blick zu, als würde es sich fragen, wie jemand, der die Woodrow-Wilson-Grundschule besucht hatte, im Gefängnis landen konnte.

»Ich hatte aber nicht meine Mutter als Lehrerin«, fuhr Alice fort. »Das ist sicher ein bisschen eigenartig, denke ich mir. Aber zumindest bekommst du jede Menge Hilfe bei den Hausaufgaben.«

Denise griff ein, bevor Taylors Schweigen noch peinlicher wurde. »Da wir gerade von Hausaufgaben sprechen, wenn dieser Fernseher nicht in drei Sekunden aus ist, wirst du das Wochenende mit Büffeln verbringen, junge Dame.« Sie ging vor wie ein General und schnappte sich die Fernbedienung, als Taylor nicht schnell genug reagierte, und sorgte für eine allgemeine Ablenkung, die den peinlichen Moment vertrieb.

Beim Abendessen war es Denise, die die ganze Zeit lebhaft plauderte. Gary gab sich ebenfalls Mühe, zur Unterhaltung beizutragen, und Ryan brachte Alice auf den neuesten Stand, was seine ganzen Aktivitäten anging. Das Essen unterschied sich nicht sehr von den Familienmahlzeiten, die Alice mit ihnen in der Vergangenheit geteilt hatte, wenn man die Tatsache nicht mitzählte, dass niemand den Grund ihrer langen Abwesenheit ansprach – sie hätte von einer längeren Reise zurückgekehrt sein können, der Art und Weise nach zu urteilen, wie alle sich benahmen. Während Alice Denises Geplapper über Familienangelegenheiten und dem jüngsten Tratsch aus dem Lehrerzimmer in der Schule zuhörte, hatte sie das seltsame Gefühl, Mitwirkende in einem Theaterstück zu sein, bei dem Zeilen des Dialogs gelöscht worden waren.

»Ich bin heute auf dem Markt Aileen Findlay begegnet, und sie hat mir erzählt, das McGintys Enkel in der Stadt ist«, bemerkte Denise, als sie Schalen mit Eiscreme zum Nachtisch verteilte. »Er ist heute mit der Nachmittagsfähre angekommen. Clark hat ihn zum Haus gebracht.«

»Ich frage mich, was er vorhat«, murmelte Gary.

»Ihr Cops seid doch alle gleich. Ihr glaubt, dass alle irgendwelche verborgenen Motive haben«, schimpfte Denise spöttisch und versetzte ihm einen leichten Stoß gegen den Arm. »Wer weiß? Vielleicht will er ja herziehen, nachdem er das Haus von dem alten Mann geerbt hat. Offensichtlich war er als Kind oft im Sommer hier.«

»Er wird es eher verkaufen wollen«, mutmaßte Gary düster. Wie die meisten der alteingesessenen Inselbewohner war er von Natur aus misstrauisch gegenüber Leuten vom Festland. »Ich kenne diesen Typ Menschen. Irgendein schicker Anwalt aus New York, der glaubt, er könnte hier einfallen und einen schnellen Profit machen.«

»Das glaube ich nicht«, meinte Denise und setzte sich, um ihr Eis zu essen. »Er hat anscheinend Probleme, aus dem zu schließen, was Clark Aileen erzählt hat. Es heißt, er hat seine Frau am 11. September verloren. Mein Gott, kannst du dir das vorstellen? Der arme Mann, wahrscheinlich hat er sich immer noch nicht davon erholt.« Sie sah Gary zärtlich an, als könnte sie sich trotz seiner Nörgelei ein Leben ohne ihn nicht vorstellen. »Und dann stirbt auch noch der Großvater ...«

Alice dachte, dass es sich um den Großvater des Mannes handeln musste, den sie an der Anlegestelle getroffen hatte. Deshalb war ihr sein Name so vertraut vorgekommen. »Sprechen wir von dem McGinty, der das Porträt von Großmutter gemalt hat?«, warf sie ein. Niemand von der Familie hatte das echte Gemälde je gesehen, nur Reproduktionen davon, aber es war Teil der Familienlegende. Es rankte sich auch ein Geheimnis darum. Wenn man Nana damit bedrängt hatte, hatte sie nichts weiter gesagt, als dass sie und Mr. McGinty einmal Freunde gewesen waren. Aber wegen der Schnelligkeit, mit der sie immer das Thema wechselte, hatte Alice vermutet, dass mehr an der Geschichte dran war.

Denise nickte. »Er ist vor ungefähr sechs Monaten gestorben. Du hättest die Menschenmassen bei der Beerdigung sehen sollen! Es waren auch einige Reporter da.« Sie machte eine Pause und runzelte nachdenklich die Stirn. »Das Seltsame war, dass niemand von seiner Familie gekommen ist.« Sie schüttelte den Kopf. »Da muss es irgendwelche Streitigkeiten geben.«

»Da hast du recht«, schaltete sich Gary ein, während er sein Eis löffelte. »Ich erinnere mich, wie mein Dad mir erzählt hat, dass es Stadtgespräch war, als McGintys Frau sich von ihm scheiden ließ. Sie hat das Kind genommen und ist mit ihm nach New York gezogen. Danach sind die beiden nicht mehr gesehen worden.«

»Das ist so traurig. Stell dir vor, wenn man sein eigenes Kind nicht mehr sehen kann!«, platzte Denise heraus, bevor sie sich bremsen konnte. Sie errötete.

Peinliches Schweigen hing über dem Tisch, während alle sorgfältig Alices Blick auswichen. Es war, als befände sich ein

400 Kilo schwerer Gorilla im Raum, und plötzlich hatte Alice genug davon. Sie legte ihren Löffel hin, drehte sich zu Ryan um und fragte so beiläufig, wie es ihr möglich war: »Weißt du, wann Jeremy Feierabend hat? Ich dachte, ich könnte ihn nach dem Essen anrufen.«

Ryan zuckte die Schultern. »Er arbeitet für einen Landschaftsgärtner, glaube ich. Das ist alles, was ich weiß.«

»Hängt ihr beide nicht mehr miteinander rum?«, fragte sie überrascht. Es hatte eine Zeit gegeben, in der die beiden praktisch unzertrennlich gewesen waren.

»Nicht wirklich.« Ihr Neffe blickte auf die Pfütze aus schmelzender Eiscreme, in der er langsam herumrührte. »Ich sehe ihn schon noch, sicher, aber die Typen, mit denen er herumhängt ...« Er hielt inne, als wollte er nichts sagen, was sie beunruhigen würde. »Ich kann nicht viel mit ihnen anfangen.«

»Wenn du ihn siehst, spricht er ...« Alice hielt inne, weil sie nicht noch pathetischer erscheinen wollte; jemand, der, wie der alte McGinty, sein eigenes Kind nicht kannte. Aber am Ende war die Verzweiflung stärker als der Stolz. »Spricht er manchmal von mir?«

Das Schweigen, das folgte, brannte sich ihr ins Herz. Dann hob Ryan den Kopf und sah ihr in die Augen. Sie las darin die Antwort, die sie sowohl gesucht als auch gefürchtet hatte, die so trostlos war wie die grauen Mauern, hinter denen sie die vergangenen neun Jahre verbracht hatte.

»Wie war es im Gefängnis?«, meldete sich Taylor ausgerechnet jetzt zu Wort, als hätte sie Alices Gedanken gelesen. Sie hatte während des Essens meistens geschwiegen, als würde sie Alice abschätzen oder vielleicht überlegen, was es für ihre gesellschaftliche Stellung bedeuten würde, einen Ex-Knacki als

Tante zusätzlich zu ihrer Mutter als Lehrerin zu haben. Als sie jetzt aussprach, was alle anderen ebenfalls denken mussten, traf es sie alle wie ein Schock, der sofort für Schweigen am Tisch sorgte.

Denise sprach als Erste. Sie warf Taylor einen mahnenden Blick zu. »Schätzchen, ich glaube nicht –«

»Es war hart.« Alice fiel ihrer Schwester ins Wort und begegnete dem Blick aus den klaren, aufmerksamen Augen ihrer Nichte. »Das Schlimmste war, von meiner Familie getrennt zu sein. Von Jeremy und ...« Die Kehle wurde ihr eng, und sie atmete vorsichtig ein. »Von deiner Mom und deinem Dad, und von Großmutter. Und von euch.« Sie warf Gary, der missbilligend die Lippen zusammenpresste, einen kurzen Blick zu. »Ich habe so viel versäumt, aber ich hoffe, dass ihr mir die Chance gebt, es nachzuholen.«

»Courtney Quist sagt, du hättest versucht, Mr. White zu überfahren, und deshalb sitzt er im Rollstuhl.« Taylors große blaue Augen waren nur neugierig, nicht anklagend.

»Taylor! Es reicht«, sagte Gary scharf. Er sah wütend aus, obwohl Alice vermutete, dass er eher sauer auf sie als auf seine Tochter war.

»Nein, es ist in Ordnung«, sagte Alice zu ihm. Sie wandte sich wieder an ihre Nichte. »Ich wollte niemandem wehtun, Taylor. Es war nur so, nachdem Jeremys Bruder gestorben war ...« *Umgebracht ... er wurde umgebracht*, korrigierte sie eine erzürnte Stimme in ihrem Kopf. »Ich war so traurig. Ich war nicht mehr bei klarem Verstand. Ehrlich, ich erinnere mich nicht mehr daran, was passiert ist. Wenn ich jetzt daran denke, ist das meiste völlig verschwommen.«

Aber es ist passiert. Nicht nur dir. Auch uns, sagte der bittere Ausdruck auf dem Gesicht ihrer Schwester.

»Taylor, Schätzchen, warum räumst du nicht den Tisch ab, während dein Bruder seine Hausaufgaben macht«, sagte Denise, schob abrupt ihren Stuhl zurück und stand auf. »Ich helfe dir bei deinen Hausaufgaben, wenn wir alles aufgeräumt haben, und danach kannst du fernsehen.« Plötzlich war sie wieder in vollem Einsatz, eilte geschäftig in der Küche hin und her, schüttete Essensreste in Plastikdosen und spülte Teller unter dem Wasserhahn ab.

»Ich helfe dir«, meinte Alice und trug ihre Schale zur Spüle.

Denise scheuchte sie fort. »Nein, du musst müde von der Reise sein. Leg die Füße hoch. Gary wird dir das Schlafsofa im Arbeitszimmer vorbereiten.« Sie warf ihm einen bedeutungsvollen Blick zu: die Jahrhunderte alte Sprache zwischen Ehegatten, die mehr als jedes Wort sagte. Sie bat ihn, weiterhin so zu tun, als wäre Alice bloß ein ganz normaler Gast.

»Nein, bitte. Lass mich das tun«, sagte Alice und ging zur Tür. »Sind die Laken und Decken immer noch im Flurschrank?«

Denise, die bis über die Ellbogen im Spülwasser steckte, rief über die Schulter: »In der Waschküche.«

Alice blieb abrupt stehen. »Seit wann habt ihr eine Waschküche?«

»Seit wir vor ein paar Jahren angebaut haben. Habe ich dir das nicht erzählt? Vermutlich habe ich vergessen, es zu erwähnen«, sagte Denise abwesend. »Jedenfalls muss ich nicht mehr die Treppen rauf- und runterlaufen, um die Wäsche zu machen. Außerdem ist unser Badezimmer jetzt doppelt so groß. Erinnerst du dich, wie winzig es war? Man hat sich ja fast die Kniescheibe gebrochen, wenn man sich aufs Klo gesetzt hat. Sieh es dir mal an. Fühl dich wie zu Hause.«

Zu Hause. Alice fragte sich, wo das war. Momentan fühlte sie sich nicht, als würde sie irgendwohin gehören, am allerwenigsten ins Haus ihrer Schwester, wo bereits jetzt die Anstrengung ihre Spuren hinterließ, die es sie kostete, mit Denises Bemühungen Schritt zu halten, eine Art Normalität aufrechtzuerhalten. Sie fühlte sich erschöpft, als wäre sie nicht nur quer durchs Land gereist, sondern hätte eine Zeitreise unternommen. Im Augenblick sehnte sie sich danach, sich an einem ruhigen Ort auszustrecken, wo sie keine tapfere Miene aufsetzen musste. Aber es gab etwas, das sie zuvor noch erledigen wollte. Etwas, das nicht bis morgen warten konnte.

Nachdem sie die Schlafcouch hergerichtet hatte, griff sie nach dem Telefon auf dem Schreibtisch und tippte ihre alte Telefonnummer ein, die Nummer, die sie so oft gewählt hatte, während sie in Pine River war, dass sie beinahe das Geklimper des Kleingeldes in dem Münztelefon in ihrem Zellenblock hören konnte. Es klingelte und klingelte am anderen Ende, und jedes einzelne Klingeln zog ein unsichtbares Band um ihre Brust enger zu. Als sie schließlich auflegen wollte, hob jemand ab.

»Hallo?« Jeremys Stimme, tief wie die eines Mannes. Die wenigen Male, die er bei ihren Anrufen ans Telefon zu gehen geruht hatte – ohne Zweifel, weil Randy ihn dazu gedrängt hatte –, waren ihre Gespräche kurz und einseitig verlaufen. Jetzt war es ein Schock, weil er so viel älter klang.

Alice spürte, wie sie vollkommen ruhig wurde. Es war, als wäre sie von einer dünnen Haut umgeben, die zerreißen würde, wenn sie sich nur einen Zentimeter bewegte. Ihre Lungen hatten aufgehört, Luft einzuatmen, ihr Blut hatte aufgehört zu fließen. Der einzige Teil von ihr, der noch funktionierte, war ihr Herz, das so beständig mit der Zeit Schritt hielt wie eine Uhr, die in einem Haus schlug, in dem niemand mehr wohnte. Als Alice schließlich ihre Stimme wiederfand, klang diese seltsam und schrill. »Jeremy? Ich bin's. Mom.«

3. Kapitel

»Hi, Alter, hast du den Bus verpasst oder was?« Rud glotzte Jeremy an, als wüsste er den wahren Grund, warum er immer noch auf dem Campus herumhing, obwohl die Schule schon seit fast einer Stunde aus war.

Rud brauchte natürlich keinen Grund, warum er nach dem Unterricht noch herumkickte – er und seine Kumpels bewegten sich in ihrem eigenen Orbit, wie Planeten um eine unbeständige Sonne. Normalerweise hätte Jeremy die Gelegenheit begrüßt, ein wenig mit ihnen abzuhängen, aber im Augenblick konnte er an nichts anderes denken als daran, wie er Rud und Chuckie loswerden konnte, damit sie nicht sahen, wenn seine Mutter kam.

Er hatte es vorgezogen, sich hier statt im Haus mit ihr zu treffen. Er wollte nicht wieder mit seinem Vater aneinandergeraten, der sich so seltsam aufführte, seit sie zurückgekehrt war, so wie damals, als er versucht hatte, das Rauchen aufzugeben. Jetzt fragte Jeremy sich, was ihn erwartete. Was auch immer sie vorschlagen würde, er war nicht interessiert. Die ganzen Jahre war er prima ohne sie zurechtgekommen, wozu sollte er sie jetzt brauchen? Gleichzeitig war er neugierig. Er wollte es aus ihrem eigenen Mund hören: Sie sollte ihm erklären, *warum*.

Es könnte jedoch eine dieser Situationen sein, in denen man vorsichtig sein sollte, wonach man fragte. In einem dieser Wie-kriege-ich-mein-Leben-in-dreißig-Tagen-oder-weniger-in-den-Griff-Bücher hatte er gelesen, dass der einzige Weg zum

Umgang mit einer derartigen Situation darin bestand, sich ihr direkt zu stellen und dort tief zu graben, wo es am meisten schmerzte. Was wäre, wenn er immer weiter grub und nie auf den Grund gelangte? Er würde letztendlich vor einem riesigen Loch stehen.

Und jetzt war da Rud, der coolste Typ, den er kannte, und grinste Jeremy an, als wäre er eine Fliege, der er gerade die Flügel ausgerissen hatte. »Ich und Chuckie«, Rud deutete mit dem Daumen auf seinem Kumpan Chuckie Dimmock, einen großen pickelgesichtigen Jungen, der niemals eine Bewegung ohne Ruds Billigung machte, »gehen jetzt rüber zu Mike, um uns die Dragsterrennen anzusehen. Kommst du mit?«

»Nö. Hab noch was zu tun«, sagte Jeremy. Zu jeder anderen Zeit hätte er sich auf das Angebot gestürzt, aber nicht jetzt.

Langsam breitete sich ein wissendes Lächeln auf Ruds Gesicht aus. »Oh, jetzt verstehe ich. Du wartest auf eine Tussi.«

Jeremy musste verblüfft ausgesehen haben, denn Rud stieß ein Gejohle aus und klopfte ihm auf den Rücken. Kurt Rudnicki mit der blassen Haut und dem weiß-blonden Haar, das mit Gel zu Stacheln geformt war, die in der Spätnachmittagssonne glänzten, mochte vielleicht der weißeste Junge sein, der Ghetto-Sprache sprach, aber er war nicht dumm. Er hatte nur nicht alle Einzelheiten richtig zugeordnet. »Yeah, genau«, antwortete Jeremy in fröhlichem Ton und der Hoffnung, Ruds Interesse abzulenken, wenn er einen Witz daraus machte. »Sie müsste jeden Augenblick hier sein.«

»Eine, die wir kennen?«, wollte Rud wissen.

»Nö«, murmelte Jeremy und wünschte verzweifelt, sie würden einfach *verschwinden*.

»Treibst du es mit ihr?« Chuckie warf ihm einen anzüglichen Blick zu.

»Nein!« Hitze loderte in Jeremys Wangen auf.

»He, wir müssen diesem Jungen noch was beibringen.« Rud legte Jeremy den Arm um die Schultern, beugte sich dicht zu ihm und sah ihn mit seinen dunkelbraunen Augen an, die wie dunkle Löcher aussahen, die in die blassen scharfen Furchen seines Gesichtes gebohrt worden waren. »He, Mann, musst sie zappeln lassen. Sie muss denken, dass du *ihr* einen Gefallen tust. Hör deinem Onkel Rud jetzt mal gut zu. Er weiß, wovon er spricht. Es geht nur um Macht, Mann, und wenn du keine Macht hast, dann ist das Scheiße.«

Jeremys Wangen brannten. »Ich werd versuchen, daran zu denken.« Er ließ so viel Sarkasmus in seine Stimme einfließen, wie er konnte, ohne dass es Rud verärgerte.

Rud und Chuckie hingen noch ein bisschen länger herum, um ihn zu foppen, während Jeremy immer wieder verstohlen auf seine Uhr sah und zunehmend verzweifelter wurde. Als die beiden schließlich abzogen, war seine Erleichterung darüber so groß, dass er für einen Moment vergaß, was vor ihm lag. Erst als er allein war, kehrte die Beklommenheit wieder zurück.

Auf dem Campus hielten sich jetzt nur noch eine Gruppe von Schülern in Kostümen auf, die sich vor der Aula, in der sie für ein Theaterstück probten, angeregt unterhielten, und die Schulmannschaft, die auf dem Football-Feld für den Staffellauf trainierte. Jeremy, der nur Minuten zuvor unbedingt hatte allein sein wollen, empfand ein plötzliches Gefühl der Isolation, das mit jedem schrillen Pfiff aus Trainer Sullivans Pfeife und jeder Lachsalve von der Theatergruppe stärker wurde. Er war in keiner Mannschaft und gehörte zu keiner Gruppe. Was den Umgang mit anderen Jugendlichen betraf, bewegte er sich nicht einmal im selben Universum wie sein Cousin Ryan. Ryan lud die Ionen der Luft um sich herum auf, wenn er nur durch die Schulkorridore ging, wohingegen Jeremy sich so unsichtbar wie ein Staubpartikel bewegte, hin- und hergerissen zwischen dem Wunsch, nicht wahrgenommen zu werden, und dem Gefühl einer schwachen Enttäuschung, weil er diesbezüglich so beeindruckend erfolgreich war.

Jetzt änderte sich das alles. In den letzten Tage hatten die Leute angefangen, ihn auf eine neue und unliebsame Art zu mustern. Erst heute Nachmittag war er in ein Klassenzimmer gekommen, und die Unterhaltung hatte abrupt aufgehört. Selbst die Lehrer schienen ihn mit anderen Augen zu betrachten, als wäre er ein seltenes Exemplar, das besondere Behandlung erforderte. Und das war noch nicht alles. Jeder wusste, dass Mr. White die Stadt mehr oder weniger regierte. Nicht nur, dass er Bürgermeister war; er besaß die Macht, die mit Geld einherging, und Onkel Gary zufolge zögerte er auch nicht, diese einzusetzen. Und deshalb fragte Jeremy sich unbehaglich, wie sich die Dinge jetzt wohl entwickeln würden, nachdem seine Mutter wieder auf der Bildfläche erschienen war. Das Leben würde, so argwöhnte er, für sie alle sehr schwierig werden.

Er wurde durch ein Auto von seinen Gedanken abgelenkt, das jetzt zwischen den Reihen geparkter Autos auf ihn zukam, ein älterer Toyota Celica in Metallicgrün, dessen Windschutzscheibe gesprungen war und auf dem ein Aufkleber mit der Aufschrift *Entziehungskuren sind nur was für Schlappschwänze* prangte. Jeremy grinste. Etwas Derartiges würde man eher auf Ruds Stoßstange erwarten.

Der Toyota hielt an, und eine Frau in Jeans und einem blauen North-Face-Parka wie der seiner Tante Denise stieg aus. Sie war schlank wie eine Sportlerin, trug das dunkelbraune Haar zu einem Pferdeschwanz gebunden und war so blass, als würde er sie unter Wasser sehen. Sie blieb stehen und sah sich unsicher um. Plötzlich erkannte er sie. Als ihr Blick auf ihn fiel, erstarrte er.

»Jeremy?« Sie ging auf ihn zu.

Er stieß sich von dem Maschendrahtzaun ab, an dem er lehnte. »Hey«, sagte er und hob die Hand zu einem lustlosen Winken. Sein Mund war trocken, und sein Herz schlug laut und schnell in seiner Brust. Plötzlich wusste er nicht mehr, was er mit den Muskeln in seinem Gesicht anfangen sollte.

Ein paar Schritte von ihm entfernt blieb sie befangen stehen, als hätte sie Angst, er würde davonlaufen. Sie starrte ihn an, als könnte sie ihn mit ihrem Blick an Ort und Stelle festnageln. »Du bist viel größer als auf den Fotos.«

Er zuckte die Schultern. »Du siehst auch anders aus.«

»Das denke ich mir.« Verlegen hob sie eine Hand an die Wange. Ihr Blick war brennend und durchdringend; er konnte ihn wie einen Sonnenbrand auf seiner Haut spüren. »Sollen wir ein bisschen spazieren fahren? Wir können uns im Auto unterhalten.« Sie bemerkte, wie er den Toyota musterte. »Ich habe ihn von einem Freund deiner Tante Denise gekauft«, erklärte sie. »Er hat ihrem Sohn gehört. Er ist im Gefängnis, weil er betrunken gefahren ist, und sie hat das Geld gebraucht, um ihn auf Kaution freizubekommen.« Ihr Mund verzog sich zu einem ironischen kleinen Lächeln. »Es war das Beste, was ich so kurzfristig bekommen konnte.«

Er zuckte die Schultern und ging zum Wagen, wobei er sich umsah und vergewisserte, dass niemand ihn würde einsteigen sehen. Als sie sich beide angeschnallt hatten, wartete er darauf, dass sie den Motor anließ, doch sie saß einfach da und schaute ihn an, als wäre er derjenige, der auf dem Fahrersitz säße. Unbehagen ergriff Jeremy, als er sich daran erinnerte, was das letzte Mal geschehen war, als er mit ihr im Auto gesessen hatte.

Er glaubte nicht, dass sie noch einmal so etwas tun würde, nichtsdestotrotz war es eine hässliche Erinnerung.

»Wir könnten irgendwo einen Happen essen«, schlug sie vor.

»Ich bin nicht hungrig«, lehnte er ab. Gewöhnlich war er nach Schulschluss völlig ausgehungert, aber im Moment war sein Magen völlig verkrampft. Außerdem würden sie an einem öffentlichen Ort zu viel Aufmerksamkeit auf sich ziehen.

»Warum fahren wir dann nicht einfach ein bisschen in der Gegend herum.« Sie drehte den Schlüssel im Zündschloss, legte den Gang ein und bugsierte den Toyota so vorsichtig wie ein Fahrschüler aus der Parklücke. Als sie das Schulgelände verließen und nach rechts in die Church Street einbogen, warf sie ihm einen verstohlenen Blick zu. »Es ist schön, dich zu sehen. Du hast keine Ahnung, wie sehr ich mich darauf gefreut habe.« Ihr Ton war beiläufig, aber das leichte Stocken ihrer Stimme war ihm nicht entgangen.

Jeremy empfand den Druck, Gleiches mit Gleichem zu vergelten, aber er konnte sich nicht überwinden, es zu tun. Sie wollte etwas – er spürte es wie Hitze von ihr ausstrahlen –, etwas, das er nicht besaß.

»Wohin fahren wir?«, fragte er nach einer Weile, während er aus dem Fenster starrte und sich in den Sitz kauerte.

»Ich weiß es nicht. Sag du es mir.«

Jeremy durchforstete sein Gehirn auf der Suche nach einem Ort, wo es unwahrscheinlich war, dass ein Bekannter sie sah. »Dad und ich haben letzten Sommer ein Nest eines Weißkopfseeadlers gesehen, als wir im Park gewandert sind.« Er sagte das Erste, was ihm in den Sinn kam. »Ich könnte es dir zeigen, wenn du möchtest.«

»Klingt gut.« Er hatte das Gefühl, sie hätte dasselbe geantwortet, wenn er ihr eine Reise zum Mond vorgeschlagen hätte.

»Ich habe gehört, dass die Weißkopfseeadler in Teilen Alaskas wieder so stark auf dem Vormarsch sind, dass sie tatsächlich zur Plage geworden sind. Ich habe eine Fernsehsendung darüber gesehen«, bemerkte sie, als sie an der Straßenkreuzung abbog.

Er fragte sich, ob sie die Sendung im Gefängnis gesehen hatte, und das machte ihm bewusst, wie wenig er über ihr Leben in Pine River wusste. Er hatte nur noch eine lückenhafte Erinnerung daran, wie er sie dort als Kind besucht hatte – in einem Zimmer mit am Boden verschraubten Tischen und grauen Betonziegelwänden; Wachmänner in Uniform hatten eine ganze Reihe von Türen mit Summern geöffnet und ihn in den Raum gebracht. Es gab so viele Dinge, die er unbedingt wissen wollte, Dinge, die sie in ihren Briefen nicht erwähnt hatte. Aber er wagte nicht zu fragen. Sie könnte einen falschen Eindruck gewinnen und glauben, er würde sich für sie interessieren, und das Letzte, was Jeremy wollte, war, dass sich dies hier in eine tränenreiche Wiedervereinigung von Mutter und Sohn verwandelte. Die Wahrheit war, dass sie eine Fremde für ihn war.

Sie fuhren nahezu schweigend weiter, bis sie den Abzweig zum staatlichen Park erreichten, wo es steil den Berg hinaufging, durch einen Tunnel von immergrünen Bäumen und dickem Farn, der so hoch war wie kleine Bäume. Die Straße endete bei einem Parkplatz in der Nähe des Gipfels, und sie stiegen aus und wanderten den Rest des Weges auf einem markierten Wanderweg. Der Adlerhorst war genau dort, wo er ihn in Erinnerung hatte, auf dem Wipfel einer alten Douglasie, die die meisten Nadeln verloren hatte. »Sieht aus, als wäre gerade niemand zu Hause«, meinte Alice und beschattete ihre Augen, während sie nach oben spähte.

»Wahrscheinlich sind sie auf der Jagd«, erwiderte Jeremy.

»Sie?«

»Es ist ein Paar. Als ich das letzte Mal hier war, waren Junge im Nest.«

Sie starrte auf die Meerenge hinaus, in der kleine, in Nebel getauchte Inseln wie Steine verstreut lagen, manche von ihnen kaum mehr als eine Ansammlung von Felsen mit ein oder zwei Bäumen darauf. »Ich bin seit Jahren nicht mehr hier oben gewesen. Ich hatte vergessen, wie friedlich es ist«, sagte sie. Sie drehte sich um, und ihre Augen glänzten vor unvergossenen Tränen. »Danke. Du weißt nicht, wie viel mir das bedeutet.«

Er senkte verlegen den Blick, weil er wusste, dass sie nicht von der Landschaft sprach. »Yeah. Kein Problem.«

»Ich hoffe, wir können es wiederholen.«

Jeremy starrte weiter zu Boden. Mit den Herbstregenfällen war das Moos gekommen, das alles um ihn herum mit einem dichten grünen Flaum überzog. Im Augenblick hätte er sich am liebsten in den weichen nachgiebigen Moosteppich sinken lassen und die Augen geschlossen. »Ich weiß nicht«, sagte er ausweichend. »Ich bin zurzeit ziemlich eingespannt. Du weißt schon, wegen der Schule und meines Jobs.«

»Ich verstehe.«

»Mein Chef war nicht allzu glücklich, als ich ihm gesagt habe, ich bräuchte den Nachmittag frei.

»Na ja, vielleicht können wir abends mal zusammen essen.«

»Vielleicht.« Jeremy sprach zweifelnd. »Aber das ist gewöhnlich die einzige Zeit, die Dad und ich zusammen verbringen.«

Er blickte auf und sah, dass sie verletzt war. Aber sie gab sich große Mühe, es zu verbergen, indem sie fragte: »Wie geht es denn deinem Dad?«

»Gut. Er ist zum Bezirksleiter befördert worden.«

»Das überrascht mich nicht. Er hat hart dafür gearbeitet.«

»Das einzig Schlechte dabei ist, dass er noch mehr unterwegs ist.« Randys Bezirk umfasste den größten Teil des Westens des Staates Washington, und viele der Arztpraxen und Kliniken, die er regelmäßig aufsuchte, lagen Hunderte von Meilen voneinander entfernt. »Wie sieht es bei dir aus? Was willst du tun?«, fragte Jeremy.

»Welche Arbeit, meinst du?« Sie lächelte. »Ich weiß es noch nicht. Zuerst muss ich eine Bleibe finden.«

»Also hast du vor, in der Nähe zu bleiben?«

Die Frage schien sie zu überraschen. »Natürlich? Warum nicht?«

Er zuckte die Schultern. Ein Teil von ihm wollte sie hier haben; ein anderer Teil wünschte, sie wäre verdammt weit weggeblieben. Doch hauptsächlich war er verwirrt.

»Der einzige Grund, warum ich hier bin, bist du. Ich möchte, dass wir mehr Zeit miteinander verbringen«, fuhr sie fort, und die reine Not in ihrer Stimme ließ ihn zusammenzucken. »Du wirst bald aufs College gehen, ich habe schon so viel verpasst.«

So? Und wessen Fehler ist das?, hätte er am liebsten gesagt. Er runzelte die Stirn und strengte sich an, den Tränen, die sich in seine Augen drängten, nicht nachzugeben. »Ich weiß noch nicht, ob ich aufs College gehe. Vielleicht setze ich ein Jahr aus und reise ein bisschen.«

Sie warf ihm einen fragenden Blick zu. »Tante Denise hat mir erzählt, du hättest gute Aussichten, an einer Elite-Universität angenommen zu werden.«

Er schnaubte spöttisch und tat, als wäre es nichts Besonderes, obwohl er die Prospekte angefordert hatte und seit Monaten an nichts anderes mehr dachte. »Mal sehen, wie ich bei den Zulassungstests abschneide.«

»Vielleicht könnte ich dir dabei helfen. Ich war eine Art inoffizielle Tutorin in Pine River. Sie haben mir den Spitznamen Paukerin gegeben.« Sie lächelte, was ihn ein bisschen schockierte – er hätte sich nicht vorstellen können, dass sie irgendwelche angenehmen Erinnerungen an diesen Ort hatte. »Mit dir wäre es nicht das Gleiche, das ist mir klar. Die Frauen, mit denen ich gearbeitet habe, haben nur für die Erlangung der Hochschulreife gelernt, und du ...« Sie machte eine Pause. »Wahrscheinlich könntest du mich unterrichten. Aber ich könnte dich den Stoff abfragen, den du gelernt hast.«

»Ich brauche deine Hilfe nicht.« Er sprach barscher, als er vorgehabt hatte.

Alice wurde still. Rings um ihn herum knackte der Wald, als würde er durch die steife Brise vom Meer elektrostatisch aufgeladen. Auffällige gelbe Flecken stachen aus dem tiefen Grün hervor – die Lorbeerbäume und die Pappeln, die sein Chef, Mr Barbour, Unkrautbäume nannte – und kennzeichneten den Übergang des Indianersommers in den Herbst. Am Himmel bildeten Gruppen von Zirruswolken Tupfen am Himmel, und auf dem Boden lagen Felsbrocken und heruntergefallene Äste herum wie die Ruinen einer alten Kultur.

»Ich würde es genauso für mich wie für dich tun«, sagte sie schließlich; ihre Stimme war so leise, dass er das Zittern darin kaum wahrnahm.

»Danke, aber ich bin die ganzen Jahre ganz gut ohne dich zurechtgekommen.«

Sie schüttelte den Kopf, und ihre Augen füllten sich mit Tränen. »Ich bin immer noch deine Mutter.«

»Ja? Ich hatte einmal eine Mutter«, erwiderte er scharf. »Sie hat immer Plätzchen für mich gebacken und mich abends warm zugedeckt! Du? Ich *kenne* dich nicht einmal.«

Sie sah so sprachlos aus, dass sie Jeremy beinahe leidtat. »Ich habe nie aufgehört, dich zu lieben, nicht eine Minute lang«, sagte sie.

»Ich weiß nur, dass du nicht da warst! Ich habe mich damals jeden Abend in den Schlaf geweint, ich habe dich so sehr vermisst.« Jetzt kamen ihm auch die Tränen, heiß und mit Macht, und verrieten ihn. Er wischte sich heftig mit dem Handrücken über die laufende Nase. »Ich war noch ein Kind. Hättest du nicht daran denken sollen, bevor du ... du ...« Die Kehle schnürte sich ihm zu, bevor er den Satz beenden konnte.

Ihr Gesicht verzerrte sich, als hätte sie Schmerzen. »Es tut mir leid, Jeremy. Ich habe nie gewollt, dass es so kommt.«

»Du stellst es dar, als wäre es ein Unfall gewesen. Ich war dabei, erinnerst du dich? Du hast nicht an mich gedacht, als du Mr. White überfahren hast. Du hast an David gedacht. Du hast *ihn* mir vorgezogen. Einen toten Jungen.« Die Erinnerung, die er mit so viel Mühe vergraben hatte, tauchte jetzt wieder auf wie ein grässliches vermodertes Ding, das sich aus seinem Grab erhob.

»So war es nicht«, sagte sie, während ihr die Tränen die Wangen hinunterliefen. »Ich war zu dem Zeitpunkt nicht bei vollem Verstand. Ich weiß, dass es wie eine Ausrede klingt, aber es ist die Wahrheit.«

»Wenn du mich wirklich gern hättest, würdest du weggehen und mich in Ruhe lassen!«

»Jeremy, bitte ...«

Sie legte ihm eine Hand auf den Arm, aber er schüttelte sie ab, drehte sich abrupt um und ging staksig zum Wagen zurück. Er war erst ein paar Dutzend Schritte gegangen, als er auf ein paar nassen Blättern ausrutschte, das Gleichgewicht verlor und auf sein Hinterteil fiel. Alice schrie entsetzt auf und eilte zu ihm, aber Jeremy blitzte sie aus seiner liegenden Position nur zornig an, als trüge sie die Schuld an seinem Sturz. Er ignorierte die angebotene Hand, rappelte sich wieder auf und klopfte den Schmutz und die Blätter von seiner Jeans ab.

Als er sich aufrichtete, zeigte sein Gesicht keinerlei Regung.

»Sind wir jetzt fertig? Ich möchte nach Hause«, sagte er mit einer eigenartigen, toten Stimme, die er kaum als seine eigene erkannte.

* * *

Nachdem Alice ihren Sohn zu Hause abgesetzt hatte, fuhr sie langsam zu dem Motel zurück, in dem sie übernachtete. Im Geiste ging sie noch einmal das Treffen mit Jeremy durch. Hätte sie es besser machen können? Offensiver sein sollen, statt Denises Rat zu befolgen, es langsam angehen zu lassen? Irgendwie glaubte sie nicht, dass es einen Unterschied gemacht hätte. Jeremy war verletzt und wütend, und Erklärungen, egal wie viele, würden das nicht ändern. Diese Wunden würden Zeit brauchen, um zu heilen. Bis dahin würde sie einfach Geduld haben müssen, würde ihn durch ihre bloße Anwesenheit wissen lassen, dass sie jetzt für ihn da war.

Trotzdem schmerzte die Zurückweisung. In gewisser Weise schien Jeremy jetzt weiter entfernt zu sein als während ihrer Zeit im Gefängnis. Damals hatte sie wenigstens die Hoffnung auf eine glückliche Wiedervereinigung gehabt.

Er war so anders als sein Bruder. David war ein fröhliches Kind gewesen, das durchs Leben gerast war, als hätte es gewusst, dass es alles in wenige kurze Jahre packen musste. Jeremy dagegen war ruhig und sensibel gewesen. Sie erinnerte sich an einen

Vorfall, als er etwa drei gewesen war. Sie war ins Wohnzimmer gekommen und hatte ihn herzzerbrechend weinend vorgefunden, obwohl er noch wenige Augenblicke zuvor unbeschwert mit seinen Spielsachen gespielt hatte.

»Oh, Süßer, was ist denn? Was ist los?«, hatte sie gefragt und ihn in die Arme genommen.

»Er hat sich wehgetan«, brachte er schließlich hervor und zeigte mit einem dicken kleinen Finger auf die Glasschiebetür zur Terrasse, auf der ein lebloser Spatz lag, der gegen die Glasscheibe geflogen war.

Nach dem Tod seines Bruder hatte Jeremy sich in seine eigene Welt zurückgezogen, hatte sich stundenlang mit seinen Comics und seinen Actionhelden in seinem Zimmer vergraben. Er war wie ein Geist durch das Haus gegangen, und Alice hatte sich immer Sorgen gemacht, er könnte eines Tages einfach verschwinden. Alice wäre nicht darauf vorbereitet gewesen, damit umzugehen. Es war ihr zu jener Zeit nicht bewusst geworden, aber sowohl ihre Ehe als auch ihre geistige Gesundheit waren in der Auflösung begriffen gewesen. Randy und sie hätten, obwohl sie im selben Bett schliefen, in getrennten Universen leben können. Selbst in ihrer gemeinsamen Sorge um Jeremy waren sie sich nicht einig gewesen, angefangen bei der Frage, welcher Psychologe der Beste für ihn wäre, bis hin zu ihrer Meinung darüber, ob Jeremy gezwungen werden sollte, seinen Teller leer zu essen oder nicht, wenn er sagte, er wäre nicht hungrig.

Das Motel lag in der Whale Watch Lane, nur einen kurzen Fußmarsch von dem Aussichtspunkt entfernt, der dafür bekannt war, dass man von dort häufig Wale sichten konnte. Das Motel lebte hauptsächlich von Sommergästen und war deshalb so spät in der Saison kaum noch besucht. Aber Alice machte es nichts aus, dass ihr Zimmer muffig roch oder dass der Wind, wenn er vom Meer her wehte, durch die Ritzen um die Tür und den Fensterrahmen blies. Bis auf Weiteres war es ihr Zuhause. Am allerbesten war, dass der Manager, ein Mann mittleren Alters, der nach Nikotin stank, sie nicht scheel angesehen hatte, als sie eingecheckt hatte; solange sie ihr Geld zahlte, konnte sie seinetwegen Jack the Ripper sein. Die heiße Dusche, nach der sie sich jetzt sehnte, musste jedoch noch warten; es gab etwas, das sie zuvor noch erledigen musste.

Sie bog in die Bellmore Road ein, die zu der Kirche führte, in der sie in ihrer Kindheit mit ihrer Familie die Gottesdienste besucht hatte. Als sie davor anhielt, stellte sie fest, dass alles noch genauso aussah wie in ihrer Erinnerung: ein hundert Jahre altes weißes Gebäude mit einem Schindeldach und einem bescheidenen Turm, das inmitten eines ehemaligen Apfelgartens stand. Alice erinnerte sich, wie sie mit ihrer Schwester nach den Gottesdiensten durch den Obstgarten spaziert war und zwischen den verkrüppelten Bäumen nach Äpfeln gesucht hatte, während ihre Eltern noch auf den Treppen der Kirche standen und mit anderen Kirchgängern plauderten. Jetzt nahm sie kaum Notiz von den Bäumen, als sie den schmalen Weg entlangging, der zu dem kleinen Friedhof auf der Rückseite des Gartens führte. Dort waren ihr Vater und ihre Großeltern Nana und Joe beerdigt. Und ihr Sohn.

Davids Grab lag weit hinten ganz versteckt unter einem alten Ahornbaum und wäre schwierig zu finden gewesen, hätte sie den Weg nicht gekannt. Es gab nur ein einfaches Bronzekreuz, in das sein Name und die Daten seiner Geburt und seines Todes eingraviert waren. Sie hatte einen großen Grabstein gewollt, aber Randy hatte auf etwas Einfacherem bestanden.

»Glaubst du, wenn du es der ganzen Welt verkündest, ändert das etwas an der Tatsache, dass unser Sohn tot ist?«, hatte er sie angeschrien, als ihre Meinungsverschiedenheit sich zu einem Streit auswuchs. »Ich brauche keine sentimentale Grabinschrift, um mich zu erinnern. Er ist *tot*, Alice. Das ist das Einzige, was zählt.«

Als sie in sein schmerzerfülltes Gesicht geblickt hatte, war ihr klar geworden, dass er ihr die Schuld gab. Weil sie nicht besser aufgepasst hatte, weil David vielleicht noch leben würde, wäre sie eine bessere Mutter gewesen. Sie hatte nachgegeben, weil sie wusste, dass Randy recht hatte: Sie war tatsächlich verantwortlich für den Tod ihres Sohnes. Wenn auch nicht direkt, so doch durch ihre Unachtsamkeit. Rückblickend erkannte Alice das jetzt als den Wendepunkt. Nach dem Tod ihres Sohnes hatten Randy und sie sich wie zwei Überlebende eines Schiffbruchs aneinandergeklammert, doch in der Trauerphase waren sie dann getrennte Wege gegangen. Randy wollte nach vorn schauen, Alice war dazu nicht in der Lage.

So oft sie jedoch alles im Geiste durchspielte, nie konnte sie eine andere Konsequenz sehen. Es schien, als wäre sie einen steilen Hang hinuntergerast und dabei immer schneller geworden, bis sie schließlich die Kontrolle über die Situation verloren hatte.

Glücklicherweise hatten weder sie noch Jeremy sich verletzt, als ihr Auto in Owen White gerast war. Owen hatte nicht so viel Glück gehabt. Als er nach zwei Tagen aus dem Koma erwacht war, hatte er erfahren, dass er nie wieder würde gehen können. Alice befand sich gegen Kaution auf freiem Fuß, als diese Nachricht sie erreichte. Aus den mitleidlosen Blicken, die sie trafen, und der Feindseligkeit, die ihr entgegenschlug, wenn sie durch die Stadt ging, wurde klar, dass man sie bereits verurteilt und für schuldig befunden hatte. Man zeigte ihr die kalte Schulter und wäre ihre Familie nicht gewesen, sie hätte nicht gewusst, wie sie dies alles überstehen sollte. Der Einzige aus der Familie, von dem sie nicht die geringste Unterstützung erfahren hatte, war Randy gewesen. Er hatte diese Tat als letzten Akt ihrer Unzurechnungsfähigkeit und als eine Art Verrat betrachtet, als einen weiteren Verlust zu einer Zeit, als er keinen weiteren Schicksalsschlag mehr hatte ertragen können.

Vier Monate danach wurde Alice in Handschellen abgeführt und in das Bundesgefängnis Pine River in Olympia gebracht.

Alice blinzelte die Tränen fort, die ihren Blick verschleierten, als sie auf Davids Grab starrte. Es fühlte sich an, als hätte sie zwei Söhne verloren. Aber wie konnte sie erwarten, dass Jeremy ihr verzieh, wenn sie sich selbst nicht verzeihen konnte? Sie würde keine Tränen für Owen White vergießen; er hatte nur bekommen, was er verdiente. Aber ihre Familie hatte einen hohen Preis für das bezahlt, was sie getan hatte, und das bereute sie zutiefst.

Aus dem Augenwinkel sah sie eine Bewegung, und als sie sich umdrehte, sah sie einen Hund den Pfad zum Aussichtspunkt hinunterrennen: schwarz mit einem weißen Brustlatz – es war der Border-Collie, den sie bei ihrer Ankunft am Fähranleger gesehen hatte. Alice zog kurz in Erwägung, ihm zu folgen – vielleicht hatte er sich verlaufen und sein Besitzer suchte nach ihm –, aber der Hund war inzwischen schon ein ganzes Stück weit entfernt. Sei's drum, hatte sie nicht schon selbst genug Probleme? Keine Arbeit, keine Bleibe. Ohne ihre bescheidenen Ersparnisse – ihren Anteil aus dem Erbe, nachdem Großmutters Haus verkauft worden war – wäre sie ebenfalls ein obdachloser Streuner.

Mit einem tiefen Seufzer machte sie sich auf den Rückweg zu ihrem Wagen.

4. Kapitel

Der Hund lag zusammengerollt auf der Veranda und schlief, als Colin ihn entdeckte. Es war der Morgen seines dritten Tages auf der Insel, und er hatte sich gerade einen Becher Kaffee eingeschenkt und war hinausgegangen, um den Sonnenaufgang zu genießen. Das Fellbündel wurde zu einem Hund auf allen vieren: es war der Border-Collie von der Anlegestelle. Er zog sich zurück, bis er außer Reichweite war, dann hockte er sich hin, um Colin misstrauisch zu betrachten.

»Guten Morgen.« Colin stellte seinen Kaffeebecher auf die Verandabrüstung und ging in die Hocke, um auf Augenhöhe mit dem Hund zu sein. »Hungrig?«, fragte er. Der Hund neigte den Kopf zur Seite und richtete den Blick aus seinen feuchten, dunklen Augen mit freundlichem Interesse auf Colin. »Ich betrachte das als ein Ja.« Colin ging wieder hinein und kehrte einige Minuten später mit einem Napf voller Rice Crispies zurück, unter die er etwas von dem Hackfleisch gemischt hatte, das vom gestrigen Abendessen übrig geblieben war. Er stellte den Napf ab und sagte: »Tut mir leid, wenn es nicht das ist, was du gewöhnt bist. Aber ich habe nicht mit Besuch gerechnet.«

Der Hund schnüffelte forschend am Napf. Offensichtlich gefiel ihm das Angebotene, denn er begann, es hinunterzuschlingen. Erst als Colin nach seinem Halsband greifen wollte, zog der Hund sich zurück und sah fast beleidigt aus, weil Colin angenommen hatte, er wäre so leicht käuflich. »Ist ja schon gut«, gab Colin nach. Er wich zurück und streckte in einer versöhnlichen Geste die Hand aus. »Ab jetzt bestimmst du, wo es langgeht.«

Der Hund spitzte die Ohren und schaute mit wachen Augen an Colin vorbei zum Haus – Augen, die von fast menschlicher Intelligenz sprachen. Es schien, als erwartete er, dass jeden Augenblick sein Herrchen aus der Tür auf die Veranda treten könnte. »Du kannst gerne nachsehen, wenn du möchtest«, bot Colin ihm an, »aber ich garantiere dir, dass du nicht finden wirst, wonach du suchst. Ich fürchte, hier bin nur ich.« Er betrachtete das Tier kläglich. »Ein ziemlich armseliger Ersatz, da stimme ich dir zu, aber wenn du bereit bist – ich könnte gut etwas Gesellschaft brauchen.«

Er hatte vergessen, wie abgeschieden die Gegend hier war, ein Ort, an dem die Natur herrschte und die Zivilisation weit entfernt zu sein schien. Auf der Haben-Seite war zu vermerken, dass er seit Jahren nicht mehr so gut geschlafen hatte. Da moderne Zerstreuungsmöglichkeiten wie Fernseher und Computer fehlten, ging er zu Bett, wenn es dunkel war, und stand mit der Sonne wieder auf. Er aß, wenn er Hunger hatte, unabhängig von normalen Essenszeiten, und stellte fest, dass er absolut imstande war, stundenlang dazusitzen und nichts zu tun, außer aufs Wasser hinauszustarren oder die Rehe beim Äsen zu beobachten. Sein Großvater hatte eine ziemlich große Sammlung an Büchern hinterlassen, größtenteils Kunstbücher sowie Biografien namhafter Maler. Colin hatte sie durchgesehen und bedauerte es, dass er nicht einmal einen Fingerhut voll des Talentes des alten Mannes geerbt hatte. Wäre er ein Maler, wäre er in der Lage gewesen, das auf Leinwand zu bannen, was in ihm eingesperrt war, so wie William es bei dem Porträt über dem Kamin getan hatte. Man hörte schließlich immer wieder, dass große Kunst aus großem Leid geboren wurde, und wenn das stimmte, hätte er ein Meisterwerk schaffen können.

Nachdem Colin geduscht und warmen Getreidebrei und gekochte Eier gefrühstückt hatte, ging er wieder hinaus. Die Sonne war hinter den Sturmwolken verschwunden, die sich jenseits des Berggrats aufgetürmt hatten, und ein schneidender Wind blies vom Meer her zum Land. In seinem alten Leben hätte Colin sich an einem Tag wie diesem für eine Tätigkeit im Haus entschieden. Aber er hatte bereits die Gewohnheit der Inselbewohner übernommen, schlechtes Wetter nicht zu beachten. Ein langer Spaziergang wird für einen klaren Kopf sorgen, dachte er, als er seinen Parka und die alten Gummistiefel anzog, die er im Vorraum gefunden hatte.

Der Border-Collie saß noch genau dort, wo er ihn zurückgelassen hatte, und hielt Wache auf der Veranda. Colin pfiff nach ihm und war nicht wenig überrascht, dass der Hund ihm folgte, als er die Veranda verließ. Er schlug den Weg zur Bucht hinunter ein, und der Hund folgte ihm in sicherem Abstand. Der Pfad war in Jahrzehnten von den Fußgängern, die hier entlanggingen, in den grasbewachsenen Hang eingegraben worden und wirkte wie eine Furche auf der Stirn eines finster blickenden Riesen. Er verschwand zwischen den Felsen, die den Kiesstrand säumten. Dort lag Treibholz zu Haufen aufgetürmt, bildete gewaltige, frei geformte Skulpturen. Das Meer hatte sich bis weit nach draußen zurückgezogen und eine weite Schlickebene zurückgelassen, die in dem grauen Licht glänzte. Mit Algen überzogene Betonstümpfe ragten hier und da wie kaputte Zähne hervor: Es waren die jetzt nutzlosen Überreste der alten Austernbänke, denn außer Entenmuscheln wuchs dort nichts mehr.

Colin erinnerte sich, wie er als Junge nachts aus seinem

Fenster geschaut und die Laterne von Mr. Deets gesehen hatte, deren ferner Schein den Strand entlanggetanzt war. Mr. Deets war immer bei Ebbe zum Austernfang hinausgegangen, was zu bestimmten Zeiten des Jahres bedeutete, dass er zu einer Uhrzeit aufgestanden war, zu der die meisten Leute noch im Bett gelegen hatten. Oft musste er mehr als ein Dutzend Mal zu seinem Truck gehen, bevor er seine Arbeit beendet hatte, eine Arbeit, die im Laufe der Jahre Schwielen an seinen Händen hinterlassen und sie so dick und rau wie die Austernschalen gemacht hatte.

Bei Tag war Colin oft mitgegangen und hatte geholfen, Pfähle einzuklopfen, Leinen zu straffen und Austern auszugraben, die sich gelöst hatten und unter dem Schlick vergraben waren. Deets war ein mürrischer alter, wenig gesprächiger Eigenbrötler gewesen, aber Colin und ihn hatte eine Art Kameradschaft verbunden. Zu Hause in Queens bei seiner Familie war immer viel geredet worden, wenn auch meist nur oberflächlich. Seine Mom vertrieb sich ihre Freizeit, indem sie mit den Nachbarn plauderte, und sein Dad und sein Bruder redeten endlos lange über irgendwelche Baseballspiele. Als Patrick in einem Alter war, in dem er noch nicht einmal addieren und subtrahieren konnte, war er schon in der Lage, den Schlagdurchschnitt jedes einzelnen Spielers der New York Yankees herzubeten.

Colin hockte sich hin und schöpfte aus einem Gezeitentümpel Wasser, das so klar wie Gin war. Er erinnerte sich, wie Deets ihm erzählt hatte, dass es keinen besseren Ort auf der Welt gab, um Austern zu züchten. Es war eine Schande, dass jetzt alles brachlag. Aber Colin hatte im Moment ganz andere Sorgen. Beispielsweise musste er entscheiden, was er mit dem Haus tun sollte. Das Vernünftigste wäre wohl, es zu verkaufen. Wie Clark Findlay betont hatte, war das Land an sich schon einiges wert, und Colin könnte das Geld in der Tat brauchen. Wenn der kleine Betrag, den er zusammen mit dem Haus geerbt hatte, aufgebraucht wäre, würde er pleite und ohne Aussicht auf weiteres Geld sein. Was dann? Er wäre dann nichts als nur ein weiterer trockener Trinker, der in den rauchenden Ruinen der Brücken stand, die er hinter sich verbrannt hatte.

Nichtsdestotrotz behielt der gesunde Menschenverstand irgendwie immer die Oberhand. Und in gewissem Sinne war dieser Ort das Einzige, was Colin Halt gab. Ohne ihn wäre er wirklich verloren. Mehr noch als in den Tagen und Wochen nach dem 11. September, als er in einer Stadt, die mit unscharfen Fotokopien von vermissten geliebten Personen gepflastert war, wenigstens eine Rolle zu spielen gehabt hatte: die eines Familienangehörigen. Denn mit dem Verlust seiner Frau an jenem Tag war er in die Reihen der ähnliches Leid Tragenden gestoßen worden, und ihre kollektive Trauer war zu einer Art Hoheitszeichen geworden. Wie die Kriegshelden früherer Generationen waren sie bei der Presse gefragt und wurden bei offiziellen Gedenkfeierlichkeiten vorgeführt. Politiker hatten sie umworben, und wohltätige Einrichtungen hatten in ihrem Namen Geld gesammelt. Auch wenn die Woge des öffentlichen Mitgefühls manchmal zu überwältigend zu sein schien, so hatte es ihn doch mit einer grausamen Aufgabe und einem Grund versorgt, weiterzumachen … und zu trinken.

Zwei Jahre später war er zu der Erkenntnis gelangt, dass die Verjährungsfrist für seine Trauer abgelaufen war. Er hatte zugesehen, wie sich das Mitgefühl in den Augen anderer Leute erst in Mitleid, dann in Abscheu verwandelt hatte. *Ja, du hast einen geliebten Menschen verloren,* schienen sie zu sagen, *aber das haben viele andere auch, und sieh dir an, wie sie weitermachen.* Seine Ausreden, warum er nicht pünktlich zur Arbeit erschien, klangen inzwischen abgedroschen, und seine häufigen Hangover waren auch nicht unbemerkt geblieben. Sein Chef hatte angefangen, ihm die unwichtigsten Fälle zu übertragen: Kleinkriminelle und Prostituierte, unbedeutende Drogenhändler und, Ironie des Schicksals, einen betrunkenen Autofahrer, der wegen grob fahrlässiger Gefährdung des Straßenverkehrs angeklagt war. Außerhalb der Arbeit meldeten sich Freunde, die ihm über die ersten Tage seines Verlustes hinweggeholfen hatten, nicht mehr. Am Ende hatte er nur noch seinen besten Freund Billy Munroe gehabt, den er seit der zweiten Klasse kannte, und selbst Billy hatte ihn schließlich abgehakt, nachdem er einmal zu oft nachts betrunken bei ihm angerufen hatte. »Mein Gott, Mann, *reiß dich zusammen!*«, war Billy explodiert, bevor er zum letzten Mal aufgelegt hatte. »Es *reicht* langsam.«

Zu jener Zeit war Colin jedoch bereits jenseits des Punktes gewesen, an dem er in der Lage gewesen wäre, sich zusammenzureißen. An jenem Tag hatte er zu seinem Entsetzen begriffen, dass nicht länger der Tod seiner Frau der Grund war, warum er trank. Ein Entsetzen, das sich allmählich zu einer grimmigen Erkenntnis verhärtet hatte. Während der scharfe Schmerz über seinen Verlust unvermindert anhielt, wenn er nicht gerade durch Alkohol betäubt wurde – ein Schmerz von der Größe des Loches von Ground Zero, das keine öffentliche Anteilnahme je füllen könnte –, so war dies nicht der Grund, warum er fast täglich stockbesoffen war. Colin hatte getrunken, weil er nicht mehr hatte aufhören können zu trinken.

So war es nicht immer gewesen. Auf dem College und später an der Juristischen Fakultät in Columbia hatte er oft genug gefeiert, gewiss, aber er hatte gewusst, wann er aufhören musste, wenn die Party ein bisschen zu lange gedauert hatte. Und vielleicht hatte Nadine auch etwas damit zu tun gehabt. Er hatte sie während seines ersten Jahres an der Juristischen Fakultät kennengelernt. Er war bei seinem Lieblings-Diner gewesen, Ecke Broadway und Einhundertste Straße, um einen Happen zu essen. Hier waren das Essen günstig und die Portionen riesig, groß genug, um ihn für den ganzen Tag satt zu machen, und trotzdem blieb noch Geld für die U-Bahn übrig. Als er von der Speisekarte aufgeblickt hatte, stand statt der altvertrauten Kellnerin eine schwarzhaarige Schönheit mit Buttermilchhaut vor ihm, deren Lippen ihn mehr zum Küssen einluden als jeder andere Mund, den er je gesehen hatte.

»Sie starren mich an«, sagte sie mit einem verlegenen Lachen, als er sie in sprachloser Bewunderung mit offenem Mund anstaunte. »Habe ich etwas zwischen den Zähnen?«

»Nein, es tut mir leid ... ich bin nur ... Sie sind nicht Sally«, stammelte er.

»Nein, ich bin nicht Sally.« Das Mädchen hatte ihm ein freches kleines Lächeln geschenkt, als teilten sie einen kleinen vertraulichen Scherz miteinander. »Möchten Sie bestellen, oder kommen Sie lieber wieder, wenn Sally da ist?«

Er erwiderte ihr Lächeln. »Ich hätte gern das Sandwich mit Schinken, Salat und Tomate, mit leichter Mayo.« Sie kritzelte die Bestellung auf ihren Notizblock, während er bemerkte: »Ich habe Sie hier noch nicht gesehen. Sind Sie neu?«

»Es ist mein erster Tag.« Sie hatte sich vorgebeugt, und der Hauch eines dezenten Duftes stieg ihm berauschend in die Nase. »Erzählen Sie es nicht weiter, aber ich bin eigentlich keine Kellnerin. Ich mache das bloß, um die Miete zu bezahlen.« Sie hatte ihm erklärt, dass sie Schauspielerin war, wobei sie einen ironischen Ton einfließen ließ, um ihn wissen zu lassen, dass sie sich bewusst war, ein wandelndes Klischee zu sein.

»Haben Sie in Theaterstücken mitgespielt, die ich möglicherweise gesehen haben könnte?«, hatte er gefragt.

»Nur, wenn Sie einer der sechs Zuschauer gewesen sind, die die Off-Off-Broadway-Aufführung von *A Cry in the Wilderness* gesehen haben«, erwiderte sie mit einem Augenzwinkern.

Er fand sie erfrischend. Die anderen Schauspielerinnen, die er kannte, nahmen sich alle selbst so verdammt wichtig. Als sein Sandwich kam, ertappte er sich dabei, langsamer als sonst zu essen und sie verstohlen zu beobachten, während sie geschäftig hin und her eilte. Wenn sie sich nicht um andere Gäste kümmerte, hatte er mit ihr geplaudert und sich unzählige Male Kaffee nachschenken lassen.

Sie hieß Nadine, und sie hatte immer schon in der Stadt gelebt, wie er erfuhr. Sie war ein Fan von Woody-Allen-Filmen, und ihre Lieblingsmusik war Jazz; bis vor zwei Jahren hatte sie bei ihren Eltern an der Upper West Side gewohnt, aber jetzt teilte sie sich mit drei Freundinnen eine Wohnung in Chelsea, im fünften Stock ohne Aufzug. Als sie die Rechnung brachte, hatte Colin gefragt, ob sie sich später auf einen Kaffee treffen könnten. Nadine hatte gegrinst – sein Koffeinspiegel war bereits so hoch, dass er den Rest des Tages brauchen würde, um wieder davon herunterzukommen –, aber sie hatte sein Angebot trotzdem angenommen.

Sechs Monate später waren sie verheiratet. Er besuchte im zweiten Jahr die Juristische Fakultät, und sie machte immer noch die Runde bei verschiedenen Castings und kellnerte nebenbei. Sie wohnten in einem Mietshaus in Alphabet City und kamen kaum über die Runden, aber trotzdem war er nie glücklicher gewesen. Mit Nadine war jeder Tag ein Abenteuer. Sie hatte Freunde aus allen Gesellschaftsschichten, und auf den

Partys, die sie so gern gab, fand sich eine Mischung aus Young Professionals und arbeitslosen Schauspielern, aus Bauarbeitern und Transvestiten, Studenten und Professoren. Colin gewöhnte sich daran, nach einem Tag voller Vorlesungen nach Hause zu kommen und seine Frau draußen auf der Treppe anzutreffen, wo sie sich mit einem der Obdachlosen aus der Gegend unterhielt, als wären sie alte Freunde.

Nadine selbst war ein Muster an Widersprüchen. Sie hasste es, zu kochen, kannte aber jedes internationale Restaurant auf der Lower East Side. Sie war allergisch gegen Hunde und Katzen, liebte aber nichts mehr, als einen Nachmittag im Zoo zu verbringen. Ihre einzige wirkliche Schwäche war, dass sie immer und überall zu spät kam. Wenn sie schließlich fröhlich hereinschneite, mit zerzausten Haaren und übersprudelnd von überschwänglichen Entschuldigungen, war es stets so, als würde sein Tag jetzt erst wirklich anfangen.

Die Ironie war, dass der Tag, an dem sie starb, einer der wenigen gewesen war, an denen sie ausnahmsweise einmal pünktlich zur Arbeit aufgebrochen war. Sie hatte die Schauspielerei für eine Ganztagsstelle als Direktionsassistentin in dem Restaurant ›Windows of the World‹ im Nordturm des World Trade Center aufgegeben. Colin erinnerte sich an ihre letzten Worte an ihn, als sie aus der Tür geflitzt war. Sie hatte innegehalten, sich zu ihm umgedreht und ihn mit diesem ganz besonderen Lächeln angesehen, das die Polkappen zum Schmelzen bringen konnte. »Hey, du da in den weißen Boxershorts«, hatte sie gesagt. »Hat dir schon mal jemand gesagt, wie sexy du bist?«

Zwei Stunden später war sie tot.

Und jetzt, fünf Jahre später, starrte Colin hier auf sein Spiegelbild in dem seichten Wasser zu seinen Füßen. Er wusste nicht, wie lange er dort gehockt hatte, versunken in seine Erinnerungen, aber es musste eine ganze Weile gewesen sein, denn seine Muskeln beschwerten sich, als er sich aufrichtete. *Ich sollte öfters ins Fitness-Studio gehen*, dachte er und zuckte zusammen. Sein Hauptziel in den sechs Monaten, seit er die Entzugsklinik verlassen hatte, war gewesen, nüchtern zu bleiben. Dort, in einem Rehazentrum in Arizona, hatte er vom Tod seines Großvaters erfahren. Die Nachricht hatte ihn am Boden zerstört, hauptsächlich, weil er keine Chance gehabt hatte, sich zu verabschieden; er war derart in seine eigenen Probleme verstrickt gewesen, die ihn, angeheizt durch den Alkohol, völlig verzehrt hatten, dass er den Kontakt zu seinem Großvater nur sporadisch gepflegt hatte. Er war nicht einmal in der Verfassung gewesen, an der Beerdigung teilzunehmen.

Jetzt war es Zeit, sich darüber klar zu werden, was er mit dem Teil seines Lebens anfangen sollte, der sich nicht um die AA drehte.

Colin schaute sich um und stellte fest, dass der Hund ihn beäugte, als hätte er sich gerade dieselbe Frage gestellt. Ein freudloses Lächeln huschte über Colins Gesicht. »Komm, alter Junge, bringen wir dich nach Hause«, sagte er und begann, den Weg hinaufzugehen.

Seine Nachbarn ein Stück die Straße hoch erwiesen sich als ein Paar namens Henley etwa in seinem Alter. Sie hatten zwei kleine Kinder, einen Jungen und ein Mädchen, die entzückt über die Heimkehr ihres vermissten Haustieres waren. Der kleine Junge warf dem Hund die Arme um den Hals und vergrub das Gesicht in seinem Fell; der Hund erduldete es mit Würde.

»Wir haben uns schon gefragt, wohin er diesmal gelaufen ist. Danke, dass Sie ihn zurückgebracht haben«, sagte Nora Henley, eine lebhafte kleine Frau, die ihr dickes rötlich-blondes

Haar zu einem Pagenkopf geschnitten trug. Sie betrachtete den Hund mit einer Mischung aus Mitleid und Verzweiflung. »Wir haben ihn aufgenommen, weil wir Angst hatten, er würde sonst eingeschläfert, aber jetzt bin ich mir nicht mehr so sicher, ob wir ihm einen Gefallen damit getan haben. Ich glaube, er wäre dem alten Herrn bereitwillig gefolgt. Das arme Tier ist nicht mehr dasselbe gewesen, seit sein Herrchen gestorben ist.« Sie richtete ihren Blick wieder auf Colin. »Mein Beileid wegen Ihres Großvaters. Wir wohnen erst seit einem Jahr hier, und deshalb kannten wir ihn nicht so gut. Aber er war ein angenehmer Nachbar. Tommy –«, sie warf einen Blick auf den kleinen Jungen, der dem Hund jetzt einen Napf Wasser holte – »hat ihn sehr gemocht. Wir hatten alle das Gefühl, Ihr Großvater hätte es gewollt, dass wir uns um Hirte kümmern.«

Hirte. Colin sprach den Namen im Geiste nach. Ja, er passte. Was war er anderes als ein Hütehund, der seinen Lebenszweck verloren hatte? »Ich war ungefähr im Alter Ihres Sohnes, als ich zum ersten Mal herkam«, erzählte er den Henleys. »Mein Großvater hatte damals einen anderen Hund, einen Border-Collie wie Hirte. Er hieß Dickie. Ich frage mich, ob die beiden denselben Stammbaum haben.«

»Mr. Deets wäre der Richtige für diese Frage gewesen«, meinte Doug Henley, ein feingliedriger Mann mit Brille und schütterem Haar und gut dreißig Zentimeter größer als seine Frau. »Er hat über vierzig Jahre in diesem Haus gelebt, wussten Sie das? Das hat seine Nichte uns erzählt.«

Colin erinnerte sich jetzt, dass Findlay, der Anwalt, eine Nichte erwähnt hatte. Als Colin noch ein Kind gewesen war, hatte er nicht gewusst, dass Deets Familienangehörige hatte; sein Leben lang ein eingefleischter Junggeselle, hätte der bärbeißige Einzelgänger ebenso gut dem Meer entstiegen sein können wie die Austern, mit denen er sich seinen mageren Lebensunterhalt verdient hatte.

»Sie lebt in Seattle«, fuhr Doug fort. »Deshalb hat sie das Haus verkauft; sie wollte keine Arbeit damit haben. Offen gestanden kann ich ihr das nicht verdenken. Es war ziemlich heruntergekommen, als wir es gekauft haben.« Er legte Nora den Arm um die Schultern. »Die meiste Arbeit ist an meiner armen Frau hängen geblieben. Ich war damit beschäftigt, alles Erforderliche auf dem Festland abzuwickeln.« Er habe seine Teilhaberschaft an einer Zahnarztpraxis verkauft, um hier auf der Insel eine private Praxis zu eröffnen, erklärte er.

Colin konnte sehen, wie viel Arbeit sie in die Renovierung der alten Fischerhütte gesteckt hatten. Zedernholzschindeln ersetzten die ursprüngliche Schalung, und anstelle des alten moosbewachsenen Daches zierte ein neues aus Metall das Haus. Der Garten war ebenfalls umgestaltet worden. Wo einst nur ein wildes grünes Durcheinander geherrscht hatte, waren Blumenbeete angelegt worden, sauber eingefasst mit ausgemusterten Eisenbahnschwellen. Es gab sogar einen künstlich angelegten Bach, der sich in einen Teich mit Koi-Karpfen ergoss.

»Das Einzige, was wir noch nicht geschafft haben, ist der Schuppen«, sagte Nora und deutete auf das baufällige Gebäude hinter dem Haus. »Er ist so mit altem Plunder vollgestopft, dass ich Ihnen nicht mal sagen könnte, was alles drin ist.«

Colins Pulsschlag beschleunigte sich. »Würde es Ihnen etwas ausmachen, wenn ich mal einen Blick hineinwerfe?«

»Nur zu«, erwiderte Doug und sah aus, als wäre er froh, Colin würde schon jetzt einen Teil oder am besten gleich das ganze Gerümpel mitnehmen.

»Danke.« Als Colin hinter das Haus ging, folgte ihm Hirtes wachsamer Blick.

Die Tür des Schuppens quietschte protestierend in ihren rostigen Angeln, als Colin sie aufstieß. Im Schuppen tastete er blind mit einer Hand nach der Zugkette. Er zog daran und das Licht ging an. Schattenhaft fiel es auf einen Stapel alter Kisten, die an einer Wand standen. Colins Augen mussten sich erst an die Dunkelheit gewöhnen, bis er in dem Durcheinander um sich herum einzelne Gegenstände erkennen konnte: aufgerollte Seile, einen schiefen Turm aus ineinandergestapelten Eimern, einen Haufen Jutesäcke, die von Schimmel überzogen waren und einen modrigen Geruch verbreiteten. In einer Kiste mit verschiedenen Gerätschaften fand er eine Ansammlung verrosteter Austernmesser und ein paar Lederhandschuhe, die steif vor Alter waren. All das waren die Überbleibsel einer kleinen, jedoch einst florierenden Austernfarm.

Als Colin schmutzbedeckt wieder aus dem Schuppen auftauchte, begann ein vager Plan in seinem Kopf Gestalt anzunehmen. Warum gründete er nicht eine Austernfarm? Er verfügte über Land und Zeit im Überfluss, und hier gab es genug Ausrüstungsgegenstände, die man herrichten könnte, um die grundlegenden Arbeiten durchzuführen. Was er sonst noch bräuchte, könnte er kaufen. Ein verlockender Plan ... der aber auch bedeutete, auf Grays Island zu bleiben und das Haus seines Großvaters nicht zu verkaufen. Konnte er sich das leisten?

Kannst du es dir leisten, es nicht zu tun?, konterte eine Stimme in seinem Kopf. Was wartete in New York auf ihn – außer weiteren Ausreden, wieder zu trinken? Schließlich war es nicht so, dass er einen Job hatte, zu dem er zurückkehren musste, oder Freunde, die ihn drängten, zurückzukommen. Und auf diese Weise hätte er zumindest wieder eine Aufgabe, selbst wenn sie niemandem außer ihm sinnvoll vorkam.

Colin zügelte die Begeisterung, die in ihm wuchs. Bevor er

irgendwelche endgültigen Entscheidungen treffen konnte, musste er seine Hausaufgaben machen. Als Erstes informierte er die Henleys, dass er gern so viel von dem Gerümpel abholen würde, wie sie loswerden wollten. Sie sagten ihm, er könne alles haben, und er notierte sich ihre Telefonnummer und versprach zurückzukehren, sobald er einen Truck organisiert hatte.

Als Colin, von neuem Elan erfüllt, davonging, warf er zufällig einen Blick zurück über die Schulter. Hirte, der Hund, war ins Haus gegangen, denn Colin sah ihn am Fenster stehen, von wo aus er ihm nachsah. Er hatte die Ohren gespitzt und schien auf etwas zu warten. Irgendwie kam Colin das wie ein gutes Omen vor.

* * *

Zwei Stunden später stand Colin mit mehreren Büchern über Austernzucht in einer Schlange in der öffentlichen Bücherei. Die Bibliothekarin, eine hübsche junge Frau mit langem blondem Haar, das von einem Haarreif zurückgehalten wurde, nahm sich Zeit für den älteren Herrn vor Colin und schlug ihm mehrere Bücher vor, die er vielleicht anstelle der reservierten Bücher lesen wollte, die noch nicht zurückgegeben worden waren. Niemand schien es eilig zu haben, selbst die Leute in der Schlange hinter Colin nicht. Niemand räusperte sich oder verdrehte die Augen; niemand murmelte laut: *Dauert das denn den ganzen Tag?* Ein Zeichen dafür, dass er nicht in New York war; deshalb zogen die Leute hierher, um von genau solchen Dingen wegzukommen. Seine Ungeduld musste sich jedoch in seinem Gesicht gezeigt haben, denn er fing den Blick einer Frau auf, die verständnisvoll lächelte, als sie vorüberging. Er erkannte sie sofort wieder: Es war Alice Kessler.

Sobald seine Bücher mit dem erforderlichen Stempel versehen worden waren, machte er sich auf die Suche nach ihr. Er fand sie an einem Tisch in der Abteilung für Zeitungen und Zeitschriften. »Hallo. Ich bin Colin McGinty, wir sind uns am Fähranleger begegnet«, sagte er, um ihre Erinnerung aufzufrischen.

Aus der Art, wie sie in ansah, wurde jedoch deutlich, dass es nicht nötig gewesen war. »Hallo. Wie geht es Ihnen?« Sie sprach leise, als wollte sie keine Aufmerksamkeit auf sich ziehen.

»Ganz gut.« Zu seiner Überraschung stellte Colin fest, dass er es auch so meinte. Zum ersten Mal seit Monaten hatte er nicht das Gefühl, wie von einem erdrückenden Leichentuch umhüllt zu sein. Er warf einen Blick auf die Zeitung, die sie vor sich ausgebreitet hatte, und erkannte den Immobilienteil. »Finden Sie, was Sie suchen?«

»Nicht in meiner Preisklasse. Aber ich kann es mir nicht leisten, wählerisch zu sein. Solange ich vier Wände um mich herum und ein Dach über dem Kopf habe, wäre es in Ordnung. Was ist mit Ihnen? Sieht aus, als hätten Sie beschlossen, eine Weile hierzubleiben.« Sie deutete auf die Bücher unter seinem Arm.

»Zumindest bis auf Weiteres. Bis ich die Dinge ins Reine gebracht habe.« Colin zögerte, über seine Pläne zu sprechen. In diesem Moment kamen sie selbst ihm ziemlich unausgegoren vor.

»Familienangelegenheiten?«, fragte sie und zog die Augenbraue hoch.

Es war weder die Zeit noch der Ort, darauf einzugehen, deshalb sagte er knapp: »Es ist kompliziert.«

»Wenn es die Familie betrifft, ist es immer kompliziert.«

Sie lächelte. »Immer, wenn man denkt, alles sei in Ordnung ...«

»Das klingt, als hätten sie einige Erfahrung damit.«

Sie zuckte die Schultern, als wollte sie sagen: *Wer hat das nicht?*

»Was haben Sie jetzt vor? Abgesehen davon, dass Sie eine Bleibe suchen, meine ich«, fragte er.

Ihr Gesichtsausdruck verdüsterte sich kurz. »Ich suche Arbeit, hatte aber bislang noch kein Glück. Wie es aussieht, sind gut bezahlte Stellen auf dieser Insel schwer zu bekommen.«

»Suchen Sie weiter. Irgendwann wird sich etwas ergeben.« Leichter gesagt als getan, wenn man vorbestraft ist, dachte er dabei.

Als hätte sie seine Gedanken gelesen, stieg ihr die Röte ins Gesicht.

Eine ältere Frau, die am anderen Ende des Tisches saß, forderte sie mit einer Handbewegung auf, leiser zu sein. Colin beugte sich vor und flüsterte: »Was würden Sie davon halten, wenn wir einen Kaffee trinken gehen? Ich will es nicht mit der Bibliothekspolizei zu tun bekommen.« Sie zögerte gerade so lange, dass er sich fragte, ob er die Grenzen überschritten hatte, doch dann nickte sie und stand auf.

In kameradschaftlichem Schweigen schlenderten sie den Gehsteig entlang. Sie trug ihr braunes Haar heute offen; der Wind wehte es ihr ums Gesicht. Sie sah hübscher aus, als er sie in Erinnerung hatte, nicht mehr so blass und verhärmt. Nur ihre Augen waren unverändert – die Augen eines Menschen, der fror und der hungrig war und durch ein Fenster auf eine glückliche Familie sah, die um den Esstisch versammelt saß.

Es war ein bisschen wärmer geworden, deshalb nahmen sie ihren Kaffee mit, um ihn im kleinen Park der Stadt zu trinken.

Gegenüber der Grünanlage befand sich das Museum. Es war in einem Blockhaus untergebracht, das aus den Tagen stammte, als Grays Island noch ein abgelegener Handelsposten gewesen war. Da die Touristensaison sich dem Ende zuneigte, war kaum jemand im Park, nur ein Junge im Teenageralter, der für seinen Hund eine Frisbeescheibe warf, und ein Arbeiter der Stadt, der einen Baum zurückstutzte. Sie setzten sich an einen der Picknicktische, und der von ihren Bechern aufsteigende Dampf vermischte sich mit ihrem Atem.

»Das ist hübsch«, meinte Alice und betrachtete den Rasen, der mit einem Teppich aus goldenen und purpurfarbenen Blättern bedeckt war, die kräftigen Ahornbäume, den Bach, der sich am nördlichen Ende des Parks entlangschlängelte. »Ich war so beschäftigt, seit ich zurückgekehrt bin, dass ich noch keine Gelegenheit hatte, mich zurückzulehnen und die Landschaft zu genießen.«

»Es scheint, dass ich nichts anderes als das getan habe«, erwiderte Colin.

Sie wandte sich ihm zu. »Ich habe gehört, Ihr Großvater hat Ihnen sein Haus hinterlassen.« Auf seinen verblüfften Blick hin fügte sie in betrübtem Ton, bei dem sie vielleicht an ihre eigene traurige Berühmtheit dachte, hinzu: »Die Nachrichten verbreiten sich schnell in kleinen Orten.«

»Nun, Sie haben richtig gehört.«

»Man sagt, dass Sie verkaufen wollen.«

»Sagt man das? Na ja, dann wissen die Leute mehr als ich«, sagte er. »In Wirklichkeit überlege ich, es vielleicht zu behalten.«

»Sie würden dann also ständig hier leben?«

»Sieht so aus.«

»Wartet keine Arbeit auf Sie, zu der Sie zurückmüssen?«

»Sagen wir mal, ich befinde mich gerade zwischen zwei Jobs.«

»Ich habe gehört, dass Sie Anwalt sind.«

»War«, korrigierte er sie. »In meinem früheren Leben war ich Staatsanwalt in Manhattan.«

»Ich verstehe. Nun ja.« Sie pustete auf ihren Kaffee, bevor sie einen vorsichtigen Schluck nahm. Sie wirkte verunsichert durch das, was er ihr gerade erzählt hatte. Der Grund war leicht zu verstehen. Wie musste es für sie gewesen sein, all diese Jahre im Gefängnis zu verbringen? Weggeschlossen von einem gnadenlosen Staatsanwalt, der sich nicht sehr von ihm unterschied.

»Es tut mir leid, wenn ich dafür gesorgt habe, dass Sie sich unwohl fühlen«, meinte er und berührte ihren Arm.

»Ah, Sie haben es also gehört. Die berüchtigte Alice Kessler.« Ihr Mund verzog sich zu einem schmerzlichen Lächeln.

»Ich weiß nur das, was ich in der Zeitung gelesen habe«, sagte er.

»Glauben Sie nicht alles, was Sie lesen.«

»Tue ich nicht. Wie auch immer, es ist lange her.«

»Nicht für die Leute hier. Für sie ist es, als wäre es gestern passiert.«

»Wie Sie gesagt haben, es ist eine kleine Stadt.«

»Sie fragen sich wahrscheinlich, warum ich zurückgekommen bin.«

»Und warum sind Sie zurückgekehrt?« Er trank einen Schluck Kaffee und betrachtete sie nachdenklich über den Rand seines Bechers hinweg.

»Wegen meines Sohnes. Er heißt Jeremy. Er ist sechzehn.« Er sah etwas in ihren grau-grünen Augen aufflackern. »Er lebt im Augenblick bei seinem Vater, aber ich hoffe ...« Sie biss sich auf die Lippe und schwieg. Nach einem Moment sagte sie:

»Was ist mit Ihnen? Es muss doch einen Grund geben, hierherzuziehen, abgesehen von der Tatsache, dass Sie ein Haus geerbt haben.«

»Ich bin mir nicht sicher, ob ich einen habe, außer dass dies zufällig das letzte Ereignis in einer Kette von vielen anderen ist.« Colin zog den Reißverschluss seiner Jacke hoch, als plötzlich eine kalte Windböe aufkam, und starrte abwesend über den Park. »Wenn Sie schon so viel über mich wissen, dann wissen Sie wahrscheinlich auch, dass ich meine Frau verloren habe. Danach ging es irgendwie bergab.«

»Das tut mir leid.« Er entnahm der Art und Weise, wie sie dies sagte, dass ihr diese Art von Verlust nicht fremd war.

»Sie starb am 11. September. Sie war im Nordturm, als er einstürzte«, fuhr er fort und fand es seltsam erlösend, mit jemandem darüber zu reden, der nicht die Stirn in dem Versuch runzeln würde, das Unfassbare zu begreifen, und der nicht nach einem eleganten Weg suchen würde, zu einem weniger schmerzlichen Thema zu wechseln. »Danach habe ich angefangen zu trinken, bis mir eines Tages dämmerte, dass es nicht das Problem war, das an mir fraß, sondern dass ich selbst das Problem bin.« Er lächelte freudlos. »Man könnte meinen, dass ich an diesem Punkt hätte begreifen müssen, dass es Zeit war aufzuhören. Aber tatsächlich habe ich noch ein bisschen länger bis zu dem Entschluss gebraucht, wieder nüchtern zu werden. Ich musste erst meinen Job und fast jeden Freund verlieren, den ich je hatte. Das war vor sechs Monaten. Seitdem habe ich keinen Tropfen mehr angerührt.«

Sie wechselten einen Blick, der mehr als jedes Wort sagte. Sie war nicht wie die meisten Leute, die er außerhalb der AA-Treffen kennengelernt hatte. Leute, für die es eine Lebenskrise bedeutete, wenn sie entlassen wurden oder ihre Schwiegermutter bei ihnen einzog. Alice Kessler wusste, was wahres Leid war.

Jetzt hoben sich ihre Mundwinkel zu einem unfrohen kleinen Lächeln. »Wir sind schon ein schönes Paar, nicht wahr? Es heißt, mit seinem Schmerz ist keiner gern allein, aber im Augenblick würde ich niemandem wünschen, mit uns zusammen zu sein.«

»Es muss Sie doch zumindest ein bisschen trösten, dass Sie nicht die Einzige sind, über die man redet«, meinte er mit einem Lachen.

»Zum Glück ist das nicht das Einzige, das wir miteinander gemein haben«, erwiderte sie, und ihr Gesicht wurde wieder ernst. »Ich weiß nicht, ob Sie es wissen, aber Ihr Großvater war mit meiner Großmutter befreundet. Er hat sogar ein Porträt von ihr gemalt. Das berühmte Bild von der Frau im roten Kleid. Ich habe mich gefragt, ob Sie wissen, was daraus geworden ist.«

Colin fuhr auf und verschüttete fast seinen Kaffee. »Sie sind Eleanors Enkelin?« Jetzt konnte er die Ähnlichkeit sehen, und er fragte sich, ob er sich vielleicht deshalb von Beginn an zu ihr hingezogen gefühlt hatte. Alices Haarfarbe und Teint waren dunkler als Eleanors, ihre Augen mehr grau als grün, aber es war das gleiche Gesicht: zartknochig, aber dennoch fest wie gehärteter Stahl. Das Gesicht von jemandem, der nicht leichtfertig durchs Leben ging.

»Was für ein erstaunlicher Zufall. Jetzt weiß ich, warum Sie mir vertraut vorkamen. Sie sind ihr wie aus dem Gesicht geschnitten.«

Alice sah erfreut aus. »Also kennen Sie das Porträt.«

»Das sollte ich wohl. Ich bin der Eigentümer.«

Jetzt war es an ihr, überrascht auszusehen. »Wirklich? Könnte ich ... ich meine, ich würde es sehr gern mal sehen.« Sie schien zu zögern, sich aufzudrängen.

»Wann immer Sie möchten«, sagte er. »Ich bin meistens zu Hause. Rufen Sie mich einfach an, wenn Sie Lust haben, vorbeizukommen. Hier ist meine Nummer.« Er notierte sie rasch auf der Rückseite seiner Serviette.

Sorgfältig faltete sie die Serviette und steckte sie in die Tasche. »Sind Sie sicher, dass es Ihnen nichts ausmachen würde?«

»Machen Sie Witze? Sie würden mir einen Gefallen tun«, meinte er. »Es so ruhig dort draußen, dass ich mich selbst denken hören kann. Was in meinem Fall gefährlich werden kann.«

Sie lächelte, was einen verwirrenden Moment lang ihr ganzes Gesicht erhellte, so als würde die Sonne kurz hinter den Wolken auftauchen. Vom Parkplatz am anderen Ende der Grünfläche war Musik aus einem Autoradio zu hören, eine Ballade aus den Siebzigern, und in der Nähe ließ der Junge seine Frisbeescheibe ein weiteres Mal himmelwärts segeln, einen kreiselnden blauen Ring, der sekundenlang dort oben zu hängen schien, als würde er der Schwerkraft trotzen. In diesem kurzen Augenblick spürte Colin, wie sich auch seine Stimmung hob.

»Also gut. Ich werde Sie beim Wort nehmen«, sagte sie. »Aber zuerst muss ich einen Job und eine Bleibe finden, in dieser Reihenfolge.«

»Was für eine Art Arbeit suchen Sie denn?«, fragte er.

»Sie meinen, worin ich gut bin, außer im Herstellen von Nummernschildern?« Sie schüttelte den Kopf. »Da gibt es nicht viel, fürchte ich. Ich war mal eine ziemlich gute Köchin, aber ich bin ein wenig aus der Übung.«

»Es gibt jede Menge Restaurants auf der Insel.«

»Keines, das daran interessiert wäre, eine verurteilte Kriminelle einzustellen. Glauben Sie mir, ich weiß es. Ich habe mich bei allen beworben, die Anzeigen geschaltet haben.«

»Irgendetwas wird sich ergeben, da bin ich sicher«, sagte er. »Geben Sie nur die Hoffnung nicht auf. Bei den Anonymen Alkoholikern haben wir eine Redensart: ›Tue so als ob, bis du es schaffst‹. Ich habe es in letzter Zeit oft so gehalten.«

»Danke. Ich werde daran denken.« Diesmal wirkte ihr Lächeln gezwungen. Sie stand auf und warf ihren leeren Becher in den Papierkorb. »Ich muss los. Es war nett mit Ihnen. Ich rufe Sie an, wenn ich weiß, wie es weitergeht.«

»Viel Glück bei der Suche«, sagte er und schüttelte ihr die Hand, bevor sie sich trennten.

»Danke. Dann bis bald vielleicht.«

Er spürte, wie sein Herzschlag sich bei dem Gedanken beschleunigte. Es war nicht nur, dass er sie besser kennenlernen wollte, sondern er spürte auch eine besondere Verbundenheit mit ihr. Sie waren verwandt im Geiste, ganz gleich, wie unterschiedlich die Umstände waren, die sie am gleichen Ort hatten stranden lassen. Genau wie Alice Kessler wusste er, dass die Welt voller dunkler Ecken und scharfer Kanten war.

5. Kapitel

MAI 1942

Eleanor Styles erwachte vom Bellen der Hunde draußen im Zwinger. Selbst in ihrem erschöpften, benommenen Zustand erkannte sie an der hohen Tonlage des Bellens, dass es kein Reh oder Waschbär war, worüber sie sich so aufregten, sondern vermutlich ein Besucher der zweibeinigen Art. Sofort war sie aus dem Bett. Ein Blick auf den Wecker sagte ihr, dass es halb neun war. So spät! Gewöhnlich stand sie auf, wenn es noch dunkel war, aber gestern Abend hatte sie nicht einschlafen können und war erst weit nach Mitternacht eingenickt.

Sie griff nach dem Chenille-Mantel, den sie über einen der vier dicken Bettpfosten geworfen hatte. Normalerweise hängte sie ihn abends in den Schrank, aber seit ihr Mann Joe fort war, um im Pazifik zu kämpfen, hatte sie einige Dinge schleifen lassen. Sie hatte genug damit zu tun, den Rest des Hauses in Ordnung zu halten und sich um ihre Tochter zu kümmern – ganz zu schweigen von den Hunden und den Hühnern und dem Garten. Nur im Schlafzimmer, das sie seit mehr als zehn Jahren mit ihrem Mann teilte, hatte sich ihre Persönlichkeit allmählich durchgesetzt, wie die Brombeerranken, die den Zaun entlang der Einfahrt in Joes Abwesenheit verschluckt hatten. Schuhe wurden einfach unter das Bett geschoben, und ihren Arbeitsoverall, noch feucht, weil sie gestern die Hunde gebadet hatte, hatte sie über den gepolsterten Schaukelstuhl geworfen. Diverse Tuben mit Salben und Fläschchen mit Entwurmungstabletten übersäten die Frisierkommode, auf der einmal Puderdosen und Parfümflakons gestanden hatten, und auf dem Nachttisch lagen statt Joes *Reader's Digests* eine Broschüre über Kriegsanleihen von letzter Woche, ein Buch über Erkrankungen bei Hunden und ein aus der Zeitung ausgeschnittener Artikel mit einer Auflistung der neuen Verdunklungsvorschriften.

Sie tappte barfuß zum Fenster und spähte durch die von ihrem Atem beschlagene Scheibe hinaus zu dem Auto, das im Hof gehalten hatte, ein dunkelgrüner Packard, den sie nicht kannte. Sie war nicht an Besucher gewöhnt, besonders nicht zu dieser Uhrzeit, und wegen der neuen kriegsbedingten Restriktionsmaßnahmen waren in diesen Tagen weniger Autos auf den Straßen unterwegs. War es ein Besuch in einer offiziellen Angelegenheit? Bei dem Gedanken wurde ihr kalt. Aber nein, der Mann, der aus dem Wagen ausstieg – ziemlich jung, dunkelhaarig, in einer Khakihose und einem Hemd mit hochgekrempelten Ärmeln –, sah nicht wie ein Bote aus. Und falls es doch um schlechte Nachrichten ging, so hätte er eine seltsame Art, sie zu überbringen, denn er lächelte, als würde er an etwas Angenehmes denken, und streckte sein Gesicht der Sonne entgegen. Als er Weg entlangging, bemerkte sie, dass er leicht hinkte. Der Behändigkeit nach zu urteilen, mit der er das Bein nachzog, und die seine Schritte kaum beeinträchtigte, schien es sich um eine alte Verletzung zu handeln.

Sie stieß den Atem aus, den sie unwillkürlich angehalten hatte, und strich sich das Haar zurück, wodurch es sich nur noch stärker wie ein Heiligenschein um ihren Kopf wellte. Ihr Haar war so rötlich-braun wie der Stamm des Erdbeerbaumes, unter dem der Mann jetzt stehen blieb, um sich umzuschauen.

Dann kam ihr ein neuer Gedanke in den Sinn: Wenn es sich nicht um schlechte Nachrichten über Joe handelte, könnte es vielleicht um eine andere offizielle Angelegenheit gehen. Voller Panik flog ihr Blick zum Schuppen, der zum Zwinger umgebaut worden war und einen mit Maschendraht eingezäunten Freilaufbereich hatte, in dem momentan alle sechs Hunde wegen der Ankunft des Fremden wie verrückt bellten. Sie nahm eine Bewegung am Fenster des kleinen möblierten Zimmers wahr, das hinter dem Hundequartier lag, und fragte sich, ob der fremde Besucher es ebenfalls bemerkt hatte. War das der Grund, warum er sich so viel Zeit ließ? Ihr Herz machte einen Satz bei dem Gedanken, als es auch schon an der Tür klopfte.

Sie schlüpfte in ihre Hausschuhe und knotete den Gürtel ihres Morgenmantels zu, bevor sie zur Haustür ging.

»Es tut mir leid. Ich hoffe, ich habe Sie nicht geweckt«, entschuldigte sich der Mann, als er ihrem Aufzug bemerkte. »Ich habe den Rauch aus dem Kamin gesehen und gedacht ...« Er reckte den Hals, um nach oben zu blicken.

»Ich lasse das Feuer auch nachts brennen«, sagte sie. Kriegsbedingt gab es kein Öl, und selbst Kohle war knapp. Das alte Haus, das Joes Vater erbaut hatte, war so schlecht isoliert, dass sie das Feuer selbst in den Frühlingsmonaten rund um die Uhr in Gang halten musste.

»William McGinty«, stellte der Fremde sich vor und berührte mit zwei Fingern kurz die Stirn zu einem kecken Gruß. »Und Sie müssen Mrs. Styles sein.« Sie nickte und dachte, dass ihr der Name bekannt vorkam – waren sie sich schon einmal begegnet? Nein, an das Gesicht würde sie sich erinnern. Er war etwa in ihrem Alter, um die dreißig, groß und hager wie ein Windhund, hatte verwirrend blaue Augen und einen Wust schwarzer Haare, die sich anscheinend nicht bändigen lassen wollten. Er wirkte harmlos, doch das beruhigte sie nicht. Er könnte einer der Handlanger von Sheriff LaPorte sein. Als Hauptmann der Bürgerwehr hatte LaPorte es sich zur Aufgabe gemacht, gnadenlos jeden zu jagen, den er verdächtigte, ein feindlicher Agent zu sein. Wie den armen Otto Haller, einen älteren Deutschen, der der Apotheker der kleinen Stadt gewesen war. Er hatte sich gezwungen gesehen, seine Apotheke zu verkaufen und von der Insel wegzuziehen, weil sein Leben hier so unerträglich geworden war. *Was würde LaPorte tun, würde er jemals einen echten Flüchtling in die Hände bekommen?*, fragte sie sich, und ein eisiger Schauder überlief sie.

»Was kann ich für Sie tun?«, fragte sie. Ihr Ton war freundlich, aber sie ließ eine Hand auf dem Türgriff liegen und behielt die Flinte im Auge, die in Greifnähe lehnte.

»Ich bin vorbeigefahren und habe zufällig Ihr Schild gesehen. Ich habe mich gefragt, ob Sie Welpen zu verkaufen haben.« Der Mann namens William schenkte ihr ein breites Lächeln, das sich über sein ganzes Gesicht ausbreitete, ein Gesicht, das sonst vielleicht wegen seiner Knochigkeit streng gewirkt haben mochte.

Ein Teil der Anspannung wich aus ihren Schultern. »Im Moment nicht, aber ich rechne täglich mit einem neuen Wurf. Suchen Sie einen männlichen oder einen weiblichen Welpen?«

»Das wäre mir egal. Ich habe eigentlich keine Präferenz.« Er verlagerte das Gewicht von einem Fuß auf den anderen, wobei er das gesunde Bein vorzog. Als sie an ihm vorbeiblickte, konnte sie die Wäscheleine mit der Wäsche sehen, die sie gestern aufgehängt hatte. Sie war noch nicht dazu gekommen, sie wieder abzunehmen: ein Laken, das sich im Luftzug blähte, ein rotkariertes Tischtuch mit einem Brandfleck, wo sie einmal mit dem Bügeleisen etwas zu unvorsichtig gewesen war, ein Cordkleid von Lucy, ein Flanellnachthemd, ein paar Schlüpfer, eine Bluse.

Und eine Herrenunterhose.

Ein Ruck durchfuhr sie. O Gott. Wie hatte sie bloß so leichtsinnig sein können?

War es ihm auch aufgefallen? Er mochte sich nichts dabei gedacht haben, aber falls er später erfahren sollte, dass ihr Mann in Übersee kämpfte, würde er sich vielleicht fragen, was Herrenunterwäsche auf ihrer Wäscheleine zu suchen hatte. Und wenn er es zufällig erwähnte und es sich herumsprechen würde …

Ihr Magen krampfte sich bei dem Gedanken zusammen. In dem Versuch, ihn nicht merken zu lassen, dass etwas nicht stimmte, fragte sie: »Wie kommt es, dass Sie sich für einen Border-Collie entschieden haben?«

»Aus keinem bestimmten Grund.« Er machte eine vage Handbewegung. »Wie ich schon sagte, ich habe Ihr Schild gesehen und … na ja … ich dachte einfach …« Er wirkte plötzlich unsicher, als wäre es nur ein plötzlicher Impuls gewesen.

»Es sind Arbeitshunde«, informierte sie ihn und sprach schärfer, als sie beabsichtigt hatte. »Wenn Sie ein kuscheliges Haustier suchen, würde ich eine andere Rasse vorschlagen.« Sie hatte keine Geduld mit Leuten, die Welpen so aussuchten, wie sie Spielzeug kauften, um sie dann oft wieder loszuwerden, wenn sie nicht mehr amüsant waren oder es schwierig war, sie stubenrein zu bekommen.

Aber er nahm es ihr nicht übel. Sein Lächeln wurde nur breiter und vertiefte die Linien, die seinen breiten ausdrucksvollen Mund wie zwei Klammern einfassten. Sie war wieder davon beeindruckt, wie blau seine Augen waren; der Farbton war so tief, dass er beinahe violett wirkte, wie die Farbe der Krokusse, die sich vor Kurzem ihren Weg aus dem im Frühling auftauenden Boden gebahnt hatten. »Nehmen Sie es mir nicht übel, Mrs Styles, aber Sie haben eine seltsame Art, Geschäfte zu machen«, sagte er in einem Ton lässiger Vertrautheit, der es so wirken ließ, als würde er sich irgendwie etwas herausnehmen. »Wenn Sie etwas dagegen haben, dass ich einen Ihrer Welpen kaufe, sagen Sie es mir einfach, und ich bin gleich wieder weg.«

Sie lenkte ein wenig ein und meinte in weniger frostigem Ton: »Meine Hunde sind keine Kartons mit Seifenpulver. Ich möchte mich vergewissern, dass sie ein gutes Zuhause bekommen.«

»Wenn das so ist, warum kommen Sie dann nicht mal vorbei und sehen sich mein Zuhause an. Dann stelle ich Ihnen meine Frau und meinen Sohn vor. Wir wohnen an der Cove Road.« Also war er verheiratet, was sie aus irgendeinem Grund überraschte. »Genau genommen möchte ich den kleinen Hund für meinen Sohn haben. Er hat in ein paar Wochen Geburtstag. Er wird neun.«

Eleanor erlaubte sich ein kleines Lächeln. »Ich habe eine Tochter im selben Alter. Sie müssen dieselbe Klasse in der Schule besuchen. Es erstaunt mich, dass wir uns noch nie begegnet sind.«

»Gewöhnlich holt meine Frau Danny von der Schule ab«, erklärte er. »In vergrabe mich nachmittags meistens in meinem Atelier.«

Jetzt wusste sie, warum sein Name eine Saite in ihr berührt hatte. »Warten Sie. Ich kenne Sie. Sie sind *der* William McGinty. Der Maler.« In der Regel wurde er in Reiseartikeln über die Insel erwähnt, und vor Kurzem waren seine Gemälde in Darvills Buchhandlung in der Stadt ausgestellt gewesen. »Ich habe ein paar Werke von Ihnen gesehen«, sagte sie ihm.

»Was halten Sie davon?«, fragte er, als wäre er ehrlich an ihrer Meinung interessiert.

Sie dachte an jenen Tag zurück. Sie war einkaufen gewesen und hatte noch ungefähr eine halbe Stunde totzuschlagen, bevor sie Lucy von der Schule abholen musste. Sie war in Darvills Buchhandlung gegangen, wo sie völlig von der Gemäldeausstellung gefangen genommen wurde. Größtenteils handelte es sich um Landschaftsbilder, Szenen von der Insel, die so detailgenau wiedergegeben waren, dass es beinahe so war, als würde sie sie durch ein Fenster sehen. »Eines hat mich ganz besonders beeindruckt, von einem Reh, das am Rande einer Lichtung steht, und es schneit. Es war so ... Ich kann es nicht erklären ... Es hat mir so ein friedliches Gefühl vermittelt.« Sie spürte, wie ihr heiß wurde. »Aber was verstehe ich schon von Kunst? Ich weiß nur, was mir gefällt.«

»Wenn man Zugang dazu findet, ist das alles, was wirklich eine Rolle spielt«, sagte er.

Sie spürte, dass er aufrichtig war. Ehe sie sich versah, sagte sie: »Möchten Sie reinkommen? Ich wollte gerade Kaffee kochen.«

»Wenn Sie sicher sind, dass es Ihnen keine Umstände macht«, antwortete er.

»Überhaupt nicht.« Eleanor hatte einen Hintergedanken dabei. Sie hoffte, ihn lange genug ablenken zu können, damit Lucy aufwachte. Sie würde ihrer Tochter zuflüstern, die Wäsche abzunehmen, und er würde nicht merken, dass Männerunterwäsche dort gehangen hatte. »Sie trinken Ihren Kaffee schwarz, hoffe ich«, meinte sie, während sie ihn ins Haus führte. »Mir ist nämlich gerade die Milch ausgegangen. Es ist so ein weiter Weg in die Stadt, dass ich normalerweise warte, bis ich eine ganze Einkaufsliste zusammengestellt habe.«

»Schwarz ist prima«, sagte er. Auf dem Weg zur Küche kamen sie durch den Flur, wo er stehen blieb, um sich eines der Familienfotos genauer anzusehen, eines, das Joe in Uniform zeigte. »Ihr Mann?«

»Ja.« Ein bisschen Panik flackerte in ihr auf. Gesetzt den Fall, er zählte zwei und zwei zusammen und begriff, dass Männerkleidung nicht auf die Wäscheleine gehörte, weil ihr Mann im Krieg war?

»Er ist bei der Marine, wie ich sehe. Wo ist er stationiert?«

»Als ich zuletzt von ihm gehört habe, war er auf den Philippinen. Es ist schwierig, auf dem Laufenden zu bleiben. Manchmal vergehen Wochen ohne einen einzigen Brief, dann wieder bekommen wir ein ganzes Bündel auf einmal. Und die sind zensiert.«

»Er kämpft für sein Land. Ich denke, das ist alles, was man wissen muss.« Williams Gesichtsausdruck wurde mit einem Mal hart. »Ich habe versucht, mich zu verpflichten, aber sie haben mich nicht genommen – deswegen.« Er rieb sein krankes Bein und schnitt eine Grimasse, als hätte er Schmerzen, aber sie spürte, dass es sich eher um eine seelische als eine körperliche Pein handelte. Da fast jeder diensttaugliche Mann seines Alters im Krieg war, musste es frustrierend sein, außen vor zu sein.

»Woher stammt Ihre Verletzung?«, fragte sie und blickte auf sein Bein.

»Ich habe es mir beim Skilaufen gebrochen, als ich auf dem College war. Fast alle Knochen waren zertrümmert. Das verdammte Ding ist nie richtig geheilt.«

»Sie können von Glück reden.« Die Worten entflohen ihrem Mund, und sie sah, wie Überraschung über sein Gesicht huschte. In dieser Zeit war das eine unpopuläre Sichtweise, zumindest war es verpönt, es auszusprechen, aber hatte der Krieg nicht schon genug Tod und Zerstörung gebracht? Myra Brookbank hatte ihren Sohn Ernest bei der Schlacht von Tobruk verloren, und erst vergangene Woche hatte Nellie Gerard erfahren, dass das Flugzeug ihres Mannes bei Bataan abgestürzt war. Eleanor selbst betete jeden Abend um Joes sichere Rückkehr.

»Ich bin mir nicht sicher, ob meine Frau da zustimmen würde. Zurzeit kann es zur Bürde werden, seinen Ehemann zu Hause zu haben.« Er sprach leichthin, aber sie nahm eine Spur von Bitterkeit in seiner Stimme wahr. Eleanor war entsetzt. Welche Ehefrau würde einen toten Helden einem lebendigen Ehemann vorziehen?

Sie wechselten einen Blick des Einverständnisses; dann waren sie in der Küche, sie zündete den Herd an, und der Augenblick war vorbei. »Haben Sie schon gefrühstückt?«, fragte sie, während sie die Kaffeekanne an der Spüle mit Wasser füllte. »Ich könnte Ihnen etwas zu essen machen.«

»Danke, das ist sehr freundlich, aber ich habe Ihnen schon genug Umstände gemacht«, erwiderte er und sah aus, als würde er sich unbehaglich fühlen, als wäre er nicht daran gewöhnt, dass man viel Aufhebens um ihn machte. Aber ihr entging nicht der sehnsuchtsvolle Blick, mit dem er den frisch gebackenen Brotlaib auf der Arbeitsplatte beäugte.

Sie meinte beharrlich: »Es macht überhaupt keine Umstände. Meine Vorräte gehen zwar gerade zur Neige, aber was ich immer im Überfluss habe, sind Eier.« Sie erklärte, dass sie in Legehennen investiert hatte, in der Absicht, die Eier zu verkaufen, um ihre Einkünfte aufzubessern, aber dass Lucy und sie wegen der Lebensmittelrationierung die meisten Eier selbst aufaßen.

Sie ging zum Kühlschrank und nahm eine Schüssel Eier heraus, an denen noch Federn klebten. Auf der Küchenarbeitsplatte mit den gesprungenen Porzellankacheln – Joe hatte es noch nicht geschafft, sie auszutauschen – nahm sie ein halbes Dutzend der größten Eier, wickelte sie einzeln in Zeitungspapier ein und legte sie in eine Papiertüte. Sie reichte William die Tüte. »Die können Sie mit nach Hause nehmen. Nein, kostenlos«, sagte sie, als er anbot, sie zu bezahlen. Er fing an zu protestieren, aber sie hielt daran fest. »Sie werden keinen Erfolg haben. Ich setze immer meinen Willen durch.«

»Immer?« Seine Augenbrauen zuckten amüsiert.

»Meistens jedenfalls.« Eleanor lächelte und vergaß fast, warum sie ihn eingeladen hatte. Sie fühlte sich wohl dabei, ihn in ihrer Küche zu haben – ein anderer Erwachsener, den sie an ihrem Morgenritual teilnehmen lassen konnte. Sie hatte dadurch das Gefühl, weniger einsam zu sein. »Es ist einfacher, wenn der einzige andere Mensch, der da ist und einem freche Antworten gibt, nur halb so groß ist wie man selbst.« Wobei Lucy bisweilen genauso dickköpfig sein konnte wie sie.

Sie unterhielten sich, während sie Brot schnitt und Schinkenspeckstreifen in der Pfanne briet. William erzählte ihr die Geschichte über seinen Sohn Danny, als dieser mit fünf Jahren das Fahrradfahren gelernt hatte und öfter runtergefallen als im Sattel geblieben war, aber nicht aufgegeben hatte, bis er den Bogen heraushatte. Während Eleanor ihm zuhörte und der liebevolle Ausdruck auf seinem Gesicht es auf eine Weise reizvoll machte, die nichts mit gutem Aussehen zu tun hatte, wurde sie plötzlich wegen ihres Aufzugs verlegen. Sie lief noch immer in Morgenmantel und Hausschuhen herum, während sie Teller hinstellte, Servietten dazulegte und den Kaffee einschenkte.

Sie hatte gerade vor, Lucy zu wecken, die keine Anstalten

machte, von selbst aufzustehen, als plötzlich überraschend die Hintertür aufschwang. Eleanor erstarrte, als sie Joshi sah. Der Junge sah ebenso entsetzt aus. Als er den fremden Mann am Tisch sitzen sah, blieb er jäh auf der Türschwelle stehen, und der leere Eimer, mit dem er die Speisereste holen wollte, um sie unter das Hundefutter zu mischen, rutschte ihm aus der Hand und fiel scheppernd zu Boden. Eleanor erwachte aus ihrer Erstarrung, schlug die Hand vor den Mund und stieß einen erstickten Schrei aus.

William sprang auf und baute sich vor ihr auf, als wollte er sie beschützen. Aber sie klärte das Missverständnis schnell auf. »Es ist nicht so, wie Sie denken. Er ist ... er ist ein Freund. Es ist in Ordnung, Joshi«, beruhigte sie den Jungen. »Du bist in Sicherheit.« Sie drehte sich um und sah William scharf an, als wollte sie ihn herausfordern, es zu bestreiten. Der Moment hing zwischen ihnen wie eine böse Geschwulst, die gleich platzen würde, als William Joshi anstarrte, während er langsam begriff. Eleanor betete, dass er nichts Unbedachtes tun würde. Schließlich brach William das Schweigen.

»Wie heißt du?«, fragte er den Jungen nicht unfreundlich.

Joshi ließ den Kopf hängen und antwortete nicht. Mit seinen achtzehn Jahren war er noch ein Junge; er war zierlich gebaut, und sein ungleichmäßig geschnittener Pony hing ihm fransig in die Stirn.

»Sein Englisch ist nicht besonders gut. Aber er ist harmlos, das versichere ich Ihnen«, erklärte Eleanor und stolperte fast über ihre Worte in ihrer Hast, sie loszuwerden. Joshi hatte vor dem Krieg für Joe auf seinem Fischerboot gearbeitet, eine Waise, der fast wie ein Sohn für sie geworden war. Nachdem Joe in den Krieg gezogen war, hatte sie Joshi erlaubt, weiterhin auf dem Boot zu schlafen, und sie hatte ihn für die Arbeiten bezahlt, die er gelegentlich für sie verrichtete. Dann hatte sie letzten Monat gehört, dass Amerikaner japanischer Abstammung in Internierungslager gebracht wurden, und sie hatte den kühnen Entschluss gefasst, Joshi in ihrem Schuppen zu verstecken. Als Sheriff LaPorte kam und nach ihm fragte, erfand sie die Geschichte, dass er abgehauen wäre. Sie wusste, welches Risiko sie einging – sie konnte wegen Hochverrats angeklagt werden –, aber sie konnte den Gedanken nicht ertragen, dass Joshi eingesperrt werden sollte, obwohl er nichts getan hatte.

Sie warf William einen flehenden Blick zu. »Sie werden es doch keinem erzählen, nicht wahr?«

Bislang hatte sie das Geheimnis nur Lucy anvertraut. Konnte sie wirklich erwarten, dass dieser Mann, den sie gerade erst kennengelernt hatte, das Geheimnis ebenfalls wahren würde? Ein Mann, der für untauglich befunden worden war, eine Uniform zu tragen und der, so viel sie wusste, vielleicht selbst ein wenig Ruhm erlangen wollte, wenn auch nur, um in den Augen seiner Frau zum Helden zu werden.

Ihr Mut sank, als William langsam und empört den Kopf schüttelte. *Wir sind erledigt*, dachte sie. *Jetzt wird er mir sagen, dass ich eine Schande für meinen Mann und mein Land bin.* Sie spürte, wie sie in Erwartung seiner Worte wütend wurde. Was für ein Recht hatte er, sie oder Joshi zu verurteilen? Er hatte nicht gesehen, wie hart der Junge für wenig Geld arbeitete, wie er Netze einzog, die den Rücken von Männern, die doppelt so viel wogen wie er, gekrümmt hätten. Selbst jetzt war er für jedes bisschen Essen dankbar und beklagte sich nicht angesichts einer Situation, die die meisten Menschen an seiner Stelle als empörend betrachtet hätten. Und was war überhaupt so patriotisch daran, unschuldige Menschen einzusperren? *Amerikanische Staatsbürger*, Herrgott nochmal! Jeder, der das mitmachte, sollte sich schämen. Und wenn sie dafür bestraft werden würde, so würde sie wenigstens ein reines Gewissen haben.

Als William sprach, dauerte es einen Augenblick, bis seine Worte durch den Sturm der Beschuldigungen drangen, die in ihrem Kopf kreisten. »Wofür halten Sie mich?«, fragte er.

»Ich konnte es ja nicht wissen«, erwiderte sie und streckte das Kinn heraus.

»Sie wissen, dass ich Hunde mag.« Er hob den Eimer auf, den Joshi fallen gelassen hatte, und reichte ihn ihm. Als William sich aufrichtete, sah sie, dass er lächelte.

Eleanor blieb trotzdem misstrauisch; sie war keine Frau, die sich so schnell von einem charmanten Iren mit einer schnellen Auffassungsgabe und einem zuvorkommenden Lächeln überzeugen ließ. »Das tut Hitler auch, wie ich gehört habe.«

»Sie glauben wirklich, ich könnte ihn anzeigen?« Er warf einen kurzen Blick auf Joshi.

»Sie könnten es als Ihre Pflicht als guter Patriot betrachten.«

»Patriot?« Er schnaubte verächtlich und wandte sich an Joshi. »Du kannst dich entspannen. Ich werde niemandem ein Sterbenswörtchen sagen.« Der Junge sah ihn verwirrt an, als William strenger fortfuhr: »Aber du musst von jetzt an viel vorsichtiger sein. Wenn es jemand anderer gewesen wäre, der dich entdeckt hat, hätte es ganz anders laufen können.« Joshi nickte langsam, als er begriff, und sah sehr blass aus. Eleanor konnte sich denken, wie es passiert sein musste. Der Junge war wohl noch nicht richtig wach gewesen, hatte sich hinter dem Haus zu schaffen gemacht und hatte Williams Packard in der Einfahrt keine Aufmerksamkeit geschenkt.

Er hat recht, dachte sie. Sie waren nachlässig geworden und hätten beinahe einen hohen Preis dafür bezahlt.

»Ich ... bin Ihnen sehr dankbar, Sir«, brachte Joshi in seinem holprigen Englisch hervor. »Du kannst den ›Sir‹ weglassen. Meine Freunde nennen mich William. Oder einfach nur Will. Nun«, wandte er sich an Eleanor, während sich sein strenger Blick abmilderte, »warum stellen Sie nicht noch einen Teller für Joshi auf den Tisch? Ich finde, wir sollten uns ein bisschen besser kennenlernen, wenn ich mit von der Partie sein werde.«

»Wobei?«, fragte sie argwöhnisch.

»Sie erwarten doch nicht, dass ich einfach davongehe und so tue, als hätte ich nichts gesehen?«, fragte er ungläubig.

Sie verkrampfte sich. »Was wollen Sie damit sagen?«

»Nun, erst einmal werde ich Ihnen von jetzt an Ihre Vorräte bringen, denn Sie wollen doch nicht, dass die Leute Fragen stellen«, fuhr William fort, als hätte er alles in der Zeit geplant, die sie brauchte, um Atem zu holen. »Es würde schon genügen, wenn ein neugieriger Nachbar sich fragen würde, warum Sie genug für drei Personen zum Essen einkaufen, um die Bürgerwehr hier herumschnüffeln zu lassen.«

»Würden Sie denn bei Ihnen keinen Verdacht schöpfen?«, fragte sie.

Er zuckte die Schultern. »Vielleicht, aber ich habe nichts zu verbergen.«

Sie legte den Kopf zurück, um zu ihm aufzusehen, zu diesem großgewachsenen Mann mit dem ernsten Gesicht und dem dichten schwarzen Haar, das dringend gekämmt werden müsste. Sie empfand eine merkwürdige Mischung aus Dankbarkeit und zögerndem Argwohn. Warum tat er das? Er kannte sie kaum, und Joshi war ein völlig Fremder für ihn.

»Trotzdem könnten Sie eine Menge Ärger bekommen, wenn man Sie erwischt«, warnte sie. »Warum wollen Sie Ihren Kopf riskieren?«

»Vielleicht möchte ich sichergehen, dass ein Welpe aus diesem Wurf meinen Namen haben wird«, sagte er grinsend. »Oder vielleicht bin ich einfach nur verrückt. Wer weiß? Aber Sie befinden sich kaum in der Lage, ablehnen zu können.«

»So viel zum Thema, dass ich in jedem Streit gewinne.« Sie hob kapitulierend die Hände.

Ohne weitere Umstände setzte William sich wieder an Tisch, faltete seine Serviette auseinander und strich sie auf seinem Schoß glatt. »Ich hätte mein Spiegelei gerne gewendet«, sagte er, als sie die Eier in die Pfanne schlug.

* * *

Eleanor, Tochter eines Pastors, war neunzehn und schwanger mit dem Kind eines anderen Mannes gewesen, als sie Joe Styles geheiratet hatte. Er war zehn Jahre älter als sie und nicht gerade das, was man unter einem guten Fang verstand. Er war Fischer von Beruf und hatte harte schwielige Hände und ein Gesicht, das so zerfurcht und wettergegerbt wie altes Segeltuch war. Aber er verfügte über ein hervorstechendes Merkmal: Er hatte sie mit Freuden genommen, als sonst niemand sie gewollt hatte. Und dabei hatte sich Joe so verhalten, als wäre sie diejenige, die ihm eine besondere Gunst erwies, und nicht andersherum. Nicht ein einziges Mal hatte er ihr das Gefühl gegeben, schmutzig oder eine Schande zu sein, wie ihre Eltern es getan hatten. Als dann Lucy auf die Welt kam, hatte er sie geliebt, als wäre sie sein eigen Fleisch und Blut. Deshalb sagte sich Eleanor, dass es keine Rolle spielte, keine Leidenschaft für ihn zu empfinden. Joe hatte ihr etwas viel Besseres gegeben: bedingungslose Liebe.

Aber es ließ sich nicht leugnen, dass ihr Leben mit Joe nicht das war, was sie sich vorgestellt hatte, als sie im Alter von achtzehn Jahren die Sekretärinnenschule abgeschlossen hatte. Ihre erste und einzige Stelle war bei der Firma White & Conner gewesen, und obwohl sie ein Ass im Maschinenschreiben und in Kurzschrift gewesen war, hatte sie von den Dingen des Lebens nicht das Geringste gewusst. Ihr neuer Chef dagegen war ein Mann von Welt gewesen. Lowell White war auf die faszinierende Art und Weise attraktiv, die junge Mädchen so aufregend fanden. Der Ruch langer Nächte, Cocktails und Frauen mit rubinroten Lippen umgab ihn wie der Rauch der Zigaretten, die ihm ständig im Mundwinkel hingen. Zudem war er ein gerissener Geschäftsmann. Der größte Teil des Vermögens seiner Familie war während der Weltwirtschaftskrise verloren gegangen, aber Lowell hatte die Rezession zu seinem Vorteil genutzt und nach und nach Immobilien und Grundstücke spottbillig aufgekauft und sie dann mit Gewinn wieder abgestoßen, als die Preise anzogen. Als Eleanor für ihn zu arbeiten begann, besaß er bereits ganze Landstriche und war unvorstellbar reich. Ihm gehörte das prachtvollste Haus auf der Insel sowie eine Fünfzehnmeterjacht.

Lowell war dafür bekannt gewesen, eine Schwäche für hübsche Mädchen zu haben, doch er hatte Eleanor nie gezeigt, dass er sie bevorzugte. In ihren ersten Arbeitswochen schien er ihre Reize nicht einmal wahrzunehmen: die schmale Taille und den vollen Busen; die langen, wohlgeformten Beine, die die Jungen in der Schule immer zur Raserei getrieben hatten. Sie hätte ein Aktenschrank oder das Löschpapier auf seinem Schreibtisch sein können, so gering war die Aufmerksamkeit, die er ihr schenkte. Dass er sie unattraktiv fand, störte sie anfangs nicht, doch als die Wochen vergingen, begann sie, ihrem Äußeren besondere Aufmerksamkeit zu widmen. Sie trug Kleider, die ihr schmeichelten, benutzte einen Lippenstift, der einen Hauch dunkler war als der, den sie normalerweise trug, und steckte ihr üppiges rotbraunes Haar zu einer Hochfrisur auf, wie das Pin-up-Girl Betty Grable sie trug. Geschäftskunden schenkten ihr Beachtung – einige luden sie sogar ein, mit ihnen auszugehen, was sie natürlich ablehnte –, aber ihr Chef nahm noch immer keine Notiz von ihr.

Als er eines Vormittags an ihrem Schreibtisch stehen blieb und ihr sagte, er hätte etwas auf dem Festland zu erledigen und bräuchte ihre Begleitung, dachte sie sich daher nichts dabei. Sie war angenehm überrascht, als er während der Fahrt mit der Fähre die ganze Zeit liebenswürdig mit ihr plauderte. Er war ganz anders als im Büro, herzlich und sympathisch, und erkundigte sich nach ihrer Familie und ihren Interessen. Bald kannte er ihre ganze Geschichte, wie kurz und uninteressant sie auch sein mochte: dass sie mit ihren Eltern im Pfarrhaus hinter der Episkopalkirche wohnte, dass sie eine ältere Schwester namens Lillian hatte, die letztes Jahr geheiratet hatte, und dass Eleanor deren Ehrenbrautjungfer gewesen war.

Bis das Geschäftliche erledigt war, hatte die Fähre, die sie eigentlich nehmen wollten, schon lange abgelegt. Da sie mehrere Stunden bis zur nächsten Fähre totzuschlagen hatten, lud Lowell Eleanor zum Essen ein. Sie nahm bereitwillig an, da sie erwartete, es würde sich um einen schnellen Happen in einem Gasthaus vor Ort handeln. Doch das Restaurant, in das er sie führte, war sehr schick, etwas, das ihre Eltern sich nicht leisten konnten. Als sie die Kellner in ihren roten Sakkos und die mit Damasttischdecken, Silberbesteck und Kristallgläsern gedeckten Tische sah, die im Kerzenlicht funkelten, hatte sie das Gefühl, in eine Szene aus einem Hollywoodfilm geraten zu sein. Wäre Lowell nicht gewesen, der sie leicht am Ellbogen fasste und sie führte, nachdem der Oberkellner, ein einschüchternd wirkender Mann in einem gestärkten Hemd, Lowell mit Namen begrüßt hatte, sie zu ihrem Tisch geleitete, hätte sie auf der Stelle kehrtgemacht und wäre gegangen. Stattdessen sank sie auf den Stuhl, den Lowell für sie zurückzog, und nickte stumm, als er fragte, ob sie Champagner trinken wolle.

Nach dem zweiten Glas entspannte sie sich ein wenig. Es war egal, dass die anderen Mädchen im Büro vielleicht einen falschen Eindruck gewinnen würden. Eleanor wusste, dass es nicht so war, wie es aussah; Lowell benahm sich wie der perfekte Gentleman. Deshalb traf es sie wie ein Schock, als er sich während des Essens unvermutet über den Tisch beugte und eher sachlich sagte: »Sie sind sehr schön.«

Eleanor war sprachlos. »Danke. Das ist sehr freundlich von Ihnen«, antwortete sie förmlich, als sie sich von ihrer Überraschung erholt hatte. Sie senkte den Kopf, und ihr Haar, dass sie an jenem Tag offen trug, fiel nach vorn und verbarg ihre Wangen, die nicht nur vom Champagner gerötet waren.

»Ich bin sicher, dass Sie das ständig zu hören bekommen«, fuhr er in demselben sachlichen Ton fort, »aber ich habe das Gefühl, dass Sie es nicht glauben. Ich wollte Sie nur wissen lassen, dass es wahr ist. Sie sind schön. Sogar atemberaubend schön.«

Sie spähte hinter dem Vorhang ihrer Haare hervor und stellte fest, dass er sie fast väterlich amüsiert betrachtete. Normalerweise wollten Männer, wenn sie so etwas sagten, eine Gegenleistung haben. Aber Lowell White war anscheinend damit zufrieden, sie sich in der Glut seines Komplimentes sonnen zu sehen.

»Ich ... ich weiß nicht, was ich sagen soll«, stammelte sie.

Er lächelte und zündete sich eine Zigarette an. Seine Augen, die bei Tageslicht manchmal wirkten, als wäre er der Welt überdrüssig, waren im Kerzenschein auf sinnliche Weise halb geschlossen. »Wenn Sie ein wenig älter wären, meine Liebe, wüssten Sie, dass es das Privileg schöner Frauen ist, überhaupt nichts zu sagen.«

»Ich bin achtzehn!«, protestierte sie, was ihn nur dazu brachte, noch mehr zu lächeln.

»Achtzehn«, wiederholte er, als wunderte er sich darüber, dass er selbst je so jung gewesen war, obwohl er kaum mehr als vierzig gewesen sein konnte. »Nun, das müssen wir mit einem weiteren Glas Champagner begießen.«

Es hätten zerstoßene Diamanten sein können, die er einschenkte, so sehr glitzerte die Flüssigkeit, die in ihrem Glas aufperlte. Und wie kam es, dass ihr zuvor noch nicht aufgefallen war, wie vollkommen geformt seine Hände waren? Kantig und männlich wie sein Körper, der vom Segeln muskulös war. Ganz anders als die blassen, schmalen Hände ihres Vaters, die Taubenflügeln glichen, wenn er sie gegen den genoppten schwarzen Einband seiner Bibel spreizte. Aus Lowells dickem braunem Haar, das mit Haarpomade in Wellen zurückgekämmt war, was ihn für ein weniger romantisches Auge wie einen aalglatten Geschäftsmann wirken ließ, hatten sich einige Locken gelöst und in Kringeln über seine Stirn gelegt. Sie hätte sie gern zurückgestrichen, wäre gern mit den Fingern durch sein Haar gefahren. Was ist bloß in mich gefahren?, fragte sie sich, fassungslos darüber, in welche Richtung ihre Gedanken gewandert waren.

Auf der Überfahrt nach Hause bildete sie sich ein, dass sie allein daran schuld war, als er ihr den Arm um die Schultern legte und sie später sanft zum Abschied küsste. Sie musste ihn irgendwie in Versuchung geführt haben, obwohl sie sich in ihrem beschwipsten Zustand nicht sicher war, wie. Gleichzeitig fand sie seine Aufmerksamkeiten erregend. Sie wusste, dass ihre Eltern es nicht billigen würden. Sie hatte noch für keinen Mann, mit dem sie zuvor ausgegangen war, derartige Gefühle entwickelt: die tiefe Erregung, die sie im Bauch spürte, wenn Lowells Blick einen Herzschlag zu lange auf ihr verweilte oder seine Hand ihre streifte. Sie verwahrte jeden kostbaren Augenblick des Abends in ihrer Erinnerung, um ihn später auszukosten; sie wusch sich sogar nur widerwillig den Geruch nach Zigarettenrauch aus dem Haar, als sie sich am nächsten Morgen zurechtmachte.

Aber bei der Arbeit war es erstaunlicherweise so, als wäre nichts passiert. Lowell gönnte ihr kaum einen Blick, als er hereinkam, und grüßte sie nur mit einem kurzen »Guten Morgen, Miss Miner«, als er auf dem Weg in sein Büro an ihr vorbeieilte. Sie war den ganzen Vormittag den Tränen nahe und fragte sich, was sie getan oder gesagt haben könnte, was ihn vergrault hatte. Erst als sie das Büro am Ende des Tages verließ – sie war länger geblieben, um noch einen Brief zu tippen –, fügte sich alles zusammen.

Sie ging gerade die Treppe hinunter, als sie sich umblickte und ihren Chef sah, der sich beeilte, sie einzuholen. Sie waren allein, und als er sie erreicht hatte, packte er ihre Schultern, beinahe grob, drückte sie gegen die Wand und küsste sie. Kein sanfter Kuss dieses Mal, sondern ein tiefer und leidenschaftlicher Zungenkuss.

»Mein Gott. Ich habe heute beinahe den Verstand verloren«, flüsterte er. »Es war eine Qual.«

Eleanor zitterte und wollte einerseits, dass er sie weiterküsste, andererseits spürte sie, dass sie der Situation nicht gewachsen war. Er war schließlich ihr Chef. Und angenommen, die Geschichten, die man sich über ihn zuflüsterte, wären wahr? »Ich ... ich habe gedacht, ich hätte etwas getan, das dich verärgert hat«, meinte sie mit unsicherer Stimme.

»Verärgert?« Er lachte kurz und kehlig, als wäre eine derartige Annahme völlig absurd. »Mein Gott, ich konnte mich kaum konzentrieren. Du hast mich zum Wahnsinn getrieben, so wie du aussiehst. Selbst dein Parfüm ...« Er erhaschte eine Hand voll ihrer Haare und atmete stöhnend deren Duft ein. »Ich konnte mich kaum beherrschen, nicht zu dir zu kommen und dich vor allen anderen zu küssen.« Sie erschauerte, ebenso hingerissen wie auch empört von diesem Gedanken.

Nach diesem Tag fingen sie an, sich nach der Arbeit heimlich davonzumachen. Sie log ihre Eltern an und sagte, sie müsste länger arbeiten oder ginge mit Freundinnen ins Kino, und Lowell und sie unternahmen lange Autofahrten, oder er fuhr mit ihr auf seinem Boot hinaus. Anfangs war es aufregend, doch nach einer Weile wurde sie allmählich ungeduldig. Warum mussten sie sich heimlich treffen? Sie hatten schließlich nichts zu verbergen. Wenn es im Büro zu Problemen käme, nun, sie könnte sich einfach eine neue Stelle suchen.

Als sie das Thema schüchtern anschnitt, behauptete er, er wäre allein ihr zuliebe so vorsichtig. »Ich könnte dir einfach so einen anderen Job besorgen«, meinte er mit einem Fingerschnippen. »Aber das würde das Problem nicht lösen.«

»Welches Problem denn?«, fragte sie und fürchtete sich beinahe vor seiner Antwort.

»Deine Eltern. Überleg dir doch mal, wie es für deinen Vater aussehen würde, weil er doch Pastor ist und so. Seine unschuldige junge Tochter ist einem Hallodri mittleren Alters verfallen. Glaub mir, es ist am besten, wenn wir es ruhig angehen lassen.«

»Vielleicht würde es leichter, wenn er dich zuerst ein bisschen kennenlernen könnte«, schlug sie vor.

»Was genau würde dir da vorschweben?«, fragte Lowell mit einem süffisanten Stirnrunzeln.

»Ich weiß es nicht.« Aufgeregt suchte sie nach Vorschlägen. »Du könntest zunächst einmal damit anfangen, sonntags den Gottesdienst zu besuchen. Wenn sie wüssten, dass du ein gläubiger Mensch bist ...«

Lowell unterbrach sie mit einem Lachen. »Darling, du vergisst eines: Ich bin wohl kaum der gottesfürchtige Typ Mensch.«

Danach hielt Eleanor den Mund und machte sich vor, er würde schon das Richtige tun.

In der Nacht, in der sie ihre Jungfräulichkeit verlor, waren sie draußen auf seiner Jacht und ankerten vor einer der unbewohnten Inseln, die die Bucht sprenkelten. Nur der Mond war Zeuge. Owen ließ sich Zeit und nahm Eleanor eine nach der anderen ihre Hemmungen. Er streichelte sie, bis sie vor Lust bebte, er spreizte ihr die Beine so sanft, als wären es die Blütenblätter einer Rose. Als er in sie eindrang, spürte sie den Schmerz kaum. Selbst dann ließ er sich Zeit und liebte sie so, wie sie es sich immer erträumt hatte. Er gab seiner eigenen Lust erst nach, nachdem er sie zum Höhepunkt gebracht hatte. Als Eleanor in die Kissen zurücksank und zum Himmel aufsah, an dem die Sterne scheinbar in greifbarer Nähe funkelten, wusste sie, wie es war, zu begehren und begehrt zu werden. Die Tatsache, dass sie nicht gewartet hatten, bis sie verheiratet waren, erschien ihr bedeutungslos. Er würde binnen Kurzem eine ehrenhafte Frau aus ihr machen, sobald er dazu kam, die Frage zu stellen.

Besorgnis schlich sich erst ein, nachdem mehrere Monate vergangen waren, ohne dass er einen einzigen Schritt in diese

Richtung unternommen hatte. Auch fielen ihr allmählich gewisse Dinge auf – wie er manchmal abwesend wirkte, wenn sie zusammen waren und Löcher in die Luft starrte, während sie mit ihm plauderte. Dann waren da diese privaten Anrufe, die er in seinem Büro bei geschlossener Tür entgegennahm, während sie verstohlene Blicke durch die Trennscheibe warf und sich seltsam beklommen fühlte, wenn sie seinen Gesichtsausdruck bemerkte: Es war derselbe Gesichtsausdruck, den er gehabt hatte, als er ihr den Hof gemacht hatte. Sie sagte sich, dass sie sich etwas einbildete – er liebte *sie!* –, aber es wurde immer schwieriger, ihre Befürchtungen zu verdrängen. Als ihr neunzehnter Geburtstag kam und ging, ohne dass sie auch nur eine Karte von Lowell erhielt, war sie niedergeschmettert.

Der Schmerz und die Sorge machten sie körperlich krank. Sie war oft müde, und ihr war übel. Die Tatsache, dass ihre Periode einmal ausgesetzt hatte, machte ihr kein besonderes Kopfzerbrechen – sie war immer schon unregelmäßig gewesen –, doch als ein weiterer Monat ohne ein Anzeichen ihrer Regel verging, konnte sie nicht länger leugnen, was sie zuinnerst schon ahnte: Sie war schwanger. Eine Woche später erhielt sie die Bestätigung von einem Arzt in Anacortes.

Eigentlich hätte Eleanor in Panik ausbrechen müssen, aber stattdessen überkam sie ein seltsam friedliches Gefühl. Jetzt würde die Hochzeit nicht länger aufgeschoben werden. Ihre Eltern würden verstimmt sein, wenn sie es ihnen beichtete, aber sie würden sich schon wieder fangen. Lowell würde ebenfalls glücklich über das Baby sein, sobald er sich von seiner ersten Überraschung erholt hätte. Wie könnte es anders sein? Hatte er ihr nicht tausend Mal gesagt, dass er sie liebte?

Als sie ihm die Neuigkeit mitteilte, dachte sie zuerst, dass es genauso laufen würde. Sie waren nach Feierabend allein im

Büro. Alle anderen waren bereits nach Hause gegangen. Lowell nahm sie in die Arme und tröstete sie. »Mein armer Liebling. Mach dir keine Sorgen. Ich kenne einen Arzt, der sich darum kümmern wird und keine Fragen stellt.«

Entsetzt befreite sie sich aus seinen Armen. »Du willst, dass ich unser Baby *umbringe?* Wie kannst du nur so etwas vorschlagen?«

Er lächelte, wie er es unzählige Male zuvor getan hatte, über ihre provinzlerische Art, wenn auch dieses Mal nicht aus Zuneigung. »Findest du nicht, dass du etwas zu dramatisch bist? Wirklich, Ellie, diese Dinge passieren ständig. Würden alle Frauen so wie du denken, gäbe es noch mehr ungewollte Kinder auf der Welt.«

»Aber ... ich ... ich will dieses Baby.« Sie hatte es selbst noch nicht ganz begriffen, bis die Worte heraus waren, und jetzt trat sie ihm voller Trotz entgegen.

»Leider braucht man dazu zwei, und ich habe zurzeit nicht die Absicht, Vater zu werden«, sagte er, steckte sich eine Zigarette an und blickte sie durch den Rauch an, der träge um seinen Kopf schwebte.

Sie begann zu schluchzen, glaubte aber immer noch, dass es der Schock war, der ihn so handeln ließ. »Das kannst du nicht meinen. Ich habe dich überrumpelt, das ist alles. Aber siehst du denn nicht? Vielleicht ist es auch am besten so. Und es ist ja auch nicht so, als wollten wir nicht sowieso heiraten.«

»Du hast gedacht, ich will dich heiraten?« Auf der Schreibtischkante hockend, lachte er verächtlich und drückte seine Zigarette aus. »Es tut mir leid, sollte ich dir je diesen Eindruck vermittelt haben, aber offen gestanden, meine Liebe, ist mir dieser Gedanke nie gekommen. Und wenn du dieses Kind unbedingt haben willst, werde ich leugnen, dass es von mir ist.«

»Aber jeder weiß –« Sie hielt inne, als sie begriff, dass niemand von ihnen wusste. Das war die ganze Zeit Teil seiner Strategie gewesen, der Grund, warum er ihre Beziehung geheim hielt, für den Fall, dass etwas Derartiges eintrat. Wenn irgendjemand im Dunkeln herumgetappt war, dann sie.

Lowell kritzelte eine Nummer auf einen Zettel und reichte ihn ihr. »Wenn du gewillt bist, Vernunft anzunehmen, ruf diese Nummer an. Mach dir keine Gedanken wegen der Kosten, die übernehme ich.«

Aber sie musste nicht darüber nachdenken, nicht eine Sekunde lang. Wütend zerknüllte sie den Zettel und warf ihn auf den Boden.

Lowell rutschte von der Schreibtischkante und meinte: »Dann bist du eine Närrin. Wenn du es auf die harte Tour tun willst, dann ohne mich. Wir sind fertig miteinander, Eleanor. Warum räumst du nicht deinen Schreibtisch und gehst?« Grausame Worte, die sie wie eisige Regentropfen trafen.

Eleanor konnte nicht glauben, dass der Mann, den sie liebte, dessen Kind sie unter dem Herzen trug, derselbe war, der jetzt vor ihr stand und sie so kalt musterte. Sie schlug die Hände vor das Gesicht und weinte leise, sperrte seine quälende Anwesenheit aus. Als der Klang seiner Schritte sich in Richtung Flur entfernte, sank sie langsam auf die Knie, als wollte sie beten. Sie wusste nicht, wie lange sie dort kauerte – Minuten, Stunden?

Als sie schließlich mühsam wieder aufstand, war sie steif und ihr Körper schmerzte, als wäre sie geschlagen worden. In einer Art Trance sammelte sie die persönlichen Gegenstände von ihrem Schreibtisch ein. Als sie zum letzten Mal aus der Tür ging, fühlte sie sich nicht nur dumm, sondern auch schmutzig, weil sie wusste, dass *sie* diejenige sein würde, über die man in den kommenden Tagen im Büro flüstern würde. Lowells jüngste Eroberung. Abgelegt wie alle anderen, als sie ihn nicht mehr amüsiert hatte.

Ihre Eltern waren, als sie es ihnen erzählte, eher wie am Boden zerstört denn wütend. Ihr Vater wurde über Nacht ein alter Mann, gebückt und grau, während ihre Mutter herumschlich, bleich und mit geröteten Augen, und Eleanor so gut wie möglich mied. Sie empfanden die Schande ihrer Tochter wie ihre eigene und erzählten niemandem davon, aus Furcht, verurteilt zu werden.

Eines Tages nahm Eleanors Vater sie zur Seite. »Ich habe lange und intensiv gebetet, Ellie, und ich glaube, Gott hat eine Antwort für uns.« Als wäre ihre Schwangerschaft nicht nur für sie, sondern auch für ihn eine Zwangslage. »Erinnerst du dich an Joe Styles?« Sie nickte, denn sie erinnerte sich verschwommen von den Sonntagsgottesdiensten an ihn – ein vierschrötiger Mann mit einem wettergegerbten Gesicht, der die Kirchenlieder mit einem tiefen Bariton sang, der besser trug als die Stimmen aller anderen. »Nun, ich habe mit ihm über dich gesprochen«, fuhr ihr Vater fort und biss die Zähne sichtlich zusammen, als wäre er entschlossen, das hier zu Ende zu bringen, bevor er schwach werden und seine Meinung ändern könnte. »Ich habe ihm von deinen, äh, Umständen erzählt, und er denkt, er könnte helfen. Er ist ein guter Mann, Eleanor. Du könntest es viel schlechter treffen.«

Zu dem Zeitpunkt dämmerte es ihr allmählich, worauf ihr Vater hinauswollte: Er erwartete von ihr, dass sie diesen Joe Styles heiratete, einen Mann, den sie nur vom Grüßen kannte. Eleanor wäre gekränkt gewesen, hätte sie sich nicht wie betäubt gefühlt. Sie saß schweigend da und hörte zu, während ihr Vater Joes Eigenschaften pries: Er rauchte und trank nicht, er besaß ein eigenes Fischerboot und ein Haus noch dazu. Sie fühlte sich derart losgelöst von allem, dass sie schließlich zustimmte, sich mit dem Mann zu treffen. Ein schneller und schmerzloser Tod wäre ihr gleichermaßen willkommen gewesen, aber diese Alternative stellte sich nicht.

Das Treffen fand bereits am nächsten Tag statt, im Wohnzimmer des Pfarrhauses, und ihre Eltern lauschten zweifellos auf der anderen Seite der geschlossenen Tür. Hätte Joe Styles auch nur ein falsches Wort gesagt, wäre damit auf jeden Fall alles vorbei gewesen. Wenn er zum Beispiel gesagt hätte, er wäre bereit, über die Tatsache hinwegzusehen, dass sie mit dem Kind eines anderen Mannes schwanger wäre, also im Grunde genommen verdorbene Ware wäre. Stattdessen sagte Joe, dass es ihm eine Ehre wäre, sie zur Frau zu nehmen, und dass sein Heim auch das ihre wäre, wenn sie wollte.

»Es ist nicht sehr groß. Aber es ist robust, und es gibt ein zusätzliches Zimmer für das Baby, wenn es kommt«, beschrieb er das Haus, das sein Vater mit eigenen Händen erbaut hatte. »Was das Kind angeht, sollten Sie wissen, dass ich es so behandeln werde, als wäre es mein eigenes.«

Als sie Joe auf dem zierlichen Hunzinger-Stuhl ihrer Mutter sitzen sah, umgeben von den Porzellanfigürchen, die Verna sammelte, kam ihr die Redensart vom Elefanten im Porzellanladen in den Sinn. Joe war eher klein von Statur, vermittelte aber den Eindruck großer körperlicher Kraft: Seine Hände sahen aus wie mächtige Schaufeln, und sein breiter Nacken, für den der Hemdkragen viel zu eng schien, war so sehnig und von Venen überzogen wie der eines Stieres. Der Anzug, den er trug, war alt und stellenweise schon abgewetzt. Seitdem er gekauft worden war, musste Joe durch die harte Arbeit des Fischers gut zehn bis fünfzehn Kilo an Muskeln an Armen und Brustkorb zugenommen haben, denn das Sakko saß zum Zerreißen eng.

Trotzdem hatte Eleanor, die sich die Worte ihres Vaters ins Gedächtnis rief, gedacht: *Ich könnte es schlechter treffen.* Joe lebte in bescheidenen Verhältnissen und verfügte nur über wenig Bildung, zudem konnte man ihn kaum attraktiv nennen, aber er hatte ein gutes Herz, und was wollte sie mehr? Ihre Lage erlaubte es ihr nicht, wählerisch zu sein. Die Tatsache, dass sie ihn weder liebte noch sich vorstellen konnte, für ihn jemals so zu empfinden wie für Lowell, berührte sie nicht besonders. Bei dieser Entscheidung ging es nicht um Wünsche, sondern um Notwendigkeiten.

»Wenn ich zustimmen würde, was hätten Sie davon?«, fragte sie unverblümt.

Sein Gesicht rötete sich eingedenk der stillschweigenden Folgerung, und er schien kurzzeitig um Worte verlegen, während er auf seine schwieligen Hände hinunterstarrte, die auf seinen Knien lagen: ein Mann, der eindeutig nicht daran gewöhnt war, intime Gedanken auszusprechen. »Ich möchte bloß, was mir aus freien Stücken gegeben wird«, sagte er schließlich und hob schüchtern den Kopf, um sie anzusehen. »Wenn Sie es nicht für angebracht halten, das Bett mit mir zu teilen, werde ich das respektieren.« Als sie ihm in die Augen sah, erkannte sie, dass er es aufrichtig meinte.

»Ich kann nichts versprechen«, sagte sie. »Warum warten wir nicht ab, wie es läuft?«

»Bedeutet das …?« In seinen Augen flackerte etwas auf, das sie auf den Gedanken brachte, sie könnte ihm schon im Kopf herumgespukt sein, bevor ihr Vater ihn für gut befunden hatte.

»Ja, ich werde Sie heiraten.« Sie stand auf und streckte ihm die Hand entgegen – als würden sie ein Geschäftsabkommen treffen. Ihr Stolz hielt sie davon ab, Dankbarkeit zu zeigen. Sie konnte es nicht ertragen, ihm das Gefühl zu geben, er täte ihr einen Gefallen. »Würde Ihnen der übernächste Sonntag passen?«

Im Laufe der Jahre hatte sie Joe lieben gelernt, auf ihre eigene Art. Er war ein guter Ehemann, besser, als sie es verdiente, und ein rücksichtsvoller, wenn auch fantasieloser Liebhaber. Doch am meisten zählte, dass er ihr und ihrer Tochter von Herzen zugetan war. Er hätte Lucy nicht mehr lieben können, wäre sie sein eigen Fleisch und Blut gewesen. Und Lucy hing mit abgöttischer Liebe an ihm. Nachdem Joes Schiff in See gestochen war, hatte Lucy tagelang Trübsal geblasen. Seitdem hatte sie ihm gewissenhaft mindestens einmal pro Woche geschrieben und oft Andenken an zu Hause in die Umschläge gesteckt – eine gepresste Blüte oder eine Vogelfeder, ein hübsches Bild, das sie aus einer Zeitschrift ausgeschnitten hatte. Während Eleanors Briefe mit Einzelheiten des Alltags gespickt waren – über den Kamin, den sie reparieren lassen musste, über den Regen, der ihren Garten verwüstet hatte, über den neuen Pastor, der die Nachfolge ihres Vaters angetreten hatte, als dieser in den Ruhestand gegangen war – schrieb Lucy davon, wie todunglücklich sie gewesen war, als ihre beste Freundin weggezogen war, und über den Jungen in der Schule, für den sie insgeheim schwärmte. Jeder Brief endete mit den Sätzen, dass sie die Tage zählte, bis er nach Hause käme, und dass sie jeden Abend betete, damit der liebe Gott und Präsident Roosevelt auf ihn aufpassten.

Am Morgen von William McGintys zufälligem Besuch weckte Eleanor ihre Tochter, nachdem er gegangen war, und sang: »Raus aus den Federn, du Schlafmütze, das Frühstück wird kalt!«

Lucy setzte sich im Bett auf und rieb sich die Augen. Sie hob den Kopf, um zu schnuppern, und roch den Schinkenspeck, was ungewöhnlich war. Normalerweise gab es nur sonntags Schinkenspeck. »Haben wir Besuch?«, fragte sie.

Eleanor wurde es warm, als sie an William und die überraschende Wende der Ereignisse dachte, die Joshis ungelegenes Auftauchen hervorgerufen hatte. »Wie kommst du darauf?«, erwiderte sie schnell.

»Ich habe gedacht, ich hätte Stimmen gehört.« Lucy gähnte und reckte die Arme über den Kopf. In ihrem geblümten Nachthemd wirkte sie klein und schutzlos, und ihre Füße waren zerkratzt, weil sie barfuß im Garten herumgelaufen war. Eleanor sah, dass ihr seidiges kastanienbraunes Haar sich auf dem Hinterkopf zu einem Knoten verklettet hatte. Sie entwirrte die Knoten und kämmte Lucys Haar mit den Fingern, wobei sie deren Versuche ignorierte, sich ihr zu entziehen.

»Ein Mann hat sich nach Welpen erkundigt«, erklärte sie.

Lucy hielt sofort still. »Wird er einen kaufen?«, fragte sie hoffnungsvoll. Mit ihren neun Jahren war ihr bereits bewusst, wie angespannt ihre finanzielle Lage war. Sie blickte zu Eleanor auf. Ihr Gesicht war klein und herzförmig, und sie hatte Eleanors grüne Augen und Lowells dunklen Teint.

»Wir werden sehen. Ich habe ihm gesagt, er soll wiederkommen, wenn Belle geworfen hat«, erwiderte Eleanor. »Jetzt steh auf und zieh dich an. Wir haben heute viel zu tun.« Sie scheuchte ihre Tochter aus dem Bett, dann, bevor Lucy zwei Schritte getan hatte, zog sie sie impulsiv an sich und umarmte sie fest. »Das ist dafür, weil du so brav bist. Und weil du unser Geheimnis für dich behältst.« Sie lehnte sich zurück, um ihre Tochter ernst anzusehen. »Du weißt, was passieren würde, wenn du es weitererzählst?«

Lucy nickte feierlich. »Joshi müsste an einen schlimmen Ort gehen, wo sie die Leute einsperren.«

»Genau«, sagte Eleanor.

»Aber warum? Er hat nichts Schlimmes getan.« Lucy rang schon eine Weile mit diesem Problem, seit Eleanor ihr von den Internierungslagern erzählt hatte, in die Amerikaner japanischer Abstammung wie Joshi als Folge des Angriffs Japans auf Pearl Harbor geschickt worden waren. Als Lucy gehört hatte, dass der von ihr verehrte Präsident so etwas Ungerechtes tun konnte, hatte sie es empfunden, als hätte man ihr gesagt, es gäbe keinen Weihnachtsmann.

»Es hängt mit dem Krieg zusammen«, erklärte Eleanor ihrer Tochter sanft und strich ihr über den Kopf. »Die Leute haben Angst vor jedem, der wie der Feind aussieht. Sie glauben, wenn sie alle Japaner einsperren, sind wir in Sicherheit. Aber sie haben unrecht. Der Grund, weshalb Männer wie dein Papa in diesem Krieg kämpfen, ist, dass die Welt von genau diesen Dingen befreit werden soll.«

Lucy nickte langsam, und ihre Augen füllten sich mit Tränen. »Ich wünschte, Papa könnte nach Hause kommen.«

»Ich weiß, meine Kleine. Ich auch«, antwortete Eleanor.

Aber im Moment dachte sie nicht an Joe. Ihre Gedanken galten dem hochgewachsenen Fremden, der am Morgen vor ihrer Tür gestanden hatte. William McGinty. Das Mitgefühl, das er gezeigt hatte, ging tiefer als das übliche höfliche Benehmen. Vielleicht hatte er das Bedürfnis, seinen Wert zu beweisen. Was auch immer der Grund sein mochte, das Schicksal hatte sie zusammengebracht, und nach den langen mühevollen Monaten, der Geldknappheit und der allgegenwärtigen Sorge, ihr Geheimnis könnte entdeckt werden, war es eine Erleichterung, dass jemand die Last mit ihr teilte.

* * *

William McGinty waren Entbehrungen ebenfalls nicht fremd. Während der Weltwirtschaftskrise hatten seine Eltern alles verloren, was sie besessen hatten. Das florierende Kurzwarengeschäft ging bankrott, und die Bank veranlasste die Zwangsvollstreckung ihres zweigeschossigen Backsteinhauses in Omaha. Mit kaum mehr als den Kleidern, die sie am Leib trugen, war der Familie keine andere Wahl geblieben, als zur Schwester seiner Mutter und deren Mann nach McCredie Springs in Oregon zu ziehen. Es war ein kleiner Ort mit einigen Hundert Einwohnern, deren Haupteinnahmequelle schwarzgebrannter Schnaps war. Es waren gute, hart arbeitende Menschen. Seine Tante Lillian war Arzthelferin, und seinem Onkel Ripley, kurz Onkel Rip genannt, gehörte ein kleines Klempnerzubehörgeschäft. Auch ihnen ging es finanziell nicht besonders gut. Onkels Rips Geschäft hielt sich gerade so eben über Wasser, und Tante Lillians Gehalt reichte knapp, um die Miete für das kleine Haus mit den zwei Schlafzimmern zu bezahlen. Williams Eltern und seine drei Schwestern hatten alle in einem Zimmer geschlafen, während William und sein Bruder sich die Schlafcouch im Wohnzimmer geteilt hatten.

Die beiden Jungen hatten sich immer schon gut verstanden, aber die enge Unterkunft und die Tatsache, dass ihre Eltern damit beschäftigt waren, Arbeit zu finden, und William und Stu deshalb meist sich selbst überlassen blieben, machte sie unzertrennlich. William hatte es mit seinen fast vierzehn Jahren auf sich genommen, seinen elfjährigen Bruder in der Kunst mannhafter Tätigkeiten zu unterweisen, wie beispielsweise beim Baseball einen Curveball zu werfen und mit dem Luftgewehr auf Blechdosen zu schießen.

Es dauerte nicht lange, bis William gelernt hatte, sicher damit umzugehen und deshalb für vernünftig genug gehalten wurde, Onkel Rips altes Eichhörnchengewehr benutzen zu dürfen. Als sein Onkel ihn zur Jagd mitnahm, stellte sich heraus, dass William Kleintiere genauso gut traf wie Blechdosen. Der Unterschied war, dass es ihm keinen Spaß machte, zu töten; er tat es nur, um etwas zu essen auf den Tisch zu bringen. Und da so viele hungrige Mäuler zu stopfen waren, konnte er es sich nicht leisten, das zu sein, was sein Onkel als ›weich‹ bezeichnete – gewöhnlich begleitet von einem gut platzierten Ausspucken.

Eines Tages, als William vor seinem Bruder angeben wollte und auf Colaflaschen schoss, die am Zaun aufgereiht standen, ging ein Schuss fehl und traf Stu unterhalb der Schulter in den Arm. Stu fiel zu Boden, Blut sprudelte aus der Wunde und durchtränkte schnell seinen Hemdärmel. Einen schrecklichen Moment lang glaubte William, sein Bruder wäre tot.

In Panik sank er neben ihm auf die Knie, riss sich das eigene Hemd vom Leib und drückte es auf die Wunde. »O Gott, Stu! Bitte! Sag was!«

Stus Augenlider öffneten sich flatternd, und sein Mund verzerrte sich zu einem gequälten Lächeln. »Guter Schuss«, brachte er hervor.

Bis William seinen Bruder halb ziehend, halb tragend zum Haus gebracht hatte, war dieser wieder bewusstlos geworden. Der Arzt, für den Tante Lillian arbeitete, wurde gerufen. Die Untersuchung ergab, dass es sich nur um eine Fleischwunde handelte, und die Kugel wurde entfernt. Alle atmeten erleichtert auf, als der Arzt verkündete, dass Stu überleben würde und es schlimmer ausgesehen hatte, als es tatsächlich war.

Zwei Tage später setzte die Entzündung ein. Damals war Penizillin noch nicht so leicht verfügbar gewesen, insbesondere nicht in einer so abgelegenen Gegend wie ihrer. Sie konnten nichts weiter tun, als Wickel zu machen und das Beste zu hoffen. Aber Stu wurde immer kränker, er bekam hohes Fieber, und sein Arm schwoll zur Größe eines Schinkens an. Während des Martyriums wich William, der überzeugt war, an allem schuld zu sein, seinem Bruder kaum einmal von der Seite und betete zu Gott, ihn statt Stu zu nehmen, sollte es zum Schlimmsten kommen.

Entweder hatte Gott seine Gebete nicht gehört, oder Er hatte andere Pläne mit William. Am vierten Morgen von Stus Fieberwahn erwachte William aus dem Halbschlaf, in den er gefallen war, als er zusammengekauert auf einem Stuhl neben dem Bett seines Bruders gesessen hatte, und stellte fest, dass Stu tot war. Seine Eltern und Schwestern, Onkel und Tante, alle waren versammelt; seine Mutter schluchzte und war untröstlich in ihrer Trauer, während seine Schwestern sich an sie klammerten und ihre Gesichter in ihren Rock vergruben.

Aber William wollte es einfach nicht glauben. »*Nein!*« Er bäumte sich auf und packte den leblosen Körper seines Bruders, schüttelte ihn, wie er es jeden Morgen gemacht hatte, wenn sein Bruder so getan hatte, als schliefe er noch. »Stu!«, schrie er halb von Sinnen. »Komm schon, das ist nicht lustig. Du machst allen Angst. Hör jetzt auf damit! Ich meine es ernst. Wenn du jetzt nicht sofort aus diesem Bett aufstehst, dann werde ich ... ich ...«

»Es reicht, Sohn.« Eine schwere Hand hatte sich auf seine Schulter gelegt. Als William nach oben blickte, starrte sein Vater ihn an. Sein Gesicht trug den kalten, unversöhnlichen Ausdruck, der sich William bis zum heutigen Tag in sein Gedächtnis eingebrannt hatte. Sein Vater hatte kein Wort des Vorwurfs ausgesprochen, damals nicht und auch nicht an den darauf folgenden Tagen, aber für William war es keine Frage, wer die Schuld trug. Selbst wenn seine Eltern in der Lage gewesen wären, ihm zu verzeihen, er selbst könnte sich nie vergeben. Das wusste er.

William hatte sich damals geschworen, nie wieder ein Gewehr in die Hand zu nehmen, und er war seinem Schwur all die Jahre treu geblieben. Bis vor Kurzem war es kein Opfer gewesen, aber angesichts des Krieges hatte er gemischte Gefühle, und die Erinnerungen an Stu vermischten sich auf unangenehme Weise mit seinen Schuldgefühlen, dass er nicht in der Lage war, für sein Land zu kämpfen.

Und es waren nicht nur Schuldgefühle, mit denen er zu kämpfen hatte. Martha hatte ihren geliebten jüngeren Bruder bei Pearl Harbor verloren, und jetzt kannte ihr patriotischer Eifer keine Grenzen mehr. Es war nicht leicht für sie, dass ihr eigener Mann die relativen Bequemlichkeiten an der Heimatfront genießen konnte, während alle anderen Männer Uniform trugen. Sie kämpfte gegen diese Gefühle an, das wusste er, weil sie sich der Tatsache bewusst war, dass er nichts dafürkonnte, aber in ihrem Innersten schämte sie sich für ihn. Infolgedessen fand er es gleichermaßen schwierig, in ihrer Nähe zu sein, und er ergriff jede Gelegenheit beim Schopfe, aus dem Haus zu kommen, so wie an diesem Morgen, als er sich angeboten hatte, Danny zu dem Treffpunkt für das Wochenendlager der Pfadfinder zu bringen.

Als William jetzt den Packard über den zerfurchten Feldweg lenkte, der zur Bucht führte, fragte er sich, was Martha davon halten würde, dass er dabei half, einen japanischen Jungen zu verstecken, der in ihren Augen ein feindlicher Agent sein könnte. Er bedauerte seine spontane Reaktion nicht – wie könnte er? Es war das einzig Richtige – aber es ließ sich nicht leugnen, dass er nicht nur sich selbst einem Risiko aussetzte.

Ich muss es ihr sagen. Aber irgendwie konnte er sich nicht vorstellen, Martha von Eleanor Styles und der seltsamen Szene in ihrem Haus zu erzählen. Martha würde nicht verstehen, warum er es nicht unverzüglich den Behörden gemeldet hatte. Und wenn er sich seiner eigenen Frau nicht anvertrauen konnte, was sagte das über ihre Ehe aus?

Nicht, dass Martha keine gute Ehefrau wäre. Sie war lebhaft und intelligent und wies ihn im Bett selten zurück. Nur merkte er in der letzten Zeit, dass sie irgendwie unbeteiligt wirkte. Sie war so sehr damit beschäftigt, ihren Beitrag zum Krieg zu leisten – durch den Verkauf von Kriegsanleihen und die Organisation von Sammlungen –, dass in ihren Gedanken außer Danny nichts mehr Platz hatte, als könnte sie mit jeder neuen Demonstration ihres Patriotismus die sehr sichtbare Anwesenheit ihres Ehemannes wiedergutmachen. In dieser neuen khakifarbenen Welt war die einzige Uniform, die William trug, sein mit Farbe bekleckstes Hemd, und sein einziger Beitrag zum Krieg waren bislang die Werbeplakate für Kriegsanleihen, die er für das Außenministerium gemacht hatte.

Einige Minuten lang, nachdem er in seinen Hof eingebogen war und den Motor abgestellt hatte, blieb er im Wagen sitzen und starrte auf die Bucht hinunter. Die Flut hatte sich zurückgezogen und eine glitzernde graue Fläche hinterlassen, auf der die Pfosten zu erkennen waren, mit denen Frank Deets seine Austernbänke abgesteckt hatte. Sie lagen jetzt schon seit einigen Monaten brach, ein Hinweis darauf, dass sein Nachbar wie so viele andere in Übersee kämpfte. Abgesehen davon hätte der Krieg an diesem friedlichen Ort nichts weiter als ein fernes Gerücht sein können. Weiter draußen auf dem Meer zog ein Fischerboot seine Netze ein, und Möwen schossen herab, um nach Überresten zu tauchen. Wenn das Wetter hält, dachte

William, stelle ich meine Staffelei draußen auf. Im Winter, wenn der Sonnenstand niedrig war, lag ihr Haus beinahe ständig im Schatten der benachbarten Hügel, aber zu dieser Jahreszeit schien die Morgensonne an schönen Tagen über die Landschaft und ermöglichte es ihm, ihre vielfältigen Farbschattierungen einzufangen.

Er stieg aus und ging auf das Haus zu. Er konnte Martha durch das Vorderfenster sehen, wie sie die Vitrine polierte, in der das gute Geschirr aufbewahrt wurde. Ihr hellblondes Haar war im Nacken hochgesteckt, und die Locken über ihrer Stirn wippten mit jeder dynamischen kreisförmigen Wischbewegung ihres Armes. Sie runzelte die Stirn, wie sie es oft tat, wenn sie sich auf etwas konzentrierte, als könnte keine Anstrengung der Welt zu einem Endergebnis führen, mit dem sie zufrieden war.

Aber im Augenblick beschäftigte sie etwas anderes, wie er erkannte, sobald er hereinkam. »Tut mir leid, dass ich so spät komme«, sagte er. Sie roch nach Zitronenöl und dem Parfüm, das sie aufgelegt hatte, etwas Blumiges, das ihn an die Duftsäckchen erinnerte, die sie in Schubladen steckte. »Ich habe mich nach einem Welpen erkundigt.«

Sie schien zu weit weg mit ihren Gedanken, um sich dazu zu äußern, obwohl sie vorher darüber diskutiert hatten, ob Danny alt genug war, die Verantwortung für einen Hund zu übernehmen. »Hast du schon in die Zeitung geschaut?«, fragte sie stattdessen, richtete sich auf und schob sich mit dem Handrücken eine Haarsträhne aus dem Gesicht.

»Nein, warum?«

Sie griff nach der letzten Ausgabe des *Sentinel* von Bell Harbor, die gebracht worden sein musste, während er unterwegs gewesen war, und fuchtelte damit herum. »General Wainwright hat kapituliert!«

»Gott stehe uns bei!« Er starrte verdrießlich auf die Schlagzeile, die den Fall von Corregidor verkündete.

»Weißt du, was das *bedeutet?*«

»Es bedeutet, dass jetzt noch Tausende mehr von unseren Jungs Kriegsgefangene sind«, sagte William mutlos, während er den Artikel überflog.

»Nun, ja, natürlich«, sagte sie und wedelte ungeduldig mit der Hand. »Aber es bedeutet auch, dass die Japse diesen Krieg *gewinnen* könnten. Sie werden jetzt nicht mehr aufzuhalten sein. Bei den Midway-Inseln kann es eng werden. Ehrlich, jeder würde denken, dass der Kommandeur der Pazifikstreitkräfte die Zeichen der Zeit verschlafen hat!«

»Ich bin überzeugt, dass MacArthur alles gibt.«

Sie funkelte ihn an, als würden MacArthur und er irgendwie unter einer Decke stecken, bevor sie mit einem Seufzer einräumte: »Vermutlich hast du recht. Ich fühle mich bloß manchmal so hilflos.« So sah sie ganz und gar nicht aus. Sie war perfekt geschminkt und trug ein Kleid, das ihre hübschen Kurven betonte. Kein Hauskleid und keine Hausschuhe für Martha McGinty. Wenn sie allein im Haus wäre, würde sie sich genauso tadellos kleiden, als würde sie Besuch erwarten. Er musste sie dafür bewundern. Gleichzeitig ertappte er sich dabei, wie er an Eleanor Styles dachte, an das sanfte Schlurfgeräusch ihrer Hausschuhe, wenn sie in ihrer Küche über den abgenutzten Linoleumboden ging, und an die Art und Weise, wie sich das durchs Fenster fallende Sonnenlicht in ihrem vom Schlaf zerzausten Haar fing, das die Farbe von Herbstlaub hatte.

»Du tust deine Schuldigkeit«, erinnerte er sie.

»Was bringt es schon, Kriegsanleihen zu verkaufen und Altmetallsammlungen zu organisieren, während die ganze Welt in Flammen aufgeht?«, wollte sie wissen. Ihr hübsches Gesicht war vor Entrüstung gerötet. »Ich schwöre es, wenn ich ein Mann wäre ...« Sie fing sich, bevor sie den Satz beendete. »Vergiss es, du musst Hunger haben. Du bist *stundenlang* weg gewesen. Ich mache dir Frühstück.«

»Ich habe schon gegessen, danke«, teilte er ihr mit.

»Ich habe gedacht, du hast nur Danny weggebracht«, meinte sie und runzelte verwirrt die Stirn.

William kämpfte abermals mit seinem Gewissen und fragte sich, ob er es wagen konnte, ihr Eleanors und jetzt auch sein Geheimnis anzuvertrauen. Es hatte einmal Zeiten gegeben, als sie über alles geredet hatten.

Aber er sagte bloß: »Ich habe dir doch schon erzählt, dass ich mich nach einem Hund erkundigt habe. Du kennst doch das Haus unten an der Straße, das mit dem Schild davor? Die Frau hat mir einen Kaffee angeboten und mir schließlich auch etwas zu essen gegeben. Sie hat mich hiermit heimgeschickt.« Er hielt die Tüte mit den Eiern in die Höhe. »Wie auch immer, sie hat gesagt, sie gibt uns in ein paar Wochen Bescheid.«

»Bescheid worüber?«, fragte Martha unaufmerksam und war schon wieder mit ihrer Poliertätigkeit beschäftigt.

»Wegen des Welpen.« Ein Hauch von Ungeduld schlich sich in seine Stimme. »Ich habe ihr gesagt, wir hoffen, dass wir den Welpen rechtzeitig zu Dannys Geburtstag haben werden.«

Martha schüttelte den Kopf und presste die Lippen aufeinander. »Ich schwöre es dir, Will, du und der Junge, ihr werdet mich eines Tages noch ins Grab bringen. Als hätte ich nicht schon genug zu tun, um auch noch hinter einem kleinen Hund herwischen zu müssen. Nein, sieh mich nicht so an. Du weißt genau, an wem es hängen bleiben wird.«

»Ich werde dafür sorgen, dass Danny begreift, wer die Verantwortung trägt«, meinte William.

»In Ordnung. Ich denke darüber nach«, sagte sie in einem Ton, der verriet, dass sie ihre Entscheidung bereits getroffen hatte.

»Er ist ein guter Junge. Er bittet nicht oft um etwas.« William blieb fest. Normalerweise ließ er Martha ihren Willen, es war einfacher, als mit ihr zu streiten, aber diesmal würde er nicht klein beigeben.

Sie gab seufzend nach. »Ich nehme an, ich habe keine Wahl, oder? Es steht zwei gegen einen.«

»Der Segen der Demokratie.« Er lächelte und zog spielerisch an ihren Schürzenband.

Ihr mürrischer Gesichtsausdruck wurde weich, und in diesem Augenblick sah er wieder die Frau, die er geheiratet hatte, nach einer stürmischen Romanze in Paris, wo er Kurse an der Sorbonne belegt und sie als Au-pair-Mädchen die Kinder eines wohlhabenden Pariser Ehepaars betreut hatte.

Er war auf dem Weg in sein Atelier hinter dem Haus, als sie ihm nachrief: »Ich fahre gleich in die Stadt, um die Flugblätter über die Blutspendeaktion abzuholen. Brauchst du etwas?«

Er blieb stehen, runzelte die Stirn und schüttelte dann den Kopf.

Was er brauchte, konnte man nicht in einem Geschäft kaufen. Er hatte nicht einmal einen Namen dafür, für diese neue Rastlosigkeit in ihm. Wie damals, als er noch ein Junge gewesen war und gewusst hatte, dass es Zeit war, sein Elternhaus zu verlassen. Doch dieses Haus wollte er nicht verlassen. Als er aus der Hintertür trat, hielt er inne und schaute sich um. Das gemütliche Cottage mit den dicken Holzbalken und den bunt verglasten Sprossenfenstern, die ein Lichtmosaik auf die frisch gewachsten Holzdielen warfen, war kleiner, als Martha es sich gewünscht hätte, aber an Winterabenden, wenn der Wind von der Bucht her heulte und der Regen gegen die Fenster peitschte, konnte es keinen gemütlicheren Ort geben.

Erst als er sein Atelier betrat, wurde ihm bewusst, dass der Augenblick verstrichen war, in dem er Martha hätte anvertrauen können, dass im Hause der Familie Styles ein japanischer Junge versteckt war.

6. *Kapitel*

HEUTE

Ich habe dein Lieblingsessen gekocht – Schweinebraten mit Kartoffelauflauf«, sagte Lucy, als sie in die Küche vorausging. »Wir müssen dich aufpäppeln. Du bist viel zu dünn.« Sie blieb stehen, drehte sich um und sah Alice besorgt an. »Du isst doch hoffentlich genug?«

»Du meinst, ob ich mir eine anständige Mahlzeit leisten kann?«, fragte Alice. Sie war vor den anderen Familienmitgliedern eingetroffen, und sie und ihre Mutter waren im Moment noch allein, sodass sie offen miteinander reden konnten. »Mach dir keine Sorgen, Mom. Ich leide noch keine Not.« Sie hatte immer noch fast zehntausend Dollar von dem Geld ihrer Großmutter übrig, obwohl es trotz ihrer Sparsamkeit nicht mehr lange reichen würde, wenn es so weiterging.

»Denk daran, auch Rom wurde nicht an einem Tag erbaut.« Lucy nahm Alices Hand und drückte sie leicht. Die ewige Optimistin. Sie hätte sogar aufmunternde Worte für einen Häftling in der Todeszelle gefunden.

»Mach dir keine Sorgen«, versicherte Alice ihr. »Ich gebe nicht auf. Das kann ich mir nicht leisten.«

»Nun, das Wichtigste ist, dass du wieder zu Hause bist. Das ist alles, was wirklich zählt.« Lucy fuhr sich mit dem Daumen unter ihren feucht gewordenen Augen entlang und sagte mit einem entschuldigenden Lächeln: »Es tut mir leid. Ich habe mir vorgenommen, das nicht zu tun. Es ist nur, dass ich mich so freue, dich wiederzuhaben. Ich wünschte bloß, dein Vater …« Sie sprach den Satz nicht zu Ende, und für einen kurzen Moment verschwand der Optimismus aus ihrer Miene. Lucy wirkte klein und verloren in dem Wohnzimmer, das in Alices Abwesenheit renoviert und mit viel gerüschtem Chintz und gebeiztem Kiefernholz eingerichtet worden war. Es fehlte jeglicher Hinweis auf die frühere Anwesenheit eines Mannes.

»Ich weiß, Mom. Ich vermisse ihn auch.« Alice blinzelte, um ihre Tränen zurückzudrängen. »Es kommt mir so seltsam vor, dass er nicht hier ist.« Sie sah sich um, als würde sie halb damit rechnen, ihren Vater zu sehen.

»Fang du nicht auch noch an!«, schalt Lucy und drohte ihr mit dem Zeigefinger. »Dies hier soll eine Feier werden. Du meine Güte, ich kann mich gar nicht mehr daran erinnern, wann wir zuletzt alle um den Esstisch gesessen haben.« Obwohl sie natürlich genau wusste, wie lange es her war: genau neun Jahre. »Warum deckst du nicht den Tisch fertig, während ich nach dem Braten sehe. Deine Schwester müsste jeden Moment kommen.«

Sie erwähnte Jeremy nicht. Als Lucy ihn angerufen und eingeladen hatte, zum Essen zu ihr zu kommen, hatte er geantwortet, er würde es versuchen, glaube aber kaum, es zeitlich zu schaffen; er müsse sich auf eine Prüfung vorbereiten. Alice hatte jedoch die Hoffnung noch nicht aufgegeben. Vielleicht würde er sich in letzter Minute entscheiden, doch zu kommen. Sie legte ein weiteres Gedeck auf, nur für den Fall.

Als sie den Tisch fertig gedeckt hatte, ging sie in die Küche, um zu sehen, wie sie noch helfen konnte. Ihre Mutter kniete vor einem Unterschrank und versuchte, eine Auflaufform aus dem Wust von Töpfen und Pfannen zu ziehen.

»Kann ich dir helfen?«, fragte Alice und schmunzelte über das Bild, das ihre Mutter abgab.

»Nein ... ich hab's gleich ... sie hat sich nur verkeilt –« Töpfe schepperten, dann richtete Lucy sich auf, ließ sich auf die Fersen zurücksinken und hielt die Auflaufform triumphierend in die Höhe.

Lucy machte sich daran, Zwiebeln für das Ratatouille zu würfeln, das sie als Beilage zu dem Schweinebraten und den Kartoffeln reichen wollte. Alice sah ihrer Mutter zu, die sich mit flinken Bewegungen in der Küche zu schaffen machte, und war erleichtert, dass sie so gut aussah. Als Lucy sie das letzte Mal in Pine River besucht hatte, war sie kaum mehr als Haut und Knochen gewesen. Sie hatte sich nicht einmal Mühe mit ihrem Haar gegeben, das sie pflegeleicht kurzgeschnitten getragen hatte. Seit sie jedoch im letzten Jahr eine neue Hüfte bekommen hatte, konnte sie sich wieder besser bewegen. Auch hatte sie fast das Gewicht wieder aufgeholt, das sie nach dem Tod von Alices Vater verloren hatte. Nachdem ihr Gesicht jetzt wieder voller war und sie ihr Haar in einem glänzenden silbernen Pagenkopf trug, war sie wieder ihr altes Selbst.

»Ich mache jetzt Wasser-Aerobic. Auf Anraten des Arztes«, erzählte Lucy, als Alice einen Kommentar zu ihrem Aussehen abgab. Sie hielt inne und schüttelte verwundert den Kopf. »Wenn du mir vor einem Jahr gesagt hättest, ich würde dreimal pro Woche mit einem Haufen alter Damen in einem Schwimmbad herumplanschen, hätte ich gelacht. Aber ich hätte schon vor Jahren damit anfangen sollen. Es tut mir richtig gut.« Sie nahm die Zwiebeln und ließ sie in das zischende Öl in der Bratpfanne fallen und fügte geschnittene Paprikaschoten und Auberginen hinzu. Sie gab Alice einen Pfannenwender und meinte: »Du kannst hier rühren, während ich die Bratensauce fertig mache.«

»Riecht gut«, sagte Alice, als ihre Mutter den knusprigen Braten aus dem Ofen zog. »Weißt du, das ist die erste Mahlzeit, auf die ich mich freue, seit ich zurück bin. In Pine River war das Beste, was wir bekommen haben, Hähnchengeschnetzeltes auf Toast.«

Lucy antwortete nicht, sondern warf ihr nur einen gequälten Blick zu.

Alice erinnerte sich an die Szene bei Denise zu Hause und spürte, wie sich ihr Rücken versteifte. »Was denn? Soll ich so tun, als wäre ich auf einer langen Reise gewesen? Mom, ich habe im Gefängnis gesessen. Ich habe meine Mahlzeiten auf Plastiktabletts bekommen und in der Gefängniswäscherei gearbeitet.« Sie hob die Hände, die immer noch rissig und rau waren. »Ich musste für jede Kleinigkeit um Erlaubnis fragen – um mir die Haare schneiden zu lassen, um eine Leselampe in meiner Zelle zu bekommen, selbst wenn ich den Luxus haben wollte, rauszugehen und ein bisschen frische Luft zu schnappen.« Nachdem man ihr tagelang jede Tür vor der Nase zugeschlagen hatte, sie damit jedes Mal wieder daran erinnert hatte, wo sie die letzten Jahre verbracht hatte, war sie nun nicht in der Stimmung, so zu tun, als wäre dieses Kapitel ihres Lebens abgeschlossen. Der Gefängnisaufenthalt war eine Tatsache, war Teil ihrer Existenz; er hatte sie auf eine Weise verändert, die unumkehrbar war. Ihre Familie würde das akzeptieren müssen, wollte sie Alice wieder in ihren Schoß aufnehmen.

»Nun, mein Liebes, das liegt jetzt alles hinter dir. Warum sollten wir uns weiter damit beschäftigen?« Lucy sprach mit erzwungener Fröhlichkeit und agierte plötzlich noch geschäftiger, eilte hin und her, schepperte mit Töpfen und Pfannen und ließ Wasser ins Becken einlaufen. Genau wie Denise es getan hatte, um dem Thema auszuweichen. Alice unterdrückte ein Seufzen. Manche Dinge änderten sich nie. Was auch immer dazu geführt hatte, dass ihre Mutter so war, wie sie war – die Entbehrungen als Kind während des Krieges oder das Trauma, dass ihr geliebter Papa so verändert heimgekehrt war –, es war ebenso wenig rückgängig zu machen wie die Erfahrungen, die Alice geprägt hatten.

Alice erinnerte sich an eine Zeit, als sie genauso gewesen war. War es nicht das, was zu ihrem Nervenzusammenbruch geführt hatte? Sie hatte nach Davids Tod so lange eine tapfere Fassade aufrechterhalten, bis die Anstrengung schließlich zu einem psychischen Zusammenbruch geführt hatte und ihr Leben wie Mikadostäbe durcheinandergewirbelt worden war. Aber das Gefängnis hatte sie davon kuriert, etwas vortäuschen zu wollen. Wenn man dort in einer Traumwelt lebte oder Allüren an den Tag legte, prügelten die anderen Insassen es aus einem heraus, in manchen Fällen sogar im wörtlichen Sinne. Ehrlichkeit, selbst wenn sie grob und verletzend war, war das einzige Mittel gewesen, um zu überleben.

Plötzlich ertappte sie sich dabei, ihre Freundin Calpernia zu vermissen. Calpernia hatte eine Nase für Unaufrichtigkeit, die so fein abgestimmt wie ein Geigerzähler war, und sie hatte Alice regelmäßig auffliegen lassen, wenn diese versucht hatte, etwas in rosigen Farben zu schildern oder an das Gute im Menschen zu glauben. Wie damals zum Beispiel, als Alice ihre Zellengenossin Sonja verteidigt hatte, die des Diebstahls bezichtigt worden war. »Du kannst sagen, was du willst, es ist Scheiße. Du bläst ihr nur Zucker in den Arsch«, hatte Calpernia Alice angefaucht. Sie warf den Kopf mit den vielen kleinen Zöpfen zurück und stemmte die Hände in die Hüften. Eine Woche später hatte Alice die Dinge, die sie vermisst hatte, ein Buch und einen Stift, unter Sonjas Matratze gefunden.

Lucy warf einen Blick auf die Uhr. »Ich weiß nicht, wo deine Schwester bleibt.« Sie senkte die Stimme und fügte hinzu: »Unter uns gesagt, ich glaube, sie mutet sich zu viel zu. Durch diese Geschichte mit Spring Hill ist sie völlig durch den Wind und weiß gar nicht mehr, wo ihr der Kopf steht. Ich bin überrascht, dass sie überhaupt noch Zeit für ihre Familie hat, bei den ganzen Kundgebungen und so.«

»Was ist mit Gary? Wie steht er zu dem Projekt?«, fragte Alice. Sie hatte den Eindruck gewonnen, dass er in dieser Sache nur ein Lippenbekenntnis ablegte, um den Familienfrieden nicht zu stören. Offenbar war auch ihre Mutter der Meinung, dass nicht alles so war, wie es schien, wenn es um ihren Schwiegersohn ging.

»Zwischen Baum und Borke, da steht er«, meinte Lucy und warf ihrer ältesten Tochter einen düsteren Blick zu. »Er steht in einer gewissen Verantwortung. Er muss es nicht nur seiner Frau recht machen.« Der Hinweis darauf, dass Gary als Polizeibeamter nicht sein eigener Herr war.

Doch die Diskussionen über Spring Hill gingen weiter. Die Umweltschutzinitiative, in der Denise aktiv war, hatte eine Klage eingereicht und damit vorübergehend die geplanten Maßnahmen blockiert. Das Ganze schien sich zu einer regelrechten Schlacht auszuwachsen. Im Mittelpunkt der Ereignisse stand der Bürgermeister. Owen White war derjenige gewesen, der sich von Anfang an für das Bauprojekt eingesetzt und Druck auf die Planungskommission ausgeübt hatte. Er hatte behauptet, die Maßnahme würde neue Stellen schaffen und dringend benötigtes Geld in die ortsansässigen Unternehmen pumpen. Aber auf der anderen Seite gab es Gemeindemitglieder wie Denise, die sich nicht von seinem Versprechen blenden ließen, einen Teil des Areals als Naturschutzgebiet auszuweisen. Was wäre das für eine unberührte Wildnis, so fragte sie, von der Eigentumswohnungen und Tennisplätze nur einen Steinwurf weit entfernt lagen?

Alices Gedanken wandten sich Jeremy zu und dem Tag, an dem sie im Moran State Park den Bergrücken hinaufgewandert waren. Seitdem hatte sie ihn nicht mehr gesehen. Er hatte sie auch nicht angerufen. Sie hatte mit Randy darüber gesprochen, und ihr Exmann hatte sie gewarnt, nicht zu viel zu erwarten. Es schmerzte sie zu wissen, dass Jeremy ihr so nah und gleichzeitig doch so fern war. Sie versuchte, sich zu sagen, dass dies nicht immer so bleiben würde. Irgendwann würde sich alles zum Besseren wenden.

Und bis dahin würde sie einfach weitermachen. Wie ihre Großmutter vor ihr. Nana war eine Überlebenskünstlerin gewesen. Sie hatte sich um ihren kranken Mann gekümmert, ihr Kind allein großgezogen und die Familie ernährt. Wäre sie nicht so einfallsreich gewesen, hätte sie ihr Land schon vor Jahren verkaufen müssen, lange bevor Grundbesitz auf der Insel so wertvoll wurde. Das Einzige, was Alice bedauerte, war, dass Nana zu ihren Lebzeiten nichts von dem Geld gehabt hatte. Erst nach ihrem Tod, als das Haus verkauft wurde, hatte sich herausgestellt, wie viel der Besitz wert gewesen war.

»Übrigens, weißt du, wem ich vor ein paar Tagen begegnet bin? Colin McGinty«, bemerkte Alice, während sie Kräuter über das Ratatouille streute, das auf dem Herd vor sich hin köchelte. Bei dem Gedanken an ihr zufälliges Treffen in der Bücherei wurde ihr warm ums Herz. Sie dachte daran, wie wohl sie sich in seiner Gesellschaft gefühlt hatte. Sie wandte sich an ihre Mutter. »Du hast seinen Großvater gekannt, nicht wahr?«

»Das ist lange her«, erwiderte Lucy und rührte Mehl in das

Bratenfett. »Als ich ein kleines Mädchen war, hat er oft meine Mutter besucht. Sie waren eine Zeit lang gut befreundet, soweit ich mich erinnere.«

Immerhin so gut befreundet, dass er ein Porträt von ihr gemalt hat, dachte Alice. »Ich bin überrascht, dass Nana ihn nie erwähnt hat. Hatten sie irgendwann Krach?«

»Oh, ich glaube nicht, dass es etwas Derartiges war. Es war nur so ... na ja, es war Krieg, und nachdem Papa heimgekommen war, hatte sie alle Hände voll zu tun.« Lucy hörte auf zu rühren, und ihr Gesichtsausdruck wurde weich. »Armer Papa. Ich wünschte, du hättest ihn so gekannt, wie er vorher gewesen ist. Er war der wunderbarste Mann der Welt. Er hat immer gelächelt, und er war nie zu beschäftigt, um sich Zeit für Mama und mich zu nehmen.«

»Das konnte man sehen«, sagte Alice und legte ihrer Mutter sanft eine Hand auf den Arm. Der Großvater, den sie gekannt hatte, war meistens leidend gewesen, doch er hatte auch gute Tage gehabt, an denen Fünkchen des alten Joe zum Vorschein gekommen waren.

Großmutter war ihm treu ergeben gewesen, aber Alice hatte immer gespürt, dass es noch eine versteckte Seite in ihrem Herzen gab. Konnte es sein, dass sie William geliebt hatte? Es war leicht, sich vorzustellen, wie es passiert sein könnte, der attraktive Künstler und die junge Ehefrau, deren Mann in Übersee kämpfte. Es wäre nicht die einzige Kriegsromanze gewesen. Aber falls Lucy etwas über eine Affäre wusste, verriet sie nichts. Entweder das, oder sie weigerte sich zu glauben, dass die Ehe ihrer Eltern nicht wie aus dem Bilderbuch gewesen war. Da Alice ihre Mutter kannte, vermutete sie, dass es eher Letzteres war. Lucy hätte sogar geleugnet, dass die *Titanic* unterging, während diese schon sank.

Lucy schüttelte langsam den Kopf und starrte blicklos ins Leere. »Es ist kaum zu begreifen, dass sie jetzt alle tot sind. Die Jahre vergehen so schnell.«

»Da wir gerade davon reden, kennst du das Porträt, dass Mr. McGinty von Nana gemalt hat? Offensichtlich hat er es Colin hinterlassen«, teilte Alice ihr mit.

Lucy sah Alice wieder an. »Ist dem so? Ich habe so etwas gehört, aber man weiß ja nie, was man glauben soll, wenn so viel geredet wird.«

»Jedenfalls habe ich Colin gesagt, dass ich das echte Gemälde nie gesehen habe, und er hat gemeint, ich könne gern jederzeit vorbeikommen.« Der Eingebung des Augenblicks folgend schlug sie vor: »Warum kommst du nicht mit?«

Lucy schien zu zögern, und bevor sie antworten konnte, stürmte Denise mit Gary und den Kindern herein und entschuldigte sich, dass sie zu spät kamen. Immer noch kein Zeichen von Jeremy. Als klar war, dass er nicht auftauchen würde, nahm Alice das zusätzliche Gedeck vom Tisch und versuchte, nicht zu enttäuscht zu sein.

Das Essen verlief entspannter als das bei Denise. Nachdem Alices Nichte und Neffe sich jetzt an sie gewöhnt hatten, starrte Taylor sie nicht mehr an, als hätte sie zwei Köpfe, und Ryan tat nicht länger so, als wäre sie ein Gast, für den er eine höfliche Show abziehen musste. Heute Abend hätte er irgendein beliebiger Teenager sein können, der seine Schwester aufzog und am Tisch Witze riss. Alice hatte zum ersten Mal seit ihrer Rückkehr das Gefühl, wieder ein Mitglied der Familie zu sein.

Gary sorgte für den einzigen Missklang. Er verhielt sich jovial wie immer, doch irgendwie wirkte seine Heiterkeit gekünstelt. Alice spürte, dass er sich in ihrer Gegenwart unbehaglich fühlte, und sie wünschte, es gäbe einen Weg, ihm zu versichern, dass sie nichts tun würde, um ihn in Verlegenheit zu bringen. Sie hatte nicht die Absicht, gegen ihre Bewährungsauflagen zu verstoßen, und wenn jemand ihr das Leben schwer machen wollte, würde sie keinen Streit provozieren. Sie wollte keinen Ärger; sie wollte nur ihr Leben weiterleben.

»Ich habe gehört, du hast dich um die Stelle bei Svenigan's beworben«, bemerkte er im Laufe des Essens. Alice musste erstaunt ausgesehen haben, dass er es wusste, denn er erklärte: »Ina hat es vor Kurzem erwähnt, als ich dort einen Happen essen war.«

»Leider habe ich die Stelle nicht bekommen.« Alice ließ ihre Stimme unbeschwert klingen, weil sie das Essen nicht mit negativen Bemerkungen verderben wollte. Es hatte sich um einen Job als Kellnerin gehandelt, und sie hatte gehofft, darüber die Chance zu bekommen, vielleicht als Köchin arbeiten zu können.

»Schade. Sie hätten dich brauchen können«, fuhr Gary in diesem falschen herzlichen Ton fort und nahm sich eine weitere Scheibe Braten. »Ich habe Ina gesagt, dass sie wegen der langen Wartezeiten in ihrem Lokal wohl Preisnachlässe geben muss, falls sie nicht bald jemanden findet.«

Alice ließ ihre Gabel sinken und sah ihren Schwager über den Tisch hinweg an. »Sie hat mir gesagt, die Stelle wäre bereits besetzt.«

Schweigen machte sich breit. Gary wirkte verlegen. Sogar Denise war ausnahmsweise mal still, was die Kinder als Hinweis betrachteten, ebenfalls ihr Geplauder einzustellen. Nur das Klirren der Gabeln war zu hören, als Taylor und Ryan sich plötzlich auf das Essen auf ihren Tellern konzentrierten.

»Möchte noch jemand Kartoffeln?«, fragte Lucy schließlich betont fröhlich.

Ausnahmsweise einmal war Alice dankbar für die Fähigkeit ihrer Mutter, so zu tun, als wäre alles in Ordnung, selbst angesichts der unangenehmsten Situation. Sie lächelte und hielt ihr den Teller hin, auch wenn ihr der Appetit vergangen war. »Danke«, sagte sie. »Alles schmeckt köstlich, Mom. Du hast dich diesmal wirklich selbst übertroffen.«

Als sie später die Küche aufräumten, nahm Denise Alice zur Seite: »Es tut mir leid, was passiert ist – das mit Svenigan's, meine ich. Gary hat sich nichts bei dem gedacht, was er gesagt hat.«

»Das weiß ich doch«, erwiderte Alice leichthin. »Was soll's, es ist ja nicht so wichtig.«

»Es *ist* wichtig.« Denises Wangen röteten sich. Sie sah aus, als würde sie gleich weinen ... oder zu schreien beginnen. »Sie hätten dich einstellen sollen. Es ist unfair. Es ist vielleicht sogar rechtswidrig.« Ihr Gesichtsausdruck verdüsterte sich. »Ich habe nicht übel Lust, Ina Svenigan zu sagen, wohin sie sich ihre Brombeertorte stecken kann.«

»Es ist in Ordnung«, sagte Alice, diesmal mit mehr Nachdruck. »Ich kann meine Angelegenheiten allein regeln.«

»Ich weiß, dass du das kannst. Es ist bloß ... die Leute können manchmal so engstirnig sein. Ich hasse es, dass du für etwas bestraft wirst, was vor so langer Zeit passiert ist«, sagte sie.

»Schon gut, okay? Ich bin keiner deiner Wohltätigkeitsfälle.« Alice hatte scherzen wollen, aber so, wie die Worte herauskamen, klang es hart.

Denise zog sich gekränkt zurück. »Ich wollte nicht andeuten ...«

Alice legte ihr eine Hand auf den Arm. »Ich weiß, dass du das nicht wolltest.«

Ihre Schwester verzog den Mund zu einem wehmütigen Lächeln. »Okay, ich höre schon auf. Aber du musst mir versprechen, dass du mir Bescheid sagst, wenn du etwas brauchst. Auch uns Umweltfreaks tut es von Zeit zu Zeit gut, statt eines Baumes einen Menschen zu retten.«

»Ich verspreche es. Aber benimm dich nicht wie eine Glucke, okay?« Alice reichte ihr ein Geschirrtuch. »Ich wasche ab, du trocknest ab.«

* * *

Nachdem sie zwei Wochen lang nach einem Job gesucht hatte, war Alice mutloser denn je. Sie wurde nicht einmal als Aushilfe eingestellt. Es lief auf eine Erkenntnis hinaus: Sie war nicht vermittelbar. Eine verurteilte Kriminelle, die außerdem den Ruf hatte, psychisch labil zu sein.

Sie hatte einen weiteren langen und frustrierenden Tag hinter sich, als sie sich an einem verregneten Novemberabend auf den Weg in das Restaurant machte, in dem sie schon des Öfteren zu Abend gegessen hatte. Es war ein Rattenloch von einem Fischrestaurant, das auf Fish and Chips spezialisiert war und passenderweise *Fisherman's Catch* hieß. Sie kannte inzwischen auch die Besitzer, Captain und Baby, die echte Originale waren. Baby, die ihren Spitznamen ihrer winzigen Gestalt verdankte – sie konnte nicht mehr als einen Meter fünfzig groß sein –, gab die Bestellungen stets im Brüllton an ihren Ehemann weiter, einen Riesen von Mann, der wie ein behäbiger Ochse wirkte. Er war früher bei der Handelsmarine gewesen und agierte jetzt als Koch; Baby brüllte derart laut, dass sie mit ihrer Stimme eine Panzerdivision in die Flucht hätte schlagen können. Trotz ihres Gebrülls war er ihr treu ergeben und sie ihm. »Ist sie nicht toll?«, sagte Captain oft und betrachtete seine zierliche rothaarige Ehefrau hingerissen, wenn sie geschäftig hin und her lief und wie die kleinste Kommandotruppe der Welt ihre Befehle erteilte.

Auch ihre Gäste kommandierte Baby gern herum, indem sie dafür sorgte, dass diese bekamen, was sie ihrer Meinung nach brauchten. Auch wenn es etwas war, das sie nicht bestellt hatten: ein freundliches Wort, wenn jemand niedergeschlagen war, einen Ratschlag für jene, die ihn brauchten, oder auch – falls erforderlich – einen Tritt in den Hintern. Was Alice am besten gefiel, war, dass Baby und Captain sie nicht anders als die anderen Gäste behandelten. Sie mussten ihre Geschichte kennen – wer auf dieser Insel kannte sie nicht? –, aber aus der Art, wie sie sich verhielten, war klar, dass es sie nicht im Geringsten scherte.

»Was darf es sein, Schätzchen, das Gleiche wie immer?«, krächzte Baby heute.

»Eine Tagessuppe und das überbackene Käsesandwich«, sagte Alice wie immer.

Babys Antwort lautete ebenfalls immer gleich. »Sicher, dass Sie nicht auch ein Stück Kuchen dazu möchten? Geht aufs Haus.«

Alice lächelte, als sie die Speisekarte zurückgab. »Danke, heute nicht. Noch mehr Gratisgeschenke und ihr müsst schließen.«

»Das wäre nicht das Schlechteste.« Baby beugte sich vor und bekannte: »Im Vertrauen, wir werden nicht gerade reich durch den Laden. Tatsache ist, dass wir uns gerade so eben über Wasser halten. Das wird ein Ruhestand, was? Der Captain und ich, wir hatten alles genau geplant. Verkaufen, wenn die Zeit gekommen ist, und dann irgendwohin ziehen, wo es schön warm ist und nicht acht verdammte Monate im Jahr regnet.« Sie warf einen trübsinnigen Blick aus dem Fenster und auf den strömenden Regen. Ihr kleines Gesicht verzog sich zu einem Grinsen. »So viel zu diesem Luftschloss.«

»Sie wollen das Lokal verkaufen?« Alice war überrascht. Baby und Captain schienen zum festen Inventar zu gehören wie die dunklen lackierten Tische und das Fischernetz, das von der Decke hing. Es war übersät mit verstaubten Seeigeln und Seesternen, die so alt waren, dass man befürchten musste, sie würden zu Staub zerfallen, wenn man sie berührte. »Ohne mit der Wimper zu zucken«, erwiderte Baby ohne zu zögern. »Wenn irgendein armer Trottel blöd genug wäre, uns ein Angebot zu machen, wären wir schneller weg, als man gucken kann.«

»Ich würde den Laden kaufen, wenn ich das Geld hätte«, sagte Alice und schwelgte ein bisschen in der Wunschvorstellung.

Sie hatte immer davon geträumt, ein Restaurant zu eröffnen. Randy hatte immer gewitzelt, dass an ihr eine Küchenchefin verloren gegangen wäre, bei den vielen Dinnerpartys, die sie organisiert hatte. Auch wenn keine Gäste eingeladen gewesen waren, hatte sie es geliebt, in der Küche herumzuexperimentieren, sich auf eine Weise mit Kräutern, Gewürzen und Zutaten zu versuchen, wie ein Maler es mit den Farben auf seiner Palette tat. Sie hatte neue Rezepte kreiert und altbekannte neu variiert.

Die Jahre in Pine River waren in dieser Hinsicht besonders hart gewesen. Sie hatte die Aromen vermisst, den Duft eines Brathähnchens, das aus dem Ofen geholt wurde, oder eines vor sich hin köchelnden Topfes mit Fischsuppe, in der Wildlachs- und Heilbuttstücke garten. Das Essen im Gefängnis sah immer gleich aus und schmeckte auch immer gleich: fade, breiig, grau. Ihr erster Weg nach der Entlassung hatte sie geradewegs auf den nächsten Markt geführt, wo sie ein großes Stück alten Cheddarkäse und eine Tüte voll süßer saftiger Äpfel aus Washington gekauft hatte.

Baby kniff die leuchtend blauen Augen zusammen, während sie Alice nachdenklich ansah. »Das würden Sie tatsächlich tun, nicht wahr? Nun, in dem Fall sind Sie so verrückt, wie man sagt. Ist nicht böse gemeint«, sagte sie und hob eine Hand, um den Protest, den Alice gerade äußern wollte, zu ersticken. »Sie und ich, wir wissen beide, dass es in dieser Stadt jede Menge Leute gibt, die nichts Besseres zu tun haben, als zu tratschen. Ich schenke ihnen keine Beachtung. Aber man kommt nicht um die Tatsache herum, dass Sie, selbst wenn Sie das Geld hätten, Gäste brauchen würden. Und Sie, Schätzchen, sind zurzeit etwa so beliebt wie eine Typhusüberträgerin.«

»Na ja, es gibt keinen Grund, auch nur darüber zu reden.« Alice war verlegen, weil sie das Thema überhaupt angeschnitten hatte. »Es war nur eine Wunschvorstellung.«

»Erzählen Sie mir davon. So sind der Captain und ich in diesem lecken Boot gelandet.« Baby grinste wehmütig und zeigte eine Reihe Zähne, die zu groß und zu perfekt für ihren Mund aussahen, um etwas anderes als Zahnersatz zu sein. »Und jetzt sehen Sie sich uns an. Zu alt und zu pleite, um an Land zu schwimmen.«

»Aber Sie lieben es doch!«, protestierte Alice.

»Ich sag Ihnen was«, erwiderte Baby seufzend. »Man stinkt jeden Abend nach Frittierfett, auch wenn ein Teil des Geruchs nach einer Weile verfliegt. Klar, ich liebe es, aber ich hasse es auch. Und verdammt, meine Füße betteln darum, aufzuhören. Sie sind wie ein Paar alter Maultiere, die nicht mehr ziehen wollen.«

»Warum verkaufen Sie es dann nicht?«

»Ganz einfach. Es gibt keine Interessenten.« Die alte Frau zuckte die Schulter. »Als wir es das letzte Mal angeboten haben, hat die Hälfte der Leute, die es sich angesehen haben, abgelehnt, weil es für sie zu dicht am Highway liegt, um es abzureißen und eines dieser schicken neuen Fast-Food-Restaurants daraus zu machen. Die andere Hälfte war schlau genug, das zu begreifen, wofür wir zehn Jahre gebraucht haben: Man kann mit einem Restaurant, das so weit außerhalb der Stadt liegt, kein Geld verdienen, wenn die Urlaubersaison nur vier Monate im Jahr andauert.«

»Die Leute werden den Abstecher auf sich nehmen, wenn es sich lohnt«, argumentierte Alice.

Baby warf einen kurzen Blick Richtung Küche, wo Captain gerade brutzelnde Pommes aus der Friteuse nahm. »Verstehen Sie mich nicht falsch. Ich liebe den wunderlichen alten Kauz, aber er ist nicht gerade ein Meisterkoch.«

»Ich wollte nicht ...«, begann Alice.

»Das weiß ich, Schätzchen.« Baby gab ihr einen mütterlichen Klaps auf die Schulter. »Aber lassen Sie uns ehrlich sein. Sie sind nicht wegen des Essens hier. Sie kommen, weil es billig ist und weil die Portionen groß sind. Deshalb, und weil niemand Ihnen hier das Leben schwer macht, jedenfalls nicht, solange ich ein Wörtchen mitzureden habe.«

Alice lächelte. »Das ziehe ich Austern Rockefeller jederzeit vor.«

Baby betrachtete sie einen Moment lang nachdenklich. »Hören Sie, wenn Sie das ernst meinen, gibt es vielleicht *doch* einen Weg.«

Sie schaute sich prüfend um und vergewisserte sich, dass keine Gläser nachgefüllt werden mussten und niemand Wechselgeld zum Bezahlen seiner Rechnung brauchte, dann setzte sie sich Alice gegenüber. Es war die Zeit zwischen Mittag- und Abendessen, in der das Lokal ziemlich leer war; nur ein alter Mann trank an der Theke Kaffee, und ein Paar an einem der Tische machte sich zum Aufbruch bereit. »Natürlich muss ich es mit dem Captain besprechen, aber mal angenommen, Sie würden uns ein Angebot machen, nur als Verhandlungsbasis. Sie sagen uns, wie viel Sie jetzt sofort aufbringen könnten und wie viel monatlich, sobald die Dinge ins Rollen kommen.«

»Ich weiß es nicht. Ich habe es kaum durchdacht«, sagte Alice, aber nichtsdestotrotz beschleunigte sich ihr Puls. *Das ist verrückt*, dachte sie. *Warum reden wir überhaupt darüber?* Dennoch ertappte sie sich dabei, wie sie fragte: »Über welche Beträge sprechen wir denn?«

»Es muss reichen, damit der Captain und ich über die Runden kommen. Wir haben ein Auge auf eine Eigentumswohnung in einer dieser Rentnerstädte geworfen, die man auch Sun City nennt, wo man den Lebensabend verbringen kann. Mit unserer Alterssicherung und noch einem bisschen zusätzlichen Geld müssten wir es eigentlich packen. Bleibt nur noch eine Frage ...« Baby beugte sich vor und kniff die Augen zusammen. »Wie gut können Sie kochen?«

Alice lächelte. Wenigstens darüber hatte sie keine Zweifel. »Es ist eine Weile her, aber ich denke nicht, dass ich mein Händchen dafür verloren habe.«

Baby nickte und schien zufrieden. »Dann nehme ich zurück, was ich vorhin gesagt habe. Wenn das Essen super ist, wird es den Leuten egal sein, ob die Köchin mal im Gefängnis war oder nicht.«

»Meinen Sie das ernst?« Alice betrachtete sie ungläubig.

»So ernst wie einen Herzinfarkt.«

»Ich könnte Ihnen nicht viel als Anzahlung anbieten. Vier

oder fünftausend höchstens.« Selbst das würde den Bogen schon überspannen.

Baby runzelte die Stirn. »Das ist weniger als die Summe, mit der ich gerechnet habe. Aber vielleicht gelingt es uns, etwas auszutüfteln.«

Plötzlich begriff Alice: Dies könnte tatsächlich geschehen. Und war es wirklich so verrückt? Nach allem, was sie durchgemacht hatte, kam es ihr in gewisser Hinsicht passend vor, so skurril wie die Umstände, die sie an diesen Punkt gebracht hatten. Während sie und Baby sich unterhielten, begann ein Plan Gestalt anzunehmen. Sie einigten sich auf eine Anzahlung von fünftausend, der Rest des Betrages sollte in monatlichen Raten bezahlt werden, sobald Einkünfte zu fließen begannen. Alles hing natürlich von der Zustimmung des Captains ab, aber sie wussten beide, dass es sich dabei bloß um eine Formsache handelte. Baby hatte die Hosen an, und der Captain tat das, was ihm gesagt wurde.

Je länger sie darüber sprachen, desto weniger verrückt kam es ihnen allmählich vor. Alice rechnete aus, dass sie gerade genug Geld übrig haben würde, um das Lokal ein bisschen zu verschönern und Vorräte zu kaufen. Das Geld würde knapp sein, aber vielleicht, ganz vielleicht, würde sie es schaffen. Zumindest bräuchte sie sich keine Gedanken mehr darüber zu machen, wo sie wohnen sollte. Zu dem Restaurant gehörte eine kleine Wohnung im ersten Stock, es war nur ein Zimmer, in dem jetzt Baby und Captain mit ihren drei Katzen wohnten. Es gab nur einen Haken ...

»Ich muss eine Konzession beantragen, und es gibt Leute, die mir möglicherweise das Leben schwer machen werden«, sagte Alice und dachte dabei an Owen. Sie war nicht paranoid, wenn sie Vermutungen darüber anstellte, wer dahinter steckte, dass ihr so viele Türen vor der Nase zugeschlagen worden waren. In einem Fall, sie hatte sich bei einer Firma um eine Stelle im Büro beworben, hatte sie später erfahren, dass das Gebäude niemand anderem als Owen White gehörte. Und bei einem anderen Vorstellungsgespräch, eine Bewerbung in einem Souvenirgeschäft in der Harbor Street, hatte der wohlwollende junge Angestellte ihr zugemurmelt, als sie ging: *Wenn ich Ihnen einen Rat geben darf: Passen Sie auf sich auf!*

Baby wusste sofort, auf wen Alice anspielte, und sie schnaubte verächtlich. »Sie meinen Mr. Bonze?« Ohne Frage hatte sie ihre eigene Meinung über den Bürgermeister. »Ich würde mich von ihm nicht beunruhigen lassen. Sie sehen aus, als wären Sie eine Frau, die ihre Angelegenheiten regeln kann.«

Als Alice ihre eigenen Worte, die sie zu Denise gesagt hatte, aus Babys Mund hörte, lächelte sie. Dennoch wusste sie, dass sie sich angreifbar machen würde. Und selbst wenn es ihr gelang, die Konzessionen zu erhalten und alle Kontrollen zu bestehen, gab es andere Möglichkeiten, einem Restaurant das Wasser abzugraben. Eine Überprüfung, die Mängel zutage förderte, oder das in Umlauf gebrachte Gerücht über die Lebensmittelvergiftung eines Gastes, und sie könnte gleich einpacken. Bei dem Gedanken spürte Alice, wie ihr etwas Wind aus den Segeln genommen wurde. Aber was für eine Alternative hatte sie? Würde sie jetzt davonlaufen, könnte sie genauso gut ihre völlige Niederlage eingestehen.

Nein, dachte sie, und etwas in ihr lehnte sich auf. *Wenn das Gefängnis mich nicht umgebracht hat, dann wird auch diese Insel das nicht schaffen.* In jenen ersten Tagen in Pine River war sie überzeugt gewesen, keine Woche überleben zu können. Aber sie hatte es geschafft. Und die Woche danach, und alle anderen, die folgten. Sie hatte die betäubende Gleichförmigkeit jedes einzelnen Tages ertragen, der mit dem automatischen Öffnen der Zellentüren begonnen hatte, die tausendundeine Demütigung, die Gleichgültigkeit und manchmal auch die Grausamkeit des Wachpersonals, die Welle des menschlichen Strandgutes, das im Laufe der Jahre hinein- und hinausgespült wurde, und das Schlimmste von allem, das Getrenntsein von ihrer Familie. Und neun Jahre später hatte sie diesen Ort im vollen Besitz ihrer Würde und ihrer geistigen Gesundheit verlassen. Eine Überlebenskünstlerin. Wenn sie das überlebt hatte, konnte sie auch alles andere überleben.

* * *

Alles regelte sich mit verblüffender Schnelligkeit. Ihr Anwalt setzte die Verträge auf, und bevor die Tinte trocken war, befanden Baby und Captain sich auf dem Weg zum Flughafen, um nach Arizona zu fliegen. Erst als der aufgewirbelte Staub sich legte und die Wirklichkeit sie einholte, begriff Alice, welcher beängstigenden Aufgabe sie gegenüberstand. Sowohl die Küche als auch das Mobiliar war mindestens seit der Amtszeit Nixons nicht mehr modernisiert worden. Der vorsintflutliche Garland-Herd und der alte Hobart-Mixer mussten überholt werden. Und als hätte er ebenfalls beschlossen, das Handtuch zu werfen, hatte zudem an Captains letztem Tag der Temperaturregler der Fritteuse den Geist aufgegeben und um ein Haar das Fett in Brand gesetzt. Was die Gesamtstruktur anging, so bargen die Installationen laut Bericht des Technikers erhebliche Risiken, außerdem war das Dach stellenweise undicht, und es gab Bereiche, die von Trockenfäule befallen waren.

Wie sollte sie das alles bloß bezahlen? Und selbst, wenn es ihr wie durch ein Wunder gelingen sollte, das Lokal auf Vordermann zu bringen, gab es immer noch keine Garantie, dass sie es auch zum Laufen bringen würde. Irgendwie musste sie den Geschäftsbetrieb in Gang bringen. Aber wie konnte sie das schaffen, wenn sie es sich nicht einmal leisten konnte, Helfer anzuheuern?

Ihre verzweifelten Gebete wurden auf eine Art und Weise erhört, mit der sie am allerwenigsten gerechnet hätte. Nach einigen Tagen in ihrer neuen Rolle als Restaurantbesitzerin war sie gerade in der Küche damit beschäftigt, unglaubliche Mengen von altem Fett von den rostigen Herdplatten zu kratzen, als das Telefon klingelte. Eine vertraute Stimme begrüßte sie am anderen Ende der Leitung.

»Hey, Freundin.«

»Calpernia!« Ein Lachen breitete sich auf Alices Gesicht aus. Sie hatte nicht mehr mit der Freundin gesprochen, seit sie Pine River verlassen hatte. »Wie hast du mich gefunden?«

»Über deine Schwester.«

Alice fiel ein, dass sie ihr Denises Nummer gegeben hatte. Und sie erinnerte sich auch, dass Calpernia am Tag zuvor ihre Anhörung vor dem Bewährungsausschuss gehabt hatte. Sie brannte darauf zu erfahren, wie es gelaufen war – gleichzeitig war ihr ein bisschen bange, denn sie kannte die Neigung ihrer Freundin, den Mund zu weit aufzureißen. »Mein Gott, es ist so schön, deine Stimme zu hören. Eigentlich hatte ich vor, dich anzurufen. Du bist mir zuvorgekommen.«

»Du errätst nie, wo ich bin.«

»Sag schon. Wo bist du?«

»Am Busbahnhof. Sie müssen zu dem Schluss gekommen sein, dass ich keine Bedrohung für die Gesellschaft mehr bin, denn, Mädel, du sprichst mit einer freien Frau.« Calpernia lachte ihr unverkennbares Lachen, tief und kehlig und ein kleines bisschen verwegen, wie eine Spritztour in einem gestohlenen Wagen an einem heißen Sommertag.

»Oh, Cal! Das sind ja tolle Neuigkeiten! Ich freue mich so für dich.« Alice hatte ihr die Daumen gedrückt. »Und was machst du jetzt?«

»Ich bin auf dem Weg zu meiner Tochter. Meine kleine Shaniqua hat jetzt eine eigene Wohnung unten in L. A. Ich kann noch gar nicht glauben, dass sie erwachsen ist und eine eigene Familie hat und so.«

»Du musst sehr aufgeregt sein, sie bald zu sehen.« Alice erinnerte sich an Calpernias Tochter. Sie war achtzehn gewesen, als sie schwanger geworden war. Shaniqua war bis dahin regelmäßig zu Besuch gekommen, nach der Geburt des Babys waren ihre Besuche jedoch weniger geworden. Calpernia hatte ihren inzwischen neun Monate alten Enkel noch nicht gesehen.

»Mädel, das kannst du dir gar nicht vorstellen.« Ihre Freundin stieß einen Seufzer aus, in dem die über Jahre aufgestaute Sehnsucht zum Ausdruck kam. Aber natürlich konnte Alice es sich vorstellen. Sie hatte genauso empfunden, wegen Jeremy. Aber was hatte sie bis heute, Wochen später, erreicht, außer ihn noch weiter weggetrieben zu haben? »Aber ich werde nicht dort bleiben«, fuhr Calpernia fort. »Ein oder zwei Wochen, und dann werden sie mich sowieso wieder rausschmeißen. Shaniqua sagt, die Wohnung ist so klein, dass man die Nachbarn furzen hören kann.«

»Wohin gehst du danach?«

»Wenn ich das bloß wüsste. Aber mir wird schon was einfallen. Und du? Wie geht's dir denn, Mädel?«

»Okay, nehme ich an.« Alice sprach wohlüberlegt, weil sie Calpernia nicht mit ihren Sorgen belasten wollte. »Es ist schön, zurück zu sein, aber es ist schwieriger, als ich es mir vorgestellt hatte.«

»Machen dir die Weißen das Leben schwer?« Es war ein alter Witz zwischen ihnen.

Alice lächelte. »Sagen wir mal, sie machen es mir interessant.«

»Wie läuft es mit deinem Jungen?«, fragte Calpernia sanfter.

»So gut wie gar nicht.« Alice gab ihr einen kurzen Überblick und spürte, wie die alten Schuldgefühle wieder in ihr aufstiegen. In einer Sache hatte Jeremy recht. Was auch immer ihre Gründe für ihre Tat gewesen sein mochten, die Tatsache, dass sie die ganzen Jahre nicht für ihn da gewesen war, blieb unumstößlich.

Calpernia hörte zu, ohne sie zu unterbrechen, dann meinte sie: »Er leidet, das ist mal klar. Aber er wird sich schon wieder einkriegen.«

»Ich hoffe, du hast recht.« Alice schüttelte die traurigen Gedanken ab und sagte in einem optimistischeren Ton: »Tut mir leid, ich hatte nicht vor, so pessimistisch zu klingen. Hat meine Schwester zufällig erwähnt, dass ich ein Restaurant gekauft habe?«

Calpernia schnappte keuchend nach Luft. »Das glaub ich jetzt nicht! Ehrlich?«

»Ich fürchte ja. Es gibt bloß ein Problem. Na ja, eigentlich zwei. Ich steckte bis über beide Ohren in Schulden, und ich habe nicht den blassesten Schimmer, wie ich das alles schaffen soll.« Eine verrückte Idee schoss ihr durch den Kopf, und bevor sie sich versah, hatte sie die Worte ausgesprochen. »Hey, willst du nicht bei mir ins Geschäft einsteigen?«

Calpernia lachte so laut und lange, dass Alice dachte, es

müsste am anderen Ende der Leitung unweigerlich die Aufmerksamkeit der Leute auf sich ziehen: eine um die neunzig Kilo schwere Farbige, die bedrohlich genug aussah, als könnte sie einen zu Boden werfen und den Geldbeutel stehlen, die an einem Münztelefon eines Busbahnhofes stand und sich vor Lachen ausschüttete. »Du bist schon ein verdammt verrücktes weißes Mädchen, weißt du das?«

»Ich meine es ernst«, erwiderte Alice und begriff, während sie es aussprach, dass sie es genau so meinte.

»Yeah, und wie willst du mich bezahlen? Du hast doch selbst gesagt, du bist pleite.«

»Stimmt schon, ich kann dir nicht viel zahlen. Aber sobald Geld reinkommt, gebe ich dir einen Anteil vom Umsatz.«

»Ich bin ja nicht so gut im Rechnen, aber selbst ich weiß, was bei null von null herauskommt.«

»Es kann nur aufwärtsgehen, sieh es doch so.«

Am anderen Ende herrschte eine Weile Schweigen. Als Alice schon befürchtete, die Verbindung wäre unterbrochen worden, brach Calpernia wieder in ihr typisches Lachen aus. »Ach zum Teufel, was habe ich schon zu verlieren?«

Einen Augenblick lang war Alice sich nicht sicher, ob sie richtig gehört hatte. »Du meinst, du machst es?«

»Das habe ich nicht gesagt.« Calpernia kehrte sofort wieder ihr altes stacheliges herrisches Selbst heraus. »Es ist nicht so, als hätte ich selbst keine Perspektiven. Es gibt nur einen einzigen Grund, der mir einfällt, und das ist, deinen knochigen weißen Arsch zu retten. Du weißt so gut wie nix darüber, wie man ein Lokal leitet.«

»Du aber auch nicht.«

»Darum geht es nicht. Ich bin aber viel rumgekommen. Ich habe viel Scheiße kennengelernt.«

Alice lachte. »Na ja, das bestreite ich nicht.«

»Solange dir klar ist, dass du nicht meine Chefin bist«, knurrte Calpernia.

»Einverstanden.«

»Also gut. Nachdem wir das geklärt haben – wann fange ich an?«

Sie unterhielten sich noch ein paar Minuten und machten Pläne, bis Calpernias Bus kam. Als Alice auflegte, dachte sie an ihre erste Begegnung mit der Naturgewalt Calpernia King zurück. Es war während ihrer ersten Woche in Pine River gewesen, und Calpernia war, gefolgt von ihrer Bande, im Hof auf sie zugekommen: eine riesige, massige Person, so schwarz wie der Asphalt, auf den ihr breiter Schatten fiel. Ihr Haar zu unzähligen Zöpfen geflochten, in die winzige Perlen eingearbeitet waren, die leise klapperten, als Calpernia sich so nah zu Alice vorbeugte, dass das Weiß ihrer Augen sie anzuspringen schien.

»Du da, Mädchen«, krächzte sie gedehnt. »Warum bist du hier? Hast du einen Eiswagen überfallen?« Sie hatte Alice mit der Geringschätzung gemustert, die sie sich für Leute vorbehielt, die so weit unter ihr standen, dass es einer Gnade gleichkam, dass sie überhaupt mit ihnen sprach. Eine der Frauen in ihrem Gefolge, ein dünnes schwarzes Mädchen mit schlechten Zähnen und Einstichen auf den Armen, hatte spöttisch geschnaubt. Calpernia hatte sich zu ihr umgedreht und sie böse angeblitzt: »Worüber lachst du, du Schlampe?«

Alice hatte nichts gesagt; sie war einfach weggegangen.

So lief es auch in den folgenden Wochen ab. Calpernia bedrängte sie, und Alice gab sich größte Mühe, es zu ignorieren, wann immer sie konnte. Bis eines Tages, nachdem sie mehrere Wochen lang nebeneinander in der Wäscherei gearbeitet hatten, jemand etwas gesagt hatte, das Alice lustig fand, und sie zu lachen angefangen hatte. Sie lachte sich kaputt, krümmte sich vor Lachen, und die Tränen liefen ihr übers Gesicht, bis die diensthabende Aufseherin, eine taffe Lesbe namens Rusty, sie missbilligend angesehen hatte. Kümmere dich um deine Arbeit, sonst passiert was, hatte ihr Blick gesagt. Das Problem war, dass Alice einfach nicht aufhören konnte zu lachen. Rusty war schon auf dem Weg zu ihr gewesen, mit dem drohenden Blick, der Ärger verhieß, als Calpernia Alice unvermutet auf den Rücken geklopft, ihren Arm ergriffen und fest zugedrückt hatte, bis das Lachen erstarb. »Keine Sorge«, hatte sie der Aufseherin zugerufen, »ist schon alles wieder okay.«

Seitdem waren Alice und Calpernia nach den ungeschriebenen Gesetzen, die im Gefängnis galten, Freunde. Während sie einander besser kennenlernten, begriff Alice, dass Calpernias bissige Ruppigkeit nur eine Fassade war. Calpernia hatte sich ihren Ruf geschaffen, damit man Respekt vor ihr hatte und sie nicht das Opfer von Schikanen wurde. Sie war wegen versuchten Mordes verurteilt. Dazu war es nach jahrelangen Misshandlungen durch ihren Freund gekommen, mit dem sie zusammengelebt hatte. Es hatte das Fass zum Überlaufen gebracht, als er sich an ihrer vierzehnjährigen Tochter vergriffen und sie ihn dabei erwischt hatte. Sie hatte gewartet, bis er so betrunken gewesen war, dass er das Bewusstsein verloren hatte, dann hatte sie mit einem Radschlüssel auf ihn eingeschlagen und ihm dabei fast jeden Knochen im Leib gebrochen. Ihr Freund hatte Anklage erhoben und geleugnet, sie jemals misshandelt zu haben. Zudem hatte Calpernia das Pech gehabt, von einem übereifrigen jungen Staatsanwalt angeklagt zu werden, der sich profilieren wollte. Der vom Gericht bestellte Pflichtverteidiger wollte versuchen, die Staatsanwaltschaft auf das weniger schwere Vergehen der gefährlichen Körperverletzung herunterzuhandeln, aber Calpernia hatte das hartnäckig abgelehnt. Am Ende war sie zu acht bis zehn Jahren verurteilt worden, genau wie Alice.

Jetzt ging es Alice durch den Sinn, dass vielleicht nicht jeder Calpernia mit ihren Augen sehen würde: eine Frau, auf die man sich immer verlassen konnte, die trotz ihrer rauen Art eine Art von Noblesse in sich trug. In dieser überwiegend weißen Stadt der Mittelschicht würde sie ähnlich auffallen wie ein abgewrackter Cadillac zwischen gut gepflegten Luxuslimousinen. Aber wenn jemand mit dieser Situation zurechtkommen würde, dann war das Calpernia. Und Alice würde wenigstens Gesellschaft haben, wenn sie mit ihrem Restaurant Schiffbruch erleiden würde.

Gegen Ende der Woche kam Denise vorbei, um zu helfen. Gemeinsam spachtelten sie die Löcher in der Decke und in den Wänden zu, von denen Alice die Kunstdrucke mit den Seefahrtsmotiven und das Fischernetz abgenommen hatte. Danach strichen sie die Küche und den Speiseraum. Als sie fertig waren, traten sie zurück, um ihr Werk zu bewundern. »Ich finde, wir haben uns ein kühles Bier verdient, was meinst du?«, sagte Denise und rieb an einem Fleck getrockneter Farbe auf ihrer Nase. »Mann, ich weiß gar nicht, wann ich zuletzt so hart gearbeitet habe.«

Alice holte für sich eine Cola light und für Denise ein Bier aus dem Kühlschrank. Denise nahm es entgegen und sah Alice mitfühlend an: »Ich hatte vergessen, dass du keinen Alkohol trinken darfst.« Alice fand es ermutigend, dass ihre Schwester die Bewährung und die damit verbundene Auflage erwähnte. Es bedeutete, dass Denise diese Tatsache nicht länger als unaussprechlichen Makel betrachtete.

Denise zog zwei Stühle unter der Plastikplane hervor, mit

der sie die Möbel abgedeckt hatten. Sie tranken ihre Getränke und plauderten über alte Zeiten, als die Glocke über der Tür bimmelte und Gary hereinkam. »Hallo, Ladys.« Er blieb stehen, sah sich um und pfiff leise. »Toll. Da habt ihr wirklich was geleistet. Ich weiß nicht, ob ich diesen Laden schon mal in einem so guten Zustand gesehen habe.«

»Man riecht das Fett kaum noch«, meinte Denise. »Ich schwöre es, aber immer, wenn ich hier nur reingekommen bin, habe ich Pickel bekommen. Man konnte die Fettkügelchen praktisch durch die Luft schwirren sehen.«

»Der alte Captain hat aber klasse Fish and Chips gemacht«, erinnerte sich Gary. Er warf Alice einen langen nachdenklichen Blick zu. »Bist du dir sicher, du weißt, was du tust? Ich will nicht unken, aber du hast keinerlei Erfahrung in der Führung eines Restaurants. Man braucht dazu ein bisschen mehr als neue Farbe.«

Alice fragte sich, ob sein Interesse das des fürsorglichen Schwagers war ... oder ob er hoffte, sie würde scheitern. Gary war schwer zu durchschauen. Er lächelte viel und sagte immer die richtigen Dinge, aber seine Augen unterstützten das nicht immer: Es waren die Augen von jemandem, der einen durch ein verspiegeltes Fenster anblickte. Zweifellos wäre sein Leben einfacher, würde sie eine Niederlage erleiden und sich davonschleichen, wenn sie gezwungen wäre, sich auf dem Festland nach Arbeit umzusehen. Für sein sonst so geordnetes Leben würde das eine Peinlichkeit weniger bedeuten.

»Ich denke, die muss ich mir im täglichen Geschäft aneignen«, erwiderte sie mit einem Schulterzucken. »Möchtest du ein Bier?«

»Das müssen wir leider auf später verschieben. Ich bin noch im Dienst.« Er trug seine khakifarbene Uniform, hatte seine

Schusswaffe im Halfter an der Hüfte, und sein Funkgerät war an seiner Hemdtasche angeklammert. Er wandte sich an Denise. »Taylor wollte übrigens, dass ich dich an diese Veranstaltung erinnere, die sie heute Abend im Pfadfindersaal hat.«

»Welche Veranstaltung?«

»Keine Ahnung. Ich dachte, du wüsstest es.«

»Du meine Güte!« Denise setzte sich abrupt auf und schlug sich die Hand vor den Mund. »Das habe ich völlig vergessen. Ich sollte Muffins backen.« Sie seufzte und trug den schuldbewussten gehetzten Gesichtsausdruck, der die alleinige Domäne des Mutterseins zu sein schien. »Ich könnte welche kaufen.« Sie sagte es, als wäre das etwas Frevelhaftes.

»Ich kann doch schnell ein Blech voll backen«, bot Alice an. »Es dauert nicht lange, und es ist das Mindeste, was ich tun kann, nachdem du hier so hart gearbeitet hast.«

»Bist du dir sicher, dass es nicht zu viel Mühe macht?« Denise sah sie mit unverhüllter Dankbarkeit an.

»Nicht im Geringsten«, versicherte Alice ihr. »Es ist ohnehin Zeit, dieses Schmuckstück hier einem Probelauf zu unterziehen.« Sie deutete auf den alten Herd, den Alice hatte überholen lassen. »Wenn ich nicht in der Lage bin, Muffins zu backen, stecke ich *richtig* in der Klemme.«

»Also gut. Dann lasse ich euch Mädels wieder allein«, sagte Gary und tippte sich an die Mütze. »Wenn ihr etwas braucht, lasst es mich wissen. Ich habe einen Termin in der Stadt, aber danach kann ich gerne noch im Supermarkt vorbeifahren.«

»Was für einen Termin hast du denn?«, wollte Denise wissen.

Gary drehte sich weg, als wolle er den Anstrich überprüfen, doch Alice hatte noch den schuldbewussten Ausdruck sehen können, der über sein Gesicht geglitten war. »Nur Routinekram«, erwiderte er mit betonter Gleichgültigkeit. »Es wird nicht lange dauern.«

»Danke für das Angebot, aber ich glaube, ich habe alles, was ich brauche«, sagte Alice und fragte sich, was er seiner Frau verheimlichte.

»Okay, dann bin ich weg.« Er küsste Denise auf die Wange und ging zur Tür, wobei sein Lederhalfter knarrte und seine Stiefel Spuren in der Gipsstaubschicht hinterließen, die den Boden bedeckte.

Denise saß kopfschüttelnd auf ihrem Stuhl. »Ich kann nicht glauben, dass ich die Muffins vergessen habe.«

»Du meinst, du bist keine Supermama?«, zog Alice sie auf.

Denise weigerte sich, sich durch diese Aufmunterung von ihrer Überzeugung abbringen zu lassen, die schlechteste Mutter der Welt zu sein. »Was ist nur mit mir los? Ich war immer so gut organisiert«, stöhnte sie.

»Vielleicht mutest du dir zu viel zu«, sagte Alice sanft.

»Es ist nicht bloß das. Es ist dieses verdammte Bauprojekt.« Denise stand jählings auf und ging erregt auf und ab. »Ich bekomme allmählich das Gefühl, dass sie uns immer einen Schritt voraus sind, egal, was wir tun. So läuft das hier in der Gegend. Es dreht sich alles darum, wen du kennst und welche Beziehungen man spielen lässt. Ich kann es nicht beweisen, aber ich weiß einfach, dass alles ein abgekartetes Spiel ist.«

»Warum kämpfst du dann dagegen?«

Denise wirbelte herum. Ihr Gesicht war gerötet, ein paar verirrte Haarsträhnen sahen unter dem Kopftuch hervor, das sie sich umgebunden hatte. »Ich werde dir sagen, warum. Es ist nicht nur, weil es das letzte wirklich unberührte Stück Natur auf der Insel ist. Es ist auch, weil es wie eine Kapitualtion wäre, wenn wir nachgeben. Sieh dir dich an. Was mit dir passiert ist, war schrecklich, gewiss, aber zumindest hast du klar Stellung bezogen und dich zur Wehr gesetzt. Du hast dich nicht einfach umgedreht und hast es vergessen.«

»Es wäre vielleicht besser gewesen, wenn ich das getan hätte. Sieh doch, was es mich gekostet hat.« Alice wandte sich zum Fenster und sah hinaus. Die Sonne war hervorgekommen und brachte das Gras zum Funkeln, das noch nass vom vorhergehenden Regen war. Es waren kleine Dinge wie diese, Dinge, die andere Menschen als selbstverständlich betrachteten – der Blick aus einem Fenster, das nicht mit einem Stahlgeflecht vergittert war, ein Stück blauer Himmel, ein Blatt, das an einem Ast zitterte –, die symbolisch dafür standen, wie viel diese eine unabänderliche Handlung sie gekostet hatte.

»Es tut mir leid. Das ist falsch rübergekommen. Ich wollte nicht ...« Denise verstummte. Alice wandte sich zu ihrer Schwester um, die gramerfüllt aussah.

»Ich weiß, dass du damit nichts andeuten wolltest.« Alice stand auf, ging zu ihrer Schwester und legte die Arme um sie. »Und es ist nicht falsch, für das zu kämpfen, an das man glaubt. Ich wäre direkt an deiner Seite, wenn ich nicht meine eigenen Schlachten zu schlagen hätte.« Sie beugte sich zurück, um Denise anzusehen. »Wie ist denn der aktuelle Stand?«

»Mit dem Gerichtsentscheid ist täglich zu rechnen.«

»Und wenn er nicht in eurem Sinne ausfällt?«

»So viel kann ich dir versprechen: Wir werden es nicht tatenlos hinnehmen«, schwor Denise mit Feuer in den Augen. »Wir werden uns an Bäume ketten, wenn es sein muss.«

»Das könnte ungemütlich werden, besonders zu dieser Jahreszeit. Falls ihr nicht vorsorgt und Regenmäntel und warme Unterwäsche tragt«, sagte Alice in der Hoffnung, Denise etwas aufzuheitern. Die Besorgnis ihrer Schwester war berechtigt, aber sie neigte zu Extremen. Es gab nur einen richtigen Weg, soweit es Denise anging: *ihren* Weg.

Denise verstand sie richtig und ließ sich mit einem Seufzer in ihren Stuhl zurückplumpsen. »Lass uns über etwas anderes reden, okay? Das hier deprimiert mich bloß.«

»Also gut«, antwortete Alice. »Lass uns über etwas Banaleres reden: Wie sollen sie sein? Weiß oder mit Schokolade?«

Ihr Schwester starrte sie einen Moment lang verständnislos an, bis sie begriff, dass Alice von den Muffins sprach. »Weiß. Dann bin ich nicht versucht, so viele davon zu essen.« Denise hatte schon immer eine Schwäche für Schokolade gehabt. »Denk daran, ein paar für Gary aufzuheben, für später, wenn er nach Hause kommt. Der arme Kerl.« Sie schüttelte den Kopf. »Als ob es nicht schon genug wäre, den ganzen Tag auf Streife zu sein, muss er sich auch noch mit diesem blöden Bürokram herumschlagen. Wer glaubt, Lehrer haben es schwer, der sollte es mal als Polizist versuchen.«

7. Kapitel

Das Büro des Bürgermeisters im ersten Stock der Stadtverwaltung bot den Ausblick auf das Gerichtsgebäude auf der anderen Straßenseite, auf der sich im Moment ein Sturm zusammenbraute. Owen White, der an seinem Schreibtisch gegenüber dem Fenster saß, sah jedoch keinen unmittelbaren Grund zur Sorge. Der Gehsteig vor dem Gerichtsgebäude war noch feucht vom Regen und mit mehr welkem Laub als Menschen übersät. Eine kleine Gruppe Aktivisten hatte sich bis jetzt versammelt, und bald würde es von ihnen nur so wimmeln: Umweltschützer wie Gary Elkins' Frau würden die Fäuste schütteln und gegen den Gerichtsbeschluss wettern, von dem Owen dank seiner Insiderinformationen bereits wusste, dass er in seinem Sinne ausfallen würde. Es waren engstirnige Menschen, denen es an Vorstellungsvermögen mangelte, um über ihren Tellerrand zu blicken, und die anstrebten, diese Insel in eine Art Zeitkapsel zu stecken. Hätten sie diese Show zu Zeiten meines Vaters abgezogen, dachte Owen, dann gäbe es heute kein Grays Island, wie sie es kennen. Der idyllische Hafen der Stadt, der jeden Sommer Scharen von Touristen anzog, wäre immer noch ein ödes Wattgebiet, und statt der Gebäude, die heute so hübsche Summen einbrachten, gäbe es immer noch die nutzlosen Farmen und Obstgärten.

Glücklicherweise würden auch in dieser aktuellen Debatte die kühleren Köpfe siegen. Dafür hatte der Bürgermeister mit ein paar wohlgezielten Anrufen gesorgt. Das Gericht würde zugunsten der Lighthouse-Stiftung entscheiden, der gemeinnützigen Einrichtung, der der verstorbene Elroy Cuthbert elfhundert Morgen unberührtes Waldgelände hinterlassen hatte. Es bot einen Ausblick auf die Bucht, die sich vom Moran State Park bis zum Mount Independence erstreckte. Es spielte keine Rolle, dass Cuthbert der Stiftung das Land in der Absicht hinterlassen hatte, dass es nie bebaut werden sollte, oder dass Cuthberts Tochter Eunice gegen das geplante Bauprojekt kämpfte. Die Formulierung des Testaments war so gefasst, dass der Verkauf des Landes nicht expressis verbis untersagt wurde, was Owen so interpretierte, dass der alte Mann hin- und hergerissen gewesen war. Das Spring-Hill-Bauprojekt – einhundertachtzig Wohnungen sowie ein Golfplatz und ein künstlich angelegter See mit Forellen – würde wie geplant vorangehen, und das Geld, das Owen diskret in das Projekt investiert hatte, würde einen saftigen Ertrag bringen.

Er warf einen Blick auf seine Armbanduhr. Es war kurz vor vier. In genau zwei Minuten würde der stellvertretende Polizeichef an seine Tür klopfen. Owen bestand auf Pünktlichkeit; er glaubte, dass sie ein Zeichen von Respekt war, Respekt gegenüber ihm sowie der Person, deren kostbare Zeit man in Anspruch nahm. Für Faulenzer und Dummköpfe hatte er keine Verwendung. Gary Elkins war keines von beiden. Sein Problem beruhte eher auf unglücklichen Umständen: Er hatte das Pech, wenn auch nur durch Heirat, mit der Frau verwandt zu sein, die Owens Leben ruiniert hatte.

Oh, er wusste, dass man sein Leben als Erfolgsgeschichte betrachtete; man sah in ihm einen Menschen, der über das Unglück triumphiert hatte, aber Owen dachte nicht daran oder an das Ansehen, das er als Bürgermeister genoss. Er sah mit einem schiefen kleinen Lächeln auf seine verkümmerten

Beine hinunter. Es war das Erste, was die Leute bemerkten, wenn sie ihn sahen: den Rollstuhl. Fünfzehn Kilo Stahl und Polyurethan, die auf perverse Weise dafür gesorgt hatten, ihm zu dem Ansehen zu verhelfen, das er genoss. Deswegen sahen die Leute ihn als großmütigen, fast heiligen Menschen. Das war der Grund, warum Owen das tragische Ereignis, aufgrund dessen er querschnittsgelähmt war, nur selten erwähnte; es war nicht nötig. Er gab quasi eine Erklärung ab, indem er einfach in einen Raum fuhr. Beide Male, als er für ein öffentliches Amt kandidiert hatte, zuerst als County Commissioner, dann als Bürgermeister, war es das gewesen, was in den Köpfen der Wähler vorherrschend gewesen war: wie bewundernswert es war, dass er sich durch seine Behinderung in keiner Weise hatte einschränken lassen.

Er hatte sich auch auf andere Weise bewährt. In erster Hinsicht dadurch, dass er aus dem Schatten seines Vaters herausgetreten war, der schon lange nicht mehr da war, in den Köpfen der Stadtbevölkerung aber alles andere als vergessen war. Ein Triumph, wenn man bedachte, dass Lowells rätselhaftes Verschwinden ein prägender Faktor in Owens Kindheit gewesen war. Als er aufwuchs, hatte er ständig irgendwelche Geschichten über seinen Vater anhören und die grausamen Verse ertragen müssen, die die anderen Kinder auf dem Schulhof gesungen hatten.

Lowell, Lowell, wo ist das Geld, das du gestohlen hast?

Nach Lowells Verschwinden waren gewisse Unstimmigkeiten in seinen Büchern entdeckt worden. Von den Firmenkonten fehlten große Geldsummen, Gelder, die für die Teilhaber der Firmen vorgesehen waren, die er kontrolliert hatte. Es kursierten Gerüchte, dass die Gelder auf einem Schweizer Nummernkonto versteckt worden waren, und dass Lowell sich abgesetzt hatte, um in einem fremden Land ein neues Leben mit einer Geliebten zu beginnen – war es denn nicht eine bekannte Tatsache, dass er ein Frauenheld war? Andere bemühten eine unschuldigere Erklärung: Er wäre in jener Nacht mit seinem Boot draußen gewesen und über Bord gefallen (was schwierig gewesen wäre, da seine Jacht an ihrem Ankerplatz im Hafen gelegen hatte). Wie auch immer die Erklärungen lauteten, er war fort und hatte seine Familie in einem Zustand der lebenslangen Ungewissheit zurückgelassen: Seine Frau war gewissermaßen Witwe, nur dass es kein Grab gab, auf das sie Blumen hätte legen können, und seine Kinder nicht wussten, ob sie ihren Vater verehren oder verleugnen sollten.

Es hatte die Sache auch nicht besser gemacht, dass Owen ein sensibles kränkliches Kind gewesen war. Seine Mutter, die keinen Ehemann mehr hatte, auf den sie sich konzentrieren konnte, hatte viel Wirbel um ihren einzigen Sohn gemacht. Dass er so offensichtlich von ihr vorgezogen worden war, hatte einen Keil zwischen ihn und seine Schwester Caroline getrieben. Erst als Owen aufs College ging, gelang es ihm, sich unabhängig von seinen Eltern eine Identität zu schaffen. Später dann kehrte er zurück, um das Familienunternehmen zu übernehmen. Er heiratete und wurde in kirchlichen und gemeinnützigen Einrichtungen aktiv. Unter seiner umsichtigen Leitung warf das Geschäft mehr ab als je zuvor. Hätte ihm das Schicksal nicht Alice Kessler in die Quere kommen lassen, wie einen schlechten Wurf in einem Würfelspiel, wäre er diesen Weg vielleicht endlos weitergegangen, hätte sein ruhiges Leben gelebt und nur gute Taten vollbracht.

Niemand, nicht einmal seine Frau, hatte das Ausmaß seines Alkoholkonsums gekannt. Er hatte sie in der Öffentlichkeit nie in peinliche Situationen gebracht, und sein Benehmen während der Arbeitszeit war nie infrage gestellt worden. Und wenn er sich während seiner seltenen Totalausfälle mehr als einmal hinter dem Steuer seines Wagen wiedergefunden hatte, als er wieder zu Sinnen kam, hatte es glücklicherweise nie jemand bemerkt.

Bis zu dem Abend, an dem er David Kessler überfahren hatte. Völlig betrunken hatte er mit seinem Mercedes eine Kurve zu schnell genommen und den kleinen Jungen, der auf seinem Fahrrad neben der Straße fuhr, erst bemerkt, als er den scheußlichen Aufprall gespürt und das grauenvolle Knirschen von Metall gehört hatte.

Danach hatte er einen kalten Entzug gemacht und nie wieder einen Tropfen angerührt. Die Zeit hätte möglicherweise seine Erinnerung an dieses schreckliche Ereignis abgemildert oder ihm zumindest ein gewisses Maß an Frieden gewährt, wäre da nicht eine Sache gewesen: die Mutter des Jungen. Jedes Mal, wenn er in Alice Kesslers Gesicht geblickt hatte, in diese unversöhnlichen Augen, war es gewesen, als würde er durch ein Fenster in seine eigene Seele starren. Selbst wenn er sie um Vergebung gebeten hätte, sie hätte sie ihm nicht gewährt. Als sie ihn an jenem Tag überfahren hatte, hatte sie mehr getan, als ihn zum Krüppel zu machen: Sie hatte ihn zu einem Fegefeuer verurteilt, in dem seine Schwächen durch jeden mitfühlenden Blick, jedes Zeichen des Mitleids, das man ihm zeigte, zu einem Podest geworden waren, auf das man ihn gestellt hatte. Jedes Mal, wenn er sich in seinen Rollstuhl hievte, war sich ein kleiner Teil von ihm bewusst, dass es wegen eines kleinen Jungen war, dessen Tod er auf dem Gewissen hatte.

Und jetzt, als er gerade damit begonnen hatte, die Vergangenheit hinter sich zu lassen, war Alice zurückgekehrt, um ihn wieder zu quälen. Und diesmal würde sie nicht ruhen, bis sie beendet hatte, was sie begonnen hatte. Er rechnete nicht damit, dass sie etwas Unbesonnenes tun würde. Er bezweifelte nicht, dass sie in den Jahren im Gefängnis hinreichend Zeit gehabt hatte, ihre Tat zu bedauern, und sei es auch nur wegen des Tributs, den sie von ihr gefordert hatte. Nein, es war ihre bloße Anwesenheit, die er fürchtete; es war wie ein Krebsgeschwür, das an ihm fraß. Seit sie zurück war, hatte er Schlafprobleme – schreckliche Albträume von quietschenden Bremsen und zersplitterten Scheinwerfern, von einem kleinen Jungen, der zusammengekrümmt auf der Straße liegt, die ihn in kalter Panik im Bett hochschrecken ließen. Und mit den Albträumen waren die Kopfschmerzen zurückgekehrt, die ihn früher geplagt hatten. Es waren keine normalen Kopfschmerzen, die leicht mit ein paar Aspirin bekämpft werden konnten. Sie waren wie von einem mittelalterlichen Foltergerät verursacht, das an seinem Schädel befestigt war und mit jeder Umdrehung der Schraube qualvollere Schmerzen hervorrief.

Owen wusste, dass es nie Frieden für ihn geben würde, wenn er keinen Weg fand, Alice Kessler loszuwerden, und zwar dieses Mal für immer. Es gab kein Entrinnen vor diesen Augen, die ihn so sahen, wie er wirklich war, diesem Bewusstsein, das die Wahrheit kannte, diesem Herzen, das ihm nie vergeben würde.

Es würde nicht leicht sein, sie loszuwerden. Nicht, solange ihr Sohn auf der Insel war.

Aus der Ferne hatte Owen beobachtet, wie Jeremy heranwuchs, denn ihm war klar, dass es nur eine Frage der Zeit war, bevor Alice zurückkehren und ihn zurückerobern würde. Er wusste, dass Jeremy ein guter Schüler war, sich aber in der Schule mit der falschen Clique eingelassen hatte, einem gewalttätigen Haufen Halbwüchsiger, der von einem berüchtigten Typen namens Kurt Rudnicki angeführt wurde. Während

Jeremy damit beschäftigt war, für einen guten Collegeabschluss zu arbeiten, bastelte Rudnicki an seinem Vorstrafenregister. Mit sechzehn war er bereits zweimal beim Ladendiebstahl und einmal mit Drogen erwischt worden, wenn auch nur mit einer geringfügigen Menge.

Owen glaubte nicht, dass Jeremy ernsthaft Gefahr lief, in die Fußstapfen seines Kumpels zu treten – er war zu intelligent dafür –, aber er wusste, dass sich aus schlechter Gesellschaft in der Regel schlechte Dinge ergaben. Wer also wusste schon, was alles passieren könnte?

Und deshalb hatte er ein wachsames Auge auf den Jungen. Wie auch auf den Rest der Familie. Es war wie bei einer Schachpartie: Die Gewinner planten immer mehrere Züge im Voraus. Er musste nichts weiter tun, als seine Figuren richtig zu positionieren, während er ihre eine nach der anderen eliminierte. Am Ende würde Alice Kessler keine andere Wahl bleiben, als aufzugeben.

Ein Klopfen an der Tür riss ihn aus seinen Überlegungen. Leicht verärgert rief er: »Ja, was ist?«

Die Tür ging auf, und Gary Elkins steckte den Kopf herein. »Sir? Komme ich ungelegen? Ich könnte später wiederkommen, wenn Sie möchten.«

»Nein, nein. Kommen Sie herein, Gary. Setzen Sie sich.« Owen winkte in Richtung des Ledersofas im Sitzbereich an einem Ende seines großes Büro und rollte hinter seinem Schreibtisch hervor. »Ich war so in Gedanken, dass ich die Zeit vergessen habe«, sagte er mit einem Lächeln. »Diese Sache mit den Parkuhren – ich habe eine Stunde gebraucht, nur um die Aktennotizen durchzusehen.« Wenn diese Umweltfreaks dachten, dass ein paar zusätzliche Parkuhren in der Innenstadt ein Grund waren, ihre Gefolgsleute an die Waffen zu rufen, was würden sie erst tun, wenn sie von dem Gerichtsbeschluss bezüglich Spring Hill erfuhren? Owen empfand eine grimmige Freude bei dem Gedanken. »Was kann ich Ihnen anbieten? Kaffee, Tee?«

Gary schüttelte den Kopf, und sein höfliches Lächeln verschwand fast so schnell wieder, wie es erschienen war. »Nichts, danke.« Owen sah zu, wie Gary sich auf das Sofa sinken ließ. Er schien sich so unbehaglich wie ein Schüler zu fühlen, der ins Büro des Direktors gerufen wird. »Ich will nicht zu viel von Ihrer Zeit beanspruchen.«

»Unsinn. Ich bin nie zu beschäftigt, um mir nicht Zeit für meinen stellvertretenden Polizeichef zu nehmen«, entgegnete Owen. Er rollte zum Sofa hinüber, wobei die Reifen seines Invacare Tracer EX2 breite Spuren in den dichten Teppichflor schnitten. »Es fällt mir nicht schwer, Ihnen zu sagen, dass es für mich ein Lichtblick ist zu wissen, dass ich auf Sie zählen kann, bei allem, was vor sich geht.« Er machte eine vage Geste in Richtung Fenster, durch das schwach die Sprechchöre der Menschenmenge drangen, die sich auf der Straße sammelte. »Wir sind vielleicht nicht immer einer Meinung, aber wir wissen beide, wie wir unsere Arbeit zu erledigen haben, selbst wenn es bedeutet, dass sich dabei schon mal die Gemüter erhitzen können.«

Owen lachte leise und erhaschte in der Glasvitrine an der gegenüberliegenden Wand einen Blick auf sich selbst: Er sah einen blassen, kahl werdenden Mann in Khakihosen und einem marineblauen Sakko über einem blassblauen Izod-Hemd, dessen Oberkörper im Verhältnis zur unteren Körperhälfte überproportional massig wirkte. Trotz des Selbstbewusstseins, das er zur Schau trug, war der Druck zu erkennen, unter dem er stand, wenn auch nur für ihn selbst. Tiefe Falten lagen um

Augen und Mund, und unter seiner Bräune war er blass, was sein Gesicht leicht gelblich aussehen ließ. Unwillig wandte er den Blick ab und konzentrierte sich stattdessen auf Gary.

Gary rutschte auf dem Sofa hin und her, und sein Blick huschte durch den Raum, als fürchtete er, seine Augen würden ihn verraten, wenn er Owen direkt ansah. Als ihm schließlich klar wurde, dass der Bürgermeister es nicht eilig hatte, sein Anliegen anzusprechen, räusperte er sich und fragte: »Gibt es einen bestimmten Grund, warum Sie mich sehen wollten?«

»Den gibt es in der Tat.« Owen wartete kurz, und sein Gesichtsausdruck verhärtete sich, als er zur Sache kam. »Ich möchte alles erfahren, was es Wissenswertes über Ihre Schwägerin gibt. Sie macht keinen Schritt, ohne dass wir es erfahren. Habe ich mich klar ausgedrückt?«

Garys Gesicht mit den breiten nordischen Wangenknochen und den tief liegenden Augen, das schön gewesen wäre, wäre es weniger grob gezeichnet, wurde fleckig und feuerrot. »Ich habe Ihnen schon alles gesagt, was ich weiß.« Ein mürrischer Ton schlich sich in seine Stimme. »Es gibt ja schließlich kein Gesetz gegen das Eröffnen eines Restaurants.«

»Das nicht. Aber ich darf Sie daran erinnern, dass sie noch Bewährung hat. Ein einziger kleiner Ausrutscher würde schon genügen.« Er beugte sich in seinem Rollstuhl vor und starrte Gary an. »Sie sind der Vertreter des Gesetzes. Es ist Ihre Aufgabe, den Überblick über derartige Dinge zu behalten. Haben Sie ein Problem damit?«

Gary sah ihn hasserfüllt an, senkte dann aber schnell den Blick und murmelte: »Ich werde sehen, was ich tun kann.«

»Ich bitte Sie nicht darum, zu *sehen*, was Sie tun können. Ich fordere Sie auf, es zu tun.« Owens Ton wurde härter.

Gary hob wieder den Kopf, um Owen anzusehen. Sein Blick

flackerte, und das fleckige Rot auf seinen Wangen hatte sich zur Farbe alter Ziegel vertieft. »Es ist bloß ... wenn meine Frau herausfindet, dass ich ihre Schwester ausspioniere –« Er brach ab und schluckte schwer.

»Ausspionieren? Ich glaube, Sie haben zu viele James-Bond-Filme gesehen.« Owens Gesicht entspannte sich zu einem Lächeln, und er hob die Arme von den gepolsterten Lederlehnen seines Rollstuhl, um zu zeigen, dass er es nicht böse meinte. »Wir sollten das Ganze nicht überbewerten, Gary. Ich bitte Sie lediglich, Ihren Job zu tun. Und mich auf dem Laufenden zu halten, damit es keine ... Überraschungen gibt. Unter den gegebenen Umständen finde ich nicht, dass das unvernünftig ist, oder?«

Gary begegnete seinem Blick mit überraschendem Trotz. »Sir, ich muss Ihnen sagen, dass ich mich nicht wohl dabei fühle. Ich sage nicht, dass ich nicht fände, Sie hätten kein Recht, so zu fühlen, wie Sie es tun.« Sein Blick bewegte sich unwillkürlich abwärts zu dem Rollstuhl. »Aber, verdammt, sie gehört zu meiner Familie. Und sie hat ihre Schuld beglichen. Sie will nur eine Chance, noch einmal von vorn anfangen zu können.«

»Glauben Sie, dass ich sie daran hindere?« Owen sprach in einem leisen, nicht bedrohlichen Ton. »Wollte ich sie außer Gefecht setzen, müsste ich nur einen einzigen Anruf tätigen.«

»Dann verstehe ich nicht, wozu Sie mich brauchen«, meinte Gary sauer.

»Ich glaube nicht, dass ich Sie an eine gewisse Angelegenheit erinnern muss, die sehr peinlich für Sie und Ihre Familie wäre, wenn sie bekannt würde.« Owen machte eine Pause, damit die Nachricht auch richtig ankam. »Ihr Sohn spielt im Football-Team, nicht wahr? Und Ihre Tochter ist in der vierten Klasse, oder? Das ist eine Zeit, in der sie es genießen sollten, Kinder zu sein. Es wäre eine Schande, ihnen das zu verderben«, sprach er in demselben leisen Ton weiter. »Verstehen Sie mich bitte nicht falsch, Gary. Ich mag Sie. Mir gefällt, was Sie für die Gemeinde tun, und es würde mir nicht gefallen, einen guten Mann wegen einer solchen Sache zu verlieren.«

Gary erstarrte. Owen empfand in diesem Augenblick ein seltsames Mitleid mit ihm. Es war schließlich nicht so, dass Gary beide Augen zugedrückt und und sich hatte bestechen lassen, weil ein Widerling mit Meth oder Kinderpornos gedealt hatte. Nein, er hatte lediglich in die andere Richtung gesehen, als einer der Kunden des Clubs an der Route 6 mit einem der Mädchen dort zu vertraut umgegangen war. Aber eine Bestechung war eine Bestechung, und Owen hatte alles auf Video. Er und der Besitzer des Kittycat-Clubs, ein durch und durch unmoralischer Mensch namens Buck Duggan, hatten eine Übereinkunft getroffen: Buck steckte es Owen, wenn ein Cop nicht ganz sauber war, und im Gegenzug blieb er in seinem Laden unbehelligt. Owen hatte festgestellt, dass es hilfreich war, Polizisten in der Hand zu haben. Gary wusste nicht, dass er nicht der einzige war. Er war nur zufällig im Moment der nützlichste.

Gary nickte jetzt langsam und sah Owen mit einer Mischung aus heftigem Hass und widerwilligem Respekt an. »Ich verlasse mich auf Sie, Sir«, sagte er mit gerade genug Ironie, um seine Abneigung darzulegen. Er erhob sich und stand stramm. »Kann ich sonst noch etwas für Sie tun, wenn ich schon dabei bin?« *Ihnen die Schuhe polieren, das Auto waschen, mir die Eier abschneiden und sie Ihnen auf einem Silbertablett servieren*, sagte sein Gesichtsausdruck.

Owen betrachtete den großen Mann in der khakifarbenen

Uniform, als wäre ihm noch nie aufgefallen, wie weit Gary ihn überragte. »Danke, das wäre alles«, sagte er knapp. Er legte die Hände auf die Greifreifen, vollzog eine elegante Drehung mit seinem Rollstuhl und war auf dem Rückweg zu seinem Schreibtisch, als ihn ein von draußen zu hörender Sprechchor innehalten ließ. Langsam wendete er den Rollstuhl zu Gary um. »Ich möchte Ihnen noch einen freundschaftlichen Rat geben. Ich würde meine Frau an einer kürzeren Leine halten, wenn ich Sie wäre. Diese Spring-Hill-Geschichte ist noch nicht ausgestanden, und es sieht aus, als könnte es noch ziemlich hässlich werden. Sie wollen doch sicher nicht, dass Denise etwas passiert.«

* * *

»Los, mach schon, du Bock«, drängte Rud, dessen Augenlider auf halbmast waren, als er Jeremy durch seinen Tequila-und-Bier-Nebel ansah. »Worauf wartest du noch, auf eine Einladung zum Ball?« Das Mädchen, das auf der Matratze ausgestreckt lag, war nur mit BH und Höschen bekleidet und ähnlich betrunken wie die Jungen. Sie sah zu ihnen hoch und kicherte, als hätte Rud etwas wahnsinnig Komisches gesagt.

Jeremy zögerte. Er war unsicher, wollte aber nicht uncool wirken. »Scheiße, Mann. Sieh sie dir doch an, sie ist stockbesoffen.«

»Das heißt nicht, dass sie es nicht will.«

Die Matratze lag auf dem Schlafzimmerboden, und das Bettzeug bestand nur aus einem schmutzigen Laken, das jetzt zerknittert zu den Füßen des Mädchens lag. Rud stupste sie mit der abgewetzten Spitze seines Motorradstiefels an. »Du willst es doch, stimmt's, Baby?« Sie murmelte etwas Unverständliches, und er richtete den Blick seiner trüben Augen wieder auf Jeremy. »Siehst du? Was hab ich dir gesagt?«

Jeremy hätte am liebsten gesagt, die Party wäre für ihn vorbei und er würde jetzt gehen, doch dann dachte er, dass Rud vielleicht sauer darüber wäre. Er war sich nie ganz sicher, welchen Stand er bei Rud hatte, der in einem Moment die Freundlichkeit selbst war, um einem im nächsten Moment das Gefühl zu geben, ein Stück Scheiße zu sein. Jeremy begnügte sich deshalb mit einem verächtlichen Schnauben und nahm die Haltung eines Mannes an, der über derartigen angeberischen Nummern stand.

Der Abend hatte gut angefangen. Chuckie Dimmicks älterer Bruder Mike hatte ihnen die Schlüssel zu seiner Wohnung gegeben, und Rud und Chuckie hatten ein paar Leute eingeladen, um eine Party zu machen. Aber aus dem Spaß war Ernst geworden, als Rud vorschlug, Strip-Poker zu spielen; für jedes Kleidungsstück, das man im Spiel verlor, musste man einen Schnaps trinken. Rud, Chuckie und Kenny Lambert hatten sich zwar betrunken, aber die meisten Kleidungsstücke anbehalten, während Ruds Freundin Crystal schließlich halb nackt umkippte und auf dem Wohnzimmerboden liegen blieb. Auch ihre Freundinnen waren eine nach der anderen weggedämmert. Alle, bis auf diese eine.

Wie hieß sie noch gleich – Karen? Carolyn? Jeremy, der ebenfalls nicht wenig getrunken hatte, schwankte unsicher. Er trug nur noch seine Jeans und überlegte, wie er sich am besten aus dieser heiklen Situation befreien könnte. Er starrte auf das Mädchen hinunter, das zu ihm aufsah. Die hellbraunen verstrubbelten Haare hingen ihr ins Gesicht. Er empfand plötzlich Begierde, doch gleichzeitig ekelte er sich vor sich selbst.

»Was denn, bist du 'ne Schwuchtel oder so?«, höhnte Chuckie Dimmick, den Jeremy insgeheim Chuckie Dumpfbacke nannte. Er war ein richtiges Großmaul und nicht in der Lage, einen vernünftigen Gedanken zustande zu bringen. Jeremy verstand nicht, warum Rud mit ihm abhing – Rud war eigentlich viel zu intelligent dafür. Doch es war wohl wirklich so, dass jeder König seine Speichellecker brauchte. Chuckie sah Rud jetzt beifallheischend an. »Yeah, ich wette, er macht's gern von hinten. Is es nich' so, du Wichser?« Er stieß Rud mit dem Ellbogen an und gackerte betrunken über seinen eigenen Witz.

»Halt's Maul, du Idiot«, fuhr Rud ihn an. Chuckies pickeliges Gesicht wurde schlaff und nahm einen beleidigten Ausdruck an, der beinahe komisch aussah, weil er durch die Kombination aus Dummheit und Alkohol noch verstärkt wurde. Rud wandte seine Aufmerksamkeit wieder Jeremy zu, legte ihm einen Arm um die Schultern, beugte sich zu ihm und murmelte: »Kumpel, du willst doch nicht, dass die Leute dich für'n Weichei halten. Das wäre nicht gerade cool, richtig? Jetzt mach deinen Onkel Rud stolz. Ich verlasse mich auf dich.« Er lehnte sich zurück und zwinkerte Jeremy verschwörerisch zu, als ginge es um einen Witz, den nur sie beide verstanden.

»Fick dich«, knurrte Jeremy. Er grinste dabei, um seinen zunehmenden Verdacht, tatsächlich ein Weichei zu sein, nicht zu bestätigen.

Rud beugte sich wieder dicht zu ihm und empfahl ihm mit leiser und hörbar weniger freundlicher Stimme: »Lass mich jetzt nicht hängen, Mann. Wie steh ich denn da, schließlich hab ich das alles hier arrangiert.«

»Ihr labert nichts als Scheiße«, sagte Jeremy mit einem Lachen, weil er sein ohnehin schon angeschlagenes Ansehen bei ihnen nicht noch stärker aufs Spiel setzen wollte. Er schüttelte in gespieltem Ekel den Kopf und versuchte, sich an Rud und Chuckie vorbeizudrängen. Ehe er sich versah, hatte Rud ihn am Arm gepackt und schubste ihn auf die Matratze, begleitet von Chuckies und Kennys johlendem Gelächter. Als es Jeremy gelang, sich wieder aufzurappeln, stolperten die anderen Jungen schon in den Flur hinaus.

Die Tür wurde zugeknallt, und das Zimmer versank in Dunkelheit. Jeremy konnte gedämpft das Gewieher seiner Freunde hören und erkannte an den Geräuschen, dass auf der anderen Seite der Tür ein schweres Möbelstück verschoben wurde. Er torkelte zur Tür. Als er feststellte, dass sie verkeilt war, schlug er mit der Faust dagegen. »Kommt schon, Jungs! Macht auf! Das ist nicht lustig!«

Hinter ihm sagte das Mädchen – Carolyn? Carrie Ann? – mit einem betrunkenen Lachen: »Was ist? Hast du Angst vor der Dunkelheit? Ein großer Junge wie du?«

Jeremy ließ die Hand, die er nach dem Lichtschalter ausgestreckt hatte, wieder sinken. »Das habe ich nicht gesagt.«

»Komm her!«, rief sie. Nach kurzem Zögern durchquerte Jeremy das Zimmer, setzte sich auf die Matratze und zog die Knie an die Brust. »Tut mir leid, wie heißt du noch mal? Ich bin im Moment ein bisschen neben der Spur, falls du es noch nicht bemerkt haben solltest.« Sie gab ein leises Kichern von sich, das in einen Schluckauf überging.

»Jeremy«, sagte er.

Sie blinzelte ihn mit einem Auge an. »Jeremy. Das ist süß. Magst du Mädchen, Jeremy?«

»Ja, ich mag Mädchen«, entgegnete er defensiv. Nachdem seine Augen sich jetzt an die Dunkelheit gewöhnt hatten, konnte er erkennen, dass sie gar nicht übel aussah.

»Also bist du nicht schwul?«

»Hör nicht auf sie. Sie labern Mist.« Jeremy deutete mit dem

Daumen Richtung Tür, hinter der das Gegacker und Wiehern verstummte, als seine Freunde in ein anderes Zimmer gingen. »Das hier war nicht meine Idee«, sagte er kühl. »Wenn ich also nicht in der richtigen Feierlaune bin, musst du mir das nachsehen.«

»Is' doch egal.« Sie rülpste leise und warf sich auf den Rücken, durch ihr Haargewirr sah sie ihn an. »Weißt du was? Du erinnerst mich an jemanden. An diesen Typen aus dem Film, mir fällt der Name nicht ein. Kennst du den mit dem dämlichen Typen, der am Ende das Mädchen bekommt? Ich glaube, Jeff Bridges war dabei. Er spielt den Vater.«

»Ich glaube nicht, dass ich den kenne«, antwortete Jeremy mit so viel Sarkasmus, wie er aufbringen konnte.

»Schade. Er war toll.« Sie fuhr mit einem nackten Fuß an seinem Oberschenkel in der Bluejeans entlang, und Jeremy spürte sofort, wie er hart wurde, was ihn nur noch zorniger machte. Er stieß ihren Fuß weg.

»Tu das nicht.«

»Warum nicht?« Sie fing wieder an zu reiben.

»Was machst du denn da?« Er rutschte ein paar Zentimeter rüber.

»Was ist los? Magst du mich nicht?« Sie tat so, als wäre sie beleidigt.

»Klar mag ich dich. Es ist nur ...« Plötzlich wusste Jeremy nicht mehr, warum er sich so verhielt. Vielleicht hatte Rud recht; vielleicht stimmte tatsächlich etwas nicht mit ihm. Er war nicht schwul, dass wusste er. Das Pochen in seinen Lenden bezeugte es. Aber es musste ernsthaft etwas nicht in Ordnung sein, wenn ein Typ wie ein Holzklotz da saß, wenn ein fast nacktes Mädchen mit ihm füßelte, und sein Schwanz fast den Reißverschluss seiner Jeans sprengte.

»Was denn?«, hakte sie nach.

Sie strich mit den Fingernägeln seinen Arm hinunter, Nägel, die in einem metallischen Blau lackiert waren, das im durch die Jalousien fallenden Mondlicht glitzerte und ihm Gänsehaut verursachte. Als er diesmal nicht zurückzuckte, schlang sie ihm die Arme um den Hals und zog ihn neben sich herunter. Das Nächste, was er bewusst wahrnahm, war, dass sie sich küssten. Sie schmeckte nach abgestandenem Bier und Zigaretten, aber aus irgendeinem Grund erregte ihn das noch mehr. Er öffnete den Mund und ließ seine Zunge mit ihrer spielen.

Er fragte sich, ob sie merkte, dass er Jungfrau war. War es möglich, das daraus zu schließen, wie jemand küsste? Würde es für sie einen Unterschied machen, wenn sie es wüsste? Gedanken, die ihn in nüchternem Zustand vor Angst gelähmt hätten, aber in seinem derzeitigen betrunkenen und erregten Zustand kamen sie ihm so harmlos vor wie die Chat-Mitteilungen zu Hause auf seinem Computerbildschirm.

Sie küssten sich noch eine Weile, bis Jeremy ausreichend mutig wurde, einen Finger unter den Gummibund ihres Höschens zu schieben. Schüchtern zuerst, dann hielt er inne, als er das elektrisierende Gefühl ihres Schamhaars an seinen Fingerspitzen spürte. Sie schob seine Hand nicht weg, also machte er weiter.

Sie war feucht. Oh Gott. Er hatte das Gefühl, als könnte er kommen, nur weil er sie dort unten berührte.

Sie öffnete ihren BH und wand sich aus ihrem Höschen. Er zog seine Hand zurück, und er konnte sie an sich riechen. Es war, als wäre er auf einem Drogentrip, wie damals, als er Ecstasy genommen hatte. Sein Blut schien in seinen Adern zu kochen, und seine Haut war so berührungsempfindlich, dass er glaubte, er würde die ganze Welt durch seine Poren in sich aufnehmen. Die Gedanken, die ihn die ganze Woche beunruhigt hatten – Gedanken an seine Mutter –, verschwanden in einem abgelegenen Teil seines Bewusstsein, wo sie dahinschwebten wie der Rauch eines fernen Feuers.

Er umschloss ihren Busen mit den Händen und fuhr mit dem Daumen über eine Brustwarze, die sofort hart wurde, was einen neuen Schauder der Erregung in ihm auslöste. Er hatte das getan. Er. Es wäre der vollkommenste Augenblick in seinem bislang armseligen Leben gewesen, hätte sie nicht genau jetzt mit belegter Stimme gemurmelt: »Jimmy. Oh, yeah, Baby. Tu es.«

Jimmy? Wer zum Teufel war Jimmy? Hatte sie Jeremy sagen wollen? Er erstarrte für einen Augenblick, und der Teil in ihm, der flüsterte, dass es vielleicht nicht so eine gute Idee wäre, gewann fast die Oberhand über den anderen, erregten Jeremy, der nur eine Sache im Sinn hatte. *Scheiß drauf*, dachte er. Sie will es, sie hat es selbst gesagt. Wenn er es nicht wäre, dann wäre es einer der anderen Jungs. Und wollte er als Jungfrau sterben? Nicht nur als Jungfrau, sondern als *Weichei*, das die einzige Chance vermasselt hatte, etwas anderes mit seinem Schwanz zu tun, als sich einen runterzuholen.

Mit der Hast eines Verzweifelten, der um den letzten Platz in einem Rettungsboot kämpfte, entledigte er sich seiner Jeans, schleuderte sie so heftig von sich, dass sie mit einem leisen Geräusch über die Dielen schlitterte, bevor sie an der Wand liegen blieb. Er streckte sich nackt neben dem Mädchen aus, und der Raum drehte sich um ihn, als wäre die Matratze ein Floß, das sich langsam im Sog eines Wasserwirbels drehte. Sie küssten sich wieder. Dann war ihre Hand auf seinem Schwanz, Finger schlossen sich darum und bewegten sich in langsamen, köstlichen Streichelbewegungen ... *o Gott, o Gott ... wenn sie nicht aufhört, komme ich ...*

Aber er wollte nicht, dass sie aufhörte. Er wollte, dass dieses Gefühl ewig so blieb.

Noch einmal, schwächer diesmal, verschaffte sich die Stimme der Vernunft Gehör. *Sie ist betrunken. Sie weiß nicht, was sie tut. Sie glaubt, du bist ein Typ namens Jimmy. Hör auf, bevor alles außer Kontrolle gerät.*

Er blendete die Stimme aus, hörte nicht darauf. Wen kümmerte es, wenn sie ihn für einen anderen hielt? Wenn sie zu besoffen war, um den Unterschied zu merken, war das ihr Problem. Und wenn er zufällig kein Kondom dabei hatte, dann war auch das in Ordnung. Sie hatte nichts davon gesagt. Wahrscheinlich hatte sie das getan, was Mädchen in derartigen Situationen taten. Sie hatte eindeutig Erfahrung.

Als er in sie eindrang, schrie sie auf. *Yeah, genau so, hör nicht auf!* Das war alles an Ermunterung, was er brauchte. Dann kam er in einem wahnsinnigen Rausch. Augenblicke später rollte er sich von ihr herunter und stellte fest, dass sie ihre Sinne nicht mehr beieinander hatte. Der schwindelerregende Rausch, in dem er sich befunden hatte, machte der Scham Platz. Carrie Ann, ihr Name war Carrie Ann, er erinnerte sich jetzt. Sie lag auf dem Rücken, die Augen geschlossen, ihr Mund stand leicht offen, ihre Beine waren schlaff und gespreizt, sie schnarchte leise. Er küsste sie sanft auf den Mund. Sie bewegte sich und murmelte etwas im Schlaf.

»Carrie Ann?«, flüsterte er. Aber sie wachte nicht auf; sie schlief tief und fest. Und was hätte er auch sagen sollen? Dass es ihm leidtat? Was denn? Dass er sie gevögelt hatte, obwohl er wusste, dass es falsch war? Oder dass er nicht dieser Jimmy war? Nein, es war besser so. Mit ein bisschen Glück würde sie sich am nächsten Morgen an nichts mehr erinnern. Es würde sein, als wäre es nie passiert.

* * *

Als Jeremy am folgenden Tag ins Büro des Direktors gerufen wurde, sagte ihm ein Blick in Mr. Givens' Gesicht, dass er nicht herbeizitiert worden war, um über Nachhilfestunden für einen anderen Schüler zu reden, der vielleicht Probleme in Mathe hatte. Normalerweise war das der Grund, wenn Mr. Givens ihn sehen wollte. Der Gesichtsausdruck des Direktors war grimmig. Als Jeremy auf den Stuhl gegenüber von Mr. Givens' Schreibtisch sank, spürte er, dass er in Schwierigkeiten steckte; Schwierigkeiten, die mit den Aktivitäten des vergangenen Abends zu tun hatten. Eine Welle kalter Panik spülte über ihn hinweg, und er spürte, wie die Nachwirkungen seines Katers wie schmutziges Wasser aus einer verstopften Regenrinne abflossen. Er hatte auf einmal einen völlig klaren Kopf, und jeder Schaltkreis in seinem Gehirn surrte.

»Ich habe gerade eben ein Telefonat mit Mrs. Flagler geführt«, begann Mr. Givens. Jeremy musste fragend geschaut haben, denn er fügte mit besonderer Betonung hinzu: »Carrie Anns Mutter.«

Jeremys Rücken wurde steif, und er nickte in stummer Bestätigung, dass er Carrie Ann in der Tat kannte.

»Sie ist äußerst aufgebracht«, fuhr der Direktor fort, wobei sein normalerweise vergnügtes Gesicht – er hatte wie poliert schimmernde rosige Wangen und trug einen kurzgestutzten weißen Bart, der ihn wie einen modernen Santa Claus aussehen ließ – matt und ausdruckslos war. »Wie es scheint, ist Carrie Ann gestern Abend in Schwierigkeiten geraten. Weißt du etwas darüber, mein Junge?« Über seinen unordentlichen Schreibtisch hinweg starrte er Jeremy streng an.

Jeremy versuchte, unschuldig auszusehen. »Äh, na ja, wir waren gestern Abend auf einer Party. Sie und ich und ein paar andere Leute. Okay, wir haben ein bisschen zu viel getrunken, aber ...« Er zuckte die Schultern, als wollte er sagen: *Sie wissen ja, wie das so geht.* Aber während er noch sprach, huschten Bilder aus der vergangenen Nacht durch seinen Kopf: Carrie Ann besinnungslos betrunken auf der Matratze, die Oberschenkel klebrig von seinem Samenerguss; dann später, wie Rud und Chuck und er sie nach draußen trugen, während Kenny, der Einzige, der noch nüchtern genug war, um fahren zu können, das Auto holte. Scham wallte in ihm auf, als er daran dachte, wie sie sie vor ihrem Haus abgeladen hatten, als wäre sie Müll.

»Ich fürchte, so einfach ist das nicht.«

»Ihr geht es doch gut, oder nicht?« Erneut beschlich ihn die Furcht. Jeremy wusste, dass man an Alkoholvergiftung sterben konnte. Angenommen, etwas in der Art wäre Carrie zugestoßen?

»Es geht ihr gut«, sagte der Direktor, wenn auch in einem Ton, der deutlich machte, dass sie sich zwar nicht in tödlicher Gefahr befand, trotzdem aber etwas ernsthaft nicht stimmte. »Die Polizei wurde eingeschaltet. Wenn du also irgendetwas loswerden willst, denke ich, wäre jetzt der richtige Zeitpunkt dafür.«

»Die Polizei?« Jeremys Stimme wurde eine Oktave höher.

»Sie behauptet, sie wäre vergewaltigt worden.«

Nach einigen Augenblicken des Schweigens, in denen jedes Geräusch verstärkt zu sein schien – das entfernte Klingeln zur dritten Schulstunde, das Summen des Faxgerätes und das Klacken einer Tastatur in einem der Büros –, fragte Mr. Givens ihn nochmals. »Nun, hast du etwas zu sagen?«

Jeremy schüttelte den Kopf, der zu schwanken schien, als wäre er zu schwer für seinen Hals. »Nein, Sir.«

Der Direktor kniff die Augen zusammen. Anscheinend versuchte er abzuschätzen, ob Jeremy etwas verschwieg, oder ob es der Schock war, der ihn so wortkarg machte. Er musste zu dem Schluss gelangt sein, dass Jeremy unschuldig war, zumindest, bis das Gegenteil bewiesen war, denn er sagte nicht unfreundlich: »Auf jeden Fall denke ich nicht, dass du der Polizei irgendetwas sagen solltest, ehe wir mit deinem Dad gesprochen haben. Ich habe ihn gebeten, herzukommen. Genauer gesagt habe ich ihm sogar schon mehrere Nachrichten hinterlassen. Weißt du, wo ich ihn erreichen kann?«

Jeremy durchforstete sein Gehirn, in dem sich alles wie rasend im Kreis drehte, und versuchte sich zu erinnern, wo sein Dad sein könnte. Randy ließ sein Handy immer eingeschaltet, damit Jeremy ihn im Notfall erreichen konnte, aber Teile seines Bezirks lagen in Gebieten, in denen der Handyempfang schlecht war.

Aus einem Impuls heraus griff er in die Gesäßtasche seiner Jeans und zog einen zusammengefalteten Zettel mit einer Telefonnummer heraus. Er hatte ihn seit Wochen mit sich herumgetragen und nie gedacht, dass er ihn je brauchen würde. Jedenfalls bis jetzt nicht.

Er reichte Mr. Givens den Zettel. »Probieren Sie es bei meiner Mutter.«

8. Kapitel

Colin brauchte mehrere Tage, um das Gerümpel im Schuppen der Henleys zu sortieren. Er hatte nur eine vage Vorstellung, was er mit den Ausrüstungsgegenständen anfangen sollte, die sich jetzt im alten Atelier seines Großvaters stapelten. Mithilfe des Internets machte er einen kleinen Austernzüchter auf der Halbinsel Kitsap ausfindig; er hieß Len Jarvis. Am nächsten Tag saß Colin im Flugzeug, und einige Stunden später stand er in Gummistiefeln knöcheltief im seichten Wasser des Hood Canal und hörte Len Jarvis zu, der ihm den Prozess der Pfosten- und Leinenkultivierung erklärte.

Len tauchte seine schwielige Hand ins Wasser und zog eine halbe Austernschale heraus, an der gut ein Dutzend Austernbabys hingen, die kaum größer als der Nagel seines kleinen Fingers waren. »Das hier ist unsere Mutterschale«, sagte er und erklärte, wie die leeren Schalen enthülster Austern mit Austernlarven bestückt wurden. Sobald die Larven sich festgesaugt hatten und genügend gewachsen waren, wurden die Mutterschalen mit ihren »Babys« daran mit einer Maschine in ein Seil eingeflochten, ähnlich den Glühbirnen an den Lichterketten für Christbäume. Die Leinen wurden in gleichmäßigen Reihen im Gezeitenbereich gespannt und an beiden Enden mit PVC-Rohren im Schlamm befestigt. Es dauerte mehrere Jahre, bis eine Auster vollständig ausgewachsen war, und deshalb war das Geschäft nichts für Leute, die schnell Ergebnisse sehen wollten, wie Len ihm warnend erläuterte.

»Es gibt auch Feinde«, fuhr er fort. Einer davon war eine winzige Schnecke namens Austerndrill, ein weiterer die sogenannte Denman-Island-Krankheit. Auch Seesterne konnten zum Problem werden. Dann waren da noch die Fischreiher, die Möwen und die Otter, die diese Gewässer auf der Suche nach Futter durchstreiften. »Es ist uns egal, wenn sie sich ihren angemessenen Anteil holen, aber sie können zu gierigen kleinen Bastarden werden, wenn man sie lässt.« Er spähte in die Ferne, wo die Leinen in Reihen ausgebracht waren und an jedem Ende von Pflöcken gehalten wurden, die mit Entenmuscheln überzogen waren. »Natürlich ist der Hauptschuldige der Mensch.«

Colin nickte ernst.

»Als mein Vater noch lebte, haben die Holzverarbeitungsfabriken die meisten Schalentiere hier in der Gegend umgebracht«, erzählte Len. »Es hat lange gedauert, sie zurückzubringen, aber wegen der Umweltverschmutzung ist es ein ständiger Kampf.« Er drehte sich zu Colin um. »Haben Sie vor, es als Hobby zu betreiben, oder planen Sie, es als Geschäft aufzuziehen?«

»Ich bin nicht aufs Geld aus«, sagte Colin.

»Gut. Denn reich werden Sie nicht damit werden.« Er betrachtete Colin einen Moment lang und versuchte, ihn einzuschätzen. »Seltsame Art von Arbeit für einen Mann wie Sie. Ich hätte eher gedacht, Sie wären ein Stadtmensch. Nur aus Neugier: Wie ist Ihr Interesse entstanden?«

Colin erzählte ihm von Mr. Deets und den Sommern, die er auf Grays Island verbracht hatte. Er lächelte vor sich hin, als er an die glücklicheren Zeiten dachte.

Sie unterhielten sich noch eine Weile, und Len frischte Colins Gedächtnis hinsichtlich der verschiedenen Austernarten auf, die man in dieser Gegend kultivierte: Die Pazifische Auster, die so groß wie eine Männerfaust werden konnte; die Olympia-Auster, die einzige einheimische Auster an diesen Küsten; die kleine, süße Kumamoto-Auster, die aus Japan herübergebracht worden war. Als sie zum Strand zurückgingen, tauchte Len noch einmal seine Hand ins Wasser und zog dieses Mal eine voll ausgewachsene Auster heraus. Mit seinem Austernmesser brach er das Scharnier auf, durchtrennte den Schließmuskel und führte das Messer den Spalt zwischen den beiden Hälften entlang, alles in einer geübten fließenden Bewegung. Er bot Colin die Auster an, der sie an den Mund führte, ausschlürfte und kurz den süß-salzigen Geschmack auf der Zunge auskostete, ehe er sie hinunterschluckte. *Könnten die schönsten Erinnerungen an meine Kindheit zu einer Essenz destilliert werden, dann wäre sie so wie diese Auster*, dachte er.

Zwei Stunden später, nach einer Führung durch den Brutbetrieb, bei der er von Len die verblüffende Tatsache erfuhr, dass eine Auster bis zu fünf Millionen Eier produzieren konnte, saß Colin wieder im Flugzeug nach Hause. Er wusste nicht, wie erfolgreich er sein würde, aber er empfand eine aufglimmende Begeisterung, als er sich fragte, was die Zukunft für ihn bereithielt. Es waren Gefühle, die er seit sehr langer Zeit nicht mehr gespürt hatte.

In den Tagen, die folgten, machte er sich daran, die Grundlagen für den Betrieb zu schaffen. Mit der Tischkreissäge, die er aus Henleys Schuppen gerettet hatte, sägte er PVC-Rohre in gleichmäßige Stücke von sechzig Zentimeter Länge, in die er Löcher bohrte, um die Leinen zu befestigen. Die Arbeitsschritte wiederholten sich und waren zeitraubend, aber das störte ihn nicht. Es beruhigte seine Seele und beschäftigte seine

Hände. Und abends hatte er zum ersten Mal seit Jahren keine Einschlafprobleme.

Außerdem hatte er Gesellschaft. Der Hund Hirte hatte sich offensichtlich mehr oder weniger in seinem Haus niedergelassen. Er lag in angemessener Entfernung von Colin und verfolgte jede seiner Bewegungen. Gelegentlich ertappte Colin sich dabei, dass er mit dem Hund sprach, ihm erklärte, was er gerade tat, oder ihm einfach belanglose Dinge erzählte. Die Sache hatte etwas seltsam Formelles, Colin konzentriert bei der Arbeit, und der Border-Collie, der still dabei lag.

Nach einem langen Tag an seiner Werkbank oder in der Bucht, wo er bei Ebbe Pfähle einschlug, kehrte Colin in den Bungalow zurück, den er immer noch als den seines Großvaters betrachtete, und zündete ein Feuer an, um die Kühle zu vertreiben. Bei dieser Gelegenheit ertappte er sich oft dabei, wie er das Porträt über dem Kaminsims anstarrte. Es verfolgte ihn. Etwas an dem Ausdruck in Eleanor Styles' Gesicht war gleichermaßen heiter als auch melancholisch, als hätte sie gewusst, dass die Zufriedenheit, die sie in jenem Moment empfand, nicht von langer Dauer sein würde.

Dann wandten sich seine Gedanken stets Alice Kessler zu. Etwas an ihr beschäftigte ihn. Vielleicht lag es daran, dass er eine Art Seelenverwandtschaft mit ihr empfand. Sie mühte sich ebenfalls, inmitten der Trümmer ihres alten Lebens ein neues aufzubauen. Von Orin, dem Hausmeister seines Großvaters, den Colin für die Verrichtung gelegentlicher Arbeiten engagiert hatte, hörte er, dass sie ein Lokal gekauft hatte und dabei war, es zu renovieren. Er bewunderte ihren Mut, ein solches Risiko einzugehen; sie weigerte sich nicht nur, sich kleinkriegen zu lassen, sondern blickte ihren Gegnern überdies auch offen ins Gesicht.

Er war enttäuscht, dass er noch nichts von ihr gehört hatte, nahm aber an, dass sie sich irgendwann melden würde. Das Porträt würde da sein, wann auch immer sie die Zeit finden würde, vorbeizukommen. Sehr zum Bedauern der Händler, die anriefen, um ihm Kaufangebote zu machen, hatte er sich entschieden, das Bild zu behalten. Hätte sein Großvater gewollt, dass es in den Besitz eines Fremden gelangte, hätte er es schon vor Jahren verkauft.

An einem Tag Ende November blickte Colin zufällig aus dem Fenster und sah einen alten grünen Toyota die Einfahrt heraufkommen. Der Wagen hielt, und eine schlanke braunhaarige Frau stieg aus, eine Frau, in der er sofort Alice Kessler erkannte. Als er hinauseilte, um sie zu begrüßen, spürte er, wie sein Puls sich beschleunigte.

»Alice! Was für eine nette Überraschung«, begrüßte er sie.

»Es tut mir leid, ich hätte vorher anrufen sollen.« Ihr Blick fiel auf seine Jeans und sein Arbeitshemd, die mit Schmutz und PVC-Staub bedeckt waren. »Ist der Zeitpunkt ungünstig?«

»Überhaupt nicht. Ich wollte gerade eine Pause machen«, schwindelte er. »Warum gehen wir nicht hinein? Ich koche uns einen Tee.«

Ihr Blick fiel auf den Border-Collie, der mit seitlich geneigtem Kopf und gespitzten Ohren zu ihr aufsah. »Hallo, du Schöner. Kenne ich dich nicht von irgendwoher?« Sie beugte sich hinunter und streckte eine Hand aus. Hirte schnüffelte vorsichtig daran, und seine dichte Rute wedelte langsam hin und her. Alice richtete sich wieder auf. »Sieht so aus, als hätten Sie ein Haustier gefunden.«

»Es ist eher so, dass er mich gefunden hat.« Colin lächelte auf Hirte hinunter. »Er ist ein sehr anspruchsvoller Bursche. Er verschenkt seine Zuneigung nicht leicht. Ich bin mir immer noch nicht sicher, ob ich am Ende das Rennen machen werde.«

»Na ja, zumindest leistet ihr euch gegenseitig Gesellschaft. Hier draußen muss es doch manchmal recht einsam sein.« Ihr Blick nahm die vom Wind umtoste Klippe und die funkelnde Bucht in sich auf und wanderte nach Osten, zu der hohen Kuppe des Berges, die mit einer Reihe Bäumen bestanden war, die wie die Zinken eines Kammes aussahen.

»Manchmal«, gab er zu.

Sie sah besser aus als bei ihrer letzten Begegnung. Gesünder. Die Jeans, die vorher an ihr gehangen hatte, war jetzt an den richtigen Stellen hübsch ausgefüllt, und die Vertiefungen in ihren Wangen waren nicht mehr so ausgeprägt. Aber ihre Augen hatten den melancholischen Ausdruck nicht verloren. Und er nahm auch eine gewisse Anspannung in ihr wahr, als wäre dies mehr als ein normaler Besuch.

In der Küche setzte er den Wasserkessel auf. Er hatte sich das Kaffeetrinken abgewöhnt; es erinnerte ihn zu stark an die AA-Treffen, bei denen ständig der Duft danach in der Luft hing. Die wie er seit Kurzem trockenen Alkoholiker hatten sich an ihre Styroporbecher geklammert wie an eine Rettungsleine.

»Ich habe gehört, dass Sie ein Restaurant gekauft haben«, bemerkte Colin.

»Neuigkeiten verbreiten sich schnell.« Alice lächelte kläglich und räumte einen Stapel Zeitungen von einem Stuhl, bevor sie sich an den Tisch setzte. »Ja, ich bin jetzt die stolze Eigentümerin einer ehemaligen Fish-and-Chips-Bude. Sie war ziemlich heruntergekommen, aber es ist verblüffend, was ein paar Eimer Farbe und eine erkleckliche Menge Arbeit bewirken können. Die große Neueröffnung ist nächste Woche. Nichts Hochtrabendes, nur mit Freunden und Verwandten. Ich hoffe, Sie können kommen.«

Colin wurde es warm. »Um nichts in der Welt würde ich es verpassen wollen.«

Er drehte sich um und stellte fest, dass sie ihn neugierig musterte. »Und was ist mit Ihnen? So wie es aussieht, haben Sie mehr getan, als nur versäumten Lesestoff nachzuholen.«

»Zufällig denke auch ich darüber nach, mich selbstständig zu machen.« Es war mehr als bloßes Nachdenken, aber er wollte sich noch nicht zu sehr festlegen.

»Könnte es etwas mit Austernzucht zu tun haben?«

Ein Grinsen breitete sich auf seinem Gesicht aus. »Jetzt erzählen Sie mir bloß nicht, dass Sie auch noch Gedankenleserin sind!«

»Nein. Nur aufmerksam.« Sie deutete auf die Broschüren, die er auf dem Tisch liegen gelassen hatte, und nahm ein Merkblatt mit der Überschrift *Austernkultivierung im kleinen Stil am Nord-West-Pazifik*. »Wenn Sie nach einer Veränderung suchen, könnte sie kaum extremer ausfallen, würde ich meinen.«

»So ist es.« So extrem wie ein Kopfsprung in einen eiskalten See – genau der Weckruf, den er brauchte. »Vielleicht gefällt mir die Idee deshalb.«

»Bedeutet das, dass Sie nicht mehr als Anwalt arbeiten werden?« Er sah Bestürzung in ihren Augen aufflackern und fragte sich, warum es eine Rolle für sie spielte.

Er zuckte die Schultern. »Sieht so aus. Zumindest fürs Erste.«

Sie verfiel in Schweigen, und er entdeckte wieder diesen geistesabwesenden Ausdruck in ihrem Gesicht. Dann riss sie sich von ihren Gedanken los, setzte ein Lächeln auf und sagte: »Nun, dann viel Glück. Irgendwie scheinen wir im selben Boot zu sitzen. Ich hoffe nur, das Wagnis zahlt sich für uns beide aus. Wenn der Weg zur Hölle mit guten Vorsätzen gepflastert ist, dann trifft dies sicher auch auf gescheiterte Unternehmen zu.«

»Sehen Sie es von der angenehmen Seite«, meinte er. »Sie werden mindestens einen Gast haben, auf den Sie zählen können. Wenn Sie besser kochen als ich, was eine ziemlich sichere Wette ist, werden Sie mich viel öfter sehen.«

Sie lächelte. Es war ein sich langsam ausbreitendes Lächeln, das ihr ganzes Gesicht erhellte. Mit einem Mal war er unsinnig glücklich, sie hier zu haben. Es war das erste Mal seit Nadines Tod, dass er so für eine Frau empfand. Bei Alice wusste er, dass er nicht so tun musste, als wäre alles in Ordnung. Er konnte einfach er selbst sein, mit Wunden, mit Narben und allem anderen.

»Was für ein entzückendes Haus«, sagte sie, als er mit dem Teetablett ins Wohnzimmer voranging. »Ich verstehe, warum Sie und Ihr Großvater sich so nahestanden.« Als er sie fragend ansah, erklärte sie: »Man kann viel über einen Menschen erfahren, wenn man sein Haus sieht, und es ist offensichtlich, was für eine Art Mensch er war. Sehr bescheiden, würde ich sagen. Jemand, der Stil nicht über Behaglichkeit stellte und sich wahrscheinlich einen Dreck darum scherte, was andere dachten. Der Typ Mann«, ihre Augen blickten mit einem amüsierten Funkeln auf das Tablett hinunter, das Colin gerade auf dem Couchtisch abstellte, »der Tee in angeschlagenen Tassen und Zucker aus der Schachtel serviert.«

Colin grinste verlegen. »Es tut mir leid, dass es nicht perfekt ist, aber es ist das Beste, was ich im Moment habe. Und was meinen Großvater angeht – ganz genau so war er.«

Während er den Tee einschenkte, nahm sie das Porträt genauer in Augenschein. Sehr lange sagte sie nichts. Sie wirkte wie vor den Kopf geschlagen.

Er trat neben sie. »Nichts bereitet einen darauf vor, nicht wahr?«

Die Drucke, die er gesehen hatte, waren ein klassisches Beispiel dafür, dass in der Übertragung etwas verloren gegangen war. »Hat sie so ausgesehen?«

Alice betrachtete das Gemälde und runzelte die Stirn. »In gewisser Weise ja. Aber sie sieht ... entspannt aus, anders, als ich sie in Erinnerung habe. Meine Großmutter war immer auf den Beinen und tat sechs Dinge gleichzeitig. Sie hatte nicht viel Zeit, sich hinzusetzen und sich auszuruhen.« Aus irgendeinem Grund klang sie traurig.

»Ich habe meine Mutter gefragt, ob Eleanor Ihrem Großvater etwas bedeutet hat«, fuhr sie fort. »Leider konnte sie mir nicht viel sagen. Entweder weiß sie es nicht, oder sie will Nanas Andenken nicht trüben. Ich habe jedoch das Gefühl, sie könnten ein Liebespaar gewesen sein, und wenn ich das hier sehe ...«, sie deutete auf das Porträt, »bin ich mir dessen fast sicher.« Sie drehte sich um und sah Colin an. »Ich weiß, es hört sich seltsam an, aber ich kann nicht sagen, dass ich es missbillige. Sie hatte es verdient, glücklich zu sein, auch wenn es mit einem anderen Mann als meinem Großvater gewesen wäre. Nicht, dass sie Großvater Joe nicht geliebt hat, aber es war keine Ehe im typischen Sinne. Er war ... nicht mehr ganz da.«

»Vermutlich werden wir die wahre Geschichte nie erfahren«, meinte Colin.

»Nein, aber ich bin froh, dass ich es endlich gesehen habe. Danke dafür«, sagte sie und richtete den Blick wieder auf das Gemälde. »Ich wäre früher gekommen, aber –« Sie brach ab, wandte sich zu Colin um und sah ihn zerknirscht an. »Ich muss Ihnen ein Geständnis machen. Ich hatte einen anderen Grund, herzukommen.« Sie trat zurück und setzte sich auf das Sofa. »Es geht um meinen Sohn. Er ist in Schwierigkeiten.«

»Welche Art von Schwierigkeiten?«, fragte Colin und nahm an, es handele sich um die Art von Problemen, bei denen eine Einschätzung aus Männersicht gefragt war oder vielleicht jemand gebraucht wurde, der dem Jungen einen Rat gab. Deshalb überraschten ihre nächsten Worte ihn.

»Er braucht einen Anwalt.«

»Ich verstehe.« Colin zwinkerte erstaunt und setzte sich.

»Er hat nichts Unrechtes getan«, beeilte sie sich hinzuzufügen. »Er wird fälschlicherweise beschuldigt.«

»Was soll er getan haben?«

Etwas Farbe wich ihr aus dem Gesicht. »Vergewaltigung.«

»Das ist ziemlich ernst.«

»Wenn Sie Jeremy kennen würden, wüssten Sie, dass er nicht auch nur im Entferntesten in der Lage wäre, so etwas zu tun. Es ist alles ein großer Irrtum. Oder ...« Ihr Gesichtsausdruck verdüsterte sich. »Man hat ihm etwas angehängt.«

»Wo ist er jetzt?«, fragte Colin.

»Zu Hause bei seinem Dad. Sie hatten ihn auf der Polizeistation in eine Zelle gesperrt, aber sein Onkel – der Mann meiner Schwester – hat dafür gesorgt, dass er gegen Kaution frei ist, bis er dem Haftrichter vorgeführt wird.«

»Ist sein Onkel Anwalt?«

»Polizist. Stellvertretender Polizeichef.« Sie machte eine Pause. »Und hier kommen Sie ins Spiel. Wir brauchen einen guten Strafverteidiger, und die Anwälte hier in der Gegend ...« Sie spreizte in einer hilflosen Geste die Hände. »Sagen wir mal, sie haben nicht gerade viel Erfahrung in diesen Dingen.«

Colin, der etwas Ähnliches wie Panik bei dem Gedanken

empfand, wieder in den Ring zu steigen, beeilte sich, die Dinge klarzustellen. »Ich wünschte, ich könnte helfen, aber die Sache ist die, ich praktiziere nicht mehr. Natürlich werde ich tun, was ich kann, um Ihnen bei der Suche nach jemandem zu helfen, der ihn vertreten kann, wenn Sie wollen.«

Ihr Gesicht wurde lang, aber sie fing sich schnell wieder und sagte: »Ich will nicht irgendjemanden. Ich brauche jemanden, dem ich vertrauen kann.«

Aber Colin schüttelte schon den Kopf. Nein, das alles hatte er hinter sich gelassen. Der bloße Gedanke daran, einen Gerichtssaal zu betreten ... »Ich verstehe Sie, und glauben Sie mir, wenn es etwas anderes wäre –«

Sie ließ ihn nicht aussprechen. »Sie haben gesagt, Sie praktizieren nicht mehr, heißt das, dass Sie nicht können oder dass Sie nicht wollen?«

»Ich habe meine Zulassung noch, wenn es das ist, was Sie meinen. Aber darum geht es nicht. Ich bin nicht mehr in einem Gerichtssaal gewesen, seit ...« *Seit ich meinen Job verloren habe, weil ich sieben Tage die Woche vierundzwanzig Stunden am Tag besoffen gewesen bin*. Er lehnte sich zurück. »Na ja, Sie kennen ja die Geschichte. Vertrauen Sie mir, ich sage das nicht nur um meiner selbst willen. Ihr Sohn verdient einen besseren Anwalt als mich.«

Alice musterte ihn weiterhin mit einer Direktheit, die er beunruhigend fand. »Beantworten Sie mir eine Frage«, sagte sie und durchbohrte seine Abwehr mit ihrem Blick. »Waren Sie gut?«

»Ja, ich war gut«, erwiderte er erschöpft. Sogar so gut, dass sein Chef noch Nachsicht mit ihm gezeigt hatte, als er jeden anderen schon längst gefeuert hätte.

»Mehr muss ich nicht wissen.«

»So einfach ist das nicht«, begann er, aber sie fiel ihm wieder ins Wort.

»Hören Sie, ich verstehe, dass es viel verlangt ist. Wir kennen uns kaum. Aber das ist *mein Sohn*. Wenn ihm etwas zustößt –« Sie brach mit einem kleinen, erstickten Geräusch ab. Er erkannte, dass sie sich Mühe gab, nicht in Tränen auszubrechen. »Ich habe schon einen Sohn verloren«, sagte sie, als sie sich wieder einigermaßen gefangen hatte. »Ich kann nicht den anderen auch noch verlieren.«

Colin zauderte, hin- und hergerissen zwischen dem starken Wunsch, ihr zu helfen und dem genauso starken Wunsch, sich selbst zu retten. Schließlich traf er eine Entscheidung. »Also gut. Ich werde sehen, was ich tun kann.«

Sie sah so erleichtert aus, dass er einen Augenblick lang dachte, sie würde in Tränen ausbrechen. »Danke. Sie wissen gar nicht, was mir das bedeutet.«

Colin, der das Gefühl hatte, dass seine Lage sich mit jeder Minute verschlimmerte, sagte nur: »Sie können mir danken, wenn ich tatsächlich etwas erreicht habe.«

»Was passiert denn jetzt?«

»Wenn wir Glück haben, lässt der Richter ihn mit einer Bewährungsstrafe davonkommen. Er ist jung und hat bislang eine reine Weste. Das zählt viel.« Colin machte eine Pause und fragte: »Er war doch bislang noch nicht in Schwierigkeiten, oder?«

»Nein, natürlich nicht. Zumindest nicht, dass ich wüsste«, fügte sie mit leichtem Zögern hinzu. Röte stieg ihr ins Gesicht. Es musste sie schmerzen, dass sie so lange nichts vom Leben ihres Sohnes mitbekommen hatte. Dann wurde ihr Gesichtsausdruck hart. »Aber eine Sache weiß ich sicher: Er hat niemanden vergewaltigt.«

Colin fühlte sich verpflichtet, sie zu warnen. »Das mag der Fall sein, aber wenn er auf nicht schuldig plädiert, bedeutet das einen Strafprozess, und glauben Sie mir, das wollen Sie nicht.« Das war sein Standardsatz in derartigen Situationen, obwohl er in seiner Rolle als Staatsanwalt eigennützig gewesen war, denn sein Job war es gewesen, Kriminelle wegzusperren, selbst wenn es bedeutete, sie zu einer geringeren Strafe zu verurteilen. »Schauen Sie nicht so besorgt«, sagte er sanfter. »Wenn es wahr ist, was Sie sagen, könnte der Fall mangels Beweisen fallengelassen werden. Wir werden mehr wissen, wenn ich mit dem Staatsanwalt geredet habe. Ich werde auch mal mit Jeremy sprechen müssen.«

»Wir könnten jetzt gleich zu ihm fahren«, schlug sie lebhaft vor.

Colin dachte einen Moment nach, und Düsterkeit senkte sich über ihn wie der dichte Nebel, der ihn in den Monaten nach Nadines Tod eingehüllt hatte. Machte er ihr bloß falsche Hoffnungen? Und setzte sich selbst dem Risiko aus, wieder mit dem Alkohol anzufangen? Es ist noch nicht zu spät, um einen Rückzieher zu machen, sagte er sich. Er hatte sich bis jetzt zu nichts verpflichtet.

Schließlich erhob er sich schwerfällig. »Lassen Sie mich erst noch meine Jacke holen.«

* * *

Während der Fahrt zum Haus ihres Exmannes schwieg Alice. Colin zweifelte nicht daran, dass eine gewisse latente Restspannung die Situation dort komplizieren würde. Sie hatte kein negatives Wort über ihren Ex verloren, aber er spürte, dass es eine Geschichte gab. Wie konnte es anders sein? Auf jeden

Fall war es vorherzusehen, dass die schlimme Situation noch schlimmer werden könnte. Wieder fragte sich Colin, ob er das Richtige tat.

Aber dann sah er Alice an und dachte daran, was sie alles durchgemacht hatte, was sie immer noch durchmachte, und seine Vorbehalte verblassten. Sie brauchte ihn, und es war lange her, seit Colin zuletzt das Gefühl gehabt hatte, gebraucht zu werden.

Nach einer Fahrt über kurvenreiche Straßen hielten sie schließlich vor einem Wohnhaus mit versetzten Ebenen in einer Straße mit weiteren, ähnlichen aussehenden Häusern an. Er wollte gerade aussteigen, als sie eine Hand auf seinen Arm legte. »Ich bitte Sie nicht, ihn mit Nachsicht zu behandeln, aber er steht ziemlich unter Stress«, sagte sie mit leiser bittender Stimme. »Nur ... behalten Sie das im Hinterkopf, okay?«

»Und wenn er mir nicht alles erzählt, was ich wissen muss?«, fragte Colin, um sie zu testen und damit festzustellen, ob sie in der Lage war, mit der Tatsache umzugehen, dass ihr Sohn vielleicht nicht so unschuldig war, wie sie glaubte.

»Dann tun Sie das, was Sie tun müssen«, erwiderte sie. Ihr Gesicht war blass, aber ihr Ton klang entschlossen. Ohne Frage wollte sie die Wahrheit herausfinden, koste es, was es wolle.

Jeremy Kessler war ganz anders als die Punker, mit denen Colin sonst zu tun gehabt hatte. Der Junge, der sich von dem Sofa im Wohnzimmer erhob, um ihn mit einem schlaffen Händedruck zu begrüßen, war zierlich gebaut und hatte die dunklen Locken und die wachsamen grau-grünen Augen seiner Mutter. Er sah jünger aus, als es seinem Alter entsprach, und äußerst hilflos. Die Art Kind, die vermutlich in der Schule schikaniert wurde. Einerseits machte er auf Colin nicht den Eindruck, als wäre er sexuell erfahren, geschweige denn, als würde er einem Mädchen unerwünschte Aufmerksamkeit aufdrängen. Andererseits wusste Colin, dass der äußere Schein trügen konnte. Bei einem seiner schwierigsten Fälle war es um einen milchgesichtigen Vierzehnjährigen aus der Bronx gegangen, der mit einigen Mitgliedern seiner Gang ein Weinlokal überfallen und den Besitzer mit der Pistole so heftig geschlagen hatte, dass dieser fast gestorben wäre. Bei der Urteilsverkündung hatte der Junge nach seiner Mutter geweint.

Jeremys Vater – groß, blond, mit dem Aussehen eines alternden Highschool-Sportlers – kam auf ihn zu, um sich bekannt zu machen. »Hi, ich bin Randy. Danke, dass Sie so schnell kommen konnten.« Er hatte das allzeit bereite Lächeln eines Vertreters und einen festen Händedruck, aber unter Randys aufgesetztem Lächeln spürte Colin, dass der Mann genauso besorgt war wie seine Exfrau.

»Kein Problem«, sagte Colin. Er warf einen schnellen Blick zu Alice, die ein betont neutrales Gesicht machte, bevor er seine Aufmerksamkeit auf den Jungen richtete. In lockerem Plauderton bemerkte er: »Ich habe gehört, dass du ein wenig in der Klemme sitzt, Jeremy.« Jeremy nickte fast unmerklich, und Colin fuhr fort: »Zum ersten Mal?«

»Ja«, antwortete Jeremy mit einer Stimme, die kaum mehr als ein Piepsen war.

»Was ist mit Dingen, die mit der Schule zu tun haben? Nachsitzen, Ausschluss vom Unterricht, etwas in der Art.«

»Ich bin mir nicht sicher, worauf Sie hinauswollen«, warf Randy ein, und die eben noch gezeigte Jovialität machte einem ungeduldigen finsteren Blick Platz. »Aber lassen Sie uns eins klarstellen: *Er* ist hier die geschädigte Partei.«

Colin wandte sich an Randy: »Ich kann ihm nur helfen, wenn ich alle Fakten kenne.«

»Das Einzige, das Sie wissen müssen, ist, dass man ihm etwas anhängen will.« Randy eilte seinem Sohn erneut zu Hilfe.

Colin ignorierte ihn und sprach Jeremy an: »Können wir uns irgendwo unter vier Augen unterhalten?«

Jeremy blickte zu seinem Dad, um dessen Zustimmung einzuholen, aber bevor Randy sich einschalten konnte, ergriff Alice das Wort: »Jeremy, warum gehst du nicht mit Mr. McGinty in dein Zimmer?« Jeremy warf ihr einen abweisenden Blick zu, protestierte aber nicht.

Colin war sich noch immer nicht sicher, ob er den Fall übernehmen würde; zum Teil hing es auch davon ab, wie kooperativ sich Jeremy zeigen würde. Deshalb war er erstaunt und nicht wenig besorgt, als er feststellte, wie mühelos er wieder in seine alte Rolle schlüpfte und wie die Zahnräder so reibungslos ineinandergriffen, als hätte die Maschinerie nicht fünf Jahre stillgestanden.

* * *

Als Colin und Jeremy das Zimmer verließen, setzte Alice sich vorsichtig in den Schaukelstuhl am Kamin. Das Wohnzimmer, das mit sorgfältig ausgesuchten Möbeln ausgestattet und mit Spielzeug übersät gewesen war, als sie hier gewohnt hatte, war während ihrer Abwesenheit renoviert und neu eingerichtet worden. Bis hin zu den Ginger-Jar-Porzellanlampen und den gerahmten Audubon-Drucken an den Wänden war es jetzt fast eine exakte Kopie des Wohnzimmers ihrer ehemaligen Schwiegermutter. Was darauf schließen ließ, dass die einzige Frau, die derzeit eine Rolle in Randys Leben spielte, Mrs. Kessler senior war. Alice fragte sich, warum er nicht wieder geheiratet hatte. Randy war immer noch ein attraktiver Mann. Er könnte fast jede Frau haben, die er wollte. Aber es ging sie nichts an, und deshalb hatte es auch keinen Sinn, Spekulationen anzustellen.

Randy nahm auf dem Sofa Platz. »Es hat etwas von einem Déjà-vu, nicht wahr?«, sagte sie, um das Eis zu brechen.

Randy ignorierte ihre Anspielung auf die Probleme, die sie in der Vergangenheit mit dem Gesetz gehabt hatte, und fragte unverblümt: »Was weißt du über diesen Burschen, abgesehen davon, dass er mal Star-Staatsanwalt in New York war?«

»Ich weiß, dass er gut ist. Und dass es niemanden sonst auf der Insel gibt, der auch nur entfernt so qualifiziert ist.« Alice musste Randy nicht daran erinnern, dass es sich bei den meisten Delikten, die auf Grays Island begangen wurden, um Bagatelldiebstähle und Alkohol- und Drogenmissbrauch am Steuer handelte. Warren Brockman, der Alice während ihres Prozesses vertreten hatte, hatte davor hauptsächlich Zivilsachen verhandelt.

Randy seufzte, ließ den Kopf sinken und fuhr sich mit den Händen durchs Haar, das er länger als früher trug. Er sah aus, als hätte er die ganze Nacht wach gelegen, was wahrscheinlich auch der Fall war. »Schon gut. Tut mir leid, ich wollte nicht so auf ihn losgehen. Es ist nur ... verdammt, Alice, ausgerechnet dir muss ich ja nicht sagen, wie das enden könnte. Ich möchte nicht, dass Jeremy das Gleiche widerfährt.«

»Das möchte ich auch nicht«, entgegnete sie ruhig.

»Ich will wirklich nicht an alte Wunden rühren. Ich bin nur ganz krank vor Sorge.« Randy betrachtete sie missmutig über die Weite des Hochflorteppichs hinweg, den zweifellos seine Mutter ausgesucht hatte. Er war von einem arktisch-blauen Farbton, den Alice nie im Leben ausgewählt hätte. Schließlich atmete Randy hörbar aus. »Möchtest du einen Drink? Ich könnte einen brauchen.«

»Danke, nein«, lehnte sie ab.

Er stand auf, ging ins Nebenzimmer und kehrte mit einem Glas zurück, das den Whiskey-Soda enthielt, den er bevorzugte. Er setzte sich wieder aufs Sofa und trank schweigend und in Gedanken versunken seinen Drink. Er war viel weiter von Alice entfernt als die zwei oder drei Meter, die sie räumlich trennten. Nach einer Weile hob er den Kopf und sah sie an: »Und, wie geht es dir? Läuft es gut?«

»So gut, wie zu erwarten ist«, sagte sie.

»Es wird gemunkelt, dass du ein Restaurant aufmachen willst.«

Sie grinste. »Das Gerücht habe ich auch gehört.«

»Also ist es wahr?«

»Die Eröffnungsfeier ist morgen in einer Woche. Ich hoffe, dass ihr kommen könnt, Jeremy und du.«

Randy schien überrascht, freute sich aber auch über die Einladung. »Ich werde es versuchen, wenn ich nicht unterwegs bin.«

»Jeremy hat mir erzählt, dass du befördert worden bist. Meinen Glückwunsch.«

Randy schnaubte. »Wozu immer es auch gut sein mag. Es bedeutet nur, dass mein Gebiet größer geworden ist. Wenn ich das Geld nicht bräuchte, würde ich stattdessen lieber meine Stundenzahl zurückfahren. Diese Sache mit Jeremy ... ich werde den Gedanken nicht los, dass, wenn ich mehr hier gewesen wäre ...« Er schüttelte schuldbewusst den Kopf.

»Du musst dir keine Vorwürfe machen«, sagte Alice. Sie kannte sich mit Vorwürfen aus. Hatte sie sich nicht selbst welche gemacht und sich die Schuld an allem gegeben? Angefangen bei Davids Tod bis hin zu der Tatsache, dass Jeremy nichts mehr mit ihr zu tun haben wollte?

»Wem sollte ich sonst die Schuld geben?«, erwiderte er heftig.

»Vielleicht hat niemand schuld. Manchmal passieren Dinge einfach so.«

Es entstand eine Pause, bevor Randy leise sagte: »Du meinst David.« Sie wechselten einen Blick, der mehr sagte als Worte. »Ich denke immer noch an ihn. Sehr oft.«

»Ich auch.« Ihre Kehle schnürte sich zu.

»Ich hätte an jenem Abend da sein müssen. Wenn ich nicht so viel gearbeitet hätte ...« Er ballte die Hände zu Fäusten, und sie konnte sehen, wie ein Muskel in seinem Kiefer arbeitete.

Alice spürte, wie sich etwas in ihrer Brust löste, ihr Groll gegen Randy, von dem sie nicht gewusst hatte, dass sie ihn immer noch hegte. Die Jahre hatten auch von ihm ihren Tribut gefordert. Er wirkte auf eine Weise demütig, die nur jemand erkennen konnte, der ihn so gut kannte wie sie. Während ihrer langen Abwesenheit hatte er eindeutig viel Zeit zum Nachdenken gehabt. Sie fragte sich jetzt, ob er inzwischen noch mehr bedauerte als nur die Tatsache, am Abend von Davids Tod nicht zu Hause gewesen zu sein. »Es ist seltsam«, meinte sie. »Ich habe immer geglaubt, du gibst mir die Schuld. Ich war zu Hause. Ich hätte besser auf ihn aufpassen müssen.« *Warum hatten sie nicht früher darüber gesprochen? Es hätte alles verändern können.*

»Uns sollte jemand jetzt so reden hören. Zehn Jahre, und es ist, als wäre es gestern passiert«, bemerkte Randy mit einem kleinen Lachen, das wie ein trockenes Krächzen klang. Er dachte einen Augenblick darüber nach und trank einen Schluck, während er blicklos vor sich hinstarrte. Als er den Kopf hob, sah Alice, dass seine Augen blutunterlaufen waren. »Vielleicht habe ich dich in gewisser Weise für alles verantwortlich gemacht, aber das war nicht der Grund. Ich konnte nicht verstehen, warum du nicht loslassen wolltest. Warum du nicht aufgehört hast, diesen Kerl zu jagen.«

Den Mörder unseres Sohnes, meinst du wohl, korrigierte Alice ihn in Gedanken. Sie lehnte sich zurück, ihr Lächeln verblasste. »Vermutlich gibt es einige Dinge, über die wir uns nie einig sein werden. Warum belassen wir es nicht einfach dabei?«

Genau in diesem Moment ging die Tür von Jeremys Zimmer auf. Jeremy kam heraus. Er sah aufgewühlt aus. Colin folgte ihm. Seine Miene war undurchdringlich. Alice spürte, wie ihr kalt wurde. Worüber hatten die beiden gesprochen? Hatte Jeremy ihm Dinge anvertraut, die er ihr oder Randy nicht erzählen würde, weil es ihm peinlich wäre?

Randy stellte sein Glas auf dem Couchtisch ab, sprang auf und war mit ein paar langen Schritten bei Jeremy. »Bist du in Ordnung, mein Sohn?«, fragte er und legte ihm den Arm um die Schultern.

Jeremy nickte, aber Alice sah, wie blass und erschüttert er war. Sie fragte sich, ob sich der Lauf der Geschichte tatsächlich wiederholte.

9. *Kapitel*

NOVEMBER 1942

Im Sommer jenes Jahres begannen die alliierten Streitkräfte unter dem Kommando von General MacArthur ihren Großangriff auf die Insel Guadalcanal. Die Briefe, die Eleanor von ihrem Mann erhielt, wurden seltener. Jeden Abend saßen sie und ihre Tochter vor dem alten Philco-Radiogerät, beugten sich zu dessen gelbem Glühen, als wäre es eine schwache Flamme, an der sie sich wärmen wollten, und lauschten den neuesten Berichten aus Washington. Waren es schlechte Nachrichten, gingen sie voller Angst schlafen. Eleanor wusste, dass es auch bei Siegen Opfer gab, und Lucy und sie lebten in ständiger Furcht vor einem Telegramm des Kriegsministeriums.

Lucy hatte aufgehört zu fragen, wann ihr Papa heimkommen würde; mehrere Kinder in der Schule hatten ihren Vater im Krieg verloren, und sie wusste, wie groß die Gefahr war, dass auch sie den ihren verlieren könnte. Während Lucys Gedanken sich hauptsächlich um Joe drehten, kreisten Eleanors um ganz andere Dinge. Wann immer Eleanor an den Grund für diese Ablenkung erinnert wurde, stieg langsam eine Hitze ihren Hals hinauf und breitete sich über ihr Gesicht aus. Abends, wenn sie neben ihrem Bett kniete, betete sie dann umso inbrünstiger für die sichere Rückkehr ihres Ehemannes.

Der Mann, der für diese neuen und unwillkommenen Gefühle verantwortlich war, war William McGinty. In den sechs

Monaten seit ihrer ersten Begegnung war er ein- oder zweimal pro Woche vorbeigekommen, manchmal auch öfter. Er kam nie mit leeren Händen. Gewöhnlich brachte er Lebensmittel oder Kleidungsstücke mit, von denen er dachte, Joshi könnte sie brauchen. Aber immer war mindestens ein Luxusartikel dabei: eine kleine Tüte Kaffee oder Zucker, ein Pfund Butter, ein Stück Seife. Wenn er nicht in Eile war, blieb er noch zum Plaudern.

Eleanor hatte diese gestohlenen Stunden schätzen gelernt und verwahrte sie wie den rationierten Zucker, den er mitbrachte. Unterhaltungen mit Freunden und Nachbarn drehten sich gewöhnlich um den Krieg, aber William redete über Dinge, die sie von ihren großen Sorgen ablenkten. Er erzählte ihr Geschichten über seine Auslandsreisen als Student und die faszinierenden Menschen, die er unterwegs kennengelernt hatte. Er führte sie in ein Europa, das vom Krieg unberührt war, eines mit alten Kanälen und verwinkelten Gassen, die so eng waren, dass kaum ein Auto und ein Fahrrad aneinander vorbeikamen. Er erzählte von Märkten unter freiem Himmel, auf denen es alle möglichen Lebensmittel und Haushaltswaren zu kaufen gab, die man sich nur vorstellen konnte; von Dörfern, in denen strohgedeckte ärmliche Hütten Seite an Seite mit hoch aufragenden Kathedralen standen.

Vor ihrem inneren Auge sah Eleanor den Mond, der sich in den Wassern der Seine unter der Pont du Change spiegelte, die Tauben, die den Markusplatz in Venedig bevölkerten, und den besonderen Glanz, den das Licht auf die Dächer von Florenz zauberte, ein Phänomen, das man *chiaroscuro* nannte, wie William ihr erklärte. Sie hörte von dem Künstler Gaudí und seinem berühmten Palast in Spanien, der gleichermaßen hässlich wie wunderschön war. Er ließ die Wunder des Louvre auferstehen, in dem William die Techniken der alten Meister studiert hatte. Er beschrieb ihr den Geschmack des Weines, der von den Winzern nach jahrhundertealten Verfahren gekeltert wurde. Er schilderte, wie das Brot in großen Holzöfen zu knusprigen Laiben gebacken wurde. Es war, als hätte er Eleanor die Schlüssel zu einer Geheimtür überreicht, durch die sie für kurze Zeit in eine bessere Welt entfliehen konnte.

An einem Tag Anfang November saßen sie bei Kaffee und frisch gebackenen Pfefferkuchen am Küchentisch und unterhielten sich. Vor einiger Zeit waren sie dazu übergegangen, sich zu duzen. Eleanor hatte ihm von einer Hochzeit erzählt, die sie am Wochenende zuvor besucht hatte, als William mit der ihm eigenen Direktheit fragte: »Wie war das mit Joe und dir? Wie habt ihr beide euch kennengelernt?«

Eleanors Blick huschte zur Tür, durch die sie Lucy und Joshi sehen konnte, die auf dem Wohnzimmerboden saßen. Joshi brachte Lucy bei, wie man einen Seemannsknoten knüpfte. Eleanor lebte in ständiger Furcht davor, Lucy könnte herausfinden, dass Joe nicht ihr wirklicher Vater war. Deshalb war es ein Thema, das sie normalerweise mied. Jetzt sah sie zum Fenster hinaus, starrte in den strömenden Regen und fragte sich, wie sie die Frage am besten beantworten sollte.

Sie schaute wieder zu William, der sie aufmerksam betrachtete. Sie suchte in seinem Gesicht nach einem Hinweis darauf, dass er von den alten Gerüchten gehört hatte, die zu der Zeit von Lucys Geburt kursiert sein mussten, aber seine blauen Augen waren klar und arglos. »Wir haben uns in der Kirche kennengelernt«, teilte sie ihm mit und entschied sich damit für die Teilwahrheit.

»War es Liebe auf den ersten Blick?«

Eleanor spürte, wie ihre Wangen warm wurden. »Eigentlich

nicht. Ich fand ihn nett. Und offensichtlich hatte er mich auch gern. Im Grunde genommen kannten wir uns nicht besonders gut, als wir heirateten. Ich würde sagen, man könnte es Blitzwerbung nennen.«

»Und wenn du dich noch einmal entscheiden könntest, würdest du alles wieder so machen?«

»Meine Güte, was für eine Frage!« Sie senkte den Blick und fühlte sich plötzlich befangen. »Wieso, ja, natürlich. Warum fragst du?« Wieder und wieder hatte sie sich dieselbe Frage gestellt, und es lief immer wieder auf dasselbe hinaus: Lucy. Um Lucys willen würde sie es wieder tun.

»Es tut mir leid, ich wollte nicht neugierig sein. Es ist nur so, dass der Krieg mich nachdenklich gemacht hat. Tagtäglich werden wir daran erinnert, wie zerbrechlich das Leben ist, wie es jeden Augenblick ausgelöscht werden kann. Man fragt sich ständig, ob man das Beste daraus macht, ob man nicht glücklicher wäre, wenn man etwas anderes täte ... oder mit jemand anderem zusammen wäre.«

Er bückte sich und streichelte abwesend den Hals des Hundes, der sich zu seinen Füßen zusammengerollt hatte. Er ging nirgendwohin ohne Laird, der nach Williams schottischen Vorfahren benannt war. Der Hund war jeder Zoll ein Aristokrat, denn er hatte einen geschmeidigen Körper und einen perfekt geformten Kopf, dichtes glänzendes Fell, das schwarz wie die tiefste Nacht war – abgesehen von den Pfoten, dem Brustfleck und den Kranz um die Augen, die schneeweiß waren. Offensichtlich zog der inzwischen ausgewachsene Welpe, der eigentlich für seinen Sohn bestimmt gewesen war, Williams Gesellschaft vor. Laird hob den Kopf und sah William fragend an. Als klar war, dass man nichts von ihm wollte, ließ er ihn mit einem zufriedenen Seufzer wieder auf die Pfoten sinken.

»Würdest *du* etwas anders machen?«, fragte sie und wunderte sich wieder einmal über seine Frau. Er erwähnte sie selten und dann auch nur beiläufig, aber aus dem Wenigen, das Eleanor erfahren hatte, konnte sie eindeutig schließen, dass seine Ehe nicht so war, wie sie sein sollte.

»Ganz ehrlich? Nein.« Seine Antwort versetzte ihr einen Stich, der sie so unvorbereitet traf wie ein Hieb, gegen den sie sich nicht rechtzeitig hatte schützen können. Er wurde durch seine nächsten Worte abgemildert. »Ich hätte meinen Sohn nicht, wenn ich Martha nicht geheiratet hätte.«

»Also kein Bedauern?«

Er zuckte die Schultern. »Wir alle bedauern etwas. Es liegt in der Natur des Menschen, nehme ich an.«

Eleanor fragte zögernd: »Deine Frau. Weiß sie von deinen Besuchen hier?«

William schwieg und starrte in den regennassen Garten hinaus. Dahinter lag das Feld, das an ihr Grundstück angrenzte, auf dem das Gras, das im Sommer so hoch gestanden hatte, jetzt kurz und stoppelig war, und wo der Herbst die Brombeerranken mit seinem rötlich braunen Rost überzogen hatte. Das andere Ende des Feldes wurde von einer beinahe undurchdringlichen grünen Mauer begrenzt, die hauptsächlich aus Douglasien und Hemlocktannen bestand. Nur schwach war der Weg zu erkennen, der sich zwischen ihnen zum Spring Hill hinaufwand, wo sie in den warmen Monaten so gern wanderte. Als William schließlich antwortete, war seine Stimme leise, beinahe bekümmert. »Nein, sie weiß nichts davon. Ich habe keine Möglichkeit gefunden, ihr davon zu erzählen, ohne dich und Joshi in Gefahr zu bringen.«

»Ich nehme an, es ist am besten so«, meinte Eleanor zweifelnd. »Es ist nur … ich frage mich ständig, was sie sich dabei denken würde, dass du so viel Zeit mit einer Frau verbringst, deren Mann in Übersee im Krieg ist.« So deutlich hatte sie noch nie ausgesprochen, was sie schon lange vermutete, nämlich, dass hinter diesen Besuchen mehr steckte als bloße Großherzigkeit seinerseits.

In seinen Augen sah sie die Antwort, die sie gesucht hatte, und auf einmal wurde ihr von dem Wissen so schwindelig wie bei der Hochzeit der Tochter ihrer Freundin, als ihr der Champagner zu Kopf gestiegen war. Als er sprach, klang seine Stimme jedoch ausdruckslos. »Martha ist ziemlich mit ihren vielen Aktivitäten beschäftigt. Ich bezweifle, dass es ihr überhaupt auffällt, wenn ich nicht da bin«, sagte er. »Außerdem ist sie daran gewöhnt, dass ich durch die Gegend laufe, um Motive zum Malen zu suchen.« Er machte eine Pause, um einen Schluck Kaffee zu trinken. »Da wir gerade davon reden, ich wollte dich um einen Gefallen bitten.«

»Was immer du willst«, erwiderte sie, ohne zu zögern. »Was auch immer es ist, ich bin sicher, dass es nicht auch nur ansatzweise dem nahekommt, was du alles für uns getan hast.«

Seine Miene wurde schüchtern. »Ich würde gern ein Porträt von dir malen.«

Es war ganz und gar nicht das, womit sie gerechnet hatte, und sie sprach den ersten Gedanken aus, der ihr durch den Kopf schoss. »Warum willst du das denn tun?« Verlegen hob sie die Hand und spielte mit einer Haarlocke, die sich unter dem Tuch hervorstahl, das sie am Morgen umgebunden hatte.

»Das musst du meine Muse fragen«, meinte er lachend.

»Deine Muse?«

»Sie entscheidet, was ich male. Sie kann auch ziemlich herrisch sein. Ich habe da nur wenig mitzureden.«

»Ich verstehe.« Eleanor fand allmählich Geschmack daran.

»Und diese Muse hat beschlossen, dass du mich malen sollst?«

»Offensichtlich.«

»Einerseits sollte ich mich vermutlich geschmeichelt fühlen. Andererseits könnte es genauso gut ein Felsen oder ein Baum sein. Oder das Meer an einem stürmischen Tag«, fügte sie mit einem Blick aus dem Fenster hinzu. In der Ferne war der schieferfarbene Ozean zu erkennen, der unter einem Himmel lag, der nichts Gutes verkündete.

»Das ist wahr, aber das Meer hält nie lange still, und ich hoffe, dass du das tun wirst, hierfür.«

»Wie würde das ablaufen?« Ein leichtes Flattern des Unbehagens breitete sich in ihrer Magengrube aus.

»Zuerst fertige ich ein paar Skizzen an, aber alles in allem sollte ich nicht mehr als drei oder vier Sitzungen brauchen.«

»Es müsste vormittags sein, wenn Lucy in der Schule ist.« Sie sprach langsam und zögerte, sich festzulegen. Lucy brauchte nicht mehr rund um die Uhr ihre Aufmerksamkeit. Wenn Lucy da war, verbrachte sie fast genauso viel Zeit mit Joshi wie mit ihr. Gerade jetzt hatte sie aufgehört, ihre Knoten zu knüpfen, und war dem Jungen nach draußen gefolgt. Eleanor sah durchs Fenster zu, wie sie auf ihrem Weg zur Hundehütte durch den matschigen Garten wateten, Lucy in Regenmantel und Stiefeln und Joshi mit eingezogenem Kopf und bis zu den Ohren hochgeklapptem Jackenkragen. Nein, es war weniger die Vernachlässigung ihrer mütterlichen Pflichten, die Eleanor bewegte, als vielmehr ihr Widerstreben, Lucy das Schauspiel miterleben zu lassen, dass ihre Mutter für ein Porträt Modell saß – wie eine Dame der Gesellschaft oder ... oder eine heimliche Geliebte. Sie errötete bei dem Gedanken an die Stunden allein mit William, in denen er jeden Winkel ihres Gesichtes und ihrer Figur studieren würde. Würde er in ihrem Gesicht die Gefühle lesen können, die sie mit größter Mühe zu verbergen versuchte? Würden ihre Augen ihm verraten, was ihr Herz bewegte?

Und was würden die Leute denken, wenn sie es wüssten? Etwas wie dies, so harmlos es auch sein mochte, könnte die alten Gerüchte über ihre überstürzte Heirat und das Baby wiederaufleben lassen. So mancher hatte darüber spekuliert, es wäre nicht von Joe. Die, die schon damals über sie getuschelt hatten, würden ihr derzeitiges Benehmen sogar noch schockierender finden, weil sie eine verheiratete Frau war, deren Mann im Krieg in Übersee kämpfte.

Und Joe, was würde *er* denken?

»Würde dir morgen passen?« Williams Stimme unterbrach ihre Gedanken.

»Morgen?« Sie wandte sich ihm zu, und ihre Ängste legten sich, als sie sein offenes lächelndes Gesicht sah. »Morgen würde gut passen.«

Minuten später schob er seinen Stuhl zurück und sagte: »Ich muss los. Ich habe Danny versprochen, mir mit ihm den neuen Film mit Gary Cooper anzusehen. Hast du ihn schon gesehen?«

Sie schüttelte den Kopf. »Ich gehe nicht oft ins Kino.« Genau genommen hatte sie keinen Kinofilm mehr gesehen, seit der Krieg ausgebrochen war.

Ein wehmütiger Blick huschte über sein Gesicht, als dächte er gerade an all die Orte, die er gern mit ihr zusammen besuchen würde. Dann wandte er sich, Laird auf den Fersen, zum Gehen und berührte sie im Vorbeigehen leicht an der Schulter. An der Tür blieb er stehen und fragte: »Bist du dir sicher, dass das für dich in Ordnung ist? Ich möchte nicht, dass du dich gedrängt fühlst.«

»Das ist es nicht.« Sie zögerte, weil er denken könnte, sie messe der Sache zu viel Bedeutung bei. Schließlich hatte er sie nicht gebeten, ihr nackt Modell zu sitzen, um Himmels willen. »Es ist nur … Bist du sicher, dass es klug ist? Die Leute könnten einen falschen Eindruck bekommen. Nicht nur Martha.«

»Ah. Ich verstehe.« Er nickte langsam und sah nachdenklich aus. »Nun, in dem Fall wird es unser kleines Geheimnis sein.« Ein Grinsen breitete sich über sein Gesicht aus, und sie dachte: *Ist das nicht typisch Mann? Problem gelöst, Fall abgeschlossen.* Trotzdem ließ sie sich auch zu einem kleinen Lächeln hinreißen.

»Anscheinend ist es unsere Gewohnheit, Dinge geheim zu halten«, bemerkte sie trocken.

»Reden ist Silber, Schweigen ist Gold«, zitierte er die Parole, die die Plakate in jedem zweiten Schaufenster in den Geschäften der Stadt zierte, zusammen mit dem noch abstoßenderen, das eine Karikatur des Feindes zeigte, mit übertrieben schmalen Schlitzaugen und einem vorstehenden Schneidezahn, unter der nur stand: *Japsen-Ungeheuer.*

Draußen begannen die Hunde in den hohen Tönen zu jaulen, die sie immer anschlugen, wenn sie aus dem Zwinger gelassen wurden, um im Garten herumzutollen. Alle Welpen des letzten Wurfes hatten ein Zuhause gefunden, und die einzigen verbliebenen Hunde waren die zwei Rüden Panda und Cab sowie ihre drei Hündinnen Suki, Niobe und Jasmine. Laird war Jasmines Sohn, der einzige Rüde des Wurfes. Er spitzte die Ohren, als er die Geräusche im Garten hörte, und winselte leise an der Tür, wobei er William auffordernd ansah. Williams Blick war jedoch auf Eleanor gerichtet, und die Spur von Wehmut, die sie zuvor darin entdeckt hatte, war jetzt unverhüllt zu erkennen. Sie wechselten einen Blick, in dem Eleanor ihre unausgesprochene Sehnsucht widergespiegelt sah.

Dann war William fort, und sie stand zitternd an der Schwelle zu etwas, dem einen Namen zu geben sie sich nicht traute. Etwas, das sie gleichzeitig wollte und fürchtete.

* * *

William war sich des Risikos wohl bewusst, aber welche Bangigkeit er auch empfand, sie hatte nichts damit zu tun, dass sein oder Eleanors Ruf in Gefahr sein könnte. Es waren seine Gefühle, die er fürchtete. Wenn er ein Porträt von ihr malte, würde er mit dem Pinsel ausdrücken, was er nicht in Worte fassen konnte. Und was würde geschehen, wenn diese Gefühle, waren sie erst einmal entfesselt, nicht mehr kontrolliert werden könnten? Würde Eleanor empört sein? Würde sie weiteren Besuchen einen Riegel vorschieben? Er würde lieber so weitermachen wie bisher und in einem ständigen Zustand der Sehnsucht leben, als das Risiko einzugehen, sie nicht mehr sehen zu können.

Denn es ließ sich nicht länger leugnen: William war verliebt.

Es war ein Gefühl, das er seit langer Zeit nicht mehr empfunden hatte, und es war eine Offenbarung für ihn. Überall, wo er hinsah, kamen ihm die Farben leuchtender vor, und selbst die ödesten Landschaften waren wie in Licht getaucht. Er war der Welt im Allgemeinen freundlicher gesinnt, sogar den Menschen, die er nicht besonders mochte. Wenn er allein in seinem Atelier war, ertappte er sich dabei, wie er untätig auf das halb fertige Bild auf der Leinwand auf seiner Staffelei starrte, ein Meerespanorama, das von einem pensionierten Bootsbauer in

Oregon in Auftrag gegeben worden war. Er sah nur Eleanors Gesicht. Er stellte sich vor, wie er sie malen würde, welche Farben die roten und goldenen Glanzlichter in ihrem Haar und das Leuchten ihrer Haut am besten zur Geltung bringen würden.

Er spürte, dass sie seine Gefühle teilte, und dachte, es wäre einfach gewesen, sie zu verführen. Dieser Gedanke kam ihm moralisch nicht verwerflich vor, zumindest nicht im herkömmlichen Sinn. Während er in Europa gelebt hatte, hatte er die engstirnigen Moralvorstellungen, die man ihm als Kind eingeimpft hatte, über Bord geworfen. Aber er begehrte nicht nur die schnellen Freuden im Bett. Er wollte mehr; er wollte mit Eleanor zusammenleben. Aber wie sollte das möglich sein? Er hatte eine Familie, an die er denken musste; und er musste an ihre Familie denken. Die Vorstellung, dass Eleanors Mann im Krieg für sein Land kämpfte, während er, William, seine Lust in Joes und Eleanors Ehebett befriedigte, rief ein leichtes Gefühl der Übelkeit in ihm hervor. Am stärksten würde es Eleanor belasten, das wusste er. Er müsste hilflos danebenstehen und zusehen, wie die Frau, die er liebte, sich vor Schuldgefühlen verzehrte, und er wäre der Grund dafür.

Martha hatte ebenfalls etwas Besseres verdient. Er hatte sie einmal geliebt, und auch wenn diese Liebe im Laufe der Zeit zerbrochen war, war sie immer noch seine Frau und die Mutter seines Sohnes. Er schuldete es ihr und Danny, seine kleine Lüge nicht noch größer werden zu lassen.

Und trotzdem …

Er träumte mit offenen Augen von Eleanor. Er stellte sich vor, wie es wäre, neben ihr im Bett zu liegen. Er träumte, ihre nackte Haut würde seine berühren, sein Gesicht wäre in ihrem Haar vergraben, das so viele verschiedene Schattierungen von

Braun und Rot aufwies, und ihre weichen Lippen würden sich bei der Berührung seines Mundes teilen. Er sah ihr Gesicht umrahmt vom Weiß ihres Kopfkissens, und ihre grünen Augen gaben ihm ein Zeichen. Er sah ihren flachen Bauch, und ihre Beine öffneten sich ihm und nahmen ihn in sich auf.

Wenn er schon nicht mit ihr schlafen konnte, dann wäre es das Nächstbeste, sie zu malen. Zum ersten Mal seit Monaten reizte es ihn wieder, Pinsel und Farbpalette in die Hand zu nehmen. Er plante bereits, wie er sie am besten auf der Leinwand festhalten könnte. Er wollte sie so darstellen, wie er sie sah: Eine Frau in den besten Jahren, die fälschlicherweise glaubte, die beste Zeit bereits hinter sich zu haben.

* * *

»Sieh mich nicht an. Ich sehe schrecklich aus«, sagte sie mit einem atemlosen Lächeln, als sie ihn ins Haus ließ. »Bist du dir sicher? Du wirst deine gute Leinwand verschwenden.« Sie trug ein ausgeblichenes Hauskleid, ihr Haar war wie zufällig hochgesteckt, und die Hunde tollten zu ihren Füßen. Für William hatte sie jedoch nie schöner ausgesehen. Sie bückte sich, ergriff einen Hund am Halsband und schalt: »So, Freundchen, wenn du dich nicht benimmst, geht's zurück in den Zwinger!« Der Hund hockte sich sofort hin und sah beschämt zu ihr auf, bis sie seinen Kopf streichelte und ihn wieder losließ.

Sie richtete sich auf und strich sich eine verirrte Haarsträhne hinters Ohr. Ihr Gesicht war vor Anstrengung gerötet. »Ich hinke meinem Zeitplan etwas hinterher«, entschuldigte sie sich. »Lucy war heute Morgen spät dran. Und die Hunde–«, sie zeigte auf Niobe, die sich jetzt mit Laird auf dem geknüpften Läufer vor dem Kamin balgte, »–müssen gespürt haben, dass du kommst. Ich konnte sie nur dazu bringen, mit dem Bellen aufzuhören, indem ich sie ins Haus gelassen habe.«

Er lächelte. In einer Hand trug er den abgenutzten Holzkoffer, in dem sich seine Farben und Pinsel befanden, und in der anderen Hand seine zusammengeklappte Staffelei und eine unbenutzte Leinwand, die in braunes Papier eingewickelt war. »Je mehr, umso lustiger«, meinte er. »Sie können Laird Gesellschaft leisten, während ich male.«

»Warte hier, während ich mich umziehe. Ich bin gleich wieder da.« Sie drehte sich auf dem Absatz um und verschwand im Flur. Erst jetzt fiel ihm auf, dass sie barfuß war. Minuten später, in kürzerer Zeit, als Martha brauchen würde, um den Hut zu wechseln, war sie zurück. Sie trug ein rotes Kattunkleid mit einem Gürtel um die Taille, ihr Haar war locker hochgesteckt. Von ihrer Hand baumelte ein Paar hochhackige Pumps.

»Nein, lass sie aus«, befahl William, als sie sich bückte, um in die Schuhe zu schlüpfen. Er hatte nicht geplant, sie so zu malen. Aber als er sie sah, herausgeputzt in ihrem besten Sonntagskleid, aber ohne Schuhe, erkannte er, dass es ihr Wesen ausdrückte, die zwei Seiten Eleanors, die oft auf Kriegsfuß miteinander standen: Der Teil, der vernünftig sein wollte, und der Teil, der nach Freiheit verlangte, wie ein Kind, das an einem Sommertag durchs hohe Gras tollte.

Sie sah ihn zweifelnd an, als sie die Pumps zur Seite legte. »Wenn du darauf bestehst. Aber ich werde nicht besonders elegant wirken.«

»Du bist vollkommen, so wie du bist.« Es dauerte einen Augenblick, bis er den Blick von ihr losreißen konnte.

»Ich fürchte, mein letztes Paar Strümpfe hat ein Loch«, sagte sie und betrachtete bedauernd ihre Beine, die wie ihre Füße nackt waren. »Man kommt zurzeit so schwer daran, ich könnte mir ebenso gut den Eiffelturm wünschen. Wo willst du mich haben?« Ihr Blick huschte durch den sauberen, wenn auch ein wenig schäbigen Raum, dessen abgenutzte Ausstattung und Holzmöbel auf Hochglanz poliert waren.

Nackt im Bett, kam seine stumme Erwiderung. Doch laut sagte er: »Warum probieren wir es nicht mit dem Sofa? Es ist einigermaßen bequem für dich, und das Licht ist gut.« Er wartete, bis sie sich auf den verschlissenen Plüschkissen zurechtgesetzt hatte. Die Beine hatte sie untergeschlagen, und die Zehenspitzen lugten unter den Falten ihres Rockes hervor. »Ja, genau so. Beweg dich nicht einen Zentimeter.« Er nahm seinen Block und einen Kohlestift heraus und begann, sie zu zeichnen. Mitten in seinem dritten Fehlversuch, sie auf dem Papier festzuhalten, hielt er inne und runzelte die Stirn. »Du siehst angespannt aus. Wenn du dich nicht wohlfühlst, können wir eine andere Sitzposition ausprobieren.«

»Das ist es nicht«, erwiderte sie. »Ich habe mich bloß gerade gefragt, was du mit dem Bild machen willst, wenn es fertig ist. Ich meine, wenn es ausgestellt wird ...«

»Ich habe mir noch keine Gedanken darüber gemacht«, antwortete er wahrheitsgemäß. »Vielleicht beschließe ich, es zu behalten.«

Ihre Augen weiteten sich fassungslos. »Wird deine Frau nicht ... ich meine, sie muss sich doch wundern ...«

»Schon möglich«, stimmte er ihr zu, »wenn ich es ihr zeigen würde, was ich aber nicht vorhabe.«

Schweigen erfüllte den Raum und bildete mit der Bedeutung seiner Worte einen Strudel. William sah die Verwirrung in Eleanors Gesicht, und einen panikerfüllten Augenblick lang fürchtete er, sie könnte das Ganze abbrechen. Aber das Schweigen dauerte an, und der Augenblick ging vorüber.

»Wonach suchst du in einem Motiv?«, fragte sie nach einer Weile.

Er hielt inne, um nachzudenken, und kratzte sich abwesend am Kinn. »Ich bin nicht sicher, ob ich es erklären kann. Es ist bei jedem Motiv anders. Wie zum Beispiel ... Kennst du das Porträt von Mr. Humphrey, das in seinem Geschäft hängt?« Der hutzelige alte Humphrey, der mindestens neunzig sein musste, war der Besitzer des Schreibwarenladens in der Stadt, in dem William einen großen Teil seines Nachschubs besorgte. »Was mich dazu gebracht hat, ihn zu malen, waren seine Hände. Sie sind verbogen und knorrig, aber auf ihre eigene Art schön, wie alte Baumwurzeln, die aus der Erde ragen.«

»Und was siehst du in mir?« Ihre grünen Augen sahen direkt in seine. William spürte, wie sich die feinen Härchen auf seinen Armen und in seinem Nacken aufrichteten.

»Ich sehe eine Frau, die auf etwas wartet.«

Sie zog die Augenbrauen hoch. »Auf Joe, meinst du?«

»Na ja, nein, nicht unbedingt.« Er suchte nach den richtigen Worten. »Es ist nur ... es gibt so vieles dort draußen, was du noch nicht gesehen hast. Die ganze Welt. Und du bist hier ...« *Gefangen mit einem Mann, den du nicht liebst.* »Und du lebst hier am Ende der Welt.« Er hob eine Hand, bevor sie den Protest aussprechen konnte, der ihr auf der Zunge lag. »Ich meine nicht, dass du nicht aus freien Stücken hier wärst, aber ich wette, du kannst an einer Hand abzählen, wie oft du die Insel verlassen hast.«

Aus ihrem Erröten schloss er, dass er einen empfindlichen Nerv getroffen hatte, aber sie lachte nur und sagte: »Du bist im Irrtum. Ich würde beide Hände brauchen.« Sie hielt sie mit gespreizten Fingern in die Höhe, und der winzige Diamant an ihrem Ehering funkelte in dem blassen Licht, das durchs Fenster fiel. »Trotzdem heißt das nicht, dass ich nicht unternehmungslustig wäre. Nur arm.«

»Es tut mir leid. Ich wollte dich nicht angreifen«, antwortete er schnell. »Ich will damit nur sagen, dass du anders bist als die meisten Leute auf dieser Insel. Du bist neugierig auf die Welt. Ich hätte beispielsweise Mr. Humphrey niemals vorgeschlagen, er sollte mehr unternehmen. Er ist vollkommen glücklich, wo er ist.«

Sie versteifte sich ein wenig. »Und ich bin es nicht?«

»Das ist keine Frage, die *ich* beantworten kann«, sagte er sanft.

»Ich muss an mein Kind denken. Ich kann nicht einfach loswandern, wann immer ich Lust dazu habe.« Stirnrunzelnd meinte sie: »Wie sind wir überhaupt auf das Thema gekommen? Ich dachte, du wolltest mich malen und nicht sezieren.«

»Du hast recht«, sagte er und beugte sich wieder über seine Arbeit.

Als William schließlich mit seiner Zeichnung zufrieden war, stellte er seine Staffelei auf, packte seine Farben aus und rollte den nach Leinöl riechenden Filzlappen auf, in den seine Pinsel eingewickelt waren. Bald war er so in seine Arbeit vertieft, dass er kaum wahrnahm, wie die Minuten verstrichen. Erst als Eleanor sich bewegte und streckte, sah er auf seine Uhr und merkte, dass mehr als eine Stunde vergangen war. Er genehmigte ihnen eine Pause, und Eleanor ging in die Küche, um etwas zu trinken zu holen. Als William allein und unbeschäftigt im Zimmer war, bemerkte er die Geräusche, die von draußen hereindrangen: das heisere Krächzen einer Krähe; ein Hammer, der im Garten klopfte; das entferntere Dröhnen eines Flugzeugs.

Nicht schlecht, dachte er, als er betrachtete, was er bisher geschafft hatte. Er hatte etwas in ihrem Gesichtsausdruck gebannt, eine Kombination aus Jugendlichkeit und fraulicher Erfahrung. Und ihre Augen … sie schienen jene weit entfernten Orten zu sehen, von denen sie träumte, sie eines Tages aufzusuchen. Er beschloss, das Bild *Die rubinrote Frau* zu nennen. Es würde für sich sprechen.

In den nächsten paar Tagen entwickelte sich eine Art Routine. William kam jeden Morgen, nachdem Lucy in die Schule gefahren war. Wenn er jetzt träumte, dann von Eleanor in ihrem roten Kleid. Barfuß. Und nach einer Weile verschwamm das Bild vor seinem inneren Auge mit dem, was er in Wirklichkeit sah, wie Wasserfarben, die ineinanderliefen, und das verlieh ihrem Bildnis eine Intensität, die er allein nicht hätte kreieren können. Er war jetzt wie besessen von dem Gemälde und arbeitete daran in einer Art Fieber, als würde er von einer unsichtbaren Macht geleitet.

Dabei entging ihm nicht die Ironie des Ganzen. Was möglicherweise sein bestes Werk werden könnte, würde vielleicht nie ausgestellt werden. Aber erstaunlicherweise störte ihn dieser Gedanke nicht. Er malte dieses Bild nicht wegen des Geldes oder des Ruhmes; er tat es aus Liebe.

Am späten Vormittag des vierten Tages kam er zu der Überzeugung, dass der größte Teil der Arbeit getan war. Um die Details konnte er sich in seinem Atelier kümmern. Er empfand ein seltsames Verlustgefühl, als er den Pinsel aus der Hand legte und sagte: »Möchtest du es dir ansehen?«

Er hatte ihr bis jetzt nicht erlaubt, es zu sehen, weil er Angst vor ihrer Reaktion gehabt hatte. Jetzt spähte sie über seine Schulter und fragte verwundert: »Ist das wirklich so, wie du mich siehst?«

Er neigte den Kopf zu Seite, um zu ihr aufzusehen. »Du findest nicht, dass es wie du aussieht?«

»Das habe ich nicht gesagt. Es ist ... es erinnert mich an jemanden, den ich einmal gekannt habe.«

»An wen?«

»An mich, als ich jung war.« Ein wehmütiges Lächeln spielte um ihre Lippen, als sie dort stand und die Leinwand betrachtete, eine Hand auf seine Schulter gelegt.

Etwas brachte ihn dazu, die Hand auszustrecken und ihr Gesicht zu berühren. »Du bist immer noch jung.«

Röte überzog ihre Wangen, und ihre Augen glänzten wie von ungeweinten Tränen. Langsam schüttelte sie den Kopf und sagte: »Es ist lange her, seit ich mich so gefühlt habe.«

Etwas ließ ihn fragen: »Es gab jemanden vor Joe, nicht wahr?«

Sie nickte, und ihr Blick richtete sich auf einen Punkt in der Ferne. »Ich dachte damals, ich würde ihn lieben. Inzwischen weiß ich, dass es nur Verliebtheit war. Ich wusste es nicht besser, verstehst du. Die sprichwörtliche Pastorentochter.« Sie lachte spöttisch. »Und er ... na ja, er entpuppte sich als der ebenso sprichwörtliche Lebemann.« Sie machte eine Pause, bevor sie fortfuhr: »Wäre es nur ein gebrochenes Herz gewesen, wäre alles wieder in Ordnung gekommen. Gebrochene Herzen heilen. Aber es gab eine ... Komplikation.«

Sofort erriet er, worauf sie hinauswollte. »Du warst schwanger.«

»Ja«, sagte sie mit schwacher Stimme.

Dann tat Eleanor etwas, das ihn völlig überraschte. Sie sank langsam auf die Knie und legte ihren Kopf in seinen Schoß, fast so, als würde sie ihn um etwas anflehen. Einen Augenblick lang wagte William kaum zu atmen, als wäre sie eine scheue Waldkreatur, und er hätte Angst, sie aufzuschrecken.

Stille senkte sich über den Raum, in der das Ticken der Uhr

über dem Kaminsims unnatürlich laut widerhallte. William zog die Nadeln aus ihrem Haar und befreite es von ihnen. Seine Finger glitten durch ihr Haar wie durch knisternde Seide, teilten es und enthüllten die weiche Vertiefung in Eleanors Nacken, wo es so fein wie Flaum war. Hätte er mit ihr geschlafen, William hätte sich auch nicht lebendiger fühlen können als in diesem Moment, so intensiv empfand er ihn.

Ihre Stimme drang aus der Wiege seines Schoßes zu ihm. »Du hast mich gefragt, warum ich Joe geheiratet habe. Ich wünschte, ich könnte sagen, weil ich ihn geliebt habe, denn das tue ich jetzt … auf meine Weise. Er ist ein guter Mann. Er hat mich geheiratet. Kein anderer hätte das getan. Und Lucy … sie ist sein Ein und Alles. So wie er in sie vernarrt ist, würde man nie denken, dass sie nicht seine Tochter ist.« Eleanor hob den Kopf, um zu ihm aufzublicken. Ihre Augen suchten in seinen nach einem Hinweis auf das Urteil, das sie durch ihre Offenheit herausgefordert hatte. »Versprich mir, dass du es keinem erzählst. Du bist der Einzige, der es weiß, außer Joe und meinen Eltern. Ich habe es nicht einmal Lucy gesagt. Sie betet Joe an. Wenn sie herausfände …« Bei dem Gedanken wurde Eleanor blass.

»Ich verspreche es.« William strich die Haare zurück, die wie ein zartes Netz auf ihrer Wange ruhten, und legte die Hand unter ihr Kinn, als er ihr in die Augen sah. »Ich möchte aber, dass du mir auch etwas versprichst.«

»Was?«, fragte sie beklommen.

»Dass du aufhörst, dich als liederliche Frau zu sehen. Du hast nichts Unrechtes getan. Was mich betrifft, ich könnte nie schlecht über dich denken, was auch immer passiert sein mag.«

»Danke.« Ihr dankbarer Blick war fast mehr, als er ertragen konnte. Dabei hatte er nur ausgesprochen, was jeder anständige Mensch sagen würde. Warum sollte das einen Heiligen aus ihm machen?

Der Augenblick dauerte an, bewegte sich von bloßem Schweigen in ein Reich, in dem sonst nichts zu existieren schien. Sie befanden sich auf einer Ebene weit entfernt von diesem schäbigen kleinen Zimmer, so still wie das Bild auf der Leinwand vor ihnen, ein Bild aus dem wirklichen Leben: William hielt ihr Kinn in seiner Hand, während Eleanor vor ihm kniete und sich wie eine schöne Blume aus dem seidenen Kelch ihres Kleides zu erheben schien, das zu seinen Füßen auf dem Boden ausgebreitet war.

Im Unterbewusstsein nahm William das Geräusch eines Autos wahr, das die Auffahrt heraufgefahren kam. Eleanor stand rasch auf, strich sich durchs Haar und glättete ihr Kleid, während sie zum Fenster eilte, um einen Blick auf den glänzenden dunklen Buick zu werfen, der vor dem Haus anhielt.

Ein Mann in Uniform stieg aus. Sein Gesicht war ernst. Eleanor schlug die Hand vor den Mund und stieß einen erstickten Schrei aus. »Nein«, flehte sie kaum lauter als ein Flüstern. »Nein, bitte nicht.«

Sie stand wie erstarrt, als es an der Tür klopfte. William sah, dass sie zitterte. Als sie schließlich durch das Wohnzimmer in den Flur ging, um zu öffnen, schien sie um Jahre gealtert.

Von dort, wo William stand, außerhalb der Sicht des Mannes auf der Türschwelle, konnte er nur eine stattliche khakifarbene Schulter und eine Militärmütze sehen. Er hörte, wie eine tiefe Stimme voller Bedauern sagte: »Mrs. Styles? Ich fürchte, ich habe schlechte Nachrichten …«

10. Kapitel

Als Kind war es Alices Lieblingsbeschäftigung gewesen, ihrer Großmutter beim Kochen zu helfen. Nana hatte ihre Hand auf die von Alice gelegt und sie geführt, wenn sie mit der Plätzchenform Teigkreise ausstach. Sie hatte Alice gelehrt, dass man einen Kuchen glasierte, indem man zuerst nur eine dünne Schicht auftrug, um zu vermeiden, dass er krümelte. Deshalb schien es Alice passend, ihr Restaurant *Die Speisekammer* zu nennen – zu Ehren der Speisekammer ihrer Großmutter, die immer so gut gefüllt gewesen war, dass die Familie darüber Scherze gemacht hatte: Nana hätte sich für den Rest ihrer Tage aus deren Beständen ernähren können. Ein weiterer Anlass war, dass es Alice ohne Nanas Erbe nicht möglich gewesen wäre, ihre Pläne zu realisieren. Großmutter, so dachte sie, hätte sich gefreut, es so gut angelegt zu sehen.

Der einzige Schatten, der auf die große Eröffnung fiel, war die Sorge, was mit Jeremy geschehen würde. Der Haftrichter hatte keine Nachsicht gezeigt. Trotz Colins Bemühungen, den Fall dem Jugendgericht zuweisen zu lassen, würde bei Jeremy das Strafrecht für Erwachsene Anwendung finden, und zwar wegen Vergewaltigung. Es war fast mehr, als Alice verkraften konnte, aber sie gab sich die größte Mühe. Und wenn es einen Silberstreif am Horizont gab, dann war es der, dass ihr Sohn sie nicht mehr mied wie die Pest. Er konnte es sich nicht leisten. Es war ein schwacher Trost, aber unter diesen Umständen nahm sie, was sie bekommen konnte.

Am Abend der Eröffnungsfeier traf Jeremy in Begleitung seines Vaters etwa eine halbe Stunde später als die anderen Gäste ein. Er näherte sich seiner Mutter zögernd und umarmte sie unbeholfen.

»Tut uns leid, dass wir zu spät kommen«, entschuldigte sich Randy. »Ich bin noch aufgehalten worden.«

»Ihr seid jetzt hier, das ist alles, worauf es ankommt.« Sie gab ihrem Exmann einen flüchtigen Kuss auf die Wange. Sein Haar war noch feucht vom Duschen, und er roch nach *Brut*, dessen Duft Erinnerungen an die Zeit in ihr wachrief, als sie in der Highschool miteinander gegangen waren.

»Ziemlich viel los«, sagte er und sah sich in dem vollen Raum um.

»Erstaunlich, nicht wahr? Es sieht so aus, als hätte ich immer noch ein paar Freunde.« Alice sagte es leichthin, aber sie war tief bewegt von dieser Demonstration der Unterstützung, ein Beweis, dass nicht alle gegen sie waren. Im Laufe der letzten Wochen hatten einige Freunde und Bekannte aus der Vergangenheit Alice stillschweigend ihrer Loyalität versichert. Wie Patsy Rowland, die mit ihr auf der Highschool in der Cheerleadergruppe gewesen war. Patsy hatte die Tische und Stühle für das Restaurant gestiftet; sie stammten aus dem Hotel, das ihr Mann und sie einmal besessen hatten.

»Mehr als ein paar, würde ich sagen.« Randy schien sich ehrlich für sie zu freuen. »Wie es aussieht, solltest du nicht allzu große Schwierigkeiten haben, das Geschäft in Gang zu bringen«, meinte er. »Mir gefällt auch, was du aus dem Lokal gemacht hast. Sehr gemütlich.«

Als Alice es mit seinen Augen betrachtete, nahm sie selbst mit neuer Wertschätzung wahr, was sie in relativ kurzer Zeit mit sehr wenig Geld erreicht hatte. Die alten Mauern, die grau vor Dreck gewesen waren, erstrahlten jetzt in sanften pfirsichfarbenen und apfelgrünen Schattierungen, und an den Fenstern hingen die gemusterten Gingham-Vorhänge, die ihre Mutter genäht hatte. Ein antikes Butterfass stand neben der Eingangstür, daneben eine Kiste mit Äpfeln von Denises Bäumen. Die alten Kiefernholzdielen waren abgeschliffen und neu geölt worden, und sie hatte die Decke vertäfeln lassen. Es gab Regale, auf denen selbst gemachte Konfitüren und eingelegte Essiggurken ausgestellt waren, zusammen mit verschiedenen Gegenständen, die sie auf Flohmärkten ergattert hatte: alte Teller, ein altes Kaffeeservice aus Zinn, ein Keramikkrug und eine dazu passende Schale, alte Weinflaschen und Konservendosen von Firmen, die es schon lange nicht mehr gab. »Danke. Ich wünschte, die Anerkennung würde mir allein zukommen, aber ich hätte es ohne Denises Hilfe nicht geschafft«, sagte sie.

Er lächelte. »Ich erinnere mich, wie ihr beide immer den ganzen Tag in der heißen Sonne gesessen und Limonade verkauft habt.«

Eine Erinnerung daran, wie lange sie sich schon kannten.

Sie lachte und schüttelte den Kopf. »Meine Güte, ich kann nicht glauben, dass du dich an so weit zurückliegende Dinge noch erinnerst.«

»Ich erinnere mich an viele Dinge.« Er sah sie einen Herzschlag länger als notwendig an und versetzte Alice ein seltsames Gefühl in der Magengrube.

Bemüht, das Thema zu wechseln, nahm sie seinen Arm und meinte: »Komm mit, wir holen dir etwas zu essen.« Sie führte ihn zum Büfett, wo Jeremy sich schon einen Teller mit Essen belud.

»Zumindest scheint es seinen Appetit nicht beeinträchtigt zu haben«, murmelte Randy. Alice und er wechselten einen

Blick, den Blick von Eltern, die eine kleine Atempause von ihrer gemeinsamen Sorge um ihren Sohn genossen. Wenn Alice irgendeine Bitterkeit gegenüber ihrem Exmann gehegt hatte, so war diese jetzt verschwunden. Randy war in diesem jüngsten Martyrium der Fels in der Brandung gewesen, hatte oft angerufen, um mit ihr Strategien für Jeremys Verhandlung zu besprechen, und seine solide Präsenz vor Kurzem bei Gericht hatte ihr geholfen, ruhig und vernünftig zu bleiben. Sie wusste nicht, wie sie es ohne ihn hätte schaffen sollen.

Jeremy hingegen schien recht gut zurechtzukommen. Er hatte sein blasses, verstörtes Aussehen verloren, bemerkte sie, als sie ihn mit seinem Cousin Ryan beobachtete; die beiden plauderten, während sie sich das Essen in den Mund schaufelten. Sie konnte nicht sagen, ob Jeremy sich amüsierte, aber zumindest versteckte er sich nicht in einer Ecke.

Etwas später, als sie auf dem Weg zum Büfett war, um sich mit Patsy Roland zu unterhalten, begegnete sie Jeremy, der sich gerade mit Nachschub versorgen wollte. Einen Augenblick lang stand er einfach da und schien sich unbehaglich zu fühlen. Schließlich besann er sich auf seine guten Manieren: »Das Essen ist gut. Besonders das Krabbengericht, mit den Pilzen.«

»Danke. Ich freue mich, dass es dir schmeckt.«

»Hast du alles selbst gekocht?«

»Einiges hat deine Großmutter gekocht.« Alice hatte den Geflügelsalat mit Curry, den Schichtauflauf mit Pilzen und Krabben, die gebratenen Strauchbohnen mit Knoblauch und den grünen Salat mit Dressing zubereitet; Lucy hatte ihren unvergleichlichen Schinkenbraten und karamellisierte Kartoffeln beigesteuert. Sie beugte sich vor, um ihm anzuvertrauen: »Aber unter uns gesagt, ich bin mir nicht ganz sicher, wie ich es schaffen soll, wenn ich allein bin.« Sie hatte die Tochter einer mit Denise befreundeten Lehrerin als Kellnerin und ein Mädchen, das weiter unten in der Straße wohnte, zum Spülen engagiert, aber abgesehen davon sah es so aus, als wäre sie auf sich allein gestellt, zumindest, bis Calpernia eintraf. »Wenn du jemanden kennst, der einen Teilzeitjob sucht, sag mir Bescheid, ich könnte noch Hilfe in der Küche brauchen. Ich kann nicht viel zahlen, aber das Essen gibt es gratis.«

»Ich kenne vielleicht jemanden«, sagte er.

»Super. Sag demjenigen doch, er soll mich bitte anrufen.«

»Eigentlich habe ich gedacht, ich könnte selbst ein paar Stunden arbeiten.« Er sah sie auf eine Art und Weise an, die sie an Colin McGintys scheuen Hund denken ließ: ängstlich und hoffnungsvoll zugleich.

Alice war so überrascht, dass sie einen Moment brauchte, bevor sie antworten konnte. »Was ist mit Mr. Barbour?«

Jeremy zuckte die Schultern und sah weg. »Er hat meine Stundenzahl gekürzt. Die Saison geht langsam zu Ende, und deshalb braucht er mich nicht mehr so oft.«

»Nun, in dem Fall kannst du natürlich gerne bei mir arbeiten.« Sie versuchte, die Begeisterung aus ihrer Stimme herauszuhalten, weil sie ihn nicht gleich wieder abschrecken wollte. »Wann kannst du anfangen?«

»Ich habe noch diese Sache morgen nach der Schule, aber für den Rest der Woche bin ich frei.«

»Wie wäre es dann mit Dienstag?« Er nickte, und sie sagte eindringlich: »Danke, Jeremy. Das wird mir eine große Hilfe sein.«

»Na ja, ich habe gedacht ...« Farbe blühte auf seinen blassen Wangen auf. »Ich habe gedacht, weil du mir mit Mr. McGinty hilfst und überhaupt, sollte ich auch meinen Beitrag leisten. Ich arbeite auch umsonst, wenn du kein Geld hast, um mich zu bezahlen.«

Alice schnürte sich die Kehle zu. »Wenn jemandem Dank gebührt, dann ist er es.« Colin hatte jegliche Bezahlung abgelehnt und gesagt, er würde den Fall nur auf rein kostenloser Basis übernehmen. »Was deine Arbeit angeht, würde ich nicht einmal im Traum daran denken, dir nichts zu zahlen.« Sie legte ihm leicht die Hand auf den Arm. »Du schuldest mir nichts.«

Auf der Suche nach Colin ließ sie den Blick über die Menge schweifen und entdeckte ihn im Gespräch mit Gary. Er trug Sakko und Krawatte, was ihn gegenüber den anderen eher leger gekleideten Gästen hervorstechen ließ. Aber er wäre auch ungeachtet dessen aufgefallen. Er hatte etwas an sich, das die Blicke anzog, eine Stärke, die sich nicht in einer rastlosen Energie wie bei Denise zeigte, sondern in der ruhigen Selbstsicherheit, mit der er alles tat.

Sie hatte es vor einigen Tagen im Gerichtssaal gesehen, als er aufgestanden war, um sich zur Richterbank zu wenden. »Euer Ehren, mein Mandant ist ein sechzehnjähriger Junge, der sich noch nie eines kriminellen oder schulischen Fehlverhaltens schuldig gemacht hat«, hatte er argumentiert, nachdem der Richter seinen Antrag abgelehnt hatte, den Fall einem Jugendgericht zu überstellen. »Er ist ein ganz normaler Teenager, der seine Zeit ganz seinem Alter gemäß verbringt. Er hat eine Party besucht, er hat ein Mädchen kennengelernt, sie hatten einvernehmlich Sex miteinander. Ich sehe keinen Grund, warum es überhaupt einen Strafprozess geben sollte, geschweige denn, dass dieser Fall nach dem Erwachsenenstrafrecht verhandelt werden sollte.«

Der Bezirksstaatsanwalt, ein drahtiger Mann mit borstigem, ergrauendem Haar, der nicht lange sitzen konnte, sondern wie jemand mit schlimmen Hämorrhoiden auf seinem Stuhl herumrutschte, war aufgesprungen und hatte sarkastisch eingeworfen: »Da, wo Sie herkommen, Mr. McGinty, mag eine Anklage wegen Vergewaltigung vielleicht gang und gäbe sein, aber wir hier nehmen Derartiges ziemlich ernst.« Zuvor hatte Alice gesehen, wie er einem seiner Kollegen einen nervösen Blick zugeworfen hatte, als der Richter Colin die Erlaubnis erteilt hatte, in diesem Zuständigkeitsbereich *pro hac vice*, also für diesen einen Fall, zu praktizieren. Ganz offensichtlich hatte er nicht damit gerechnet, dass ein erfahrener Anwalt von außerhalb des Staates Jeremys Fall übernehmen würde.

Colin hatte ihn ignoriert und den Blick weiterhin unerschütterlich auf den Richter gerichtet. »Euer Ehren, bei allem gebotenen Respekt, niemand bestreitet die Schwere der Anklage, aber wir möchten sicherstellen, dass an diesem jungen Mann kein Exempel statuiert wird, das über die Forderung nach Gerechtigkeit hinausgeht.«

Der Staatsanwalt war wieder aufgesprungen. »Wenn dieser junge Mann alt genug ist, sich sexuell zu betätigen, einvernehmlich oder auch nicht, ist er auch alt genug, wie ein Erwachsener behandelt zu werden!«

»Mr. Cantwell hat nicht ganz unrecht«, hatte Richter Voakes sich eingeschaltet.

Endlich hatte sich Colin an den Staatsanwalt gewandt und kühl bemerkt: »Ich nehme an, dass Mr. Cantwell sich als Teenager nie sexuell betätigt hat.« Das Kaninchengesicht des Staatsanwaltes war rot angelaufen, als Colin fortfuhr: »Was den Rest von uns angeht, so müssten wir, wäre das ein Verbrechen, alle vor Gericht stehen.«

Leises Gelächter war im Gerichtssaal zu hören gewesen, und Alice hatte gedacht: *Eins zu null für Colin.* Sie glaubte an ihn, trotz seiner eigenen Zweifel, und ihr Vertrauen hatte sich bestätigt. Er hatte sein Können eindeutig nicht eingebüßt. Zum ersten Mal seit Beginn des Albtraumes flackerte Hoffnung auf.

»Ihr seid also so was wie Freunde?«, fragte Jeremy jetzt.

Ihre Wangen wurden warm. Was Jeremy indirekt fragte, war, ob zwischen Colin und ihr etwas lief. Sorgfältig wählte sie ihre Worte. »Ich kenne ihn noch nicht sehr lange, aber ja, ich würde sagen, wir sind Freunde.«

»Also magst du ihn?« So leicht ließ Jeremy sie nicht davonkommen.

»Die Hauptsache ist doch, ob *du* ihn magst.« Schnell drehte sie den Spieß um.

»Yeah. Er ist cool.«

»Das ist es, worauf es ankommt«, sagte sie. »Aber er kann dir nur helfen, wenn du mitziehst. Denk daran, er steht auf deiner Seite. Wie wir alle.«

Jeremy sah auf seine Füße hinunter. Als er schließlich den Kopf hob, wirkte seine Miene wieder angespannt, und er hatte Schwierigkeiten, ihr in die Augen zu sehen. »Hör mal, ich war eben nicht ganz ehrlich … wegen Mr. Barbour. Die Wahrheit ist, dass er mich gefeuert hat.«

»Gefeuert?«, wiederholte sie ungläubig. »Warum?«

»Wegen dem, was passiert ist.«

»Mit dem Mädchen, meinst du.« Es war keine Frage.

Carrie Ann Flagler. Alice brachte es nicht einmal über sich, den Namen laut auszusprechen. Bei Gericht hatte sie versucht, den Blick des Mädchens aufzufangen, sie zu zwingen, zu ihnen hinüberzublicken und zu sehen, was ihre Lüge sie alle kostete, aber sie hätten unsichtbar sein können, was Carrie Ann betraf. Flankiert von ihren Eltern, einer dünnen, nervös aussehenden Frau und deren Bulldogge von einem Ehemann, der Alice einmal einen bösen Blick zugeworfen hatte, als wäre sie schuld an allem, saß sie da. Carrie Ann selbst war in Alices Augen ein unscheinbares, unauffälliges, mondgesichtiges Mädchen mit engstehenden Augen und braunem, professionell gesträhntem Haar. Mit kaum hörbarer Stimme beantwortete sie fügsam die ihr gestellten Fragen, wobei sie immer wieder zu ihrem Vater schaute, als wollte sie sich vergewissern, dass ihre Antworten seine Billigung fanden.

»Er hat nicht gesagt, dass das der Grund wäre«, erwiderte Jeremy widerwillig, »aber ich weiß, dass es so ist. Ich habe es von einem der anderen Jungen erfahren.«

»Vermutlich hat Mr. Barbour noch nie etwas von dem Grundsatz gehört, dass jemand unschuldig ist, bis nicht das Gegenteil bewiesen ist?«, fragte sie empört.

»Es ist keine große Sache«, sagte Jeremy mit einem Schulterzucken. »Wahrscheinlich hätte ich ohnehin bald gekündigt. Er hat immer etwas zu nörgeln gefunden.«

In dem Augenblick wurden sie von Denise unterbrochen, die sich auf Jeremy stürzte, als hätte sie ihn seit einer Ewigkeit nicht mehr gesehen. »Hey, du! Wo hast du dich versteckt? Hast du deine alte Tante vergessen, oder was?« Sie nahm ihn fest in die Arme und drückte ihn herzlich, bevor sie ihn wieder losließ. Ihre Schwester hatte zu viel getrunken, wie Alice bemerkte. Nicht, dass daran etwas auszusetzen wäre. Denise gehörte zu den Frauen, die sich immer zuerst um alle anderen kümmerten und sich selbst an die letzte Stelle stellten. Es war schön, sie zur Abwechslung so ausgelassen zu sehen. »Wie geht es dir? Ich meine, wie geht es dir wirklich?« Sie senkte die Stimme und sah Jeremy eindringlich an, als sie leicht schwankend vor ihm stand. »Du lässt das aber nicht deiner Ausbildung in die Quere kommen, hörst du? Diese Sache«, fuhr sie fort und tat die Gerichtsverhandlung mit einer lässigen Handbewegung ab, »wird im Handumdrehen geklärt sein. Aber das College ... Schatz, das ist deine Zukunft.«

»Ja, ich weiß, ich bin die große Hoffnung von Grays Island«, sagte Jeremy mit einer Stimme, die vor Ironie triefte. »Ich kann nicht zulassen, dass das vermasselt wird.«

Entweder entging Denise die Ironie, oder sie zog es vor, sie zu ignorieren. »Das ist mein Junge.« Sie tätschelte ihm die Wange. »Es wird sich alles regeln. Du wirst schon sehen. In der Zwischenzeit drücken wir dir die Daumen, Kleiner. Das weißt du doch, oder?«

»Ja, das tue ich. Danke, Tante Denise.« Er betrachtete sie liebevoll.

Als Alice die Verbundenheit der beiden sah, empfand sie einen harten Stich des Neids. Gleichzeitig war ihr klar, dass Jeremy schlimmer dran gewesen wäre, hätte es Denise in den vergangenen Jahren nicht gegeben.

Jeremy ließ die beiden Frauen allein, und Denise beugte sich zu Alice. »Bilde ich mir das nur ein«, flüsterte sie eindringlich und mit unverkennbarer Alkoholfahne, »oder baggert Susie Quinn tatsächlich meinen Mann an?«

Alice schaute zu Gary hinüber, der offensichtlich eine vollkommen unschuldige Unterhaltung mit ihrer alten Schulkameradin führte. Sie betrachtete die beiden trotzdem prüfend, als wollte sie die Situation einschätzen, und sagte mit theatralisch gedämpfter Stimme: »Ich könnte es nicht mit Sicherheit sagen, aber sie wirken tatsächlich schrecklich vertraut.« Wenn Denise in so einer Stimmung war, konnte man dem nur mit Humor entgegentreten. Gewöhnlich lachte sie dann schließlich über sich selbst. Aber diesmal schien sie entschlossen zu sein, sich nicht von ihrer Fährte abbringen zu lassen.

»Ich habe immer schon gewusst, dass Susie eine Schlampe ist«, sagte sie, als wäre ihr Verdacht bestätigt worden. »Ramona Saucedo hat mir erzählt, dass sie in der Highschool mit dem halben Footballteam geschlafen hat.«

»Nicht mit der Hälfte. Mit einem Drittel vielleicht«, stimmte Alice zu. Abgesehen davon war Susie jetzt eine glücklich verheiratete Mutter von zwei Kindern.

»Nun, sie lässt besser ihre Pfoten von ihm«, knurrte Denise leise. »Wenn ich je herausfinden würde, dass Gary mich betrügt, dann könnte er einem leid tun, wenn ich mit ihm fertig bin. Die Scheidung wäre dabei noch das Geringste.«

Alice wusste, dass Denise nicht wirklich glaubte, dass Gary ihr je untreu sein würde; Alice war sich da nicht so sicher. Er hatte sich in letzter Zeit so heimlichtuerisch benommen. Angenommen, er hätte *tatsächlich* eine Affäre?

Genau in dem Augenblick wurden sie von ihrer Mutter unterbrochen, die mit einem benutzten Teller auf dem Weg in die Küche war – auch wenn Alice ihr gesagt hatte, sie sollte das Aufräumen Eduardo für den nächsten Morgen überlassen. »Ihr Mädchen, immer habt ihr was zu flüstern«, rief Lucy und schüttelte in gespielter Verzweiflung den Kopf. »Was heckt ihr jetzt wieder für eine Verschwörung aus?«

Alice und Denise wechselten einen Blick, und Denise antwortete kichernd: »Das willst du gar nicht wissen.« Lucy hatte, ohne es zu beabsichtigen, dort Erfolg gehabt, wo Alice gescheitert war, und Denises Ängste auf bedeutungsloses Mädchengequatsche reduziert.

»Amüsierst du dich gut, Mom?«, fragte Alice ihre Mutter. Sie konnte sich nicht erinnern, wann sie sie zuletzt so elegant gesehen hatte. Lucy trug ein flottes Baumwollkleid und Pumps mit niedrigen Absätzen, ihr silberweißes Haar war an einer

Seite mit einer hübschen Spange zurückgesteckt. Sie hatte sich sogar die Fingernägel lackiert.

»Oh, ja. Es ist eine wunderbare Party!« Lucys Augen strahlten, und ihre Wangen waren gerötet, was zweifellos auf das halb geleerte Glas Champagner in ihrer Hand zurückzuführen war. Sie brauchte nicht viel, um einen Schwips zu bekommen. »Und was auch immer manche sagen, ich weiß einfach, dass das Restaurant ein Riesenerfolg werden wird.«

»Was reden die Leute denn?«, wollte Alice wissen.

Lucy wirkte verunsichert, als wünschte sie, sie hätte den Mund gehalten. »Oh, Liebling, es ist nichts. Nur ein paar kleinliche Besserwisser, die glauben, du hättest dir zu viel aufgeladen.« Sie sagte es leichthin und versuchte, es zu verharmlosen. »Aber wenn sie sich einbilden, dass ein alberner Boykott dich außer Gefecht setzen würde –« Sie brach ab, Röte stieg ihr in die Wangen.

»Ein Boykott?« Alice starrte sie schockiert an.

Ihre Mutter runzelte bestürzt die Stirn. »Es tut mir leid, Liebes, ich hätte es nicht erwähnen sollen. Bitte lass dich davon nicht beunruhigen. Es sind doch nur eine Hand voll Miesepeter, die nichts Besseres zu tun haben, als für Ärger zu sorgen. Ich bin mir sicher, dass es im Handumdrehen vorbeigeht.«

»Hast du etwas davon gewusst?« Alice drehte sich abrupt zu Denise um.

Aus der bedrückten Miene ihrer Schwester ging klar hervor, dass Denise es die ganze Zeit gewusst hatte. Sie versuchte jetzt, es herunterzuspielen: »Mom hat recht. Du solltest diese Idioten einfach nicht beachten. Übrigens werden sie diejenigen sein, die leiden, nicht du. Denk bloß an all die tollen Mahlzeiten, die ihnen entgehen werden.«

Alice zweifelte nicht daran, dass der Boykott vorübergehen

würde, aber der bloße Gedanke daran, dass die Leute hinter ihrem Rücken Ränke schmiedeten, hatte ihr die Freude an dem Abend genommen. Sie wollte aber nicht auch noch ihrer Mutter und ihrer Schwester den Abend verderben, und deshalb sagte sie nur: »Ihr habt recht. Zur Hölle mit ihnen. Mom, warum gibst du mir nicht den Teller? Ich war ohnehin auf dem Weg in die Küche.« Sie nahm ihrer Mutter den Teller ab und ging Richtung Küche, denn sie hatte plötzlich den dringenden Wunsch, allein zu sein.

Unterwegs begegnete sie Colin. »Brauchen Sie Hilfe?«, fragte er. »Oder vielleicht jemanden, bei dem Sie Ihrem Ärger Luft machen können?«, fügte er leiser hinzu, als er ihr grimmiges Gesicht sah.

»Sie sollen sich amüsieren und sich nicht meine Leidensgeschichte anhören«, entgegnete sie.

»Okay, ich gebe zu, ich habe einen Hintergedanken dabei. Ehrlich gesagt sind Partys nicht wirklich mein Ding. Wenn Sie mir was zu tun geben, erweisen Sie mir damit einen Gefallen. Koch, Tellerwäscher, Anwalt, Freund, was auch immer ... Ich stehe Ihnen zu Diensten.« Er verbeugte sich leicht und schenkte ihr ein schiefes Lächeln.

Alice wusste nicht recht, was sie antworten sollte. In letzter Zeit ertappte sie sich dabei, dass sie zunehmend abhängiger von ihm wurde, und das beunruhigte sie. Trotzdem wäre es unhöflich, sein Angebot unumwunden abzulehnen.

»In Ordnung, Sie können mir Gesellschaft leisten. Aber das ist alles. Sie dürfen keinen Finger rühren.« Sie ging weiter, und Colin folgte ihr. »Haben Sie Partys immer schon gehasst, oder handelt es sich um eine neuere Entwicklung?«, fragte sie ihn, als sie durch die Schwingtür die Küche betrat.

»Eigentlich habe ich sie einmal geliebt. Aber das war zu der

Zeit, als Partys nur eine Ausrede fürs Trinken waren. An die Hälfte der Partys kann ich mich nicht mal mehr erinnern. Und jetzt, da ich trocken bin, ist es ein bisschen so, als wäre ich wieder dreizehn und würde versuchen, meinen Mut zusammenzunehmen, um ein hübsches Mädchen zum Tanzen aufzufordern.« Er schenkte ihr ein Lächeln, das sie erröten ließ. Dann missachtete er ihren Befehl, indem er ihr den Teller abnahm und in die Spüle stellte.

»Ich weiß, was Sie meinen«, sagte sie. »Mir geht es so, dass ich schnell erschöpft bin, wenn ich unter Leuten bin. Eine Folge des Gefängnisaufenthalts. Man hat dort so wenig Privatsphäre, dass man nach einer Weile geradezu danach lechzt.« Colin zeigte kein Anzeichen des Unbehagens wegen der Richtung, die die Unterhaltung genommen hatte. Alice wandte sich abrupt zu ihm um. »Wissen Sie, ich habe gerade begriffen, was ich an Ihnen mag.«

»Und das wäre?«

»Ich muss bei Ihnen nicht um den heißen Brei herumreden«, erklärte sie. »Die meisten Leute tun so, als sei meine Zeit im Gefängnis eine Krankheit, die ansteckend sein könnte. Meine eigene Familie zum Beispiel. Sie sehen gequält aus, sobald ich es nur erwähne.«

Er zuckte die Schultern. »Es kann ein ziemlich heikles Thema sein.«

»Aber Sie sind nicht so.«

»Ich habe einen anderen Blickwinkel. Außerdem«, fuhr er fort, »sind wir nicht miteinander verwandt.«

»Und das bedeutet?«

»Vielleicht hat Ihre Familie das Gefühl, Sie im Stich gelassen zu haben.«

»Das ist verrückt. Warum sollten sie das glauben?«

Er zuckte die Schultern. »Ohne speziellen Grund. Aber das hält die Leute nicht immer davon ab, sich schuldig zu fühlen.«

»Es gab nichts, was irgendjemand hätte tun können«, beharrte Alice.

»Ich bin mir nicht sicher, ob ich das so schlucken kann, zumindest nicht, was Ihren Anwalt betrifft.«

»Was wissen Sie darüber?«, fragte sie und sah ihn argwöhnisch an. Die Jahre in Pine River hatten sie sehr vorsichtig gegenüber Leuten gemacht, die hinter ihrem Rücken herumschnüffelten. Denn wenn sie das taten, geschah das gewöhnlich nicht, weil sie eine Überraschungsparty für einen planten.

»Ich habe nachgesehen«, erklärte er. »Sie haben in der Bücherei die alten Zeitungen auf Mikrofiche. Außerdem habe ich die Protokolle Ihres Prozesses eingesehen, drüben im Gericht, in den Akten.«

»Warum haben Sie sich diese Mühe gemacht? Ich hätte Ihnen erzählen können, was Sie wissen wollten.«

»Ich dachte, es wäre vielleicht von Nutzen für Jeremys Fall. Und aus dem, was ich ersehen konnte, ist er nicht der Einzige, der unfair behandelt wurde. Ich hoffe, es stört Sie nicht, wenn ich Ihnen sage, dass Ihr Anwalt bei Ihrer Verteidigung keine gute Arbeit geleistet hat.«

»Wie kommen Sie darauf?«, fragte sie, obwohl sie selbst auch schon zu diesem Schluss gelangt war.

»Zum einen hätte er den Antrag auf Verlegung des Verhandlungsortes stellen sollen.«

»Vielleicht, aber falls Sie nicht einen Weg kennen, die Uhr zurückzudrehen, was bringt es, ihn im Nachhinein zu kritisieren?«, fragte sie frustriert.

Er zuckte die Schultern und lehnte sich gegen die Arbeitsplatte. »Ich will damit sagen, dass auch gute Anwälte Fehler machen.«

»Was soll das heißen?«

»Dass es noch nicht zu spät ist, einen anderen Anwalt für Jeremy zu suchen.«

»Ich will keinen anderen Anwalt.« Alice hatte Colin in Aktion gesehen; sie wusste, was er konnte. »Was ich *will*, ist, dass der Name meines Sohnes wieder reingewaschen wird. Sagen Sie es mir ehrlich, wie stehen seine Chancen?«

Er betrachtete sie einen Augenblick nachdenklich, als würde er abschätzen, wie viele Informationen sie verkraften konnte. »Ich habe am Freitag mit dem Staatsanwalt gesprochen. Er ist nicht bereit, irgendeinen Deal anzubieten. Aus unserem Gespräch ging klar hervor, dass er überzeugt ist, diesen Fall gewinnen zu können.«

»Basierend auf welchen Beweisen?« Sie schlang die Arme um sich und fröstelte trotz der Wärme in der Küche.

»Zum einen auf den Ergebnissen der medizinischen Untersuchungen. Bis jetzt sind die Testergebnisse nicht eindeutig, was aber Jeremy nicht unbedingt von dem Verdacht befreit. Man wartet noch auf das Ergebnis der DNA-Probe, das der Anklage einen weiteren Dämpfer versetzen könnte.«

Alice griff diesen Hinweis auf. »Sie meinen, Jeremy wäre vielleicht nicht der Einzige gewesen, der in jener Nacht mit Carrie Ann zusammen war?«

»Diese Möglichkeit besteht. Und alle Augenzeugen haben ausgesagt, dass die drei anderen Jungen stark getrunken hatten.« Colin sprach zurückhaltend, als wollte er ihre Hoffnung nicht zu sehr schüren.

»Und wenn sich herausstellen sollte, dass sie tatsächlich auch mit einem der anderen Jungen zusammen war?«

»Damit wäre Jeremy zwar nicht aus dem Schneider, aber es würde einige recht große Löcher in die Prozessführung der Anklage reißen. Sie müsste einen hinreichenden Verdacht beweisen, und das ist viel schwieriger, wenn es mehr als einen Verdächtigen gibt.« Nichtsdestotrotz beeilte er sich, zu warnen: »Ich möchte aber nicht, dass Sie sich zu sehr daran festklammern. Aller Wahrscheinlichkeit nach wird es sich als Sackgasse erweisen.«

Alice spürte, wie ihre Stimmung, die sich kurzzeitig gebessert hatte, wieder sank.

Langsam atmete sie aus und blickte sich um. Die Küche, in der es früher am Tag so chaotisch gewesen war, war ruhig. Nur das schwache Summen des Kühlschranks und die gedämpften Stimmen aus dem Nachbarraum waren zu hören. Unvermittelt war Alice davon überzeugt, dass die Miesmacher recht hatten: sie *hatte* sich übernommen. Der schwere alte Garland-Herd, die Arbeitsplatte mit der zerkratzten Oberfläche, der Hobart-Mixer unter seiner Plastikabdeckung – alles schien sie zu verhöhnen, schien sie aufzufordern, dieses wahrscheinlich zum Scheitern verurteilte Unterfangen aufzugeben. Wie sollte sie in der Lage sein, Jeremy zu retten, wenn sie sich selbst nicht retten konnte?

Sie spürte Colins Berührung an ihrem Arm und wandte ihm den Kopf zu. Er betrachtete sie, als wüsste er genau, was in ihr vorging. Saßen sie nicht in einem gewissen Sinn im selben Boot und versuchten beide, sich über Wasser zu halten? »Ich wollte Ihnen nur klar machen, was auf dem Spiel steht«, sagte er. »Sie sollten es sich sorgfältig überlegen, bevor wir den nächsten Schritt machen. Ich mag zwar gut sein in dem, was ich tue – oder ich war es zumindest einmal –, aber ich bin erst seit wenig mehr als sieben Monaten trocken. Und wir in unserem Programm sagen, so lange, wie es gedauert hat, sein Leben zu vermasseln, so lange und noch einiges mehr dauert es, es wieder ins Lot zu bringen.«

»Wir haben alle unsere Last zu tragen«, meinte sie.

»Ich versuche nicht, es mit dem zu vergleichen, was Sie durchgemacht haben ...« Er machte eine Pause, als müsste er nach den richtigen Worten suchen, bevor er fortfuhr: »Ich bin mir nicht sicher, ob jemand, der es selbst nicht durchgemacht hat, wissen kann, wie es ist. Aber es gibt andere Arten von Gefängnissen, in denen Leute wie ich landen, und glauben Sie mir, es kann genauso schwer sein, aus denen wieder herauszukommen.« Sein Blick wandte sich nach innen, und sie sah den Schmerz auf seinem Gesicht, verbunden mit einer tiefen Sehnsucht.

»Aber Sie sind herausgekommen«, sagte sie sanft.

»Erst einmal, ja. Aber an den meisten Tagen habe ich das Gefühl, es kaum durchhalten zu können.« Er zeigte auf das Regal über der Theke, auf dem eine Ansammlung von Flaschen stand, verschiedene Öle sowie der Wein, den sie zum Kochen verwendete. »Die Flasche Bordeaux dort. Ich wette, Sie hätten sie nicht einmal bemerkt, wenn Sie nicht wüssten, dass sie da steht. Und ich? Sie war das Erste, was ich gesehen habe, als ich hereinkam. Vor nicht allzu langer Zeit wäre ich geradewegs darauf zumarschiert und hätte mich, nachdem ich sie bis zum letzten Tropfen geleert hätte, auf die Suche nach dem Weinkeller gemacht. Und am nächsten Tag wäre ich mit einem bösen Kater aufgewacht und hätte es wieder genauso gemacht. Verstehen Sie? Ich bin nicht gerade der Felsen von Gibraltar.«

Sie schüttelte den Kopf. »Das erwarte ich auch nicht von Ihnen. Das ist nicht der Grund, warum ich Sie gebeten habe, Jeremys Fall zu übernehmen. Ich habe es getan, weil Sie wissen, wie es ist, wenn einem der Boden unter den Füßen weggezogen wird. Und Sie haben sich selbst aufgerappelt und weitergemacht. Ich betrachte das als Stärke, nicht als Schwäche.«

Seine Augen suchten in ihrem Gesicht, und sie spürte, wie ein machtvoller Strom zwischen ihnen hin- und herfloss. Gegenseitige Anziehung … selbst sinnliche Begierde … hätten es nicht erklären können. Es war mehr als das. Sie hatte das Gefühl, als wären sie die einzigen beiden Menschen auf der Welt, ein Mann und eine Frau, denen es schwer fiel, durchzuhalten und die in dem anderen eine Art Rettungsleine sahen. Colin fühlte es anscheinend auch. Er streckte die Hand aus und berührte leicht ihre Wange, als wollte er Alice oder vielleicht auch sich selbst daran erinnern, dass sie immer noch zu den Lebenden gehörten. Sie zitterte und spürte winzige Funken unter der Haut, wo er sie berührt hatte. »Nun, wir sind hier. Wir haben überlebt, nicht wahr?«, meinte er mit einem Gesichtsausdruck, der sowohl traurig als auch ironisch war. »Vermutlich ist das schon eine ganze Menge.«

Sie trat einen Schritt zurück, als stünde sie auf einem Gipfel, von dem sie herunterstürzen könnte. »Also ist es in Ordnung? Sie steigen nicht aus?«

Er zuckte wieder die Schultern. »Ich bin dabei, wenn Sie bereit sind. Jetzt müssen wir nur noch Jeremy mit ins Boot holen.«

Sie sah ihn beunruhigt an. »Wieso glauben Sie, dass er das nicht ist?«

»Er ist nicht ganz davon überzeugt, dass er unschuldig ist.«

»Was meinen Sie? Natürlich ist er unschuldig!«, rief sie bestürzt. Hatte Jeremy ihm etwas im Vertrauen erzählt, in das Randy und sie nicht eingeweiht waren?

»Ich glaube, seine Wahrnehmung ist etwas verwischt«,

erklärte Colin. »Er versteht nicht, dass es nicht zwangsläufig einen Vergewaltiger aus ihm macht, wenn er eine Situation ausnutzt, in der er und ein Mädchen zu viel getrunken haben. Sondern dass er nur ein Teenager ist, dessen Urteilsvermögen getrübt war.«

»Soll ich mit ihm reden?«, fragte sie.

»Nein, warum lassen Sie mich das nicht klären? Ich glaube, ich mache gerade Fortschritte.«

»Da ist noch etwas, nicht wahr?«, drängte sie, als sie den besorgten Ausdruck in seinem Gesicht wahrnahm. »Was ist es? Was ist los?«

»Ich bin mir nicht sicher«, sagte er und sein Blick verfinsterte sich. »Aber ich bekomme allmählich ein seltsames Gefühl bei der ganzen Sache. Ich bin noch nicht lange genug in der Gegend, um die politischen Spielchen hier zu kennen, aber ich stimme Randy zu – ich glaube, dass man Jeremy etwas anhängen will.«

Alice wich das Blut aus dem Gesicht. Colin bestätigte lediglich ihren eigenen Verdacht. »Sie bilden sich das nicht ein. Ich bin mir sogar ziemlich sicher, dass genau das hier vorgeht.« Sie teilte ihm ihre Befürchtungen hinsichtlich Owen White mit. »Ich hätte schon früher etwas darüber gesagt, aber ich wollte nicht, dass Sie glauben, ich sei paranoid.«

Colin nickte nachdenklich. »Ich werde ein bisschen herumschnüffeln und sehen, was ich herausfinden kann. Denken Sie, dass Ihr Schwager uns weiterhelfen kann?«

»Gary?« Sie hatte zuvor noch nicht daran gedacht, aber jetzt überlegte sie, dass, wenn jemand in Dinge eingeweiht war, die hinter den Kulissen vor sich gingen, er derjenige war. Als stellvertretender Polizeichef wusste er, wer Leichen im Keller versteckt hatte, um es so lapidar auszudrücken. »Ich werde mit ihm reden«, sagte sie. »Er kann zumindest die Ohren aufsperren.« Ein anderer Gedanke tauchte auf, und sie runzelte die Stirn, als sie sagte: »Es gibt nur ein Problem. Angenommen, wir bekommen Wind davon, dass etwas faul ist. Wie wollen wir es beweisen? Wir haben keine Beweise.«

»Man kann nie wissen, wann sich ein Detail als nützlich erweisen wird. Sogar etwas, das anfangs als nicht relevant eingestuft worden ist«, sagte Colin mit dem gleichen autoritären Auftreten, das er im Gerichtssaal gezeigt hatte. »Auf die eine oder andere Art werden wir der Sache auf den Grund gehen. Und wenn das, was wir vermuten, wahr ist, werden wir einen Weg finden, den Bastard festzunageln.«

Alice war davon nicht so überzeugt. »Manchmal denke ich, Randy hat recht – ich hätte besser alles so lassen sollen, wie es ist«, sagte sie und dachte an ihre eigene Situation. »Hätte ich nicht die Wahrheit über Davids Tod gekannt, hätte ich es nicht mit meinen eigenen Augen gesehen, dann hätte ich wahrscheinlich Owens Lügen geglaubt, und es wäre uns allen am Ende besser ergangen.«

»Diesmal ist es anders.«

»Warum?«

»Sie haben mich.« Er schenkte ihr ein schiefes Lächeln, als wollte er sagen: *Wozu immer es auch gut sein mag.*

Alice wusste nicht, wie sie reagieren sollte. Es war fast mehr, als sie begreifen konnte, dass dieser Mann, der bis vor Kurzem ein völlig Fremder gewesen war und nur durch eine weit zurückliegende Beziehung zwischen ihren Großeltern mit ihr verbunden war, seinen Kopf für sie riskieren wollte. Wenn im Gefängnis jemand etwas für einen anderen tat, war fast immer ein Preisschild daran befestigt. Selbst Randy, der geschworen hatte, in guten und in schlechten Zeiten zu ihr zu stehen, hatte sie im Stich gelassen. Wenn ihr eigener Ehemann die Sache mit David nicht hatte durchstehen können, warum sollte sie dann glauben, dass Colin es tun würde?

Und trotzdem ... irgendwie glaubte sie es. Es war nicht so sehr eine Frage der Freundschaft, viel mehr eine der Verbundenheit. Indem er ihr half, half er vielleicht in gewisser Weise auch sich selbst. So oder so spendeten seine Worte ihr Trost, beruhigten ihre Ängste und linderten den tiefen Schmerz in ihr. Es war lange her, seit sie es zugelassen hatte, dass ein anderer Mensch ihr nahekam, mit Ausnahme von Calpernia. Und jetzt war hier dieser Mann, der ihr genau das anbot, was sie am dringendsten wollte: die Chance, ihren jüngeren Sohn zu retten, die Chance, die man ihr bei ihrem Erstgeborenen verweigert hatte.

»Ich weiß nicht, wie ich das je wieder gutmachen kann«, sagte sie.

»Das müssen Sie nicht.« Er stand direkt unter der Deckenleuchte, und das harte Licht hob die Konturen seines Gesichtes hervor. Seine Augen glitzerten dunkel aus den beschatteten Höhlen, und sein Kiefer und seine Wangenknochen waren so klar umrissen, als wären sie gemeißelt.

Ihre Blicke trafen sich, und einen Moment lang hätte sie schwören können, dass er sie gleich küssen würde. Sie spürte es fast so sicher wie ihren Puls, der in ihrer Kehle klopfte. Sie hatte plötzlich den unbezähmbaren Wunsch, ihre Arme um ihn zu schlingen, ihn zu küssen und das Salz seiner Haut auf ihren Lippen zu schmecken. Die Spannung stieg, als der Moment andauerte, und ein feuriger Blitz schoss durch ihren Bauch und breitete sich in ihrem Unterkörper aus; es war eine derart intensive Hitze, dass sie an Unbehagen grenzte. Sie hatte seit neun Jahren nicht mehr mit einem Mann geschlafen – und auch nicht mit einer Frau, entgegen der landläufigen Meinung über das Gefängnisleben –, und wie ausgehungert sie auch sein mochte, der Gedanke war Furcht erregend. Und Colins Gesichtsausdruck nach zu schließen hatte er genauso große Angst.

Alice war es, die schließlich das Wort ergriff. »Nun, ich hoffe, Sie werden mir zumindest erlauben, Sie mit ein paar kostenlosen Mahlzeiten zu versorgen«, sagte sie mit einem zittrigen Lachen. »Solange ich geöffnet habe, heißt das, was vielleicht nicht sehr lange der Fall sein wird. Ich habe erfahren, dass ein Boykott im Gange ist.«

Colin wirkte nicht allzu besorgt. »Ich glaube nicht, dass Sie sich von den hiesigen Hexenjägern stoppen lassen, nicht nach alldem, was Sie bislang gemeistert haben.«

»Sie bereiten mir nicht so viel Sorgen wie Owen.« Nachdem sie ihre Befürchtungen laut ausgesprochen hatten, kamen sie ihr realer denn je vor. Und jetzt breitete sich die Tragweite der Dinge, denen sie sich gegenübersah, Furcht erregend vor ihr aus. »Es würde ihn nur einen Wimpernschlag kosten, dieses Lokal zu schließen. Ich habe das Gefühl, dass es nur einen einzigen Grund gibt, warum er es noch nicht getan hat: Er hat etwas noch Größeres vor. Etwas, das sowohl mich als auch Jeremy vernichten soll.«

* * *

Alice räumte gerade auf, nachdem der letzte Gast gegangen war, als die Eingangstür aufschwang und eine vertraute Stimme rief: »Verdammt, Mädel, sag bloß, die Party ist schon vorbei! Und ich habe mich ganz umsonst schick gemacht.«

Alice blickte auf und sah Calpernia King, die den Türrahmen ausfüllte wie eine totale Sonnenfinsternis. Sie trug einen Koffer in der Hand und war herausgeputzt mit einer engen weißen Jeans und einer weißen Kaninchenfelljacke über einem sexy pinkfarbenen Jersey-Top, auf dem in glänzenden Metallnieten das Wort *Diva* auf ihrem mächtigen Busen prangte. Wenn sie sich ausgemalt hatten, was sie als Erstes nach ihrer Entlassung tun würden, hatte Calpernia immer angekündigt, sofort den nächsten Schönheitssalon anzusteuern. Und das hatte sie wohl auch getan, ihren sieben Zentimeter langen Fingernägeln nach zu urteilen, die in einem Mosaik aus bunt schillernden Farben lackiert waren. Außerdem hatte sie sich die Haare verlängern lassen, die sie, geflochten zu einer Vielzahl kleiner Zöpfe, hochaufgetürmt zu einer Art Stammeskopfschmuck trug. Jetzt breitete sie weit die Arme aus, um Alice aufzufangen, die wie ein Wirbelwind auf sie zustürmte.

Alice drückte Calpernia sehr lange und sehr heftig, bevor sie sich lachend von ihr löste. »Mein Gott, es ist super, dich zu sehen. Warum hast du mir nicht gesagt, dass du kommst?« Sie hatte der Freundin eine Einladung geschickt, aber keine Antwort erhalten.

»Ich dachte, ich überrasch dich. Ich wäre früher gekommen, aber das verdammte Auto hatte 'ne Panne. Und die Fähre fährt auch nicht gerade jede Stunde.« Auf Calpernias Gesicht breitete sich ein breites Grinsen aus, das die Lücke zwischen ihren Schneidezähnen enthüllte und sie sogleich von der knallharten Straßenbraut in eine Soul-Schwester verwandelte.

»Du hättest zumindest anrufen können«, schalt Alice. »Ich hätte dich von der Fähre abgeholt.«

»Um damit die Überraschung zu verderben? Mädel, du kennst mich doch besser.«

Das tat Alice tatsächlich. In Pine River war Calpernia King mehr oder weniger der Herr im Hause gewesen und hatte sich ihre eigene Hierarchie geschaffen. Beim Hofgang und auch sonst war sie immer von einer kleinen Gruppe anderer Häftlinge umgeben gewesen, wie ein großer Baum, der Schatten spendete oder, in Alices Fall, Schutz vor rivalisierenden Häftlingen. Calpernia verfügte über ein angeborenes überlegenes Auftreten, das eine deutliche Sprache sprach: *Leg dich nicht mit mir an, wenn du weißt, was gut für dich ist*, und meistens hatte das auch niemand riskiert, auch nicht die Aufseher. Soweit Alice wusste, hatte es zwischen Calpernia und einer anderen Gefangenen nie einen Konflikt gegeben, der mit einer körperlichen Blessur geendet hatte.

»Aber nun bist du hier, und deshalb fängt die Party für mich jetzt erst richtig an«, sagte Alice. Sie holte saubere Gläser und eine Dose koffeinhaltige Zitronenlimonade aus der Kühlbox, öffnete sie und schenkte ein. Es war zwar kein Champagner, aber sie war kühl und prickelte und würde ihren Zweck erfüllen. Alice erhob ihr Glas zu einem Toast. »Auf unsere Freiheit. Auf dass wir lang und glücklich leben!«

»Da kann ich nich' mitreden«, meinte Calpernia und leerte ihr Glas, »aber ich hab auf jeden Fall vor, mir etwas Frieden und Ruhe zu verschaffen. Ich habe kaum ein Auge zugetan, seit ich raus bin. Was Shaniquas Wohnung angeht, hätte ich genauso im Knast bleiben können, mit dem Baby und dem Krawall in der Nachbarwohnung.«

»Da wir gerade davon reden, ich habe eine Wohnung für dich gefunden«, informierte Alice sie. Calpernia hätte gut bei ihr unterkommen können, aber die Bedingungen ihrer Bewährungsauflagen untersagten, dass sie zusammenwohnten. »Es ist nichts Besonderes, nur ein kleines Studio über einer Garage, aber es kostet nichts.«

Calpernia wurde sofort wütend. »Ich brauch keine Almosen. Ich kann für mich selbst sorgen.«

»Das sollst du auch. Du musst etwas dafür tun.« Alice erklärte ihr die Umstände. Das Haus stand zum Verkauf, und der Besitzer, ein Freund ihrer Mutter, hatte eingewilligt, Calpernia als eine Art Hausmeisterin dort wohnen zu lassen, bis es verkauft war. Sie musste nichts weiter tun, als die Pflanzen zu gießen und das Haus im Auge zu behalten.

Ein Teil des Feuers in Calpernias Augen erlosch wieder. »Okay. Solange ich keinem was schuldig bin«, gab sie widerwillig nach.

Alice lachte leise und empfand für einen Moment so etwas wie eine boshafte Vorfreude. »Eines ist jedenfalls sicher. Diese Insel wird nicht wissen, wie ihr geschieht.«

»Yeah. Die soll'n sich mal warm anzieh'n«, sagte Calpernia in ihrem breitesten Südstaatenslang. »Wenn sie mich komm'n seh'n, werd'n sie in Deckung geh'n.« Sie warf den Kopf zurück und lachte ihr tiefes kehliges Lachen, das sie wellenartig durchlief, wie Hitze, die von in der Sonne brütendem Asphalt aufstieg.

»Die meisten Leute hier lassen einen in Ruhe, solange man sich um seine eigenen Angelegenheiten kümmert«, versicherte ihr Alice. »Es sind nur eine Hand voll, die keine Mühen scheuen, einem das Leben schwer zu machen.« Sie dachte wieder an Owen White. »Normalerweise würde ich denen sagen, sie sollen sich zum Teufel scheren, aber das kann ich mir momentan nicht leisten. Ich brauche jeden Gast, den ich bekommen kann.« Sie dachte daran, was ihrer Mutter unbeabsichtigt über den Boykott herausgerutscht war, und sie spürte, dass der kleine Nadelstich der Furcht in ihrem Bauch stärker wurde.

»Mädel, du hast dieses Lokal ganz toll hergerichtet. Wenn das Essen nur halb so gut ist, werden die Leute bei dir Schlange stehen.« Alice hätte sie wieder umarmt, wenn Calpernia nicht gerade herumspaziert wäre, um den Raum zu begutachten. Sie blieb stehen, strich mit der Hand über ein besticktes Geschirrtuch und beäugte es, als wäre es ein Gegenstand einer untergegangenen Kultur. »Ich muss mich erst an all den spießigen Kram gewöhnen. Ich komm mir vor wie in einer dieser Sitcoms auf dem Kinderkanal im Abendprogramm. Wie in *Der Prinz von Bel-Air* oder in dieser Show mit dem alten Knaben, der mit seiner Familie in einen schicken Vorort zieht.«

»*The Jeffersons*«, half Alice aus und grinste, als sie sich Calpernia in der Rolle des George Jefferson vorstellte.

Calpernia drehte sich ruckartig um und stemmte die Hände in die Hüften. »Siehst du, genau davon rede ich. Du kennst diesen ganzen Scheiß.« Sie grinste, und Alice wusste, dass sie diese Worte nicht ernst nehmen musste.

»Setz dich«, forderte sie Calpernia auf und zog einen Stuhl für sie zurück. »Ich hole dir was zu essen.«

»Gut. Ich hab' nämlich den ganzen Tag noch nix gegessen.« Calpernia ließ sich ohne weitere Umstände auf den Stuhl plumpsen. »Ich bin so hungrig, dass mir sogar das Essen der alten Lorena schmecken würde«, meinte sie. Sie sprach von der einhundertvierzig Kilo schweren Chefköchin in Pine River, einer früheren Diätköchin, die so humorlos wie ein Sumo-Ringer gewesen war und es geschafft hatte, alles nach nasser Pappe schmecken zu lassen.

In der Küche richtete Alice einen kleinen Imbiss her und kochte für Calpernia und sich heißen Kakao – mit richtiger Milch, was ihr immer noch wie Luxus vorkam, nachdem sie so lange an einem Ort gelebt hatte, wo alles aus der Tüte gekommen war. Die Wiedersehen mit Calpernia erinnerte sie an alles, für das sie dankbar sein musste: ihre Familie und ihre Freunde, den Neubeginn, der sich ihr bot. Auch Colin kam ihr in den

Sinn, und der Gedanke an ihn wärmte sie, als sie in der Küche stand und den Kakao umrührte und sich dabei an die Szene erinnerte, die sich früher am Abend genau hier abgespielt hatte.

Nachdem Calpernia ihren Teller geleert hatte und der Kakao getrunken war, fielen Alice fast die Augen zu. Sie war seit halb fünf Uhr morgens auf den Beinen, und der Weckruf am nächsten Tag würde zur gleichen Zeit erfolgen. »Gewöhn dich besser dran«, sagte sie zu Calpernia, als sie schlafen gingen. »Wir haben mittags und abends geöffnet, was bedeutet, dass wir um die Mittagszeit schon einen vollen Arbeitstag hinter uns haben.«

Calpernia betrachtete Alice ungläubig, als wäre sie gerade noch rechtzeitig gekommen, um sie davor zu retten, beim Wiedereintritt in die Atmosphäre zu verglühen. »Und du hast vorgehabt, das alles allein zu machen?«

»Nur das Kochen. Ich habe ein Mädchen als Kellnerin eingestellt, und jemanden, der sich um den Abwasch kümmert. Mein Sohn hat auch angeboten auszuhelfen.« Calpernia blieb auf der Treppe stehen und sah Alice forschend an. »Also ist zwischen dir und ihm wieder alles in Ordnung?«

»Sagen wir mal, ich habe Fortschritte gemacht.« Alice ging voraus in das kleine Apartment im Obergeschoss, in dem die vorherigen Bewohner einige Dinge zurückgelassen hatten. Zum Beispiel die eindrucksvoll hässlich geblümten Vorhänge und den blauen Flauschteppich, der mit Flecken von Katzenurin übersät war. »Zumindest reden wir miteinander«, sagte Alice und bückte sich, um die Schlafcouch auseinanderzuziehen. »Es ist ein Anfang. Zum Teil liegt es daran, dass er es sich zurzeit nicht leisten kann, mich aus seinem Leben auszuschließen. Er steckt ein wenig in Schwierigkeiten ...«

»Mit einem Mädchen?«, vermutete Calpernia, die zweifellos an ihre Tochter und deren frühe Schwangerschaft dachte.

»In gewisser Weise.« Alice erzählte ihr von den falschen Anschuldigungen gegen Jeremy, und sie wechselten einen Blick, den nur jemand verstand, der aus erster Hand wusste, wohin so etwas führen konnte. »Ziemlich merkwürdig, nicht wahr? Anscheinend kann ich der Vergangenheit nicht entfliehen, egal, was ich tue.« Alice schüttelte diese Gedanken ab, richtete sich auf und lächelte Calpernia an. »Und deshalb bin ich froh, dass du hier bist. Du bist die Einzige, die genau weiß, was ich durchmache.«

»Mmmmhmmm. Yeah. *Ain't that right*«, erwiderte Calpernia in dem Sprechgesang, wie man ihn aus dem Gottesdienst der Baptisten kannte und dessen Rhythmus auch Alice nach neun Jahren fast genauso vertraut war wie ihr.

»Es ist schon lustig, wenn man darüber nachdenkt«, sinnierte sie laut. »Wer hätte damals gedacht, dass wir eines Tages gemeinsam ein Lokal führen? Ich kann mich an Zeiten erinnern, zu denen ich bald weg vom Fenster gewesen wäre, wenn ich dich nur nach der Uhrzeit gefragt hätte.«

Calpernia brach wieder in ein tiefes kehliges Lachen aus. »Ich hätte auch nie gedacht, dass ich einmal auf dem Sofa einer weißen Tussi schlafen würde«, meinte sie kopfschüttelnd. »Aber Mädel, du bis' in Ordnung, weißt du das?«

Als Alice Bettwäsche und Decken holen ging, verflüchtigten sich die Sorgen, die ihren Kopf den ganzen Tag belastet hatten. Im Augenblick reichte es ihr zu wissen, dass sie nicht allein war. Was auch immer vor ihr lag, Calpernia King würde zu ihr stehen, genau wie in Pine River.

* * *

Als *Die Speisekammer* am nächsten Tag ihren Betrieb aufnahm, war Alice überzeugt, alles ihr Mögliche für den Erfolg des Lokals getan zu haben. Sie hatte ein Schild an der Hauptstraße aufgestellt, das auf den Abzweig in die Fisherman's Lane hinwies, hatte eine Anzeige im *Courier* geschaltet und ihre Nichte und ihr Neffe hatten in der Stadt Flyer verteilt. Der Rest lag in Gottes Hand.

Und anscheinend lächelte Gott zur Abwechslung einmal für sie, denn sowohl mittags als auch abends waren fast alle Tische besetzt, zum größten Teil von Freunden und Verwandten, aber auch von denselben treuen Seelen, die gestern die Party besucht hatten. Alice ließ es nicht zu sehr an sich herankommen, als die Zahl der Gäste an den darauffolgenden Tagen immer weiter abnahm. Sie erinnerte sich an die Warnung ihrer Mutter, dass auch Rom nicht an einem Tag erbaut worden war. Aber gegen Ende der Woche war Alice der Verzweiflung nahe. Dass keine Gäste kamen, ließ sich nicht allein durch die abgelegene Lage des Restaurants begründen, das wusste sie. Es lag auch nicht am Essen – die Reaktionen waren größtenteils positiv gewesen, auch von jenen, die kein übermäßiges Interesse daran hatten, ihr Selbstbewusstsein zu stärken. Was also nur bedeuten konnte, dass der Boykott, von dem sie durch ihre Mutter erfahren hatte, mehr war als nur der Blutdurst einer Hand voll von Owen Whites Loyalisten, wie Lucy es naiverweise hatte glauben wollen. Entweder war das der Grund, oder die Leute glaubten den Gerüchten über Alice und machten einen Bogen um sie, weil sie sie für verrückt hielten. Hatte sie nicht schon einmal bewiesen, wessen sie fähig war? Wer konnte wissen, ob sie sie nicht vergiften würde?

Der einzige Gast, auf den Alice immer zählen konnte, war Colin McGinty. Sie ertappte sich dabei, dass sie sich auf den vertrauten Klang seiner Stimme freute, wenn er das Restaurant betrat und Katie begrüßte, und auf den Augenblick, wenn er den Kopf durch die Küchentür steckte, um Calpernia und ihr ein Kompliment über das Essen zu machen. Wenn sie sich weigerte, ihn zahlen zu lassen, ließ er immer ein großzügiges Trinkgeld liegen, manchmal mehr, als das Essen gekostet hatte.

Die neue Routine schien auch auf ihn eine positive Wirkung zu haben, denn der leise Hauch der Melancholie, der ihn umgeben hatte, war verschwunden. Seine Schritte waren beschwingter, sein Ton fröhlicher. Manchmal vergaß Alice fast, dass er der Anwalt ihres Sohnes war, dass noch etwas anderes außer Freundschaft und seiner Wertschätzung für gutes Essen sie verband. Bis er eines Tages ein Treffen außerhalb der Öffnungszeiten mit ihr ausmachte. Es war in der Ruhepause zwischen Mittag- und Abendessen, in der das Restaurant schloss. Alice legte ihre weiße Kochschürze ab und schenkte ihnen beiden ein Glas Perrier ein.

»Es geht um Jeremy, nicht wahr?«, fragte sie, als sie sich an einen Tisch im hinteren Bereich setzten.

Er nickte, und sein Gesichtsausdruck verdüsterte sich. »Ich hätte Sie auch anrufen können, aber ich dachte mir, Sie wollen es lieber persönlich hören.« Er machte eine Pause, bevor er fortfuhr: »Das Büro der Staatsanwaltschaft hat gerade die Ergebnisse der DNA-Untersuchung der Samenflüssigkeit gefaxt. Offenbar war Jeremy der Einzige, mit dem Carrie Ann Flagler in jener Nacht zusammen war.«

Alice hatte gewusst, dass die Chancen für ein weniger vernichtendes Ergebnis gering gewesen waren, aber sie hatte trotzdem weiterhin gehofft. Jetzt begriff sie, dass es keinen leichten Weg aus der Situation gab, es sei denn, das Mädchen würde sich entschließen, die Wahrheit zu sagen. Trotzdem stellte sie eine weitere Theorie auf. »Falls nicht einer der anderen Jungen ein Kondom benutzt hat.«

»Möglich, aber schwierig zu beweisen. Alle drei Jungen leugnen, Sex mit ihr gehabt zu haben.«

Alice holte Luft und versuchte, ihre Nerven zu beruhigen. »Okay. Dann war also Jeremy der Einzige. Aber das macht ihn nicht zu einem Vergewaltiger.«

»Nein, natürlich nicht, aber damit steht nicht mehr nur Aussage gegen Aussage. Natürlich werden wir unsere eigenen Experten engagieren, um Tests durchzuführen, aber bis dahin ...« Colin verstummte, aber sein Gesichtsausdruck sagte alles, was Alice wissen musste.

Sie verschränkte die Hände in ihrem Schoß, damit sie nicht zitterten, und fragte: »Womit müssen wir also rechnen?«

»Höchstwahrscheinlich wird es zum Prozess kommen.«

»Wann?«

»Ich kann uns wahrscheinlich ein halbes Jahr verschaffen. Die Anhörung wird noch stattfinden, und es gibt noch Voranträge, die ich einreichen kann. In der Zwischenzeit müssen Sie so viele Zeugen wie möglich zusammentrommeln, die Jeremys einwandfreien Charakter bezeugen können.«

»Was ist mit *ihrem* Charakter? Es muss doch Leute geben, die bezeugen können, dass dieses Mädchen nicht gerade die Jungfrau Maria ist.«

»Das ist sicher wahr, aber es würde uns nicht weiterbringen. Der Staatsanwalt wird den Antrag stellen, dass jegliche Zeugenaussage bezüglich ihrer sexuellen Vergangenheit unterbunden wird. Zumindest würde ich das an seiner Stelle tun.«

In diesem Moment traf es Alice mit voller Macht. »Also besteht tatsächlich die Möglichkeit, dass Jeremy ins Gefängnis müsste?«

»Die Wahrscheinlichkeit besteht, ja.« Ihr Blicke trafen sich, und sie sah das Mitgefühl in seinen Augen, gepaart mit einer Portion harter Realität – er würde sich hüten, ihr etwas vorzumachen. Aber Alice musste nicht daran erinnert werden, was auf dem Spiel stand. *Es wiederholt sich alles, nur diesmal für Jeremy.* Colins Stimme schien von sehr weit her zu kommen, als er fortfuhr: »Aber ich bin immer noch optimistisch. Und vergessen Sie nicht, in der Zwischenzeit kann viel passieren.« Er senkte die Stimme. »Was haben Sie von Ihrem Schwager erfahren können?«

»Noch nichts«, teilte sie ihm mit. Als sie die Vermutung geäußert hatte, jemand könnte ein falsches Spiel spielen, hatte Gary sie angesehen, als wäre sie geistesgestört. Aber es war nicht so sehr das, was er gesagt hatte, als vielmehr das, was er *nicht* gesagt hatte. Gary hatte nicht gefragt, worauf ihr Verdacht beruhte. Auch hatte er sich irgendwie ausweichend verhalten. Er hatte nervös gewirkt und hatte Schwierigkeiten, ihr in die Augen zu blicken. Hatte er ihr etwas verheimlicht, oder hatte es nur daran gelegen, dass sie ihn in eine peinliche Lage gebracht hatte?

Colin sprach ihre Gedanken aus, als er fragte: »Glauben Sie, er weiß etwas?«

»Ich bin mir nicht sicher, aber ich hatte den Eindruck, dass er mir gegenüber nicht ganz aufrichtig war.« Sie wählte ihre Worte sorgfältig, weil sie ihrem Schwager nicht unrecht tun wollte.

»Vielleicht kann Ihre Schwester etwas aus ihm herausbekommen.«

Alice runzelte die Stirn, weil sie davor zurückschreckte, Denise in die Sache mit hineinzuziehen. »Ich möchte nicht, dass sie glaubt, ich würde ihm vorwerfen, Informationen zurückzuhalten.«

»Es tut mir leid«, sagte Colin und legte seine Hand auf ihre. »Ich weiß, dass Sie das in eine unangenehme Lage bringt.«

»Mir tut es auch leid«, erwiderte sie. »Aber wenn es um meinen Sohn geht, werde ich tun, was immer ich tun muss.« Selbst wenn es bedeutete, ihre geliebte Schwester in Verlegenheit zu bringen.

Colin trank sein Glas aus, schob dann seinen Stuhl zurück und erhob sich. »Ich muss los. Ich erwarte den Besuch eines Biologen von der Western Washington University. Er soll einer der führenden Experten des Landes für zweischalige Muscheln sein.«

»Wie läuft es denn?«, fragte sie, als sie ihn zur Tür begleitete.

»Bisher nicht schlecht, wenn ich auch noch weit davon entfernt bin, den Betrieb richtig aufzunehmen. Aber ich bin beschäftigt, und darum geht es ja irgendwie.« Sein Blick war klar, als er sprach, und sein Gesichtsausdruck war der eines Menschen, der in die Zukunft blickt und nicht in der Vergangenheit versinkt. Sein neu gegründetes Unternehmen war genau das, was der Arzt ihm verordnet hatte, egal, wie merkwürdig das Unterfangen für einen Anwalt aus der großen Stadt auch erscheinen mochte. »Dafür, dass Austern so einfache Lebewesen sind, können sie ziemlich kompliziert sein. Sie wären überrascht, wie viele Dinge schief laufen können.«

»Ich hätte auch nie gedacht, dass das Führen eines Restaurants so schwierig ist«, sagte sie. »Wenn noch weniger Gäste kommen, brauchen wir uns gar nicht mehr die Mühe machen, es zu öffnen.«

»Ich hoffe, dazu wird es nicht kommen. Ich würde Ihre Kochkunst auf jeden Fall vermissen.«

»Sie und etwa fünf weitere Leute«, sagte sie mit einem ironischen Lachen.

Er sah sie mitfühlend an. »Ich wünschte, ich könnte Ihnen einen Rat geben. Sie machen dem Anschein nach alles richtig.«

»Das Problem ist nur, dass das nicht reicht. Wir brauchen eine originelle Idee, um die Leute herzulocken.«

Calpernia, die damit beschäftigt war, die Tische für den Abend zu decken, musste ihre Unterhaltung zufällig mitgehört haben, denn genau in diesem Augenblick kam sie zu ihnen an den Tisch. Sie trug einen Rock aus einem weichfließenden Stoff und ein Jersey-Top mit U-Ausschnitt, das wie eine Fahne vor ihrem Busen flatterte. Ihr Haar war in kunstreichen Locken zu einem Turm hochfrisiert, und ihre Ohrringe waren so groß wie Kronleuchter. Sie hätte die entthronte Königin eines vor Kurzem demokratisierten afrikanischen Staates sein können. »Solange es nicht bedeutet, dass Schwarze in Stammestracht herumlaufen müssen«, brummte sie rebellisch und verschränkte die Arme vor der Brust.

»Der Gedanke war mir noch nicht gekommen. Aber falls du andere glänzende Ideen hast, würde ich sie sehr gern hören«, bemerkte Alice trocken.

Calpernia überlegte einen Moment und runzelte gedankenverloren die Stirn. Plötzlich schlug sie sich mit der flachen Hand vor die Stirn. »Verdammt! Weiß nich', warum ich nich' schon früher drauf gekommen bin. Mein alter Opa unten in Mississippi hätte keine zwei Sekunden dafür gebraucht, und er hat es nur bis zur zweiten Klasse geschafft.«

Dann erläuterte sie ihnen ihre Idee.

11. Kapitel

Jeremy genoss eine neue, ungewohnte Popularität. Jungen, die ihn in der Vergangenheit kaum beachtet hatten, sahen ihn wissend an oder reckten den Daumen in die Höhe, wenn sie ihm auf dem Schulflur begegneten. Und vor Kurzem hatte ihn Jimmy DeLorenzi – der Supersportler, der bis dahin erst einmal mit Jeremy gesprochen hatte, um ihn um seine Aufzeichnungen zu einer Geschichtsstunde zu bitten, die er versäumt hatte – in einer Freistunde zur Seite genommen, hatte ihm brüderlich den Rücken geklopft und dabei ermuntert: »Halt durch, alter Junge! Jeder weiß, dass Carrie Ann eine Schlampe ist. Wir halten zu dir, okay?« Sogar die Mädchen waren netter zu ihm. Er war kein gesichtsloses Neutrum mehr. In ihren Augen hatte er nun etwas Faszinierendes an sich, denn er hatte etwas getan, was von den Erwachsenen nicht gebilligt wurde. Durch eine einzige, bedauernswerte Alkoholeskapade war er vom namenlosen Jungen zum coolen Typen geworden, während Carrie Ann Flagler geschnitten und zur Außenseiterin wurde.

Jeremy hätte sich darüber freuen sollen, aber er war unglücklich. Er wusste, er sollte Carrie Ann für das, was sie getan hatte, hassen. Aber er hatte immer mehr das Gefühl, als steckten sie gemeinsam in dieser Sache, wie in den Kinofilmen, in denen zwei Menschen in einem eingestürzten Minenschacht festsaßen oder sich nach einem Schiffbruch an ein Rettungsfloß klammerten. Vielleicht war sie überzeugt, nicht zu lügen;

vielleicht glaubte sie tatsächlich, was sie der Polizei erzählt hatte. Wenn man betrunken war, stellten sich die Dinge bisweilen verzerrt dar – wer wüsste das besser als er? Und sie war in jener Nacht sturzbetrunken gewesen. Sie beide waren es gewesen. Wenn Jeremys Erinnerung an das folgenreiche Ereignis nicht so klar gewesen wäre – man vergaß sein erstes Mal nicht, wie beschissen es auch geendet haben mochte –, hätte er sich vielleicht sogar gefragt, ob es so passiert wäre, wie Carrie Ann es ausgesagt hatte.

Meistens, wenn er sich nicht mit seinem Anwalt treffen oder vor Gericht erscheinen musste, dachte er nicht daran. Stunden konnten vergehen, bis es ihn plötzlich wie aus heiterem Himmel wieder traf: Er war der Vergewaltigung beschuldigt worden. Er. Jeremy Kessler. Der davor nicht einmal die Brüste eines Mädchens berührt hatte. Es war so unwirklich, dass er beinahe glauben konnte, es passierte einem anderen Menschen.

An einem stürmischen Tag Anfang Dezember lief er den Flur in der Schule entlang, um sein Klassenzimmer für Biologie rechtzeitig vor dem letzten Läuten zu erreichen. Plötzlich nahm er im Augenwinkel etwas wahr, das ihn stehen bleiben ließ. Carrie Ann. Sie weinte und rieb heftig mit ein paar nassen Papiertüchern an einer Schmiererei herum, die offensichtlich mit einem schwarzen Marker auf ihren Spind gekritzelt worden war: das grob geschriebene Wort SCHLAMPE. Er sah ihr einen Moment zu und fühlte sich irgendwie vage verantwortlich, obwohl ihre Demütigung überall, nur nicht in diesem auf den Kopf gestellten Universum, in dem alle normalen Regeln aufgehoben waren, ein Grund zum Feiern gewesen wäre.

Sie bemerkte ihn anscheinend nicht, so sehr war sie in ihr hektisches Schrubben vertieft. Er wollte sich gerade vorbeischleichen, als sie plötzlich herumfuhr. »*Was starrst du denn so?*«, zischte sie mit einem zu einer wütenden roten Fratze verzogenen Gesicht.

Hitze stieg ihm ins Gesicht. »N-nichts«, stammelte er. Er war von seinen Eltern und Mr. McGinty gewarnt worden, sich ihr zu nähern. Bis jetzt war das auch kein Problem gewesen. Sie war in keinem seiner Kurse. Aber Jeremy hätte wissen müssen, dass er ihr irgendwann über den Weg laufen würde. Er hätte darauf vorbereitet sein müssen.

»Es ist alles deine Schuld. *Diese ganze Sache.*« Sie machte eine ausladende Geste, die nicht nur den verunstalteten Spind, sondern die ganze Schule einzuschließen schien. Sie bebte, und ihre Stimme war tränenerstickt. »Du erzählst Scheiße über mich. Machst allen weis, ich hätte die ganze Sache erfunden. Hast du das nicht erzählt? Komm schon, gib es zu.« Sie kam auf ihn zu und streckte ihm anklagend das Bündel Papiertücher, die jetzt nur noch ein schwarzer Klumpen waren, entgegen.

»Ich habe zu niemandem ein Wort gesagt, ich schwöre es«, platzte Jeremy in reflexartiger Gegenwehr heraus. Gleichzeitig dachte er: *Das läuft ganz falsch. Sollte ich nicht derjenige sein, der sie beschuldigt?*

»Ja, richtig«, sagte sie sarkastisch. »Ich habe gesehen, wie du mit Jimmy gesprochen hast. Jetzt bist du auf einmal sein bester Freund? Er hat vor dieser verdammten Sache noch nicht einmal gewusst, dass du *existierst.*« Sie wischte sich wütend mit dem Handrücken die Tränen ab, die ihre knallroten Wangen hinunterliefen. Nun fiel es ihm wieder ein, Carrie Ann hatte Jimmys Namen gerufen, als sie Sex gehabt hatten. Er erinnerte sich auch daran, dass sie und Jimmy DeLorenzi einmal ein Paar gewesen waren, bevor Jimmy sie abservierte, weil sie ihn angeblich betrogen hatte. »Ich wette sogar, dass du ihn angestiftet hast, das hier zu tun.« Sie deutete auf ihren Spind.

»Warum sollte ich so etwas tun?« Jeremy sprach mit derart überraschter Unschuld, dass Carrie Ann erstarrte und ihr wütender Gesichtsausdruck sich in schmaläugige Ungläubigkeit verwandelte.

»Du willst mich auf den Arm nehmen, stimmt's?«

»Ich glaube nicht, dass du eine Schlampe bist«, sagte er und sein Gesicht wurde noch heißer bei der undeutlichen Erinnerung daran, wie sie nackt und eng umschlungen auf der Matratze in Mike Dimmocks Apartment gelegen hatten.

»Aber du hasst mich.« Sie sagte es, als sei es eine Tatsache.

Er zuckte die Schultern. »Das sollte ich wohl.«

Sie riss die Augen auf. »Du meinst, du hasst mich nicht?«

Er dachte einen Moment nach und durchforschte die Nischen seines Gehirns, wie er vielleicht einen entzündeten Zahn mit der Zungenspitze untersucht haben würde. Schließlich erwiderte er in einem Ton der Beinahe-Verwunderung, als hätte er Schwierigkeiten, es selbst zu glauben: »Nein. Ich glaube nicht.«

»Wow.« Sie starrte ihn ungläubig an.

Nun, da sie eine richtige Unterhaltung führten, falls es das war, fühlte Jeremy sich ermutigt, fortzufahren. »Hör zu, ich wäre vermutlich stinksauer, wenn ich glauben würde, dass du das nur tust, um mich reinzureiten. Aber ich vermute, dass du das Zeug, das du der Polizei erzählt hast, tatsächlich glaubst. Warum würdest du das alles sonst auf dich nehmen?«

Er rechnete damit, dass sie wieder in die Luft gehen würde. Beschuldigte er sie schließlich nicht sozusagen, dass sie die ganze Sache erfunden hätte? Aber Carrie Ann starrte ihn nur mit einem nachdenklichen abschätzenden Blick an, als würde sie ihn zum ersten Mal sehen. Als sie endlich etwas sagte, klang ihre Stimme erstaunlich gefasst. »Ich sollte eigentlich nicht mit dir sprechen, weißt du. Meine Eltern würden mich umbringen, wenn sie es wüssten.«

»Meine mich auch.« Einer seiner Mundwinkel zuckte in einem zögernden Lächeln. Er betrachtete Carrie Ann nicht als seinen Folterer, sondern eher als ein Kind, das mit Streichhölzern gespielt und unglücklicherweise ein Feuer verursacht hatte, eines, das schnell außer Kontrolle geraten war. »Soll ich dir dabei helfen?« Er zeigte auf den Spind, auf dem die ersten Buchstaben zu einem unleserlichen grauen Geschmiere verwischt waren und man nur das P und das E lesen konnte.

Sie runzelte die Stirn. »Was, wenn dich jemand sieht? Es würde ziemlich seltsam wirken, oder nicht?«

Er blickte sich um. »Na ja, es ist niemand zu sehen.«

Jeremy holte ein paar Papiertücher aus der Jungentoilette und half ihr, die Reste des Wortes wegzuschrubben. Keiner von ihnen sagte ein Wort. Sie waren gerade fertig geworden, als es schellte. Erst jetzt traf ihn die Erkenntnis mit voller Wucht: Er hatte Biologie geschwänzt, um einem Mädchen zu helfen, das ihn ins Gefängnis bringen konnte.

Jeremy dachte darüber nach, als er zu seiner nächsten Stunde eilte, und kam zu dem Schluss, dass es anderen Leuten womöglich seltsam erscheinen musste, ihm aber richtig vorgekommen war. Es gab keinen Grund, warum seine Eltern oder Mr. McGinty davon erfahren müssten. Sie würden es nicht verstehen. Jeremy war sich noch nicht einmal sicher, ob er selbst es verstand. Er wusste jedoch, dass er jetzt ein wenig besser von sich dachte, nachdem er sich wochenlang wie Scheiße gefühlt hatte. Nicht unbedingt sehr viel besser als vielmehr *anders*, als würde er mehr Eigenverantwortung tragen.

Er stellte sich vor, wie es mit Carrie Ann gelaufen war: Ihre Eltern stellten sie in der Nacht, als sie ins Haus torkelte, zur

Rede, und Carrie Ann platzte mit einer weinerlichen Version dessen heraus, was passiert war. Und sobald Erwachsene ihre Nase in etwas steckten, konnten die Dinge sich lawinenartig entwickeln. Er musste sich nur seine eigenen Eltern ansehen. Vor einem Monat hatten sie nicht einmal miteinander gesprochen, und jetzt telefonierten sie praktisch jeden zweiten Tag miteinander. Jeremy wusste nicht, was er davon halten sollte. Ein Teil von ihm war froh, dass seine Eltern gut miteinander auskamen, aber ein anderer Teil hatte Angst. Sein Dad und er waren all die Jahre prima ohne seine Mum zurechtgekommen. War es nicht besser, wenn die Dinge so blieben, wie sie waren, als zu riskieren, wieder verletzt zu werden, falls sie sich am Ende doch entschloss, wegzugehen?

Zum Glück hatte er in der vierten Stunde Sport, denn Jeremy bezweifelte, dass er momentan in der Lage gewesen wäre, sich auf etwas geistig Anspruchsvolleres als das Herumkicken eines Balles auf dem Fußballplatz zu konzentrieren. Er war so tief in Gedanken versunken – Carrie Ann, seine Mutter, der geschwänzte Bio-Unterricht –, dass er Rud erst sah, als er fast in ihn hineinlief.

»He, Kumpel. Genau der Mann, den ich sehen wollte.« Rud begrüßte ihn, als wären sie beste Freunde, als hätten er und seine Freunde Jeremy nicht hängenlassen. »Chuckie und ich gehen nach der Schule rüber zu Mike, um die neue Maschine von sei'm Bruder zu begutachten. Willst du mitkommen?«

Jeremy zog den Kopf ein und murmelte: »Ich weiß nicht. Ich hab noch was zu erledigen.« Er war verwirrt angesichts dieses plötzlichen Ansturms der Aufmerksamkeit. In der letzten Zeit war Rud immer öfter auf ihn zugekommen, nicht wie früher, als Jeremy nur aufgefordert worden war mitzukommen, wenn er zufällig dort stand, während sich alle ins Auto quetschten. Entweder hatte Rud ein schlechtes Gewissen, weil er nicht für ihn eingetreten war, oder Jeremy war wegen seines neuerdings schlechten Rufes seiner Freundschaft jetzt für wert befunden worden.

»He, Kumpel, wir reden hier von einer brandneuen Harley. Einer *Harley*, Mann.« Eine nicht angezündete Zigarette hing in seinem Mundwinkel, und als Rud sich jetzt vorbeugte, roch Jeremy den kalten Rauch und die Spur eines blumigen Duftes, der das Parfüm von Ruds Freundin sein musste. »Lass uns die Karre ausprobieren, dabei kannst du diesen ganzen anderen Mist mal vergessen. Wird dir guttun, Kumpel.«

Jeremy hielt den Blick abgewandt. Er wusste, wenn er Rud ins Gesicht sehen und das Mitgefühl darin sehen würde, mit dem Rud ihn zweifellos betrachtete, hätte er verloren. Was nur wenige Menschen außerhalb Ruds engstem Kreis vermutet hätten, war, dass Rud trotz seines schlechten Rufes äußerst charmant sein konnte, wenn er wollte. Und wenn es auch nur eine Illusion war, so war sie doch verführerisch. In diesem Augenblick wollte Jeremy nichts lieber, als in diesem Mitgefühl zu baden und zu glauben, dass Rud tatsächlich etwas an ihm lag. Es kam ihm wie das Härteste vor, das er je hatte sagen müssen: »Es tut mir leid. Ich wünschte, ich könnte mitkommen. Dann … dann amüsiert euch gut auch ohne mich.«

»He, Mann. Du bist derjenige, dem was entgeht, nicht ich.«

Rud trat einen Schritt zurück und entließ Jeremy mit einem kühlen Blick, der ihm zu verstehen gab, dass er einen groben Schnitzer begangen hatte, indem er überhaupt angedeutet hatte, sein Kommen oder Nicht-Kommen würde in irgendeiner Weise Ruds Fähigkeit, sich zu amüsieren, beeinträchtigen. Jeremy empfand sofort ein überwältigendes Bedauern. Nur der Gedanke, wie sehr er sich selbst dafür hassen würde, hielt ihn davon ab, Ruds Einladung doch noch anzunehmen, falls sie denn noch Bestand hätte. Als er zum Sportunterricht trottete, hatte sich jegliches Gefühl verflüchtigt, selbst etwas bewirken zu können, weil er Carrie Ann geholfen hatte, und er fühlte sich einsam und deprimiert.

Ein paar Minuten später traf er in der Umkleide seinen Cousin.

»Hey, Jemmy. Was geht ab?«, begrüßte Ryan ihn mit seinem Spitznamen aus der Kindheit und grinste.

Sein Cousin kam gerade aus der Dusche und war bis auf das um die Hüfte geschlungene Handtuch nackt. Das Haar stand ihm in nassen Stacheln zu Berge. Unter anderen Umständen hätte Jeremy die üblichen Vergleiche angestellt, wenn er mit der eklatanten körperlichen Überlegenheit seines Cousins konfrontiert wurde. Er hätte Ryans eindrucksvolle Bizeps betrachtet, seinen Waschbrettbauch, die Haarmatte auf seiner Brust (Jeremy hatte bloß ein paar dünne Härchen vorzuweisen), ganz zu schweigen von dem bloßen Selbstvertrauen, mit dem Ryan nackt durch eine Umkleide voller Jungen schlenderte, die ähnliche Vergleiche zogen. Aber im Moment war Jeremy so mit seinen Gedanken beschäftigt, dass er es kaum wahrnahm.

»Nicht viel«, log er. »Und bei dir?«

»Wir sind gerade niedergemacht worden. Resnick hat es im letzten Viertel vergeigt. Scheiße, wir hätten es geschafft, wenn das nicht gewesen wäre«, berichtete Ryan eher fröhlich, obwohl er fassungslos den Kopf schüttelte. Wäre es ein Play-off statt eines Trainingsspiels gewesen, wäre es genauso von ihm abgeprallt. Kaum etwas kam Ryans angeborener optimistischer Einstellung in die Quere, ein Wesenszug, den Jeremy immer bewundert hatte, der ihn aber im Augenblick reizte.

Sie hatten sich immer sehr nahegestanden, waren mehr wie Brüder als wie Cousins. Doch dann, im Sommer zwischen der achten und neunten Klasse, hatte sich Ryan über Nacht in den jungen Mann verwandelt, die jetzt vor Jeremy stand, während dieser immer noch der spindeldürre Junge mit den aufgeschürften Knien war, der sich durch die Pubertät kämpfte. Er hatte noch mit Action-Figuren gespielt, als Ryan sich für Mädchen zu interessieren begann – ein Interesse, das im höchsten Maße erwidert wurde. Jedes Mädchen in der Schule schwärmte anscheinend für Ryan. Und nicht nur das. Er hatte überdies mit allem Erfolg, was er in Angriff nahm, ob es sich nun um den Sport handelte oder um das Vorsprechen für die Hauptrolle in einem Theaterstück, das an der Schule aufgeführt werden sollte. Kurz gesagt: Ryan war alles, was Jeremy nicht war.

»Das nervt!«, sagte Jeremy jetzt in lustlosem Ton.

Sein Cousin warf ihm einen abschätzenden Blick zu. »Bist du okay?«

Jeremy zuckte die Schultern und erwiderte sarkastisch: »Klar. Warum auch nicht? Ich habe gerade Mr. Gs Unterricht geschwänzt, und er wird sicher eine verdammt gute Erklärung dafür erwarten, die ich leider nicht habe. Ganz zu schweigen davon, dass ich vielleicht ins Gefängnis geworfen werde für etwas, das ich nicht getan habe.«

Ryan nickte langsam, als würde er die Schwere der Lage verstehen, aber seine angeborene gute Laune wurde dadurch nicht beeinträchtigt. »Ich an deiner Stelle würde keine zu große Panik schieben. Mein Dad meint, schlimmstenfalls bekommst du Bewährung, vielleicht Sozialdienst.«

Jeremy spürte, wie plötzlich Wut auf seinen Cousin in ihm aufflackerte. Was wusste Ryan schon? In seinem ganzen Leben war ihm alles auf einem Silbertablett serviert worden. »Andererseits könnte ich aber eine Gefängnisstrafe bekommen«, sagte er. »Wie die Mutter, so der Sohn, richtig?«

»Ganz ruhig, Jemmy. Du fängst an, mir auf die Nerven zu fallen.« Ryan lächelte immer noch, aber zwischen seinen Augenbrauen war eine kleine Falte aufgetaucht. »Was mit deiner Mutter passiert ist ... das war anders.«

»Richtig, vermutlich sieht Vergewaltigung gegenüber versuchtem Totschlag ziemlich zahm aus. Insbesondere, weil ich nichts mit Messern oder Klebeband am Hut habe.«

Ohne Vorwarnung packte Ryan ihn am Arm und schob ihn in eine verlassene Reihe von Spinden, wo er Jeremy auf die Bank schubste. »Du solltest nicht so reden, nicht in der Öffentlichkeit«, warnte er mit leiser Stimme. »*Ich* weiß, dass du es nicht ernst meinst, aber ein paar der anderen Jungen ...« Er warf einen Blick über die Schulter. »Du willst doch nicht noch größere Schwierigkeiten bekommen.«

Plötzlich brachen die Ereignisse der letzten Wochen wie eine Lawine über Jeremy herein. »Das schert dich doch einen Dreck!«, erwiderte er scharf. Er wusste, dass es unfair war, seine Wut an Ryan auszulassen, aber momentan war er zu angefressen, um sich Gedanken darum zu machen.

»Ich bin dein Cousin, du Dumpfbacke. Natürlich macht es mir was aus.« Ryan wirkte eher überrascht als verletzt, dass seine Loyalität in Frage gestellt wurde.

»Wirklich? Das ist mir gar nicht aufgefallen.«

Selbst als er seinen Cousin mit Schmähungen überhäufte, wollte ein Teil von Jeremy nichts lieber, als dass es wieder so wäre wie damals, als Ryan und er auf ihren Skateboards herumgesaust waren und nach der Schule gemeinsam in Mr. Kims Geschäft herumgehangen hatten, um Comics durchzublättern und heimliche Blicke in den *Playboy* zu werfen, wenn Mr. Kim nicht hinsah. Aber er wusste, dass es nicht möglich war. Sie waren beide getrennte Wege gegangen. Wäre dies ein Rennen, wäre Ryan in der Nähe der Ziellinie, und Jeremy läge weit zurück.

Jetzt warf Ryan ihm einen mitleidigen Blick zu. Irgendwie war es das, was Jeremy am meisten schmerzte. Er war so unbedeutend, dass er seinen Cousin nicht einmal zu einem Zornesausbruch provozieren konnte. »Vielleicht hättest du es gemerkt, wenn du nicht die ganze Zeit mit diesem Versagertyp Rudnicki herumhängen würdest«, meinte Ryan nicht unfreundlich.

Jeremy spürte einen Stachel der Wahrheit in seinen Worten, was ihn aber nur dazu veranlasste, Rud zu verteidigen. »Du kennst ihn nicht so, wie ich ihn kenne.«

»Das muss ich nicht«, erwiderte Ryan in einem Ton, der besagte, dass Ruds Ruf für sich selbst sprach.

»Yeah, was bedeutet es dir denn? Ich habe nicht gemerkt, dass du dir ein Bein ausreißt, um mit mir abzuhängen.«

»Wenn du den Kopf nicht so tief in den Sand stecken würdest, dass du nicht mehr geradeaus sehen kannst, wüsstest du, warum.« Jeremy sah, wie Verärgerung in den Augen seines Cousins aufflackerte. »*Du* bist derjenige, der immer Ausflüchte macht, wenn ich dich frage, ob du was mit mir unternimmst.«

Jeremy raffte die letzten Reste seiner Würde zusammen, hüllte sich darin ein wie in einen zerlumpten Mantel und informierte seinen Cousin: »Danke, aber ich brauche dein Mitleid nicht.« Der einzige Grund, warum Ryan ihn so oft aufgefordert hatte, etwas zu unternehmen, war – und davon war er überzeugt – aus einem Gefühl der familiären Verpflichtung heraus.

Ryan schlug mit der flachen Hand gegen eine offen stehende Spindtür, die mit einem lauten Knall zuschlug, der von den

Betonböden und -wänden widerhallte. Jeremy zuckte zusammen. »Jesus, du bist ein harter Brocken, weißt du das? Ist dir je in den Sinn gekommen, dass es mir *gefallen* könnte, mit dir abzuhängen? Oder bist du so sehr damit beschäftigt, dich selbst zu bemitleiden, dass du nicht gemerkt hast, was für ein egoistischer Scheißkerl du geworden bist?« Jeremy öffnete den Mund, um zu widersprechen, aber sein Cousin redete sich gerade erst warm. »Interessiert es dich überhaupt, was bei mir los ist? Dass meine Mutter sich in eine rasende Irre verwandelt hat? Herrgott, sie spricht davon, sich an einen Baum zu ketten! Man könnte glauben, es wäre unser eigenes Haus, das mit einem Bulldozer platt gemacht werden soll, so wie sie sich aufführt. Hätte es dich umgebracht, mal vorbeizukommen und mit ihr zu reden? Um zu sehen, ob es vielleicht etwas gibt, was du tun könntest? Sie ist gut zu dir gewesen, Mann. Wir *alle*.«

Jeremy stand auf. »Danke für die Lektion. Jetzt fühle ich mich nicht mehr so schlecht, weil ich Mr. Gs Unterricht versäumt habe.« Er sprach mit kalter Verachtung.

»Hörst du überhaupt zu? Hast du ein Wort von dem mitbekommen, was ich gesagt habe?« Ryan war sichtlich verstimmt, seine Augen blitzten, und sein normalerweise lächelnder Mund bildete vor Ärger einen schmalen Strich. Jeremy empfand plötzlich einen kleinen Triumph. Es war ihm gelungen, seinen Cousin zu provozieren. Das wollte etwas heißen.

Er wollte gerade gehen, als sein Blick auf Ryans nackten Oberkörper fiel. Mit der ganzen Überlegenheit, die er aufbringen konnte, sagte er mit einer Stimme, die sehr nach Ruds klang: »Kumpel, du solltest dir was anziehen, damit du dich nicht erkältest.«

Erst als sein Zorn abgeebbt war, war Jeremy in der Lage, vor sich selbst zuzugeben, dass ein Körnchen Wahrheit in dem steckte, was Ryan gesagt hatte. Genau genommen sogar mehr als ein Körnchen. Wie lange war es her, seit er zuletzt zum Essen bei ihnen gewesen war oder einfach vorbeigeschaut hatte, um Hallo zu sagen? Tante Denise lud ihn ständig ein, vorbeizukommen, aber er hatte ihr lauter Ausreden präsentiert. In letzter Zeit hatte er das Gefühl gehabt, als steckten sie und seine Mom irgendwie unter einer Decke, indem sie beide versuchten, ihn dazu zu bekommen, Sachen zu tun, die er nicht tun wollte, und Gefühle zu wecken, die er lieber weiterhin begraben sehen wollte. Aber war er nicht sogar wesentlich selbst daran beteiligt, weil er seiner Mutter angeboten hatte, für sie zu arbeiten?

Er hatte es nicht geplant. Es hatte sich einfach irgendwie ... ergeben. Und jetzt, als er sich vor seinem Spind bückte, um seine Turnschuhe zuzubinden, flüsterte eine Stimme in seinem Kopf: *Niemand hat dich dazu überredet.* Welcher Art seine ursprünglichen Beweggründe auch gewesen sein mochten, er hatte festgestellt, dass es ihm *gefiel*, im Restaurant zu arbeiten, obwohl er nur als Aushilfe dort war. Es war auch eine Frage des Stolzes, dass er ihr beweisen wollte, ihrer Liebe genauso wert zu sein wie David, dass nicht der falsche Sohn auf dem Friedhof begraben war, auf dem man David zur letzten Ruhe gebettet hatte. Vielleicht würde sie es dann nicht so eilig haben, wieder zu verschwinden; vielleicht würde sie ihn sogar bitten, mit ihr zu gehen. Er würde natürlich nicht mitgehen. Aber es wäre nett, gefragt zu werden.

Dann fiel ihm etwas anderes ein, etwas, das ihm einen Schauer den Rücken hinunterjagte: Wenn irgendjemand gehen würde, dann wäre das höchstwahrscheinlich er, wenn sie ihn ins Gefängnis brachten.

* * *

Jeremy vergaß seine schlechte Laune, als er später am Nachmittag im Restaurant eintraf und feststellte, dass die meisten Tische besetzt waren. Die Beerdigungsatmosphäre der vergangenen Woche hatte emsiger Betriebsamkeit Platz gemacht. Katie, die in ihrer Kellnerinnenuniform an ihm vorbeifegte, einer Baumwollschürze im Stil der Vierzigerjahre, die seine Großmutter aus übrig gebliebenem Vorhangstoff genäht hatte, wirkte erschöpft; ihre Wangen waren gerötet, und verirrte Haarsträhnen hatten sich aus ihrem Pferdeschwanz gelöst. Jeremy fand seine Mutter in der Küche, wo sie sich mit der gleichen Lichtgeschwindigkeit bewegte.

»Erstaunlich, nicht wahr?«, sagte sie über das Stakkato des Gemüsehackens hinweg. »So geht es schon den ganzen Tag.«

»Ist etwas passiert, von dem ich noch nichts weiß?«, fragte er und hob ein Stück Sellerie auf, das von der blitzenden Spitze ihres Messers auf den Boden geflogen war. Er hatte wegen eines Zahnarzttermins und eines überfälligen Referats für Englisch zwei Arbeitstage ausgesetzt.

»Das haben wir Calpernia zu verdanken«, erklärte Alice. »Du erinnerst dich an ihren Onkel aus Memphis?«

Jeremy nickte. »Der Grillmeister.« Seine Mutter und Calpernia hatten in der vergangenen Woche über nichts anderes geredet.

»Nun, er ist hier. Und er hat den Grill aufgebaut und grillt.«

»Ich habe schon gedacht, ich hätte Rauch gerochen.« Jeremy stibitzte einen Würfel von dem Brot, das sie für Croûtons klein geschnitten hatte.

»Na ja, offensichtlich bist du nicht der Einzige. Der Rauch zieht schon den ganzen Tag Gäste an. Es ist wie ein Wunder. Wer konnte auch wissen, dass der brennende Wald sich als Onkel Monroes Hickoryholz herausstellt?« Sie lachte atemlos und berichtete: »Wir kommen mit den Bestellungen kaum hinterher. So viel zur *Haute Cuisine*. Ich vermute, *Bœuf Bourguinon* kann nicht mit bodenständigen Spareribs konkurrieren.«

»Sei vorsichtig, was du dir wünschst, ja?«, sagte Jeremy grinsend.

»Im Ernst. Ich hätte nie gedacht, ich würde einmal eine Spareribs-Bude führen, aber, hey, wenn's funktioniert.« Alice hielt mitten im Schneiden inne, um verwundert den Kopf zu schütteln. Dabei lächelte sie ein kleines ironisches Lächeln. Nach einem Augenblick richtete sie ihren Blick wieder auf Jeremy. »Wenn du nach einer Beschäftigung suchst, kannst du mit dem Geschirr anfangen«, sagte sie und zeigte mit ihrem Messer auf einen Berg schmutziger Teller in der Spüle. »Ausgerechnet heute ist Eduardo krank!«

Jeremy nahm die Schürze vom Haken im Schrank. Es machte ihm nichts aus, zur Arbeit eingeteilt zu werden, selbst wenn es ein so wenig anspruchsvoller Job wie das Beladen des Geschirrspülers war. Es vertrieb die schwarzen Gedanken, die seinen Kopf belagerten wie Krähen, wann immer er zu viel freie Zeit hatte. Außerdem war seine Mutter auf seine Hilfe angewiesen. Es war nicht wie bei seinem alten Chef, Mr. Barbour, der einen an einem Tag rausschmeißen und am nächsten Tag so leicht ersetzen konnte, als würde er einen Dichtungsring in seinem Automotor auswechseln. Seine Mutter hielt sich gerade eben über Wasser, und selbst bei dem zunehmenden Betrieb würde es eine Weile dauern, bevor sie es sich leisten konnte, eine Zusatzkraft einzustellen.

Er kratzte gerade den letzten Teller ab, als Ryans Worte ihm wieder in den Sinn kamen. Er spürte, wie sie in seinem Bauch brannten. War er auch in Bezug auf seine Mutter ein egoistischer Scheißkerl gewesen? Indem er sie aus der Sicht eines verletzten, einsamen, kleinen Jungen gesehen hatte statt aus der eines fast erwachsenen Mannes? Hatte er sie für etwas bestraft, an dem sie nicht schuld war?

Normalerweise hätte er über den Gedanken nur spöttisch gelacht, aber die verwirrende Begegnung mit Carrie Ann und die Kopfwäsche, die sein Cousin ihm verpasst hatte, hatten ihn aufgerüttelt und dazu gebracht, die Dinge neu zu überdenken. Nicht, dass er bereit wäre, sich seiner Mutter in die Arme zu werfen und ihr zu sagen, alles wäre vergeben. Nur, dass es vielleicht nicht wehtun würde, ein wenig nachsichtiger mit ihr zu sein.

Jeremy hatte alles in den Geschirrspüler geräumt und trug dann den Abfall hinaus. Im Garten hinter dem Haus traf er Calpernia, die sich mit einem alten Mann beratschlagte. Er hatte Haare wie Stahlwolle und eine Haut von der Farbe und Beschaffenheit von Dörrfleisch. Die beiden beugten sich wie zwei Verschwörer über eine Art Hinterwäldlerkonstruktion aus einem alten Ölfass, das mit Ersatzteilen bestückt war, die von einem Schrottplatz stammen könnten. Rauch kräuselte sich unter der Abdeckung und aus dem Ofenrohr hervor, das oben herausragte wie bei einem Experiment eines verrückten Wissenschaftlers. Die Luft in der Umgebung flirrte von der Hitze, die abgegeben wurde.

»Jeremy, Süßer, das hier ist Onkel Monroe«, machte Calpernia ihn bekannt. »Ich weiß, er sieht aus wie eine vertrocknete alte Feige und scheint nicht mal eine Kiste Marshmallows hochheben zu können, aber er arbeitet so hart wie ein Muli. Und es gibt keine Spareribs, die so gut sind wie seine.«

»Sie hat eine Klappe so groß wie das *falsche* Ende eines Mulis, aber sie ist auch nicht übel«, brummte Onkel Monroe und drehte sich um, um seine Nichte liebevoll anzustrahlen. Er musste auf die achtzig zugehen, war so dürr wie die Barbecue-Gabel in seiner Hand, und ihm fehlte ein Schneidezahn. Er wandte seine Aufmerksamkeit wieder Jeremy zu. »Was meinst du, is' sie nich' was Besonderes?«

Einen Augenblick lang glaubte Jeremy, er meinte Calpernia, dann bemerkte er, wie der alte Mann stolz seine Konstruktion betrachtete. »Das ist sie, ganz bestimmt«, stimmte er zu. Er war nicht sicher, was die Konstruktion darstellen sollte. Aber den verführerischen Düften nach, die in seine Richtung wehten, erfüllte sie ihren Zweck.

»Natürlich muss man auch ein Händchen dafür haben«, sagte der alte Mann und hob den Deckel, um die Spareribs, die auf dem Rost brutzelten, mit der Gabel zurechtzurücken. »Das ist nichts, das man über Nacht lernen kann.«

Calpernia drehte sich zu Jeremy um. »Er will mich bloß hinhalten, das ist alles. Er will nicht, dass jemand das Rezept für seine Geheimsauce erfährt. Er sagt, es wäre ur-he-ber-rechtlich geschützt. Der alte Idiot weiß nich' mal, was das Wort bedeutet«, fügte sie mit einem kehligen Glucksen hinzu.

Onkel Monroe setzte einen gespielt beleidigten Blick auf. »Tue ich wohl. Ich hab's im Lexikon nachgeschlagen.«

Jeremy hörte ihrem Geplänkel noch ein paar Minuten lang zu. Aber auch wenn Calpernias Versuche, das Rezept aus ihrem Onkel herauszukitzeln, bislang erfolglos waren, würde Jeremy einen Wochenlohn darauf verwetten, dass sie es schließlich aus ihm herausbekommen würde. Sie war nicht der Typ, der ein Nein als Antwort akzeptierte.

Zuerst hatte er nicht gewusst, was er von ihr halten sollte. Es gab nicht viele Schwarze auf der Insel, und schon gar nicht solche wie Calpernia. Genau genommen glich sie niemandem, den er bislang kennengelernt hatte: taff, gerissen, mit einem

Mundwerk, das Ruds zahm wirken ließ. Auch war sie anscheinend nicht im Geringsten an Jeremys Meinung über sie interessiert, wäre sie nun gut oder schlecht. Aber nachdem er sie anfangs abschreckend gefunden hatte, stellte er bald fest, dass er von ihr fasziniert war. Er bewunderte sie sogar in gewisser Hinsicht. Sie war furchtlos und unverfroren. Sie weigerte sich, sich durch die schlechten Karten, die das Leben ihr ausgeteilt hatte, festlegen zu lassen.

Das Einzige, was ihm immer noch seltsam vorkam, war die Bindung zwischen Calpernia und seiner Mom. Nach seinen verschwommenen Kindheitserinnerungen hätte sich die Mutter, die er gekannt hatte, niemals mit jemandem wie Calpernia angefreundet. Sie wäre höflich gewesen, wenn sie sich zufällig begegnet wären, aber das wäre auch schon alles gewesen. Nicht, weil sie Vorurteile gehabt hätte, sondern weil sie keine Gemeinsamkeit gehabt hätten – ihre Hautfarbe wäre noch der geringste Unterschied gewesen. Die Umstände im Gefängnis, dachte er, hatten aus seiner Mutter einen interessanteren Menschen gemacht.

Jeremy probierte das Stück Fleisch, das Onkel Monroe aufgespießt hatte, und es schmeckte noch köstlicher als es duftete. »Prima! Das schmeckt umwerfend. Seid ihr sicher, dass das legal ist?«

Calpernia lachte leise. »Sollte es besser sein, sonst gerate ich in Schwierigkeiten.«

Jeremy verweilte noch ein paar Minuten, bevor er zögernd meinte: »Na ja, ich denke, ich gehe besser wieder an die Arbeit. Meine Mom hat da drinnen alle Hände voll zu tun. Ich habe es noch nie so voll gesehen.«

»Mein Sohn, du hast noch gar nichts gesehen. Wir fangen gerade erst an«, sagte Onkel Monroe.

Calpernia klinkte sich ein und übernahm die schleppende Südstaaten-Sprechweise ihres Onkels: »Yeah, sobald dieser alte Idiot mir alle seine Tricks beigebracht hat, werde ich euch allen ein oder zwei Sachen zeigen.« Sie lachte glucksend und schüttelte leicht den Kopf, als wäre das eine Art Insiderwitz.

Jeremy fiel die Veränderung auf, sobald er wieder ins Haus kam. Stille hatte sich im Restaurant ausgebreitet, und in der Küche mit der Theke, die zum Speiseraum hin offen war, stand seine Mutter so bewegungslos wie eine Statue und starrte hinaus auf die voll besetzten Tische.

»Er ist da«, sagte sie mit seltsam ausdrucksloser Stimme.

»Wer?« Jeremy spürte, wie sein Herzschlag sich beschleunigte.

Sie drehte sich zu ihm um, und er sah die Angst in ihrem Gesicht, aber auch den Trotz. »Mr. White.«

Jeremy blickte hinaus in den Speisesaal, wo der Bürgermeister an einem Tisch am Fenster saß. Er sah aus, als würde er sich vollkommen wohlfühlen, so als wäre er ein beliebiger Gast, der die Speisekarte studierte und versuchte, sich zwischen einer warmen oder einer kalten Vorspeise zu entscheiden. Er war so unauffällig, dass Jeremy ihn gar nicht erkannt hätte, wäre da nicht der Rollstuhl gewesen. Das, und der Anblick seiner Mutter, der alle Farbe aus dem Gesicht gewichen war, als sie den Mann betrachtete, der sie alles gekostet hatte, was ihr lieb und teuer gewesen war.

12. Kapitel

APRIL 1943

Eleanor Styles hielt sich bemerkenswert gut, sagten alle. Jedoch mutmaßten einige Leute insgeheim, dass der Grund, warum niemand sie eine Träne hatte vergießen sehen, eher mit ihrer seltsamen, stolzen Art zusammenhing als mit dem tiefen Schock über den Tod ihres Mannes. Auch als sie sich in die Reihe der Kriegerwitwen einreihte, blieb sie meistens für sich. Man sah sie selten in der Stadt, und falls sie am Sonntag betete, dann tat sie es nicht in der Kirche. Wenn jemand ihr doch zufällig begegnete, wenn sie im Lebensmittelgeschäft Kingston einen Gang entlang ging oder in Caldwells Apotheke in der Schlange wartete, war es, als würde man einen Blick auf eine Erscheinung erhaschen – eine geisterhafte Gestalt in Schwarz, irgendwie königlich in ihrer Trauer. Oft hielt sie die Hand ihrer Tochter umklammert, die ebenfalls bedrückt und niedergeschlagen wirkte.

Eleanor hatte etwas an sich, das nicht zu einem Gespräch einlud. Die meisten Inselbewohner kannten sie, seit sie ein kleines Mädchen gewesen war, aber nur eine Hand voll hatte das Gefühl, mehr als eine Grußbekanntschaft mit ihr zu pflegen. Schon seit frühester Kindheit hatte sich die jüngste Tochter des Pastors von den anderen unterschieden, durch ihre Schönheit und später durch die Gerüchte, die sie umrankten: dass sie ein flottes Leben führte und mit älteren Männern verkehrte, und zwar mit einem gewissen Lowell White. Selbst ihre Heirat mit Joe Styles hatte für hochgezogene Augenbrauen gesorgt. Warum heiratete sie ihn und nicht einen von den Dutzenden eher geeigneten Männern in ihrem Alter, die über heiße Kohlen gegangen wären, um mit ihr zusammen zu sein? Nicht eben wenige Leute stellten ihre Vermutungen über den Zeitpunkt des Beginns dieser Verbindung an, genauer gesagt wegen des Auftauchens Joes in ihrem Leben und der Geburt von Eleanors Tochter siebeneinhalb Monate später. Aber Lucy war ein sehr zartes Baby gewesen, das bei der Geburt kaum mehr als 2500 Gramm gewogen hatte, sodass sie tatsächlich ein Frühchen hätte sein können, wie erzählt wurde. Und gewiss konnte niemand Anstoß an Mrs. Styles' Verhalten nehmen, denn es war über jede Kritik erhaben.

Selbst ihre Witwenschaft wirkte auf gewisse Weise ergreifender als die anderer Frauen, die einen ähnlichen Verlust erlitten hatten. Die Trauer hatte ihre blasse Schönheit nur noch verstärkt und sie in ihrer ruhigen Würde noch faszinierender gemacht. Die Frauen, deren Ehemänner aus dem Krieg heimgekehrt oder auf Heimaturlaub waren, waren insgeheim froh, dass Eleanor für sich blieb und nicht an gesellschaftlichen Ereignissen teilnahm, die sie mit ihnen in Kontakt gebracht hätte. Denn wie tapfer diese Männer sich auch im Kampf geschlagen haben mochten, so wären doch nur wenige von ihnen Eleanor gewachsen gewesen. Selbst ohne es zu beabsichtigen, hätte sie einen Mann mit einem einzigen Blick erobern können.

Einer dieser Männer näherte sich ihr, als sie an einem für diese Jahreszeit ungewöhnlich warmen Vormittag im April ihre Post beim Postamt abholte. Die roten Blüten der Johannisbeeren standen in voller Pracht, und die grauen Wale unternahmen ihre jährliche Wanderschaft, um sich in den Gewässern vor der Küste zu paaren. »Mrs. Styles«, sagte eine vertraute Stimme an ihrem Ohr. Sie drehte sich um und sah sich Auge in Auge mit ihrem früheren Liebhaber. Sie hatte ihn im Laufe der Jahre einige Male im Vorbeigehen gesehen, aber sie hatten seit fast einem Jahrzehnt kein Wort mehr miteinander gewechselt. Es war ein Schock für sie, als er jetzt vor ihr stand, schlank und elegant wie schon damals mit dem weichen Filzhut und dem grauen Nadelstreifenanzug, der zu hochwertig war, um auf der Insel gekauft worden zu sein. Er lächelte, und die Fältchen um seine Augen und seinen Mund vertieften sich, als würde ihn etwas erheitern. »Na, wenn das nicht eine nette Überraschung ist. Es ist lange her, nicht wahr?«

Sie erstarrte einen Moment lang, gewann aber schnell die Fassung wieder, als sie sich des Blickes der Postmeisterin bewusst wurde. Keine Neuigkeit, die per Post oder Telegramm weitergeben wurde, verbreitete sich schneller als jene, die von Edna Polhouses Zunge überbracht wurde. »Ja, Mr. White, in der Tat. Sehr lange«, erwiderte sie mit höflicher Stimme. »Was führt Sie hierher?« Normalerweise würde seine Sekretärin ein Paket verschicken oder die Post abholen, genau, wie Eleanor es oft für ihn getan hatte.

»Eine Eilzustellung«, antwortete er und zog ein Päckchen unter dem Arm hervor. »Es ist kaum zu glauben, aber in meinem Büro liegen alle mit der Grippe zu Hause. Und deshalb bin ich hier und muss mich allein durchschlagen.«

»Nun, ich bin sicher, Sie werden es schaffen.«

»Und du? Wie kommst du zurzeit klar?« Sein übermütiges Lächeln machte einem mitleidigen Ausdruck Platz. »Schrecklich, das mit deinem Mann. Ich habe in der Zeitung davon gelesen. Guadalcanal, nicht wahr?«

Sie nickte steif.

»Ich habe ihn nicht gut gekannt«, fuhr Lowell fort, »aber er hat mal etwas für mich erledigt. Er schien ein guter Mann zu sein.«

»Das war er.« Eleanor zuckte wegen der offenen Unaufrichtigkeit seiner Worte zusammen. Aber trotzdem spürte sie, wie die heißen Finger der Trauer ihren Griff um ihr Herz verstärkten, eine Trauer, die durch ihr Schuldbewusstsein vergrößert wurde. Denn sie konnte den Verdacht nicht abschütteln, dass ihre Liebe zu William irgendwie der Grund für den Tod ihres Mannes gewesen wäre.

»Nun, wenn ich irgendetwas tun kann. Irgendetwas …« Lowells Augen schienen mehr als Mitgefühl zu übermitteln.

Hast du nicht genug getan? Der höfliche Ausdruck blieb wie festgefroren in ihrem Gesicht, während Eleanor sich nur wünschte, dass dieses unangenehme Gespräch endlich vorbei sei. Was wäre, wenn Lucy bei ihr gewesen wäre? Wie heikel wäre das gewesen! Und angenommen, jemand hätte die Ähnlichkeit zwischen Vater und Tochter bemerkt? Wenn man die beiden nebeneinander sähe, wäre sie kaum zu übersehen. Bei dem Gedanken erschauderte Eleanor.

»Danke, aber ich komme gut zurecht«, sagte sie. Das war in Wirklichkeit eine Lüge, aber woher sollte er das wissen?

Sie ging an ihm vorbei, um ihre Post in den Schlitz zu werfen: ein paar überfällige Rechnungen, die sie endlich von Joes Sterbegeld bezahlen konnte, und einen Brief an Joes Schwester in Oregon, in dem sie das Wetter als Ausrede vorschob, das sie von einem Besuch abhielt. Seit die Nachricht von Joes Tod eingegangen war, bestand Imogen darauf, dass sie kommen sollte, weil sie offenbar glaubte, es würde Eleanor guttun, ihre Trauer teilen zu können. Eleanor jedoch wollte nur ihre Ruhe haben.

Sie ging über den Parkplatz zu ihrem Wagen, als Lowell ihr nachrief: »Eleanor!«

Sie blieb wie angewurzelt stehen. *Er wird etwas über Lucy sagen*, dachte sie. Ihr Herz begann zu rasen, und Flügel der Panik schlugen in ihrer Brust. Sie kämpfte, um ihre kühle Haltung beizubehalten, und irgendwie gelang es ihr. Sie gab vor, weder die zielbewusste Art, mit der er sich ihr jetzt in den Weg stellte, noch die Eindringlichkeit seines Blickes zu bemerken, der irgendwie aufdringlich wirkte.

»Ja, was ist?«, erwiderte sie ein bisschen ungeduldig.

»Ich wollte dir nur sagen, dass es mir ehrlich leidtut. Das mit deinem Mann. Das ... mit dem Mädchen auch.« In diesem Augenblick schien er beinahe aufrichtig zu sein.

Eleanor ließ sich jedoch nicht täuschen. Sie betrachtete ihn kühl. »Sie hat einen Namen. Lucy.«

»Meine Güte! Glaubst du, ich wüsste das nicht? Sie ist meine Tochter!« Lowell riss sich den Hut vom Kopf und fuhr sich mit der Hand durchs Haar. Das einzige andere Mal, dass sie ihn so aufgeregt erlebt hatte, war gewesen, als sie ihm von ihrer Schwangerschaft erzählt hatte. »Du kannst dir nicht vorstellen, wie das für mich gewesen ist. So oft habe ich mir gewünscht, es ... es dir gegenüber wiedergutzumachen. Aber da war Joe. Und wenn Dorothy es je herausfinden würde, dann ... na ja, es wäre mir lieber, sie würde es nicht erfahren.«

Dorothy. Seine Frau. Die gute Partie, die er gemacht hatte, nachdem er sich die Hörner abgestoßen hatte. Eleanor hatte in der Zeitung davon gelesen, als die Verlobung verkündet worden war. Dorothy Jasper, die Tochter des texanischen Ölbarons Henry Jasper und Absolventin der Vanderbilt University, wo sie der Studentinnen-Verbindung Phi Delta Kappa angehört hatte. Jahre später war nach Henrys Tod sein gesamtes

Vermögen an Dorothy, sein einziges Kind, gefallen. Dadurch hatte sich Lowells ohnehin schon riesiges Vermögen mehr als verdoppelt. Aber es gab eine Sache, auf die er nie Anspruch erhoben hatte, und das war Lucy. Nicht, so lange Eleanor lebte.

»Wie geht es Ihrer Frau?«, erkundigte sie sich betont. Beharrlich siezte sie ihn weiterhin, als könnte sie ihn damit auf Distanz halten.

»Sehr gut, danke«, antwortete er zerstreut. »Aber hör mal, das ist nicht der Grund, warum –«

Sie machte entschlossen weiter. »Und Ihren Kindern?« Sie hatte sie in der Stadt gesehen, ein Mädchen, das den dunklen Teint und das gute Aussehen ihres Vaters geerbt hatte, und einen Jungen, der mit seiner milchweißen Haut das Ebenbild seiner blassen Mutter war.

»Halten wir doch meine Familie heraus, ja?« Die falsche Wärme war aus seinem Gesicht gewichen, und jetzt warf er einen verstohlenen Blick über den Parkplatz, als wäre ihm plötzlich bewusst geworden, dass sie sich in der Öffentlichkeit befanden, wo jeder sie sehen könnte. Glücklicherweise war niemand in der Nähe. Die einzigen Zeichen von Aktivität kamen von den Bienen, die über den Geißblattranken am Zaun tanzten, und den Spatzen, die an den Blüten herumpickten, die von einem Ahornbaum gefallen waren und in einem hübschen goldenen Teppich das Pflaster übersäten. »Hör zu, Eleanor, ich weiß, dass dies für dich unangenehm ist. Das ist es für mich auch«, sagte er in einem versöhnlicheren Ton. »Können wir uns irgendwo ungestört unterhalten?«

»Ich bin nicht der Meinung, dass es etwas gibt, worüber wir uns unterhalten müssten«, entgegnete sie.

»Sieh mal, ich versuche doch nur, dir zu helfen. Ich weiß, dass du es in letzter Zeit nicht leicht hattest.«

»Ich brauche Ihre Hilfe nicht.« Sie wollte an ihm vorbeigehen, aber er hielt sie am Arm fest. Sie erkannte den wilden, unkoordinierten Blick, und Panik loderte in ihr auf. Genauso hatte er sie angesehen, bevor er sie zum ersten Mal geküsst hatte.

Sein Gesicht sah heute genauso aus wie damals, ein bisschen faltiger vielleicht, aber es übte keine Anziehung mehr auf sie aus. Es lag etwas beinahe Feminines in der Perfektion seines mit Brillantine frisierten dunklen Haars, das jetzt mit Grau durchzogen war. Und im unbarmherzigen Tageslicht machten ihn die Tränensäcke unter seinen Augen, die ihn einst bei Kerzenschein aufregend dekadent wirken ließen, nur alt.

»Sei nicht albern, Eleanor. Nachdem Joe gestorben ist, wird es nicht leicht für dich werden. Ich weiß es. Ich habe deine Bankkonten überprüft.« Vor Schock fiel ihr die Kinnlade herunter, aber er fuhr dreist fort: »Du musst mich nicht so ansehen. Ich spioniere dir nicht hinterher. Glaube mir, mir liegt nur dein und Lucys Wohlergehen am Herzen.«

Sie zitterte vor Empörung. »Wie können Sie es wagen!«

»Die Sache ist die«, redete er weiter, als hätte sie nichts gesagt, »ob es dir gefällt oder nicht, du wirst Geld brauchen. Und das, meine Liebe, ist das Einzige, was ich im Überfluss habe.«

»Ich will keine Almosen von Ihnen!«, zischte sie.

»Dann nenn es eine Rückzahlung dessen, was ich dir schulde.«

»So wie ich Sie kenne, würden Sie eine Gegenleistung dafür verlangen.«

Er legte den Kopf zurück, um sie mit einem verletzten Blick zu mustern. »Hältst du wirklich so wenig von mir? Ich bin nicht der schreckliche Mensch, als den du mich darstellst. Ehrlich. Die Art und Weise, wie die Dinge mit uns zu Ende gingen ... Ich habe mich schlecht benommen, ich gebe es zu. Und glaub nicht, ich hätte es nicht bereut.«

Reue? Was wusste er von Reue? »Das kümmert mich schon lange nicht mehr«, informierte sie ihn kühl. »Wirklich, es gibt keinen Grund, sich meinetwegen Mühe zu machen.« Sie wollte nichts von Lowell White haben, weder sein Geld, noch seine verspätete Reue.

»Wir haben ein Kind. Ist das nicht Grund genug?«

Das Blut stieg ihr in den Kopf, drückte sich gegen ihre Schläfen und ließ sie pochen, aber es gelang ihr, äußerlich ruhig zu bleiben. »Lucy weiß nichts von Ihnen. Und ich ziehe es vor, dass es so bleibt.« Der Gedanke, dass Lowell sich Lucy nähern könnte, ließ sie plötzlich froh sein, dass Joe nicht mehr lebte, denn das hätte ihn sicherer umgebracht als jede Kugel.

»Sie muss es nicht erfahren«, sagte er mit einem vertraulichen, verschwörerischen Blick, bei dem sie eine Gänsehaut bekam.

Eleanor hätte am liebsten geschrien: *Genug!* Ihr Bedarf an Geheimnissen war gedeckt. Zuerst mit Lowell, dann mit William. Und wie Giftpilze, die in der Dunkelheit gediehen, hatten sie alles vergiftet, was ihr lieb und teuer gewesen war. Im Fall von William McGinty, indem sich Gefühle entwickelt hatten, wo es nicht zulässig war und die beinahe zur Unbesonnenheit geführt hatten. Sie schauderte, wenn sie jetzt daran dachte, was hätte passieren können, wenn Hauptmann Lewis von der Bürgerwehr an jenem Tag nicht an ihre Tür geklopft hätte.

Sie hatte William seitdem nicht mehr gesehen und plante auch nicht, ihn zu treffen. Die Tatsache, dass es eine Qual war, von ihm getrennt zu sein, trug nur zu ihrer Entschlossenheit bei. Sie hatte ihm gesagt, er solle nicht mehr zu ihrem Haus kommen, und als er ihre Wünsche missachtete, ließ sie ihn nicht herein. In letzter Zeit war er dazu übergegangen, die Kisten mit Vorräten vor der Haustür abzustellen. Irgendwann würde sie auch das beenden müssen, aber bislang hatte sie es noch nicht übers Herz gebracht.

Und jetzt musste sie mit Lowell fertig werden.

»Ich sehe keinen Sinn darin, diese Unterhaltung fortzusetzen«, teilte sie ihm mit. »Sie haben mir Hilfe angeboten, und ich habe Ihnen gesagt, dass ich sie nicht brauche. Wenn Sie mich jetzt entschuldigen, ich habe noch Besorgungen zu machen.«

Sie versuchte, an Lowell vorbeizugehen, aber er verstärkte nur seinem Griff an ihrem Arm. An der Art und Weise, wie er die Lippen hart gegen die Zähne presste, und in der kalten Tiefe seiner Augen erkannte sie seine wahre Natur: Er war ein Mann, der es nicht gewohnt war, dass man sich ihm widersetzte. »In Ordnung, wir verschieben unsere Diskussion. Aber du kannst mich nicht ewig hinhalten, Eleanor. Vergiss nicht, sie ist auch meine Tochter.«

Eleanor richtete sich auf, um ihn mit wildem Blick zu fixieren. »Sie wollen sicher nicht, dass Ihre Frau das erfährt«, sagte sie mit leiser, warnender Stimme. »Es könnte sein, dass sie es nicht besonders gut aufnehmen würde.«

Er lachte, wie er einst über ihre provinzlerische Art gelacht hatte, die er angeblich so liebenswert gefunden hatte. »Du denkst, ich würde dir glauben, dass du etwas zu meiner Frau sagst? Denk dran, was das für deinen Ruf bedeuten würde, meine Liebe. Du würdest dich von heute auf morgen von einer heiligen Witwe in einen gefallenen Engel verwandeln.«

»Ich mache mir nichts aus meinem Ruf.«

»Das glaube ich dir sogar«, meinte er und betrachtete sie nachdenklich. »Genau genommen war es sogar das, was ich immer so anziehend an dir fand. Du bist nicht wie die anderen, stimmt's? Nicht innen drin. Du tust nur so, als ob, weil es das Leben einfacher macht. Aber ich weiß, wie du wirklich bist.« Lässig strich er ihr mit einem Finger über die Wange, was sie vor Abscheu schauern ließ. Anscheinend genoss er ihr Unbehagen. »Aber es gibt etwas, das du wohl vergessen hast. Wenn es sich herumspricht, wird auch Lucy es erfahren. Bist du bereit, dieses Risiko einzugehen?«

Eleanor spürte, wie jeglicher Kampfeswille sie verließ. Er kannte sie tatsächlich. Er wusste, dass sie alles tun würde, um ihre Tochter vor der Wahrheit zu schützen. Lucy hatte es schon schwer genug, weil sie mit Joes Tod klarkommen musste. Dies hier würde sie am Boden zerstören.

»Also schön«, sagte sie mit einer von der Niederlage müden Stimme. »Hol mich morgen vor deinem Büro ab, vor der Arbeit. Wir werden spazieren fahren. Dann können wir reden.«

»Nein, jemand könnte uns sehen. Es ist besser, wenn ich zu dir nach Hause komme.«

Sie spürte, wie sie erstarrte. »Lieber nicht.«

»Was, du traust mir nicht, Ellie? Du denkst, ich könnte versuchen, dich zu verführen?« Er lächelte, als würde er sie für naiv halten. »Vermutlich sollte ich mich geschmeichelt fühlen, dass du immer noch auf diese Weise an mich denkst.«

Das hatte sie nicht in Erwägung gezogen. Sie hatte nur an die Gefahr für Joshi gedacht. Aber gab es eine Alternative? Wenn sie weiter protestierte, könnte Lowell vielleicht misstrauisch werden und allein herumschnüffeln. Und wenigstens würde sie sich in der Privatsphäre ihres Zuhauses, umgeben von Erinnerungen an ihr Leben mit Joe, ein Leben, das solide und gut gewesen war, nicht so unrein fühlen.

Joshi würde sich einfach dünnemachen müssen. Es gab eine

alte verlassene Hütte am Pfad hinauf zum Spring Hill, wo sie bei längeren Wanderungen gelegentlich Rast machte. Der Junge würde dort für die kurze Zeit sicher sein, gut versteckt und außer Sichtweite.

Trotzdem war ihr beklommen zumute, als sie Lowell eine Wegbeschreibung zu ihrem Haus gab. »Woodbury Lane, das letzte Haus auf der linken Seite. Sie können es nicht verfehlen.«

Sein Lächeln wurde zu einem breiten Grinsen, das sie frösteln ließ, obwohl sie in der warmen Frühlingssonne stand, und die Vögel in den Bäumen über ihrem Kopf zwitscherten. »Ich kenne den Weg«, sagte er.

* * *

Am nächsten Morgen konnte Eleanor sich kaum auf ihre Aufgaben konzentrieren, so angespannt war sie. Sie hatte eine unruhige Nacht verbracht, weil Gedanken an Lowell durch ihren Kopf jagten wie die Mäuse, die sie in den Wänden rascheln hören konnte, während sie sich im Bett herumwälzte. Trotzdem schaffte sie es irgendwie, Lucy angezogen und satt zur Schule zu bringen. Sie war gerade dabei, Joshi zu der Hütte zu schicken, mit ausdrücklichen Anweisungen, dass er dort bleiben sollte, bis sie ihn später abholen würde, als der Junge den Kopf hängen ließ und in seinem gebrochenen Englisch sagte: »Ich gehe, nicht kommen zurück. Besser für dich so.«

Eleanor erwiderte mit fester Stimme: »Nein, Joshi. Du hast ein Zuhause bei uns, so lange, wie du es brauchst. Und ich verspreche dir, es wird nicht immer so bleiben. Dieser Krieg kann nicht ewig dauern. Und wenn er vorbei ist, werden die Dinge wieder so sein wie vorher.«

»Nicht wie vorher. Mr. Joe nicht kommen zurück.« Joshi hob den Kopf, um sie traurig anzusehen. Er hatte Joe wie einen Vater geliebt und nahm seinen Tod sehr schwer.

»Nein, Mr. Joe wird nicht zurückkehren«, wiederholte sie traurig und blickte an ihm vorbei ins Leere.

Als sie dort stand und aus dem Fenster starrte, vorübergehend in Gedanken versunken, empfand sie auf einmal die Ironie des Ganzen. Wenn man bedachte, was sie für William empfand, hätte man denken können, dass ein Teil von ihr sich durch den Tod ihres Ehemannes heimlich befreit fühlen müsste. Aber dennoch vermisste sie Joe, mehr, als sie es für möglich gehalten hätte. Sie vermisste seine liebenswürdige Art und sein bereitwilliges Lachen, die unermüdliche Höflichkeit, mit der er sie immer behandelt hatte. Joe war kein Mann gewesen, der seine Gefühle offen zeigte, aber er hatte immer dafür gesorgt, dass sie wusste, er liebte sie. Es waren kleine Dinge, wie beispielsweise im Winter morgens früh in der Dunkelheit aufzustehen und das Feuer anzuzünden, damit das Haus warm war, wenn Lucy und sie aufstanden. Oder in die Stadt zu fahren und den Wagen aufzutanken, wenn er wusste, dass sie ihn brauchen würde. Was es noch schlimmer für sie machte, war, dass seine Leiche noch nicht geborgen worden war. Hauptmann Lewis zufolge war er mit der *Hornet* untergegangen, als sie versenkt worden war.

Sie blickte wieder zu Joshi. »Hier. Ich habe dir etwas zum Mittagessen eingepackt.« Sie reichte ihm einen Picknickkorb, den sie mit genug Proviant für ein paar Tage gefüllt hatte, darunter auch die kleinen gefüllten japanischen Reisbällchen mit Stücken von gekochtem Fisch und Gemüse, deren Zubereitung er ihr beigebracht hatte. »Du wirst dich vielleicht langweilen, aber zumindest musst du nicht hungern.«

»Ich lese Buch.« Stolz hielt er das Buch für Leseanfänger in die Höhe, eines von Lucys alten, mit denen Eleanor ihn Englisch gelehrt hatte.

Sie lächelte ihn an. »Ich glaube, du bist so weit, etwas Anspruchsvolleres als *Dick und Jane* zu lesen.« Joshi war zwar nicht in den Genuss einer privilegierten Erziehung gekommen, aber er hatte eine rasche Auffassungsgabe und liebte es, zu lernen; im Nu hatte er das Alphabet beherrscht und sich durch Lucys Bücher aus der ersten und zweiten Klasse gearbeitet. Jetzt zog Eleanor ein zerfleddertes Buch aus dem Bücherregal, einen alten Band der *Hardy Boys* von Joe, steckte es in den Korb und sagte: »Damit solltest du eine Weile beschäftigt sein. Jetzt flitz los.« Sie scheuchte ihn aus der Tür und blieb noch an der Treppe stehen, um ihm nachzusehen, als er durch den Frühlingsgarten schlich: eine schmale Gestalt in einer alten Segeltuchjacke von Joe, die wie ein Segel auf halbmast an ihm hing. Seine Schultern waren gebeugt, und sein feines schwarzes Haar fiel ihm in die Stirn. Wenn der Krieg vorbei war, würde sie ihn vermissen, das wusste sie.

Joshi warf einen Blick über die Schulter, als er sich dem Tor zum Feld näherte, und sie sah seinen besorgten Gesichtsausdruck. Er wusste nur, dass sie einen Besucher erwartete, aber wegen ihres aufgedrehten Zustands den ganzen Vormittag über musste es für ihn offensichtlich geworden sein, dass es sich nicht nur um einen normalen Höflichkeitsbesuch handeln konnte. Er hatte vielleicht sogar gedacht, dass Lowells bevorstehender Besuch eine Art Bedrohung darstellte, und damit hätte er auch recht gehabt.

Denn obwohl es stimmte, dass Lowell ein rechtmäßiges Interesse daran hatte, keine schlafenden Hunde zu wecken, war Lucy trotzdem sein Kind. Und wenn Blutsbande im Spiel waren, kam es oft vor, dass Leute auf eine Art und Weise handelten, die gegen jede Vernunft war. Deshalb war Eleanor mitten in ihrer schlaflosen Nacht zu einer Entscheidung gelangt: Wenn Lowell nichts weiter wollte, als sein Gewissen zu beruhigen, würde sie sein Geld annehmen, und damit wäre die Angelegenheit hoffentlich erledigt. Aber jeder Cent würde auf ein Sparkonto für Lucy gehen.

Weniger einfach war die Angelegenheit mit William zu klären. Als sie ins Haus zurückkehrte, um den Abwasch vom Frühstück zu beenden, dachte sie, dass die wirkliche Gefahr vielleicht nicht von ihrem früheren Liebhaber ausging, sondern von ihrem eigenen unberechenbaren Herzen. Sie hätte auf der Hut sein müssen und ihrem Herzen nicht erlauben dürfen, so tiefe Gefühle für William zu entwickeln. Die Tatsache, dass sie sich nicht einmal geküsst hatten, löschte ihre Schuldgefühle nicht aus. Denn in ihrem Herzen wusste sie, dass sie ihren Mann abertausendfach betrogen hatte, zudem noch mit einem verheirateten Mann. Und nachdem Joe tot war, war auch die Chance vorbei, es wiedergutzumachen. Sie konnte William lediglich aus ihrer Nähe verbannen, weil sie wusste, dass sie sonst weich werden könnte.

Es war wirklich ein Wunder, dass sie immer noch funktionierte. Sie vermisste nicht nur ihren Ehemann, sondern auch William, und zwar mit einer Heftigkeit, die an Verzweiflung grenzte, als wäre er ein wesentliches Element, das sie zum Überleben brauchte, und ohne das sie langsam verwelkte. Das Einzige, was sie weitermachen ließ, war das Wissen, dass sie für Lucy da sein musste.

Eine Stunde später hatte Eleanor fertig aufgeräumt und die Bügelwäsche in Angriff genommen, als sie ein Auto in die Einfahrt einbiegen hörte. Sie steckte das Bügeleisen aus und spähte aus dem Fenster. Lowell ging den Weg zur Haustür hinauf und hielt einen riesigen Blumenstrauß in den Händen. Der Anblick war gleichzeitig absurd und zutiefst beunruhigend. Sie schlug sich die Hand vor den Mund und stieß einen leisen Schrei aus, der durch ihre Hand gedämpft wurde. Was um alles in der Welt ...? Man könnte denken, er wäre gekommen, um ihr den Hof zu machen!

»Danke«, sagte sie steif, als er ihr den Strauß reichte. Sie ließ ihn am Eingang stehen, als sie in die Küche eilte, um eine Vase zu suchen und die Gelegenheit zu nutzen, sich zu fassen.

Als sie zurückkehrte, saß er in dem Lehnstuhl am Kamin. Joes Sessel. Der Anblick von Lowells wohlfrisiertem Kopf, der an der hohen Rückenlehne lehnte, an der Stelle, die von Joes Schweiß dunkler war – dem Schweiß eines fleißigen Mannes, der sich seinen Lohn ehrlich verdient hatte, mit seinen Händen und nicht durch Gerissenheit –, erfüllte sie mit plötzlicher Wut. Einen Moment lang war sie versucht, ihn zum Teufel zu jagen. Aber sie zügelte ihre Gefühle. Je schneller sie das hier hinter sich brachten, desto besser.

Aus der Tasche ihrer Hemdbluse zog sie einen Schnappschuss hervor, den sie ihm reichte. »Hier. Ich dachte, das hätten Sie vielleicht gern.« Es war ein Foto von Lucy, das in dem Jahr aufgenommen worden war, als sie fünf wurde, an einem Sommertag, als sie alle mit Joes Boot draußen gewesen waren. Eleanor hatte es ausgewählt, weil Lucy darauf mit ihrem von der Sonne um einige Nuancen heller gebleichten Haar und den Sommersprossen Lowell weniger ähnlich sah als auf allen anderen Fotos. Aber Lowell warf nur einen kurzen Blick darauf, bevor er es in die Tasche steckte, was sie dazu veranlasste, mit kaum verhüllter Verachtung zu bemerken: »Wollen Sie nicht einmal wissen, wie sie aussieht?«

»Ich weiß, wie sie aussieht«, erwiderte er.

Eleanor war bestürzt, nicht nur wegen seiner Antwort, sondern auch wegen der Ungezwungenheit, mit der er gesprochen hatte. Es war, als wüsste er alles über Lucy, was es zu wissen gab. Ihr Unbehagen wurde stärker, und zum ersten Mal empfand sie einen Anflug von echter Panik.

Sie setzte sich auf das Sofa ihm gegenüber und strich sich den Rock über den Knien glatt. Wäre er ein geladener Gast gewesen, hätte sie ihm eine Tasse Kaffee oder etwas zu essen angeboten. Aber Lowell war nicht willkommen, und es war ihr egal, falls er sie für unhöflich hielt. »Nun ja. Ich denke, wir sollten es hinter uns bringen«, begann sie, als offensichtlich wurde, dass er es nicht eilig hatte. »Ich habe darüber nachgedacht, und wenn Sie immer noch darauf bestehen, bin ich bereit anzunehmen, was auch immer Sie mir als ... Entschädigung geben wollen. Unter einer Bedingung: Es berechtigt Sie zu nichts, was Lucy betrifft. Sie halten sich von ihr fern.« Sie fixierte ihn mit einem harten, unnachgiebigen Blick. »Habe ich mich klar ausgedrückt?«

»Vollkommen.« Ein Lächeln breitete sich über sein Gesicht aus. Er wirkte so entspannt, als hätte er alles geplant, bis hin zu ihrer Antwort.

»Sie verstehen mich doch, dies ist nicht im Austausch gegen Besuche ... oder Derartiges«, betonte sie nochmals.

Er nickte und sagte sanft: »Ich glaube nicht, dass dies in unser beider Interesse wäre.«

»Nun gut. Ich bin froh, dass wir wenigstens darin einer Meinung sind.« Ihre Furcht hätte nachlassen müssen, aber aus irgendeinem Grund blieb sie auf der Hut. Nach Lowells nächsten Worten verstand sie den wirklichen Grund für seinen Besuch.

»Du verhandelst hart«, meinte er weiterhin lächelnd. »Aber das bedeutet nicht, dass *wir* uns nicht sehen können.«

Eleanor war sprachlos. Erst als Lowell sich von seinem Sessel erhob, zu ihr kam und sich neben sie auf das Sofa sinken ließ, fand sie ihre Stimme wieder. Sie sprang auf, ging zum Kamin hinüber und sagte: »Ich denke, Sie gehen jetzt besser.«

Lowell stand auf, als wolle er gehen, aber statt seinen Hut und seinen Mantel zu holen, kam er zu ihr hinüber. »Was ist los, Eleanor? Wir sind beide erwachsen, und es ist ja nicht so, dass du deinen Mann betrügen würdest.« Er warf einen Blick auf das gerahmte Foto auf dem Kaminsims, auf dem Eleanor und Joe an ihrem Hochzeitstag zu sehen waren. Joe hatte ihr den Arm um die Schulter gelegt und wirkte ein bisschen benommen, als könnte er sein Glück noch nicht ganz fassen; Eleanor in ihrem blassrosa Brautkostüm sah finster entschlossen aus, ihre Ehe zu einem Erfolg zu machen. »Außerdem wissen wir beide, dass du ihn nicht geheiratet hättest, wenn du nicht schwanger gewesen wärst. Mit meinem Kind«, fügte er hinzu und sah sie wieder an, diesmal mit einem trägen, verschlagenen Lächeln.

Auf einmal hasste Eleanor ihn, mehr als sie je jemanden in ihrem Leben gehasst hatte. »Mein Mann war ein guter Mann. Ein guter *Vater*«, sagte sie mit einer Stimme, die so kalt wie die Asche im Kamin war. »Daher wäre ich Ihnen dankbar, wenn Sie ihn nicht in irgendwelche schmutzige kleine Pläne hineinziehen, die Sie im Sinn haben.«

»Deine Loyalität ist bewundernswert, meine Liebe«, sagte Lowell, stützte sich mit dem Ellbogen auf dem Kaminsims auf und schlug unbekümmert einen Fuß über den anderen. Er schien sich in ihrem Haus so wohl zu fühlen, als würde es ihm gehören. »Aber ich fürchte, dein Mann ist nicht mehr in der Lage, Einspruch zu erheben.«

Eleanor, verletzt durch die gefühllose Unverschämtheit seiner Bemerkung, versetzte scharf: »Er hat gekämpft und ist für sein Land gestorben! Was mehr ist, als man von Ihnen sagen kann.«

Sie konnte sehen, dass sie einen empfindlichen Nerv getroffen hatte – Lowell war mit Ende vierzig in einem Alter, in dem er nicht mehr für den Kriegsdienst tauglich war –, denn sein Grinsen verschwand. Aber er erholte sich schnell und lachte rau.

»Warum sollte ich in den Krieg ziehen, wenn es so viele hübsche Witwen gibt, die Trost brauchen?«

Er schlang ihr die Arme um die Taille und zog sie an sich. Zuerst war sie zu verblüfft, um Widerstand zu leisten, aber sie kam schnell wieder zur Besinnung und versuchte, ihn wegzustoßen, jedoch vergebens. Er verstärkte nur noch seinen Griff. Sie war nur imstande, sich weit genug zurückzulehnen, um nach ihm zu schlagen, einen Schlag mit offener Hand, der ihn am Kinn traf. Er zuckte vor Schmerz zusammen, aber es entflammte ihn anscheinend nur noch mehr. Er presste seinen Mund auf ihren, nicht zärtlich wie in der Vergangenheit, sondern mit einer Grobheit, die schmerzte.

Eleanor versuchte mit ihrer ganzen Kraft, sich loszureißen. »Wenn Sie nicht sofort damit aufhören, rufe ich die Polizei!«, drohte sie mit einer Tapferkeit, die überzeugend gewesen wäre, hätte nicht ihre Stimme gezittert. Lowell reagierte mit einem Lachen. Sie starrte ihn böse an. »Sie glauben, ich würde es nicht tun? Probieren Sie es aus!«

»Oh, ich zweifle nicht daran, dass du fähig bist, alles zu tun, was du dir in den Kopf gesetzt hast«, entgegnete er mit seiner trägen, spöttischen Stimme. Was das Ganze noch schrecklicher machte, war das Wissen, dass sie sich damals eingebildet hatte, ihn zu lieben. »Aber du willst nicht wirklich die Polizei hier haben, stimmt's? Stell dir vor, wie es aussehen würde. Die Witwe Styles empfängt ihren früheren Liebhaber, wenn niemand zu Hause ist. Die Leute könnten einen falschen Eindruck bekommen.«

»Bastard!«, zischte sie und holte wieder zum Schlag aus.

Er duckte sich, und sie verfehlte ihn. Er richtete sich wieder auf und strich sich mit den Fingern das Haar zurück, das ihm in die Stirn gefallen war, was wirkte, als spielte er den Schurken in einem Kinofilm: den herzlosen, aber unwiderstehlichen Filou, für den er sich zweifellos selbst hielt. Sein Lächeln wurde breiter. »Wenn ich ein Bastard bin, dann gab es Zeiten, zu denen dir das sehr zupass gekommen ist. Ich erinnere mich nämlich, meine Liebe, dass du, bevor du in die Reihen der ehrbaren Bürger eingetreten bist, nicht genug davon bekommen konntest.«

»Bitte. Gehen Sie einfach.« Es war eher eine Warnung als ein Flehen, denn Eleanor war sich sicher, dass etwas Schreckliches passieren würde, wenn er nicht ging. Etwas Unwiderrufliches.

»Gern«, sagte er. »Aber erst, wenn ich das bekommen habe, weshalb ich gekommen bin.«

Damit fiel er über sie her.

Eleanor kämpfte gegen ihn an, aber es war sinnlos. Er überwältigte sie schnell. Als sie auf den Boden gezerrt wurde, streifte ihre Hüfte den Beistelltisch neben dem Sofa, und die darauf stehende Lampe stürzte herunter, wobei ihr Keramikfuß explosionsartig in Scherben zersplitterte, die sich wie winzige scharfe Zähne in sie gruben, als er sie auf den Teppich warf. Dann vergaß sie ihren Schmerz und es gab nur noch den Schrecken, als Lowell sich rittlings auf sie setzte, ihr den Rock über die Oberschenkel hochschob und an ihrem Schlüpfer zerrte. Sein Atem traf in heißen kleinen Stößen auf ihr Gesicht und ihren Hals, was sie sich in gewisser Weise noch schmutziger fühlen ließ als das, was er mit seinen Händen tat. Sie warf den Kopf zurück und schrie, aber es war niemand da, der sie hören konnte. Niemand, der ihn davon abhalten würde, das zu tun, was keine anständige Frau zugelassen hätte, wie töricht sie sich auch in der Vergangenheit benommen haben mochte.

Sie hörte das Auto nicht, das in die Einfahrt einbog.

* * *

Für William waren die vergangenen Monate eine stille Qual gewesen. Eleanor hatte es abgelehnt, ihn zu sehen, und es war ihm nicht gelungen, sie telefonisch zu erreichen. Er hätte eine Nachricht unter der Tür durchgeschoben, aber was wäre, wenn ihr kleines Mädchen diejenige gewesen wäre, die sie gefunden hätte? Also hatte er am Ende nichts gesagt, hatte seine Gefühle in sich eingeschlossen, wo sie wuchsen wie ein Krebsgeschwür, bis er die wahre Bedeutung des Wortes liebeskrank kennenlernte. Es war nicht nur eine Redensart, es war eine echte Krankheit, die einen elend und fiebrig machte. Sie raubte einem den Appetit, während sie einen gleichzeitig von innen her auffraß, bis man sich auf kaum etwas anderes mehr konzentrieren konnte. Sie ließ einen nachts wach liegen, Nacht für Nacht, und man hasste die Ehefrau, die süß neben einem schlummerte, und deren einziges Verbrechen darin bestand, nicht diejenige zu sein, die man liebte. Was immer er davor für Eleanor empfunden hatte, es wurde abertausendfach verstärkt durch sein erzwungenes Exil.

Alles, was ihm noch blieb, war das Porträt.

In jenen Tagen war es seine einzige Beschäftigung. William

fixierte sich auf Kosten seiner anderen Arbeit darauf, Aufträge, die Geld eingebracht hätten. Mit sorgfältigen Pinselstrichen bearbeitete er jede Falte ihres Kleides, das Licht, das ihr Gesicht erhellte, die Dutzenden verschiedenen Schattierungen ihres Haars, um sicherzustellen, dass alles perfekt wurde. Das Bild verfolgte ihn, auch wenn er nicht an seiner Staffelei stand. Nachts sah er es hinter seinen geschlossenen Augenlidern, eine Galerie mit nur einem einzigen Bild, die Demonstration der Besessenheit eines Künstlers.

Wenn er sich nicht in seinem Atelier verkroch, wanderte er die einsamen Küstenstriche entlang, die an sein Land angrenzten. Er ging viele Meilen weit, ohne bestimmtes Ziel, und der Hund war sein einziger Begleiter. Wäre ihm jemand während einer dieser Wanderungen zufällig begegnet, sein Anblick hätte ihn sicherlich schockiert: ein hochgewachsener Mann, dessen ungebärdiges Haar im Wind wehte, und der sich schwer auf seinen Wanderstock stützte, um nicht zu straucheln, nur begleitet von seinem Border-Collie. Williams Gesichtsausdruck zeigte eine so angespannte Konzentration, dass er leicht verrückt wirkte.

Er wusste, dass er sich wieder in den Griff bekommen musste. Martha hatte angefangen, Bemerkungen über sein seltsames Verhalten und seine häufige Abwesenheit zu machen, und bald würde sie sich fragen, womit er sich stundenlang in seinem Atelier beschäftigte, wenn er nichts vorzuweisen hatte. Aber so wie ein Mann im Fieberwahn warten musste, dass das Fieber sank, so war es auch mit ihm: Er hatte keine andere Wahl, als es durchzustehen und zu hoffen, dass sein Wahnsinn vorüberging, bevor ernsthafter Schaden entstanden war.

An dem Vormittag von Lowells unglückseligem Besuch bei Eleanor war William in die Stadt gefahren, um den Kanister

Terpentin abzuholen, den er in der Eisenwarenhandlung bestellt hatte. Martha hatte ihm eine Liste von Dingen zusammengestellt, die sie benötigte, weshalb er danach noch auf den Markt ging. Seine Gedanken kreisten wie gewöhnlich um Eleanor. Es war mehrere Wochen her, seit er zuletzt bei ihrem Haus gewesen war, und deshalb kaufte er auch einige Dinge, von denen er glaubte, sie könne sie brauchen. Wenn sie ihn nicht sehen wollte, konnte er zumindest für sie sorgen.

Er verstand den Grund für seine Verbannung, verstand, dass er in ihrem Kopf irgendwie in den Tod ihres Mannes verwickelt war, aber das machte es nicht einfacher für ihn. Als er mit seinem Packard die kurvenreiche Straße zu ihrem Haus fuhr, dachte er, dass er, wäre er ein freier Mann gewesen, so lange an ihre Tür getrommelt hätte, bis sie keine andere Wahl hatte, als zu öffnen. Wenn nötig, hätte er die Tür aus den Angeln gerissen. Aber er war *kein* freier Mann. Er hatte eine Frau und einen Sohn. Und welches Recht hatte er, Eleanors Leben noch mehr durcheinanderzubringen, wenn er ihr nichts außer seiner Liebe bieten konnte?

Er bemerkte den anderen Wagen, sobald er in die Einfahrt bog, einen Cadillac Cabrio, mitternachtsblau mit Weißwandreifen. Wen kannte Eleanor, der ein derartiges Auto fuhr? Es musste jemand in einer dienstlichen Angelegenheit sein.

Sein erster Gedanke war, dass es etwas mit dem Bankkredit zu tun hatte, den sie in einem Gespräch erwähnt hatte. Selbst mit Joes Sold hatte sie Schwierigkeiten, die Raten zu zahlen. Kam jemand persönlich von der Bank, um die schlechte Nachricht der Kündigung der Hypothek zu überbringen? Er konnte den Gedanken nicht ertragen, dass Eleanor und ihre Tochter vor die Tür gesetzt werden könnten. Was er auch tun musste, selbst wenn er sie dazu bringen müsste, ihren verbohrten Stolz hinunterzuschlucken und Geld von ihm anzunehmen, er würde dafür sorgen, dass dies nicht passierte.

Er stieg aus dem Wagen und ging mit großen Schritten auf das Haus zu, wobei seine Entschlossenheit mit jedem Schritt zu wachsen schien. Aber niemand öffnete auf sein Klopfen hin. Nach kurzem Zögern drehte er versuchsweise am Türknauf. Die Tür ging auf. Er trat ein und wollte eben Eleanors Namen rufen, als er ein Geräusch aus dem Nachbarraum vernahm, einen dumpfen Schlag, auf den ein erstickter Laut folgte, der ein Schreckensschrei sein konnte.

William überlegte nicht; er handelte aus purem Instinkt und schnappte sich die Flinte, die oben auf der Flurgarderobe lag. Eine Frau ganz allein auf dem Land konnte nicht vorsichtig genug sein, hatte Eleanor argumentiert, als er die Notwendigkeit der Flinte in Frage gestellt hatte. Und damals hatte er gelächelt, weil er eine Gefahr durch ein wildes Tier oder einen Eindringling für abwegig gehalten hatte.

Jetzt lächelte er nicht.

Als William mit der Flinte in der Hand ins Wohnzimmer stürmte, bot sich ihm ein Bild, das ihm das Blut in den Adern gerinnen ließ und ihm einen stummen Schrei der Empörung entlockte: Eleanor wurde von einem großen, dunkelhaarigen Mann zu Boden gedrückt. Sie kämpfte, um sich zu befreien, war aber ihre Angreifer in keiner Hinsicht gewachsen – er musste mindestens vierzig Kilo mehr als sie auf die Waage bringen. Der Mann drückte sie mit einem Knie zu Boden, während er unter ihren Rock griff und ihr den Schlüpfer herunterzerrte, blind für alles bis auf seine kranke Absicht.

William stand eine Sekunde wie erstarrt, während Erinnerungsfetzen durch sein Bewusstsein wirbelten, Erinnerungen an das letzte Mal, als er eine Waffe in der Hand gehalten hatte, vor so vielen Jahren. Es war so lange her, dass die Glätte des geölten Schaftes an seiner Handfläche und das Gewicht des Laufes an seinem Unterarm sich nicht so vertraut hätten anfühlen sollen, wie sie es taten. In einer Folge rasch ablaufender stereoskopischer Bilder sah er das Blut aus der Armwunde seines Bruders fließen, sich auf dem Hemdsärmel ausbreiten wie eine dunkelrote Blume; Stu, blass wie Birkenrinde, der Arzt, der sich über ihn beugte; und der Blick, den sein Vater ihm zugeworfen hatte, nachdem Stu gestorben war.

William hob das Gewehr und drückte ab.

13. Kapitel

GEGENWART

Er hätte irgendein beliebiger Mann mittleren Alters sein können, der dort am Fenstertisch saß und sein Essen genoss – Austern aus Judd Cove, in der Pfanne gebratene Flunder mit Salbeibutter und als Beilage grüne Bohnen. Keine gewöhnlichen Spareribs für ihn; dafür ist er zu anspruchsvoll, dachte Alice, während sie beobachtete, wie er ein Stück Fisch mit der Gabel aufspießte und zum Mund beförderte. Owen White schien nichts auch nur im Entferntesten Gefährliches an sich zu haben. Er war weder groß und kräftig noch bedrohlich. Wenn überhaupt, dann wirkte er hilflos, wie er dort in seinem Rollstuhl saß. Seine muskulösen Arme standen in einem auffallenden Gegensatz zu der sichtbaren Fülle seines Bauches. Verglichen mit den männlichen Besuchern ihrer Mithäftlinge in Pine River und deren Tattoos und Piercings, den fehlenden Zähnen und den Gesichtern, denen die Härte des Lebens anzusehen war, wirkte Owen White auf fast schon komische Weise langweilig und farblos.

Aber sie wusste, wozu er fähig war.

Obwohl er sich um niemanden als sich selbst kümmerte, löste seine Anwesenheit auch jetzt ein gewisses Aufsehen aus. Er war wie ein Stein, den man in einen Brunnen warf und der kleine Wellen verursachte, die man von einem Ende des Restaurants bis zum anderen spüren konnte. Die anderen Gäste schauten immer wieder verstohlen zu ihm hinüber, und sie steckten die Köpfe zusammen, um sich im Flüsterton zu unterhalten. Bald würden die Telefonleitungen der Insel glühen, und alle würden Bescheid wissen.

Aber was wäre zu berichten?, fragte sich Alice. Es sah nicht so aus, als wäre der Bürgermeister hier, um ihr Schwierigkeiten zu bereiten. Alles, was sie sahen, war ein Mann, der bereit war, die Vergangenheit Vergangenheit sein zu lassen. Mehr noch, sie sahen einen Mann, der Großmut zeigte, um nicht zu sagen ein gewisses Maß an Vertrauen, indem er eine Mahlzeit zu sich nahm, die sie zubereitet hatte.

Einen Moment lang geriet Alice in Zweifel. Hatte sie die Dinge aufgebauscht? Eine Verschwörung gesehen, wo es keine gab? Dann ging der Moment vorüber, und sie wusste mit Sicherheit, mit der absoluten Sicherheit, die nichts mit Logik oder äußerem Schein zu tun hatte, dass Owen etwas im Schilde führte. Sie war sich fast sicher, dass er hinter dem steckte, was mit Jeremy geschah. Warum sonst würde der Staatsanwalt eine derart harte Haltung einnehmen und einen sechzehnjährigen Jungen, dessen schlimmstes Vergehen bislang darin bestanden hatte, im Unterricht dazwischenzureden, behandeln, als wäre er ein abgebrühter Verbrecher? Aber falls Owen Druck ausübte, was hoffte er damit zu erreichen. War es pure Rache, indem er Jeremy benutzte, um sie an ihrer empfindlichsten Stelle zu treffen? Oder war es Teil eines weitergehenden, noch heimtückischeren Planes?

Plötzlich fühlte sich Alice so machtlos wie im Gefängnis. Ihr Körper wurde von derselben Trägheit erfasst, die sie in den ersten Monaten in Pine River empfunden hatte, als jegliche Hoffnung auf ein Wiederaufnahmeverfahren geschwunden war und sie akzeptieren musste, dass es keinen Ausweg gab. *Gab es dieses Mal einen Ausweg?* Oder war sie dazu verdammt, dass die Geschichte sich wiederholte?

Alice nahm wahr, dass Jeremy sich neben sie stellte. Sie wandte sich ihm zu und sah, dass er sie besorgt musterte. Das Gefühl eines Déjà-vu erfasst Alice, als sie an das letzte Mal dachte, als er an ihrer Seite gewesen war und sie Owen vor sich gesehen hatte. Jeremy fragte sich vermutlich, was sie als Nächstes tun würde.

Eines wusste sie mit Sicherheit: Sie würde sich nicht wie eine in die Enge getriebene Maus in der Küche verkriechen. Sie riss sich zusammen und setzte eine Miene auf, die, wie sie hoffte, Ruhe ausstrahlte, und sagte: »Ich werde herausfinden, was er will.«

»Vielleicht ist er gar nicht auf etwas aus. Vielleicht hat er einfach nur gehört, dass das Essen gut ist.« Jeremy klang allerdings, als würde er daran zweifeln.

»Vielleicht«, meinte sie. »Aber was würdest du darauf wetten, dass als Nächstes das Gesundheitsamt kommt? Um nach Ratten zu suchen.«

»Die einzige Ratte, die ich sehe, sitzt dort drüben«, murmelte Jeremy und warf einen düsteren Blick auf den Bürgermeister. Alice hatte Jeremy ihren Argwohn nie mitgeteilt, aber er hatte eindeutig seine eigene Meinung über Owen White. Er hatte nicht vergessen, dass Owen der Grund für den Tod seines Bruders gewesen war sowie dafür, dass man ihm seine Mutter weggenommen hatte.

Als Alice die Schwingtüren zum Speisesaal aufstieß, war ihr bewusst, dass sie jetzt stark sein musste. Wenn sie versagte, indem sie Schwäche zeigte, würde sie damit auch Jeremy im Stich lassen. Und das wäre schlimmer als alles, das Owen austeilen konnte.

In Pine River war sie eine Meisterin im Verbergen ihrer Gefühle geworden. Knackis hatten eine Nase wie ein Bluthund, wenn es darum ging, Furcht oder Schwäche zu riechen, und sie zögerten nicht, es zu ihrem Vorteil zu nutzen, und deshalb war es eine Frage der Selbsterhaltung gewesen. Daher zeigte sich auf dem Gesicht, das sie Owen zeigte, kühle Professionalität, obwohl ihr Puls raste und Furcht in ihrer Brust Druck ausübte wie etwas, das sich seinen Weg nach außen zu kämpfen versuchte.

»Mr. White. Ich hoffe, alles ist zu Ihrer Zufriedenheit.«

Er sah von dem Brötchen auf, das er gerade mit Butter bestrich, und wirkte nicht im Geringsten erstaunt, sie zu sehen. Offensichtlich hatte er sie erwartet. Er schluckte den Bissen herunter, den er gerade kaute, und seine dünnen Lippen verzogen sich zu einem Lächeln, das aus der Ferne vielleicht aufrichtig aussah, aber nicht zu dem kalten Ausdruck in seinen Augen passte. Das Lächeln eines Politikers, der falsche Versprechungen machte, oder das eines Geschäftsführers, der sich daran macht, einen Gegner zu vernichten. Oder das eines Mannes mit einem Geheimnis, der fast alles tun würde, um es zu wahren.

»Perfekt«, sagte er ohne eine Spur von Ironie. »Es war sogar die beste Mahlzeit, die ich seit Langem gegessen habe.« In der Stille, die sich im Restaurant ausgebreitet hatte, war seine Stimme laut genug für die Zuhörer, die jedes Wort mitbekommen wollten.

Alice quittierte das Kompliment mit einem leichten Nicken. »Danke. Ich freue mich, dass es Ihnen geschmeckt hat.«

»Ich muss Ihnen auch zu dem gratulieren, was Sie aus diesem Lokal gemacht haben. Es zeugt von viel Fantasie.« Er warf einen bewundernden Blick durch den Raum, bevor er sich vorbeugte, um mit leiserer Stimme hinzuzufügen, in der trotz der gekünstelten Wärme ein Hauch einer Drohung mitzuschwingen schien: »Aber wir wissen ja alle, dass das etwas ist, mit dem Sie reichlich gesegnet sind.«

Er spielte mit Alices größter Furcht: dass sie vielleicht tatsächlich verrückt war. Schließlich hatte sie einen Nervenzusammenbruch erlitten, und *sie* war diejenige, die hinter Gittern gesessen hatte, nicht Owen. Wie hätte sie ihre geistige Gesundheit nicht in Frage stellen können? Als sie ihn jedoch jetzt sah, gab es für sie keinen Zweifel mehr. Sie hatte sich nichts davon eingebildet. Denn wenn Owen nichts zu verbergen hatte, warum bemühte er sich dann so sehr, alle davon zu überzeugen? Sie war sich bewusst, dass sie prüfend gemustert wurde, und behielt einen neutralen Ton bei, obwohl ihr Herz klopfte und jeder Nerv zitterte. »Kann ich Ihnen sonst noch etwas bringen? Wir haben heute eine hervorragende Crème Brûlée.«

»Verlockend, aber ich fürchte, ich muss darauf verzichten.« Er tätschelte seinen Bauch. »Ich muss auf jeden Bissen achten. Man nimmt so leicht zu, wenn man sich nicht auf seinen eigenen zwei Beinen bewegen kann.«

Er sprach ohne Feindseligkeit, aber Alice verstand, dass er sie an die Tatsache erinnerte, dass sie der Grund für seine eingeschränkte Bewegungsfähigkeit war. Mit einer einzigen, scheinbar unschuldigen Bemerkung hatte er sie in die Ecke getrieben. Wenn sie keine Reue zeigte, würde sie herzlos erscheinen. Wenn sie Verärgerung über die Art zeigte, wie sie manipuliert wurde, würde sie rachsüchtig wirken, unter Umständen sogar psychisch labil. »Ich könnte Katie bitten, etwas für Sie einzupacken«, antwortete sie mit einem Lächeln, das sich anfühlte, als wäre es mit einem Teppichmesser in ihr Gesicht geschnitzt worden. »Unseren Mascarpone-Käsekuchen. Mit den besten Wünschen des Hauses.«

Sie gab Katie ein Zeichen, die sofort herbeieilte. Ihrem besorgten Gesicht nach war klar, dass sie wusste, was vor sich ging. Der Wortwechsel zwischen Alice und Owen war ohne erhobene Stimmen und ohne ein barsches Wort abgelaufen, aber nichtsdestotrotz hatte es sich um ein Kräftemessen gehandelt. Alle, die zugehört hatten, Joe Miner von der Baufirma Island Excavating, der Hafenmeister Roman und seine Frau Jan, Danica und Kurt Fellows, die Besitzer des Old Depot Inn – nur um einige Namen zu nennen –, waren sich dessen bewusst gewesen.

Erst als Alice in die Küche zurückgekehrt war, löste sich ihre Anspannung, und sie begann, unkontrolliert zu zittern. Als sie das Messer zur Hand nahm, wand Jeremy es ihr sanft aus den Fingern. »Das kann ich machen«, sagte er. Er schien sie mit neuem Respekt zu betrachten.

»Pass auf deine Finger auf. Es ist scharf«, warnte sie ihn, als er die Frühlingszwiebeln in Angriff nahm, die sie gerade kleingeschnitten hatte, bevor sie Owen bemerkte.

Er blickte zu ihr auf und zeigte ein seltsames kleines halbes Lächeln. »Entspann dich, Mom. Ich weiß, was ich tue. Wer, glaubst du, hat sich immer um das Abendessen gekümmert, wenn Dad unterwegs war?«

Sein Ton war fröhlich, aber für Alice war es eine weitere schmerzhafte Erinnerung an die Jahre, die sie fort gewesen war, und an die Familienmahlzeiten, die sie versäumt hatte. Nach dem, was sie sich hatte zusammenreimen können, lebten Jeremy und Randy wie ein Junggesellenpaar, ohne die Annehmlichkeiten eines richtigen Zuhauses. Und das Ganze wegen einer Handlung, die nur Sekunden gedauert und lebenslanges unermessliches Leid verursacht hatte.

»Ich sollte mal nachsehen, was Calpernia macht«, verkündete sie, nachdem sie etwa eine Minute lang ziellos hin und her gegangen war und nach etwas Ausschau gehalten hatte, was sie tun könnte, ohne sich einen Finger abzuschneiden oder sich Verbrennungen dritten Grades zuzuziehen.

»Mom?« Alice blieb stehen und drehte sich zu Jeremy um. Sie rechnete damit, dass er irgendeine Bemerkung über Owen machen würde, aber er fragte: »Hast du in letzter Zeit mal mit Tante Denise gesprochen?«

»Vor Kurzem erst. Warum?«

»Ich weiß nicht. Wegen etwas, das Ryan gesagt hat. Klingt, als würde sie ziemlich ausflippen wegen dieser Spring-Hill-Sache.«

»Oh, das.« Alice seufzte. »Du kennst sie doch, sie nimmt sich alles so zu Herzen.« Alice hatte auch ein schlechtes Gefühl dabei. Wie Denise hätte sie nichts lieber gesehen, als dass die letzte wirkliche Wildnis der Insel in ein Landschaftsschutzgebiet verwandelt wurde. Das Gebiet hatte auch für sie einen subjektiven Wert. Sie hatte schöne Erinnerungen an das Fangen von Kaulquappen im Bach und an Wanderungen zusammen mit ihrer Großmutter und Denise. Aber sie hatte momentan größere Sorgen als das bevorstehende Bauprojekt von Spring Hill. »Was hat Ryan denn sonst noch gesagt?«

»Nicht viel.« Jeremy schnitt Gemüse klein. Er wirkte plötzlich nachdenklich, und sie fragte sich, ob sein Cousin ihm etwas gesagt hatte, das er ihr nicht erzählen wollte. Etwas, das mit den Spannungen zu tun hatte, die ihr in letzter Zeit zwischen Gary und Denise aufgefallen waren.

»Ich rufe sie heute Abend an. Um zu hören, wie es ihr geht«, sagte Alice.

Jeremy zuckte die Schultern und hielt den Kopf über seine Aufgabe gesenkt. »Ja, ich glaube, das mache ich auch.«

* * *

Die Aushubarbeiten für die zwölf Morgen Land, die für das Bauprojekt am Spring Hill vorgesehen waren, hatten in der Woche zuvor begonnen. Die Hand voll Aktivisten, die sich an Bäume gekettet hatten, hatten nur erreicht, das Unabwendbare hinauszuzögern. Sie hätten noch länger ausgehalten, wäre das Wetter nicht plötzlich garstig geworden. Es wurde unerwartet kälter, und es setzte ein so starker, eisiger Regen ein, dass sich sogar die zum harten Kern Gehörenden unter ihnen gezwungen sahen, ihre Niederlage einzugestehen und das Areal zu räumen, noch bevor die Polizei mit ihren Bolzenschneidern anrückte.

Denise wäre auch dabei gewesen, hätte nicht Gary in letzter Minute ein Machtwort gesprochen und gesagt, dass es die Grenze des Zumutbaren überschreite, müsste er seine eigene Ehefrau verhaften. Am Ende hatte Denise nachgegeben, aber es war trotzdem ein schwarzer Tag in ihrem Haus gewesen, als die Bulldozer anrollten. Ihr Dröhnen konnte man bis zur Hauptstraße hören, als sie sich ihren Weg über schlammige Wege bahnten, die durch den Regen noch rutschiger geworden waren. Sie entwurzelten Bäume und legten Felsen frei, die seit ihrer urtümlichen und gleichermaßen katastrophenartigen Entstehung Jahrtausende zuvor nicht berührt worden waren. Es hatte unaufhörlich geregnet, und die alteingesessenen Inselbewohner flüsterten sich zu, dies wäre der Fluch der Orcas-Indianer, die einst die Insel bewohnt hatten und die, so wurde behauptet, ihre Vorfahren oben auf dem Spring Hill begraben hatten.

Als die Planierraupen in der zweiten Woche der Erdarbeiten ein zerfallendes Bündel Knochen ausgruben, die sich als menschliche Überreste erwiesen, sah es so aus, als hätten diese Stimmen recht gehabt. Erst durch die Untersuchung durch einen Experten von der Gerichtsmedizin auf dem Festland wurde festgestellt, dass die Knochen nicht älter als fünfzig oder sechzig Jahre waren. Es handelte sich um das Skelett eines Mannes mittleren Alters, etwas größer als einen Meter achtzig, der an einer Schussverletzung gestorben war.

Man war allgemein der Meinung, der unbekannte Tote müsse irgendein Vagabund sein, der umhergezogen war, oder vielleicht ein Wanderarbeiter, der auf den Farmen gearbeitet hatte. Wer sonst hätte es sein können? Jeder andere wäre als vermisst gemeldet worden, und in den Akten fand sich keine vermisste Person, auf die die Beschreibung passte.

Bis auf eine.

Als die zahnärztlichen Aufzeichnungen ergaben, dass der Tote niemand anderes als der lang vermisste Lowell White war, erschütterte die Neuigkeit die Insel mit einer Macht, wie man sie seit dem letzten Erdbeben im Jahr 1988 nicht mehr erlebt hatte. Lowell war offensichtlich nicht in ein südamerikanisches Land ausgewandert, um dort wie ein König mit seiner Geliebten zu leben. Er war ermordet worden.

Die Erdarbeiten am Spring Hill wurden vorübergehend eingestellt, und der Fall wurde der Polizei übergeben. Owen White gab eine öffentliche Erklärung ab, dass er zwar tieftraurig sei, vom Tod seines Vaters zu erfahren, jedoch auch dankbar, weil endlich die Wahrheit ans Licht gekommen sei. Selbst wenn der Fall nie geklärt werden sollte, so sagte er, wäre doch zumindest der gute Ruf seines Vaters wiederhergestellt worden.

Alice genoss in der Zwischenzeit eine vorübergehende Atempause – der Gerichtstermin für die Anhörung von Colins jüngstem Antrag war wegen einer Verhaftungswelle verschoben; es handelte sich um die Demonstranten, die versucht hatten, die Erdarbeiten am Spring Hill zu behindern. Sie nutzte die Ruhepause und beschloss, Colin an einem Montag, als das Restaurant geschlossen war, einen Besuch abzustatten. Seit das Lokal besser lief, war sie so beschäftigt gewesen, dass sie kaum mehr Gelegenheit gefunden hatten, sich zu unterhalten, außer wenn sie sich trafen, um Jeremys Fall zu diskutieren. Ihr war bewusst, dass er ihr nicht Stunden in Rechnung stellte. Um ihm ihre Dankbarkeit zu zeigen, hatte sie ihm einen Kuchen gebacken. Es war das Mindeste, was sie tun konnte. Aber tief in ihrem Innersten wusste sie, dass es in Wirklichkeit nur ein Vorwand war, ihn wiederzusehen.

Seit jenem Abend im Restaurant, als sie etwas so Machtvolles zwischen ihnen gespürt hatte, dass sie richtig aufgewühlt gewesen war, hatte sie gefühlsmäßig Abstand gehalten. Das Letzte, das sie jetzt brauchen konnte, waren neue zusätzliche Komplikationen in ihrem Leben, indem sie eine romantische Beziehung begann – so hatte sie argumentiert. Aber das hatte sie nicht davon abgehalten, an ihn zu denken. Immer wieder hatte sie diesen spannungsgeladenen Augenblick durchlebt und sich vorgestellt, wie es gewesen wäre, wenn er sie tatsächlich geküsst hätte. Es war so lange her, seit sie die Lippen eines Mannes auf ihrem Mund gespürt hatte, die Berührung eines Mannes auf ihrer nackten Haut, dass sie sich kaum noch erinnerte, wie es war – im Alter von neununddreißig fühlte sie sich noch einmal wie eine Jungfrau. Und jetzt schien ein Teil von ihr, der so lange verschüttet gewesen war, dass sie beinahe seine Existenz vergessen hatte, den Aufstand zu proben. Er drang in ihre Gedanken und Träume ein, und er war es, der sie aus der Tür und auf die Straße zu Colins Haus getrieben hatte, trotz ihrer Beteuerung, dass sie absolut nicht die Absicht hatte, mit ihm zu schlafen.

Sie fuhr an dem Abzweig zu Denises Haus vorbei, und ihre Gedanken wandten sich kurz ihrer Schwester und Gary zu. Ihr Schwager wirkte derzeit besonders nervös. Alice erinnerte sich an seine feindselige Reaktion, als sie ihn vor Kurzem angesprochen hatte, in der zögernden Hoffnung, dass er ihr ein Detail liefern könnte, das ihren Verdacht bezüglich Owen bestätigen würde.

»Ich würde das Thema fallen lassen, wenn ich an deiner Stelle wäre«, hatte Gary ihr geraten und sie kühl betrachtet. Sie hatten eine Fahrt in seinem Streifenwagen unternommen, damit sie unter vier Augen reden konnten, und parkten an einer abgelegenen Stelle der Straße in der Nähe des Mountain Lake.

»Warum? Ist es denn so weit hergeholt?«, hatte sie trotzdem gedrängt. »Komm schon, Gary, wir kennen beide den Grund, warum ich die Höchststrafe erhalten habe. Zehn Jahre, Gary. *Zehn Jahre*. Ich säße immer noch im Gefängnis, wenn man mich nicht auf Bewährung entlassen hätte. Glaubst du, man hätte mich verrotten lassen, wenn es jemand anderes als Owen gewesen wäre? Er kennt eine Menge Leute. Er weiß, welche Hebel man in Bewegung setzen muss.«

»Wenn du jemandem die Schuld zuschreiben willst, dann fass dich an deine eigene Nase«, hatte Gary sie angefahren. Im Sonnenlicht, das durch die Windschutzscheibe des Streifenwagens strömte und jede Schliere und jede zerquetschte Fliege zum Vorschein brachte, blickten seine Augen sie aus tiefen Höhlen an, und die Haut um sie herum schimmerte dunkel. »Du hast alles selbst verursacht. Und du warst nicht die Einzige, die leiden musste. Mein Gott, wenn ich an die Nächte denke, in denen deine Schwester sich in den Schlaf geweint hat. Und deine arme Mutter, die damit fertig werden musste, während dein Vater starb. Ganz zu schweigen von Jeremy.«

Das versetzte Alice einen Stich und ließ sie einen Moment lang schweigen. »Ich weiß, dass ich jede Menge Leid verursacht habe«, sagte sie schließlich leise, »und es tut mir leid, aufrichtig leid. Aber wenn du Jeremy gern hast, bist du es ihm dann nicht schuldig herauszufinden, ob etwas Wahres an dem ist, was ich gesagt habe?«

Aber dieser neue Gary, der den Platz ihres normalerweise rücksichtsvollen Schwagers eingenommen hatte, hatte nur höhnisch gelacht. »Dann entspricht es also deiner Vorstellung von Hilfe, einer paranoiden Wahnvorstellung hinterherzujagen? Herrgott, Alice, manchmal denke ich, der Junge wäre besser dran, wenn du noch im Gefängnis wärst.«

Alice war mehr wegen der Veränderung, die Gary durchlaufen hatte, bestürzt gewesen als wegen seiner grausamen Worte. In den alten Zeiten hätte er nie so mit ihr gesprochen. Er hatte immer als der Friedensstifter der Familie agiert und war die ruhige Stimme der Vernunft gewesen, wenn Denise eine ihrer linksgerichteten Tiraden vom Stapel ließ oder in einem Streit zwischen den Kinder ein Schiedsrichter gebraucht wurde. Als Polizist genoss er den Ruf, Familienstreitigkeiten schlichten zu können, ohne die verärgerten Gemüter noch mehr anzuheizen, sowie Autofahrern noch eine Chance zu geben, wenn sie einen triftigen Grund gehabt hatten, die Geschwindigkeitsbegrenzung zu überschreiten.

Auch Gary schien erkannt zu haben, dass er zu weit gegangen war, denn seine nächsten Worte klangen freundlicher: »Okay, nehmen wir mal an, es wäre etwas Wahres an dem, was du sagst. Wenn du anfängst, dort herumzuschnüffeln, wo du nichts zu suchen hast, könntest du ein paar einflussreichen Interessen in die Quere kommen.«

Alice war plötzlich hellwach. »Also ist tatsächlich etwas dran.«

»Das habe ich nicht gesagt.«

»Was hast du denn dann gesagt?«

»Nichts.« Sein Mund bildete eine grimmige Linie, als er durch die mit toten Insekten übersäte Windschutzscheibe starrte, als würde er etwas anderes sehen als den Schotterstreifen, auf dem sie angehalten hatten.

Sie hatte ihm die Hand auf den Arm gelegt. Seine Muskeln waren so angespannt, dass sie fast so spürbar vibrierten wie eine Freileitung bei starkem Wind. »Wenn du irgendetwas weißt, dann musst du es mir sagen, bitte. Ich verspreche dir, niemand wird je erfahren, woher ich es weiß. Nicht einmal Denise.«

»Jetzt willst du also, dass ich etwas vor meiner Frau geheim halte?« Mit einer brutalen Drehung hatte er ihre Hand von seinem Arm befördert, als wäre sie eine Stechmücke. »Mein Gott, Alice! Du solltest dir mal selbst zuhören. Wenn du willst, dass die Leute die Vergangenheit vergessen, dann hör auf, dich wie eine Verrückte zu benehmen. Und hör auf, mit Ex-Knackis wie deine Freundin Big Mama herumzuhängen.«

Damit knallte er den Gang rein, und der Streifenwagen schleuderte über den Schotter auf die Fahrbahn. Er fuhr los, und zwar mit einer Geschwindigkeit, die für einen Einsatz mit Blaulicht angemessen gewesen wäre. Alice war eher verwirrt und besorgt als verärgert gewesen. Gary stand eindeutig unter enormem Druck. Aber was war die Ursache dafür? Hatte es etwas mit der Art und Weise zu tun, wie Denise sich in letzter Zeit benommen hatte? Oder handelte es sich um etwas, das im Zusammenhang mit seiner Arbeit stand?

Als Alice Colins Haus erreichte, fand sie an der Haustür einen Zettel vor, auf dem nur stand: *Bin Fischen*. Sie schlug den Weg ein, der hinunter zur Bucht führte, und beschattete ihre Augen gegen das Sonnenlicht, das nach der Serie von Regentagen fast grell wirkte. Es herrschte Ebbe, und das Wasser in der Meerenge war ruhig und glitzerte wie jede Menge abgestürzte

Sterne. Sie konnte Colin sehen, der in einer Kapuzenjacke und Gummistiefeln durch das seichte Wasser watete. Die PVC-Rohrstücke, die er in gleichmäßigen Reihen gesetzt hatte, dehnten sich wie ein Feld mit frisch gesprossenen Getreidehalmen vor ihm aus. Hirte, der Border-Collie, sah ihm aus sicherer Distanz vom Strand aus zu. Colin entdeckte Alice und winkte, während er auf sie zuwatete.

»Schon was gefangen?«, fragte sie und wies auf den Plastikeimer in seiner Hand.

»Nur Seesterne.«

»Ich wusste nicht, dass sie essbar sind.«

»Ich will sie nicht essen. Im Gegenteil, sie sind es, die das Essen erledigen.« Er erklärte ihr, dass Seesterne und andere Räuber in seiner jungen Austernfarm nichts weiter als eine riesige Snackbar sahen. »Ich lichte nur die Seesterndichte, um meinen Jungs eine Überlebenschance zu geben. Keine Angst«, versicherte er ihr. »Sie werden nicht in einem Andenkenladen enden. Ich setze sie weiter draußen aus.« Er zeigte auf die Gewässer auf der anderen Seite der Bucht.

Colins Gesicht war von der Arbeit im Freien gerötet. Er sah robuster aus als früher; nicht nur das, er wirkte, als wäre er mehr mit sich im Reinen.

»Sehr rücksichtsvoll von Ihnen«, meinte sie lächelnd. »Es muss hilfreich sein, dass sie sich nicht sehr zur Wehr setzen. Ich meine, es ist nicht gerade ein Kampf wie in *Der alte Mann und das Meer*, den Sie hier führen.«

»Oh, das würde ich nicht sagen.« Er angelte einen Seestern aus dem Eimer und hielt ihn in die Höhe, während er augenzwinkernd meinte: »Dieser Bursche hier sieht ziemlich wild aus. Ich möchte nicht gern das Opfer seiner Saugnäpfe werden.« Er stupste einen Arm des Seesterns an, der träge protestierend winkte, bevor er das Tier wieder in den Eimer fallen ließ. »Was würden Sie zu einer Fahrt hinaus zur Landzunge sagen, um diesen Burschen hier ihr neues Zuhause zu zeigen?«

»Ich bin dabei, solange ich nichts Schleimiges anfassen muss.«

»Ich verspreche, dass ich die schmutzige Arbeit tun werde«, sagte er und begann, den Pfad zu erklimmen. Hirte folgte ihm auf dem Fuße. Der Border-Collie schien sich in seine Rolle als Colins Ersatzhaustier gefunden und beschlossen zu haben, Colin zumindest als Verbündeten zu betrachten, wenn auch nicht als seinen wahren Besitzer. Hirte wartete höflich, bis er aufgefordert wurde, bevor er in den Volvo sprang und sich auf dem Rücksitz niederließ.

Die Fahrt dauerte weniger als eine halbe Stunde, und sie waren um die Mittagszeit wieder zurück. »Sie sind nicht in Eile, hoffe ich«, meinte Colin, als sie aus dem Wagen stiegen. »Ich dachte, ich mache uns etwas zu essen, das zu dem Kuchen passt, den Sie mitgebracht haben.«

»Warum nicht? Es ist mein freier Tag«, erinnerte sie ihn. Auf ihrer To-do-Liste standen eine Million zu erledigender Dinge, aber momentan konnte sie sich keine bessere Art und Weise vorstellen, den Nachmittag zu verbringen als mit ihm.

»Ich koche nicht so gut wie Sie, aber ich kriege einen mittelprächtigen Krabbensalat zustande«, sagte er, während er durch die Hintertür vorausging, seine Stiefel im Vorraum auszog und in ein Paar alte Slipper schlüpfte.

In der Küche machte er sich daran, verschiedene Zutaten und Gewürze zusammenzusuchen. »Kann ich etwas helfen?«, fragte sie.

»Nein, Sie setzen sich hin. Ich kann Sie doch an Ihrem freien Tag nicht arbeiten lassen.« Er deutete auf einen Stuhl in der alten Essnische, wo sie sich setzte und amüsiert zusah, wie er vor sich hinwerkelte, den Kopfsalat putzte, das Gemüse klein schnitt und die gekochten Krabben pulte.

»Köstlich«, verkündete sie, als sie den ersten Bissen probiert hatte. »Und die Tatsache, dass ich keinen Finger krumm gemacht habe, lässt es mir umso besser schmecken.«

»Sie haben Ihren Beitrag geleistet. Sie haben den Nachtisch mitgebracht. Woher wussten Sie, dass Kürbiskuchen mein Lieblingskuchen ist?«

»Genau genommen ist es ein Süßkartoffelkuchen«, korrigierte sie ihn.

»Nun, was es auch ist, er sieht gut aus. Ich muss ihn das nächste Mal bestellen, wenn ich im Restaurant bin.«

»Er steht nicht auf der Karte. Ich backe ihn nur für die Familie.«

Er lächelte sie über den Tisch hinweg an, ein Lächeln, das ihr langsam die Röte ins Gesicht steigen ließ. »In dem Fall fühle ich mich doppelt geehrt.«

Nach Kaffee und Kuchen gingen sie wieder hinaus. Es war kühl, aber nach dem wochenlangen schrecklichen Wetter war der Sonnenschein, der früher am Tag durch die Wolken gebrochen war, wie ein unerwartetes Geschenk gewesen. In ihre Jacken gehüllt saßen sie in den Rohrsesseln auf der Veranda und reckten ihre Gesichter der Sonne entgegen, als wäre der Sonnenschein eine Art Segen oder Lossprechung. Hirte hatte sich auf den alten abgewetzten Holzbrettern zu Colins Füßen ausgestreckt und schlief.

Unweigerlich wandte sich das Gespräch Jeremys Fall zu.

»Cantwell übt zunehmend Druck aus, um den Termin für die Verhandlung festzusetzen«, sagte Colin und informierte sie über die jüngste Entwicklung. »Ich weiß nicht, ob ich noch mehr Zeit schinden kann. Ich habe den Antrag gestellt, weitere

Zeugen zu befragen. Ich bezweifle, dass der Richter dem stattgeben wird.«

»Und wenn nicht?«, fragte Alice besorgt.

»Wir müssen darauf hoffen, dass unsere Argumente stark genug sind.«

Sein leicht besorgter Gesichtsausdruck ließ sie fragen: »Was ist? Gibt es etwas, das Sie mir nicht gesagt haben?«

Colin zögerte kurz und sagte dann: »Ich habe gerade die Untersuchungsergebnisse bezüglich der Vergewaltigung bekommen, von unserem Experten, dem Pathologen aus Spokane, von dem ich Ihnen erzählt habe. Es ist nichts Schlimmes«, beeilte er sich zu versichern. »Ich hatte nur gehofft, die Ergebnisse wären eindeutiger.«

»Aber wenn sie nicht eindeutig sind, bedeutet das nicht, dass auch der Staatsanwalt keinen aussichtsreichen Fall hat?«, fragte sie.

»Es hängt davon ab, welchen Experten die Jury für glaubwürdiger hält.«

»Dieser Arzt in Spokane, wie ist er?«

»Es ist eine Frau. Und ich finde sie ausgesprochen glaubwürdig. Sie hat eigentlich Ähnlichkeit mit Ihnen. Sie ist stark und bestimmt.«

Alice lachte verlegen. »Das ist seltsam. An den meisten Tagen kommt es mir so vor, als wüsste ich nicht einmal, welcher Schuh an welchen Fuß gehört.«

»Na ja, vermutlich kann der Schein trügen.« Colin lächelte sie an, und winzige Linien breiteten sich von seinen Augenwinkeln her aus.

Alice sann über seine Worte nach, als würde sie einen kleinen, glänzenden Schatz betrachten, über den sie zufällig gestolpert war. War sie wirklich dieser Mensch, den er sah, wenn er sie anschaute? Es war ihr beinahe zu viel, sich damit auseinanderzusetzen, deshalb lenkte sie das Gespräch wieder auf Jeremy: »Wie stehen seine Chancen für eine faire Verhandlung?«

»Es kommt darauf an.« Colin starrte auf die Bucht hinaus und runzelte nachdenklich die Stirn.

»Worauf?«

»Darauf, ob Ihr Argwohn bezüglich Ihres Freundes Owen stichhaltig begründet ist oder nicht.« Er wandte sich ihr zu. »Ist es Ihnen schon gelungen, etwas herauszufinden?«

Alice dachte wieder an ihre frustrierende Unterhaltung mit Gary und schüttelte den Kopf. »Bislang noch nicht, aber ich arbeite daran.« Sie hatte es bisher aufgeschoben, Denise zu bitten, mit Gary zu reden. Sie hoffte zwar, dass Denise mehr Glück bei Gary haben würde, aber sie hätte gern darauf verzichtet. Jetzt erkannte Alice, dass ihr keine andere Wahl mehr blieb. Sie seufzte und fügte hinzu: »Die Sache ist die: Falls wir nicht mit einem hinreichend überzeugenden Beweis aufwarten können, wird niemand glauben, dass Owen dahintersteckt. Insbesondere jetzt nicht, angesichts der allgemeinen Anteilnahme wegen seines Vaters.«

»Dadurch kommt sicherlich eine weitere Schwierigkeit hinzu«, bestätigte Colin.

»Glauben Sie, dass man die Sache je wird aufklären können?«, fragte sie aus reiner Neugier.

»Einen Mord, der vor einem halben Jahrhundert passiert ist? Ohne Waffe, ohne Augenzeugen, sogar ohne Verdächtigen?« Colin schüttelte den Kopf. »Da stehen wahrscheinlich die Chancen besser, das Verschwinden der Flugpionierin Amelia Earhart aufzuklären.«

»Ich denke, Sie haben recht. Trotzdem frage ich mich ununterbrochen, ob er auf der Insel ist. Der Mörder, meine ich.

Jemand, dem man vielleicht auf der Straße begegnet. Jemand, den wir vielleicht kennen.« Angenommen, er wäre kein normaler Verbrecher, sondern – wie sie selbst – jemand, der einfach unter Druck ausgerastet wäre? Sie fand diesen Gedanken auf sonderbare Weise tröstlich. Es würde bedeuten, dass sie nicht als Einzige fähig wäre, etwas Unvorstellbares zu tun.

»Wenn er überhaupt noch lebt, ist er inzwischen ziemlich alt«, meinte Colin. »Wir wissen nicht einmal, ob es ein Er war. Es könnte auch eine Sie gewesen sein.«

Sie nickte nachdenklich. »Vielleicht eine Frau, mit der er eine Affäre hatte. Er hätte ihr beispielsweise versprochen haben können, seine Frau für sie zu verlassen, und als sie herausfand, dass er sie nur hinhielt, ist sie durchgedreht und hat ihn erschossen. Sie wissen schon, wie Jean Harris und dieser Diätarzt in dem Film *Mrs. Harris*.«

Er drehte sich mit einem Lächeln zu ihr um. »Also glauben Sie, es war ein Verbrechen aus Leidenschaft?«

»Nach allem, was man so hört, war Lowell White nicht gerade ein Kostverächter.«

»Wenn das stimmt, würde Ihre Theorie Sinn machen.«

Sie verfielen in Schweigen, und für einige Zeit waren nur die fernen Schreie der Seemöwen zu hören und das Rauschen des Windes in den Bäumen. Es klang wie das Flüstern von tausend Geheimnissen. Nach einer Weile bemerkte Colin: »Das hier war der Lieblingsplatz meines Großvaters. Er liebte es, nach einem Tag an seiner Staffelei hier draußen zu sitzen, besonders bei gutem Wetter.«

»Es muss einsam gewesen sein, wenn Sie nicht da waren«, sagte sie und dachte an die langen Wintermonate an diesem abgelegenen Ort.

Colin zuckte die Schultern. »Ich nehme es an. Er hat nie darüber gesprochen. Er wird nicht gewollt haben, dass ich Schuldgefühle bekomme, weil ich ihn nicht öfter besucht habe.«

»Was ist mit Ihrem Dad? Ist er zu Besuch gekommen?« Colin sprach selten über seine Familie, und jetzt wurde ihr bewusst, wie wenig sie über sie wusste.

»Nein. Nie.« Aus der Härte in Colins Ton war zu schließen, dass eine tiefe Feindseligkeit bestanden haben musste. »Dafür hat meine Großmutter gesorgt. Sie hat meinen Dad gegen ihn aufgehetzt.«

Alice machte ein mitfühlendes Gesicht. »Ihre Scheidung muss bitter gewesen sein.« Sie dachte an ihre und Randys Scheidung, die Auflösung ihrer Ehe, die eher ein trauriges Dahinwelken als sonst etwas gewesen war.

»Ja, aber das Sonderbare daran ist, dass ich nie wirklich erfahren habe, warum sie sich getrennt haben. Meine Großmutter spricht nicht gern darüber. Es ist sogar so, dass sie es nicht zulässt, dass sein Name in ihrer Gegenwart ausgesprochen wird. Und mein Großvater ... na ja, er war zu sehr Gentleman, um etwas zu sagen, das ein schlechtes Licht auf sie geworfen hätte.«

»Das muss für Ihren Dad hart gewesen sein.«

»Das war es.« Sie konnte sehen, wie sich Colins Kiefermuskeln verkrampften. »Und nachdem meine Großmutter nach New York gezogen war, hatte William kaum eine Chance, die Situation in Ordnung zu bringen.«

»Warum nicht?«

»Zunächst einmal lebten sie an entgegengesetzten Enden des Kontinents. Damals war es nicht so einfach, zu reisen. Es hätte bedeutet, dass mein Vater stundenlang hätte fliegen müssen, und er war noch ein kleiner Junge.« Colin schüttelte bedauernd den Kopf. »Bis er alt genug war, war es zu spät, der Schaden war bereits angerichtet.«

»Wie kam es dann, dass Sie und William schließlich eine Beziehung knüpften?«

»Das ist auf meine Mom zurückzuführen. Sie dachte, es wäre eine Schande, wenn wir Jungs unseren Opa nicht kennenlernten. Sie war diejenige, die meinen Dad so lange nervte, bis er einem Besuch zustimmte. Am Ende bin ich aber allein geflogen. Mein Bruder hatte immer irgendetwas laufen. Football-Liga, Highschool-Mannschaft, Geländeläufe. Als Patrick dann die Mädchen für sich entdeckt hat, hätte man ihn auch mit einer Brechstange nicht von zu Hause loseisen können, insbesondere nicht, seit er Sex hatte; und Sie können mir glauben, auf dem Gebiet verschwendete er keine Zeit. Seine Frau war schwanger, als die beiden durchbrannten, und beide hatten kaum die Highschool abgeschlossen.«

»Ihre Eltern werden begeistert gewesen sein«, kommentierte sie trocken und dachte an die derzeitige Situation mit Jeremy.

»Es war nicht lustig. Ich dachte, sie würden explodieren.« Colin schüttelte den Kopf und lachte leise. »Man hätte gedacht, die Chancen für das Funktionieren dieser Ehe stünden gleich null, nicht wahr? Aber erstaunlicherweise sind Pat und Ginny immer noch zusammen. Sie haben gerade ihr Zwanzigjähriges gefeiert. Ihr Ältester besucht das College, und Mikey hat gerade die Highschool abgeschlossen.«

»Sehen Sie sie oft?«

»Nicht so oft, wie ich sollte. Ich war für eine Weile außer Gefecht gesetzt. Es sind sogar einige Jahre vergangen, ohne dass ich meinen Großvater gesehen habe, und als ich wieder dazu in der Lage war, war es zu spät.« Eine Quelle tiefen Kummers, wie sie an dem unglücklichen Ausdruck erkennen konnte, der über sein Gesicht huschte.

»Ich habe Ihren Großvater nicht gekannt«, sagte sie sanft, »aber er scheint die Art von Mensch gewesen zu sein, der es verstanden hätte. Die Hauptsache ist, dass Sie trocken sind. Ich bin sicher, er wäre glücklich darüber gewesen.«

Colin betrachtete sie einen Moment lang mit einem kleinen nachdenklichen Lächeln auf den Lippen. »Sie verstehen viel für einen Normie.« Auf ihren fragenden Blick hin erklärte er: »Mit Normie bezeichnen die Anonymen Alkoholiker jemanden, der kein Alkoholiker ist, also jemanden, der ›normal‹ ist.«

Sie lachte ironisch. »Ich würde mich kaum als normal bezeichnen. Ich würde sogar sagen, ich bin alles andere als das.«

»Vielleicht ist es das, was ich an Ihnen mag.«

»Oh? Und ich dachte, es wären meine Kochkünste.«

Sein Grinsen wurde breiter. »Die auch.«

Alice merkte, dass die Schatten länger geworden waren; der sonnige Bereich, in dem Hirte lag, war auf die Größe eines Dollarscheins zusammengeschrumpft, der auf dem Fellhügel glühte, den der Hund auf der Veranda bildete. Zögernd meinte sie: »Ich sollte gehen. Es ist spät geworden.«

Colin versuchte nicht, sie zum Bleiben zu überreden, und Alice fragte sich, ob sie seine Gastfreundschaft vielleicht schon überstrapaziert hatte. Als sie aufstand, fühlte sie sich seltsam enttäuscht. Sie hatte nicht erwartet, dass etwas passieren würde – es war sogar das Letzte, was sie jetzt brauchen könnte –, aber törichterweise hatte sie doch gedacht, es könnte etwas geschehen. Was auch immer sie fühlte, es war offensichtlich einseitig. Wenn er sie ansah, sah er wahrscheinlich nur eine Frau, die ihre besten Jahre hinter Gittern verbracht und ihre Blütezeit hinter sich hatte.

Sie wandte sich ab und wollte gehen, als sie eine Berührung am Ellbogen spürte.

»Alice.«

Nur das, ihr Name, so leise gesprochen, dass es ein Flüstern hätte sein können, und sie wusste es. Sie hatte es sich doch nicht nur eingebildet: Er wollte sie. Die Erkenntnis überschwemmte sie mit so großer Freude, dass sie einen Augenblick brauchte, um sich zu sammeln, bevor sie sich umdrehen und ihn ansehen konnte.

Colin wirkte unsicher, als wäre er in eine Art inneren Kampf verstrickt. Dann verzog sich sein Mund zu einem Lächeln, das sowohl hoffnungsvoll als auch schüchtern war. »Ich habe mich gerade gefragt, was Sie wohl dächten, wenn ich Sie küssen würde.«

Alice war sprachlos. Keine der alten koketten Antworten kam ihr den Sinn, keiner der neckischen Sätze aus jenen Tagen, als schlagfertige Antworten so natürlich wie das Atmen gewesen waren. Schließlich sagte sie einfach die Wahrheit. »Um ehrlich zu sein, ich weiß gar nicht, ob ich das noch kann. Es ist so lange her.«

»Bei mir auch.« Er schob die Hände tief in die Taschen seiner Cordhose, als wüsste er plötzlich nicht mehr, was er mit ihnen anfangen sollte.

All die stichhaltigen Gründe, mit denen sie sich selbst zu überzeugen versucht hatte, dass jetzt nicht die richtige Zeit war, eine Affäre zu beginnen, lösten sich in Luft auf. Sie holte tief Luft. »Nun, was würdest du dazu sagen, wenn wir es einfach ausprobieren?«

Er nahm sie in die Arme, anfangs zaghaft. Sie schloss die Augen, als sein Mund ihre Lippen berührte. So weit, so gut. Dann wurde der Kuss intensiver, und auf einmal wusste sie, dass sie in der Klemme saß. Sie hatte das Gefühl zu fallen, als würde sie sich in der Luft überschlagen. Aber seltsamerweise machte es ihr keine Angst. Im Gegenteil, sie stellte fest, dass sie mehr wollte.

Sie legte die Arme um seinen Nacken und zog Colin an sich. Wie war es möglich, dass sie so lange ohne das ausgekommen war? Dass sie ihre Bedürfnisse so weit ignoriert hatte, dass selbst die grundlegendsten menschlichen Wünsche ihr wie unerreichbarer Luxus vorgekommen waren? Der Rausch, befreit zu werden, überwältigte sie fast.

Sie spürte, dass auch Colin nicht auf die Plötzlichkeit gefasst gewesen war, mit der sie mitgerissen wurden. Seine Hände, die zuvor nicht gewusst hatten, was sie mit sich anfangen sollten, übernahmen jetzt die Regie, streichelten Alice, berührten sie an Stellen, die so lange nicht mehr berührt worden waren, und es war, als würden seine Finger ihre nackte Haut streicheln, so intensiv waren ihre Empfindungen. Er küsste ihren Hals, ihre Ohrläppchen, die Vertiefung unter ihrer Kehle, wo ihr außer Kontrolle geratender Puls sie verraten hätte, wenn ihre Hände und ihr Mund es nicht schon getan hätten. Die gierigen Küsse eines Mannes, der wie sie zu lange durch eine Wüste gewandert war.

Zwischen den länger werdenden Schatten fanden sie beide, wonach sie gesucht hatten, ohne begriffen zu haben, dass sie überhaupt danach gesucht hatten: einen Ort, an dem sie ihre Last ablegen konnten, eine Zuflucht vor den Geistern, die sie verfolgten. Liebe war nicht zwingend mit im Spiel. Das konnte später folgen, das wusste sie. Was jetzt zählte, zumindest für den Augenblick, war die Tatsache, dass sie nicht allein waren.

»Wollen wir reingehen?«, murmelte Colin, als sie sich schließlich voneinander lösten.

»Das sollten wir wohl. Es sei denn, wir möchten den Nachbarn etwas geben, über das sie reden können«, sagte sie mit einem kleinen atemlosen Lachen. Auch wenn der nächste Nachbar mindestens eine halbe Meile entfernt war.

Im Haus war es ruhig. Nur das Ticken der Uhr auf dem Kaminsims und das Geräusch einer Fliege, die gegen eine Fensterscheibe flog, waren zu hören. Colin ging ihr ins Schlafzimmer voran, ein Raum, der so voller Geschichte steckte, dass Alice meinte, sie zu spüren wie das dicke Federbett, mit dem Colin sie zudeckte, als sie sich auf dem alten Polsterbett ausstreckte.

Die letzten Sonnenstrahlen, die durch die Vorhänge fielen, verblassten, aber Colin hielt sich nicht damit auf, das Licht anzumachen. Im sanften Grau der Dämmerung knöpfte er Alices Bluse auf und streifte ihr die Jeans herunter. Mit jedem ausgezogenen Kleidungsstück fühlte sie sich, als würde sie von den Ketten befreit, die sie so lange festgehalten hatten. Ausnahmsweise sorgte sie sich nicht darüber, was die Zukunft bringen mochte. Sie hinterfragte ihre und seine Motive nicht. Sie war zu sehr damit beschäftigt, in diesen köstlichen Empfindungen zu schwelgen, in diesem neuen, schwindelerregenden Gefühl der Freiheit. Sie überließ sich ihren Gefühlen, ergab sich seinen Händen, die über ihren nackten Körper glitten, und seinem Mund, der ihre Lippen so zärtlich geküsst hatte und jetzt genauso zart ihren Schoß erkundete.

Sie genoss es, seinen Körper kennenzulernen: die festen Konturen seines Oberkörpers, das Haar auf seiner Brust, das zu einer flaumigen Spur auf seinem Bauch auslief, seine Arme, die durch die ganze Arbeit im Freien muskulös geworden waren. Jede Spalte und Fläche und Erhebung war eine faszinierende Neuentdeckung. Colin war größer als Randy, und er war auch geschickter als er. Im Bett war er nicht schüchtern. Er führte ihre Hand mit seiner, und er zeigte ihr, was ihm gefiel und wie sie sich von ihm verwöhnen lassen konnte.

Alice stöhnte, als er zwei Finger in sie schob, und hob ihm ihre Hüften entgegen, um sie tiefer in sich aufzunehmen. Sie hatte das Gefühl, als könnte sie auf diese Weise kommen. Und dann kam sie tatsächlich, in derart intensiven Wellen, dass es war, als würde ihr Inneres nach außen gekehrt. Als es vorbei war, fiel sie mit einem Keuchen zurück. Es dauerte einen Moment, bevor sie wieder Atem holen konnte und flüsterte: »Jetzt du.«

Aber Colin zog sich zurück und murmelte: »Das nächste Mal.« Er hatte nicht daran gedacht, Kondome zu kaufen, erklärte er ein wenig verlegen. Er hatte nicht gerade geplant, sie zu verführen.

»Du meinst, du hattest nichts weiter vor, als mich zu küssen?«, zog sie ihn auf.

»Das habe ich nicht gesagt. Aber nicht jugendfreie Fantasien können einen nicht in Schwierigkeiten bringen«, erwiderte er und knabberte an ihrem Ohr.

Dann zeigte er ihr einfach, wie sie ihm Lust bereiten konnte. Es war ein Akt, den sie in gewisser Weise aufregender fand, als wenn sie miteinander geschlafen hätten. Selbst dann schien es so, als wären sie noch nicht fertig. Sanft drehte er sie auf den Rücken und gab ihr mehr von dem, was er ihr zuvor gegeben hatte, nur diesmal mit seinem Mund. Danach konnte Alice sich kaum noch rühren. Sie fühlte sich, als stünde sie unter Drogen.

Schließlich schaffte sie es, sich auf die Seite zu rollen, und stützte den Kopf auf. Colin lag auf dem Rücken und starrte an die Decke; er lächelte zufrieden, aber sie spürte dennoch, dass er sich zurückzog.

Alice berührte ihn an der Schulter. »Du bereust es doch nicht, oder?«

Er sah sie an. »Mein Gott, nein! Du?«

Sie hätte beruhigt sein müssen, aber trotzdem war etwas an der Schnelligkeit seiner Antwort und dem flüchtigen Ausdruck des Schuldbewusstseins, der über sein Gesicht gehuscht war, das sie stutzen ließ. *Er denkt an seine Frau.* Obwohl sie tot war, und die Frau, die neben ihm lag, sehr lebendig war. Sogar lebendiger, als Alice sich seit Jahren gefühlt hatte.

Sie wollte nicht verletzt werden, deshalb verdrängte sie diese Gedanken rasch. »Wir sind beide erwachsen und, soweit ich weiß, ungebunden.« Sie wählte einen leichten *Laissez-faire*-Ton.

Alice wartete auf eine Antwort von ihm, aber Colin starrte wieder an die Decke. Seine Gedanken brachten ihn an Orte, an die sie ihm nicht folgen konnte. Schließlich wechselte er seine Position, sah Alice an und streckte die Hand aus, um ihr eine verirrte Locke aus der Stirn zu streichen. »Es war wunderbar«, sagte er. »Aber ich sollte dich warnen. Das Programm befürwortet derartige Dinge nicht, nicht, wenn man nicht mindestens ein Jahr lang trocken gewesen ist.«

»Wir haben es ja nicht geplant«, meinte sie.

»Ich weiß. Ich wollte nur, dass du dir bewusst bist, auf was du dich einlässt. Ich bin nicht gerade Topmaterial für eine Beziehung.«

Die Wonne, die Alice empfunden hatte, verschwand abrupt. »Das ist auch kaum der richtige Zeitpunkt für mich, eine Beziehung einzugehen«, entgegnete sie in dem gleichen leichten Ton. »Du kannst also zumindest diesbezüglich beruhigt sein. So schön es auch gewesen ist – ich bin nicht auf der Suche nach etwas Dauerhaftem.« Das ist die Wahrheit, sagte sie sich, aber warum fühle ich mich dann, als würde ich lügen?

Colins Gesicht wurde weich. »Alice –.«

Sie fiel ihm ins Wort, blickte auf ihre Uhr und sagte: »Oje, schon so spät? Jetzt muss ich aber *wirklich* los.«

»Jetzt schon?«, fragte er, aber gleichzeitig spürte sie, dass ein Teil von ihm erleichtert war, der Teil, der mit seinen Gedanken allein sein wollte.

»Ich würde sehr gern noch bleiben, aber ich habe zu Hause noch einiges zu erledigen«, sagte sie entschlossen und bückte sich, um ihre Kleider einzusammeln, die auf dem Boden verstreut waren. Sie zogen sich beide an, und ein unbehagliches Schweigen breitete sich aus. Sie sprachen nicht mehr, bis sie auf dem Weg zur Tür war.

»Fahr vorsichtig«, sagte er und küsste sie leicht auf den Mund.

Alice lachte beinahe laut heraus. Fahr vorsichtig? Er hätte sie besser davor warnen sollen, ihr Herz zu verlieren.

* * *

Nachdem Alice gegangen war, saß Colin lange Zeit auf dem Sofa und rieb sich abwesend das Kinn, während er ins Leere starrte und darüber nachgrübelte, was gerade geschehen war. Nadine hätte ihm ihren Segen gegeben, das wusste er. Wann immer sie das Spiel *Was wäre wenn ...?* gespielt hatten, hatte sie neckend eine ganze Liste von Freundinnen aufgeführt, die passende Ersatzehefrauen abgegeben hätten.

Nein, dachte er, wenn jemand ein Problem damit hat, dass ich mit einer anderen Frau zusammen bin, dann bin ich das. Er war nicht auf die Gefühle vorbereitet gewesen, die Alice in ihm entfesselt hatte. Es war, als hätte er entdeckt, dass jede Menge neue Trauerarbeit zu leisten war, obwohl er geglaubt hatte, keine Tränen mehr zu haben, ausgetrocknet zu sein.

Die einzige Frau, mit der er seit dem Tod Nadines geschlafen hatte, war ein One-Night-Stand nach einer Firmenweihnachtsfeier gewesen, auf der er zu viel getrunken hatte. Am folgenden Tage hatte er, abgesehen von der üblichen flüchtigen Scham des Morgens danach, nichts von den komplizierten Gefühlen empfunden, die er jetzt durchlebte. Weil jene Frau keine Bedrohung für Nadines Andenken bedeutet hatte.

Alice war nicht irgendein warmer Körper, der ihn von seiner Trauer ablenkte. Sie bedeutete ihm etwas. Was genau, wusste er nicht, aber eines war klar: Er wollte nicht, dass sie verletzt wurde.

Sein Betreuer hatte ihn davor gewarnt. *Nach dem ersten halben Jahr glaubst du, du hast es gepackt. Dann musst du* wirklich *aufpassen*, hatte Dave gesagt. Dave Coffey, groß und taff und ehemaliger Motorradfahrer, der das borstige graue Haar zu einem Pferdeschwanz gebunden trug und mehr Tattoos hatte, als Colin je an einem einzigen Menschen gesehen hatte. Aber er hatte gewusst, wovon er redete.

Colin war nicht auf der Hut gewesen und hatte sich erlaubt zu glauben, über den Berg zu sein. Und schon war der vertraute Durst wieder da, genau, wie Dave es vorausgesagt hatte; sein Durst schwoll in ihm an, mit der ganzen Intensität jener ersten Wochen der Nüchternheit. Seine Hände zitterten, seine Kehle war wie ausgedörrt. Er spürte, wie der alte Veitstanz wieder anfing, als würde er jeden Augenblick aus der Haut fahren.

Colin schaute zu dem antiken Vitrinenschrank aus Kirschholz, in dem sein Großvater immer einen kleinen Vorrat an alkoholischen Getränken für Besucher aufbewahrt hatte. Colin wusste nicht, wie viel – oder ob überhaupt – noch etwas davon da war; er hatte sich nicht die Mühe gemacht, es zu überprüfen. Es hätte bedeutet, das Schicksal herauszufordern, und er hatte bereits ein Rendezvous zu viel mit dem Verführer Alkohol gehabt. Aber jetzt ertappte er sich bei der Frage, ob der Schlüssel zum Vitrinenschrank wohl noch an derselben Stelle lag wie früher.

Er schloss die Augen und vergegenwärtigte sich die Gründe, warum er nicht aufstehen und die Vitrine aufschließen sollte. Es würde acht Monate der Nüchternheit auslöschen und ihn ganz an den Anfang zurückwerfen, und sobald er diese Straße wieder betrat, würde es abwärtsgehen mit dem Leben, das er sich mühevoll wieder aufgebaut hatte, wie Treibgut würde es mit der Flut weggespült werden. Er würde Menschen im Stich lassen, die inzwischen von ihm abhängig waren, wie Alice und Jeremy, und er würde jegliches Wohlwollen zerstören, das er sich bei den Inselbewohnern aufgebaut hatte, die er kannte und mochte.

Für eine Zeit, die Colin wie eine Ewigkeit vorkam, blieb er bewegungslos sitzen, mit geschlossenen Augen und geballten Fäusten. Schweißtropfen hatten sich auf seiner Stirn gebildet, und er zitterte leicht. Nadines Bild stieg hinter seinen geschlossenen Augenlidern auf, ihr engelsgleiches Gesicht mit dem verschmitzten Lächeln. Ihre Augen funkelten herausfordernd, wie sie es an jenem letzten Morgen getan hatten. Er hielt das Bild so lange er konnte fest, und selbst, als es verblasst war, öffnete er die Augen nur mit dem allergrößten Zögern.

Mit einem tiefen Seufzer der Erlösung, vielleicht aber auch des Bedauerns, stand er auf und ging zu dem Vitrinenschrank.

14. Kapitel

Es war spät am Tag, und die Luft roch nach den gegorenen Äpfeln, die auf dem Boden der Obstgärten an der Fox Valley Road verfaulten. Die Saison hatte ihren Höhepunkt schon lange überschritten, selbst für die späteren Apfelsorten wie den Winesap. Vor wenigen Wochen noch hatten die Äste voller Golden und Red Delicious, McIntosh, Cortland und Pippin gehangen. Als Gary Elkin in seinem Streifenwagen langsam nach Hause fuhr, dachte er an die Zeit zurück, als er immer bei der Ernte im Obstgarten seiner Familie geholfen hatte. Es war die Zeit gewesen, bevor durch den Aufstieg von Delikatessenläden die Nachfrage nach neueren Apfelsorten geschaffen wurde. Deren Namen hörten sich eher an wie die von Cocktails – Pink Lady, Jazz, Gala –, und sie wurden zum großen Teil importiert, was den Markt der einheimischen Äpfel fast zum Erliegen gebracht hatte. Aus diesem Grund, aber auch wegen der Großerzeuger waren Familienunternehmen wie das seiner Familie nicht mehr konkurrenzfähig gewesen. Als Gary in der fünften Klasse war, hatten seine Eltern ihre Obstfarm verkaufen müssen.

Nie würde er den Tag vergessen, an dem er aus der Schule nach Hause kam und seine Eltern mit verstörten Gesichtern am Küchentisch saßen, wie schon einmal einige Jahre zuvor, als die Scheune abgebrannt war. Ihre Augen in den sonnengebräunten Gesichtern hatten dieselbe Farbe wie der milchige Tee in den Bechern, die vor ihnen standen. *Setz dich, Gary. Wir müssen dir etwas sagen*, hatte seine Mutter gesagt, in dem gleichen ernsten Ton, in dem sie ihm Opa Eddies Tod mitgeteilt hatte. Sie sagte ihm, dass sie nach Kalifornien ziehen würden, wo sein Vater eine Stelle als Vorarbeiter bei einem großen Obsterzeuger in Bakersfield gefunden hatte. Sie würden aufbrechen, sobald sie fertig gepackt hätten.

Was ist mit den Pferden, Popcorn und Winkie, und den Ziegen und den Hühnern?, hatte Gary gefragt. Er verstand nicht ganz, worum es eigentlich ging.

Es wird ihnen gutgehen, hatte sein Vater ihm versichert. *Ihre neuen Besitzer werden sich gut um sie kümmern.* Er hatte erklärt, dass sie keine andere Wahl hatten; hätten sie versucht, die Farm zu halten, hätte die Bank eine Zwangsvollstreckung angeordnet. Sein Dad war den Tränen nahe gewesen, als er Garys Hand gedrückt und mit einer Tapferkeit, die selbst für einen Elfjährigen nicht überzeugend war, gesagt hatte: *Mach dir keine Sorgen, mein Sohn. Es kommt alles wieder ins Lot, du wirst schon sehen. Eigentlich ist es sogar ein Abenteuer. Ein neuer Anfang für uns alle.*

Nur, dass es kein neuer Anfang gewesen war. Es war vielmehr das Ende einer Ära gewesen. Das Ende eines Lebens in einer Gemeinde, wo jeder jeden mit Namen gegrüßt hatte und die meisten seiner Freunde Jungs gewesen waren, die er seit dem Kindergarten gekannt hatte; das Ende beschaulicher Sommertage, an denen man mit dem Geruch von frisch gemähtem Gras in der Nase und Hahnenschrei in den Ohren aufwachte. Tage, an denen er nichts Wichtigeres im Kopf hatte als die Frage, ob er Pfannkuchen oder Eier zum Frühstück essen sollte; Tage, an denen sein Dad ihn die Baumreihe entlang Traktorfahren üben ließ; und Tagen, an denen er seiner Mutter half, die Äpfel zu schälen, aus denen sie die Kuchen für verschiedene Wohltätigkeitsveranstaltungen backte, so viele, dass ihr Haus das ganze Jahr über nach dem schwachen Duft von Zimt und Äpfeln und goldenen Zuckerkrusten roch.

In Bakersfield waren seine Eltern, er und die zwei jüngeren Brüder in ein kleines einstöckiges Haus in einer Straße mit lauter ähnlich aussehenden Häusern gezogen. Vorher hatten sie in einem geräumigen alten Bauernhaus gewohnt. Die Winter waren so mild, dass es schwierig gewesen war, viel Begeisterung für Weihnachten zu entwickeln, und die Sommer waren heiß genug gewesen, den Gehsteig vor ihrem Haus in einen Grill zu verwandeln. Das Obst und das Gemüse, das in dem nahe gelegenen Safeway-Supermarkt zum Verkauf angeboten wurde, hatte wenig Ähnlichkeit mit dem frisch geernteten Obst und Gemüse, an das er gewöhnt war. Und in der Schule, die Gary und seine Brüder besucht hatten, waren die meisten seiner Klassenkameraden Kinder von Wanderarbeitern gewesen, die von Farmen und Obstplantagen angestellt wurden wie jener, auf der sein Vater Vorabeiter war. Es waren größtenteils Mexikaner gewesen, unter denen er ein Außenseiter gewesen war.

Er schwor sich, dass er, sobald er alt genug wäre, seinen Lebensunterhalt selbst zu verdienen, auf die Insel zurückkehren würde. Und deshalb war er gleich von der Highschool auf die Polizeischule gegangen, hatte dann zwei Jahre bei der Autobahnpolizei von Kalifornien gearbeitet und abgewartet, bis auf der Insel eine Stelle frei wurde. Kurz darauf hatte er Denise kennengelernt, und sie hatten geheiratet und eine Familie gegründet. Es war nicht wie das Leben auf der Farm, nein, aber es war trotzdem ein gutes Leben.

Oder war es bis jetzt gewesen.

In letzter Zeit hatte Gary das Gefühl gehabt, als würde sich der sorgfältig gewebte Stoff seines Lebens allmählich auftrennen. Vielleicht war es aber nur er, der sich auflöste. Das gleiche System, das seine Eltern vernichtet hatte, vernichtete jetzt ihn: die schändliche Verbindung von Kommerz und Regierung, die er in Gedanken als *sie* bezeichnete. Die Ironie lag darin, dass er bis vor Kurzem einer von *ihnen* gewesen war. Jeden Morgen, wenn er seine frisch gebügelte Uniform angelegt hatte, war er stolz gewesen, seiner Gemeinde zu dienen. Sicher, von Zeit zu Zeit hatte er ein Auge zugedrückt, aber immer für eine gute Sache. Wie neulich, als er dem Shepherd-Jungen keinen Strafzettel verpasst hatte, als der deutlich zu schnell unterwegs gewesen war. Er wusste, dass Marge Shepherd an Krebs im Endstadium litt und ihr Mann Paul zwei Arbeitsstellen hatte, um finanziell über die Runden zu kommen.

Gary hatte nur das Pech gehabt, dass er erwischt worden war, als er ein einziges Mal für sich selbst ein Auge zugedrückt hatte. Das Ergebnis war, dass er jetzt erpresst wurde. Wie man es auch drehte und wendete, er steckte in großen Schwierigkeiten. Sie hatten ihn im Schwitzkasten und quetschten ihn langsam zu Tode.

Wäre sein Beweggrund reine Habgier gewesen, hätte Gary vielleicht geglaubt, er bekäme nur, was er verdiente. Aber er hatte das Geld nicht für sich selbst genommen. Ryan wollte so gern mit seinem Französischkurs im Sommer an der Reise nach Paris teilnehmen, und Gary brachte es nicht übers Herz, ihn zu enttäuschen. Als ihm dann Buck Duggan, der Besitzer des Clubs Kittycat draußen an der Route 6, einen Umschlag mit Bargeld zugesteckt hatte, damit er über die Dinge hinwegsah, die im Club liefen und nicht ganz legal waren, hatte er nur kurz gezögert, den Umschlag zu nehmen. Er hatte sich eingeredet, dass es nur dieses eine Mal war, dass er nicht der einzige

Cop war, der sich schmieren ließ, dass es nicht falsch war, wenn man es aus den richtigen Gründen tat. Mit anderen Worten, die üblichen schwachsinnigen Ausreden. Dann war ein paar Monate später das Getriebe von Denises altem VW Golf kaputtgegangen, und Gary hatte dieselbe Quelle nochmals angezapft – nicht wissend, dass die ganze Transaktion diesmal auf Video festgehalten wurde.

Und jetzt hatte der Bürgermeister ihn in der Hand.

Anfangs hatte Gary naiverweise geglaubt, dass er noch einmal mit einem blauen Auge davongekommen und die Sache erledigt wäre. Aber jetzt wusste er, dass die Wahrscheinlichkeit dafür genau so groß war wie die eines Friedens im Nahen Osten in absehbarer Zeit. Stattdessen ritt er sich jedes Mal noch tiefer hinein, wenn er Whites Anweisungen befolgte – nicht nur dadurch, dass er seiner Schwägerin hinterherspionierte und Stillschweigen darüber bewahrte, dass man seinem Neffen etwas anhängte, sondern auch dadurch, dass er gezwungen war, seine eigene Frau anzulügen. Und das machte ihn auf eine Art wütend, die, da sie kein Ventil hatte, wie Säure wirkte, die aus einer korrodierten Batterie tropfte. Es war zu einem Teufelskreis geworden. Jedes Mal, wenn er die Beherrschung verlor und verbal auf Denise oder eines der Kinder losging, hasste er sich noch mehr, und das schürte seine Wut zusätzlich.

Mein Gott. Wenn Denise das wüsste! Wenn sie auch nur die geringste Ahnung hätte, dass er an der Schmutzarbeit beteiligt gewesen war, dafür zu sorgen, dass dem Bauprojekt am Spring Hill nichts im Wege stand, indem er in die richtigen Ohren geflüstert hatte, weil er wusste, welchen Beamten man Honig ums Maul schmieren musste und welche besondere Überredung in Form einer subtilen Drohung brauchten. Denise würde sich vielleicht nicht scheiden lassen – er glaubte nicht, dass sie so weit gehen würde –, aber das Leben würde nie mehr so sein wie zuvor. Es gab Dinge, von denen es kein Zurück gab, und das hier gehörte dazu.

Jetzt blieb ihm nichts weiter übrig, als einen Weg zu finden, mit dieser Last zu leben. Wenn er mit jemandem darüber hätte reden können, hätte es die Sache vermutlich leichter gemacht. Aber wem sollte er sich anvertrauen? Nicht Denise. Keinem seiner Kollegen. Und ganz sicher nicht seinen Eltern, die jetzt beide im Ruhestand waren und in Rancho del Mar lebten. Es würde sie umbringen, wenn sie erführen, wie weit er von den Prinzipien der Ehrlichkeit und Redlichkeit abgekommen war, zu denen er erzogen worden war. Prinzipien, die in ihrem Haus strikt eingehalten worden waren. Wie damals, als Gary zehn war und sein Dad ihn dabei erwischt hatte, wie er eine Packung Kaugummi aus Mr. Gowans Geschäft hatte mitgehen lassen. Gary hatte nicht nur die gestohlene Ware zurückgeben müssen, sondern er musste auch noch die nächsten beiden Wochenenden als Aushilfe im Geschäft mithelfen. Was würde sein Vater sagen, wenn er *das hier* herausfände?

Ironischerweise wäre Alice die Einzige gewesen, die ihn verstanden hätte. An dem Tag, als sie zu ihm gekommen war und ihn um Hilfe gebeten hatte, hatte Gary sich gerade noch zurückhalten können, ihr sein Herz auszuschütten. Aber sie war der letzte Mensch, dem er sich anvertrauen könnte. Wenn sie wüsste, was er getan hatte …

Er war derart in seine Gedanken versunken, dass er überrascht war, als er in seine Einfahrt einbog. Er hätte schwören können, erst vor wenigen Minuten vom Parkplatz hinter der Polizeiwache abgefahren zu sein. So sah sein Leben derzeit aus. Einer der Kollegen gab einen Kommentar zu etwas ab, was an diesem Tag passiert war, etwas, bei dem er ganz offensichtlich dabei gewesen war, und er hatte nicht die geringste Idee, wovon sie redeten. Oder Denise erinnerte ihn an etwas, das er zu tun versprochen hatte, und er hatte nicht mehr die leiseste Erinnerung daran.

Er vermutete, es lag hauptsächlich daran, dass er in letzter Zeit kaum ein Auge zubekommen hatte. Oft wachte er mitten in der Nacht auf, sein Herz schlug wie rasend und seine Gedanken drehten sich wie ein Hamsterrad, und dann fand er nicht wieder in den Schlaf zurück.

Nun, er würde einfach ein Mann sein und es wegstecken müssen. War es nicht das, was sein Vater ihm beigebracht hatte? Und es hatte in der Vergangenheit immer gut funktioniert: in der Schule mit den Kids, die ihn drangsaliert hatten, während seiner Ausbildung auf der Polizeischule und später als Frischling bei der Polizei mit den altgedienten Kollegen, die sich einen Spaß daraus gemacht hatten, ihm auf den Senkel zu gehen. Das hier war *sein* Problem, ein Problem, das er selbst verursacht hatte, nicht seine Frau oder seine Kinder; es gab keinen Grund, warum sie mit hineingezogen werden sollten.

Er hielt vor dem Haus an und stieg aus dem Streifenwagen. Seine Stiefel knirschten auf dem Kies, als er den Weg entlangging. Abgesehen von dem entfernten Bellen eines Hundes und dem dumpfen Stampfen von Hufen in der Scheune – Taylors energiegeladene Stute – war kein Geräusch zu hören. Durch das Fenster konnte er sehen, wie Denise den Tisch für das Abendessen deckte. Sie hatte sich den Telefonhörer unters Kinn geklemmt, während sie die Gabeln und Löffel verteilte, und unterhielt sich lebhaft mit der Person am anderen Ende der Leitung. Der Anblick, wie sie lächelte und lachte, als wäre sie wieder ganz die Alte, hob seine Stimmung. Denise war seit dem Beginn der

Erdarbeiten am Spring Hill deprimiert gewesen, und seine eigenen düsteren Stimmungen waren auch nicht hilfreich gewesen. Sie hatten sich in letzter Zeit oft gestritten, und er konnte sich gar nicht mehr daran erinnern, wann sie zuletzt miteinander geschlafen hatten.

Aber in dem Augenblick, in dem er hereinkam, war es, als wäre ein Schalter umgelegt worden. Das Leuchten in ihren Augen verblasste, und ihr Gesichtsausdruck wurde wachsam, als sie sich eilig von der Person verabschiedete, mit der sie am Telefon gesprochen hatte. Offensichtlich war sie noch sauer wegen des Streites, den sie heute Morgen gehabt hatten. Eine dumme Auseinandersetzung, weil Taylor in der Schule einen Rock tragen wollte, der fast jeden Zentimeter ihrer Beine zeigte. Gary hatte sich geweigert, seine Tochter aus dem Haus zu lassen, bevor sie sich sittsamer gekleidet hatte, und Denise hatte ihn der Überreaktion beschuldigt.

»Das Essen ist fast fertig«, informierte sie ihn jetzt in dem kühlen Ton, an den er sich in letzter Zeit gewöhnt hatte. »Ryan ist beim Football-Training und wird deshalb ein bisschen später kommen.«

»Wie läuft es denn damit?« Gary erkannte schuldbewusst, dass es eine Weile her war, seit er sich zuletzt ein Spiel seines Sohnes angesehen hatte.

»Der Trainer setzt ihn jetzt als Quarterback ein.«

Auf Garys Gesicht breitete sich ein Grinsen aus. Der Erfolg seines Sohnes hob vorübergehend seine Laune. »Das ist toll! Das sollten wir feiern. Vielleicht können wir nach dem Essen ausgehen und irgendwo ein Malzbier trinken.«

Seine Frau, die gerade die Servietten verteilte, hielt inne und verdrehte die Augen. »Malzbier? Er ist *sechzehn*, Gary, nicht sechs. Ich denke, er ist ein bisschen zu alt dafür.«

»Genau wie Taylor, ja?« Die Worte waren ausgesprochen, bevor er sich dessen bewusst war.

Jetzt nahm Denise eine Angriffsposition ein, stemmte die Hände in die Hüften und bedachte ihn mit dem gewissen Blick. »Fängst du schon wieder damit an? Ich dachte, das hätten wir geklärt.«

»Entschuldige, wenn ich es für ein Problem halte, dass unsere neunjährige Tochter wie eine Schlampe in der Öffentlichkeit herumläuft«, sagte er. *Verflucht noch mal, lass es gut sein!*, flehte eine Stimme in seinem Kopf. Aber er konnte nicht aufhören. Er war zu sehr in Fahrt. »Weißt du, wie viele Perverse da draußen rumlaufen und nur darauf warten, Jagd auf kleine Mädchen zu machen? Die Wälder sind voll von ihnen.«

Sie schnaubte zornig. »Auf Grays Island? Ich bitte dich!«

»Es kommt vor. Erinnerst du dich an die kleine Gibbons?« Nun ja, der Kerl hatte Joanie Gibbons nicht gerade sexuell belästigt, sondern war ihr nur als Exhibitionist gegenübergetreten, aber trotzdem ...

»Gary, ich weiß gut über Perverse Bescheid«, erklärte Denise in jenem übertrieben geduldigen Ton, den sie anschlug, wenn ihre Schüler im Unterricht nicht aufpassten. »Aber glaubst du nicht, du übertreibst es ein wenig?«

Er spürte, wie etwas in ihm klick machte und seine Wut anstachelte. Er schien keine Kontrolle mehr darüber zu haben, es hätte der Mund einer fremden Person sein können, aus dem jetzt die Worte strömten. »Nein, das glaube ich nicht. Was ich glaube, ist, dass es gut ist, dass sich wenigstens *einer* von uns darum kümmert, was mit unseren Kindern geschieht!«

Denise fiel die Kinnlade herunter. Sie hätte nicht schockierter aussehen können, hätte er sie geschlagen, etwas, das er in achtzehn Ehejahren noch nie in Erwägung gezogen hatte. In letzter Zeit jedoch hatte er große Angst gehabt, dass es passieren könnte, wenn er sich nicht wieder in den Griff bekam.

»Ich werde so tun, als hätte ich das nicht gehört«, sagte sie.

Gary wendete einen mentalen Trick an, der in der Vergangenheit immer funktioniert hatte: Er stellte sich vor, wie er an der Handbremse einer altmodischen Dampflok zog. Aber diesmal klemmte die Bremse, und der rollende Zug raste weiter über die Schienen. »Oh, dann bin ich also jetzt der Bösewicht? Das ist typisch für dich, Denise. Du meckerst den ganzen Tag an den Kindern herum. Tu dies, tu das, vergiss nicht, dein Zimmer aufzuräumen«, ahmte er sie mit weinerlicher Fistelstimme nach. »Aber sobald ich ihnen etwas sage, stürzt du dich auf mich, als wäre ich eine Art Diktator.«

Er konnte sehen, dass sie den Tränen nahe war. »Ich habe nie gesagt –«

Er schlug mit der Faust auf die Küchenarbeitsplatte, und Denise schreckte zusammen. Bier schäumte aus der Dose, die er in der anderen Hand hielt, und tropfte auf den Boden. »Widersprich mir nicht! Ich bin immer noch der Mann in diesem Haus, und was ich sage, das gilt.« Worte, die aus dem Mund seines Vaters hätten stammen können und die ihn ebenso sehr schockierten wie vermutlich auch sie.

»Gary, was zum Teufel ist in dich gefahren? Warum führst du dich so auf?« Denise sah eher besorgt als wütend aus. Nicht nur besorgt, sondern verängstigt. Und aus irgendeinem Grund machte ihn das noch wütender. Weil er wusste, dass *er* dafür verantwortlich war. Er war seiner eigenen Ehefrau fremd geworden.

In einem plötzlichen Anfall des Jähzorns schleuderte er die Dose gegen die Wand. Sie traf sie mit einem hohlen krachenden Geräusch und versprühte eine Schaumfontäne. Einen langen

Augenblick stand er einfach nur da und starrte auf den Schaum, der von der hellgrünen Tapete mit den Weinreben und den winzigen Gießkannen heruntertropfte. Dann sank er vor Entsetzen über das, was er getan hatte, stöhnend auf die Knie und vergrub sein Gesicht in den Händen. Er merkte kaum, dass sich eine Pfütze auf dem Boden ausbreitete und jetzt seinen Hosenaufschlag durchfeuchtete; er wusste nur, dass er verstörter war als je zuvor in seinem Leben: Nur ein paar Zentimeter näher, und er hätte Denise mit der Dose getroffen.

»Oh, mein Gott. Es tut mir leid. Ich wollte nicht –« Trockenes Schluchzen zerrte an seiner Kehle. Die Schluchzer entrangen sich ihm gegen seinen Willen, und sie waren wie das tiefe, abgehackte Keuchen eines Mannes, der erwürgt wird. Er hatte sich nicht mehr unter Kontrolle, er wusste das, aber ein Teil von ihm beharrte immer noch darauf, dass er sich wieder in den Griff bekommen konnte, wenn er nur ... wenn er nur ... ein bisschen länger durchhielt.

Er spürte Denises Hand auf seiner Schulter, und das war der Tropfen, der das Fass zum Überlaufen brachte. Er schüttelte sie ab und kam torkelnd auf die Beine. Er konnte kaum geradeaus sehen, als er auf die Hintertür zusteuerte.

Durch das Dröhnen in seinen Ohren hörte er seine Frau erschreckt aufschreien. »Gary! Wohin gehst du?«

»Ich brauche Luft.« Die Worte kamen barsch und rau aus seinem Mund. »Bleib nicht wegen mir auf. Es kann eine Weile dauern.«

»Was ist mit dem Abendessen?« Sie klang panisch, und er wusste, dass sie sich nicht wegen des Abendessens sorgte.

»Esst ohne mich.«

Er machte die Tür auf, als ihm eine schwache Stimme nachrief: »Daddy?« Er drehte sich um und sah Taylor in ihrer Leggins und dem Hello-Kitty-T-Shirt dort stehen. Sie sah verängstigt aus. Bei ihrem Anblick zerbrach er fast, aber es gelang ihm, sich genug zusammenzunehmen, um zu sagen: »Es ist alles in Ordnung, Schätzchen. Daddy muss noch mal kurz weg. Bevor du dich versiehst, bin ich wieder zurück.«

Sobald Gary aus dem Haus trat, spürte er, wie ihn eine seltsame Ruhe überkam. Als er den Weg hinunterging, staunte er darüber, dass sich seine Wut wie durch Zauberei aufgelöst und die Spannung mitgenommen hatte, die sich im Laufe der vergangenen Wochen aufgestaut hatte. Gleichzeitig sagte ihm seine Erfahrung als Polizist, dass das in Situationen wie dieser nicht ungewöhnlich war. In seinen vielen Dienstjahren hatte er schon alles erlebt: blutende Unfallopfer, die auf Tragen weggetragen wurden und sich lauthals wegen eines Geschäftstermins oder einer Verabredung zum Essen aufregten, die sie versäumen würden; Fälle von häuslicher Gewalt, bei denen er bei seinem Eintreffen die Ehefrau damit beschäftigt vorfand, wie sie das Essen zubereitete oder den Teppichboden saugte, als wäre sie nicht gerade fast zu Brei geschlagen worden; und einmal den denkwürdigen Fall eines Unfalls mit Fahrerflucht, bei dem der Fahrer, als sie ihn schließlich aufgespürt hatten, ruhig erklärte hatte, er hatte nach Hause fahren und seine Lebensmittel auspacken müssen, weil die Eiscreme sonst geschmolzen wäre.

Die Psychiater hatten einen Namen dafür: dissoziative Identitätsstörung. Aber im Augenblick interessierte Gary bloß, dass es eine wohltuende Erleichterung gegenüber der Spannung bedeutete, die sich im Laufe der vergangenen Wochen in ihm aufgebaut hatte. Als er sich hinter das Steuer seines Streifenwagens setzte und den Zündschlüssel im Schloss umdrehte, hätte er das genauso gut träumen können; einen jener Träume, in denen einem alles so klar vorkam, dass man fast glaubte, wach zu sein. Und wie in einem Traum hatte er nicht die geringste Vorstellung, was als Nächstes passieren würde; nur sein Körper schien anwesend zu sein.

Die Abenddämmerung setzte ein, und lange Schatten fielen über die Straße. Gary fuhr langsam und achtete auf die Rehe, die die Gewohnheit hatten, zu dieser Tageszeit auf die Straße zu laufen. Als er den Stadtrand erreichte, nahm er den Abzweig Richtung Killibrew Harbor. Die Straße schlängelte sich einen hufeisenförmigen Küstenstrich entlang, an dem ein malerischer kleiner Hafen lag, in dem die Leute, die in den schicken Häusern in der Nähe wohnten, ihre Schiffe vertäuten.

Owen White wohnte in einem dieser Häuser, einem weitläufigen vornehmen Gebäude, das *The Birches* hieß. Gary war erst einmal dort gewesen, und zwar anlässlich einer politischen Spendenveranstaltung, einer Cocktail-Party, die im Garten stattgefunden hatte. Als Gary zum Pinkeln ins Haus gegangen war, hatte er diese Gelegenheit genutzt, sich ein bisschen umzusehen. Er erinnerte sich vage an den Grundriss und die verwundbaren Punkte des Hauses. Im Geiste sah er die Rollstuhlrampe vor sich, die an einer Seite des Hauses entlang zu einer Glasschiebetür führte, die sich über eine Lichtschranke öffnete. Er sah wieder die alte verlassene Hundehütte vor sich und das betagte Sicherheitssystem, das jeder erfahrene Polizist mit verbundenen Augen umgehen könnte.

Als wäre es ein Film mit einem von vornherein feststehenden Ausgang, sah Gary sich selbst in die unbefestigte Straße einbiegen, die zu der privaten Anlegestelle führte, wo einst Owens Jacht vor Anker gelegen hatte. Er schaltete die Scheinwerfer aus und hatte einen Fuß auf der Bremse, als er sich in der Dämmerung vorsichtig über den ausgefahrenen Weg vorantastete, wobei er auf tief hängende Äste achtete. Als er in Sichtweite des Hauses war, schaltete er den Motor aus und ließ den Wagen den Rest des Weges rollen.

Er parkte, stieg aus und blieb einen Moment lang völlig still stehen; mit geneigtem Kopf lauschte er wachsam auf Geräusche, die nichts mit dem Zirpen der Ziegenmelker oder dem Klatschen der Wellen gegen die Hafenmauer zu tun hatten. Die Villa im Tudorstil, in der Owen White mit seiner Frau lebte, mit der er seit vierzig Jahren verheiratet war, stand auf einer leichten Anhöhe links von Gary, etwa knapp hundert Meter von seinem Standort entfernt. Als Gary sich in Richtung Haus aufmachte, raschelte das Laub, das den Rasen bedeckte, leise unter seinen Schuhen. Er begann, eine Melodie zu summen.

Er dachte an die Zeit, als er ein Kind war und mit seinen Brüdern in ein verlassenes Haus einen Häuserblock weiter eingebrochen war. Sie hatten gehofft, etwas Aufregendes zu entdecken, wie beispielsweise eine Leiche oder einen staubigen Schatz, aber sie hatten nichts als jede Menge zerbrochenes Glas und Mäusekot gefunden. Die Aufregung kam erst, als einer der Nachbarn, der das Licht ihrer Taschenlampe gesehen hatte, die Polizei gerufen hatte. Zum Glück hatte der Polizist, ein großer kräftiger Mann lateinamerikanischer Herkunft mit einem Schnauzbart, der sich als Officer Ramirez vorstellte, sie mit Nachsicht behandelt. Obwohl er ihnen mit ernster Stimme einen Vortrag über widerrechtliches Betreten eines Grundstückes hielt, erkannte Gary, dass er nicht mit dem Herzen dabei war. Danach hatte er sie mit seinem Streifenwagen nach Hause gebracht und zugestimmt, ihren Eltern nichts zu sagen, wenn sie versprachen, nie wieder etwas Derartiges zu tun, ein Versprechen, an das Gary sich bis heute gehalten hatte.

Jetzt, mehr als dreißig Jahre später, schlich er umher wie ein

Herumtreiber. Der Teil seines Gehirns, der noch funktionierte, wusste, dass das, was er tat, falsch war, womöglich sogar verrückt, und dass er, falls er erwischt wurde, mehr als seinen Job verlieren würde. Aber der Gary, der sich im Schockzustand befand, achtete nicht auf diese weit entfernte Stimme; sie hätte eine Stechmücke sein können, die in seinem Ohr summte.

Er hievte sich über die niedrige Steinmauer, die das Grundstück umgab, dann schlenderte er über den Rasen. Die Dämmerung war fast in Dunkelheit übergegangen, und ein geisterhaft weißer Mond segelte auf einem dünnen Floß aus Wolken am Himmel. In einem Zimmer im Erdgeschoss war ein Fenster erleuchtet, und ein sanfter gelber Lichtschein fiel auf das Gras und die Büsche darunter. Gary machte eine schattenhafte Gestalt aus, die sich hinter den Gardinen bewegte. Er erstarrte und griff nach der Achtunddreißiger an seiner Hüfte. Aber es leuchteten keine Flutlichter auf, kein Alarm ging los, und nach einem Moment entspannte er sich wieder.

Minuten später ging er die Rollstuhlrampe hoch, und die automatische Glastür glitt bei seinem Herannahen leicht auf. Die Bewohner der Insel machten sich keine Gedanken um Türschlösser; wahrscheinlich hätte er auch durch die Vordertür spazieren können, wenn er gewollt hätte. Ein Fetzen seines Gesprächs mit Bud Hogan, das sie auf der Party geführt hatten, kam ihm jetzt in den Sinn. Verbrechen? Aber nein, ich sage ihnen, dass man hier in der Gegend kaum etwas davon hört. Es ist wahrscheinlicher, im Disneyland ausgeraubt zu werden.

Gary lächelte bei dem Gedanken und betrat jetzt ein Zimmer, das mit Kleinkram vollgestopft war, hauptsächlich Dingen rund um die Seefahrt. In seinem alten Leben war Owen, wie sein Vater vor ihm, ein begeisterter Segler gewesen. In einer Vitrine voller Trophäen, die er bei verschiedenen Segelregatten gewonnen hatte, befand sich auch ein großes gerahmtes Foto von ihm am Ruder seiner Jacht. Es gab auch einige Familienfotos. Gary blieb vor einem Foto von Owen als Junge stehen; Owen stand mit seinem Vater auf der großen Veranda ihres Hauses, ebenso blass und dünn, wie Lowell männlich und robust war. Das Segeln musste das einzige Band zwischen ihnen gewesen sein.

Garys Gedanken wandten sich den Knochen zu, die man am Spring Hill ausgegraben hatte. Die Knochen Lowell Whites. Zuerst hatte Gary es nur als böses Omen betrachtet. Man hatte sich dort zu schaffen gemacht, wo man nichts zu suchen hatte, und man sah ja, wohin es geführt hatte. Jetzt ertappte er sich dabei, dass er sich fragte, wie es wohl für diesen kleinen Jungen auf dem Foto gewesen sein musste, ohne Vater aufzuwachsen und nicht zu wissen, was aus ihm geworden war.

Aber das waren nur flüchtige Gedanken. Außerdem versetzte der Automatismus, der das Kommando über Garys Bewusstsein und Handeln übernommen hatte, ihm jetzt einen sanften Stoß, um ihn daran zu erinnern, dass er etwas zu erledigen hatte. Gary ging auf Zehenspitzen in den Flur. Im Nachbarzimmer hörte er das Murmeln von Stimmen, aber als er sich näherte, stellte sich heraus, dass es aus dem Fernseher kam, der eingeschaltet war. Als er die offene Tür erreichte, zog er seine Waffe aus ihrem Halfter, stellte sich mit dem Rücken an die Wand und wandte den Kopf hin und her, um nach möglichen Gefahren Ausschau zu halten. Er hielt sich genau an das, was man ihn während der Ausbildung auf der Polizeischule gelehrt hatte, er aber seitdem kaum angewendet hatte. Das Ganze kam ihm unter den gegebenen Umständen mehr als ein bisschen absurd vor, als sein Blick auf die einzige Person im Raum fiel: einen kahl werdenden Mann, der um die Körpermitte schwammig geworden war, der in einem Ohrensessel vor dem Fernseher saß, während sein Rollstuhl ein paar Schritte entfernt stand.

Owen riss seinen Blick von den Abendnachrichten los, als Gary hereinkam. Er war überrascht. Er trug ein marineblaues Sweatshirt, und eine karierte Decke bedeckte seinen Schoß; er wirkte alt und hilflos. Offensichtlich war er sich des Bildes, das er abgab, bewusst, denn sobald er sich gefasst hatte, verlangte er mit seiner autoritärsten Stimme zu wissen: »Elkins! Was tun Sie hier? Wer hat Sie hereingelassen?«

»Guten Abend, Sir.« Gary machte sich nicht die Mühe, dem Bürgermeister zu erläutern, wie er sich Zutritt verschafft hatte. Er nahm lediglich die nützliche Information zur Kenntnis, die man ihm gegeben hatte, nämlich, dass Owen allein im Haus war. Hätte er sonst nicht angenommen, dass jemand – das Hausmädchen, oder vielleicht seine Frau – Gary hereingelassen hatte? Er sprach in demselben gleichmütigen Ton: »Es tut mir leid, Sie zu Hause zu belästigen, aber ich fürchte, es konnte nicht warten. Es gibt etwas, über das wir reden müssen.«

Gary sah, wie Owens Blick auf die Pistole in seiner Hand fiel, und jetzt sah er Furcht in diesen blassen, scharfsichtigen Augen aufflackern. Als er einen Blick auf sein Spiegelbild in dem dunklen Fenster erhaschte, konnte er allerdings verstehen, warum: In seiner von Bierflecken übersäten Uniform und Augen, die wie die eines Zombies aus dunklen Höhlen starrten, war er kaum als der Polizist zu erkennen, der dafür verantwortlich war, für Ruhe und Frieden in seiner Gemeinde zu sorgen. Er musste Owen beinahe dafür bewundern, wie schnell er die Situation erfasst und versucht hatte, sie zu entschärfen.

»Nun, in dem Fall sollten Sie nicht einfach dort stehen bleiben«, sagte Owen im Ton eines leutseligen Gastgebers. »Nehmen Sie sich etwas zu trinken und setzen Sie sich.« Er winkte in Richtung eines Vitrinenschrankes aus Wurzelholz, auf dem eine Auswahl an Flaschen mit Spirituosen und geschliffenen Glaskaraffen aufgereiht stand. »Bitte, bedienen Sie sich.«

Gary ignorierte das Angebot, drehte sich langsam um, betätigte den Abzug der Pistole und schoss ein Loch in den 60-Zentimeter-Plasmafernseher. »Besser als eine Fernbedienung«, sagte er und ein wahnsinniges Kichern drang aus seinem Mund.

Er hörte ein Keuchen, blickte sich um und sah, dass Owens Gesicht einen käsigen Grauton angenommen hatte. Owen leckte sich die Lippen und fragte in einem deutlich weniger einladenden Ton: »Was ... was wollen Sie?«

»Was ich will? Das ist eine sehr gute Frage, Sir.« Gary schien einen Augenblick nachzudenken, bevor er erwiderte: »Erst einmal können Sie aufhören, mir und meiner Familie dumm zu kommen.«

Der ältere Mann wirkte beinahe erleichtert. »Nun, wenn das alles ist, betrachten Sie es als erledigt. Sie hätten schon früher zu mir kommen sollen. Ich bin kein unvernünftiger Mann, Gary, ungeachtet dessen, was Sie vielleicht glauben.«

Gary lachte, weil die Lüge so leicht zu durchschauen war. »Ich verstehe. Ich hätte also bloß nett fragen müssen?«

»Okay, Sie haben ja recht. Vielleicht bin ich tatsächlich ein bisschen zu weit gegangen«, beeilte sich Owen zuzugeben. »Aber was Ihre Schwägerin angeht, können Sie mir das ernsthaft zum Vorwurf machen? Sie hat schon einmal versucht, mich umzubringen. Woher soll ich wissen, ob sie es nicht noch einmal versuchen wird?«

Aber Gary nahm ihm das nicht ab. »Wissen Sie, was ich glaube? Ich glaube, Sie haben *gehofft*, dass sie zurückkommt. Ich denke, Sie haben das schon von langer Hand geplant. Deshalb haben Sie mir eine Falle gestellt, damit Sie jemanden haben, der die schmutzige Arbeit für Sie erledigt.«

»Was das angeht, so sind Sie von weiteren Verpflichtungen befreit«, versicherte Owen ihm schnell. »Ich würde sogar sagen, dass Sie mir und dieser Gemeinde so gut gedient haben, dass ein Bonus angebracht wäre. Sagen wir, fünftausend? Oder nein, machen wir zehn daraus.« Gary reagierte nicht, was Owen falsch gedeutet und so ausgelegt haben musste, dass Gary eine andere Entschädigung im Sinn hatte, denn er fügte schnell hinzu: »Ich kann Ihnen auch, äh, das fragliche Material gleich morgen früh bringen lassen.« Er unterließ es taktvoll, sich offen auf das belastende Videoband zu beziehen. »Ich würde es Ihnen ja jetzt gleich geben, aber es befindet sich in einem Bankschließfach.«

Aber dafür war es viel zu spät; Gary war schon weit darüber hinaus. »Wissen Sie, ich denke, Alice hatte schon den richtigen Verdacht.« Er sprach mit seltsam leidenschaftsloser Stimme. »Das einzige Problem war, dass sie den Job nicht zu Ende gebracht hat.«

Ruhig hob er die Pistole und zielte auf Owen.

Owen stieß einen Quietschlaut aus. »Tun ... tun Sie das Ding runter. Bitte. Können wir nicht wie vernünftige Menschen darüber reden? Wirklich, Gary, es ist doch nicht nötig, Gewalt anzuwenden.«

»Was ist denn da zu bereden? Wie Sie sehen, bin ich derjenige, der alle Trümpfe in der Hand hat.« Gary ging auf Owen zu, und ein freudloses Grinsen breitete sich auf seinem Gesicht aus, das er nicht als sein eigenes erkannt hätte. »Wie fühlt es sich an, wenn der Spieß umgedreht wird? Nicht so toll, was? Also, hier kommt die gute Nachricht. Sie müssen nicht den Ausdruck auf dem Gesicht Ihrer Frau sehen, wenn sie herausfindet, was Sie für ein übles Stück Dreck sind. Bis dahin sind Sie schon lange nicht mehr. Genau wie Ihr Dad.«

»Warten Sie!«, kreischte Owen und warf die Hände in die Luft. Hände, die einmal jede Bewegung Garys kontrolliert hatten und jetzt erbärmlich zitterten. »Wollen Sie mehr Geld? Ich kann meine Bank anrufen und das Geld auf Ihr Konto überweisen lassen, falls Sie keinen Scheck von mir haben wollen.«

»Geld? Sie glauben, es geht hier um *Geld?*« Gary stieß ein raues Lachen aus. Er fühlte sich völlig losgelöst, als hätte er zu viel getrunken, aber sein Kopf war vollkommen klar. Er sah mit plötzlicher Deutlichkeit, dass er die ganze Zeit auf dieses Ziel zugesteuert hatte, dass die ganzen qualvollen Wochen daher rührten, einer Sache Widerstand geleistet zu haben, von der er wusste, dass sie getan werden musste. Nachdem er das jetzt akzeptiert hatte, fühlte er sich seltsam ruhig. Dies hier würde nicht gut enden, aber zumindest würde es enden. »Sie schulden mir mehr als das. Wegen Ihnen musste ich meine Frau anlügen. Meine eigene Frau. Sie hat *geweint*, als die Bagger kamen. Sie hat geweint wie ein Baby, und ich konnte bloß danebenstehen. Mir war übel, weil ich wusste, dass ich mit daran schuld war. Und was glauben Sie, wird sie empfinden, wenn sie auch noch erfährt, dass ich Ihnen geholfen habe, ihre Schwester aus der Stadt zu treiben?«

Owen hob trotzig das Kinn. »Das ist aber doch übertrieben dargestellt, finden Sie nicht? Ich habe Sie lediglich gebeten, Alice im Auge zu behalten.«

»Das ist nicht alles, und das wissen Sie. Sie waren auf Rache aus. Auge um Auge, richtig? Herrgott, meinen Sie nicht, sie hätte genug gelitten? Und der Junge, mussten Sie ihm auch nachstellen?« Garys Stimme wurde lauter.

»Was mit Ihrem Neffen passiert ist, hat er sich ganz und gar selbst zuzuschreiben«, protestierte der Bürgermeister.

»Aber Sie haben dafür gesorgt, dass er mit Beschuldigungen überhäuft wurde – ein unschuldiges Kind.«

»Was macht Sie so sicher, dass er unschuldig ist?«

»Weil ich meinen Neffen *kenne*. Er würde nie so etwas tun, niemals.«

»Wenn die richtigen Umstände zusammentreffen, haben Leute schon viele Dinge getan, die sie sonst vielleicht nicht getan hätten«, bemerkte Owen und warf ihm einen anzüglichen Blick zu, der Gary nicht entging – war er nicht der lebende Beweis dafür, wessen ein normalerweise vernünftiger Mensch fähig war, wenn man ihn zu sehr unter Druck setzte? Gary sah, dass auf Owens Stirn Schweißperlen standen und sie glänzen ließ. Obwohl es im Zimmer warm war, zitterte Gary, als wäre die Temperatur um einige Grad gefallen. Wie aus weiter Ferne hörte er, dass der Bürgermeister mit ruhiger, überzeugender Stimme weitersprach, die nur leicht schwankte: »Nehmen wir zum Beispiel mal Sie, Gary. Mir ist jetzt klar, dass ich Sie unterschätzt habe. Ich habe Ihre ... Ihre besonderen Fähigkeiten verkannt. Len wird bald in den Ruhestand gehen, und wir könnten dann jemanden mit Ihren Führungsqualitäten brauchen, der an seine Stelle tritt.«

Gary schüttelte angewidert den Kopf. »Glauben Sie wirklich, ich wäre blöd genug zu glauben, dass Sie mich zum Polizeichef machen? In dem Moment, in dem ich aus der Tür ginge, würden Sie Len anrufen, und es wäre nicht, um ihn zu überreden, frühzeitig in Rente zu gehen.«

Owen sank in seinem Sessel zusammen und schloss die Augen. Er sah plötzlich geschlagen aus. »In Ordnung, was wollen Sie dann von mir? Was auch immer, sagen Sie es mir. Ich werde tun, was Sie wollen.«

»Was ich will, ist das hier.« Gary zielte mit seiner Pistole auf seinen Peiniger.

Dann hörte er das Sirenengeheul in der Ferne. Offensichtlich waren sie doch nicht allein im Haus – jemand hatte den Notruf gewählt. Gary empfand einen Anflug des Bedauerns, als er an seine Kollegen dachte, Jungs, die sich für ihn hätten erschießen lassen und umgekehrt, mit denen er Schichten getauscht und über viele Jahre scherzhafte Beschimpfungen gewechselt hatte, mit denen er sich nach der Arbeit bei einem Bier unten bei Frankie's entspannt hatte, deren Kinder er hatte aufwachsen sehen und deren Frauen Denise anriefen, wenn sie einen Rat brauchten. Was würden sie denken, wenn sie *das hier* sahen? Aber das Bedauern verschwand schnell wieder. Er dachte: Bis sie eintreffen, wird alles vorbei sein.

15. Kapitel

APRIL 1943

Sie begruben die Leiche bei Einbruch der Dunkelheit. Zuerst luden sie sie auf einen Leiterwagen, den sie den Hügel hinaufzogen, so weit, bis der Weg unpassierbar wurde. Dort, am Grund einer tiefen Schlucht, wo Wanderer und Ausflügler die Leiche vermutlich nicht finden würden, hoben sie ein Grab aus. William und Joshi bearbeiteten die Erde mit ihren Schaufeln, während Eleanor am oberen Rand der Schlucht Wache hielt und den Blick sorgsam von dem in eine Plane gewickelten Bündel zu ihren Füßen abgewandt hielt.

Später, wenn dies alles vorbei war, würde sie sich gestatten, darüber nachzudenken, würde sie es zulassen, dass Bilder, die in ihrem Kopf herumwirbelten, sich zu einem grausamen Ganzen zusammensetzten. Im Augenblick musste sie jedoch ruhig bleiben, um diese entsetzliche Sache zu einem Ende zu bringen. Niemand durfte je davon erfahren. Insbesondere Lucy nicht. Wenn etwas Eleanor nicht den Verstand verlieren ließ, dann war es die Erkenntnis, dass ihre Tochter nicht davon besudelt werden durfte. Eleanor hatte Sarah Donovan, die Mutter von Lucys bester Freundin, angerufen und gefragt, ob sie die Mädchen von der Schule abholen und Lucy über Nacht bei sich behalten konnte; sie hatte erklärt, dass sich ganz plötzlich eine dringende Angelegenheit ergeben hatte, um die sie sich kümmern musste.

Eine blutige Angelegenheit, dachte Eleanor und biss sich auf die Unterlippe, um das hysterische Kichern zu unterdrücken, das sich seinen Weg durch ihre Kehle bahnen wollte. Weit entfernt konnte sie ihre Hunde im Zwinger bellen hören, beinahe so, als hätten sie etwas gespürt oder den Geruch des Blutes gewittert. In dieser Hinsicht waren Hunde sehr klug. Vielleicht war das der Grund, warum sie die Gesellschaft der Hunde der der meisten Menschen vorzog. Das, und weil ihre Ergebenheit unerschütterlich war, ganz gleich, welche Schwächen man hatte. So, wie ihr Mann gewesen war. Und jetzt war Joe tot. So tot wie das *Ding* (sie brachte es nicht über sich, ihn als Lucys Vater zu betrachten, den Mann, den sie einst zu lieben geglaubt hatte), das zu ihren Füßen lag.

Es war das Blut, das ihr alles deutlich gemacht hatte, als sie den Teppich aufgerollt und auf Händen und Knien die Dielen geschrubbt und den Lappen in einem Eimer mit Wasser ausgewrungen hatte, das sich als schreckliches Ergebnis ihrer Arbeit rot gefärbt hatte: Ihr Ehemann war nicht einfach so in den Himmel gekommen, er war in Stücke gesprengt worden, war ertrunken oder, noch schlimmer, eines langsamen und qualvollen Todes gestorben.

Als sie jetzt auf das Loch hinunterstarrte, das allmählich die Form eines Grabes annahm, begann sie unkontrollierbar zu zittern. Ihr war schwindelig, und ihr ging durch den Sinn, dass sie seit dem Frühstück nichts mehr gegessen hatte. Der bloße Gedanke an Essen verursachte ihr Ekel. Von Übelkeit geschüttelt konzentrierte sie sich auf die Gestalten am Grund der Schlucht, die sich in dem Lichtkegel der Taschenlampe, die sie auf sie richtete, hin und her bewegten, die eine groß und die andere schmächtig. Doch dieser Unterschied verwischte sich, als sie gebeugt ihre grauenvolle Aufgabe verrichteten.

Die letzten blutroten Lichtstrahlen am Horizont waren verblasst, als sie ihre Arbeit beendeten. Die Sohle der Schlucht war in der Dunkelheit ebenso wenig zu erkennen wie die Stadt, die auf der anderen Seite der Bucht lag, und in der alle Straßenlaternen und Fenster abgedunkelt waren. Früher am Abend, als Eleanor die Verdunklungsaufforderung erhalten hatte, drei lange und drei kurze Klingeltöne des Telefons, war ihr das wie ein Zeichen des Himmels vorgekommen, als hätte eine überirdische Macht Mitleid mit ihr. Die Verdunkelung bedeutete, dass nur sehr wenige Menschen draußen unterwegs sein würden, was die Gefahr verringerte, entdeckt zu werden. Aber jetzt, als sie den Männern half, die Leiche den steilen, mit Büschen bewachsenen Abhang hinunterzuzerren, fühlte sie sich nur noch taub und erschöpft.

Sie stolperte über eine Baumwurzel und wäre den Rest des Abhangs hinuntergerutscht, hätte nicht William sie gerade noch festhalten können. Er hielt sie einen Moment an sich gedrückt, so eng, dass sie das Pochen seines Herzens an ihrem Brustkorb spüren konnte. »Es ist nicht mehr weit«, flüsterte er. »Wirst du es schaffen?« Das Du kam ihm wie von selbst über die Lippen. Sie wusste, dass er nicht nur die Entfernung bis zum Grund der Schlucht meinte, sondern den langen und tückischen Weg, den sie zurücklegen musste, um zu etwas Ähnlichem wie der Normalität zurückzukehren.

Sie nickte und flüsterte zurück: »Ja, ich glaube schon.«

Sie leuchtete den Männern mit der Taschenlampe, als sie das in eine Plane gehüllte Bündel in die Grube kippten, die sie ausgehoben hatten. Für den Rest ihrer Tage würde Eleanor dieses Bild nicht mehr loswerden: das primitive Grab, das in die Erde gehackt worden war, in dem mit Erde bedeckte Wurzeln aus den grob bearbeiteten Wänden ragten wie skelettierte Finger, die sich ausstreckten, um die Ihren zu sich zu holen, und Lowells Leiche, die mit einem dumpfen Aufprall in die Grube rollte, inmitten eines Schauers aus loser Erde und Steinen.

Die Männer füllten das Loch auf und stampften die Erde fest, so gut es ging. Die Nacht war erfüllt vom Kratzen der Schaufeln, dem Klang von Metall gegen Stein. Als die Arbeit erledigt war, verteilten sie Laub über dem Grab, um jeden Beweis ihrer Anwesenheit zu verwischen.

Die drei schwiegen, als sie sich den Hügel hinunterschleppten. Fast zu Tode erschöpft klammerte sich Eleanor an Joshis Arm, um nicht zu stolpern, während William mit der Taschenlampe voranging. Sie hatte ein schlechtes Gewissen, weil Joshi in die Sache hineingezogen worden war, und sie hätte es ihm gerne erspart, wenn er nicht darauf bestanden hätte, mitzukommen. Gleichzeitig war sie ihm dankbar, diesem Jungen, den manche vielleicht als Feind betrachtet hätten und der sich auf eine Art und Weise bewiesen hatte, die weit über reine Loyalität hinausging.

Es war fast Mitternacht, als sie das Haus erreichten. Eleanor konnte kaum noch geradeaus schauen, so müde war sie, aber es gab noch eine Sache, die erledigt werden musste: Sie mussten Lowells Auto verschwinden lassen. William fuhr den Cadillac zu Fähranlegestelle, während Eleanor in ihrem Wagen folgte. Zum Glück begegneten sie wegen der Verdunklung keinem anderen Fahrzeug. Auf jeden Fall wäre es jedem, dem sie zufällig begegnet wären, schwer gefallen, sie zu erkennen, weil die Dunkelheit so vollkommen war und sie ihre Scheinwerfer abgedunkelt hatten.

An der Fähranlegestelle parkte William den Cadillac und stieg aus. Eleanor sah zu, wie er zum Ende des Docks ging, stärker hinkend als gewöhnlich, und Lowells Schlüsselbund weit hinaus ins Wasser schleuderte – wie einen silbernen Funken, der sofort verschwand, wie eine Sternschnuppe. Armer William, dachte sie. Sein einziges Verbrechen war gewesen, ihr zu Hilfe zu kommen. Jetzt würde er den Rest seines Lebens über die Schulter nach hinten blicken. Und was wäre, wenn man ihn tatsächlich erwischte? Nicht nur William würde leiden; seine Frau und sein Sohn würden ebenfalls dafür bezahlen müssen. Er würde sogar seinen rechtmäßigen Platz in der Geschichte einbüßen, weil man sich nicht wegen seiner hervorragenden Bilder, sondern wegen eines Mordes an ihn erinnern würde.

Sie würde ebenfalls zur Verantwortung gezogen werden, und zwar als Mitschuldige an einem Verbrechen. Und wer würde ihr glauben, dass Lowell versucht hatte, sie zu vergewaltigen, wenn es niemanden gab, der dies bestätigen konnte – außer William und dem Mann, der jetzt in einem namenlosen Grab oben am Spring Hill lag?

Bei diesem Gedanken wurde ihr kalt. Es war alles ihre Schuld. Sie war so naiv gewesen, Lowell zu sich nach Hause kommen zu lassen, weil sie geglaubt hatte, dass ihr nichts Schlimmes zustoßen könnte. Aber ungeachtet des Schreckens tat es ihr nicht leid, dass er tot war.

Auf der Heimfahrt übernahm William das Steuer, und Eleanor fiel sofort in einen tiefen Schlaf. Sie erwachte erst wieder, als sie das Haus erreichten. William legte ihr den Arm um die Taille, als sie den plötzlich endlos groß scheinenden Hof überquerten. Als sie am Schuppen vorbeikamen, sah sie, dass das Fenster dunkel war – Joshi musste schon zu Bett gegangen sein. Sie hoffte, ein wenig Schlaf finden zu können. Sie musste sich für die kommenden schlaflosen Nächte ausruhen.

Als sie vor der Haustür stand und nach ihrem Schlüssel tastete, fragte sie sich, wie sie diese Nacht – die sicherlich die längste ihres Lebens werden würde – überstehen sollte. William musste ihre Gedanken gelesen haben, denn er fragte behutsam: »Möchtest du, dass ich bleibe?«

Ihre Augen suchten in der Dunkelheit seine. »Was ist mit deiner Frau?«

»Ich werde ihr erzählen, dass mein Auto liegen geblieben ist.« Sein mutloses, erschöpftes Aussehen machte offensichtlich, dass er darüber hinaus war, sich wegen einer kleinen Lüge zu sorgen, weil die große Lüge dieser Nacht alles andere in den Schatten stellte. »Sie wird keinen Verdacht hegen. Wahrscheinlich merkt sie nicht einmal, dass ich weg bin.«

Trotzdem zögerte Eleanor. Welche Ehefrau, wie ichbezogen sie auch sein mochte, würde eine derartige Ausrede glauben? Martha würde sich fragen, warum er nicht angerufen hatte und welche Art von Autopanne ihn die ganze Nacht von zu Hause fern halten konnte. Nein, dachte sie, es ist viel zu riskant. Und er hatte bereits so viel riskiert. »Das kann ich nicht von dir verlangen«, sagte sie. »Nicht nach dem … nach dem …« Sie schluckte hart und war nicht der Lage, den Satz zu beenden.

Er nickte düster. Er schien im Laufe des Tages um ein Dutzend Jahre gealtert zu sein, sein Gesicht war umwölkt, seine Augen glitzerten aus tiefen Höhlen. »Lass uns drinnen darüber reden«, sagte er, nahm sie am Arm und schob sie sanft durch die Tür.

Dieses Mal protestierte Eleanor nicht. Sie ließ zu, dass er sie durch den Flur in die Küche führte, fügsam wie ein schläfriges Kind, und sie stolperte nur einmal, als sie am Wohnzimmer vorbeikamen, das für immer mit dem Blut ihres früheren Geliebten befleckt sein würde, wenn auch nur in ihren Gedanken.

»Ich glaube, wir brauchen beide einen Drink«, meinte er, nahm die Flasche Whiskey aus dem Schrank neben dem Herd und schenkte jedem von ihnen ein Glas voll ein.

»Was ich dringender brauche, ist eine Dusche«, sagte sie. »Ich fühle mich, als hätte ich seit einer Woche nicht mehr gebadet. Es stört dich doch nicht?«

»Lass dir Zeit. Ich gehe nirgendwohin«, sagte er.

Als sie sich im Schlafzimmer auszog, hörte sie, wie er am Telefon im Flur eine Nummer wählte, gefolgt von dem leisen Murmeln seiner Stimme. Sie lauschte aufmerksam, ob der Ton seiner Stimme sich veränderte und auf eine wütende Ehefrau am anderen Ende hindeutete, aber es geschah nichts, und nach einem Moment entspannte sie sich wieder.

Im Badezimmer stand Eleanor in der altmodischen Badewanne mit den Klauenfüßen, die Joe mit einem Duschkopf ausgestattet hatte, und ließ sich heißes Wasser über die Haut laufen. Sie genoss das Vergnügen des Duschens und staunte über die Leichtigkeit, mit der sie in die gewohnte Routine zurückglitt, trotz allem, was sie heute durchgemacht hatte. Sie stellte sich vor, dass es für Joe auch so gewesen sein musste, dass es inmitten der Schrecken des Krieges Tage an Bord des Schiffes gegeben haben musste, an denen es ihn nicht beschäftigt hatte, ob er gesund wieder nach Hause zurückzukehren würde, sondern nur, wie er das Blatt ausspielen sollte, das er in der Hand hielt. War es wirklich möglich, weiterzumachen, als wäre nichts geschehen? Es musste gehen. Um Lucys willen. Auch um ihrer selbst willen.

Nachdem sie sich abgetrocknet hatte, zog sie eine alte Levi's und ein altes Flanellhemd an, das Joe gehört hatte. Als sie sich wieder zu William gesellte, hatte er mindestens ein Viertel des Whiskeys getrunken, der sich noch in der Flasche befunden hatte, aber es schien ihm nicht geschadet zu haben. Im Gegenteil, es hatte eine eher heilsame Wirkung. Er hatte wieder ein wenig Farbe bekommen und wirkte weniger angespannt. Er lächelte schwach, als er ihr einen Drink einschenkte und ihr das Glas über den Tisch zuschob.

»Hier. Trink das. Es wird dir helfen, einzuschlafen.«

»Ich glaube nicht, dass irgendetwas mir helfen könnte, zu schlafen«, teilte sie ihm mit, streckte aber trotzdem die Hand nach dem Glas aus.

Sie schwiegen, während Eleanor an ihrem Whiskey nippte. Die üblichen Nachtgeräusche des Hauses hüllten sie ein, das Ächzen, mit dem das Haus sich auf seinem Fundament bewegte, das Grummeln der Heizung im Keller, das Summen des Kühlschranks und das Ticken der Uhr über dem Herd. Es schien kaum möglich zu sein, dass sie noch vor einer Stunde ein Grab für einen Mann ausgehoben hatten.

»Was hat deine Frau gesagt?«, fragte Eleanor nach einer Weile vorsichtig.

»Ich glaube, es hat sie am meisten verärgert, dass ich sie aufgeweckt habe. Was nicht heißt, dass ich später nicht schwer einen aufs Dach kriegen werde.« Er sprach leichthin, aber sie sah, dass er beunruhigt war.

»Ich möchte nicht, dass diese Sache zwischen dich und Martha tritt«, sagte sie entschlossen.

»Ich fürchte, dafür ist es zu spät.« Er warf ihr einen langen Blick zu, in dem sie unverhüllt und bar jeder Verstellung die wahre Tiefe seiner Gefühle für sie erkannte.

Und ja, Eleanor war froh darüber, auch wenn ihre Seele deshalb für alle Ewigkeit in der Hölle schmoren würde. Sie war froh und gleichzeitig voller Angst, weil sie nicht noch mehr Schaden anrichten wollte, als bereits geschehen war. »Du kannst es immer noch wieder in Ordnung bringen«, sagte sie. »Du kannst es nur wissen, wenn du es versuchst.«

»Ich bin fertig damit, es zu versuchen.«

»Das sagst du jetzt, aber am Morgen wirst du anders darüber denken«, beharrte sie. »Du kannst jetzt nicht klar denken.«

»Mein Kopf könnte nicht klarer sein«, erwiderte er mit seltsam hohler Stimme, die vom Grund eines Brunnen aufzusteigen schien. Sein brennender Blick war mit unerschütterlicher Intensität auf sie gerichtet.

Eleanor sah zu dem dunklen Fenster hinaus, und ein Schauder überlief sie, als Lowells lüsternes Gesicht vor ihren blicklosen Augen auftauchte. Sie leerte in einem einzigen Zug ihr Glas, und der Alkohol brannte sich seinen Weg ihre Kehle hinunter.

»Falls du nicht irgendwo noch eine Flasche versteckt hast, fürchte ich, dass es das war«, meinte William.

»Auch gut. Noch ein bisschen mehr, und ich wäre nicht mehr in der Lage, eine höfliche Gesprächspartnerin zu sein.« Die Vorstellung, dass sie überhaupt eine Gesprächspartnerin sein konnte, höflich oder auch nicht, kam ihr lustig vor, und sie fing an zu kichern. Bald krümmte sie sich vor hysterischem Gelächter und schnappte nach Luft.

William stand auf, nahm sie an der Hand und zog sie auf die Füße. »Komm, ich bringe dich ins Bett.«

Mit einem letzten Schluckauf verschwand jede Spur von Heiterkeit, und Eleanor fühlte sich nur noch schlapp und erschöpft. William führte sie durch den Flur ins Schlafzimmer, Eleanor schwankte wie eine gebrechliche alte Frau. Sie fiel auf ihr Bett und machte sich nicht einmal mehr die Mühe, sich auszuziehen. Er zog eine Decke über sie, gab ihr einen keuschen Kuss auf die Stirn und wollte sich gerade auf Zehenspitzen aus dem Zimmer schleichen, als sie ihn am Handgelenk festhielt. In dem Lichtschein aus dem Flur, der auf sein hageres Gesicht fiel, konnte sie die Besorgnis in seinen Augen erkennen. Es war der Blick eines Mannes, der wusste, dass sein Leben sich ändern würde, aber nicht zum Besseren.

»Geh nicht«, flüsterte sie.

Er schüttelte den Kopf und sagte sanft: »Du musst dich ausruhen. Ich schlafe auf dem Sofa.«

»Nein. Bitte. Ich will nicht allein sein.«

Wortlos nickte er und setzte sich auf die Bettkante, um seine Schuhe auszuziehen. Als er unter die Decke kroch und sich neben ihr ausstreckte, wärmte sie der Trost seiner Anwesenheit wie der Whiskey, den sie getrunken hatte. Sein Körper schmiegte sich an sie, und sein Arm legte sich beschützend um ihre Schultern. Er roch nach Schweiß und Schmutz und nach dem Harz von den Zweigen, mit denen sie Lowells Grab zugedeckt hatten – aber aus irgendeinem Grund liebte sie ihn nur noch um so mehr.

Sie kuschelte sich an ihn und sagte erschöpft: »Es ist seltsam, nicht wahr? Wir beide zusammen im Bett. Ich hätte mir nie vorstellen können, dass es so sein würde, und ich habe so oft daran gedacht.«

»Ich auch nicht«, murmelte er mit belegter Stimme in ihr Ohr.

»Also hast du auch daran gedacht?«

»Öfter, als du wissen willst.«

»Stimmt etwas nicht mit uns, was meinst du, weil wir so reden, nachdem wir gerade einen Mann begraben haben?«

»Ich glaube, wir haben das Buch der Konventionen schon vor langer Zeit über Bord geworfen«, sagte er und streichelte in der Dunkelheit ihre Wange. Seine Stimme war rau vor Erschöpfung, und sein Atem roch nach Whiskey. »Warum schlafen wir jetzt nicht ein wenig. Wir können morgen reden.«

Sie wollte etwas sagen, aber William schlief bereits tief und fest. Wenige Augenblicke später glitt auch Eleanor in den Schlaf.

Sie schlief bis zum Morgen durch und erwachte vom Bellen der Hunde draußen. Sie hielt die Augen noch einen Moment geschlossen und schwebte irgendwo zwischen der seligen Unwissenheit des Schlafes und der dunklen Erinnerung, die am Rande ihres Bewusstseins lauerte. Dann plötzlich stürmten die Ereignisse des Vortages auf sie ein. Einen Augenblick lang war sie sich in ihrem halbwachen Zustand sicher, dass sie alles geträumt haben musste, dann öffnete sie die Augen und sah William hellwach neben sich liegen, in seinen schmutzigen, zerknitterten Kleidern und mit Bartstoppeln im Gesicht. Da wusste sie, dass alles nur zu wahr war.

»Es ist wirklich passiert. Einen Moment lang habe ich geglaubt, ich hätte es nur geträumt«, sagte sie. Er nickte düster, und sie ließ sich mit einem leisen Stöhnen zurücksinken. Was ihr am gestrigen Tag in ihrer Benommenheit möglich erschienen war, kam ihr jetzt bei Tageslicht völlig schwachsinnig vor. Sie würden niemals damit durchkommen. Wie hatte sie nur glauben können, dass es so sein könnte? »Was machen wir denn jetzt?«

»Das Übliche. Aufstehen, anziehen, frühstücken. Es sei denn, du hättest eine bessere Idee.«

»Ich nehme nicht an, dass es einen Sinn hat, wenn wir uns freiwillig stellen.«

»Nicht den geringsten.«

»Aber vielleicht spüren sie uns auf.«

»Falls sie das tun, bin ich derjenige, den sie verhaften werden. Du hast nichts Falsches getan.«

»Wer würde das schon glauben?«

William hob eine Hand und fuhr ihr mit dem Daumen über die Wange. »Mach dir keine Sorgen, sie werden nicht dahinterkommen. Das Letzte, was Lowell getan hätte, wäre gewesen, jemandem Bescheid zu sagen, wohin er geht. Also weiß niemand, dass er überhaupt hier war«, argumentierte er mit mehr Überzeugung, als er nach ihrer Einschätzung empfand.

Doch Eleanor wollte unbedingt nach jedem Strohhalm greifen und sagte sich, dass er recht hatte. Sie musste es glauben. Es war das Einzige, an das sie sich momentan klammern konnte.

»Selbst wenn wir nicht ins Gefängnis müssen, könnten wir in der Hölle landen«, sagte sie. »Einige Leute würden das, was wir getan haben, als Sünde bezeichnen.« Das Bild ihres Vaters erschien vor ihrem inneren Auge, sein frommes Gesicht und seine Hände, die er über seiner Bibel gefaltet hatte.

William hielt ihren Blick fest. Seine Hand lag noch unter ihrem Kinn. »Als ich abgedrückt habe, habe ich nur daran gedacht, dass er dir wehtun würde, wenn ich nicht sofort auf ihn schieße. Ich kann mit dem leben, was ich getan habe, Eleanor, aber *das* wäre unerträglich gewesen.«

Sie sah die Liebe in seinen Augen lodern, und es war fast mehr, als sie in ihrem zerbrechlichen Zustand ertragen konnte. Der Hals schnürte sich ihr zu, und als sie sprach, kam nur ein ersticktes Flüstern heraus: »Oh, William. Wenn ich daran denke, was vielleicht passiert wäre, wenn du nicht vorbeigekommen wärst …«

Sie vergrub ihr Gesicht an seiner Brust. Er küsste sie zart auf den Scheitel und, als sie den Kopf hob, nicht ganz so zart auf den Mund. Der Schock, als seine Lippen auf ihre trafen, durchfuhr sie wie ein Blitzschlag und entzündete etwas in ihr, das mächtiger war als jede geflüsterte Liebkosung, etwas jenseits aller Gedanken und Vernunft.

Später konnte Eleanor sich nicht daran erinnern, dass sie sich ausgezogen hatten. Es passierte so natürlich, dass sie zusammenkamen, als wären sie im Arm des anderen wiedergeboren worden. Die Morgensonne wärmte ihre nackten Glieder, als sie sich mit einer Heftigkeit liebten, die wie ein von ihnen losgelöstes Lebewesen war. Eleanor wurde davon verzehrt. Sie biss und wölbte sich empor, schrie mit einer Hemmungslosigkeit, die ihren Ehemann schockiert hätte.

Auch aus William wurde ein anderer Mensch. Verschwunden war die ruhige, rücksichtsvolle Seele, die sie zu lieben gelernt hatte, und an seine Stelle trat ein Mann, der kaum in der Lage war, sich in Zaum zu halten. Ein wildes schönes Geschöpf, das nichts Falsches in dem sah, was sie taten, sondern es vielmehr zelebrierte. Sie klammerten sich aneinander, als könnten sie andernfalls weggefegt werden, ihr Schweiß vermischte sich, seine Hände bedeckten jeden Zentimeter von ihr, der nicht bereits von seinem Körper bedeckt war, seine Fingernägel, unter denen sich immer noch Erde befand, gruben sich in ihr Fleisch, und Eleanor bäumte sich vor Lust auf.

Selbst als es vorbei und Eleanor völlig erschöpft war, wollte sie noch mehr. Und William ging es offensichtlich genauso. Beim nächsten Mal ließen sie sich mehr Zeit, erkundeten gegenseitig jeden Zentimeter ihrer Körper, genossen auch die kleinste Berührung, das winzigste Zucken ihrer Zungen, jede Berührung ihrer Lippen auf nackter Haut. Schon bald würde William gehen müssen, aber noch befanden sie sich in ihrer eigenen Welt, verloren für die jenseits dieser Mauern.

Schließlich konnte er das Unvermeidbare nicht länger aufschieben. Er stand auf, und Eleanor folgte zögernd seinem Beispiel. Sie bereitete das Frühstück vor, während er duschte und die Kleidung anzog, die sie ihm gegeben hatte, ein altes Hemd und eine Hose, die Joe gehört hatten. Das Hemd war so weit, dass es an ihm herunterhing, als würde es an einer Wäscheleine flattern, und die Umschläge der Hose bedeckten kaum seine Fußknöchel, aber es schien William nichts auszumachen; wenigstens waren die Sachen sauber.

Sie frühstückten schweigend, aber es war kein bedrückendes Schweigen wie zuvor, es war das intime Schweigen Liebender, die es nicht nötig hatten, sich zu unterhalten. Und was hätten sie auch sagen sollen? Worte hätten nichts geändert. Gestern hatte sie zugesehen, wie ein Mann starb, und heute Morgen hatte sie mit einem verheirateten Mann geschlafen. Nicht die Art von Dingen, die ein Happy End versprachen.

William versuchte, gute Miene zum bösen Spiel zu machen. »Es muss nicht für immer so sein«, flüsterte er ihr ins Ohr, als er ging. Sie standen auf der Türschwelle, Wange an Wange, und hatten die Arme umeinander geschlungen. William atmete langsam und tief ein, als könnte er nicht genug von ihrem Duft bekommen.

Eleanor löste sich von ihm, und ihre Augen füllten sich mit Tränen. »Nicht. Du machst es nur noch schlimmer.«

»Ich könnte die Scheidung einreichen«, fuhr er in demselben atemlosen Flüstern fort. »Martha braucht mich nicht. Schon lange nicht mehr.«

»Was ist mit deinem Sohn? Er braucht dich noch.«

»Danny weiß, dass ich ihn liebe. Nichts wird das je ändern.« Williams Stimme jetzt klang zögernd.

»Ja, und das bedeutet, dass du dir eher den Arm abhacken würdest, als zuzulassen, dass er leidet«, sagte sie und dachte daran, wie weit sie gehen würde, um Lucy zu beschützen. »Jetzt fahr nach Hause zu deiner Frau und deinem Sohn.« Sie gab ihm einen nicht gerade sanften Schubs, bevor sie weich werden und nachgeben könnte.

»Werde ich dich wiedersehen?«, fragte er und blickte suchend in ihr Gesicht.

Eleanor sehnte sich danach, ihm zu sagen, was er hören wollte, aber sie würden sich nur selbst täuschen, das wusste sie. »Ich bin nicht sicher, ob das eine gute Idee wäre«, meinte sie.

»Vielleicht nicht, aber wen kümmert das schon?«

»Mich, und dich auch, sobald du die Gelegenheit hattest, darüber nachzudenken.«

Er schüttelte den Kopf und zog sie beinahe grob an sich. Er umarmte sie so fest, dass sie kaum atmen konnte. »Glaubst du das wirklich? Dass ich mich eines Besseren besinnen werde?« Er lachte heiser. »Mein Gott, fast wünschte ich, du hättest recht. Das Leben wäre um einiges einfacher. Aber verstehst du denn nicht? Es ist zu spät dafür. Ich liebe dich, Eleanor. Ich liebe dich so sehr, dass ich den Gedanken nicht ertragen kann, von dir getrennt zu sein. Ich möchte, dass wir *immer* zusammen sind.«

In diesem Moment wollte Eleanor nichts lieber, als immer in seinen Armen zu bleiben, ungeachtet der Konsequenzen, aber sie lehnte sich zurück und sah ihn traurig an. »Diesen Luxus haben wir nicht. Ich denke da nicht nur an deine Familie. Wenn wir es nicht richtig anpacken ...« Sie musste ihn nicht erst daran erinnern, dass sie noch nicht auf der sicheren Seite waren, was Lowell anging. Wenn ein Suchtrupp losgeschickt wurde und man seine Leiche entdeckte, würden die Leute vielleicht zwei und zwei zusammenzählen. Jedes verdächtige Benehmen ihrerseits würde auffallen.

Sie sagten sich nicht Lebewohl, als er ging. Das wäre zu endgültig gewesen. Denn obwohl Eleanor verzweifelt war, weil sie ihn nicht mehr sehen würde, klammerte sich ein Teil von ihr an den zerbrechlichen Strohhalm der Hoffnung, den er ihr hinhielt. Wenn er genug Zeit verstreichen ließ, bevor er seine Frau um die Scheidung bat, würde niemand misstrauisch werden. Vielleicht, ganz vielleicht könnte es klappen. Eine kleine Stimme ganz hinten in ihrem Bewusstsein wiederholte es beharrlich: *Es sind schon seltsamere Dinge passiert.*

* * *

Er kehrte nach Hause zurück und fand das Haus leer vor. William, der sich auf eine wütende Schimpftirade seiner Frau eingestellt hatte, spürte, wie ihm die einstudierte Rede auf den Lippen erstarb, als er von einem verlassenen Zimmer ins nächste ging und ihren Namen rief. Danny und der Hund waren auch nirgendwo zu sehen. Es gab keinen Grund, das merkwürdig zu finden – Martha konnte losgefahren sein, um eine Besorgung zu machen und Danny bei den Nachbarn gelassen haben –, aber das Schweigen des Hauses wirkte vorwurfsvoll, und Williams Herz spürte, dass etwas nicht stimmte.

Schließlich fiel ihm ein, in der Garage nachzusehen, wo er Marthas flotten kleinen Austin Healy genau dort vorfand, wo er immer war. Ratlos ging er wieder hinaus und runzelte die Stirn. Dann kam er auf die Idee, dass Martha vielleicht einen Spaziergang unternahm – unwahrscheinlich bei diesem Wetter, denn es hatte zu regnen begonnen, aber wohin sollte sie sonst gegangen sein? Er überquerte den Hof, um zu dem Weg zu gelangen, der zur Bucht hinunterführte, als ihm auffiel, dass die Tür zu seinem Atelier offen stand. Er blieb wie angewurzelt stehen, und in seinem Kopf begannen Alarmglocken zu läuten. Er war sich fast sicher, dass er abgeschlossen hatte, als er gestern gegangen war. Aber seitdem war so viel passiert, dass er kaum noch das Gefühl hatte, derselbe Mann zu sein, der vor weniger als vierundzwanzig Stunden durch diese Tür gegangen war. In seinem Kopf drehten sich Bilder von gestern, und sein Körper fühlte sich an, als gehörte er zu einer Marionette. Und inmitten von allem war der Gedanke an Eleanor, das ruhige Auge im Zentrum eines Wirbelsturms.

Er stieß die Tür auf. Zuerst sah er nur die Leinwände, die an der Wand lehnten, und die mit einem Tuch verhängte Staffelei. Dann entdeckte er sie, zusammengekauert in dem alten senfgelben Sessel, den sie schon vor langer Zeit aus dem Haus verbannt hatte. Sie hatte die Füße hochgezogen und die Arme um die Knie geschlungen, wie ein verlassenes Kind, das man zitternd auf der Türschwelle von Fremden ausgesetzt hatte. Im weichen grauen Licht, das durch das regennasse Dachfenster sickerte, konnte er erkennen, dass Martha geweint hatte.

Sein erster Gedanke galt seinem Sohn. »Martha? Was ist passiert? Ist Danny etwas zugestoßen?«, fragte er und eilte zu ihr.

»Es geht ihm gut. Obgleich ich überrascht bin, dass es dich genug interessiert, um nachzufragen.« Ihre Stimme war so kalt wie der Regen, der draußen tröpfelte. »Ich weiß eigentlich gar nicht, warum du dir die Mühe machst, überhaupt nach Hause zu kommen.«

»Also geht es um letzte Nacht.« Er spürte, wie er von Niedergeschlagenheit ergriffen wurde, die sich mit einem seltsamen Gefühl der Erleichterung vermischte, weil er sich nicht mehr länger verstellen musste.

»Ich weiß, was du im Schilde führst.« Marthas Gesicht verzerrte sich zu einer hässlichen Grimasse. »Oh, ich hatte schon lange einen Verdacht, aber ich habe mir immer wieder gesagt, dass das nur Ehefrauen passiert, die sich gehen lassen und ihre Männer im Bett abweisen. Nachdem du dann gestern Abend angerufen hattest, habe ich deine Sachen durchsucht. Ich habe auch gefunden, wonach ich gesucht habe. Es ist *sie*, nicht wahr?« Sie zeigte auf die Leinwand auf der Staffelei, und er sah jetzt, dass das Tuch, das sie bedeckte, schief hing.

Er machte sich nicht die Mühe zu leugnen. »Es tut mir leid, dass du es auf diese Weise herausfinden musstest«, sagte er leise.

»Also hast du vorgehabt, es mir irgendwann beizubringen? Ja, vermutlich wäre das ehrenhaft gewesen«, sagte sie und sah ihn voller Verachtung an. »Wahrscheinlich bildest du dir sogar ein, sie zu lieben, und du glaubst, dass es deshalb in Ordnung ist. Der große Künstler und seine Muse.« Sie machte eine weit ausholende, verächtliche Handbewegung. »Nun, du wirst mich zumindest nicht in der Öffentlichkeit der Lächerlichkeit preisgeben. Dafür habe ich gesorgt.«

Plötzlich schwante ihm nichts Gutes. Er kniete vor seiner Frau nieder und packte sie an den Schultern. Er konnte sich gerade noch zurückhalten, sie zu schütteln.

»Martha, was hast du getan?«

»Was *ich* getan habe?«, erwiderte sie scharf mit einem schrillen kleinen Lachen. »Ich habe dir vertraut, so sieht's aus. Ich hätte es besser wissen müssen.«

Er begriff, dass er jetzt nicht zu ihr durchdringen konnte, weil sie nicht in der Stimmung für eine Erklärung war, aber er unternahm trotzdem einen unbeholfenen Versuch. »Ich habe nicht danach gesucht«, sagte er. »Es ist ... einfach passiert.« Er hätte ihr gerne von Joshi erzählt, damit sie begriff, dass seine Motive am Anfang rein gewesen waren, aber das hätte es nur noch schlimmer gemacht.

»Und was jetzt? Ich nehme an, du willst die Scheidung.« Sie warf den Kopf zurück, und er sah die Herausforderung in ihren rotgeränderten Augen. Sie wollte, dass er sie um Verzeihung anflehte und ihm versprach, Eleanor nie wieder zu sehen.

Aber das konnte er nicht, und der Ausdruck seines Gesichtes musste ihr alles verraten haben, was sie wissen musste, denn sie begann zu weinen.

»Martha ...« Er streckte die Hand aus, um sie zu trösten, aber sie schlug sie weg.

»Du bist ein Feigling, William. Untauglich für den Wehrdienst, nicht einmal als Ehemann tauglich. Du konntest nicht einmal kämpfen, um deine eigene Ehe zu retten.«

Was würde sie sagen, fragte er sich, wenn sie erführe, dass er gestern kaltblütig einen Mann getötet hatte? Bei dem Gedanken lächelte er grimmig. Arme Martha. Sie hatte wirklich keine Ahnung.

»Ich habe nicht geglaubt, dass es noch etwas gibt, für das es sich zu kämpfen lohnt«, sagte er müde.

Es war eine ehrliche Antwort, die nicht verletzend gemeint war. Es hatte ihn vielmehr überrascht, dass Martha dachte, es gäbe noch etwas, für das es sich zu kämpfen lohnte. Trotzdem begriff er sofort, dass es falsch gewesen war, es auszusprechen.

Seine Frau schoss von dem Sessel hoch und zitterte wie ein gespannter Bogen. »Willst du damit andeuten, dass ich dich dazu getrieben habe? Wie kannst du es wagen! Es ist alles *deine* Schuld, William.«

Er seufzte. »Wirklich? Ich weiß nicht, wer die Schuld trägt.« Und es war ihm auch egal. Sein Kopf schmerzte, und er hätte sich am liebsten auf dem Boden ausgestreckt und die Augen geschlossen.

»Nun, *ich* weiß es. Und ich werde nicht hierbleiben und mich von dir zum Narren halten lassen.« Sie schnappte sich den Pullover, den sie sauber gefaltet auf die Armlehne des Sessels gelegt hatte – selbst in völliger Verzweiflung ging Martha nicht nachlässig mit Dingen um –, und warf ihn sich über die Schulter. »Ich habe schon meine Eltern angerufen. Wir können bei ihnen wohnen, so lange wir wollen.«

Wir? Plötzlich war William in höchster Alarmbereitschaft. »Du wirst Danny nicht mitnehmen.« Er befand sich nicht in einer Position, in der er widersprechen konnte, aber plötzlich begriff er mit unerträglicher Sicherheit, dass er seinen Sohn für immer verlieren könnte, wenn er nicht ein Machtwort sprach.

»Versuch doch, mich davon abzuhalten. Ich werde dafür sorgen, dass mein Anwalt dir so schnell Papiere um die Ohren haut, dass dir schwindelig wird.« Ihre Augen glitzerten vor Bosheit. William glaubte nicht, dass es sich um eine leere Drohung handelte. Wenn Martha an meiner Stelle in den Kampf gezogen wäre, wäre dieser Krieg schon lange zu Ende, dachte er.

»Wo ist er? Wo ist mein Sohn?«, fragte er mit harter Stimme, in die sich Verzweiflung mischte.

Sie ignorierte sein Flehen und sagte kalt: »Ich werde ihm sagen, er soll sich von dir verabschieden.« Sie ging an ihm vorbei zur Tür und blieb auf deren Schwelle stehen, um eine letzte Salve abzufeuern. »Ich werde ihm die schmutzigen Details ersparen, aber mach keinen Fehler – sonst wird Danny erfahren, was für ein Mensch sein Vater ist.«

William blieb noch lange am selben Fleck stehen, nachdem sie weg war, und starrte ins Leere, während er dem schnellen Klappern von Marthas Absätzen lauschte, das sich auf dem Weg zum Haus entfernte. Nichts von alledem kam ihm real vor. Gestern hatte er auf einen Mann geschossen und ihn getötet, und heute Morgen hatten er und Eleanor sich geliebt. Jetzt das hier. Es hätte ihn nicht im Mindesten überrascht, wenn ein japanischer Kampfbomber genau jetzt eine Bombe auf die Insel abgeworfen hätte.

Dann fielen ihm wieder die Worte seiner Frau ein. Er ging zu seiner Staffelei und riss das Tuch herunter. Resigniert erkannte er, wie Martha ihre Rache ausgeübt hatte.

Das Porträt Eleanors war nicht wiederzuerkennen. Es war mit einem scharfen Gegenstand zerschnitten worden, bis nur noch Fetzen am Rahmen hingen. Ein leises Stöhnen entschlüpfte ihm, und er sank langsam auf die Knie. Er hatte das Gefühl, keine Luft mehr zu bekommen. Sie hätte ihm ebenso gut ein Messer ins Herz rammen können.

16. Kapitel

»Mich kannst du nicht zum Narren halten, Mädel. Ich kenne diesen Blick.« Calpernia warf ihr diesen speziellen Blick zu, der nicht nur bedeutete, dass sie Lunte gerochen hatte, sondern dass man besser nicht einmal auch nur daran *dachte*, sie hinters Licht zu führen.

»Ich weiß nicht, wovon du sprichst«, sagte Alice. Sie versuchte, sich an Calpernia vorbeizuschlängeln, um den Teig zu kontrollieren, den sie in den Kühlschrank gestellt hatte, damit er aufging, aber ihre Freundin stellte sich ihr in den Weg.

»Und ob du das weißt!« Calpernia trug eine graue Jogginghose und eine Trainingsjacke, die aussah, als hätte sie einem Linebacker der amerikanischen Profi-Football-Liga gehört. Ihre Zöpfe waren zu einem Pferdeschwanz zusammengebunden, der wie ein Trockenblumenstrauß raschelte. Alice war von ihrem Besuch bei Colin nach Hause gekommen und hatte Calpernia hier angetroffen. Sie war lieber im Restaurant, selbst wenn es geschlossen war, als in ihrem Apartment über Mrs. Meehans Garage. Sie sagte, es erinnere sie an eine Einzelzelle. Plötzlich machte ihr grimmiger Gesichtsausdruck einem Grinsen Platz. »Verdammt, Mädel, du hast Sex gehabt.«

Alice hob kapitulierend die Hände. Leugnen hätte nichts gebracht; Calpernia hätte es doch irgendwie aus ihr herausbekommen. »Ja! Ganz recht! Ich habe mit ihm geschlafen.«

»Dazu habe ich nichts weiter zu sagen, als dass es langsam Zeit wurde.« Calpernia stand einfach nur da und grinste.

Aber Alice dachte an Colins Blick, als sie sich verabschiedet hatten. Er hatte vor ihr gestanden, aber er war in Gedanken woanders gewesen: Wenn sie schon lange überfällig dafür gewesen war, dann war es für Colin vielleicht zu früh geschehen. »Lass uns keine große Sache daraus machen, okay?«, sagte sie. »Es hat Spaß gemacht, wir haben es beide genossen, Ende.«

Calpernia verschränkte die Arme vor der Brust und beobachtete, wie Alice sich mit dem Teig beschäftigte, ihn auf die Arbeitsplatte fallen ließ und sorgfältig zu Laiben formte. Ihre Freundin hatte Zwiebeln geschnitten, als sie hereingekommen war, und jetzt ließ der scharfe Geruch ihre Augen tränen.

»Möchtest du wissen, was *ich* denke?«, fragte Calpernia.

»Eigentlich nicht, aber ich bin sicher, du wirst es mir trotzdem mitteilen«, entgegnete Alice.

Sie blickte auf und sah, wie Calpernia den Kopf schüttelte, als wäre die Diagnose schwerwiegend. »Mädel, dich hat es schlimm erwischt.«

Alice war genervt und rief verzweifelt aus: »Was weißt du schon? Wann hast *du* denn zuletzt Sex gehabt?«

Calpernia warf mit einem hochmütigen Blick den Kopf zurück und kniff die Augen zusammen: »Du glaubst, du bist die Einzige, die was laufen hat?«

Alice fing an zu grinsen. »Was denn, Calpernia King. Du hast ja Geheimnisse vor mir!«

»Kann ein Mädchen hier in der Gegend keine Privatsphäre haben?«, grummelte Calpernia und gab vor, verärgert zu sein. »Schlimm genug, dass du mich hier für einen Hungerlohn halb zu Tode schuften lässt. Was ich sonst noch tue, geht verdammt noch mal keinen außer mir selbst was an.«

Alice, die an derartiges Gepolter gewöhnt war, fragte amüsiert: »Wer ist denn der Glückliche?«

Calpernia überlegte einen Augenblick, dann stieß sie einen Seufzer aus. »Kennst du den großen Kerl, der ein paar Mal die Woche vorbeikommt? Bestellt immer dasselbe, Spareribs und Krautsalat mit einer Ofenkartoffel.«

Alice konnte ihre Überraschung kaum verbergen. »Ralph Dwyer?« Ralph besaß einen Reifenhandel, Dwyer's Tires. Er war ein netter Kerl, höflich, sogar ein bisschen schüchtern. Aber abgesehen von der Tatsache, dass er weiß war, war er alt genug, um Calpernias Vater zu sein. Sie brauchte einen Augenblick, bis sie sich ausreichend gefasst hatte, um zu bemerken: »Na ja, es heißt, jeder Topf findet seinen Deckel. Wenn es passt, ist es wohl das Einzige, was zählt.«

Calpernia schnaubte verächtlich. »Das ist hier keine Tupperparty. Ich habe nicht gesagt, dass ich den Typ heiraten will. Aber wenn der Mann blöd genug ist, das zu wollen, was ich zu bieten habe, was Gott weiß nicht viel ist, werde ich ihn auch nicht zurückweisen.« Sie warf Alice einen grimmigen Blick zu, der zweifellos besagte, dass Alice gleichermaßen blöd wäre, das zurückweisen, was Colin ihr anbot. Aber was genau bot Colin ihr an? Freundschaft, dazu vielleicht ein kleines bisschen mehr ab und zu. Hatte er nicht in aller Deutlichkeit gesagt, dass er nicht an einer Beziehung interessiert war? Nein, es ist ein Fehler gewesen, mit ihm zu schlafen, dachte sie. Sie bedauerte es nicht, nichtsdestotrotz war es ein Fehler gewesen.

Und es war nicht nur Colin, der für eine Beziehung nicht bereit war. Der Zeitpunkt hätte auch für sie nicht ungünstiger sein können. Sie kam gerade wieder auf die Beine und hatte genug damit zu tun, bestehende Beziehungen zu festigen wie die zu ihrem Sohn. Auch würde sie sich auf eine Art verwundbar machen, die ihr Angst einjagte, mehr Angst als die Stolpersteine, denen sie bislang begegnet war. Wenn das Liebe war, dann wollte Alice nichts davon haben.

Sie dachte gerade darüber nach, als das Telefon klingelte. Es war Denise.

Nach ungefähr einer Minute Plauderei kam Denise zu dem eigentlichen Grund ihres Anrufs. »Du hast nicht zufällig Gary gesehen?« Sie täuschte einen beiläufigen Ton vor, aber Alice merkte, dass sie besorgt war.

»Nicht mehr seit gestern«, antwortete sie. »Warum? Ist alles in Ordnung?« Sie ließ ihre Stimme unbeschwert klingen, um Denises Sorge nicht noch zu vergrößern.

Ihre Schwester erwiderte schnell: »Klar, alles bestens. Wir hatten bloß ein bisschen Zoff, das ist alles. Er ist vor einer Stunde weggefahren, hat gesagt, er müsste sich ein bisschen abkühlen. Ich dachte, er wäre vielleicht bei dir vorbeigekommen.«

»Soll ich rüberkommen?« An der angespannten Stimme ihrer Schwester konnte sie erkennen, dass es mehr als ein bisschen Zoff gewesen war.

»Nein, sei nicht albern. Alles ist in Ordnung«, versicherte Denise ihr schnell. »Er kommt sicher jeden Moment zurück.«

»Hast du es schon auf der Wache probiert?«

»Er hat schon seit einigen Stunden Dienstschluss.«

»Trotzdem, es ist vielleicht einen Anruf wert. Nur zur Beruhigung.« Alice wusste, was ihre Schwester dachte, nämlich dass er vielleicht einen Unfall gehabt haben könnte. Zumindest würde sie auf diese Weise in der Lage sein, diese Möglichkeit auszuschließen. Wenn in der letzten Stunde irgendwelche Notrufe eingegangen waren, würde der diensthabende Beamte es wissen.

Am anderen Ende der Leitung atmete Denise geräuschvoll

aus. »Ja, du hast recht. Wenn er nicht da ist, kann ich den Jungs immer noch sagen, dass sie nach ihm Ausschau halten.«

»Ruf mich wieder an, sobald du etwas weißt«, sagte Alice.

»Wird gemacht.«

Minuten später klingelte das Telefon wieder. Diesmal brach die Hölle los.

* * *

Colin hörte ein Geräusch, blickte kurz auf und sah, wie der Hund sich auf der Schwelle zum Wohnzimmer niederließ. Colin wunderte sich kurz, wie er ins Haus gelangt war. Bis jetzt hatte Hirte sich geweigert, seinen Posten auf der Veranda zu verlassen, wenn er Colin nicht gerade unten an der Bucht Gesellschaft leistete. Aber bei Colins derzeitigem Gemütszustand setzte sich der Gedanke kaum fest, bevor er wieder aus seinem Bewusstsein verschwand.

Er starrte auf die Flasche Kognak in seiner Hand. Remy-Martin. Das Siegel des Deckels war intakt, und eine feine Staubschicht hatte sich um den Flaschenhals angesammelt. *Eine Schande, ihn zu vergeuden*, dachte Colin. Als er am Verschluss drehte, wurden seine Sinne mit dem Knacken des Siegels, als es brach, lebendig; er goss sich einen großzügigen Schluck in das Glas, das er auf einem der oberen Borde im Schrank gefunden hatte. Als er den vertrauten scharfen Geruch wahrnahm, empfand er ein angenehmes Gefühl, als würde sich der Alkohol bereits in seinen Blutbahnen befinden. Er hob das Glas an seine Lippen, als er zufällig noch einmal zu dem Hund blickte.

Hirte schien ihn vorwurfsvoll zu beäugen.

»Was guckst du so?«, fragte Colin. »Hast du noch nie gesehen, wie sich jemand besäuft?«

Hirte legte den Kopf zur Seite und stieß ein leises Jaulen aus. Colin fühlte ein Prickeln im Nacken, und in diesem Moment konnte er sich fast einbilden, dass der Geist seines Großvaters in dem Hund wohnte. Und was würde William von der jetzigen Situation halten? Ohne Zweifel würde er denken, dass sein Enkel eine ebenso große Enttäuschung für ihn war wie sein Sohn.

Colins Blick wurde von dem Gemälde über dem Kamin angezogen. »Du auch?«, fragte er die Frau, die mit ihrem Mona-Lisa-Lächeln und ihren melancholischen Augen auf ihn hinabblickte. Im sanften Lampenlicht wirkte sie beinahe lebendig, und er hatte das unheimliche Gefühl, dass die zum Glühen gebrachte Haut sich warm anfühlen würde, wenn er sie mit den Fingerspitzen berührt hätte.

Geister. Die Welt war voll von ihnen, und er würde am besten seinen Frieden mit dieser Tatsache machen, oder er wäre zu einem Leben verdammt, in dem er jedes Mal stolperte, wenn er versuchte, an seinen Geistern vorbeizukommen. *Auf dich, meine Süße*, brachte er einen schweigenden Trinkspruch aus, als er sein Glas hob. Den Geist seiner Frau spürte er am stärksten. Ja, Nadine hätte das mit Alice verstanden. Aber sie hatte ihn auch gut genug gekannt, um zu wissen, dass es nicht sein konnte. Was könnte er Alice bieten außer einer Rechtsberatung, wenn er kaum wusste, was er mit sich selbst anfangen sollte?

Der Rand des Glases, der sich an seine Lippen presste, war der süßeste aller Küsse, und der scharfe, fruchtige Duft erfüllte seine Nase aufreizender als jedes Parfüm. Er schloss die Augen in einer Art Verzückung und kippte gerade das Glas, als er plötzlich erstarrte. In einem plötzlichen Lichtblitz sah er das, was er tat, so deutlich, als würde er neben sich stehen, wie ein neutraler Beobachter der Szene. *Du kannst es so vernünftig begründen, wie du willst*, sprach der andere Colin mit dem klaren Blick, *aber worauf es wirklich hinausläuft, ist, dass du nur nach einer Ausrede suchst, um zu trinken.*

Mit zitternder Hand ließ Colin das Glas sinken. Schnell, bevor er sich eines Besseren besinnen konnte, stürzte er in die Küche und goss den Inhalt in die Spüle. Danach stand er vornübergebeugt und hielt sich am Rand der Arbeitsplatte fest. Er war so schwach wie all die Male, als ihm schlecht war, weil er zu viel getrunken hatte. Verzweiflung erfüllte ihn, nicht nur, weil er nahe daran gewesen war, fast neun Monate ohne Alkohol wegzuwerfen, sondern auch, weil sogar jetzt noch ein Teil von ihm die Verschwendung verfluchte.

Angewidert von sich selbst wandte er sich ab und schlurfte ins Wohnzimmer zurück, wo er sich schwer aufs Sofa sinken ließ. Er wusste, dass er seinen Entzugstherapeuten anrufen sollte, aber er brachte nicht einmal die Energie auf, zum Telefon zu greifen. Er fragte sich, wie er diese Anspannung bis zum nächsten AA-Treffen überstehen sollte, als ein leises Hundejaulen ihn vorübergehend von seinen Gedanken ablenkte. Er drehte den Kopf und sah Hirte vor sich stehen und ihn mit besorgtem Blick betrachten. Er stupste Colin mit der Nase an und legte, als das keine Reaktion brachte, die Pfote auf Colins Arm. Colin streichelte ihn abwesend zwischen den Ohren und sagte mit müder Stimme: »Ja, ich weiß. Ich vermisse auch jemanden, ich vermisse meine Frau. Aber jetzt sind nur noch wir beide übrig. Mit seinem Schmerz ist keiner gern allein, stimmt's?«

Der Hund ließ sich mit einem Seufzen auf dem Teppich nieder, das eine Bestätigung hätte sein können. Colins Gedanken wandten sich Alice zu und wie viel Spaß sie heute gehabt hatten, insbesondere im Bett – das heißt, bis sein düsteres Grübeln die Stimmung verdorben hatte.

Das Telefon klingelte und schreckte ihn auf. Einen Augenblick lang dachte er, es könne vielleicht Alice sein, und seine Stimmung besserte sich, als er zum Telefon ging.

Aber es war nicht Alice; es war ihr Sohn. Jeremy klang panisch. »Ich wusste nicht, wen ich sonst anrufen sollte. Meine Mom ist nicht zu Hause, und ich konnte meinen Dad nicht erreichen. Es ist schlimm, Mr. McGinty. Richtig schlimm ...«

Die Panik des Jungen hatte seltsamerweise eine beruhigende Wirkung auf Colin. Er ertappte sich dabei, wie er mit einer Stimme voller besonnener Autorität sagte: »Jetzt mal langsam. Erzähl mir in Ruhe, worum es geht.«

Die Worte purzelten in atemloser Hast aus ihm heraus. »Mein Onkel Gary ... er ... er ... es ist, als wäre er verrückt geworden oder so. Er hat sich da mit seiner Pistole verkrochen, und er sagt, er würde schießen, wenn jemand versucht, sich zu nähern.« Er stöhnte auf. »Oh, Gott. Es ist, als würde alles noch einmal passieren. Wie damals, als meine Mom –« Er brach mit einem erstickten Laut ab.

»Also gut, atme tief durch und fang von vorne an.« Colin sprach mit ruhiger, aufmunternder Stimme.

Colin hörte sich Jeremys verwirrte Version der Geschichte aus zweiter Hand an, die er offensichtlich von seinem Cousin Ryan hatte. Etwas über seinen Onkel, der zum Haus des Bürgermeisters gefahren war, wo die beiden in Streit geraten waren – das zumindest war reine Theorie, denn niemand konnte es mit Gewissheit sagen –, währenddessen Gary seine Waffe gezogen und auf den Bürgermeister gerichtet hatte, der im Moment als Geisel gehalten wurde. Etwas, was während Colins Beschäftigung bei der Staatsanwaltschaft in Manhattan an der Tagesordnung gewesen wäre, ein weiterer Verzweiflungsakt in einer Stadt voller Leute, die auf des Messers Schneide lebten, kam ihm hier, vor dem Hintergrund dieses verschlafenen Provinznestes, fast zu fantastisch vor, um es zu glauben.

»Wo ist deine Mom?«, fragte er.

»Sie und Tante Denise sind auf dem Weg dorthin.«

»Wenn ich dich abhole, kannst du mir den Weg zeigen?«

»Klar. Ich kenne den Weg. Beeilen Sie sich bitte.«

* * *

Das Erste, was Alice auffiel, als sie in die Privatstraße zum Anwesen des Bürgermeisters einbogen, war der Einsatzwagen der Polizei, der die Weiterfahrt blockierte; das Funkgerät krächzte, und das blaue Blinklicht beleuchtete die Bäume und Büsche. Ein junger Beamter stieg aus. Die Art und Weise, wie er sich ihnen näherte, eine Hand wie ein Stoppschild in die Höhe gereckt und die andere am Pistolenhalfter, legte die Vermutung nahe, dass er einen Fernsehkrimi zu viel gesehen hatte.

Denise kurbelte ihr Fenster runter und streckte den Kopf hinaus. »Es ist okay, Tony. Ich bin's nur.«

Er ließ die Hände fallen, und sein Gesicht wurde rot. »Mrs. Elkins. Tut mir leid, ich habe nicht gewusst, dass Sie es sind.« Ein wenig entschuldigend informierte er sie dann: »Ich fürchte, ich muss Sie trotzdem bitten, umzukehren. Der Chef hat mir gesagt, ich darf niemanden durchlassen.«

»Nun, wie Sie sehen, bin ich nicht niemand.« Denises Stimme war bemerkenswert ruhig, fand Alice, wenn man bedachte, wie mitgenommen sie auf dem Hinweg gewesen war. »Nun, lassen Sie uns jetzt vorbei, oder muss ich selbst mit dem Chef telefonieren?«

Minuten später, nach einer hastigen Rücksprache mit seinem Chef über das Funkgerät, fuhr er zur Seite und winkte sie durch.

Nach einem knappen halben Kilometer endete die Straße. Mehrere Streifenwagen waren entlang des Grünstreifens abgestellt, der in die gepflegteren Außenanlagen des White-Anwesens überging. Etwa ein halbes Dutzend Polizisten waren zu sehen, und obwohl eindeutig jemand die Verantwortung trug – sie erkannte Len Chambers, den Polizeichef –, schien trotzdem eine allgemeine Verwirrung zu herrschen. Len Chambers war ein korpulenter grauhaariger Mann, der an der offen stehenden Tür seines Streifenwagens lehnte und einen Fuß auf das Trittbrett aufstützte, während er ein angespanntes Gespräch auf seinem Handy führte. Im harten tageshellen Licht der Scheinwerfer, die am Grundstücksrand aufgestellt worden waren, konnte Alice ihre nervösen Gesichter sehen, während sie sich untereinander in kleinen Gruppen beratschlagten und die eisigen Fahnen ihres Atems in die Luft stiegen. Es war offensichtlich, dass diese Burschen nie zuvor etwas Ähnliches erlebt hatten, zumindest nicht auf der Insel. Ihr Gang wirkte eckig und ihre Bewegungen waren steif, als müssten sogar die Kevlar-Sicherheitswesten, die sie über ihren Uniformen trugen, erst noch eingetragen werden.

Denise musste es ebenfalls bemerkt haben. Sie griff nach Alices Hand und drückte sie fest, während die Sorgenfalten auf ihrer Stirn sich vertieften.

Sobald er sein Telefonat beendet hatte, kam Len zu ihnen. »Das war Gary«, informierte er Denise. Sein Gesicht mit dem kantigen Kinn war ernst. Len, der im Alter und wegen seiner vorwiegend sitzenden Tätigkeit, die er jetzt ausübte, einen stattlichen Bauch bekommen hatte, ließ Alice an einen Kriegsveteranen im Ruhestand denken, der seine Glanzzeit hinter sich hatte und noch einmal zur Rückkehr in den Dienst überredet worden war. »Die gute Nachricht ist, dass er ruhig und verständig geklungen hat, sodass ich nicht glaube, dass akute Gefahr besteht.« Er legte Denise eine Hand auf den Arm und sagte in ruppig-beruhigendem Ton: »Glauben Sie mir, Denise, wir tun alles, was wir können, um dafür zu sorgen, dass niemand verletzt wird.«

»Lassen Sie mich mit ihm sprechen«, sagte sie. Es war eher ein Befehl als eine Bitte. Wortlos reichte Len ihr das Telefon. Denise drückte auf die Wahlwiederholung und drückte einen Augenblick das Handy an ihr Ohr, dann stieß sie einen gemurmelten Fluch aus. »Verdammt. Ich bin aus der Leitung geflogen.« Das lückenhafte Mobilfunknetz der Insel war ihr nie unerträglicher vorgekommen. Sie ließ sich jedoch nicht abschrecken, gab Len das Handy zurück und sagte: »Das war's. Ich gehe rein.«

Der Polizeichef schüttelte den Kopf, wobei sein kurzes graues Haar sich sträubte wie das Fell eines nachtaktiven Tiers, das ins Scheinwerferlicht geraten war. »Ich weiß, dass Sie durcheinander sind, Denise, aber wir können keine Panikaktion riskieren.« Er sprach in einem Ton, den Denise selbst im Umgang mit einem Schüler benutzt haben könnte, der den Unterricht störte. »Deshalb bitte ich Sie jetzt, ruhig zu bleiben und uns das Handeln zu überlassen. Wir haben die Lage unter Kontrolle.«

»Len, das da drinnen ist mein Mann, wenn Sie mich also nicht festnehmen wollen, gehe ich dort rein, ob es Ihnen nun gefällt oder nicht.« Denises Stimme schwoll zu einem hohen, verzweifelten Ton an, und ihr Blick erfasste das hell erleuchtete Grundstück, als würde sie bereits ihren Weg planen.

Der Polizeichef blieb fest. »Ich fürchte, das kann ich nicht zulassen, Denise. Es ist zu riskant. Es geht nicht nur um Sie und Gary – ich muss auch an den Bürgermeister denken.«

»Um Himmels willen, Len, ich bin seine *Ehefrau!*« Denise war den Tränen nahe.

»Umso mehr Grund besteht, dass Sie nicht reingehen. Gary befindet sich momentan in einem sehr aufgewühlten Zustand. Wenn Sie reingehen, könnte ihm das den Rest geben.« Len sah zutiefst mitfühlend aus. »Ich weiß, dass Sie helfen wollen, aber vertrauen Sie mir, das ist nicht der richtige Weg.«

Alice wählte diesen Augenblick aus, um sich einzuklinken. »Lassen Sie mich stattdessen gehen.«

Der Polizeichef drehte sich um und sah sie an, als wäre er sich gerade erst ihrer Anwesenheit bewusst geworden. Jetzt saugte sich sein Blick an ihr fest; harte Polizistenaugen. Len Chambers war der festnehmende Beamte gewesen, an jenem Tag vor langer Zeit, als sie und nicht Gary der Grund für einen so großen Polizeieinsatz gewesen war. Ohne Frage hatte auch Len es nicht vergessen.

Bevor er widersprechen konnte, fuhr Alice schnell fort: »Es macht Sinn. Ich ... ich weiß ein bisschen darüber, was er momentan durchmacht. Vielleicht kann ich vernünftig mit ihm reden. Es ist einen Versuch wert.« Ihr war klar, dass es gewagt war, womöglich selbstmörderisch, aber im Augenblick konnte sie nur an Denise denken. Ihre Schwester war immer für sie da gewesen; jetzt war die Zeit gekommen, diese Schuld zurückzuzahlen.

»Nein.« Denise ergriff ihren Arm. »Len hat recht. Es ist zu riskant.«

Alice legte eine Hand über die Finger, die sich um ihren Arm verkrampft hatten. »Bitte. Lass es mich tun.«

Die beiden Schwestern wechselten einen langen Blick, der Worte überflüssig machte, dann zog Denise ihre Hand von Alices Arm zurück und drehte sich mit fragendem Blick zu Len um. Er schien mit sich zu ringen, aber offensichtlich hatte er keine andere Option mehr, denn nachdem er einen Moment nachgedacht hatte, sagte er: »Es könnte funktionieren. Er kennt Sie. Was noch wichtiger ist, er kennt Ihre Geschichte.«

Alice umarmte Denise lang und fest. Ihre Schwester roch nach dem Shampoo, das sie immer im Kaufhaus Costco in der Sparflasche kaufte, und darunter nach dem sauren Schweiß der Angst. »Es wird alles gut, ich verspreche es«, flüsterte sie. »Ich werde zurück sein, ehe du dich versiehst.« Als sie sich voneinander lösten, sah sie, das ein seltsamer Ausdruck über Denises Gesicht huschte. »Was ist?«, fragte sie.

Denise lächelte schmal und trocken. »Das war das Letzte, was Gary gesagt hat, bevor er losgefahren ist.«

Alice wurde von der einzigen Polizistin, einer schlanken rothaarigen Frau, die etwa ihre Größe hatte, mit einer Kevlar-Weste ausgestattet, als sie eine vertraute Stimme ihren Namen rufen hörte. »Alice!«

Sie drehte sich ruckartig um und sah überrascht, dass es Colin war. Er näherte sich zu Fuß, neben ihm trottete Hirte, und Jeremy bildete die Nachhut. Sie mussten draußen an der Hauptstraße geparkt haben, um an der Straßenblockade vorbeizuschlüpfen. Alice spürte, wie etwas Warmes sich in ihrer Brust regte. Colin hatte dasselbe Flanellhemd und dieselbe Cordhose an, die er getragen hatte, als sie ihn zuletzt gesehen hatte – vor einigen Stunden, die ihr eher wie Tage vorkamen –, aber etwas an ihm hatte sich verändert. Der geistesabwesende Blick war verschwunden. Er sah sie an, als er mit zielbewussten Schritten auf sie zukam. Sein Gesichtsausdruck war der eines

Menschen, der entschlossen war, dafür zu sorgen, dass sie ihm kein zweites Mal durch die Lappen ging.

»Du gehst nicht allein dort rein«, sagte er zu ihr. »Ich komme mit.« Alice öffnete den Mund, um zu protestieren, aber er unterbrach sie, bevor sie ein Wort sagen konnte. »Ich weiß zufällig ein wenig über Situationen mit Geiselnahmen. Und im Augenblick«, sein Blick fiel auf die Kevlar-Weste, »sieht es so aus, als könntest du jemanden brauchen, der dir den Rücken frei hält.«

Alice wollte gerade ablehnen – sie konnte nicht zulassen, dass er sein Leben riskierte –, als sie Jeremys entsetzten Blick bemerkte. Er starrte sie an, sein Gesicht war blasser als sonst und seine Augen riesig unter dem dunklen Haar, das ihm in die Stirn fiel: Es war der Blick des kleinen Jungen, der gesehen hatte, wie man seine Mami in Handschellen abführte. »Mom«, sagte er. Nur das, ein einziger klagender Ton.

Alice zögerte und spürte, wie ihre Entschlossenheit ins Wanken geriet. Sie nahm Jeremy beiseite und sagte mit leiser Stimme: »Wenn du nicht möchtest, dass ich gehe, dann gehe ich nicht.« Wenn sie umkam, weil sie ins Haus ging, würde sie ihn ein zweites Mal im Stich lassen. Und so innig sie ihre Schwester auch liebte, ihr Sohn stand an oberster Stelle.

Jeremy leckte sich die Lippen, und sein Blick huschte zum Haus, wo sein Onkel den Bürgermeister als Geisel hielt. »Glaubst du wirklich, Onkel Gary würde ... würde etwas tun, bei dem du verletzt werden könntest?«

Sie hätte seine Furcht besänftigen können, wie sie es getan hatte, als er ein kleiner Junge war und sie ihm versichert hatte, dass sich keine Monster in der Toilette befanden, aber sie hatten so viel durchgemacht, dass sie jetzt ihm gegenüber nur ehrlich sein konnte. »Ich würde gerne glauben, dass er es nicht tun würde, aber momentan weiß ich einfach nicht, wozu er fähig ist«, sagte sie.

Jeremy dachte einen Moment lang nach, dann schien er zu einer Entscheidung zu gelangen. »Wenn du nicht gehst, könnte er sich selbst verletzen.« Er warf einen Blick auf Denise, als würde er sich vorstellen, sie wäre verwitwet und sein Cousin und seine Cousine wären ohne Vater. »Es ist in Ordnung«, sagte er und schenkte Alice ein tapferes Lächeln, das überzeugender ausgefallen wäre, wenn er nicht so blass und aufgewühlt ausgesehen hätte. »Tu, was du tun musst. Ich weiß, dass Mr. McGinty nicht zulassen wird, dass dir etwas zustößt.«

Sie nickte nur, weil sie sich nicht darauf verlassen konnte, auch nur ein Wort herauszubekommen. Sie wollte gerade gehen, als Jeremy sich ohne Vorwarnung auf sie stürzte und sie so stürmisch umarmte, dass sie beinahe das Gleichgewicht verloren hätte. In diesem Augenblick wusste sie, dass es das wert war. Wenn sie dort drinnen sterben würde, dann in dem Bewusstsein, dass ihr Sohn sie immer noch liebte.

Minuten später machten Colin und sie sich quer über den Rasen auf den Weg und traten aus dem harten weißen Licht der Scheinwerfer in die fast vollständige Schwärze der sternenbeleuchteten Nacht. Es dauerte einen Moment, bis Alices Augen sich angepasst hatten, dann wurde sie vom Licht des Vollmondes geleitet, der niedrig am Himmel stand, beinahe taghell leuchtete und das Gras, über das sie schritten, so blass wie Raureif wirken ließ. Sie gingen schweigend, beide hingen ihren Gedanken nach. Der Sex, den sie vor wenigen Stunden gehabt hatten, war wie eine Erinnerung an ein anderes Leben. Auf einer grasbewachsenen Anhöhe dicht vor ihnen erhob sich das Haus aus der Dunkelheit, und das einsame erleuchtete Fenster starrte sie an wie ein blickloses Auge. Die friedliche Fassade des Hauses schien sie zu verspotten, als wäre es nur ein Gerücht, dass sich im Inneren ein Drama abspielte.

Sie hatten das Haus beinahe erreicht, als Alice ein hohes, aufgeregtes Jaulen hörte. Als sie sich umdrehte, sah sie, dass der Hund, den Jeremy am Halsband festgehalten hatte, sich losriss und über den Rasen auf sie zuflitzte wie ein felliges schwarz-weißes Geschoss. Dann schien die Dunkelheit ihn zu verschlucken, nur noch sein weißer Brustlatz schimmerte hell.

* * *

Als sie sich näherten, glitt die automatische Tür auf, die sich auch für Gary geöffnet hatte. Drinnen wurden sie nicht von Schüssen, sondern von einer völligen Stille empfangen, die auf ihre Weise noch enervierender war. Als Alice und Colin das verlassene Trophäenzimmer durchquerten und den dahinterliegenden Flur betraten, gefolgt von dem Hund, wurde die Stille nur von ihren gedämpften Schritten und Hirtes leisem Knurren unterbrochen. Alice sah sich um und musterte die luxuriöse Umgebung. So also hatte der Mörder ihres Sohnes gelebt, während David in seinem Sarg gelegen und eine zwei mal zweieinhalb Meter große Betonplatte sein Grab bedeckt hatte. Sie spürte, wie ihr das Blut in den Kopf stieg, und sie schmeckte Galle in ihrer Kehle. Doch sie verdrängte den Gedanken sofort. Sie konnte es sich jetzt nicht leisten, darüber nachzugrübeln.

Colin musste etwas gespürt haben, denn er drehte sich zu ihr um und flüsterte: »Alles okay?«

Sie nickte, und sie gingen weiter. Lichtschein fiel aus einer geöffneten Tür in den Flur, und als sie in das Zimmer traten, bemerkte Alice als Erstes den zerschossenen Fernseher, dessen Glasscherben auf dem Orientteppich verstreut waren. Als ihr

Blick auf Gary fiel, erkannte sie ihren Schwager beinahe nicht. Seine Augen starrten leer aus tiefen Höhlen, und die ungesunde Blässe seiner Haut erinnerte an die Patienten einer Krebsstation und an Pflanzen ohne Sonnenlicht. Er saß dem Bürgermeister gegenüber auf einem Ledersofa und hielt die Pistole locker auf einem Knie. Er sah aus wie jemand, der rein zufällig in diese Situation gestolpert war. Owen saß zusammengesunken in seinem Sessel und sah einfach nur erschöpft aus.

»Hallo, Gary«, sagte sie leise.

Sein Kopf wandte sich ihr langsam zu. Er starrte sie einen Moment lang verständnislos an, bevor ein schwaches Lächeln des Erkennens auf seinem Gesicht erschien. »Alice. Was machst du denn hier?«

»Wir sind gekommen, um mit dir zu reden. Du erinnerst dich doch an Colin, nicht wahr? Jeremys Anwalt?« Sie deutete auf Colin, der Gary mit betont neutralem Gesichtsausdruck zunickte.

»Du glaubst, ich bräuchte einen Anwalt?« Gary stieß ein spöttisches bellendes Lachen aus. »Nicht dort, wohin ich gehe. Ich fürchte, dafür ist es ein wenig zu spät.«

»Es ist nicht zu spät, bis Sie abdrücken«, bemerkte Colin in einem sanften Gesprächston und deutete auf die Pistole. »Glauben Sie einem Mann, der es weiß. Nur war in meinem Fall die gewählte Waffe ein Liter Alkohol pro Tag.«

»Nun, in dem Fall, bedienen Sie sich doch.« Gary machte eine großzügige Handbewegung in Richtung der Bar aus Wurzelholz. »Ich fürchte, die Party hat schon angefangen, aber je mehr Gäste, desto lustiger wird es.« Seine Stimme hatte einen Unterton von beinahe wahnsinniger Fröhlichkeit. Wie Alice wusste, vermittelte es eine Art von Hochgefühl, wenn man nicht länger an seinem gesunden Verstand festhielt und sich ins

Leere fallen ließ. »Ihr kennt ja unseren Gastgeber, Mr. White.« Er machte eine Geste in Richtung des Bürgermeisters, der, obwohl er eindeutig Angst hatte, einen seltsam trotzigen Gesichtsausdruck zur Schau trug. »Tatsache ist, dass wir gerade von dir gesprochen haben, Alice. Mr. White hier scheint zu glauben, dass dein Sohn davon profitieren könnte, wenn er ein bisschen Zeit im Gefängnis verbringt.«

Alice atmete scharf ein. Sie schaffte es gerade noch, ihren Blick von Owen abgewendet zu halten, weil sie fürchtete, dass ihre ohnehin bereits überstrapazierte Beherrschung sie ganz verlassen könnte, wenn sie ihn ansah. Und Gary brauchte im Moment keine weitere Provokation. »Du erzählst mir damit nichts, was ich nicht schon weiß«, antwortete sie ihm und gab sich Mühe, ihre Stimme gelassen klingen zu lassen.

»Kann sein, aber du weißt noch nicht einmal die Hälfte«, fuhr Gary fort. »Niemand in seinem Büro geht ohne seine Erlaubnis pinkeln.«

Colin schaltete sich ein. »Warum lassen Sie das nicht andere regeln, Gary? Es gibt keinen Grund, warum Sie sich damit befassen müssten.«

Gary stieß ein hohes, irres, gackerndes Lachen aus, und der Hund, der neben Colin stand, knurrte wieder. »Damit befassen? Mein Gott, ich stecke bereits bis über beide Ohren mit drin. Er hat mich dazu gebracht, gewisse Dinge zu tun. Dinge, auf die ich nicht stolz bin.« Etwas glomm in seinem leeren Blick auf, wie eine schadhafte Glühbirne, die flackernd zum Leben erwachte, und für einen kurzen Moment sah Alice wieder das vertraute Gesicht ihres Schwagers. »Es tut mir leid, Alice. Du hast es besser verdient.« Seine Stimme überschlug sich. »Ich wollte dir niemals wehtun. Ich habe nur versucht, meine Familie zu schützen.«

Also war Gary auch daran beteiligt gewesen? Alice fühlte sich mehr als verraten; sie schämte sich, wenn sie an die vielen Gelegenheiten dachte, bei denen er im Restaurant vorbeigeschaut hatte, während sie naiverweise geglaubt hatte, er wollte ihr seine Unterstützung zeigen. Wie dumm musste sie ihm vorgekommen sein, als sie ihn um Hilfe gebeten hatte! »Niemand gibt dir die Schuld, Gary.« Sie konzentrierte ihre Gedanken auf Denise und wie schrecklich es für sie und die Kinder wäre, würde das hier in einer Tragödie enden. »Wir wollen nur, dass du nach Hause kommst.«

Gary sah sie mitleidig an, als wäre sie es, die jeglichen Bezug zur Realität verloren hatte. »Ich kann nicht. Verstehst du nicht? Es wäre nicht dasselbe. Gerade du solltest das wissen.«

Alice ging einen Schritt auf ihn zu. »Ich verstehe dich, Gary, glaub mir, ich verstehe dich. Aber für mich hat es wirklich keine Rückkehr mehr gegeben. Du hast diese Linie noch nicht überschritten. Du kannst noch das Richtige tun.«

Gary schüttelte den Kopf, und jetzt stiegen ihm Tränen in die Augen. »Denise und die Kinder sind ohne mich besser dran.«

»Das ist nicht wahr. Sie wären am Boden zerstört.« Alices Zorn machte Mitleid Platz. Sie kannte die Art der Qual, die er litt; sie wusste, was sie mit einem anstellen konnte. »Denk an Ryan und Taylor, die ohne ihren Dad aufwachsen würden. Und Denise … sie würde nie darüber hinwegkommen. Sie liebt dich, Gary.«

»Sie würde mich nicht lieben, wenn sie wüsste, was ich getan habe.«

»Da befindest du dich im Irrtum«, kämpfte Alice weiter. »Es gibt nichts, was sie dir nicht verzeihen würde. Ja, sicher wäre sie stinksauer, und du hättest vielleicht ein paar ungemütliche

Tage.« Gary musste ein bisschen grinsen. »Aber du kennst sie doch. Am Ende lenkt sie doch immer wieder ein.«

»Wie Randy in deinem Fall?«, meinte er ironisch.

»Bei uns war es anders«, sagte sie. Oder vielleicht waren nur die Umstände anders gewesen, weil ihre Liebe durch Davids Tod schon fast die Grenze ihrer Belastbarkeit erreicht hatte. »Denise und du ...« Sie suchte nach dem Wort, das die Beziehung der beiden vor dieser ganzen Verrücktheit am besten beschreiben würde. »Eure Beziehung ist stabil. Ich habe das immer an euch beneidet. Die Art und Weise, wie ihr immer als Team gearbeitet habt. Wie einer von euch immer die Lücken ausgefüllt hat, wenn der andere zu beschäftigt oder zu gestresst war. Nicht, weil es irgendein großer Gefallen gewesen wäre, sondern weil es einfach das ist, was man tut, wenn man jemanden liebt.«

Aus dem Augenwinkel nahm sie eine Bewegung wahr, die sie zu Colin blicken ließ. Aber er stand absolut still, und sie begriff, dass es sein starrer Blick war, der ihre Aufmerksamkeit erregt hatte; er konzentrierte sich mit einer derartigen Intensität auf sie, dass sie es beinahe körperlich spürte.

Sie dachte dran, was er alles für sie riskiert hatte, und sie wusste, dass es an der Zeit war, dass sie selbst Risiken einging. Sie streckte ihrem Schwager die Hand entgegen. »Gib mir die Pistole, Gary. Bitte. Du willst das nicht tun. Denk an deine Familie.«

»Sie sind ohne mich besser dran«, sagte er hartnäckig und schüttelte den Kopf.

»Nein. Sind sie nicht.« Sie dachte an David und wie sie beinahe alles getan hätte, um ihn zurückzubekommen. Sie tat einen weiteren vorsichtigen Schritt nach vorne. »Jetzt gib mir die Pistole.«

Der Moment zog sich in die Länge, während Gary sie anstarrte, ohne sie wirklich zu sehen, so, als würde er nach innen blicken. Die einzigen Geräusche waren das leise Knurren des Hundes und die fernen Geräusche der Aktivitäten draußen. Alice kam es vor, als liefe alles in Zeitlupe ab. Es hatte nichts gemein mit der beunruhigenden Geschwindigkeit, mit der ihre eigene Zurechnungsfähigkeit an einem sehr ähnlichen Tag überfallartig zerstört worden war, einem Tag, an dem sich alles zu einem einzigen Blitz verbunden hatte, der sie um den Verstand gebracht hatte. Es war, als würde die Zeit stillstehen. Es gab nur noch die Stille und den Anblick des gequälten Mannes vor ihr, der keine Ahnung hatte, was er mit sich nehmen würde, sollte er sein Leben beenden.

»Bitte, Gary«, drängte sie, und ihre Stimme brach.

Aber er schüttelte wieder den Kopf, und seine blicklosen Augen, die er auf sie gerichtet hatte, wirkten wie tot. »Ich kann nicht«, wiederholte er. »Du weißt, wie es im Gefängnis ist. Ich kann nicht ins Gefängnis gehen.«

»Das musst du vielleicht auch gar nicht. Ich rede mit ihnen, erkläre es ihnen so, dass sie es verstehen. Was du jetzt im Augenblick brauchst, ist ein Arzt. Du bist krank, Gary, aber du kannst wieder gesund werden. Vertrau mir. *Ich* bin auch wieder gesund geworden.«

Er sah sie scharf an, als sähe er sie zum ersten Mal. Nicht als den Ex-Knacki, dem er nachgeschnüffelt hatte, oder die verrückte Schwester seiner Frau, sondern als die starke, entschlossene Frau, die sie in Colins Augen war.

Plötzlich sackten Garys Schultern nach vorn, und als Alice zugriff, um ihm die Waffe aus der Hand zu winden, leistete er keinen Widerstand. Verzögert setzte der Schock bei ihr ein, und für einen langen Moment stand sie einfach da, und das

Gewicht des Revolvers in ihrer Hand war die einzige Verbindung zur Realität. Sie sah wie aus der Ferne zu, dass Colin, begleitet von seinem Hund, auf Gary zuging, ihm auf die Füße half und ihn zur Tür hinausführte. Gary ging schlurfend wie ein sehr alter Mann neben ihm her. Als Alice wieder zur Besinnung kam, war das Zimmer bis auf sie und Owen leer.

Als das Denken einsetzte, war es, als schliche es sich von hinten an: *Ich könnte ihn umbringen.* Sie könnte behaupten, es wäre ein Unfall gewesen, dass sich einfach ein Schuss gelöst hätte. Und warum nicht? Es konnte doch kein reiner Zufall sein, dass sie vor ihm stand, mit einer Waffe in der Hand, ohne Zeugen. Vielleicht war sie sogar das Instrument einer göttlichen Vergeltung.

»Nur zu. Sie würden mir einen Gefallen erweisen.«

Alice schrak beim Klang von Owens Stimme zusammen. Sie wurde aus ihren Gedanken gerissen wie aus einem Traum. Als sie ihren Blick auf ihn richtete, sah sie, dass das trotzige Funkeln aus seinen Augen verschwunden war; sie waren so trüb und leer, wie Garys Augen gewesen waren. Der Mann, der einst mit seiner Macht beeindruckt hatte, wirkte auf sie jetzt klein und eingefallen, ein blasses Abbild seines früheren Selbst. Das schwache Heben und Senken seiner Brust, während er atmete, war das Einzige, das seine Existenz kennzeichnete. Zu ihrer Verwunderung stellte sie fest, dass sie keine Angst mehr vor ihm hatte. Sie hasste ihn nicht einmal – das hätte ihm zu viel Bedeutung beigemessen. Sie wollte nichts weiter, als von ihm befreit zu sein.

Trotzdem war sie nicht fähig, wegzugehen. David ließ sie nicht. »Ich will nur eines wissen. Warum?«

Er zuckte fast unmerklich mit den Schultern. »Sie wollen Gründe? Ich fürchte, da kann ich Ihnen nicht helfen, meine

Liebe. Es war ein Unfall, genau, wie ich der Polizei gesagt habe. Das einzige Detail, das ich ausgelassen habe, war belanglos. Es hätte Ihnen Ihren Sohn nicht zurückgebracht, wenn es bekannt geworden wäre. Und, falls es Ihnen hilft, ich habe seitdem keinen Tropfen mehr angerührt.« Er betrachtete sie einen Augenblick lang, dann seufzte er und meinte: »Nein, ich nehme nicht an, dass es Ihnen hilft.« In einer hilflosen Geste spreizte er die Hände. »Und dann tauchen Sie nach all den Jahren wieder vor meiner Türschwelle auf. Gerade, als ich angefangen hatte zu glauben, ich könnte mit allem abschließen. Sie sehen, Sie haben mir keine Wahl gelassen. Ich musste alles tun, um Sie loszuwerden.«

»Selbst, wenn es bedeutet hätte, einen unschuldigen Jungen ins Gefängnis zu schicken?«

»Ich wünsche Ihrem Sohn nichts Schlechtes«, sagte er. »Er scheint ein netter Junge zu sein. Vielleicht ein bisschen durcheinander, aber damit musste man wahrscheinlich rechnen.«

Etwas krampfte sich in ihrer Brust zusammen. »Nicht überraschend, wenn man bedenkt, dass er ohne Mutter aufgewachsen ist.«

Owen zuckte wieder die Schultern. »Was das angeht, würde ich sagen, dass ich einen gleichermaßen gesalzenen Preis bezahlt habe.« Er schaute auf seine leblosen Beine hinunter, die in einem seltsamen Winkel von seinem Körper abstanden und wirkten, als gehörten sie nicht zu ihm. Aber es lag kein Selbstmitleid in seiner Stimme, und sein Gesichtsausdruck war merkwürdig leidenschaftslos, als wäre dieser Ausgang des Dramas, das sich seit Jahren zwischen ihnen abgespielt hatte, zu erwarten gewesen und würde in gewisser Weise eine Erleichterung darstellen. »Aber Sie empfinden das anders, das weiß ich. Also machen Sie schon, erschießen Sie mich. Sie haben nichts zu verlieren. Ich bin sicher, Ihr Anwaltfreund wird einen Weg finden, Sie herauszuhauen.«

Nichts zu verlieren? »Da liegen Sie falsch«, sagte sie. Sie hatte noch etwas zu verlieren; etwas, das weder er noch die neun Jahre im Gefängnis ihr hatten nehmen können: ihre Menschlichkeit. Vorsichtig legte sie die Pistole auf den Beistelltisch neben dem Sofa. Sie starrte einen Moment lang darauf. Die Waffe war irgendwie realer als alles andere, das zu diesem Augenblick geführt hatte. Dann drehte sie sich ohne ein weiteres Wort um und ging davon.

17. Kapitel

JULI 1943

Der Krieg, der bislang nur eine ferne Bedrohung dargestellt hatte, nahm eine neue und erschreckende Wende, als im Mai die Japaner in derselben Woche, in der die Schlüsselschlacht um Midway im Pazifik stattfand, vor der Küste Alaskas einfielen und zwei der Aleuten-Inseln unter ihre Kontrolle brachten. Für Grays Island brachte diese besorgniserregende Entwicklung den Krieg dem Zuhause noch näher – er fand praktisch schon in ihrem Vorgarten statt! – und veranlasste die Bewohner, ihre Unterstützungsmaßnahmen noch zu verstärken. Kriegsanleihen erreichten eine Rekordhöhe, ebenso die Erträge für Alteisen, Papier und Gummi. Die Bürgerwehr verdoppelte ihren Einsatz, und für die Bunker draußen an der Pigeon-Landzunge wurde ein neues Zwei-Mann-Wachsystem eingeführt, sodass rund um die Uhr ein Posten Ausschau nach Zeichen verdächtiger Aktivitäten hielt. Dabei kam es zu einigen Pannen, weil die Nerven aller bloßlagen. Beispielsweise wurde Arnie Sykes' Fischkutter eines Tages im dichten Nebel für ein japanisches U-Boot gehalten. Der arme Arnie erlebte den Schrecken seines Lebens, als der Nebel sich lichtete und er feststellte, dass er von Schiffen der Kriegsmarine umgeben war.

Aber die Bedrohung durch die Japaner erwies sich als kurzlebig. Innerhalb weniger Wochen gewannen die amerikanischen Truppen die Kontrolle über die Aleuten zurück. Während dieser Zeit spielte sich auch auf Grays Island ein Drama ab, wenn auch ein viel kleineres. Eines der Dutzenden von unbewohnten Atollen, die die Gewässer vor der Küste sprenkelten, ein mit Buschwerk und Pinien bewachsener Fels, gewann vorübergehend an Bedeutung, als die Handelskammer mit einer Petition an den Gouverneur des Staates Washington erreichte, dass er neu benannt wurde. Bislang hatte er den unschönen Namen Japsen-Insel getragen, und nun entbrannte eine Debatte darüber, wie er künftig heißen sollte. Erst im Sommer jenes Jahres einigte man sich schließlich auf den Namen Siegesinsel – ein Tribut an alle Männer und Frauen von Grays Island, die ihrem Land loyal gedient hatten.

Einer der wenigen Inselbewohner, der der offiziellen Zeremonie am Hafen nicht beiwohnte, die Reden des Bürgermeisters und des Hafenmeisters beinhaltete, war William McGinty. Es war einige Wochen her, seit seine Frau mit ihrem gemeinsamen Sohn auf eine angeblich längere Reise nach New York abgereist war, um ihre Eltern zu besuchen, und er war der endlosen Fragerei nach dem Zeitpunkt ihrer Rückkehr inzwischen überdrüssig geworden. Ebenso leid war er es, ständig Ausreden zu erfinden, die alle umso erbärmlicher wirken würden, würde erst die Wahrheit herauskommen. Denn für William bestand kein Zweifel mehr darüber, wie dies enden würde. In den wenigen knappen Telefonaten, die er mit Martha geführt hatte, hatte sie deutlich gemacht, dass keine Aussicht auf Versöhnung bestand, und William war über den Punkt hinaus, den Versuch zu unternehmen, sie umzustimmen.

Er wäre in der Lage gewesen, sich damit abzufinden, wäre da nicht Danny gewesen. William konnte den Gedanken nicht ertragen, so weit von seinem Sohn entfernt zu sein. Einzig aus diesem Grund bat er Martha, zur Vernunft zu kommen, und bot ihr das Haus und einen großzügigen Anteil an seinen Einkünften an, wenn sie auf die Insel zurückkäme. Aber sie lehnte es ab, auch nur darüber nachzudenken. Danny und sie würden auf unbestimmte Zeit bei ihren Eltern bleiben, teilte sie ihm mit und fügte hinzu, dass er in Zukunft, wenn er ihr etwas zu sagen habe, mit ihrem Anwalt sprechen könne.

Das Einzige, was William davon abhielt, völlig zu verzweifeln, war das Wissen, dass er frei sein würde, Eleanor zu heiraten, wenn dies alles vorbei wäre. Sie waren übereingekommen, sich nicht zu sehen, bis der Staub sich gelegt hatte. Es war nicht nur seine bevorstehende Scheidung. Die Insel schwirrte noch immer vor Gerüchten um Lowell Whites Verschwinden. Einige Leute mutmaßten, er wäre beim Segeln über Bord gefallen und ertrunken, obwohl das unwahrscheinlich war, weil sein Boot im Hafen vertäut lag und sein Auto an der Anlegestelle der Fähre geparkt war. Eine wahrscheinlichere Theorie war, dass Lowell, ein bekannter Schürzenjäger, mit einer Geliebten durchgebrannt war. Ein Verdacht, den sie bestätigt sahen, als die *Seattle Times* eine Nachricht über eine dreißigjährige Frau aus Port Townsend brachte, die vermisst wurde. Begleitet wurde die Meldung von dem Foto einer attraktiven Blondine.

Im Laufe der Zeit würde das Gerede sich legen, das wusste William, nur um dann durch eine neue Welle von Klatsch und Tratsch ersetzt zu werden, wenn seine Absichten im Hinblick auf Eleanor bekannt würden. Man würde ihn zweifellos als flirtenden Schuft und Eleanor als lustige Witwe hinstellen. Sie würden es langsam angehen müssen, um das Feuer nicht anzufachen (er scherte sich kein bisschen um seinen eigenen Ruf, aber sie mussten an ihre Kinder denken). Aber schließlich würde auch das nachlassen. Es würde länger dauern, bis die Kinder die neuen Tatsachen akzeptiert hätten. Er machte sich nicht vor, dass Lucy ihn sofort mit offenen Armen empfangen würde, da sie Joe so sehr geliebt hatte, genauso wenig, wie Danny Eleanor schnell akzeptieren würde. Aber er glaubte, dass am Ende seine und Eleanors Liebe die Oberhand gewinnen würde. Bis dahin musste er Geduld haben.

Was leichter gesagt als getan war, denn er vermisste sie mehr, als er für möglich gehalten hatte. Er hatte nicht einmal das Porträt von ihr, um die leeren Stunden zu füllen. Er hatte seit Wochen keinen Pinsel mehr in die Hand genommen. Es war, als hätte Martha ihn auch seiner Kreativität beraubt, indem sie das Einzige zerstört hatte, das ihm etwas bedeutete. Er hatte nur noch Laird, den Martha vermutlich auch mitgenommen hätte, wäre ihre Mutter nicht allergisch gegen Hunde gewesen. Für William bedeutete die Anwesenheit des Hundes einen Lichtblick. Laird schien ein beinahe menschliches Verständnis für die Qualen zu haben, die William litt, und er ließ seinen Herrn nur selten aus den Augen. Kein Tag endete, ohne dass der Hund sich zu seinen Füßen zusammenrollte, wobei er seinen schwarz-weißen Kopf auf Williams Füße legte.

Eines Morgens rief unerwartet Eleanor an und fragte, ob sie ihn sehen könnte. Es war Wochen her, seit sie zuletzt miteinander gesprochen hatten, und der Klang ihrer Stimme wirkte belebend auf ihn, versetzte ihm einen erfrischenden Adrenalinstoß und schaffte einen klaren Kopf. Er wäre sofort zu ihr gefahren, aber sie bestand darauf, stattdessen zu ihm zu kommen.

William, angestachelt durch die Aussicht auf ihren Besuch, attackierte das Unkraut im Garten, den er in den vergangenen Wochen vernachlässigt hatte, als sie in Joes altem Ford Pickup die Zufahrt hinunterratterte. Hinter einer Gruppe hoher Malven verborgen, sah er zu, wie sie ausstieg. Sie trug ein gelbes kariertes Kleid, das durch zu viele Wäschen verblasst war, ihr Haar war nachlässig aufgesteckt. Verirrte Strähnen schimmerten im Sonnenlicht, das über ihre Wangen und ihren Hals spielte. Sie sah so hübsch wie immer aus, aber die Schatten unter ihren Augen zeigten, dass diese letzten Wochen ihren Tribut gefordert hatten. Zum Teil wegen Lowell, das war ihm klar. Aber vermutlich auch, weil sie Schuldgefühle wegen Martha hegte.

»Eleanor!«, rief er.

Sie blieb auf dem Weg stehen und blickte sich suchend um, bis sie ihn schließlich entdeckte. William stand auf und wischte sich die Erde von seiner khakifarbenen Hose, während er seine Dummheit verfluchte, weil er nicht etwas weniger Schäbiges angezogen hatte – er war so sehr in seine Gedanken versunken gewesen, dass er nicht daran gedacht hatte.

Er eilte zu ihr. »Ich wollte dich nicht bespitzeln«, sagte er mit einem Grinsen, als er ihren leicht vorwurfsvollen Gesichtsausdruck bemerkte. »Ich habe nur den Anblick genossen, wie du meinen Weg entlanggeschlendert bist. Du siehst aus, als würdest du hergehören.« Er sehnte sich danach, sie in die Arme zu nehmen, aber etwas an ihrem Gesichtsausdruck hielt ihn davon ab.

»Und *du* siehst viel zu dünn aus.« Eleanors Fingerspitzen strichen über seinen Arm, eine Berührung, die so leicht war, dass er sie durch den Ärmel seines Hemdes kaum spürte. »Wie kommst du zurecht? Es muss ziemlich einsam sein hier draußen.«

Sie lächelte, wirkte aber aufgewühlt. Leichte Sorge nagte am Rand seines Bewusstseins. War es möglich, dass ihre Gefühle für ihn sich geändert hatten? Er vertrieb diesen Gedanken sofort wieder und sagte sich, dass sein fieberndes Gehirn ihm nur etwas vormachte.

»Manchmal schon«, gestand er, »aber ich bin ja nicht wirklich allein.« Er drehte sich um und blickte zu Laird, der in einem Sonnenfleck auf der Veranda lag. Sein Kopf ruhte auf seinen Vorderpfoten, und er döste, wie es seine Gewohnheit war, mit halb geöffneten Augen vor sich hin, sodass er Williams Bewegungen verfolgen konnte. »Du hast gut daran getan, ihn für Danny auszuwählen. Aber woher wusstest du, dass er schließlich mein Hund werden würde?«

Sie betrachtete Laird mit geneigtem Kopf. »Das ist nicht mein Verdienst. Er hat die Wahl getroffen, nicht ich.« Laird hob den Kopf, als wüsste er, dass sie über ihn redeten. »Manche Hunde sind so. Sie sind nur einem Menschen verbunden, und das auf Lebenszeit.«

Ihre Blicke trafen sich, und William erkannte, dass sie nicht nur von dem Hund sprach. Eine Welle der Erleichterung überrollte ihn. Auf indirekte Weise teilte sie ihm mit, dass sie ihn liebte, dass nichts sich geändert hatte. »Sollen wir reingehen?«, fragte er.

»Ist es in Ordnung, wenn wir uns auf die Veranda setzen? Es ist so schön hier draußen.«

Sie ließ sich in einem Korbstuhl auf der Veranda nieder, während William ihnen etwas zu trinken holte. Als er zurückkam, hatte sie die Augen geschlossen und den Kopf zurückgelehnt und genoss den Sonnenschein. Sommer bedeutete, dass der Regen, der meistens fiel, einem klaren Himmel und trockenem, sonnigem Wetter Platz machte, und heute war keine Ausnahme. Der Himmel war von einem tiefen Kobaltblau über der Kathedrale der Pinien über dem Bergrücken und jenseits der Bucht, wo das Wasser der Bucht winzige funkelnde Lichtpunkte reflektierte. Sie öffnete die Augen, als er sich näherte, und warf ihm einen verlegenen Blick zu, als hätte er sie dabei ertappt, etwas Unerlaubtes zu tun.

»Ich hoffe, sie ist dir nicht zu süß«, meinte er, reichte ihr ein Glas Limonade und setzte sich in den Stuhl ihr gegenüber. »Ich habe sie selbst gemacht, und ich wusste nicht, wie viel Zucker ich hineingeben sollte.«

Sie trank einen Schluck und verkündete: »Sie ist perfekt. Genau so, wie ich sie gerne mag.«

So höflich. Als hätten sie nicht miteinander geschlafen. Als wäre der Mann, den er ihretwegen getötet hatte, nicht auf dem Hügel hinter ihrem Haus begraben.

»Wie geht's Lucy?« Er spielte das Spielchen mit, wenn es denn eines war, dass sie nur alte Freunde wären, die sich nach einer langen Abwesenheit austauschten.

Eleanor lächelte. »Sie wird täglich größer.«

»Und Joshi?«

»Arbeitet so hart wie immer. Ich frage mich sogar schon, wie ich ohne ihn zurechtkommen soll, wenn dieser Krieg einmal vorbei ist.« Sie fragte ihn mit einem Ausdruck höflichen Interesses, das jedoch nicht ganz den aufgewühlten Eindruck verwischen konnte, den er zuvor bemerkt hatte: »Und du? Du musst deine Familie vermissen.«

»Ich vermisse Danny«, sagte er, weil er jegliche Unklarheit darüber, wem seine Gefühle galten, vermeiden wollte.

Sie nahm einen weiteren Schluck von ihrer Limonade. »Wie kommt er damit zurecht?«

»Wenn wir telefonieren, sagt er nicht viel. Deshalb kann ich es nur schwer beurteilen. Aber es war hart für ihn, und Martha macht es ihm auch nicht gerade leichter.«

»Sie ist verletzt. Sie will dich bestrafen. Sobald sie wieder zur Vernunft kommt ...« Eleanor verstummte allmählich, als sie den verblüfften Ausdruck in Williams Gesicht sah.

Worauf will sie hinaus?, fragte er sich mit leichter Panik.

Wollte sie etwa, dass er sich mit seiner Frau versöhnte? Der einzige Grund, warum sie sich das wünschen sollte, begriff er mutlos, wäre, dass ihre Gefühle ihm gegenüber sich geändert hatten. Plötzlich fürchtete er sich vor dem, was sie ihm mitteilen wollte.

***

Das Telegramm in Eleanors Tasche war wie ein Stück glühende Kohle, die sich durch den Stoff ihres Kleides brannte. Es war vorgestern eingetroffen, und seitdem hatte sie sich in einem Aufruhr der Gefühle befunden, war auf- und abgegangen, nicht in der Lage, mehr als ein paar Minuten am Stück still zu sitzen, in einem Augenblick glücklich, und im nächsten unglücklich. Gerade, wenn sie ihren Weg klar erkannt hatte, wurde er wieder unklar. Erst an diesem Morgen, nach einer weiteren schlaflosen Nacht, war sie zu einer Entscheidung gekommen. Deshalb war sie hier. Um es William mitzuteilen.

Aber er machte es ihr nicht gerade leicht. Mit fester Stimme verkündete er: »Es ist vorbei mit Martha und mir.« Er betrachtete sie über den kleinen geflochtenen Tisch hinweg, auf dem unberührt sein Glas Limonade stand. Er wirkte verwirrt und mehr als ein bisschen besorgt, als würde er sich fragen, was zu diesem plötzlichen Sinneswandel ihrerseits geführt haben mochte.

Eleanor seufzte. Davor hatte sie Angst gehabt. »Du kannst dir dessen nicht sicher sein.«

Begreifen dämmerte in seinen blauen Augen. »Es geht nicht um Martha, nicht wahr?«, fragte er leise.

Sie senkte den Blick und antwortete: »Nein.« In diesem Augenblick, als sein Blick sich in ihren brannte, stellte sie fest, dass ihre Entschlossenheit ins Wanken geriet. Aber ihr war klar, dass es keinen anderen Weg gab. »Das hier ist vor Kurzem eingetroffen.« Mit einem tiefen Seufzer zog sie den dünnen gelben Papierstreifen aus ihrer Tasche, der so oft auseinander- und zusammengefaltet worden war, dass er sich an den Faltstellen schon auflöste. Sie hielt ihm den Zettel hin. »Sie haben Joe gefunden. Er lebt.«

William starrte sie mit offenem Mund an. »Aber wie ...?«

»Er war die ganze Zeit in einem Krankenhaus, aber es hat eine Weile gedauert, bevor sie ihn identifizieren konnten«, erklärte sie. »Er hatte seine Erkennungsmarken verloren und wohl auch einen großen Teil seines Gedächtnisses. Der Arzt, mit dem ich gesprochen habe, ist optimistisch, dass seine Erinnerung zurückkehren wird, aber sicher kann man das nicht sagen. Es geht ihm zumindest gut genug, um ihn nach Hause bringen zu können. Sie verlegen ihn in das Marinekrankenhaus in San Diego. Lucy und ich fahren mit dem Zug runter. Wir brechen morgen früh auf.«

»Das war's dann also.« William sprach mit einer eigenartigen, ausdruckslosen Stimme.

Sie nickte mit zugeschnürter Kehle.

Sie konnte an seinem schmerzerfüllten Gesicht erkennen, dass in ihm ein Kampf stattfand zwischen dem, was er für moralisch hielt, und dem, was er sich selbstsüchtig für sich wünschte. Schließlich verzog sich sein Mund zu einer Art Lächeln. »Vermutlich sollte ich gratulieren, aber momentan fällt es mir schwer.«

Eleanors Augen füllten sich mit Tränen. »Das hier hat nichts mit dir zu tun, William. Das musst du wissen. Ich bin ... ich bin dankbar, dass Joe lebt ... aber ich würde alles dafür geben, wenn es nicht bedeutete ...« Sie brach ab und fand es auf einmal schwierig, weiterzusprechen.

Abrupt sprang er aus seinem Korbstuhl auf und begann, auf- und abzugehen. Laird hob den Kopf und spitzte die Ohren, als er sein Herrchen so aufgeregt sah. Auch Eleanor hatte William noch nie in einem derartigen Zustand gesehen, nicht einmal in der Nacht, in der sie Lowells Leiche vergraben hatten. Sie sah, wie er sich mit den Fingern durchs Haar fuhr, das in den Wochen, in denen sie getrennt gewesen waren, lang geworden war. Seine Augen schienen wie Flammen zu glühen, als er sich schließlich ruckartig zu ihr umdrehte. »Tu es nicht. Bleib nicht bei einem Mann, weil du ihn bemitleidest. Aus allem, was du mir über Joe erzählt hast, schließe ich, dass er das auch nicht wollte.«

Langsam schüttelte sie den Kopf. »Ich könnte ihm das nicht antun. Nicht nach dem, was er durchgemacht hat.«

Aber William war zu rasend, um auf die Stimme der Vernunft zu hören. »Hast du nicht schon genug geopfert? Mein Gott, Eleanor, du liebst den Mann doch nicht einmal!«

»Da irrst du dich. Ich liebe ihn tatsächlich.« Sie sprach mit ruhiger Endgültigkeit. »Vielleicht nicht auf die gleiche Weise, wie ich dich liebe, aber genug, um zu wissen, dass ich ihm niemals wehtun könnte. Jedes Mal, wenn ich denke, ich könnte nicht ohne dich leben, frage ich mich, wie ich mit mir selbst leben könnte, wenn ich Joe verlassen würde, insbesondere jetzt, wenn er mich am meisten braucht.« Sie nahm Williams Hände, und Tränen strömten über ihre Wangen. Sie machte sich nicht die Mühe, sie wegzuwischen. »Haben wir nicht schon genug Schaden angerichtet? Sieh dir Martha und dich an. Und was ist mit Lowells Familie? Wie könnten wir wohl darüber hinaus das Leben eines weiteren Mannes zerstören? Und mein kleines Mädchen? Lucy würde mir nie verzeihen.« Etwas, das Lucy heute Morgen gesagt hatte, hatte ihre Entscheidung gefestigt.

Wenn Papa nach Hause kommt, möchte ich in eurem Zimmer schlafen, damit ich immer weiß, wo er ist.

Aber William schüttelte nur den Kopf, nicht gewillt oder nicht imstande, zu akzeptieren, was sie ihm sagte. »Nein. Ich kann dich nicht verlieren. Ich *werde* dich nicht verlieren.« Er sprach mit zusammengebissenen Zähnen, und seine Augen waren hart und glänzend vor Tränen, die zu weinen er sich weigerte. »Du glaubst, etwas wie das hier wird je wiederkommen? Das gibt es nur einmal im Leben. Ich musste fast vierzig Jahre darauf warten, und wenn ich weitere vierzig Jahre ohne dich lebe, Eleanor, sterbe ich als einsamer alter Mann. Und du, Eleanor … jeden Abend, wenn du dich neben Joe legst, wirst du an mich denken. Ist es das wirklich, was du willst? Soll es so enden?«

Sie stand auf, nahm sein liebes Gesicht zwischen ihre Hände und spürte die Wärme seiner Haut und die angespannten Muskeln, die darunter zuckten. »Das ist es, was es so hart macht. Wenn es auch nur ein bisschen einfacher wäre, dann deshalb, weil ich dich nicht so sehr lieben würde.«

Alles an ihm schien auf einmal nachzugeben, seine Schultern sanken besiegt herunter, und sein großer dürrer Körper schwankte wie ein Baum im starken Wind. Eleanor fühlte sich wackelig auf den Beinen. Sie glaubte, dass sie, wenn sie nicht auf der Stelle ging, später nicht mehr die Kraft dazu aufbringen würde.

Williams gequälter Blick traf ihren, entblößt von jeglicher Hoffnung, aber ein Funken Verständnis glomm darin auf. Als er sie ein letztes Mal in die Arme nahm und sie fest an sich drückte, spürte sie das dumpfe Pochen seines Herzens unter dem weichen Stoff seines Hemdes, eines Herzens, das hartnäckig weiterschlagen würde, wenn das hier vorbei war. Auch das Leben würde weitergehen. Vielleicht nicht so, wie sie es sich gewünscht hatten. Aber irgendwie würde es dennoch weitergehen.

»Leb wohl, William.« Sie presste ihre Lippen in einem letzten flüchtigen Kuss auf seine. Kurz darauf lief sie den Weg hinunter. Das Geißblatt, das an der Hecke wuchs, überfiel sie mit seinem süßen Duft, als sie blind vor Tränen daran vorbeilief. Sie drehte sich nicht mehr um.

18. Kapitel

Das Telefon klingelte. Colin konnte es bis in den Schuppen hinaus hören, wo er gerade seine Ausrüstung verstaute. Den größten Teil des Vormittags hatte er damit verbracht, die Sturmschäden der vorletzten Nacht zu reparieren, hatte Pfähle eingeschlagen, die sich gelockert hatten, und Leinen ausgegraben, die mit Schlamm bedeckt worden waren. Es war eine schmutzige, erschöpfende Arbeit, die nichts einbrachte, aber der Anblick der Leinen, die in ordentlichen Reihen gespannt waren, und an die die jungen Austern sich mit der gleichen Beharrlichkeit klammerten, die er in seinen Bemühungen gezeigt hatte, erfreute ihn zutiefst auf eine Art und Weise, die er nicht in Worte hätte fassen können. Als er draußen im seichten Wasser gearbeitet hatte, hatte sich die Flut zurückgezogen und hatte all seine Gedanken mit sich genommen. Es hatte nur noch die Sonne und den Wind und die näselnden Rufe der Seemöwen gegeben, die über seinem Kopf kreisten.

Er dachte an Alice, wie so oft in diesen Tagen, während er auf das Haus zuging, um den Anrufbeantworter abzufragen. Er hatte sie seit jenem Abend in Owens Haus vor mehr als zwei Wochen nicht mehr gesehen, und sie hatten nur ein paar Mal miteinander telefoniert, zuletzt, als er ihr mitgeteilt hatte, dass der Termin für Jeremys Verhandlung festgesetzt worden war. Sie hielten beide Abstand und schreckten vor der Vertrautheit jenes seltsamen Tages zurück, als handelte es sich um ein zu heißes Feuer. Colin aß zurzeit meistens zu Hause, und

Alice war so stark von ihrer Arbeit in Anspruch genommen und half außerdem ihrer Schwester, mit Garys Zusammenbruch zurechtzukommen, dass es ihr anscheinend gar nicht aufgefallen war, dass er schon seit einer ganzen Weile nicht mehr ins Restaurant gekommen war.

Für Colin war die Stunde der Wahrheit merkwürdigerweise gekommen, nachdem die Geiselnahme vorbei war und nachdem er Gary der Polizei übergeben hatte. Als er sich umblickte, stellte er zu seinem Entsetzen fest, dass Alice noch im Haus war. Mit Garys Pistole ... und dem Mann, den töten zu wollen sie allen Grund hatte. Das Szenario entwickelte sich in seinem Kopf, mit allen erschreckenden Möglichkeiten, und die Furcht, die ihn ergriff, war viel schlimmer als das, was er beim Betreten des Hauses gefühlt hatte. Dann plötzlich sah er sie, wie sie über den Rasen auf ihn zukam, eine schlanke Gestalt, die silhouettenhaft im Mondlicht zu erkennen war. In der Dunkelheit und aus dieser Entfernung hätte es irgendeine beliebige Person sein können, und einen Schreckmoment lang hatte er sich in seiner Anspannung sogar vorgestellt, es wäre Nadine. Nadine, die unverletzt aus dem Schutt der Zwillingstürme auftauchte, wie er es tausende Male in seinen Träumen gesehen hatte.

Als Alice ihn schließlich erreichte und er kein Indiz für die schrecklichen Dinge entdecken konnte, die er sich vorgestellt hatte, empfand er eine unbeschreibliche Erleichterung darüber, dass sie sich in Sicherheit befand. Und etwas anderes fühlte er auch: das Bewusstsein, dass er nicht die Kraft hätte, einen weiteren Verlust zu ertragen. Er würde nicht noch einmal imstande sein, sich selbst wieder aus dem Abgrund zu ziehen.

Als Alice ihn am darauffolgenden Tag angerufen hatte, um

ihn hinsichtlich ihres Schwagers auf den neuesten Stand zu bringen, war auch sie sehr zurückhaltend gewesen. Vielleicht hatte sie seine Stimmung gespürt. Ihre Unterhaltung verlief freundschaftlich, hinterließ jedoch den Eindruck eines Fehlschlags. Niemand, der ihnen zugehört hätte, wäre je auf die Idee gekommen, dass sie miteinander intim gewesen waren.

»In einer Hinsicht hat Gary Glück«, hatte sie gesagt. »Wäre er nicht Polizist, säße er jetzt im Gefängnis.« Stattdessen habe man Gary in eine psychiatrische Klinik in Bellingham gebracht, informierte sie ihn.

»Was sagen die Ärzte?«, hatte Colin gefragt.

»Er wird wieder gesund werden. Er ist immer noch sehr niedergeschlagen, aber sie glauben, dass es sich nur um eine vorübergehende Psychose handelt.«

»Was bedeutet, dass er für verhandlungsfähig erklärt werden wird.« Colin hatte sich dabei ertappt, in die Rolle des Anwalts geschlüpft zu sein.

»Ich bin mir nicht sicher, ob es zu einer Verhandlung kommen wird. Ich kann mir nicht vorstellen, dass er mit einem blauen Auge davonkommen würde, aber Gary hat jede Menge einflussreicher Freunde. Sie werden alle Hebel in Bewegung setzen, es ihm leichter zu machen.«

»Selbst wenn es bedeutet, sich den Bürgermeister zum Feind zu machen?«

»Ich glaube nicht, dass wir uns wegen ihm noch Gedanken machen müssen.«

»Wie kommst du darauf?«

»Nur so ein Gefühl«, meinte sie nach einer Pause.

Colin fragte sich wieder einmal, was in jenen wenigen Minuten passiert war, in denen sie mit Owen allein gewesen war. Aber sie hatte von sich aus nicht mehr erzählt, und er hatte sie nicht gedrängt. »Wie geht es deiner Schwester?«, erkundigte er sich.

»Nicht so gut. Aber sie nimmt sich wegen der Kinder zusammen. Und ich weiß, dass sie es schaffen wird. Sie ist eine Überlebenskünstlerin.«

»Das muss in der Familie liegen«, hatte er erwidert. Und sie hatte gelacht.

Nach diesem Gespräch hatte Colin angefangen, über seine eigene Familie nachzudenken. Wie lange es her war, seit sie sich etwas von wirklicher Bedeutung zu sagen gehabt hatten. Als er in der Entzugsklinik gewesen war, hatten seine Eltern und sein Bruder pflichtbewusst an der Familienwoche teilgenommen, aber am Ende war keiner von ihnen willens gewesen, seine eigene Rolle bei Colins Verfall zuzugeben. Während seiner schlimmsten Alkoholikerphase hatte seine Mom standhaft gegenüber jedem, der auch nur andeutete, dass er ein Problem haben könnte, darauf beharrt, dass ihrem Sohn nichts fehlte, was eine neue Frau nicht in Ordnung bringen könnte. Sein Vater hatte ihm immer schnell einen weiteren Drink eingegossen und auf Patrick hingewiesen, der an einem Freitagabend mehr Bier wegstecken konnte als jeder andere und nicht zugelassen hatte, dass dies sein Leben störte. Colin hatte erst völlig ausrasten müssen, damit sie schließlich akzeptierten, dass er Alkoholiker war, und seitdem er trocken war, redeten sie nur in der Vergangenheitsform darüber, als wäre Alkoholismus eine heilbare Krankheit wie beispielsweise Hirnhautentzündung.

Colin machte ihnen jedoch keinen Vorwurf. Er hatte es ihnen weiß Gott auch nicht gerade leicht gemacht. Außerdem hatten sie ihre eigenen Probleme. Eines davon war zum Beispiel seine Großmutter Martha. Marma, wie sein Bruder

Patrick sie als Kind genannt hatte, als er ihren Namen noch nicht hatte aussprechen können, terrorisierte ihren Sohn und ihre Schwiegertochter. Jahrelang hatte sie einen von ihnen oder auch beide mindestens einmal täglich zu sich bestellt, immer unter irgendeinem Vorwand. Es war ein wenig besser geworden, seit sie in eine Einrichtung für betreutes Wohnen gezogen war, aber sie hatte ihre Märtyrerrolle nicht aufgegeben, und es gab keinen Besuch bei ihr ohne die Litanei ihrer Klagen.

Colin wusste, dass er ihr einen Anruf schuldete, und als er wenige Minuten später die Stimme seiner Mutter auf dem Anrufbeantworter hörte, die ihn daran erinnerte, dass morgen Marmas neunzigster Geburtstag war, wurde sein Schuldgefühl nur noch größer. Er war in letzter Zeit so beschäftigt gewesen, dass er es völlig vergessen hatte. Sofort rief er seine Mutter zurück.

»Ich wünschte, du könntest herkommen«, sagte sie, nachdem sie die üblichen Höflichkeiten ausgetauscht hatten und das Gespräch sich dem Geburtstag seiner Großmutter zuwandte. »Es würde Marma so viel bedeuten. Wir geben eine kleine Party für sie, und ich koche ihr ihre Lieblingsspeisen.«

»Ich wünschte auch, ich könnte kommen«, schwindelte Colin.

Am anderen Ende war ein Seufzen zu hören. »Wer weiß, wie viele Geburtstage sie noch erleben wird.«

Colin lachte. »Du hörst dich schon wie Martha an.«

Seine Mutter tat, als würde sie nach Luft ringen. »Wirklich? O Gott. Es muss abfärben.«

»Mach dir keine Sorgen um Großmutter. Sie ist ein zähes altes Mädchen.«

»Das würde ich nie leugnen.« Seine Mutter lachte. »Aber wirklich, Colin, es würde dir nicht wehtun, wenn du zu Besuch kämest. Nicht nur wegen Marma. Wir *alle* vermissen dich.«

»Ich weiß, Mom«, antwortete er seufzend. Er vermisste sie in gewisser Weise auch. Gleichzeitig fand er den Gedanken an das Zuhause seiner Kindheit zutiefst deprimierend: der kleine Flecken Gras hinter dem Haus, den nur ein geschäftstüchtiger Immobilienmakler als Garten bezeichnen würde, und das Haus, in dem der Geruch jeder Mahlzeit hing, die in den letzten drei Jahrzehnten dort gekocht worden war.

Sie plauderten noch eine Weile, und seine Mutter gab ihm den aktuellsten Zustandsbericht über die Ischiasschmerzen seines Vaters und erzählte ihm alles über das Haus, das sein Bruder und seine Schwägerin in den Poconos Mountains gekauft hatten. Colin beschrieb kurz den Stand seiner eigenen Aktivitäten, erwähnte Alice jedoch nicht. Seine Mutter lebte in der ständigen Hoffnung, dass er eines Tages wieder heiraten würde, und er wollte sie nicht enttäuschen, wenn sie erfuhr, dass keine Aussicht auf das Läuten von Hochzeitsglocken bestand.

Nachdem sie aufgelegt hatten, rief er seine Großmutter an. Trotz ihrer Eigenarten bewunderte er das alte Mädchen. Ewig blond, immer wie aus dem Ei gepellt und perfekt geschminkt, war sie die Femme fatale von Heritage Manor, wo es angeblich Männer gab, die sie immer noch begehrten. Letztes Jahr hatte Colin ihr zum Geburtstag ein Abo für das Magazin *Glamour* geschenkt, und als sie verkündet hatte, dies sei ihr schönstes Geschenk, wusste er, dass sie es auch so meinte.

»Habe ich dich geweckt?«, fragte er, nachdem sie sich mit erschöpfter Stimme gemeldet hatte.

»Mitten am Tag?« Sie schnaubte über die Abwegigkeit eines solchen Gedankens. »Sei nicht albern. Ich habe nur gerade meine Augen ausgeruht.«

»Es ist nicht Schlechtes daran, ein Schläfchen zu machen«, sagte er ihr.

»Sicher, wenn man eine alte Dame ist. Ich bin nicht alt, ich werde bloß älter. Das ist ein Unterschied.«

»Du wirst nie alt sein, Marma«, stimmte er ihr zu. »Du bist zu sehr damit beschäftigt, den Rest von uns auf Trab zu halten.«

Sie lachte herzlich. Colin war der Einzige in der Familie, der sie so zum Lachen bringen konnte. Sie waren nicht immer einer Meinung, aber die Bindung zwischen ihnen war eng. »Als könntest du das wissen. Ich habe schon seit einer Ewigkeit nichts mehr von dir gehört«, sagte sie tadelnd. »Was treibst du da draußen, das so wichtig ist, dass du deine Großmutter nicht ab und zu anrufen kannst?«

»Nicht viel«, gab er zu. »Aber das ist es auch irgendwie, worum es geht.«

»Wie läuft das Geschäft mit den Austern?«

»Ich werde dir Bescheid geben, sobald ich etwas vorzuweisen habe«, sagte er. »Momentan ist noch nicht viel zu sehen.«

»Egal. Mr. Deets wäre stolz. Er war ein wunderlicher Kauz, aber er verstand sein Geschäft. Wir haben so viele Austern gegessen, dass sie uns zu den Ohren rausgekommen sind. Ich habe jeden Sonntag Austerneintopf gekocht und die Reste an den Hund verfüttert. Stell dir das mal vor! In welchem Zustand ist das alte Haus?«

»Ich musste ein paar Reparaturen durchführen, aber alles in allem ist es in einem erstaunlich guten Zustand.«

»Bist du nicht einsam, wenn du allein darin herumgeisterst?«

»Manchmal, aber irgendwie gefällt es mir. Es ist nur schade, dass ich der Einzige bin, der die Aussicht genießen kann. Sie ist ziemlich spektakulär, besonders an klaren Tagen.«

»Ich erinnere mich gut daran.« Ihr Ton war auf einmal wehmütig.

Einer plötzlichen Regung folgend meinte er: »Du solltest mich besuchen kommen. Im Ernst, Marma. Ich würde dir auch das Flugticket schicken.« Er hatte ein paar der Antiquitäten verkauft, um die Austernfarm zu finanzieren und seine Lebenshaltungskosten zu decken: zwei Tiffany-Lampen und die Anrichte aus dem Esszimmer, die sich als echter Stickley herausgestellt hatte. Er war nicht reich, aber er konnte sich die Flugkosten leisten.

Es entstand eine lange Pause, während der er ihren knisternden Atem hören konnte, ein Geräusch, das ihn an vergilbte Seiten in einem alten Buch denken ließ, die umgeblättert wurden. Dann antwortete sie mit Bedauern: »Danke, mein Lieber. Das ist sehr lieb von dir, aber ich glaube nicht, dass ich das könnte.«

»Macht deine Arthritis wieder Probleme?«

»Das ist es nicht, und du kannst aufhören, so zu tun, als wüsstest du nicht ganz genau, was der Grund ist«, erwiderte sie leicht gereizt.

»Um ehrlich zu sein, ich weiß es tatsächlich nicht. Wir haben nie wirklich darüber gesprochen.« Normalerweise hätte er das Thema fallen gelassen, aber diesmal schreckte er nicht davor zurück. Seit er in diesem Haus lebte, machte er sich immer öfter Gedanken über die Umstände der Scheidung seiner Großeltern. Und jetzt glaubte er zu spüren, wie es den Geist seines Großvaters wegen der Unehrlichkeit und der unausgesprochenen Ressentiments umtrieb, die sich so zerstörerisch auf die Familie ausgewirkt hatten.

»Ich sehe nicht, warum das für dich von Interesse sein sollte. Das ist doch alles Schnee von gestern«, erwiderte seine Großmutter in wegwerfendem Ton. »Wenn du es unbedingt wissen wolltest, hättest du deinen Großvater danach fragen können, als er noch gelebt hat.«

»Wir haben nie darüber gesprochen.«

»Das kann ich kaum glauben.« Sie sprach mit einer Bitterkeit, die auch über die Jahre nicht abgenommen hatte. »Ich bin erstaunt, dass er dir nicht die Ohren vollgejammert hat, was für eine schlechte Ehefrau ich gewesen bin.«

Colin war verblüfft, wie seine Großmutter das denken konnte. Sie hatte William eindeutig nicht so gut gekannt, wie sie dachte. »Er hat nie ein schlechtes Wort über dich oder sonst jemanden gesagt. Er hat mir nur erzählt, dass du und er verschiedener Ansicht darüber gewesen seid, wie Dad aufwachsen sollte.«

Martha schnaubte verächtlich. »Er war wütend, weil ich Daniel zu meinen Eltern mitgenommen habe. Aber, ganz ehrlich, was hätte ich für eine Wahl gehabt?«

»Du hättest auf der Insel bleiben können.«

»Was, um mich von allen bemitleiden zu lassen? Die arme Mrs. McGinty, die von ihrem Ehemann zum Narren gehalten wurde!«

»Also gab es eine andere Frau.« Das hatte William sich schon gedacht.

Sie zögerte, bevor sie antwortete, als wäre ihr erst jetzt bewusst geworden, dass sie schon zu viel gesagt hatte. Schließlich stieß sie einen Seufzer aus, der wie aus dem langen Tunnel der Jahre zu kommen schien. »Ja. Ihr Name war Eleanor.«

»Die Frau auf dem Porträt.«

Wieder gab es eine lange Pause, und Colin war nicht sicher,

ob seine Großmutter noch mehr preisgeben würde. Vielleicht waren es ihr bevorstehender Geburtstag und das Wissen, nicht mehr allzu viele Jahre vor sich zu haben, vielleicht hatte sie aber auch einfach nur beschlossen, dass die Verjährungsfrist für die Verbrechen seines Großvaters abgelaufen war, jedenfalls antwortete sie: »Es war nicht nur eine Affäre – das hätte ich ihm vielleicht verziehen. Er hat sie geliebt.«

»Hat er dir das gesagt?«

»Das musste er nicht. Das Porträt hat alles gesagt.«

»Ich habe mich immer schon gefragt, warum er es nie verkauft hat.« Er nutzte die unerwartete Offenheit seiner Großmutter aus und fragte: »Warum hast du ihn verlassen? Hat er es abgelehnt, sie aufzugeben?«

»Zum Teil, obwohl ich ihn wahrscheinlich dazu hätte überreden können – Danny zuliebe, wenn schon nicht meinetwegen. Aber ich war zu stolz. Und ich habe ihn zu sehr geliebt, um bleiben zu können, wenn ich doch wusste, wie er fühlte«, sagte sie mit hohl klingender Stimme. »Natürlich habe ich ihm das nie gesagt. Er hätte mir nicht geglaubt. Unser Leben war ...« Sie verstummte. »Wenn man eine Zeit lang verheiratet ist, entsteht Routine. Und es war Krieg. Ich habe meine Schuldigkeit getan, zusammen mit allen anderen. Vermutlich habe ich meinem Mann nicht so viel Aufmerksamkeit geschenkt, wie ich hätte tun sollen. Und dein Großvater ... er hat getan, was Männer tun. Er hat sich woanders umgesehen.«

Colin schaute zu dem Porträt Eleanors, das im Mittelpunkt des Familiengeheimnisses gestanden hatte und auch jetzt noch etwas Rätselhaftes in sich trug. »Warum hat er Eleanor nicht geheiratet?«

»Sie war bereits verheiratet. Ihr Mann war im Krieg, als sie sich kennenlernten. Eine Zeit lang glaubten alle, er wäre tot, aber dann stellte sich heraus, dass er nur vermisst gewesen war.« Colin hörte gespannt zu, als die Geschichte immer interessanter wurde. »Ihr Mann war ziemlich schwer verwundet worden, wie ich gehört habe, und ich nehme an, sie hat es nicht über sich gebracht, ihn zu verlassen.«

»Nachdem du das herausgefunden hattest, hast du da nie in Erwägung gezogen, zurückzukehren?«

»Nein.« Ein weiterer tiefer Seufzer. »Selbst wenn ich imstande gewesen wäre, ihm zu verzeihen, bezweifle ich, dass er mir verziehen hätte.«

»Wegen Dad?«, fragte Colin, der um die Bitterkeit wusste, die es verursacht hatte, als sie mit ihrem einzigen Kind weggegangen war.

»Nein. William hätte fast alles getan, um Daniel zurückzubekommen. Es war das Porträt.« Sie schien zu zögern, ob sie weitersprechen sollte.

»Was ist damit?«, hakte Colin nach und starrte auf das Gemälde, während er über ihre rätselhaften Worte grübelte.

Nach einem Moment sagte Martha: »Durch das Bild habe ich herausgefunden, dass er eine Affäre hatte. Ich bin zufällig in seinem Atelier darauf gestoßen, wo er heimlich daran gearbeitet hat. Es wurde mir natürlich in dem Augenblick klar, als ich es sah.« Ihre Stimme klang sanft vor Verwunderung, als wäre sie überrascht, diese Erinnerungen, die die ganzen Jahre weggeschlossen gewesen waren, noch lebendig und intakt vorzufinden. »Nur ein Mann, der liebt, konnte sie so malen. Beinahe so, als würde sie glühen. Ich konnte es nicht ertragen, und deshalb griff ich nach dem ersten Gegenstand, der mir in die Finger kam – einer Schere. Zu der Zeit konnte ich nicht klar denken. Ich bin mir nicht einmal sicher, wie es passiert ist.« Sie stockte ein wenig, bevor sie fortfuhr: »Als ich fertig war, war nichts mehr davon übrig.«

Colin bemühte sich, aus dem schlau zu werden, was seine Großmutter ihm erzählte. »Also ist das jetzige Bild nicht das ursprüngliche Original?«

»Er hat sie noch einmal aus dem Gedächtnis gemalt. Jedes Detail, genau, wie es war. Sogar noch *besser.*« Er hörte den bitteren Stolz in ihrer Stimme. Sie mochte William persönlich zwar verachtet haben, aber sie hatte es immer zu schätzen gewusst, Mrs. William McGinty zu sein. Warum sonst hätte sie seinen Namen behalten sollen? »Als ich es gesehen habe, traute ich meinen Augen kaum. Ich bin zu einer Ausstellung seiner Werke gegangen, im Brooklyn Museum. Mehr aus Neugier als aus sonstigen Gründen. Und da hing es dann, so auffallend, wie es nur sein konnte. Als hätte ich nur geträumt, es in Stücke gehackt zu haben. So, als ... als hätte ich nie existiert. Erst später kam ich darauf, was passiert sein musste.«

»Das ist eine beeindruckende Geschichte.« Fassungslos schüttelte Colin den Kopf. Nur schwer konnte er sich seine Großeltern als die jungen Menschen vorstellen, die in dieses Drama verwickelt gewesen waren. Er überlegte flüchtig, ob er erwähnen sollte, dass er sich mit Eleanors Enkeltochter angefreundet hatte – mehr als angefreundet, um ehrlich zu sein –, aber er entschied sich dagegen. Es wäre zu viel für Martha gewesen.

»Nun, jetzt kennst du die Geschichte. Ich hoffe, du bist zufrieden«, sagte sie.

»Es tut mir leid, dass ich alles aufgewühlt habe«, entschuldigte Colin sich.

»Oh, ich werde es überleben. Wie bisher. Man wird nicht so alt wie ich, ohne seinen Teil an harten Schlägen abzubekommen. Bei mir waren es vielleicht mehr als bei anderen Leuten, aber ich bin trotzdem noch hier, nicht wahr?«

»Das bist du.« William lächelte. »Herzlichen Glückwunsch zum Geburtstag übrigens. Es tut mir leid, dass ich dir nichts geschickt habe.«

»Macht nichts. Du gibst mir etwas viel Besseres als alles, was man mit Geld kaufen kann.« Die Zuneigung in ihrer Stimme verriet ihm, dass sie ihm verziehen hatte.

»Und das wäre?«, wollte er wissen.

»Du hast dich nicht durch die Tatsache, dass ich alt und krank bin, davon abhalten lassen, offen deine Meinung zu sagen.«

Colin lachte leise. »Na ja, Marma, vielleicht liegt das daran, dass ich dich nicht so sehe.« Nüchterner fügte er hinzu: »Außerdem bin ich derjenige, der *dir* danken sollte. Es erklärt vieles. Nicht nur in Bezug auf Großvater, sondern auch auf unsere ganze Familie.«

»Mir wäre es lieber, wenn du unsere kleine Unterhaltung deinem Vater gegenüber nicht erwähnen würdest«, meinte sie. »Du weißt ja, wie er über deinen Großvater denkt. Er würde sich nur aufregen.«

Was Colin wusste, war, dass, wenn sein Vater Groll gegen William hegte, der Samen dazu von Martha gesät und über die Jahre hindurch gehegt und gepflegt worden war, bis das Pflänzchen Früchte getragen hatte. Aber es hatte keinen Sinn, das auch noch aufzuwühlen. Außerdem hätte es auch nichts gebracht.

»Ich werde versuchen, zu deinem nächsten Geburtstag zu kommen«, versprach er ihr, als sie sich verabschiedeten.

»Wenn ich dann noch lebe«, murmelte sie.

»Marma, du wirst uns alle überleben«, sagte er mit einem Lachen, und in dem Augenblick glaubte er es beinahe selbst.

Das Haus kam ihm ruhiger vor als sonst, nachdem er aufgelegt hatte. Er sank auf das Sofa, und wieder einmal wurde sein

Blick von dem Porträt angezogen. Seine Großmutter hatte ihm nur eine Seite der Geschichte erzählt – den Rest hatten William und Eleanor ins Grab mitgenommen –, aber sie hatte ihm ein wesentliches Detail geliefert. Ihre Worte holten ihn jetzt wieder ein. *Er hat es aus dem Gedächtnis gemalt. Jedes Detail. Sogar noch besser.* Eine Enthüllung, die Colin bis ins Mark erschüttert hatte, denn es zeugte von einer Liebe, die so machtvoll war, dass nichts, nicht einmal die Zeit, sie mindern konnte. Eine Liebe, die William in die Lage versetzt hatte, Eleanor durch die Augen der Erinnerung zu sehen, so deutlich, als stünde sie leibhaftig vor ihm. Die Art von Liebe, die nur sein kann, wenn man weiß, dass sie in gleicher Intensität erwidert wird. Colin hatte es im Gesicht seines Großvaters gesehen, als er ihn ein einziges Mal nach der Frau auf dem Porträt gefragt hatte: Er war Eleanor bis zum Ende treu geblieben.

Colin konnte nur versuchen, sich vorstellen, dass es die Hölle für sie beide gewesen war, so dicht beieinander zu wohnen, aber doch so weit voneinander entfernt zu sein. Und trotzdem waren beide auf der Insel geblieben. Vielleicht wäre es ihnen noch unerträglicher gewesen, wegzuziehen. Was hätten diese beiden von der Freundschaft, oder wie man seine Beziehung zu Alice sonst nennen mochte, zwischen den Kindern ihrer Nachkommen gehalten? Dass Alice und er das Glück erleben könnten, das ihnen versagt geblieben war? Hatten sie vielleicht sogar die Hand im Spiel gehabt, damit sie sich begegneten? Colin glaubte nicht an Geister, außer an jene, die er selbst gerufen hatte, aber gleichzeitig fiel es ihm schwer, *nicht* zu glauben, dass mehr im Spiel gewesen war als nur der Zufall.

Er dachte an Alice, und daran, wie sie miteinander geschlafen hatten. Ihn wurde dabei warm ums Herz. Diesmal wurde der Gedanke nicht von Erinnerungen an Nadine getrübt. Als hätte sich ein Nebel gelichtet, sah er Alice so deutlich vor sich wie die Frau auf dem Gemälde, der sie so auffallend ähnlich sah. Das Bild leuchtete wie ein helles Fenster, das am Ende einer langen Reise aus der Dunkelheit auftauchte und ihm den Weg zu dem wies, was in seinem Herzen war.

* * *

Denise saß auf der Bettkante und zupfte fahrig an dem zusammengerollten Papiertaschentuch in ihrem Schoß. »Es ist manchmal so hart«, meinte sie und sah mutloser aus, als Alice sie je erlebt hatte. »Das hört nicht einfach auf, wenn so etwas passiert. Selbst wenn man innerlich stirbt, muss man immer noch aufstehen und jeden Tag zur Arbeit gehen. Man muss ein Lächeln aufsetzen, um der Kinder willen, und damit die Leute hinter deinem Rücken nicht noch mehr reden, als sie es ohnehin schon tun. Oh, ja, ich weiß, dass es Gerede gibt! Sie sagen, unsere Familie wäre verflucht.« Sie richtete den Blick aus ihren verquollenen, blutunterlaufenen Augen auf Alice. »Was, wenn es wahr ist? Was, wenn wir tatsächlich verflucht sind?«

»Das ist lächerlich, und du weißt es«, sagte Alice. »Es gibt eine sehr gute Erklärung für alles, was passiert ist.« Owen White war der Grund für alles gewesen.

Sie wartete auf das verkrampfte Gefühl, das sie sonst immer empfand, wenn sie an ihn dachte, aber es kam nicht. Es war, als wäre durch die Konfrontation mit ihm eine Last von ihr genommen worden. Er war kein Monster, das hatte sie begriffen, nur ein Mann, der innerlich so kaputt war, dass er menschenverachtende Dinge getan hatte.

»Das ist ein tröstlicher Gedanke«, erwiderte Denise sarkastisch.

Alice legte ihre Hand auf die Hand ihrer Schwester. »Es ist nicht das Ende der Welt. Es fühlt sich nur momentan so an.«

Denise schüttelte den Kopf und weigerte sich, sich trösten zu lassen. »Es ist, als würde ich meinen eigenen Ehemann nicht mehr kennen. Es ist, als würde ich einen kranken Verwandten besuchen, den ich aufheitern muss.«

»Ich weiß, du glaubst es im Augenblick nicht, aber du wirst es durchstehen, vertrau mir.«

»Die Frage ist bloß, *wie*.«

Alice wandte sich praktischen Dingen zu. »Was sagt Garys Anwalt?«

Denises Miene erhellte sich geringfügig. »Steve hat einen Deal ausgehandelt. Gary kommt mit einer Bewährungsstrafe davon, sofern er unter ärztlicher Beobachtung bleibt. Brett Loggins«, sagte sie und meinte damit den Assistenten des Staatsanwalts, »ist ein Schulfreund von Gary. Sie sind ab und zu mal zusammen ein Bier trinken gegangen.« Sie legte eine Pause ein und fügte leiser hinzu: »Ich nehme an, diese Tage sind jetzt vorbei.«

»So darfst du nicht denken. Manche Leute werden Schwierigkeiten haben, es zu verstehen, gewiss. Aber wenn Gary nach Hause kommt, wirst du positiv überrascht sein, wenn du feststellst, wie viele Freunde er hat«, sagte Alice, die sich an die alten Freunde und Bekannten erinnerte, die sie unterstützt hatten.

»Vielleicht, aber das ist nur die Hälfte des Problems. Welche Arbeit wird er ausüben? Und was ist mit *uns?*«, stöhnte Denise.

»Habt ihr miteinander geredet? Ich meine, *richtig* geredet.«

Denise schüttelte den Kopf. Das Taschentuch, an dem sie gezupft hatte, hatte sich komplett aufgelöst, und jetzt starrte sie elend auf die winzigen Stückchen hinunter, die wie Schneeflocken auf ihrem Schoß verstreut waren. »Der Arzt hält es zurzeit für keine gute Idee, über diese Sachen zu reden. Er meint, Gary wäre noch zu labil. Aber ich weiß, dass er etwas auf dem Herzen hat. Ich kann es spüren. Was ich nicht verstehe, ist, warum er es mir verheimlicht. Wir haben immer *alles* miteinander geteilt.«

»Vielleicht hat er Angst.«

Denise hob ruckartig den Kopf, und ihre Augen weiteten sich. »Angst wovor? Vor mir? Ich bin seine Frau!«

»Die Menschen, die man am meisten liebt, möchte man am wenigsten verletzen«, sagte Alice sanft. Sie hatte ihrer Schwester nichts über die Dinge erzählt, die Gary ihr in jener Nacht enthüllt hatte. Es würde besser sein, wenn sie es von Gary selbst erfuhr. »Vielleicht versucht er nur, dich zu schützen.«

»Schützen wovor? Ich weiß das Schlimmste doch schon.«

»Zeig ihm einfach, dass du ihn liebst, ganz gleich, was passiert ist. Vielleicht ist das alles, was er braucht.« Sie selbst hatte Gary schon lange verziehen, weil sie die Art von Druck kannte, unter dem er gestanden hatte.

Denise nickte langsam, und ihre Mundwinkel verzogen sich zu einem halben Lächeln. »Genau wie in den alten Zeiten, was? Du gibst mir Ratschläge. Nur dass ich damals dachte, du wüsstest alle Antworten.«

Alice lachte kläglich. »Nicht einmal annähernd.«

Sie dachte an Colin, wie falsch sie ihn eingeschätzt hatte. Am Abend der Geiselnahme hatte sie die Bindung zwischen ihnen stärker als je zuvor gespürt. Kein Mann hatte ihr je auf diese Weise zur Seite gestanden, nicht ihr Mann, nicht einmal ihr Vater, als er noch lebte. Als sie Seite an Seite durch die Dunkelheit gegangen waren, war sie ihm näher gewesen, als sie je einem anderen Menschen gewesen war, fast so, als wären sie eins. Sie hatte gespürt, wie seine Kraft in sie strömte und ihr den Mut gab, das zu tun, was sie tun musste. Alle ihre früheren Befürchtungen und Bedenken in Bezug auf ihn waren verschwunden. *Das muss Liebe sein*, hatte sie gedacht und einen Moment lang darüber gestaunt – trotz der Beklommenheit, die sie angesichts dessen, was vor ihr lag, empfunden hatte –, wie lange sie gebraucht hatte, um das herauszufinden. Liebe war, wenn jemand instinktiv wusste, was der andere brauchte, und es ihm gab, ohne darum gebeten zu werden oder eine Gegenleistung zu erwarten.

Aber seitdem hatte Colin sich wieder in sein Schneckenhaus zurückgezogen. Verletzt hielt sie ebenfalls Abstand und fragte sich, wie sie sich nur so gründlich in ihm hatte täuschen können. Nein, sie kannte nicht alle Antworten. Wer war sie schließlich schon, dass sie sich anmaßte, anderen Menschen Ratschläge zu erteilen?

Denise kam schwerfällig auf die Beine. »Ich sollte mich jetzt ums Essen kümmern. Wenn die Kinder nicht wären, würde ich mir wahrscheinlich gar nicht die Mühe machen. Ich habe zurzeit einfach keinen Appetit – aber wo Schatten ist, ist auch Licht, richtig?« Sie blickte auf ihre Hose hinunter, die ihr lose auf den Hüften hing, weil sie so viel Gewicht verloren hatte. Auf dem Weg zur Tür hielt sie inne. »Soll ich für dich auch ein Gedeck auflegen?«

»Nein, danke. Ich gehe heute Abend mit Jeremy Pizza essen.« Die Tatsache, diese Worte einfach so aussprechen zu können, ließ Alice vor Zufriedenheit erglühen. Eine ganz normale Verabredung, aber für sie war es alles andere als normal.

»Musst du nicht arbeiten?«

»Ich nehme mir heute Abend frei. Calpernia wird die Stellung halten, und dieser neue Typ, den wir eingestellt haben, scheint gut zurechtzukommen.« Gewöhnlich nahm sich Alice nur montags frei, wenn das Restaurant geschlossen war. In letzter Zeit aber war das Geschäft aufgelebt – sie hatten eine gute Kritik in der *Seattle Times* bekommen und das hatte sich herumgesprochen –, sodass sie sich ab und zu einen zusätzlichen freien Tag gönnen konnte. Und sie hatte an einem Abend ausgehen wollen, wenn Jeremy nicht am nächsten Morgen in die Schule musste, damit er ihre gemeinsame Zeit genießen konnte, ohne sich Gedanken um seine Hausaufgaben machen zu müssen.

Denise umarmte Alice zum Abschied. »Danke. Ich weiß nicht, wie ich das überstehen sollte, wenn du nicht wärst.«

Alice dachte wieder daran, was Denise alles für sie getan hatte. Ihre Schwester war immer für sie da gewesen. »Betrachte es als Rückzahlung.«

* * *

»Ist es okay, wenn ich mitkomme?«

Randy fragte es beiläufig, als wäre er der Eingebung des Augenblicks gefolgt, aber daran, wie sein Blick dem ihren auswich, erkannte Alice, dass er es die ganze Zeit im Sinn gehabt hatte. Ihre Stimmung sank. Sie hatte sich so auf den Abend mit ihrem Sohn allein gefreut. Aber sie war sich bewusst, dass Jeremy sie beobachtete und auf ihre Reaktion wartete, und deshalb versuchte sie, ihre Enttäuschung zu verbergen.

»Von mir aus gern. Wenn es dir recht ist.« Sie warf Jeremy einen fragenden Blick zu. Er stand gegen die Wohnzimmertür gelehnt und bot in seiner sackartigen Cargohose und dem Baseball-Sweatshirt von den Mariners, das mindestens drei Nummern zu groß war, das Bild teenagerhafter Unbekümmertheit – wäre da nicht sein aufmerksamer Blick gewesen, der zwischen seinen Eltern hin und her flog und jede Regung wahrnahm.

»Meinetwegen.« Er zuckte gleichmütig die Schultern, aber Alice dachte, er sähe erfreut aus.

»Also gut. Wollen wir dann los?« Sie setzte ein Lächeln auf, von dem sie hoffte, dass es nicht künstlich wirkte.

Auf der Fahrt in die Stadt verlief die Unterhaltung ein wenig angestrengt. Sie konnte sich nicht erinnern, wann sie zuletzt einen Ausflug mit der ganzen Familie gemacht hatten. Ihre Erinnerungen an die Ereignisse in den Monaten nach Davids Tod verliefen in ihrem Kopf ineinander wie die Farben eines Bildes, das ein Kind mit Fingerfarben gemalt hatte. Jetzt waren sie wieder zusammen. Alice war traurig, als sie an die verlorenen Jahre dachte.

»Ich bin froh, dass wir hier sind«, meinte Randy später, als er das letzte Stück Pizza in Angriff nahm. Jeremy hatte ein paar Schulfreunde getroffen – nicht die, mit denen er sonst rumhing, hatte sie erleichtert festgestellt –, und nachdem er seine Pizza aufgegessen hatte, war er mit ihnen nach hinten in die Videospielhalle gegangen. »Ich wollte dir sagen, wie schlecht ich mich fühle, weil ich nicht da war, als diese Geschichte mit Gary passiert ist. Du hättest das nicht allein durchstehen müssen.«

Ihre Gedanken wandten sich wieder einmal Colin zu. »Ich war nicht allein.«

»Ja, ich weiß. Jeremy war ziemlich erschüttert«, antwortete Randy, der eindeutig nichts von der Rolle ahnte, die Colin gespielt hatte. »Wie geht es Gary?«

»Besser. Er scheint gut auf die Behandlung anzusprechen.«

»Armer Kerl.« Randy schüttelte mitfühlend den Kopf. »Es muss auch für Denise hart sein.«

»Das ist es, aber sie lässt sich nicht unterkriegen. Sie macht sich hauptsächlich Sorgen, wie sie zurechtkommen sollen, wenn er keine andere Stelle finden kann.«

»Vielleicht kann ich helfen.«

»Wirklich?«

»Ich kenne jemanden, der in einem großen Einkaufszentrum ein Kaufhaus leitet. Sie suchen immer Wachleute für den Sicherheitsdienst. Wahrscheinlich könnte ich ihn dazu bekommen, Gary einzustellen.«

»Das wäre großartig.« Es wäre vielleicht nicht ideal, aber es wäre ein Job.

»Ich werde den Mann anrufen und sehen, was er tun kann.« Randy machte eine Pause und runzelte gedankenversunken die Stirn, während er an seiner Pizza kaute. »Natürlich müssten sie umziehen. Wie würden sie darüber denken, von der Insel wegzuziehen?«

»Ich bin mir sicher, dass sie nicht allzu glücklich darüber wären, aber vielleicht haben sie keine andere Wahl.« In gewisser Weise wäre es vielleicht sogar besser. Das Leben in einer kleinen Gemeinde konnte ziemlich ungemütlich werden, wenn man Gegenstand ständiger Kontrolle war, wie Alice aus eigener Erfahrung wusste. Gerührt von der zu erwartenden Unterstützung ihres Exmannes drückte sie seine Hand. »Danke, Randy. Ich weiß es wirklich zu schätzen.«

Er lächelte sie mit mehr Wärme als sonst an. »Kein Problem. Ich tue es gern.« Er schob das halb aufgegessene Stück Pizza zur Seite. »Weißt du, Alice, wir sollten das öfter machen.«

Sie war sich nicht sicher, worauf er hinauswollte, und wollte nicht zu viel hineininterpretieren, und deshalb sagte sie leichthin: »Du hast recht, das sollten wir. Jeremy würde das sicher gefallen.«

Randy warf ihr einen bedeutungsvollen Blick zu. »Ich habe nicht nur an Jeremy gedacht.«

»Oh.« Sie spürte, wie ihr die Röte in die Wangen stieg. Sie senkte die Stimme und fragte: »Was genau willst du damit andeuten, Randy?«

Er atmete tief durch. Aus irgendeinem Grund wirkte er nervös. »Sieh mal, Alice, ich habe in letzter Zeit viel nachgedacht. Über uns. Ich will ehrlich zu dir sein. Ich bin nicht stolz auf die Art und Weise, wie ich in der Vergangenheit mit den Dingen umgegangen bin. Aber was auch immer du denken magst, ich habe nicht versucht, dich zu bestrafen. Ich habe mich nur um Jeremy gekümmert und getan, was ich für ihn am besten hielt. Wozu auch immer es gut sein mag, ich habe mich geirrt. Und ich würde dir keinen Vorwurf machen, wenn du es nicht über dich bringen würdest, mir zu verzeihen. Aber wenn es eine Chance gibt, auch wenn es nur eine ganz geringe ist, dass wir mit alledem abschließen und einen Neubeginn wagen könnten, glaubst du nicht, dass wir es uns selbst und Jeremy schuldig sind, es wenigstens zu versuchen?«

Alice war sprachlos. Wie hatte sie nur so blind gegenüber den Signalen sein können? Es hatte eine Zeit gegeben, da hatte sie jedes nervöse Muskelzucken an Randy gekannt: diesen gewissen Blick, den er bekam, wenn er nicht ganz ehrlich war; die Art, wie die Spitzen seiner Ohren rot wurden, wenn er Lust auf Liebe hatte; die höhere Stimmlage, wenn er sich daran machte, etwas anzupreisen, gewöhnlich etwas Teures, das sie sich nicht leisten konnten – eine Minolta-Kamera, eine Reise nach Hawaii, einen neuen Propangasgrill. Und selbst wenn sie gewusst hatte, dass er log, oder sie keine Lust hatte, mit ihm zu schlafen, oder sich über seine Verschwendungssucht ärgerte, war es immer eine Erinnerung daran gewesen, wie nahe sie sich waren. Sie waren schon seit der Highschool zusammen gewesen. Er war der erste Junge gewesen, den sie geküsst hatte, als sie vierzehn war, und zwar unter der Tribüne nach einem Heimspiel. Der erste Junge, mit dem sie Sex hatte. Im College hatte es andere Jungen gegeben, und sie wusste genau, dass es für Randy auch andere Mädchen gegeben hatte, aber am Ende waren sie immer wieder zueinander zurückgekehrt. Selbst wenn sie nicht in ihrem zweiten Studienjahr schwanger geworden wäre, hätte es von vorneherein festgestanden, dass sie Randy heiraten würde.

Diese alten Erinnerungen spülten über sie hinweg, aber darunter lag wie grober Sand das Bewusstsein, dass Randy nicht für sie da gewesen war, als es am meisten gezählt hätte. Nachdem David gestorben war, hatte sie sich gefühlt, als hätte sie auch ihren Mann verloren. Aber obwohl es falsch von ihm gewesen war, Jeremy von ihr fernzuhalten, wusste sie, dass er es ernst gemeint hatte, als er gesagt hatte, er hätte nur das getan, was er für das Beste gehalten hatte. Sie konnte auch die Tatsache nicht übersehen, dass Randy die ganzen Jahre für Jeremy da gewesen war, als sie es nicht sein konnte. Er war ein guter Vater gewesen, auch wenn er als Ehemann Fehler gemacht hatte.

Schließlich fand sie ihre Stimme wieder. »Ich weiß nicht, was ich sagen soll. Ich habe das nicht erwartet.«

Er blickte sie aufmerksam an, seine Augen leuchteten vor Hoffnung, als wäre es möglich, die gewünschte Antwort durch reine Willenskraft zu bekommen. »Wirst du zumindest darüber nachdenken?«

»In Ordnung. Ich werde darüber nachdenken.« Vielleicht hatte Randy recht. Vielleicht waren sie es sich schuldig, es zu probieren. Es wäre vielleicht das Beste für sie alle, nicht nur für

Jeremy. Aber sie war noch nicht bereit, sich festzulegen, deshalb bat sie vorsichtig: »Sag noch nichts zu Jeremy. Ich will nicht, dass er sich Hoffnungen macht.«

»Ich werde kein Wort sagen.« Randy lächelte, als wäre es bereits beschlossene Sache, und sah sie unverwandt an. Sie bemerkte verlegen, dass die Spitzen seiner Ohren sich rosa gefärbt hatten. »Ich habe mir gedacht, wir könnten nächstes Mal zu zweit ausgehen. In ein hübsches Restaurant, mit Kerzen.« Er blickte zu der Kette mit den roten Lichtern in Form von Chilischoten auf, die die nackten Ziegelwände entlang gespannt war, und sie wechselten einen amüsierten Blick. »Ich kann irgendeine Ausrede erfinden und Jeremy zum Beispiel erzählen, ich ginge mit den Jungs zum Bowling.«

»Du gehst doch nie zum Bowling.«

»Stimmt, aber ich könnte ja damit anfangen.«

Alice dachte daran, wie lange es her war, seit sie zuletzt ein richtiges Date gehabt hatte. Selbst wenn es mit ihrem Exmann wäre, würde es Spaß machen, sich schick zu machen und zur Abwechslung mal wieder High Heels zu tragen.

Wieder einmal drängte sich ein Bild von Colin dazwischen. Die Zärtlichkeit, mit der er sie geküsst hatte, als sie sich vor seinem Haus getrennt hatten, als hätte er gewusst, dass es das letzte Mal war. Als hätte er bereits seine Entscheidung getroffen, eine Entscheidung, die Alice, auch wenn es sie schmerzte, respektieren konnte. Spürte sie denn nicht auch den Sog der Vergangenheit, wenn sie mit Randy zusammen war? Loslassen war hart, selbst wenn alles, was man hatte, Erinnerungen waren.

Jeremy kehrte wieder an ihren Tisch zurück. Sein Gesicht war gerötet, und er schien sich wohler zu fühlen als seit Langem. Alice lächelte zu ihm auf. »Amüsierst du dich gut?«

Er grinste als Antwort. »Kent und Tyson fahren rüber zu Bucky's. Da soll heute Abend angeblich eine gute Band spielen. Sie möchten, dass ich mit ihnen komme. Ist das in Ordnung?«

»Wenn du versprichst, nicht zu lange wegzubleiben«, sagte Randy. »Ich möchte, dass du spätestens um Mitternacht zu Hause bist.«

Jeremy sah ein bisschen überrascht aus, als wäre es eine Weile her, seit man ihm eine Zeitgrenze gesetzt hatte, aber er spielte mit. Und obwohl es Alice klar war, dass Randy nur seine Autorität ausübte, um sie mit seiner erzieherischen Kompetenz zu beeindrucken, war sie dennoch von seiner Bemühung gerührt.

»Mom?«

Alice wurde sich bewusst, dass Jeremy sie ansah. Sie begriff verblüfft, dass Jeremy sie ebenfalls um Erlaubnis bat – seine Art, sie wissen zu lassen, dass sie immer noch seine Mutter war, ganz gleich, was geschehen war. Ihre Kehle wurde eng, aber sie wollte ihn nicht mit einer Zurschaustellung von Gefühlen bloßstellen und sagte lediglich: »Einverstanden! Denk aber dran, dass morgen ein Arbeitstag ist.«

Als sie ihn davongehen sah, einen unbeschwerten Teenager, der es eilig hatte, zu seinen Freunden zu kommen, kam ihr seine bevorstehende Gerichtsverhandlung wie eine weit entfernte Bedrohung vor.

19. Kapitel

Es traf ihn wie eine massive Wand aus Schall, sobald er durch die Tür trat; der pulsierende Rhythmus schien durch seine Fußsohlen zu wallen, erfüllte ihn mit Begeisterung und dem wilden Gefühl, das alles möglich war. Jeremy wartete in der Schlange, um sich einen Stempel auf die Hand drücken zu lassen, aber als er sich umdrehte, verschwanden seine Freunde Kent und Tyson schon in Richtung der Tanzfläche. Kent rief Jeremy etwas über die Schulter zu, das er nicht verstehen konnte, dann wurden die beiden von der Menge verschluckt. Jeremy ging ihnen nach, aber bis er sich seinen Weg durch das Gewühl gebahnt hatte, hatte er sie aus den Augen verloren.

Er kannte die beiden noch nicht besonders lange. Kent Park war sein Laborpartner in Biologie, ein ruhiger koreanischer Junge, der, wie er herausgefunden hatte, einen recht ausgefallenen Sinn für Humor hatte: Jeremy war eines Morgens zum Unterricht gekommen und hatte den Frosch, den sie sezieren sollten, in einer betenden Haltung vorgefunden, als würde er darum bitten, verschont zu werden. Durch Kent hatte er dessen besten Freund Tyson Fowler kennengelernt. Sie waren nicht die coolsten Kids der Schule, Kent als selbst ernannter Hightech-Freak und Tyson als Vorsitzender des Schachklubs, aber sie fielen auch nicht durch, was ihre Beliebtheit anging; Jeremys Ruf würde nicht darunter leiden, wenn er mit ihnen herumhing. Nicht, dass ihm das jetzt noch so viel bedeuten würde – derartige Dinge hatten aufgehört, ihm wichtig zu scheinen, nachdem er auf die harte Tour gelernt hatte, was es brauchte, um bemerkt zu werden. Und bei Kent und Tyson konnte er er selbst sein; er musste keine Schau abziehen, um cool zu wirken.

Gelegentlich begegnete er noch Rud und dessen Clique. Sie begrüßten ihn immer mit Gejohle und gereckter Faust, was ihrer Vorstellung von einer freundschaftlichen Geste entsprach, und er winkte jedes Mal zurück. Aber bei diesen Begegnungen fühlte er sich nicht mehr von ihnen angezogen wie in der Vergangenheit. Stattdessen begann Jeremy sich zu fragen, was an ihnen er je »hipp« gefunden hatte, wie Rud es ausdrücken würde. Sein Dad hatte recht gehabt. *Wenn du dich mit Losern umgibst, wirst du selbst einer werden*, hatte Randy ihn gewarnt. Und wenn er so alt war wie sein Dad jetzt, wollte er ganz bestimmt nicht die Straße fegen, um sich seinen Lebensunterhalt zu verdienen. Er hatte größere Pläne.

Doch wenn er an seine Zukunft dachte, tauchte immer wieder unweigerlich dieses ekelerregende Gefühl in seinem Bauch auf, die Erkenntnis, dass er, statt aufs College zu gehen, die nächsten paar Jahre möglicherweise hinter Gittern verbringen würde. Dieses Gefühl begleitete ihn wie sein Schatten, war etwas, das ihm nicht immer bewusst war, ihm aber folgte, wohin er auch ging.

Eine Zeit lang hatte er sich vorgemacht, die ganze Sache würde in dem Wirbel um seinen Onkel untergehen. Aber es zeigte sich, dass das nicht der Fall war. Derselbe Staatsanwalt, der Jeremy so hart an den Karren gefahren war, war mit Gary ganz sanft umgegangen. Die Angelegenheit war ohne weiteres Aufsehen geregelt worden, und obwohl Gary in absehbarer Zeit nicht in seinen Job zurückkehren würde, so blieb ihm eine Verhandlung erspart.

Dabei half, dass der Bürgermeister keine Anklage erhoben hatte. Man hatte ihn in der Zeitung mit den Worten zitiert, dass Gary Elkins' Vorgehen seiner Frau und ihm zwar einen ziemlichen Schock versetzt habe, er jedoch erkannt habe, dass es nicht in verbrecherischer Absicht geschehen wäre. Der frühere stellvertretende Polizeichef habe lediglich auf den »mentalen Stress« reagiert, unter dem er gestanden habe. Mrs. White hatte sich die ganze Zeit in ihrem Zimmer versteckt, und sie war es gewesen, die die Polizei gerufen hatte.

Jeremy wusste durch Gespräche zwischen seiner Mom und Colin, die er mitgehört hatte, dass der alte Mann etwas mit dem Zusammenbruch seines Onkels zu tun hatte, und dass er auf irgendeine Weise dafür verantwortlich war, dass der Staatsanwalt *ihn* so hart angefasst hatte. Aber sie konnten es nicht beweisen, und deshalb hatte sich nichts geändert, so weit es ihn betraf.

Während er darüber nachdachte, als er sich durch die Menschenmenge in Bucky's schob, prallte er gegen Carrie Ann Flagler. Sie hatte einen großen Plastikbecher in der Hand, in dem offensichtlich Coca Cola war – an den Teenager-Freitagen wurden nur alkoholfreie Getränke im Bucky's ausgeschenkt –, und als er sie versehentlich anrempelte, spritzte etwas auf ihr Top. Er erstarrte einen Moment lang und sah sie in entsetzter Fassungslosigkeit an, bevor es ihm gelang, eine Entschuldigung zu stammeln.

»Scheiße! Es tut mir leid. Ich habe dich nicht gesehen.«

Sie ignorierte seine Entschuldigung und begann hektisch, mit der Serviette, die sie in der anderen Hand gehalten hatte, ihr Top abzutupfen. Er fragte sich eine Sekunde lang, ob sie ihn in dem diffusen Licht überhaupt erkannt hatte. Plötzlich hob sie den Kopf und sah ihn wütend an. »Also, was soll das, *stellst du mir nach* oder so?«, verlangte sie zu wissen und hob die Stimme, um sich über dem lauten Rhythmus der Musik Gehör zu verschaffen. Silbrige Lichtflecken von der sich drehenden Discokugel an der Decke rieselten wie Schneeflocken herunter, fingen sich in ihrem hellbraunen Haar und prallten von den Pailletten ab, die den Ausschnitt ihres Tops säumten, der wiederum recht viel von ihrem Dekolleté enthüllte. Leute schwappten von der Tanzfläche und drängten sich um sie herum, tanzende Paare stießen gegen sie und drängten sie dichter zueinander, so dicht, dass Jeremy den Duft ihres Parfüms auffing – etwas Leichtes und Grasähnliches, das wie eine Wiese nach einem Regenschauer roch.

Jeremy rief über die Musik hinweg: »Kann ich dir einen neuen Drink holen?« Er zeigte auf ihren halb leeren Becher.

Sie zuckte die Schultern in einer Geste, die er als Zustimmung auffasste. Sie bahnten sich einen Weg durch das Gedränge zur Theke, wo er für sie beide je eine Coca Cola kaufte. Die Situation war ohnehin so unwirklich, dass es gar nicht so seltsam wirkte, als sie vorschlug, nach draußen zu gehen, wo es nicht so laut war.

Draußen tupfte sie mit einer weiteren Serviette nochmals an ihrem Top herum. »Scheiße, ich glaube, das ist ruiniert. Dabei trage ich es heute zum ersten Mal. Was denkst du, ist es zu spät, um es umzutauschen?« Sie sah zu ihm auf, und er sah ein kleines Lächeln unter ihrem Stirnrunzeln. »Ein Witz«, sagte sie. »Es war ein Witz.«

Er fragte sich, ob sie es ebenfalls lustig fand, jemanden fälschlicherweise der Vergewaltigung zu bezichtigen. »Ich habe verstanden«, sagte er mit mürrischer Stimme.

Ihr Lächeln verschwand abrupt. Sie standen auf dem Betonpodest über den Stufen, die zum Parkplatz hinunterführten. Er konnte die Musik, gedämpfter jetzt, auf der anderen Seite der Tür hören, durch die sie gerade herausgekommen waren, und nahm den Geruch nach Punsch aus den leeren Bechern und den Gestank verfaulender Früchte aus dem Müllcontainer unter ihnen wahr. Ein leichter Wind wehte, der Carrie Ann das Haar aus dem Gesicht blies, es anhob und sanft wieder sinken ließ. Im Licht des Viertelmondes, der sich in den Ästen des Baumes über ihnen verfangen zu haben schien, waren ihre Augen – umrahmt von Wimperntusche, die bereits zu verlaufen begann – strahlend, als sie ihn mit dem gleichen Ausdruck leichter Verunsicherung ansah, die auch Jeremy empfand.

»Das hier ist bizarr, nicht wahr? Wenn mein Dad uns sehen könnte, würde er sofort die Bullen rufen.« Ein herausfordernder Ton schlich sich in ihre Stimme, als würde sie ihrem Vater gewissermaßen eine lange Nase machen, und Jeremy merkte, dass ihre Aussprache leicht undeutlich war. Sie hatte getrunken. Er wusste, dass einige Kids, die zu diesen Veranstaltungen kamen, ihren eigenen Alkohol mitbrachten, den sie in einem Flachmann hineinschmuggelten oder draußen auf dem Parkplatz tranken. Sie war jedoch nicht betrunken, nicht wie in der Nacht, in der sie Sex gehabt hatten. Der bloße Gedanke daran sorgte dafür, dass sein Schwanz sich rührte.

Was ihn noch wütender machte als das, was sie getan hatte, war, dass er sich von ihr trotzdem noch angezogen fühlen konnte. »Warum? Hast du Angst, ich würde dich vergewaltigen?«, fragte er sarkastisch.

»Das habe ich nicht gesagt.« Jetzt schien die Herausforderung an ihn gerichtet zu sein.

»Das musstest du auch nicht.«

»Es ist nicht allein meine Schuld, weißt du.«

»Oh, und wessen Schuld ist es dann?« Er ließ alle Vorsicht

außer Acht, schlug alle Warnungen in den Wind, die von Mr. McGinty und seinen Eltern, und sagte seine Meinung. »Du hast *gelogen*, verflucht noch mal! Du weißt, was wirklich passiert ist, aber das ist nicht das, was du der Polizei erzählt hast.«

Ihr Gesicht nahm einen verdrießlichen Ausdruck an. »Du stellst es dar, als wäre es Absicht gewesen. So war es nicht.«

Er stürzte sich auf ihre Worte. »Also gibst du zu, dass du gelogen hast.«

»Das habe ich nicht gesagt. Du verdrehst meine Worte.«

Jeremy hakte nach. »Ich will wissen, *warum*. Warum hast du es getan?«

Ihre Blicke trafen sich, und er sah die Verwirrung in ihren Augen. »Ich weiß es nicht«, sagte sie mit einem leichten Schulterzucken. »Es … es ist irgendwie aus dem Ruder gelaufen, nehme ich an. Als meine Eltern erst einmal die Polizei eingeschaltet hatten, wurde es zu einer großen Sache. Irgendwie ging es nicht mehr um *mich*, verstehst du?«

»Nicht wirklich«, erwiderte er kalt.

»Wenn es dir etwas bedeutet, es tut mir leid.«

Eine Welle der Hoffnung überschwemmte ihn. »Also wirst du ihnen sagen, dass ich es nicht getan habe?«

Sie schüttelte langsam den Kopf, und Tränen stiegen ihr in die Augen und ließen sie im Mondlicht wie neu geprägte Münzen glänzen. »Ich kann nicht. Mein Dad würde mich umbringen. So hat diese ganze Sache überhaupt erst angefangen. Als er mich in jener Nacht dabei erwischt hat, als ich mich ins Haus schlich, ist er ausgerastet. Es war nicht nur, weil ich betrunken war. Es war, als *wüsste* er, was passiert war, als konnte er es an mir riechen. Ich habe geweint, meine Mom hat geweint, und irgendwie kam alles heraus. Ich vermute, ich habe es dargestellt, als wärest du allein schuld daran – Scheiße, ich musste ihm irgendwas erzählen, oder etwa nicht, sonst hätte er *mir* die Schuld gegeben –, und bevor ich mich versah, hat er die Bullen angerufen. Was hätte ich tun sollen?« Ihre Augen flehten ihn um Verständnis an.

Aber für Jeremy war es nicht im Geringsten kompliziert. »Du hättest die Wahrheit sagen können.«

»Du weißt nicht, wie mein Dad ist, wenn er ausrastet. Er ist schrecklich. Wenn ich ihm gesagt hätte, ich hätte die ganze Sache erfunden, ich ... ich weiß nicht, was er getan hätte.« Sie schlang die Arme um ihren Oberkörper und zitterte, und Jeremy erkannte an ihrem Gesichtsausdruck, dass nicht nur die Kälte der Grund dafür war.

Merkwürdigerweise war er nicht ohne Mitleid. Er hatte immer gedacht, seine Familie wäre verkorkster als alle anderen, aber in letzter Zeit hatte er allmählich begriffen, dass es Familien gab, die schlimmer dran waren als seine eigene, wie bei Carrie Ann. Er durfte sich dies jedoch nicht in die Quere kommen lassen. Sie mochte vielleicht zu verängstigt sein, um ihrem Vater Paroli zu bieten, aber Jeremy war gleichermaßen verängstigt, wenn er dran dachte, was mit ihm passieren würde, falls sie es nicht tat. »Es muss doch jemanden geben, mit dem du reden kannst. Einen Lehrer, oder vielleicht Mrs. Bradley«, drängte er sie und dachte an ihre Schulberaterin, die wirklich zuhörte und einen nicht von oben herab behandelte. »Wenn die Lage zu Hause wirklich so schlimm ist, gibt es Menschen, die helfen können.«

Er hatte das Falsche gesagt, wie er sofort erkannte. Ihr Gesicht verschloss sich so plötzlich wie eine zufallende Tür. »Du stellst es dar, als hätte er mir tatsächlich wehgetan oder so.« Ihr Ton wurde auf einmal angriffslustig. »Nur weil mein Dad manchmal jähzornig ist, heißt das nicht, dass er eine Art Psycho ist. Und übrigens«, sie kniff die Augen zusammen, »ist es ja nicht so, als wärst *du* so unschuldig. Woher soll ich wissen, dass es nicht doch so war, wie ich gesagt habe? Wir waren beide an dem Abend ziemlich betrunken.«

»Weil«, sagte er, »du jetzt nicht mit mir reden würdest, wenn ich dich tatsächlich vergewaltigt hätte.«

Selbst Carrie Ann konnte diese Logik nicht widerlegen. Trotzdem starrte sie ihn weiter wütend an und machte ein verdrießliches Gesicht, das sie eher wie sechs als wie sechzehn wirken ließ. Er hörte, wie unten auf dem Parkplatz ein Motor zum Leben erwachte. Als das Auto ausparkte, fiel das Licht seiner Scheinwerfer voll auf ihr Gesicht. In diesem Moment las er in ihren Augen, dass sie hin und her gerissen war zwischen dem Wunsch, das zu tun, was – wie sie wusste – richtig war, und dem Wunsch, sich selbst und ihre Familie zu schützen. Er verstand diesen Wunsch. Nachdem sein Bruder gestorben war, hatte Jeremy versucht, seine Mutter vor der Trauer zu schützen, die sie, wie er trotz seines zarten Alters begriff, in Stücke zerriss, und er hatte versagt. Das war ein Teil der Gründe, warum er die ganzen Jahre so wütend gewesen war. Er war genauso wütend auf sich selbst wie auf sie gewesen, weil er sie im Stich gelassen hatte.

Dann auf einmal verzog sich Carrie Anns Gesicht, und Tränen begannen zu fließen. »Es tut mir leid«, sagte sie so leise, dass es beinahe ein Flüstern war. »Bitte hass mich nicht.«

Er wusste nicht, ob es ihr leidtat, was sie getan hatte, oder dass sie nicht den Mut besaß, es wieder in Ordnung zu bringen. Aber Jeremy begriff, dass es nichts gab, was er jetzt noch tun konnte, zumindest nicht heute Abend. Morgen, wenn sie wieder nüchtern war, würde er es wieder versuchen. Er berührte sanft ihren Arm. »Komm, lass uns wieder reingehen. Du musst frieren.«

»Ich habe Lust zu tanzen. Tanzt du mit mir?« Sie schnäuzte sich in die zerknitterte Serviette, und ein zittriges Lächeln erschien auf ihrem tränenüberströmten Gesicht.

»Du hast keine Angst, was die Leute sagen werden?«, fragte er.

»Scheiß drauf!«, sagte sie und lachte.

Dann tauchten sie wieder durch den Notausgang in den pulsierenden Herzschlag der Musik und in die Hitze der ganzen zusammengedrängten Körper ein, in die gemischten Gerüche nach Schweiß, Parfüm, klebrigen verschütteten Getränken und dem Gestank wie nach verbranntem Toast, der von überhitzten Motoren herrührte. Es war, als würden er und Carrie Ann von einer Welle mitgerissen und mussten sich aneinander festhalten, um nicht unterzugehen.

20. Kapitel

Alice hatte mehr als eine Woche lang über Randys Vorschlag nachgedacht, als ihre Mutter eines Morgens im Restaurant vorbeikam, um den letzten Rosmarin aus ihrem Garten abzuliefern. Lucy blieb, um zu plaudern, während Alice Dungeness-Krebse für die gefüllten Tomaten aufknackte, die das heutige Vorspeisenangebot waren. Erst als Lucy aufstand, um zu gehen, erwähnte sie beiläufig: »Ich weiß nicht, ob du schon davon gehört hast – Großmutters altes Haus steht zum Verkauf.«

Alice hörte auf, Krebse aufzubrechen, und wischte sich Schalenstücke und Krebsfleisch von den Fingern. »Nein, davon habe ich noch nichts gehört«, erwiderte sie und sah ihre Mutter fragend an. »Ich dachte, die Leute, die es gekauft haben, wollten darin wohnen, bis sie in den Ruhestand gehen.«

Lucy zuckte die Schultern und griff nach ihrer blauen gesteppten Tasche, die sie immer und überall mit sich herumschleppte. Darin befanden sich neben den üblichen Gegenständen wie Geldbeutel und Scheckbuch und Schlüssel ein kleines Arsenal an Notfallbedarf: Pfefferminz für frischen Atem und Zahnseide; Ibuprofen und Kaugummi, wenn die Ohren im Flugzeug zugingen; ein Papiertuchspender im Taschenformat und kleine Päckchen mit Feuchttüchern; eine kleine Taschenlampe, falls sie sich nach Einbruch der Dunkelheit verfuhr und eine Straßenkarte zurate ziehen musste (obwohl die Wahrscheinlichkeit dafür gering war, da sie auf einer Insel lebte, auf der sie sich auch mit verbundenen Augen zurechtfinden würde); ein kleines Notizbuch mit Spiralbindung und angeklammertem Stift; ein Taschenschirm und eine Regenjacke in einem kleinen Beutel, falls sie in einen Platzregen geriet. Ihre Mutter war zu sehr Optimistin, um in der ständigen Furcht zu leben, der Himmel könnte einstürzen, aber sollte es doch passieren, würde sie mehr als gerüstet sein.

»Herb Crenshaw? Er wird nie in den Ruhestand gehen«, sagte sie mit einer wegwerfenden Handbewegung. »Er kann es sich gar nicht leisten. Ich bin sicher, dass sie deshalb verkaufen. Sag es bitte nicht weiter«, sie senkte die Stimme und beugte sich dicht zu Alice, »aber Darlene Overby aus der Kreditabteilung hat angedeutet, dass sie mit ihren Zahlungen im Rückstand sind.« Lucy war stolz darauf, jemand zu sein, der sich nur um seine eigenen Angelegenheiten kümmerte. Wenn sie aber doch pikante Details weitergab, schickte sie stets ein *Du weißt ja, dass ich keine Klatschtante bin* voraus. Auf der Insel geschah nur sehr wenig, von dem sie nichts wusste.

»Ich frage mich, was sie dafür haben wollen«, dachte Alice laut nach.

»Das Grundstück allein muss schon einiges wert sein. Die Preise haben ziemlich angezogen. Wahrscheinlich sollte ich selbst auch über einen Verkauf nachdenken. Ich könnte mir eine hübsche kleine Eigentumswohnung kaufen.« Seit Alices Vater gestorben war, hatte Lucy davon gesprochen, ihr Haus zu verkaufen und in eine kleinere Bleibe zu ziehen. Alice wusste, dass es nur Gerede war – denn wenn ihre Mutter einst umziehen würde, dann wäre es, um auf dem Friedhof neben ihrem Mann ihre letzte Ruhe zu finden –, was aber hoffentlich noch in weiter Ferne lag. »Nun, ich muss los. Ich will Cora noch die Gläser mit dem Picalilli bringen. Habe ich dir erzählt, dass sie dieses Jahr Jurymitglied ist?« Lucy beförderte ihre gesteppte Tasche über ihre Schulter und winkte Calpernia zum Abschied zu, die an der Spüle stand und Salat wusch.

Alice erinnerte sich, dass heute der letzte Abgabetag für den alljährlich in der Weihnachtszeit stattfindenden Basar war. Neben kunstgewerblichen Objekten und Lebensmitteln, die verkauft wurden, gab es auch einen Stand, an dem Backwaren und Eingemachtes präsentiert wurden, die von einer Jury bewertet wurden. Im letzten Jahr hatte ihre Mutter mit ihrer Kürbis-Streusel-Torte das Blaue Band gewonnen.

»Dann kannst du gar nicht verlieren«, meinte Alice lächelnd. Cora Bradley war eine der ältesten Freundinnen ihrer Mutter.

Lucy gab vor, entsetzt zu sein, dass Alice überhaupt so etwas denken konnte. Cora würde nicht zulassen, dass Freundschaft ihre Meinung beeinflusste, erklärte sie streng. Und obwohl Alice dachte, dass das vielleicht stimmte, war es auch eine Tatsache, dass es hier auf der Insel bei allem darum ging, wen man kannte und wen nicht.

Als sie ihre Mutter aus der Tür gehen sah – mit einer Hand hielt sie ihren Mantel zu, mit der anderen drückte sie ihre Tasche an sich, die die Heilmittel für jedes Übel des Lebens enthielten –, dachte Alice, dass das Netzwerk alter Bindungen und Beziehungen, über das auf der Insel Geschäfte getätigt wurden, auch eine dunkle Seite hatte. Eine Seite, die Owen White zu seinem Vorteil genutzt hatte. Wie eine Spinne hatte er in der Mitte seines Netzes gesessen, in dem er sich jetzt gefangen hatte. Denn vor wenigen Tagen hatte Gary ein volles Geständnis abgelegt. Er hatte sich nicht nur dazu bekannt, Bestechungsgelder angenommen zu haben, sondern er hatte auch enthüllt, welche Rolle der Bürgermeister dabei gespielt hatte. Er hatte berichtet, wie Owen den Beweis, der Gary belastet hätte, dazu benutzt hatte,

Gary durch Erpressung dazu zu zwingen, Dinge zu tun, die zwar nicht illegal, aber höchst unmoralisch gewesen waren. In dem darauffolgenden Sturm der Empörung war Owen gezwungen gewesen, zurückzutreten. Die Bautätigkeit am Spring Hill war vorerst eingestellt worden, um das Ergebnis einer Untersuchung abzuwarten.

Leider hatte nichts davon etwas an Jeremys Fall geändert. Gary würde natürlich zugunsten Jeremys aussagen, aber er hatte nicht viel zu bieten, das mehr als Hörensagen war. Wie glaubwürdig würde Gary außerdem in seinem derzeitigen Zustand als Zeuge wirken? Alice hatte die Hoffnung auf eine Rettung in letzter Minute aufgegeben, nun, da die Verhandlung in wenigen Wochen stattfinden würde. Sie würden es einfach bis zum Ende durchstehen müssen und beten, dass die Jury Jeremys Darstellung der Geschichte glauben würde.

Alices eigene Versuche, ein Ende herbeizuführen, hatten die Sache nur noch schlimmer gemacht. Vor Kurzem war sie zu den Flaglers gefahren, weil sie geglaubt hatte, sie könnte die Sache regeln, wenn sie bei Mrs. Flagler Gehör fände und von Mutter zu Mutter mit ihr sprechen könnte. Aber Warren Flagler war nach Hause gekommen, als sie gerade dabei waren, sich in einem Gespräch anzunähern, und er hatte Alice aus dem Haus gewiesen. *Sie haben vielleicht Nerven, Lady!*, hatte er mit vor Wut verzerrtem Gesicht gebrüllt. *Sie und Ihr sauberer Herr Sohn, Sie passen zusammen! Wenn ich einen von euch nochmal in der Nähe meiner Familie erwische, rufe ich die Bullen!*

Trotzdem sah nicht alles hoffnungslos aus. Zumindest wusste Alice jetzt, dass Jeremy eine faire Verhandlung bekommen würde. Zum einem würde der Staatsanwalt jetzt nicht mehr darauf bedacht sein, sich bei Owen White einzuschmeicheln, sondern im Gegenteil versuchen, sich von ihm zu distanzieren. Zum anderen hatte Richter Voakes in der letzten Woche sein Amt niedergelegt, angeblich aus gesundheitlichen Gründen (Colin glaubte jedoch, es wäre, weil er eng mit dem Bürgermeister verbandelt gewesen war und verhindern wollte, über den gleichen Kamm geschoren zu werden). Der Fall war einem neuen Richter zugewiesen worden, und Colin schien zu glauben, dass er wohlwollender sein würde.

Colin. Wie immer rief der Gedanke an ihn heftiges Bedauern hervor. Aber vielleicht war es gut, dass nichts daraus geworden war. Vielleicht war es ihr bestimmt, mit Randy zusammen zu sein. Könnte das der Grund sein, warum er nicht wieder geheiratet hatte? Weil er die ganze Zeit auf sie gewartet hatte?

Alice wurde von Calpernia aus ihren Gedanken gerissen, als die sich vor ihr aufbaute. »Raus mit dir, Mädel! Wenn du dir keine Pause gönnst und dich erholst, wirst du bald auf dein langes Gesicht treten.«

Alice schüttelte den Kopf und lächelte, während sie so tat, als würde sie in dem Schalenhaufen auf der Arbeitsplatte nach dem Scherenknacker suchen. War sie so leicht zu durchschauen? Wenn sie mit Colin zusammen war, mussten ihre Gefühle ihr ebenfalls deutlich ins Gesicht geschrieben sein. Diese Erkenntnis ließ sie innerlich zusammenzucken, und sie fühlte sich so verletzlich wie im Gefängnis, als ihre Zellengenossin Norma Fuentes ihres Tagebuchs habhaft geworden war und Passagen daraus laut vorgelesen hatte.

Als Calpernia keine Anstalten machte, sich zurückzuziehen, protestierte Alice: »Ich kann nicht einfach alles stehen und liegen lassen. Was ist mit all der Arbeit hier?« Mit einer Armbewegung wies sie auf die noch zu knackenden Krebse, das zu schneidende Gemüse und die Hähnchenfilets, die noch vorbereitet werden mussten. Und das waren nur die Vorspeisen.

»Ich sitze hier nicht herum und drehe Däumchen.« Calpernia stemmte die Hände in die Hüften und machte ein eigensinniges Gesicht. Das Wort Nein existierte nicht in ihrem Wortschatz. »Und wenn dieser Bursche nicht ein bisschen Hitze in der Küche verträgt, hat er den falschen Beruf gewählt.« Sie sprach von Terrel Louis, dem Koch, der sich auf ihre Stellenanzeige hin gemeldet hatte und laut Calpernia der einzige andere Schwarze auf der Insel war. Bislang hatte er sich als guter Griff erwiesen, aber momentan war er in der Stadt, um etwas zu besorgen; er würde noch mindestens eine Stunde lang weg sein. Und Alice hatte noch so viel zu tun ...

»Wirklich, ich kann nicht. Ich habe mir schon so oft frei genommen«, beharrte sie und dachte an die vielen Stunden, die sie wegen der Termine bei Gericht verloren hatte. Es war erstaunlich, dass sie überhaupt noch im Geschäft war.

»Ein oder zwei Stunden mehr werden dich nicht umbringen und die Leute nicht um ihren Appetit bringen. Sie werden das Essen schon essen, selbst wenn der Teufel persönlich kochen würde.«

Alice begriff, dass ihre Freundin nicht nachgeben würde, und fügte sich. »In Ordnung. Ich gehe. Aber wenn wir mit den Bestellungen ins Hintertreffen geraten, bist du schuld«, grummelte sie und schlüpfte aus ihrer nicht mehr ganz weißen Kochjacke.

»Gut. Sag mir nur, wohin du gehst, falls wir aus Versehen das Haus in Brand stecken und dich erreichen müssen.« Calpernia grinste sie spitzbübisch an.

Alice hatte keine Ahnung, wohin sie fahren würde, aber aus einer Laune heraus sagte sie: »Vielleicht fahre ich zu dem alten Haus meiner Großmutter. Ich habe gehört, dass es zu verkaufen ist.«

Sie war nicht mehr dort gewesen, seit es vor Jahren verkauft worden war, und als sie jetzt zu ihrem Auto ging, erinnerte sie sich an die glücklichen Zeiten, die sie dort erlebt hatte. Ihre Großmutter hatte nie stillsitzen können – die einzigen Gelegenheiten, zu denen sie nicht auf den Beinen gewesen war, war, wenn sie strickte oder nähte, und selbst dann hörten ihre Hände nie auf, sich zu bewegen –, aber sie war nie zu beschäftigt gewesen, um Zeit für ihre Enkel zu haben.

Alice lächelte, als sie sich in ihr Auto setzte und den Anlasser betätigte. Dass sie kochen konnte, hatte sie hauptsächlich Nana zu verdanken, denn sie hatte sie gelehrt, ihren Instinkten zu vertrauen. Sie dachte zurück an ihren ersten Versuch, Maisbrot zu backen. Sie war neun gewesen, und Nana hatte sie dabei beaufsichtigt.

Wie viel Mehl, Nana?, hatte sie gefragt, während sie auf dem Tritthocker vor der Arbeitsplatte balancierte.

Oh, ich tue immer ein paar Hand voll hinein, hatte ihre Großmutter geantwortet. Sie stand neben Alice und trug die geblümte Schürze, die vom vielen Waschen schon ganz ausgeblichen war.

Aber meine Hand ist kleiner als deine, hatte Alice entgegnet und stirnrunzelnd ihre kleinen Hände betrachtet.

Deshalb haben wir unsere Augen und unseren Mund. Nana hatte gelächelt und sich seitlich an den Kopf getippt, wo ihr krauses Haar, das die Farbe alter Kupferpennys hatte, allmählich grau wurde. *Du wirst keine gute Köchin, indem du nur nach Rezepten kochst, Allie* – Nana war die Einzige, die sie so genannt hatte –, *genauso wenig, wie du Radfahren lernen kannst, indem du eine Anleitung liest. Beim Kochen geht es ums Fühlen und Schmecken und um den Mut zu experimentieren.* Als der Teig fertig war, hatte sie Alice aufgefordert, davon zu kosten. *Jetzt sag mir schnell, muss noch mehr Salz rein? Ist genug Zucker drin?*

Alice hatte erwidert, dass noch ein bisschen Salz fehle, und Nana hatte sie angestrahlt, als hätte sie eine schwierige Mathegleichung gelöst. *Siehst du? Du bist ein Naturtalent. Nächstes Mal brauchst du meine Hilfe nicht mehr.*

Als sie jetzt daran zurückdachte, begriff Alice, dass es mehr als nur eine Lektion im Kochen gewesen war. Ihre Großmutter hatte gewollt, dass sie den Mut entwickelte, dem Leben auf dieselbe Art zu begegnen. Vielleicht, weil ihr eigenes Leben voller Kompromisse gewesen war. Alice grübelte darüber nach, als sie die vertraute kurvenreiche Straße zu Eleanors Haus entlangfuhr, eine von Bäumen gesäumte Straße – Douglasien, Erdbeerbäume, Ahorn –, die so tief in der Erde verwurzelt waren wie die Erinnerungen in ihrem Kopf. Erinnerungen, aus denen sie während der Zeit im Gefängnis Kraft geschöpft hatte, denn auch das war die Quelle von Eleanors Kraft gewesen: Sie hatte alles ertragen. Nicht nur den Krieg und die Krankheit und den Tod ihres Ehemannes, sondern den größten Verlust überhaupt, den ihrer wahren Liebe.

Alice erinnerte sich an den abwesenden Blick, den ihre Großmutter manchmal gehabt hatte. Sie hatte in ihrer Beschäftigung innegehalten und blicklos aus dem Fenster geschaut. Beim Kartoffelschälen zum Beispiel. Oder im Garten, beim Unkrautjäten. Sie hatte sich plötzlich aufgerichtet und in die Ferne gestarrt. Ihr Gesicht war dann immer ganz entspannt gewesen, und sie hatte sanft, beinahe mädchenhaft ausgesehen. Sie hatte dann denselben verträumten Ausdruck gehabt wie auf dem Porträt, das William McGinty gemalt hatte.

Es war dieses Bild, das endlich den Schlüssel zu dem Rätsel geliefert hatte. Als Alice jetzt die Stücke dessen, was sie wusste, zusammensetzte, verstand sie schließlich: Es war William gewesen, nach dem Eleanor sich gesehnt hatte.

Es hätte vielleicht noch spät im Leben eine Chance für sie beide gegeben, doch als Opa Joe 1986 nach einem Schlaganfall starb, folgte Eleanor ihm kurz darauf. Sie hatte sich wegen eines kleinen Lebertumors schon seit Längerem in ärztlicher Behandlung befunden. Während der Zeit, in der sie ihren Mann gepflegt hatte, hatte der Tumor sich nicht verändert, er war weder gewachsen noch geschrumpft. Erst nach Joes Tod, nachdem sie nicht mehr die Verantwortung für ihn hatte tragen müssen, hatte der Tumor mit beängstigender Geschwindigkeit begonnen, Metastasen zu bilden. Es war fast so, als hätte sie ihn mit ihrem bloßen Willen in Griff gehalten, um dann loszulassen. Nur sechs Monate nach Joe starb sie und wurde neben ihm auf dem kleinen Friedhof hinter der Kirche begraben, in der ihr Vater Pastor gewesen war.

Alice fragte sich, ob es derselbe Friedhof war, auf dem William zur letzten Ruhe gebettet worden war. Es wäre irgendwie tröstlich, wenn die Liebenden im Tod vereint sein würden. Doch aus dem, was sie über William wusste, schloss sie, dass es seiner Natur eher entsprochen hätte, seine Asche über dem Meer oder auf den windgepeitschten Klippen verstreuen zu lassen, die er so meisterhaft auf der Leinwand festgehalten hatte.

Eine halbe Stunde später bog sie in die Einfahrt zum Haus ihrer Großmutter ein. Der Weg war stellenweise von Unkraut und von den Brombeersträuchern überwuchert, gegen die ihre Großmutter zeit ihres Lebens angekämpft hatte. Jedoch waren die Schlaglöcher, an die sie sich erinnerte, aufgefüllt worden. In dem Feld zu ihrer Rechten sah sie etwas Rotes inmitten des braunen Grases aufblitzen – es war ein Roter Kardinal. Sie erinnerte sich, dass Rote Kardinäle im Winter nicht in den Süden flogen, eine Tatsache, die sie von ihrer Großmutter gelernt hatte. Die langen Spaziergänge, die sie miteinander unternommen hatten, waren mehr als eine Freizeitbeschäftigung gewesen, denn Nana hatte ihr die Namen aller Pflanzen und Vögel, Tiere und Insekten genannt; sie hatte sie auf einen Weißkopfseeadler aufmerksam gemacht, der die Thermik nutzte, oder einen Ast aus einem Teich gezogen, um ihr den geleeähnlichen Sack zu zeigen, der daran klebte und voller schwarzer Punkte war, aus denen Salamander werden würden.

Das ist die Natur, hatte Nana mit einem Lachen gesagt, wenn Alice angewidert die Nase rümpfte. *Es ist nicht immer schön, erfüllt aber immer einen Zweck. Und was könnte schöner sein als das?*

Ihre Großmutter hatte sie gelehrt, auf die Frösche zu hören, die den Frühling ankündigten, und die Musik zu schätzen, die sie machten, wenn sie in den Teichen und Sümpfen im Chor quakten; sie hatte ihr beigebracht, die huschenden Schatten der Fledermäuse zu sehen, die sich in der Abenddämmerung kopfüber auf Insekten stürzten; sie hatte mit ihr die langhaarigen Raupen des Braunen Bären an den Unterseiten der Blätter aufgespürt, die sich bald in Schmetterlinge verwandeln würden. Im Winter hatte es Lektionen im Zuordnen von Tierspuren gegeben, die den Schnee durchzogen.

Das kleine Haus am Ende der Zufahrt duckte sich bescheiden hinter einen Erdbeerbaum, dessen knorriger Stamm sich vor Alter krümmte. Es war ein Baum, der Alice immer an einen runzeligen alten Mann hatte denken lassen, der sich wie unter einer schweren Last krümmte. In der Wendebucht stand ein Wagen, ein neueres Plymouth-Modell. Alice parkte dahinter und stieg aus, als eine Frau aus dem Haus trat – klein und mit kurzem blondem Haar, geschäftsmäßig gekleidet mit einem Hosenanzug und flachen Pumps. Ohne Zweifel die Immobilienmaklerin. In ihrer Begleitung befand sich ein Paar mittleren Alters, vermutlich waren es Kaufinteressenten. Als sie Alice sah, blieb sie stehen, sagte etwas zu ihren Kunden und kam dann entschlossen auf Alice zu.

»Hallo! Sind Sie hier, um sich das Haus anzusehen?«, fragte sie, als sie näher gekommen war.

»Eigentlich nicht. Es war einmal das Haus meiner Großmutter«, antwortete Alice. »Ich habe gehört, dass es zum Verkauf steht, und bin gerade zufällig vorbeigekommen ...«

Die Frau strahlte. »Oh! Sie müssen Mrs. Styles meinen.«

Alice nickte. »Sie hat sehr lange hier gelebt, mehr als fünfzig Jahre.« Eleanor hatte so sehr zum Inventar gehört wie dieser alte Erdbeerbaum. So sehr, dass das Verlustgefühl, das Alice beim Verkauf des Hauses empfunden hatte, fast ebenso schmerzhaft gewesen war wie beim Begräbnis, als der Sarg ihrer Oma in der Erde versenkt worden war.

»Sylvia Brenner«, stellte die Frau sich vor und streckte ihr die manikürte Hand hin. »Darf ich Ihnen meine Karte geben?« Sie griff in die übergroße Ledertasche, die sie über der Schulter trug.

Alice steckte die Visitenkarte in die Tasche und meinte: »Würde es Ihnen etwas ausmachen, wenn ich mich umsehe?«

Das Lächeln der Maklerin verblasste leicht, und sie warf einen unauffälligen Blick auf die Uhr. Dann setzten ihre Verkaufsinstinkte ein, und Alice konnte beinahe hören, wie sie dachte: *Man kann nie wissen. Es könnte sich lohnen.* »Nicht im Geringsten«, sagte sie. »Warum sehen Sie sich nicht drinnen um, während ich den anderen Interessenten den Rest des Anwesens zeige? Die Haustür ist offen.«

Augenblicke später trat Alice durch die Tür und nahm die Gerüche wahr, die sie mit den Besuchen bei ihrer Großmutter verband: nach altem, mit Zitronenöl getränktem Holz, Kiefernscheiten und von Rauch geschwärzten Kaminziegeln und natürlich nach den Hunden. Sie wusste nicht, ob die derzeitigen Besitzer Haustiere hatten, aber der Hundegeruch, so moschusartig und vertraut wie die alte Decke neben dem Ofen, wo die Border-Collies ihrer Großmutter immer geschlafen hatten, wenn sie ins Haus durften, war so deutlich, dass sie halb damit rechnete, von einem Hund mit feuchter Nase und wedelnder Rute begrüßt zu werden.

Das Haus war fast noch genau so, wie sie es in Erinnerung hatte. Die knorrigen Pinienholzwände im Wohnzimmer und der Messinglüster, der an einer rostigen Kette vom Deckenbalken hing; der gemauerte Steinherd, wo sie über dem offenen Feuer in einem Topf mit langem Stiel Popcorn gemacht hatten. Als Alice von Zimmer zu Zimmer ging, erkannte sie, dass die jetzigen Besitzer ein paar Änderungen durchgeführt hatten; beispielsweise hatten sie die alten Garderoben in den Schlafzimmern durch Einbauschränke ersetzt und die Küchenschränke aus den Dreißigerjahren erneuert, aber das Wesen des Hauses war im Grunde genommen dasselbe geblieben. In der Küche spürte Alice die Anwesenheit ihrer Großmutter am stärksten. Vor dem kleinen offen stehenden Fenster bewegten sich leicht die Vorhänge im Wind, und Alice meinte fast, wieder Eleanor vor sich zu sehen, die geschäftig zwischen Tisch und Herd hin und her ging und das Essen auftrug. Ein Weg, den sie so oft gegangen war, dass ihre Schritte an einigen Stellen das Linoleum abgewetzt hatten. Nana hatte nie erschöpft oder abgehetzt gewirkt, aber der Umfang der Aufgaben, die sie an einem Tag zu erledigen hatte, kam Alice gigantisch vor, als sie das Ganze jetzt mit den Augen einer Erwachsenen betrachtete.

Als Erstes hatte Nana jeden Morgen Großvater Joe waschen und anziehen müssen, eine Aufgabe, die er ihr nicht eben leichter gemacht hatte, wenn er das hatte, was Eleanor einen seiner »Anfälle« genannt hatte. Wenn er des Nachts das Bett einnässte, wozu er in späteren Jahren geneigt hatte, musste sie die Matratze abziehen und sie zum Lüften hinausbringen. All das erledigte sie, bevor sie das Frühstück auf den Tisch brachte. Den Rest des Tages verbrachte sie damit, das Haus sauber zu machen, zu kochen und zu nähen, und im Sommer im Garten zu arbeiten, wenn sie sich nicht gerade um ihren Mann kümmerte. Der Sonntag war der einzige Wochentag gewesen, an dem sie eine Pause gemacht hatte, jedenfalls so weit das möglich gewesen war. Alice konnte sich nicht erinnern, dass sie je in die Kirche gegangen war – das war nicht Nanas Art gewesen –, aber nachmittags, wenn Opa Joe sein Schläfchen machte, unternahm sie immer lange Spaziergänge und nahm Alice und Denise mit, wenn sie zufällig bei ihr waren.

Zu der Zeit hatte sie die Hundezucht schon lange aufgegeben und hielt nur noch ein paar Hunde als Haustiere – Rufus und Checkers und deren Mutter Juwel, eine sanftmütige alte Hündin, die nach dem Glitzersteinhalsband benannt worden war, das sie als Welpe getragen hatte. Alice erinnerte sich, wie herzzerbrechend Nana geweint hatte, als Juwel gestorben war. Alice war bestürzt gewesen, als sie ihre Großmutter gesehen hatte. Sie lag in ihrem Zimmer auf dem Bett ausgestreckt und hatte den Kopf im Kissen vergraben, um ihr Schluchzen zu ersticken. Alice hatte ihre Großmutter noch nie weinen sehen und konnte sich auch nicht erinnern, dass sie sich je mitten am Tag hingelegt hatte.

Nana hatte sich aufgesetzt und auf den Platz neben sich geklopft, damit Alice zu ihr ins Bett kletterte. »Bist du traurig wegen Juwel?«, hatte sie gefragt.

Nana hatte sich mit der von Altersflecken übersäten Hand die Tränen von den Wangen gewischt. »Ja, Schätzchen, ich bin traurig wegen Juwel.«

Sie hatte wieder angefangen zu weinen, und Alice hatte flehend die Arme um sie gelegt. »Weine nicht, Nana.«

Die Großmutter hatte ihr die Wange gestreichelt und durch ihre Tränen gelächelt. »Es ist gut zu weinen, Allie. Es hilft einem dabei, sich zu erinnern.«

»Warum?«

Sie hatte einen Moment geschwiegen und nach den richtigen Worten gesucht. »Wenn du um jemanden trauerst, den du geliebt hast, ist es, als wäre er immer noch ein Teil von dir. Die einzige Art, jemanden für immer zu verlieren, ist, ihn zu vergessen.«

Jetzt ergab das alles einen Sinn: Nana hatte von William gesprochen. Alice erschauderte in der Kühle des alten Hauses, das sich sogar im Sommer nicht aufheizte. Arme Nana. Wie hatte sie es ertragen können, dass der Mann, den sie liebte, ihr so nahe und doch so fern gewesen war? Es musste Zeiten gegeben haben, in denen sie sich danach gesehnt haben musste, vor ihrer Verantwortung davonzulaufen, zu William zu gehen. Insbesondere, als Lucy erwachsen geworden war. Aber sie war geblieben, und als sie frei von ihrer Verantwortung war, war es zu spät gewesen.

Alices Träumereien wurden durch das Geräusch eines Autos in der Einfahrt beendet. Zweifellos ein weiterer potenzieller Käufer. Minuten später quietschten die alten Türangeln der Haustür, und als Alice aufblickte, sah sie einen lang gestreckten

Schatten über die abgewetzten Dielen des Eingangsbereichs fallen. Einen Moment später folgte die Gestalt eines großen schwarzhaarigen Mannes, in dessen leuchtend blaue Augen zu sehen man nie müde wurde.

»Colin!«, rief sie leise. Sie war so sehr in ihre Gedanken an William und Eleanor vertieft gewesen, dass es fast war, als sähe sie einen Geist. »Was machst du denn hier?«

»Dasselbe könnte ich dich fragen«, erwiderte er.

»Das war das Haus meiner Großmutter«, erklärte sie. »Ich habe gehört, dass es zum Verkauf steht, und ich wollte es ein letztes Mal sehen.« Ihr Blick wanderte durch den Raum. Aus irgendeinem Grund fand sie es schwierig, Colin anzusehen.

»Es ist entzückend«, sagte er und blickte sich um.

»Du hast mir noch nicht gesagt, was du hier machst«, sagte sie. »Erzähl mir nicht, dass du ein anderes Haus haben willst.«

Er schüttelte den Kopf. »Calpernia hat mir gesagt, wo ich dich finden kann.«

»Du hättest mich bei der Arbeit anrufen und dir den Weg sparen können. Was gibt es denn so Wichtiges, dass du die ganze Strecke fahren musstest?«

»Ich wollte dir die Neuigkeiten persönlich überbringen.« Alice verkrampfte sich, aber weil er lächelte, vermutete sie, dass es nichts Schlimmes sein konnte. »Ich habe einen Anruf vom Büro des Staatsanwalts bekommen. Sie haben beschlossen, die Anklage gegen Jeremy fallenzulassen.«

Alice war so verblüfft, dass sie ihn einen Augenblick lang nur mit offenem Mund anstarren konnte. »Aber wie …?«

»Anscheinend hat Carrie Ann ihre Aussage revidiert«, erklärte er. »Ohne ihre Aussage gibt es keinen Fall. Außerdem vermute ich, dass die Sache aus politischer Sicht zu heiß geworden ist.«

Endlich drang es in ihr Bewusstsein vor, und Alice stieß einen Freudenschrei aus, sprang von dem Sofa auf und warf die Arme um Colin. Es hätte ein Traum sein können, wäre da nicht das sehr reale Gefühl, von Colins Armen gehalten zu werden, die so fest und tröstlich waren wie dieses Haus. Mit Mühe zog sie sich zurück und fragte: »Hast du es Jeremy schon gesagt?«

»Noch nicht. Ich wollte, dass du es als Erste erfährst.« Colin grinste.

»Ich glaube, ich muss mich setzen.« Alices Beine gaben nach, und sie ließ sich auf das Sofa sinken. Colin setzte sich neben sie. »Passiert so etwas häufiger?«, wollte sie wissen.

»Eigentlich eher selten«, meinte er. »Wenn der Angeklagte sich schuldig bekennt und zustimmt, entscheidet man sich in der Regel zur Anklage wegen eines leichteren Vergehens mit einem niedrigeren Strafmaß. Wenn die Staatsanwaltschaft hinter einem größeren Fisch her ist, gewährt sie manchmal auch Straffreiheit. Aber ich habe in meiner ganzen Berufszeit erst zweimal erlebt, dass man so spät in einem Verfahren die Anklage fallenlässt. Ich kann nur sagen, dass Jeremy ein Riesenglück hat.«

»Glaubst du, es war bloß Glück?«

»Wer weiß? Er hat gesagt, er wäre kürzlich abends bei Bucky's zufällig Carrie Ann begegnet. Vielleicht hat es etwas damit zu tun.«

»Seltsam, das hat er mir gegenüber gar nicht erwähnt.«

»Wahrscheinlich wollte er dich nicht beunruhigen. Du weißt schon, für den Fall, dass sie eine einstweilige Verfügung erwirken könnte oder so etwas.«

»Bin ich denn so eine Schwarzseherin?«

Er lächelte. »Du bist eine Mutter. Es ist dein Job, dir Sorgen zu machen.«

So hatte sie es noch nicht betrachtet. *Mein Job*. Die Erkenntnis drang durch alte, verkrustete Schichten von Schuldbewusstsein und Selbstbeschuldigungen. »Danke, dass du den ganzen Weg hergekommen bist, um mir das mitzuteilen«, sagte sie mit enger Kehle.

»Es war mir ein Vergnügen, aber ich fürchte, meine Beweggründe waren eher persönlicher als professioneller Natur.«

Alice erkannte an seinem Gesichtsausdruck, dass sich für ihn etwas geändert hatte, dass das, mit dem er zuvor gekämpft hatte, sich verflüchtigt hatte, was auch immer es gewesen sein mochte. Sie spürte, wie sie ruhig wurde, und sie hatte das Gefühl, dass die Dinge sich auch für sie ändern würden.

»Ich habe viel nachgedacht«, fuhr er fort. »Hauptsächlich darüber, wie sehr ich alles vermasselt habe, aber auch über meinen Großvater. Wie traurig muss es für ihn gewesen sein, die beiden Menschen zu verlieren, die er am meisten auf der Welt geliebt hatte. Ich nehme an, wegen Eleanor gab es nichts, was er hätte tun können. Aber er hat sich große Mühe mit meinem Dad gegeben. Ich denke, wenn er jetzt hier wäre, würde er mir denselben Rat geben. Er würde mir sagen, ich sollte nicht etwas so Gutes aufgeben, bevor ich ihm überhaupt eine Chance gegeben habe.«

Alice begriff, dass sie es sich nicht nur eingebildet hatte: Die Verbindung zwischen ihnen bestand tatsächlich. Sie war so real wie der Mann, der jetzt neben ihr saß. »Für mich hört es sich an, als wäre dein Großvater ein kluger Mann gewesen«, sagte sie.

»Das war er auch. Nur unglücklich verliebt.«

»Und du?«

Colin nahm ihre Hand und verschränkte seine Finger mit ihren. »Ich bin beim zweiten Wurf im neunten Inning, aber das Spiel ist noch nicht vorbei.«

»Ich wusste gar nicht, dass du ein Baseball-Fan bist«, bemerkte sie mit einem kleinen wackeligen Lachen.

»Wenn man in meinem Zuhause aufgewachsen ist, wäre es schwierig gewesen, es nicht zu werden. Obwohl ich glaube, dass ich der einzige Junge in Bayside gewesen bin, der keinen Ball ordentlich treffen konnte.« Sein Gesicht wurde ernst. »Sieh mal, Alice, ich weiß, dass ich in diesem Spiel ein bisschen spät dran bin. Ich war so sehr damit beschäftigt, mich selbst zu bemitleiden, dass ich nicht sehen konnte, was sich direkt vor meiner Nase befindet. Aber ich habe an jenem Tag neulich etwas begriffen – dass wir im Leben nicht immer eine zweite Chance bekommen. Ich will dich nicht auch noch verlieren.« In ernstem Ton fügte er hinzu: »Was ich dich eigentlich fragen will, ist, ob du das Risiko eingehen willst, es mit einem heruntergekommenen Anwalt zu versuchen, der nichts zu bieten hat außer einem Hund, der ihm nicht gehört, und einer Austernfarm, die bislang noch keinen Cent eingebracht hat.«

»Zufällig liebe ich Austern«, sagte sie. »Ich liebe auch Hunde.«

»Kann ich das als ein Ja betrachten?«

Ihr Herz war so voll, dass sie kaum fähig war, die richtigen Worte zu finden. Als hätte eine unsichtbare Hand das Drehbuch geschrieben, standen sie beide gleichzeitig auf. »Weißt du das nicht? Du hast mir bereits mehr gegeben, als ich je verlangen könnte. Alles, worauf es mir ankommt, ist, dass du dich nicht selbst aufgegeben hast ... und uns. Ich kann sonst mit fast allem leben, so lange ich das habe.«

Sein Gesicht war das eines Mannes, der aus dem Schatten ins Sonnenlicht getreten war, frei von jedem Zweifel. Als er sie in seine Arme zog und ihr einen Kuss gab, der durch sie hindurchsickerte wie Wasser durch einen porösen Felsen, rührte sich eine Erinnerung in ihr: Wie es sich angefühlt hatte, als sie die Gefängnismauern hinter sich gelassen hatte, als sie einen Moment lang mit geschlossenen Augen stehen geblieben war, als sie die Sonne auf ihrer Haut gespürt und in tiefen Zügen die frische Luft eingeatmet hatte. Genau so fühlte Alice sich jetzt – als wäre sie freigelassen worden.

Sylvia, die Maklerin, wählte diesen Moment, um den Kopf zur Tür hineinzustecken. »Oh!«, rief sie und sah verblüfft und ein bisschen verlegen aus, weil sie Alice dabei überrascht hatte, einen fremden Mann zu küssen, als wäre es Alices Haus und sie der Eindringling. »Verzeihung. Ich wollte abschließen. Möchten Sie und Ihr Mann einen Termin ausmachen und noch einmal wiederkommen?«

Ihr Mann. Alice und Colin lächelten sich an. Noch nicht, dachte Alice, und vielleicht auch sehr lange noch nicht. Wenn überhaupt. Aber es klang irgendwie nett.

Epilog

EIN JAHR SPÄTER

Vom Rücksitz des Taxis aus, das im Stadtzentrum im Verkehr feststeckte, schaute Colin zu der Schneeflocke aus Swarovski-Kristallen hinauf, die hoch über der Siebenundfünfzigsten Straße hing und wie der Stern von Bethlehem funkelte. Sie erfüllte ihn ebenso mit Urlaubsstimmung wie die Straße mit ihren festlich dekorierten Schaufenstern und den zauberhaften Lichtern, die die Bäume und die Fassaden erleuchteten. Weihnachten in New York. Er hatte bis jetzt gar nicht gewusst, wie sehr er die Stadt vermisst hatte, insbesondere zu dieser Jahreszeit.

Er drehte sich zu Alice um. »Bist du okay?« Sie war den ganzen Abend über so ruhig gewesen, dass er sich sorgte, sie könnte das alles zu überwältigend finden.

Sie nickte und schob eine behandschuhte Hand in seine. »Ich habe nur gerade gedacht, dass für uns viel davon abhängt.«

Er lächelte und drückte leicht ihre Hand. »Bammel vor dem ersten Mal. Mach dir keine Gedanken, das geht vorbei.«

Er musste es wissen. Er hatte im Laufe der Jahre mit seinen Eltern genug Auktionen besucht. William war so großzügig gewesen, ihnen von Zeit zu Zeit Gemälde zu schicken, und was nicht an Händler verkauft worden war, war versteigert worden. Colin empfand jetzt ein plötzliches Bedauern darüber, dass diese Geschenke zu Geld gemacht worden waren, scheinbar ohne den Hauch eines Gefühls. Aber er nahm an, dass dies in Williams Absicht gelegen hatte, und das Geld war immer gut verwendet worden. Es hatte der Familie über die Zeit hinweggeholfen, als sein Vater wegen seines schlimmen Rückens nicht arbeiten konnte, und Colins Collegebildung war damit finanziert worden.

Colins Entscheidung, das letzte verbleibende Werk Williams zu versteigern, hatte nichts mit wirtschaftlicher Not zu tun, zumindest nicht mit seiner eigenen – obwohl er das Geld hätte brauchen können. Es hatte mit Spring Hill zu tun. Als die Investoren hinter dem Projekt erkannt hatten, dass es wahrscheinlich in absehbarer Zukunft vom Gericht auf Eis gelegt werden würde, hatten sie das einzig Vernünftige getan und es dem County zum Kauf angeboten, zum »Tiefstpreis« von fünfzehn Millionen. Örtliche Naturschutzverbände hatten ihre Schuldigkeit getan und einen Teil des Geldes aufgebracht, und ein paar Firmen und wohlhabende Spender waren als Sponsoren eingesprungen, aber es fehlten immer noch einige Millionen. Das Geld, das mit dem Verkauf von Eleanors Porträt erzielt werden würde, wenn es auch nur annähernd so viel einbrachte wie die Schätzung es erwarten ließ, würde einen guten Teil davon abdecken.

Und dorthin wollten sie jetzt, zu Sotheby's. Die Auktion für Werke wichtiger Künstler des zwanzigsten Jahrhunderts würde wohlhabende Kunstmäzene, Direktoren von Museen und Händler aus der ganzen Welt anziehen. *Die rubinrote Frau*, das Bild war im Katalog besonders erwähnt worden, hatte bereits einige Aufmerksamkeit erregt, und sie waren voller Hoffnung, dass der Preis den Rekord für frühere Verkäufe von Werken William McGintys brechen würde.

Es erschien Colin passend, dass das Geld einer würdigen

Sache zufließen würde. Es war das, was sein Großvater gewollt hätte, denn es würde William im Tod das verschaffen, was ihm zu Lebzeiten versagt geblieben war: Es würde ihn in gewisser Weise Eleanor näherbringen, indem er half, das Land zu schützen, das sie geliebt hatte. Ein bittersüßer Entschluss, der Colin einen Augenblick lang die Augen schließen ließ, als er daran zurückdachte, was im Laufe des vergangenen Jahres alles passiert war. Als er die Augen wieder öffnete, sah er, dass Alice ihn verwirrt betrachtete.

»Das Landleben muss dir im Vergleich zu New York ziemlich ruhig vorkommen.« Ihr Ton war leicht, aber er wusste, dass sie sich fragte, wie sehr diese Reise für ihn mit Erinnerungen an Nadine verbunden war. »Vermisst du die hellen Lichter?«

»Nicht die Spur. Zum einem weiß ich nicht, ob ich hier trocken geblieben wäre. Zum anderen hätte ich dich nicht kennengelernt.« Er küsste sie leicht auf den Mund und dachte bei sich, dass sie nie hübscher ausgesehen hatte. Wie das Porträt, das ihr so ähnlich sah, schien sie zu strahlen, ein kostbarer Edelstein unter gewöhnlicheren Steinen.

»Gute Antwort.« Ihr Gesicht entspannte sich in einem Lächeln. »Aber ich hätte nichts dagegen, noch ein oder zwei Tage länger zu bleiben. Ich habe das Gefühl, kaum etwas gesehen zu haben.«

»Wir haben morgen noch den ganzen Tag«, erinnerte er sie. »Wenn das Wetter schön ist, bringe ich dich aufs Empire State Building. Die Aussicht ist überwältigend. Man kann bis nach New Jersey schauen. Falls es nicht etwas gibt, das du lieber tun würdest«, fügte er hinzu, als er ihren unsicheren Gesichtsausdruck bemerkte.

Sie schwieg einen Moment lang, bevor sie vorsichtig vorschlug: »Ich dachte, du möchtest vielleicht Ground Zero sehen.«

Jetzt war er es, der schwieg, als die Erinnerungen ihn überkamen. Schließlich schüttelte er den Kopf: »Es mag seltsam klingen, aber für mich ist es nur ein Loch im Boden. Wo auch immer Nadine ist, dort ist sie nicht.« Er war überrascht, mit welcher Leichtigkeit er über seine Frau reden konnte. Es hatte eine Zeit gegeben, in nicht sehr ferner Vergangenheit, als schon der Gedanke an sie dafür gesorgt hatte, dass er in die Dunkelheit abstürzte ... typischerweise in die Dunkelheit der nächstgelegenen Bar. Nadine würde immer ein Teil von ihm bleiben, das wusste er, aber was sich geändert hatte, war, dass er nicht länger glaubte, auch sein Leben sei an jenem Tag zu Ende gegangen. Alice war der lebende Beweis dafür. Mit ihr hatte er nicht nur das Wunder der Liebe wiederentdeckt, sondern auch das, wieder zu leben.

Eine Heirat war noch weit weg, aber er arbeitete daran. Zuerst musste er Alice überreden, bei ihm einzuziehen. Bislang hatte sie sich dagegen gewehrt und damit argumentiert, dass sie sich momentan auf Jeremy konzentrieren müsse, aber in letzter Zeit hatte Colin gespürt, dass er sie allmählich mürbe machte. Zurzeit dachten sie darüber nach, im nächsten Sommer nach Italien zu reisen, sie alle drei zusammen. Jeremy war begeistert von dieser Idee. Er hatte auch ein Auge auf das Gästezimmer geworfen, das Colin ihm geschickt angepriesen hatte.

»Hat dein Vater sich wegen heute Abend bei dir gemeldet?«, fragte Alice jetzt.

Colin spürte eine vertraute Anspannung, wie immer, wenn das Gespräch auf seine Familie kam. »Ja, er kommt nicht.« Ein bitterer Unterton schlich sich in seine Stimme. »Er redet sich damit heraus, dass Marma krank ist und er in der Nähe bleiben will, falls sie etwas braucht.«

»Was ist mit deiner Mom?«

Colin schüttelte den Kopf. »Wenn sie ohne ihn käme, würde er ihr das ewig vorwerfen.«

»Sei nicht so hart zu ihnen«, meinte Alice sanft. »Sie tun es nicht, um dich zu verletzen. Es ist nur so ... sie haben ein rechtmäßiges Interesse daran, die Dinge so zu belassen, wie sie sind. Übrigens bin ich froh, dass ich sie endlich kennengelernt habe.«

Colins Miene hellte sich auf, als er an den Nachmittag dachte, den sie bei seinen Eltern verbracht hatten. Alice hatte sich mit allen gut verstanden, hatte die Zuneigung seiner Mutter gewonnen, indem sie ihr beim Kochen und hinterher bei Aufräumen der Küche geholfen hatte, und Punkte bei seinem Dad und seinem Bruder gesammelt, indem sie Interesse für ihr Lieblingsthema gezeigt hatte: Sport. Sogar Marma hatte sie für sich gewonnen, auch wenn es anfangs einen kritischen Augenblick gegeben hatte, als er sie einander vorgestellt hatte. Seine Großmutter hatte einfach nur dagestanden und Alice angestarrt, als wäre sie ein Geist. Aber sie hatte sich wieder gefangen, hauptsächlich ihm zuliebe, vermutete Colin, und es hatte nicht lange gedauert, bis die beiden wie alte Freundinnen miteinander geplaudert hatten.

»Da wir gerade davon sprechen«, sagte er, »Dad hat mich wissen lassen, dass alle dich für etwas Besonderes halten.« Nicht, dass man Colin das hätte sagen müssen. »Aber ich warne dich. Ab jetzt werden sie Druck machen. Sei also nicht überrascht, wenn meine Mutter dir ein Abo des Magazins *Die Braut* zu Weihnachten schenkt.«

»Ich denke, damit kann ich umgehen«, meinte sie mit einem Lachen, ohne sich in irgendeiner Weise festzulegen.

Colin unterdrückte ein Seufzen. Er musste einfach Geduld haben. Irgendwann würde sie so weit sein. In der Zwischenzeit war das Leben gut. Er war immer noch trocken: In drei Monaten würde er seinen Chip für zwei Jahre bekommen. Und die Austernfarm machte gute Fortschritte; er hatte bereits seine ersten Aufträge.

Das Taxi hielt an der Ecke East Zweiundsiebzigste und York, wo Sotheby's lag, ein modernes würfelförmiges Gebäude mit einer reinen Glasfront, die von innen erleuchtet war und dem Gebäude einen theatralischen Glanz verlieh. Limousinen mit Chauffeur parkten in zweiter Reihe am Straßenrand, Abgaswolken stiegen von den Auspuffrohren in die frostige Luft, und jede Minute kamen neue Autos hinzu. Colin half Alice beim Aussteigen und führte sie über den vereisten Gehsteig. Sie trug hohe Absätze, an die sie nicht gewöhnt war. Sie gingen auf den Eingang zu und suchten sich sorgfältig ihren Weg zwischen den schmutzigen Schneeklumpen, die von den fünfzehn Zentimetern Schnee übrig waren, die ein Schneesturm in der vergangenen Woche über der Stadt verteilt hatte.

Drinnen gerieten sie in das Gedränge der Menschen, die sich an der Garderobe anstellten. Während sie in der Warteschlange standen, schnappten sie Gesprächsfetzen auf, die sich in der warmen, mit Parfüm durchtränkten Luft verteilten ... *Allein der Noguchi muss einen Wert ... Keines ihrer besseren Werke, wenn du mich fragst ... Hast du die Ausstellung im Whitney-Museum gesehen?* Nachdem sie ihre Mäntel abgegeben hatten, gingen sie ins Foyer, wo sie von einer attraktiven jungen Frau in einem schmal geschnittenen Rock und einem Kapuzenpullover begrüßt wurden, die sie zu der Galerie im zweiten Stock führte.

Gestern hatte einer der Abteilungsdirektoren von Sotheby's, ein eleganter Gentleman mit Fliege namens Spencer Morton, ihnen die Werke gezeigt, die zur Versteigerung standen. Vor dem Porträt Eleanors war er stehen geblieben und hatte mit gedämpfter Stimme bemerkt: »Die Fotos werden dem Gemälde nicht gerecht. Es ist wahrhaft überwältigend. Ich wäre nicht überrascht, wenn es an ein Museum ginge. Einige haben bereits Interesse geäußert.«

»Ich wünschte, Denise könnte das hier erleben«, hatte Alice zu Colin gesagt, nachdem Morton gegangen war, weil er sich um etwas anderes kümmern musste. »Sie hat immer gesagt, unsere Großmutter verdiente es, in einem Museum zu hängen, nach allem, was sie durchgemacht hat. Wenn man Nana jedoch gekannt hat, dann weiß man, dass sie es gehasst hätte. Sie wollte keine Aufmerksamkeit auf sich ziehen. Und das Schlimmste für sie war, untätig herumzusitzen.«

»Deine Schwester müsste sich auch ein bisschen damit auskennen.« Colin hatte gelächelt, als er daran dachte, dass es teilweise Denises Bemühungen zu verdanken war, dass der Spring Hill gerettet worden war.

»Sie hat sicherlich derzeit alle Hände voll zu tun«, hatte Alice gemeint und geseufzt. »Als wir uns das letzte Mal gesprochen haben, klang sie, als wüsste sie nicht, wo ihr der Kopf steht.«

»Es dauert eine Weile, bis man sich in einem neuen Haus eingerichtet hat.« Nicht nur das, sie hatte auch noch eine neue Stelle – sie war jetzt Lehrerin an der örtlichen Grundschule – und einen Ehemann, der noch nicht wieder ganz auf dem Damm war. »Ich wette, es würde sie aufheitern, wenn du sie besuchen würdest. Wir könnten eigentlich auf dem Rückweg dort vorbeifahren, wenn du willst.« Er sagte, sie könnten in SeaTac ein Auto mieten und nach Spokane fahren.

»Ich biete es ihr immer wieder an, aber sie hält mich hin.« Alice hatte traurig und resigniert ausgesehen. »Ich soll sie wahrscheinlich erst besuchen, wenn sie wieder so weit ist.« Sie vermisste ihre Schwester, das wusste er, aber sie achtete Denise auch genug, um ihr den Raum zu geben, den sie offenbar brauchte.

Als Alice und Colin jetzt auf der Suche nach Sitzplätzen durch den Auktionsraum gingen, dachte er, dass es ein Wunder war, dass sie sich alle noch so wacker hielten. Als er jetzt die beträchtliche Beteiligung an der Auktion sah, schien es, als meinte es das Schicksal sogar noch besser mit ihnen. Zum Glück fanden sie zwei Stühle ziemlich weit vorne, sodass sie sich nicht den Hals verrenken mussten, um über die Köpfe der Leute hinwegzusehen. Als Colin sich zurücklehnte, wurde ihm schlagartig klar, dass es jetzt kein Zurück mehr gab. Der wertvollste Besitz seines Großvaters – mehr noch, sein Tribut an seine verlorene Liebe – würde sich bald in den Händen eines völlig Fremden befinden, von jemandem, der nichts über die Geschichte des Bildes wusste. Colin empfand einen Anflug von Bedauern, gleichzeitig wusste er, dass es so das Beste war.

Die Versteigerung begann mit einem Werk geringerer Bedeutung von Thomas Schiele, dann folgte eine Zeichnung von Andy Warhol. Beide Werke gingen zu Preisen weg, die über den Schätzungen lagen, der Warhol an einen anonymen Bieter per Telefon. Die ganze Transaktion ging über die Bühne, ohne dass jemand mit der Wimper zuckte. Die elegante ältere Dame, die die Angebote über das Telefon entgegennahm, hatte nur fast unmerklich mit jedem neuen Gebot den Finger gehoben, bevor sie schließlich, als die Abgabe von Geboten ihren Höhepunkt erreichte, die Absichten des Bieters mit einem ausdruckslosen Nicken bestätigte. Sie hatte kein Wort gesprochen, aber die Blicke aller im Raum hatten an ihr gehangen, als wäre sie eine Schauspielerin, die einen Soloauftritt ablieferte.

Es ist wie Theater, dieses Geschäft der Versteigerung schöner Künste, dachte Colin. Der Auktionator, ein Brite, kündigte jedes Los an, das ehrfurchtsvoll auf der angestrahlten Staffelei auf dem Podium platziert wurde. Seine Stimme klang wie ein Trommelwirbel. Die unterdrückt spürbare Anspannung der Bietenden, die Hände, die die nummerierten Tafeln hoben, während die gebotenen Summen, die das Jahresgehalt eines durchschnittlichen Arbeitnehmers klein erscheinen ließen, noch höher in die Stratosphäre kletterten. Dann der letzte Augenblick, in dem der Auktionator den Zuschlag gab und die Spannung sich löste wie ein entweichender Atemzug, um von einer Welle aufgeregter Kommentare und vereinzeltem Applaus abgelöst zu werden.

Die rubinrote Frau kam in der zweiten Stunde an die Reihe. Der Auktionator sprach seine einleitenden Worte, informierte die Anwesenden über das, was sie mit ihren eigenen Augen sehen konnten: dass es William McGintys Meisterwerk war. Die Tatsache, dass es sich bis jetzt in Privatbesitz befunden hatte, erhöhte nur noch den Glanz und die Aura des Geheimnisvollen, die es umgab. Als Colin es jetzt mit den Augen der Bietenden sah, fiel ihm auf, wie stark es im Licht des Strahlers glühte, die Farben so lebhaft wie eh und je, die sanften Hauttöne, die seinem lange verstorbenen Motiv Leben einhauchten. Ebenso sehr ein Tribut an Eleanor wie an das Kunstwerk.

»... Fünfundsiebzigtausend von dem Gentleman dort hinten ... Bietet jemand achtzig? ... Einhundert?« Die ständig steigenden Zahlen kamen dem Auktionator reibungslos über die Lippen. Er legte kaum eine Atempause ein, während die

Zahlen schnell von hohen fünfstelligen auf sechsstellige, dann siebenstellige Ziffern anstiegen.

Colin war sich nicht bewusst gewesen, wie fest er Alices Hand gehalten hatte, bis sie unter dem Druck seiner Finger vor Schmerz zusammenzuckte. Sie beugte sich zu ihm und flüsterte: »Wer hat bloß so viel Geld? Wer *sind* diese Leute?«

Ein Bieter nach dem anderen stieg aus, bis schließlich nur noch ein anonymer Telefonbieter und ein älterer asiatischer Herr hinten im Raum übrig blieben, dessen Tafel sich hob und senkte, während die Zahlen weit über eine Million kletterten. Colin drehte sich auf seinem Stuhl um und versuchte, ihn inmitten der Menge auszumachen – ein rundes Gesicht, glatt zurückgekämmtes weißes Haar, ein Rücken, der so gerade war wie der Stock, den er in der anderen Hand hielt. Colin spürte, wie die Spannung um sie herum stieg, während der schweigend ausgetragene Kampf weiterging. Seine Intensität schien im umgekehrten Verhältnis zu den kaum sichtbaren Bewegungen des Asiaten und jenen der Sotheby's-Angestellten, die im Auftrag des Telefonbieters handelte, zuzunehmen.

Colin selbst war so angespannt, dass er kaum atmen konnte. Zwei Millionen ... drei ... dreieinviertel. Schließlich, bei knapp dreieinhalb Millionen, hob der Asiate mit gelassenem Gesicht ein letztes Mal seine Tafel. Stille senkte sich über den Raum, und die Blicke aller richteten sich jetzt auf die Dame am Telefon. Sie murmelte der Person am anderen Ende etwas zu, und es entstand eine Pause, in der Colin sein Herz in seinem Brustkorb hämmern spürte, dann schüttelte sie den Kopf, um zu zeigen, dass der Telefonbieter aufgab.

Der Hammer des Auktionators fiel. Verkauft.

Alice sah ebenso verblüfft aus wie Colin. Bevor die Gebote für das nächste Los begannen, erhoben sie sich leise von ihren

Sitzen und begaben sich in den Vorraum, wo sie sich relativ ungestört unterhalten konnten.

»Ich kann es kaum glauben«, sagte sie. »Mein Gott, so viel Geld! Der Käufer muss richtig reich sein.«

»Entweder das, oder er repräsentiert jemanden, der es ist«, spekulierte Colin.

»Ich frage mich, was er damit tun will.«

»Wer weiß? Vielleicht in einen Tresor schließen.« Colin hoffte allerdings, dass das nicht der Fall sein würde.

»Nun, ich hoffe, er weiß das Bild zu schätzen, wer auch immer er ist.«

Sie gingen auf die Treppen zu, die nach unten führten, als sie den geheimnisvollen Käufer vor dem Aufzug stehen sahen. Aus der Nähe wirkte er noch älter, als er dort wartete und sich auf seinen Gehstock stützte. Obwohl er einen gut geschnittenen Anzug trug und seine Uhr teuer war, war etwas an seiner Erscheinung, das ihn bescheiden wirken ließ. Er sah nicht wie jemand aus, der mit den Millionen um sich warf.

Sein Blick hellte sich auf, als sie sich ihm vorstellten. »Ah, ja. Ich habe gehofft, die Gelegenheit zu haben, Sie kennenzulernen«, sagte er in perfektem Englisch zu Colin. »Ich bin Mr. Yamamoto. Und Sie«, sagte er und richtete seinen lächelnden Blick auf Alice, »sind das Ebenbild Ihrer Großmutter.«

»Sie haben sie gekannt?«, erwiderte sie, und ihre Augen weiteten sich vor Überraschung.

Mr. Yamamoto neigte den Kopf zu einem ehrfurchtsvollen Nicken. »Sie war eine großartige Frau.«

Alice schüttelte ungläubig den Kopf. »Was für ein erstaunlicher Zufall.« Dann begriff sie und fügte hinzu: »Es war kein Zufall, nicht wahr? Es ist der Grund, warum Sie hier sind.«

Mr. Yamamoto nickte wieder. »Sie vermuten richtig. Und

ich werde das Porträt Ihrer Großmutter unserer Freundschaft wegen umso mehr zu schätzen wissen.« Er wandte sich an Colin. »Ich habe auch Ihren Großvater gekannt. Ein guter Mann. Ebenso liebenswürdig, wie er talentiert war.«

»Wie haben Sie die beiden kennengelernt, wenn ich das fragen darf?«, meinte Colin.

Mr. Yamamoto lächelte, ein langsames Lächeln voller Erinnerungen, das sein runzeliges Gesicht in das eines viel jüngeren Mannes verwandelte. Er sagte: »Bitte, wenn Sie nicht in Eile sind, kommen Sie auf einen Drink mit mir in mein Hotel. Ich werde morgen nach Tokio zurückfliegen, und es gibt viel zu erzählen.«

Alice beugte sich ungeduldig vor. »Mr. Yamamoto ...«

»Joshi, bitte«, korrigierte er sie. »Ihre Großmutter hat mich immer bei meinem Vornamen genannt. Sie war wie eine Mutter für mich und ist es jetzt auch für meine Frau und meine Kinder, die ich gelehrt habe, ihr Andenken zu ehren.«

»Ich verstehe nicht. Wenn Sie sich so nahestanden, warum habe ich dann noch nie von Ihnen gehört?«, fragte Alice fassungslos.

Genau in diesem Moment kam der Aufzug, und seine Türen glitten auf. Mit einem Lächeln fasste der alte Mann Alice am Arm und führte sie sanft, aber entschlossen in den Aufzug. Colin folgte ihnen. »Kommen Sie«, sagte er. »Lassen Sie uns in Ruhe darüber reden. Es ist eine lange Geschichte.«